四十不惑

中国改革开放 40年 优秀报告文学选

何建明 李春雷
—— 主编

SPM 南方出版传媒 广东人民出版社
· 广州 ·

图书在版编目（CIP）数据

　　四十不惑：中国改革开放40年优秀报告文学选 / 何建明，李春雷主编．—广州：广东人民出版社，2019.7
　　ISBN 978-7-218-13421-5

　　Ⅰ.①四… Ⅱ.①何… ②李… Ⅲ.①报告文学—作品集—中国—当代 Ⅳ.①I25

　　中国版本图书馆CIP数据核字（2019）第045152号

Sishi Buhuo：Zhongguo Gaige Kaifang 40 Nian Youxiu Baogao Wenxue Xuan

四十不惑：中国改革开放40年优秀报告文学选

何建明　李春雷　主编　　　　　　　　　　　　版权所有　翻印必究

出 版 人：肖风华

特约编辑：李　铮　单苗苗
责任编辑：王　宁　皮亚军　姜懂懂
责任技编：周　杰　吴彦斌

出版发行：广东人民出版社
地　　址：广州市新港西路204号2号楼（邮政编码：510300）
电　　话：（020）85716809（总编室）
传　　真：（020）83780199
网　　址：http://www.gdpph.com
印　　刷：广东鹏腾宇文化创新有限公司
开　　本：787毫米×1092毫米　1/16
印　　张：25.25　字　数：380千
版　　次：2019年7月第1版　2019年7月第1次印刷
定　　价：68.00元

如发现印装质量问题，影响阅读，请与出版社（020-85716849）联系调换。
售书热线：（020）85716826

序言

讲述中国故事 更需报告文学

中国改革开放40年报告文学概观

| 肖风华 |

2018年,是中国改革开放40周年。

以1978年12月召开的十一届三中全会为标志的中国改革开放事业开幕,是当代中国历史上又一次扭转乾坤的大事件。伴随着计划经济体制的大解体,伴随着思想意识的大解放,中华民族终于冲破前行道路上的艰难险阻,杀开一条血路,闯出一条新路,走进了一个全新的时期。

40年后的今天,回味那一幕幕,仍然让我们感慨万千。感慨中国共产党的英明伟大,感慨决策者的雄才大略,感慨先行者的勇于担当,感慨全国人民的同心协力!

伴随着改革开放的脚步,中国报告文学也走过了40年历程。

40年激情澎湃,40年砥砺奋进,40年潮起潮落,40年上下探索。

总之,报告文学一直在前进,在丰富,在扩大,向着中国梦,向着新时代……

一

20世纪70年代末至80年代,是中国报告文学发展的"黄金时期"。

这一时期,优秀作品如雨后春笋,层出不穷,社会反响巨大。这一现象的出现并非偶然,其背后有着多重现实原因的助推。

众所周知,"文化大革命"和曾经蔓延的极左思潮使中国知识分子经历了严峻考验。随着改革开放新时期的到来,清醒的人们开始重新思索和评价中国知识分子的真实价值和社会作用。由于政策落实,大量知识分子获得解放,心情愉悦地重返岗位。在焕然一新的环境中,知识分子走出了精神和现实的禁锢,带着巨大的激情与活力重新投入火热的创作之中,被耽误的青春,被延误的创作,被湮没的才情,在改革开放的新时期重新找到了出口。轰动全国的真理标准问题大讨论,重新确立了实事求是的思想路线,解放了人们被束缚已久的思想。

正是在这些因素的综合助推下,报告文学迎来了一个全新的创作局面,过去零星出现的优秀作品,现在成批量地涌现,一时间可谓盛况空前。

1978年初,《哥德巴赫猜想》的面世,开启了新时期报告文学的华彩序幕,此后报告文学"由附庸蔚为大国"。据不完全统计,从1977年到1979年的三年时间里,仅公开发表的单篇报告文学作品即达数百篇之多。众多作品纷纷横空出世,在全国掀起了一轮又一轮热潮。《哥德巴赫猜想》之后,报告文学出现了一个推崇知识和知识分子献身科学的高潮,像黄宗英的《大雁情》、理由的《高山与平原》、徐迟的《生命之树常绿》、陈祖芬的《祖国高于一切》、孟晓云的《胡杨泪》等作品的集中出现,既打破了此前视知识分子为"臭老九"的谬论,也将报告文学这种文学形式很好地呈现在读者面前。紧跟着解放思想、实事求是社会思潮的脚步,报告张志新冤案的张书绅的《正气歌》,报告"文革"中遇罗克因反对"出身论"而遭迫害致死的《划破夜幕的陨星》,陶铸女儿陶斯亮所写的《一封终于发出的信》等作品出现了。这些作品以泣血的文字和深挚的情感,引起全国无数读者的共鸣,有力地配合和推动了解放思想路线的贯彻,很大程度上帮助人们正确认识"文革"的灾难性质,同时也很好地表现了报告文学自身的特殊社会功能和积极影响力。这是新时期报告文学辉煌的开端。

20世纪80年代的报告文学在保持并发扬批判功能的基础上，以其高扬的理想、充沛的激情著称。报告文学是一种紧贴着时代生活脉搏跳动的文学，现实社会生活的面貌，总能够在报告文学创作中得到比较充分的反映。因此，报告文学的写作出现了一种与现实社会生活相生共长、互为机动、持续发展的状态。每当社会生活中出现一种新的变革动向和新的改革苗头的时候，报告文学都敏锐地给予关注和反映。比如，鲁光描写中国女排故事和精神的《中国姑娘》、理由描写击剑运动员栾菊杰的《扬眉剑出鞘》、袁厚春描述高级干部改革者的《省委第一书记》；对于基层党员干部威信降低，在自愿承包分组时党员干部遭遇尴尬的现象，乔迈写出了《三门李轶闻》；在农村土地承包后出现新的生产生活气象的时候，李延国写出了《中国农民大趋势》。报告文学是张扬和倡导新的人与自然和谐发展观念最先锋、最强势的文学。在经济发展的过程中，人与自然的矛盾渐渐突出，黄宗英的《小木屋》、徐刚的《伐木者，醒来！》等呼吁环境生态保护的作品成为呐喊的呼声，飘荡在社会的四面八方。在改革发展中及时地发现问题和提出警诫，同样是报告文学的一个突出话题，涵逸针对独生子女教育问题写出了《中国的"小皇帝"》，赵瑜面对中国体育观念的偏差和体制存在的问题而写出了《强国梦》。这一类作品聚焦于社会问题，迅速形成了后来被人们称之为"社会问题报告文学"的创作现象。此外，钱刚的《唐山大地震》、胡平与张胜友合著的《世界大串联》、麦天枢的《西部在移民》、董汉河的《西路军女战士蒙难记》等作品也在这一时期有着强烈的社会反响，广受读者与评论家的赞誉。

报告文学作为最能直接反映和揭示现实生活的文体，它在改革开放和思想解放的初期，在痛斥"文革"的黑暗和推动人们思想变革之中，曾独领风骚。

大量报告文学作品能够关注社会问题，笔锋极具穿透力，不得不说与这一年代作者之前的经历紧密相关。极左年代中，这一批作者大部分都处于生活第一线，在工厂、农村，与工人、农民手挽手肩并肩地站在一起，经历了生活的苦难、人生的起伏。他们的双眼凝视着大地，满含着深情。这些磨难与经历，深刻了他们的思想，丰富了他们的经历。正是这些连接地气、贴近生活的特殊阅历，使他们透过笔锋，转化成一篇篇优秀的报告文学。

二

进入20世纪90年代，尤其是在邓小平视察南方之后，中国改革开放力度进一步加大。随着市场经济体制的确立与进一步发展，计划经济的坚冰被层层拆解、打破，生产力迎来了又一次解放。经济社会的深刻变革，从根本上影响了社会思潮和大众心理，从根本上重塑了人们的日常生活，也从根本上决定了文学，特别是报告文学的发展趋势和进程。

社会精神和文化环境的微妙变化，对文学来说无疑有着深刻影响。在物质大潮的冲击下，原先高居"神坛"的文学悄然低行，社会价值观产生了多元蜕变。与其余文学体裁一样，报告文学无可奈何地进入了一个相对的"清凉"时代。此期的报告文学虽然仍旧受到众多读者的欢迎，却很难再现前一时期那样壮观的创作井喷带来的具有轰动效应的场面了。

此时，在报告文学的园地上虽然还不时冒出一些力作，如对不正之风的批判、对社会重大问题的解剖等。但无可否认，报告文学却在变革的浪潮中，进行着一场甜蜜的蜕变，一些所谓的广告文学、表扬文学、明星文学不断泛滥，不少报告文学写作从原先着眼于社会的宏大视角中隐身，一些报告文学作家从原先的神圣使命中遁形，报告文学创作逐渐转向个人化，从大众变成小众，从大我变成小我，境界与格局从阔大变成了狭窄。评论家雷达认为，20世纪90年代思想启蒙的声音在部分作家中日渐衰弱和边缘化，部分作家要么走向实惠主义的现世享乐，要么走向不问政治的经济攫取，要么走向自然主义的身体写作，甚至有人快速告别神圣、庄严、豪迈而走向日常的自然经验陈述和个人化叙述。于是，消费、浮躁、回避是非、消解道义、绕开责任、躲避崇高等，几乎成为这一时期包括报告文学在内的中国文学较为普遍的精神姿态。部分作家洗掉了油污与泥土，走进了金碧辉煌的殿堂，进入了一座象牙之塔，逐渐成为社会公众人物、知识精英，愈加远离丰富的一线生活，他们在物质世界上虽然逐渐丰裕，但精神世界却在远离土地，远离生活。

20世纪90年代的报告文学虽然有着这样那样的问题,但仍旧有着显赫成绩。对影响中华民族走向现代化的重大实践的报告,对新时代涌现出来的当代改革者、劳动者群体形象的塑造,对时代主旋律大力张扬的作品仍旧在数量上占据多数,如邢军纪、曹岩《锦州之恋》、黄传会《"希望工程"纪实》、李鸣生《飞向太空港》等。与此同时,"社会问题报告"仍占有相当比重,比如何建明剖析新形势下贫困大学生现象的《落泪是金》,杨黎光深层解析贪污腐败分子内心世界的《没有家园的灵魂》,赵瑜揭示曾经风光一时的马家军内幕的《马家军调查》等。除此之外,还有一批报告文学如《黄河大移民》《黑脸》《恸问苍冥》《没有掌声的征途》《东方大审判》《温故戊戌年》《淮河的警告》《大国长剑》《敦煌之恋》《共和国告急》《走出地球村》《开埠》《毛泽东和蒙哥马利》《中国863》《生死一线》《长江三峡:中国的史诗》《"希望工程"纪实》《中国知青梦》等,也都是这一时期脍炙人口的名篇。

20世纪90年代报告文学的转变,印证着社会转型对文学的强力冲击,也彰显出急躁情绪对报告文学的重要影响。社会的经济转轨,物质追求的膨胀,责任感的衰退,敏锐性的钝化,这都无疑成为阻滞报告文学深度掘进的因素。但我们仍应看到,20世纪90年代的报告文学尽管总体表现并不尽如人意,但毕竟取得了无法忽视的成就。发展过程中的调适及调适中的阵痛是必然的,这是市场经济发展的暂时现象,是社会发展的正常现象。

正是在这种情况下,人们将期待的目光投向了新世纪。

三

在经过十余年的市场化冲击后,逐渐站稳脚跟的报告文学开始了自我反思与调整,进入了一个新的发展时期。

进入新世纪之后,报告文学发展有了可喜的发展。一方面,"人民文学"与"底层书写"的呼声渐高,报告文学的责任意识、表现能力有所加强,重点报告文本的文化品格得以提升。报告文学由表象的社会分析进一步向文化透视转向,由泛化的改革颂歌向深沉的问题意识掘进,从而使一度被商品经济和市场大潮疏远了的报告文学的反思精神和批判品格渐次恢复。另一方面，报告文学在艺术性方面有了可喜的进展。针对20世纪90年代部分报告文学所存在的艺术上的粗鄙化以及文体边界模糊化的弊端，新世纪的报告文学更加关注作品的艺术品位，对于报告文学艺术品格的追问不断深化，有关报告文学"文学性"的呼声也益发强烈，报告文学开始试图从日渐扩张并随之模糊化的文体泥淖中解脱出来，回到其自身应有的位置。

在20世纪末至新世纪初期的报告文学中，最突出的是"时政报告"，即以社会重大事件，时事、政治、经济的焦点问题作为创作对象，如中国"入世"、三峡工程、载人航天、青藏铁路、南水北调、抗击"非典"、"奔月"计划、北京奥运、抗冰雪灾害、抗震救灾、高铁建设等。"新时代报告"的代表作如李鸣生《千古一梦——中国人第一次离开地球的故事》、何建明《根本利益》《国家行动》《我的天堂》、黄济人《命运的迁徙》、胡平《心月何处》、黄传会《中国乡村教师》《我的课桌在哪里》、徐剑《东方哈达》、李春雷《宝山》《木棉花开》、梅洁《大江北去》、蒋巍《闪着泪光的事业》、陈启文《命脉：中国水利调查》、傅宁军《大学生村官》和张胜友的一系列电视政论片。"灾难报告"代表作如记录2003年"非典"的张积慧《护士长日记——写在抗非典的日子里》、徐刚《国难》、杨黎光《瘟疫，人类的影子》，描写2008年初抗冰雪凝冻的陈启文《南方冰雪报告》，表现汶川特大地震的何建明《生命第一》、李西闽《幸存者》、李鸣生《震中在人心》、李春雷《夜宿棚花村》、朱玉《天堂上的云朵》、张雅文《生命的呐喊》、关仁山《感天动地——从唐山到汶川》。此外，历史题材报告文学亦时有佳作出现，如何建明的《部长与国家》、张培忠的《文妖与先知》、王树增的《长征》《远东朝鲜战争》、李洁非的《胡风案中人与事》、赵瑜与胡世全合著的《革命百里洲》、彭荆风的《解放大西南》、丰收的《王震和我们》、杨黎光的《中山路》、满妹的《思念依然无尽——回忆父亲胡耀邦》等。除此之外，阎纲的《美丽的夭亡》、李青松的《乌梁素海》、梅洁的《西部的倾诉》、王宏甲的《智慧风暴》、加央西热的《西藏最后的驮队》、王光明与姜良纲合著的《中国有座鲁西监狱》、朱晓军的《天使在作战》、党益民的《用胸膛行走西藏》、王宏甲的《中国新教育风暴》、何建明的《国家》、杨晓升的《只有一个孩子》、李春雷的《摇着轮椅上北大》、赵瑜的

《寻找巴金的黛莉》等也展现出不俗的创作水准，受到专家与读者的推崇。

新世纪初的报告文学创作也呈现出著作化、长篇风、史传盛行的特征，时政、灾难、社会问题和历史纪实成为主潮，特别关注民生，注重记事写人，阐述新思新见，为时代作史画像。但是，在市场环境和全媒体的文化生态条件下，报告文学面临着读者选择与选择读者、作家选择与选择作家的严峻挑战，在彰显优长的同时，其战斗性、思想性和艺术性仍存有较大的提升空间。报告文学正在努力通过自身的调整、嬗变来适应全新的阅读接受形势。

四

当今中国，最热门的话题之一当然是"中国梦"。

"中国梦"是中华民族伟大复兴梦，也是每个个体事业成功、人生出彩的梦想。在这一征程上发生的中国故事、积累的中国经验，尤其值得报告文学书写。

十八大以来，习近平总书记鲜明提出，坚持以人民为中心的创作导向，创作更多无愧于时代的优秀作品，吹响了推动文艺创作繁荣发展的集合号。人民不是抽象的符号，而是一个个具体的人，有血有肉，有情感，有爱恨，有梦想，也有内心的冲突和挣扎。创作者不能以自己的个人感受代替人民的感受，而是要走出象牙塔，虚心向人民学习、向生活学习，在实践和丰富多彩的生活中汲取营养。这无疑对新时期的报告文学创作提出了新的要求与方向，使报告文学作家自觉回归生活，扎根生活，反思自身，回归创作初心渐成潮流。

报告文学擅写重大事件、重大场景，对于正在进行中的大事件能够给予最及时的反映。十八大之后，报告文学不断涌现出一批反映时代真实、描写中国梦、讲述中国故事、彰显中国道路、弘扬中国精神的优秀作品。这种取向，是报告文学创作的长远传统和第一向度。何建明以"美丽中国"和生态文明为主旨的长篇报告文学《那山，那水》，黄传会书写新生代农民工的奋斗与拼搏、欢乐与痛苦、期待与向往的《中国新时代农民工》等。

中国梦的抒写离不开她的创造者和实践者，追梦者的身影是报告文学着力捕捉的对象。李迪的《中国警察故事》系列，聚焦公安战线英模，彰显了坚强刚毅、为民奉献、廉洁自律的公安精神；李春雷的《我的中国梦》生动描述沈飞集团董事长罗阳为国捐躯的感人事迹，而他的另一篇《朋友——习近平与贾大山交往纪事》则更是精彩讲述了习近平总书记当年在正定县任职时与作家贾大山的一段真情故事。中国梦不仅是国家和民族的梦想，更是每一个普通人的梦想。郑云云的《手指上的中国》描述长年漂泊在景德镇从事精品瓷器、工艺瓷器、创意瓷器创作生产的工人；高艳国、赵方新的《"中国梁"传奇》讲述了山东农民梁希森在改革时代凭借自己的勤劳智慧实现财富积累的生动故事；曾德强的《脚上有路》讲述农家子弟郑远元从街头修脚工起步成长为企业家的传奇故事。这些具有代表性的新人物、新故事是对中国精神的生动诠释。

这一时间段涌现的还有王宏甲的《塘约道路》、铁流和徐锦庚合著的《中国民办教育调查》、任林举的《粮道》、肖亦农的《毛乌素绿色传奇》、李延国与李庆华合著的《根据地：中国共产党人不能忘却的记忆》、朱晓军与杨丽萍合著的《快递中国》、程雪莉的《寻找平山团》、章剑华的《故宫三部曲》、张国云的《致青藏》、马娜的《天路上的吐尔库》、丁燕的《低天空：珠三角女工的痛与爱》等一批优秀报告文学作品。

这一时期，还有一批聚焦精准扶贫、科技进展与先进人物的报告文学作品，如何建明的《时代大决战》、纪红建的《乡村国是》、王鸿鹏与马娜合著的《中国机器人》、陈启文的《袁隆平的世界》《围困长春》等作品。

五

改革开放已经走过40年，这项伟大事业仍然在以迅猛态势继续前行。

无疑，在这个时代洪流中，回顾40年中国报告文学，成就是突出的，影响亦是深远的。众多作品具有文献价值、史学价值、社会学价值、认识价值、教育价值或审美价值，可以在文学史上留下印记，有些作品堪称新经典。

然而，发展的过程并非一帆风顺，报告文学创作本身也不断面临转型与新变。

从整体上看，虽然报告文学作品的数量不断增加，创作呈现一片繁荣趋势，但信息技术的快速发展，网络、新媒体以及电脑、移动终端等新技术与新设备的出现，极大地改变了信息的传播与接收方式，使报告文学的创作空间不断受到挤压。报告文学是贴着大地和民众行走的文学，强调实地采访和到达现场搜集素材，重视材料来源的第一手性、可靠性与准确性。但有些报告文学作品却仍旧存在着纯粹从资料到文本的缺陷。一些作者足不出户闭门造车，单单从文献记载或网络搜索中积累素材，直接将资料转化成文学文本。这无疑会使作品欠缺鲜活性、新颖性的特点，对报告文学文体品格造成损害。另外，报告文学作品的艺术性缺陷，也是导致读者不断流失的一个重要原因。不少报告文学作品文字干巴、无文采，叙事铺陈，情节、故事平淡乏味，甚至沦为流水账、记事本，篇幅冗长拖沓，思想平庸，很难带给读者审美的愉悦和思想的启迪。

社会的进步与多元化发展，给我们带来了越来越多、越来越复杂、越来越深刻的问题和挑战。报告文学虽然存在着各种各样的问题，但我们仍旧满怀信心，更加满怀信心。

我们有理由坚信，随着时代的进步，报告文学一定会与时俱进，更加成长壮大，继续与时代同行，与人民共忧乐，勇立时代潮头，传达时代先声。

讲述中国故事，更需报告文学！

（作者系广东人民出版社社长）

目录

四十不惑

1. 哥德巴赫猜想 | 徐 迟 | 1
2. 扬眉剑出鞘 | 理 由 | 25
3. 祖国高于一切 | 陈祖芬 | 36
4. 中国姑娘 | 鲁 光 | 46
5. 三门李轶闻 | 乔 迈 | 66
6. 小木屋 | 黄宗英 | 82
7. 胡杨泪 | 孟晓云 | 117
8. 中国农民大趋势 | 李延国 | 135
9. 寻找,不是用眼睛 | 吴东峰 胡松植 | 137
10. 伐木者,醒来! | 徐 刚 | 158
11. 强国梦 | 赵 瑜 | 176
12. 沂蒙九章 | 李存葆 王光明 | 194
13. 历史的抉择 | 张胜友 | 216
14. 中国863 | 李鸣生 | 235

15. 王选的选择　｜王宏甲｜　237

16. 生死一线　｜杨黎光｜　259

17. 点击未来战争　｜陈歆耕｜　261

18. 永远的红树林　｜何建明｜　263

19. 木棉花开　｜李春雷｜　281

20. 守望天山　｜党益民｜　307

21. 致以共和国的敬礼　｜蒋　巍｜　309

22. 雪域飞虹　｜徐　剑｜　332

23. 中国新生代农民工　｜黄传会｜　335

24. "懒汉"治村　｜徐锦庚｜　337

25. 大河上下　｜陈启文｜　348

26. 失独，中国家庭之痛　｜杨晓升｜　350

27. 快递中国　｜朱晓军　杨丽萍｜　353

28. 首草有约　｜李青松｜　376

哥德巴赫猜想

| 徐 迟 |

……为革命钻研技术，分明是又红又专，被他们攻击为"白专道路"。

——1978年两报一刊元旦社论
《光明的中国》

一

命 $Px(1,2)$ 为适合下列条件的素数 p 的个数：

$$x-p=p_1 \text{ 或 } x-p=p_2p_3$$

其中 p_1，p_2，p_3 都是素数。[这是不好懂的，读不懂时，可以跳过这几行。]

用 x 表一充分大的偶数。

命 $C_1 = \prod\limits_{\substack{P\backslash 1 \\ P>2}} \frac{P-1}{P-2} \prod\limits_{P>2}\left[1-\frac{1}{(P-1)^2}\right]$ 。

对于任意给定的偶数 h 及充分大的 x，用 $xh(1,2)$ 表示满足下面条件的素数：p 的个数：

$$P \leq x, \quad p+h=p_1 \text{ 或 } h+p=p_2p_3,$$

其中 p_1, p_2, p_3 都是素数。

本文的目的在于证明并改进作者在文献[10]内所提及的全部结果，现在详述如下。

二

以上引自一篇解析数论的论文。这一段引自它的"（一）引言"，提出了这道题。它后面是"（二）几个引理"，充满了各种公式和计算。最后是"（三）结果"，证明了一条定理。这篇论文，极不好懂。即使是著名数学家，如果不是专门研究这一个数学的分支的，也不一定能读懂。但是这篇论文已经得到了国际数学界的公认，誉满天下。它所证明的那条定理，现在世界各国一致地把它命名为"陈氏定理"，因为它的作者姓陈，名景润。他现在是中国科学院数学研究所的研究员。

陈景润是福建人，生于1933年。当他降生到这个现实人间时，他的家庭和社会生活并没有对他呈现出玫瑰花朵一般的艳丽色彩。他父亲是邮政局职员，老是跑来跑去的。当年如果参加了国民党，就可以飞黄腾达，但是他父亲不肯参加。有的同事说他真是不识时务。他母亲是一个善良的操劳过甚的妇女，一共生了12个孩子，只活了6个，其中陈景润排行老三。上有哥哥和姐姐，下有弟弟和妹妹。孩子生得多了，就不是双亲所疼爱的儿女了。他们越来越成为父母的累赘——多余的孩子，多余的人。从生下的那一天起，他就像一个被宣布为不受欢迎的人似的，来到了这人世间。

他甚至没有享受过多少童年的快乐。母亲劳苦终日，顾不上爱他。当他记事的时候，酷烈的战争爆发。日本鬼子打进福建省。他还这么小，就提心吊胆过生活。父亲到三元县的三明市，一个邮政分局当局长。小小邮局，设在山区一座古寺庙里。这地方曾经是一个革命根据地。但那时候，茂郁山林已成为悲惨世界。所有男子汉都被国民党匪军疯狂屠杀，无一幸存者。连老年的男人也一个都不剩了。剩下的只有妇女。她们的生活特别凄凉。花纱布价钱又太贵了；穿不起衣服，大姑娘都还裸着上体。福州被敌人占领后，逃难进山来的人多起来。这里飞机不来轰炸，山区渐渐有点儿兴旺。却又迁来了一个集中营。深夜里，常有鞭声惨痛地回荡；不时还有杀害烈士的枪声。第二天，那些戴着镣铐出来劳动的人，神色就更阴森了。

陈景润的幼小心灵受到了极大的创伤。他时常被惊慌和迷惘所征服。在家里并没有得到乐趣，在小学里他总是受人欺侮。他觉得自己是一只丑小鸭。不，是人，他还是觉得自己也是一个人。只是他瘦削、弱小。光是这副窝囊样子就不能讨人喜欢。习惯于挨打，从来不讨饶。这更使对方狠狠揍他，而他则更坚韧而有耐力了。他过分敏感，过早地感觉到了旧社会那些人吃人的现象。他被造成了一个内向的人，内向的性格。他独独爱上了数学。演算数学习题占去了他大部分的时间。

当他升入初中的时候，江苏学院从远方的沦陷区搬迁到这个山区来了。那学院里的教授和讲师也到本地初中里来兼点课，多少也能给他们流亡在异地的生活改善一些。这些老师很有学问。有个语文老师水平最高，大家都崇拜他。但陈景润不喜欢语文。他喜欢两个外地的数理老师。外地老师倒也喜欢他。这些老师经常吹什么科学救国一类的话。他不相信科学能救国。但是救国却不可以没有科学，尤其不可以没有数学。而且数学是什么事儿也少不了它的。人们对他歧视，拳打脚踢，只能使他更加爱上数学。枯燥无味的代数方程式却使他充满了幸福，成为唯一的乐趣。

13岁那年，他母亲去世了，是死于肺结核的。从此，儿想亲娘在梦中，而父亲又结了婚，后娘对他就不如亲娘了。抗战胜利了，他们回到福州。陈景润进了三一中学。毕业后又到英华书院去念高中。那里有个数学老师，曾经是国立清华大学的航空系主任。

三

老师知识渊博，又诲人不倦。他在数学课上，给同学们讲了许多有趣的数学知识。不爱数学的同学都能被他吸引住，爱数学的同学就更不用说了。

数学分两大部分：纯数学和应用数学。纯数学处理数的关系与空间形式。在处理数的关系这部分里，讨论整数性质的一个重要分支，名叫"数论"。17世纪法国大数学家费马是西方数论的创始人。但是中国古代老早已对数论做出了特殊贡献。《周髀》是最古老的古典数学著作。较早的还有一部《孙子算经》。其中有一条余数定理是中国首创。据说大军事家韩信曾经用它来点兵。后来被传到了西方，名为孙子定理，是数论中的一条著名定理。直到明代以前，中国在数论方面是对人类有过较大贡献的。13世纪下半纪更是中国古代数学的高潮了。南宋大数学家秦九韶著有《数书九章》。他的联立一次方程式的解法比瑞士大数学家欧拉的解法早出了500多年。元代大数学家朱世杰，著有《四元玉鉴》。他的多元高次方程的解法，比法国大数学家毕朱，也早出了400多年。明清以后，我们落后了。然而中国人对于数学好像是特具禀赋的。中国应当出大数学家。中国是数学的故乡。

有一次，老师给这些高中生讲了数论之中一道著名的难题。他说："当初，俄罗斯的彼得大帝建设彼得堡，聘请了一大批欧洲的大科学家。其中，有瑞士大数学家欧拉；有德国的一位中学教师，名叫哥德巴赫，也是数学家。"

"1742年，哥德巴赫发现，每一个大偶数都可以写成两个素数的和。他对许多偶数进行了检验，都说明这是确实的。但是这需要给予证明。因为尚未经过证明，只能称之为猜想。他自己却不能够证明它，就写信请教那赫赫有名的大数学家欧拉，请他来帮忙做出证明。一直到死，欧拉也不能证明它。从此这成了一道难题，吸引了成千上万数学家的注意。200多年来，多少数学家企图给这个猜想做出证明，都没有成功。"

说到这里，教室里成了开了锅的水。那些像初放的花朵一样的青年学生叽叽喳喳地议论起来了。

老师又说："自然科学的皇后是数学。数学的皇冠是数论。哥德巴赫猜想，则是皇冠上的明珠。"

同学们都惊讶地瞪大了眼睛。

老师说："你们都知道偶数和奇数，也都知道素数和合数。我们小学三年级就教这些了。这不是最容易的吗？不，这道难题是最难的呢。这道题很难很难。要有谁能够做了出来，不得了，那可不得了啊！"

青年人又吵起来了："这有什么不得了？我们来做。我们做得出来。"他们夸下了海口。

老师也笑了。他说："真的，昨天晚上我还做了一个梦呢。我梦见你们中间有一位同学，他不得了，他证明了哥德巴赫猜想。"

高中生们哄的一声大笑了。

但是陈景润没有笑。他也被老师的话震动了,但是他不能笑。如果他笑了,还会有同学用白眼瞪他的。自从升入高中以后,他越发孤独了。同学们嫌他古怪,嫌他脏,嫌他多病的样子,都不理睬他。他们用蔑视的和讥讽的眼神瞅着他。他成了一个踽踽独行、形单影只、自言自语、孤苦伶仃的畸零人。长空里,一只孤雁。

第二天,又上课了。几个相当用功的学生兴冲冲地给老师送上了几个答题的卷子。他们说,他们已经做出来了,能够证明那个德国人的猜想了。可以多方面地证明它呢。没有什么了不起的。哈!哈!

"你们算了!"老师笑着说,"算了!算了!"

"我们算了,算了。我们算出来了!"

"你们算啦!好啦好啦,我是说,你们算了吧,白费这个力气做什么?你们这些卷子我是看也不会看的,用不着看的。那么容易吗?你们是想骑着自行车到月球上去。"

教室里又爆发出一阵哄堂大笑。那些没有交卷的同学都笑话那几个交了卷的。他们自己也笑了起来,都笑得跺脚,笑破肚子了。唯独陈景润没有笑。他紧结着眉头。他被排除在这一切欢乐之外。

第二年,老师又回清华去了。他早该忘记这两堂课了。他怎能知道他被多么深刻地铭刻在学生陈景润的记忆中。老师因为同学多,容易忘记,学生却常常记着自己青年时代的老师。

四

福州解放!那年他高中三年级。因为交不起学费,1950年上半年,他没有上学,在家自学了一个学期。高中没有毕业,但以同等学力报考,他考进了厦门大学。那年,大学里只有数学物理系。读大学二年级时,才有了一个数学组。但只有四个学生。到三年级时,有数学系了,系里还是这四个人。因为成绩特别优异,国家又急需培养人才,四个人提前毕了业。而且,立即分配了工作,得到的优待,羡煞旁人。1953年秋季,陈景润被分配到了北京!在第X中学当数学老师。这该是多么地幸福了啊!

然而，不然！在厦门大学的时候，他的日子是好过的。同组同系就只有四个大学生，倒有四个教授和一个助教指导学习。他是多么饥渴而且贪馋地吸饮于百花丛中，以酿制芬芳馥郁的数学蜜糖啊！学习的成效非常之高。他在抽象的领域里驰骋得多么自由自在！大家有共同的dx和dy等之类的数学语言。心心相印，息息相通。三年中间，没有人歧视他，也不受骂挨打了。他很少和人来往，过的是黄金岁月；全身心沉浸在数学的海洋里面。真想不到，那么快，他就毕业了。一想到他将要当老师，在讲台上站立，被几十对锐利而机灵，有时难免要恶作剧的眼睛盯视，他禁不住吓得打战！

他的猜想立刻就得到了证明。他是完全不适合于当老师的。他那么瘦小和病弱，他的学生却都是高大而且健壮的。他最不善于说话，说多几句就嗓子发痛了。他多么羡慕那些循循善诱的好老师。下了课回到房间里，他叫自己笨蛋。辱骂自己比别人的还厉害得多。他一向不会照顾自己，又不注意营养。积忧成疾，发烧到38℃。送进医院一检查，他患有肺结核和腹膜结核症。

这一年内，他住医院六次，做了三次手术。当然他没有能够好好地教书。但他并没有放弃他的专业。中国科学院不久前出版了华罗庚的名著《堆垒素数论》。刚摆上书店的书架，陈景润就买到了。他一头扎进去了。非常深刻的著作，非常之艰难！可是他钻研了它。住进医院，他还偷偷地避开了医生和护士的耳目，研究它。他那时也认为，这样下去，学校没有理由欢迎他。

他想他也许会失业。又有什么办法呢？好在他节衣缩食，一支牙刷也不买。他从来不随便花一分钱，他积蓄了几乎他的全部收入。他横下心来，失业就回家，还继续搞他的数学研究。积蓄的这几个钱是他搞数学的保证。这保证他失了业也还能研究数学的几个钱，就是他的生命：他的生命就是数学。积蓄一旦用光了，以后呢？他不知道。那时又该怎么办？这也是难题；也是尚未得到解答的猜想。而这个猜想后来也证明是猜对了的。他的病好不了，中学里后来无法续聘他了。

厦门大学校长来到了北京，在教育部开会。那所中学的一位领导遇见了他，谈起来，很不满意，提出了一大堆的意见：你们怎么培养了这样的高才生？

王亚南，厦门大学校长，就是马克思的《资本论》的翻译者，听到意见之后，非常吃惊。他一直认为陈景润是他们学校里最好的学生。他不同意他所听到的意见。他认为这是分配学生的工作时，分配不得当。他同意让陈景润回到厦门大学。

听说他可以回厦门大学数学系了，说也奇怪，陈景润的病也就好转了。而王亚南却安排他在厦大图书馆当管理员，又不让管理图书，只让他专心致志地研究数学。王亚南不愧为政治经济学的批判家，他懂得价值论，懂得人的价值。陈景润也没有辜负了老校长的培养。他果然精深地钻研了华罗庚的《堆垒素数论》和大厚本儿的《数论导引》。陈景润都把它们吃透了。他的这种经历却也并不是没有先例的。

当初，我国老一辈的大数学家、大教育家熊庆来，我国现代数学的引进者，在北京的清华大学执教。30年代之初，有一个在初中毕业以后就失了学，失了学就完全自学的青年数学家，寄出了一篇代数方程解法的文章给熊庆来。熊庆来一看，就看出了这篇文章中的英姿勃发和奇光异彩。他立刻把它的作者，姓华名罗庚的，请进了清华园来。他安排华罗庚在清华数学系当文书，一面自学，一面听课。而后，派遣华罗庚出国，留学英国剑桥。学成回国，已担任在昆明的西南联合大学校长的熊庆来又聘请他当联大教授。华罗庚后来再次出国，在美国普林斯顿和伊利诺伊的大学教书。中华人民共和国成立以后，华罗庚马上回国来了，他主持了中国科学院数学研究所的工作。

陈景润在厦门大学图书馆中也很快写出了数论方面的专题文章，文章寄给了中国科学院数学研究所。华罗庚一看文章，就看出了文章中的英姿勃发和奇光异彩，也提出了建议，把陈景润选调到数学研究所来当实习研究员。正是：熊庆来慧眼认罗庚，华罗庚睿目识景润。

1956年底，陈景润再次从南方海滨来到了首都北京。

1957年夏天，数学大师熊庆来也从国外重返清华。

这时少长咸集，群贤毕至。当时著名的数学家有熊庆来、华罗庚、张宗燧、闵嗣鹤、吴文俊等明星灿灿；还有新起的一代俊彦，陆启铿、万哲先、王元、越民义、吴方等，如朝霞烂漫；还有后起之秀，陆汝钤、杨乐、张广厚等已入北京大学求学。在解析数论、代数数论、函数论、泛函分析、几何拓扑学等学科之中，已是人才济济，又加上了一个陈景润。人人握灵蛇之珠，家家抱荆山之玉。风靡云蒸，阵容齐整。条件具备了，华罗庚做出了战略性部署。侧重于应用数学，但也要向那皇冠上的明珠，哥德巴赫猜想挺进！

五

要想懂得哥德巴赫猜想是怎么一回事，只需把早先在小学三年级里就学到过的数学再来温习一下。那些12345，个十百千万的数字，叫作正整数。那些可以被2整除的数，叫作偶数。剩下的那些数，叫作奇数。还有一种数，如2，3，5，7，11，13等，只能被1和它本数，而不能被别的整数整除的，叫作素数。除了1和它本数以外，还能被别的整数整除的，这种数如4，6，8，9，10，12等就叫作合数。一个整数，如能被一个素数所整除，这个素数就叫作这个整数的素因子。如6，就有2和3两个素因子。如30，就有2、3和5三个素因子。好了，这暂时也就够用了。

1742年，哥德巴赫写信给欧拉时，提出了：每个不小于6的偶数都是两个素数之和。例如，6 = 3+3。又如，24 = 11+13等。有人对一个一个的偶数都进行了这样的验算，一直验算到了3亿3000万之数，都表明这是对的。但是更大的数目，更大更大的数目呢？猜想起来也该是对的。猜想应当证明。要证明它却很难很难。

整个18世纪没有人能证明它。

整个19世纪也没有能证明它。

到了20世纪20年代，问题才开始有了点儿进展。

很早以前，人们就想证明，每一个大偶数是二个"素因子不太多的"数之和。他们想这样子来设置包围圈，想由此来逐步、逐步证明哥德巴赫这个命题一个素数加一个素数（1+1）是正确的。

1920年，挪威数学家布朗，用一种古老的筛法（这是研究数论的一种方法）证明了：每一个大偶数是两个"素因子都不超九个的"数之和。布朗证明了：九个素因子之积加九个素因子之积（9+9），是正确的。这是

用了筛法取得的成果。但这样的包围圈还很大，要逐步缩小之。果然，包围圈逐步地缩小了。

1924年，数学家拉德马哈尔证明了（7+7）。1932年，数学家爱斯斯尔曼证明了（6+6）。1938年，数学家布赫斯塔勃证明了（5+5）；1940年，他又证明了（4+4）。1956年，数学家维诺格拉多夫证明了（3+3）。1958年，我国数学家王元又证明了（2+3）。包围圈越来越小，越接近于（1+1）了。但是，以上所有证明都有一个弱点，就是其中的两个数没有一个是可以肯定为素数的。

早在1948年，匈牙利数学家兰恩易另外设置了一个包围圈。开辟了另一战场，想来证明：每个大偶数都是一个素数和一个"素因子都不超过六个的"数之和。他果然证明了（1+6）。

但是，以后又是10年没有进展。

1962年，我国数学家、山东大学讲师潘承洞证明了（1+5），前进了一步；同年，王元、潘承洞又证明了（1+4）。1965年，布赫斯塔勃、维诺格拉多夫和数学家庞皮艾黎都证明了（1+3）。

1966年5月，像一颗璀璨的明星升上了数学的天空，陈景润在中国科学院的刊物《科学通报》第十七期上宣布他已经证明了（1+2）。

自从陈景润被选调到数学研究所以来，他的才智的蓓蕾一朵朵地烂漫开放了。在圆内整点问题、球内整点问题、华林问题、三维除数问题等之上，他都改进了中外数学家的结果。单是这一些成果，他那贡献就已经很大了。

但当他已具备了充分依据，他就以惊人的顽强毅力，来向哥德巴赫猜想挺进了。他废寝忘食，昼夜不舍，潜心思考，探测精蕴，进行了大量的运算。一心一意地搞数学，搞得他发呆了。有一次，自己撞在树上，还问是谁撞了他。他把全部心智和理性统统奉献给这道难题的解题上了，他为此而付出了很高的代价。他的两眼深深凹陷了。他的面颊带上了肺结核的红晕。喉头炎严重，他咳嗽不停。腹胀、腹痛，难以忍受。有时已人事不知了，却还记挂着数字和符号。他跋涉在数学的崎岖山路，吃力地迈动步伐。在抽象思维的高原，他向陡峭的巉岩升登，降下又升登！善意的误会飞入了他的眼帘。无知的嘲讽钻进了他的耳道。他不屑一顾；他未予理睬。他没有时间来分辩；他宁可含垢忍辱。餐霜饮雪，走上去一步就是一步！他气喘不已，汗如雨下。时常感到他支持不下去了。但他还是攀登。用四肢，用指爪。真是艰苦卓绝！多少次上去了摔下来。就是铁鞋，也早该踏破了。人们嘲笑他穿的是通风透气不会得脚气病的一双鞋子。不知多少次发生了可怕的滑坠！几乎粉身碎骨。他无法统计他失败了多少次。他毫不气馁。他总结失败的教训，把失败接起来，焊上去，作登山用的尼龙绳子和金属梯子。吃一堑，长一智。失败一次，前进一步。失败是成功之母；成功由失败堆垒而成。他越过了雪线，到达雪峰和现代冰川，更感缺氧的严重了。多少次坚冰封山，多少次雪崩掩埋！他就像那些征服珠穆朗玛峰的英雄登山运动员，爬啊，爬啊，爬啊！恶毒的诽谤、恶意的污蔑像变天的乌云和九级狂风。而热情的支持为他拨开云雾，明朗的阳光又温暖了他。他向着目标，不屈不挠；继续前进，继续攀登。战胜了第一台阶的难以登上的峻峭；出现在难上加难的第二台阶绝壁之前。他只知攀登，在千仞深渊之上；他只管攀登，在无限风光之间。一张又一张运算的稿纸，像漫天大雪似的飞舞，铺满了大地。数字、符号、引理、公式、逻辑、推理，积在楼板上，有三尺深。忽然化为膝下群山，雪莲万千。他终于登上了攀登顶峰的必由之路，登上了（1+2）的台阶。

他证明了这个命题，写出了厚达200多页的长篇论文。

闵嗣鹤老师给他细心地阅读了论文原稿。检查了又检查，核对了又核对。肯定了，他的证明是正确的，靠得住的。他给陈景润说，去年人家证明（1+3）是用了大型的、高速的电子计算机。而你证明（1+2）却完全靠你自己运算。难怪论文写得长了。太长了，建议他加以简化。

本文第一段最后一句说到的"文献[10]"就是这时他以简报形式，在《科学通报》上宣布的，但只提到了结果，尚未公布他的证明。他当时正修改他的长篇论文。就是在这个当口，突然陈景润被卷入了政治革命的万丈波澜。滚滚而来的巨浪冲击了一切剥削阶级的思想意识。史无前例的无产阶级"文化大革命"，像一颗颗的精神原子弹氢弹的成功试验一样，在神州大地上连续爆炸了。

六

人类历史上从来没有过这样的群众运动。整个人类的四分之一，不分男女老少，一齐动员起来，把工、农、兵，劳动群众和知识分子，还有圣徒和魔鬼，一股脑儿卷了进去……

这是进步与倒退，真理与谬论，光明和黑暗的搏斗，无产阶级巨人与资产阶级怪兽的搏斗！中国发生了内战。到处是有组织的激动，有领导的对战，有秩序的混乱。无产阶级的革命就是经常自己批判自己。一次一次地胜利；一次一次地反复。把仿佛已经完成的事情，一次一次地重新来过，把这些事情再做一遍，每一次都有了新的提高。它搜索自己的弱点、缺点和错误，毫不留情。像马克思说过的要让敌人更加强壮起来，自己则再三往后退却，直到无路可退了，才在罗陀斯岛上跳跃；粉碎了敌人，再在玫瑰园里庆功。只见一个一个的场景，闪来闪去，风驰电掣，惊天动地。一台一台的戏剧，排演出来，喜怒哀乐，淋漓尽致；悲欢离合，动人心魄。一个一个的人物，登上场了。有的折戟沉沙，死有余辜；四大家族，红楼一梦；有的昙花一现，萎谢得好快啊。乃有青松翠柏，虽死犹生，重于泰山，浩气长存！有的是英雄豪杰，人杰地灵，干将镆铘，千锤百炼，拂钟无声，削铁如泥。一页一页的历史写出来了，大是大非，终于有了无私的公论。肯定—否定—否定之否定。化妆不经久要剥落；被诬的终究要昭雪。种子播下去，就有收割的一天。播什么，收什么。

天文地理要审查；物理化学要审查。生物要审查；数学也要审查。陈景润在无产阶级"文化大革命"中受到了最严峻的考验。老一辈的数学家受到了冲击，连中年和年轻的也跑不了。庄严的科学院被骚扰了；热腾腾的实验室冷清清了。日夜的辩论；剧烈的争吵。行动胜于语言；拳头代替舌头。无产阶级"文化大革命"像一个筛子。什么都要在这筛子上过滤一下。它用的也是筛法。该筛掉的最后都要筛掉；不该筛掉的怎么也筛不掉。

有人曾经强调了科学工作者要安心工作，钻研学问，迷于专业。陈景润又被认为是这种所谓资产阶级科研路线的"安钻迷"典型。确实他成天钻研学问，不太问政治。是的，但也参加了历次的政治运动。共产党好，国民党坏，这个朴素的道理他非常之分明。数学家的逻辑像钢铁一样坚硬；他的立场站得稳。他没有犯过什么错误。在政治历史上，陈景润一身清白。他白得像一只仙鹤。鹤羽上，污点沾不上去。而鹤顶鲜红；两眼也是鲜红的，这大约是他熬夜熬出来的。他曾下厂劳动，也曾用数学来为生产服务。尽管他是从事于数论这一基础理论科学的，但不关心政治，最后政治要来关心他，并且，要狠狠地批评他了。批评得轻了，不足以触动他。只有触动他，才能使他今后注意路线关心政治。批评不怕过分，矫枉必须过正。但是，能不能一推就把他推过敌我界线？能不能将他推进"专政队"里去？尽量摆脱外界的干扰，以专心搞科研又有何罪？

善意的误会，是容易纠正的。无知的嘲讽，也可以谅解的。批判一个数学家，多少总应该知道一些数学的特点。否则，说出了糊涂话来自己还不知道。陈景润被批判了。他被帽子工厂看中了：修正主义苗子、安钻迷、白专道路典型、白痴、寄生虫、剥削者。就有这样的糊涂话：这个人，研究（1+2）的问题。他搞的是一套人们莫名其妙的数学。让哥德巴赫猜想见鬼去吧！（1+2）有什么了不起！1+2不等于3吗？此人混进数学研究所，领了国家的工资，吃了人民的小米，研究什么1+2=3，什么玩意儿？！伪科学！

说这话的人才像白痴呢。

并不懂得数学的人说出这样的话，那是可以理解的。可是说这些话的人中间，有的明明是懂得数学，而且是知道哥德巴赫猜想这道世界名题的。那么，这就是恶意的诽谤了。权力使人昏迷了；派性叫人发狂了。

理解一个人是很难的。理解一个数学家也不容易。至于理解一个恶意的诽谤者就很容易，并不困难。只是陈景润发病了，他病重了。陈景润听着那些厌恶与侮辱他的、唾沫横飞的、听不清楚的言语。他茫然直视，他两眼发黑，看不到什么了。他像发寒热一样颤抖。一阵阵刺痛的怀疑在他脑中旋转。血痕印上他惨白的面颊。一块青一块黑，一种猝发的疾病临到他的身上。他休克，他眩晕，一个倒栽葱，从上空摔到地上。"资产阶级认为最革命的事件，实际上却是最反革命的事件。果实落到了资产阶级脚下，但它不是从生命树上落下来的，而是从知善恶树上落下来的。"（马克思：《雾月十八日》——二）

七

台风的中心是安静的。

过了一段时间，不知是多少天多少月，"专政队"的生活反倒平静无事了。而旋卷在台风里面的人却焦灼着、奔忙着、谋划着、叫嚷着、战斗着，不吃不睡，狂热地保护自己的派性，疯狂地攻击对方的派性。他们忙着打派仗，竟没有时间来顾及他们的那些"专政"对象了。这时有一个老红军，主动出来担当了看守他们的任务。实际是一个热情的支持者，他保护了科学家们，还允许他们偷偷地看书。

待到工人宣传队进驻科学院各所以后，陈景润被释放了，可以回到他自己的小房间里去住了。不但可以读书，也可以运算了。但是总有一些人不肯放过他。每天，他们来敲敲门，来查查户口，弄得他心惊肉跳，不得安生。有一次，带来了克丝钳子；存心不让他看书，把他房间里的电灯铰了下来，拿走了。还不够，把开关拉线也剪断了。

于是黑暗降临他的心房。

但是他还得在黑暗中活下去啊，他买了一只煤油灯。又深怕煤油灯光外露，就在窗子上糊了报纸。他挣扎着生活，简直不成样子。对搞工作的，扣他们工资；搞打砸抢的，反而有补贴。过了这样久心惊肉跳的生活，动辄得咎，他的神经极度衰弱了。工作不能做，书又不敢读。工宣队来问：为什么要搞1+1=2以及1+2=3呢？他哭笑不得，张皇失措了。他语无伦次，不知道怎样对师傅们解说才能解释清楚。工人同志觉得这个人奇怪。但是他还是给他们解释清楚了。这（1+1）（1+2）只是一个通俗化的说法，并不是日常所说的1+1和1+2。好像我们说一个人是纸老虎，并不就是老虎了。弄清楚了之后，工人师傅也生气地说：那些人为什么要胡说？他们也热情支持他，并保护他了。

"九一三"事件之后，大野心家已经演完了他的角色，下场遗臭万年去了。陈景润听到这个传达之后，吃惊得说不出话来。这时，情况渐渐地好转。可是他却愈加成了惊弓之鸟。激烈的阶级斗争使他无所适从。唯一的心灵安慰从来就是数学。他只好到数论的大高原上去隐居起来。现在也允许他这样做了。图书馆的研究员出身的管理员也是他热情的支持者。事实证明，热情的支持者，人数众多。他们对他好，保护他。他被藏在一个小书库的深深的角落里看书。由于这些研究员的坚持，数学研究所继续订购世界各国的文献资料。这样几年，陈景润的数学研究也没有中断过，这是他们的功劳。他阅读，他演算，他思考。他的情绪逐步地振作起来。但是健康状况却愈加严重了。他从不说；他也不顾。他又投身于工作。白天在图书馆的小书库一角，夜晚在煤油灯底下，他又在爬，爬，爬了，他要找寻一条一步也不错的最近的登山之途，又是最好走的路程。

敬爱的周总理，一直关心着科学院的工作，并且着手排除帮派的干扰。半个月之前，有一位周大姐被任命为数学研究所的政治部主任。由解析数论、代数数论等学科组成的五学科室恢复了上下班的制度。还任命了支部书记，是个工农出身的基层老干部，当过第二野战军政治部的政治干事。

到职以后，书记就到处找陈景润。周大姐已经把她所了解的情况告诉了他。但他找不到陈景润。他不在办公室里，办公室里还没有他的办公桌。他已经被人忘记掉了。可是他们会了面，会面在图书馆小书库的一个安静的角上。

刚过国庆，10月的阳光普照。书记还只穿一件衬衣，衰弱的陈景润已经穿上棉袄。

"李书记，谢谢你。"陈景润说，他见人就谢。"很高兴，"他说了一连串的很高兴。他一见面就感到李书记可亲。"很高兴，李书记，我很高兴，李书记，很高兴。"

李书记问他："下班以后，下午五点半好不好？我到你屋去看看你。"

陈景润想了一想就答应了："好，那好，那我下午就在楼门口等你，要不你会找不到的。"

"不，你不要等我，"李书记说，"怎么会找不到呢？找得到的。完全用不着等的。"

但是陈景润固执地说："我要等你，我在宿舍大楼门口等你。不然你找不到。你找不到我就不好了。"

果然下午他是在宿舍大楼门口等着的。他把李书记等到了，带着他上了三楼，请进了一个小房间。小小房间，只有六平方米大小。这房间还

缺了一只角。原来下面二楼是个锅炉房。长方形的大烟囱从他的三楼房间中通过，切去了房间的六分之一。房间是刀把形的。显然它的主人刚刚打扫过、清理过这间房了。但还是不整洁。窗子三榀，糊了报纸，糊得很严实。尽管秋天的阳光非常明丽，屋内光线暗淡得很。纱窗之上，是羊尾巴似的卷起来的窗纱。窗上缠着绳子，关不严。虫子可以飞出飞进。李书记没有想到他住处这样不好。他坐到床上，说："你床上还挺干净！"

"新买了床单。刚买来的床单。"陈景润说，"你要来看看我，我特地去买了床单。"指着光亮雪白的蓝格子花纹的床单。"谢谢你，李书记，我很高兴，很久很久了，没有人来看望……看望过我了。"他说话的声音颤抖起来，这里面带着泪音。霎时间李书记感到他被这声音震撼，满腔怒火燃烧。这个党的工作者从来没有这样激动过。不像话，太不像话了！这房间里还没有桌子。六平方米的小屋，竟然空如旷野。一捆捆的稿纸从屋角两只麻袋中探头探脑地露出脸来。只有四叶暖气片的暖气上放着一只饭盒。一堆药瓶，两只暖瓶。连一只矮凳子也没有。怎么还有一只煤油灯？他发现了，原来房间里没有电灯。"怎么？"他问，"没有电灯？"

"不要灯。"他回答，"要灯不好。要灯麻烦。这栋大楼里，用电炉的人家很多。电线负荷太重，常常要检查线路，一家家的都要查到。但是他们从来不查我。我没有灯，也没有电线。要灯不好，要灯添麻烦了。"说着他凄然一笑。

"可是你要做工作。没有灯，你怎么做工作？说是你工作得很好。"

"哪里哪里。我就在煤油灯下工作，那，一样工作。"

"桌子呢？你怎么没有桌子？"

陈景润随手把新床单连同褥子一起翻了起来，露出了床板，指着说："这不是？这样也就可以工作了。"

李书记皱起了眉头，咬牙切齿了。他心中想着："嗯，竟有这样的事！在中关村，在科学院呢。糟蹋人啊，糟蹋科学！被糟蹋成了这个状态。"一边这样想，一边又指着羊尾巴似的窗纱问道："你不用蚊帐？不怕蚊虫咬？"

"晚上不开灯，蚊子不会进来。夏天我尽量不在房间里待着。现在蚊子少了。"

"给你灯,"李书记加重了语气说,"接上线,再给你桌子、书架,好不好?"

"不好不好,不要不要,那不好,我不要,不……不……"

李书记回到机关。他找到了比他自己早到了才一个星期的办公室老张主任。主任听他说话后,认为这一切不可能:"瞎说!怎么会没有灯呢?"李书记给他描绘了小房间的寂寞风光。那些身上长刺头上长角的人把科学院搅得这样!立刻找来了电工。电工马上去装灯。灯装上了,开关线也接上了,一拉,灯亮了。陈景润已经俯伏在一张桌子之上,写起来了。

光明回到陈景润的心房。

八

(他写着,写着)……

由(22)式及上式,当x很大时,有

$$M_1 \leq (8+24\varepsilon) Cx (\log x)^{-1} \sum_{x^{\frac{1}{10}}<P_1<x^{\frac{1}{3}}<P_2\leq(\frac{x}{P_1})^{\frac{1}{2}}} \left\{ \frac{\Lambda(n)}{\log \frac{x}{P_1 P_2}} \right\} \phi\left(\frac{x}{P_1 P_{2n}}\right)。$$

由引理1,本引理得证。

引理8,设x是大偶数,则有

$$\Omega \leq \frac{3.9404 x C_x}{(\log x)^2}。$$

〔引理8的一句话,读作"设x是一个大偶数,则有Ω小于或等于3点9404xCx,除以括弧中的log$x$的平方!"请注意,这一公式是解决哥德巴赫猜想的(1+2)证明的主要关键。〕

证:当x很大时,由引理5到引理7,我们有

(23)

$$\Omega \leq \left\{ \frac{8(1+5x)xC_x}{\log x} \right\}$$

$$\left\{ \sum_{x^{\frac{1}{10}}<P_1\leq x^{\frac{1}{3}}<P_2\leq(\frac{x}{P_1})^{\frac{1}{2}}} \frac{1}{P_1 P_2 \log \frac{x}{P_1 P_2}} \right\}$$

又有：

$$\sum_{x^{\frac{1}{10}}<P1\leq x^{\frac{1}{3}}<P2\leq (\frac{x}{P_1})^{\frac{1}{2}}} \frac{1}{P_1P_2\log\frac{x}{P_1P_2}}$$

$$\leq (1+\varepsilon) \sum_{x^{\frac{1}{10}}<P1\leq x^{\frac{1}{3}}} \int_{x^{\frac{1}{3}}}^{(\frac{x}{P_1})^{\frac{1}{2}}} \frac{dt}{P_1t(\log t)\log\frac{x}{P_1t}}$$

……

何等动人的篇页！这些是人类思维的花朵。这些是空谷幽兰、高寒杜鹃、老林中的人参、冰山上的雪莲、绝顶上的灵芝、抽象思维的牡丹。这些数学的公式也是一种世界语言。学会这种语言就懂得它了。这里面贯穿着最严密的逻辑和自然辩证法。它可以解释太阳系、银河系、河外系和宇宙的秘密，原子、电子、粒子、层子的奥妙。但是能升登到这样高深的数学领域去的人不多。

且让我们这样稍稍窥视一下彼岸彼土。那里似有美丽多姿的白鹤在飞翔舞蹈。你看那玉羽雪白，雪白得不沾一点尘土；而鹤顶鲜红，而且鹤眼也是鲜红的。它踯躅徘徊，一飞千里。还有乐园鸟飞翔，有鸾凤和鸣，姣妙、娟丽，变态无穷。在深邃的数学领域里，既散魂而荡目，迷不知其所之。

闵嗣鹤教授却能够品味它，欣赏它，观察它的崇高和瑰丽。他当时说过，"陈景润的工作，最近好极了。他已经把哥德巴赫猜想的那篇论文写出来了。我已经看到了，写得极好"。

"你的论文写出了，"一位军代表问陈景润，"为什么不拿出来？"陈景润回答他："正做正做，没有做完。"军代表说："希望你早日完成。"

室里的领导老田对李书记说："可以动员动员他，让他拿出来。但也不急。他不拿出来，自然有他的道理的。"

李书记问了问他，陈景润说："有人还在骂我，说我不交论文是因为现在没有稿费了，说是恢复了稿费我就会交了。"李书记追了他一句："谁这样说你？"他回答："你不要问了。谢谢你，你可别去问啊！问了我更麻烦了。没有稿费，谢天谢地。我不要稿费。我压根儿也没有想到它。那个稿子我还在做。我确实没有做完。"

九

"我确实还没有做完。我的论文是做完了,又是没有做完的。自从我到数学研究所以来,在严师、名家和组织的培养、教育、熏陶下,我是一个劲儿钻研。怎么还能干别的事?不这样怎么对得起党?在世界数学的数论方面30多道难题中,我攻下了六七道难题,推进了它们的解决。这是我的必不可少的锻炼和必不可少的准备。然后我才能向哥德巴赫猜想挺进。为此,我已经耗尽了我的心血。

"1965年,我初步达到了(1+2)。但是我的解答太复杂了,写了200多页的稿子。数学论文的要求一是正确性,二是简洁性。譬如从北京城里走到颐和园那样,可有许多条路,要选择一条最准确无错误,又最短最好的道路。我那个长篇论文是没有错误,但走了远路,绕了点儿道,长达200多页,也还没有发表。国外没有承认它,也没有否认它,因为它没有发表。从那年到今天已经过去了七年。

"这个事是比较困难的,也是难以被人理解的。从学习外语来说,我是在中学里就学了英语,在大学里学的俄语;在所里又自学了德语和法语。我勉强可以阅读而且写写了。又自学了日语、意大利语和西班牙语,到了勉强可以阅读外国资料和文献的程度。因而在借鉴国外的经验和成就时,可以从原文阅读,用不到等人翻译出来了再读。这是必不可少的一个条件。我必须检阅外国资料的尽可能的全部总和,消化前人智慧的尽可能不缺的全部的果实。而后我才能在这样的基础上解答(1+2)这样的命题。"

"我的成果又必须表现在这样的一篇论文中,虽然是专业性质的论文,文字是比较简单的;尽管是相对地严密的,又必须是绝对地精确的。若干地方就是属于哲学领域的了。所以我考虑了又考虑,计算了又计算,核对了又核对,改了又改,改个没完。我不记得我究竟改了多少遍。科学的态度应当是最严格的,必须是最严格的。"

"我知道我的病早已严重起来。我是病入膏肓了。细菌在吞噬我的肺腑内脏。我的心力已到了衰竭的地步。我的身体确实是支持不了啦!唯独我的脑细胞是异常地活跃,所以我的工作停不下来。我不能停止……"

十

1973年2月，春节来临。

早一天，数学研究所的周大姐说，佳节前后，要特别关心一下病号。她说："那些老八路的作风，那些过去部队里形成的作风，我们千万不能丢掉了。尤其像陈景润那样的同志，要关心他，他很顽强。他病得起不来了，但又没有起不来的时候。在任何情况下挣扎起来，他坚持工作。他为什么？他为谁？为他自己吗？为他自己，早就不干了。不是，他是为人民，为党工作。我们要去慰问他。也要慰问单位里所有的病人。"

其实，外表看来魁梧、说话声音洪亮的周大姐自己也是一个力疾从公，患有心脏病，应当受到慰问的人。

大年初一早晨，周大姐和几个书记，包括李书记，一行数人，把头天买好了的苹果、梨子装进一些塑料网线袋子。若干袋子大家分头提了，然后举步出发，慰问病人。他们先到陈景润那里。他住得最近。

陈景润正从楼梯上走下来。大家招呼他。他很惊讶，来了这许多的领导同志。周大姐说："过春节，我们看你来了，你的病好点了吧？"李书记也说："新年好，给你贺新年。"陈景润说："噢，今天是新年了啊？我很高兴，谢谢你们，谢谢你们。新年好，你们好。"李书记说："到你屋里去坐坐吧。""不，不行，"陈景润说，"你没有先给我打招呼，不能进去。"周大姐沉吟了一下，说："好吧，我们就不去了。李书记，你给他送水果上楼吧。我们还上别家去，你回头再赶上我们好了。"李书记说："好。"周大姐和陈景润握手，并祝他早日恢复健康，然后转过身走了。李书记把水果袋递给陈景润说："春节了，这是组织上送给你的。希望你在新的一年里，多给党做点工作。""不要水果，不要水果。"陈景润推却了，"我很好，我没有病，没有什么……这点点病，呃……呃，谢谢你，我很高兴。"说着说着他收下了水果。李书记说："上你屋聊聊？"他又张手拦住："不，不要进屋了，你没有给我打招呼。"

李书记说："那好，我不上去了。你有什么事，随时告诉我。我也得去追上他们，到别家去看望看望。"于是握手作别，他反身走。刚走两步，后面又叫："李书记，李书记！"陈景润又追过来，把水果袋子给了李书记,并说,"给你家的小孩吃吧。我吃不了这么多。我是不吃水果的。"李书记说:"这是组织上给你的,不过表示表示,一点点的心意罢了。要你好好保养身体,可以更好地工作。你收下吧,吃不下,你慢慢地吃吧。"

他默然收下了。他默默地送李书记到大楼门口。李书记扬手走了,赶上了周大姐他们的行列。陈景润望着李书记的背影,凝望着周大姐一行人的背影消失在中关村路林荫道旁的切面铺子后面了。突然间,他激动万分。他回楼上,见人就讲,并且没有人他也讲。"从来所领导没有把我当作病号对待,这是头一次;从来没有人带了东西来看望我的病,这是头一次。"他举起了塑料袋,端详它,说,"这是水果,我吃到了水果,这是头一次。"

他飞快地进了小屋,一下子把自己反锁在里面了。

他没有再出来,直到春节过去了。头一天上班,陈景润把一叠手稿交给了李书记,说:

"这是我的论文。我把它交给党。"

李书记看看他,又轻声问他:"是否那个(1+2)?"

"是的,闵老师已看过,不会有错误的。"陈景润说。

数学研究所立即组织了一次小型的学术报告会。十几位专家,听了陈景润的报告,一致给以高度评价。然后,数学研究所业务处将他的论文上报院部。

十一

显见,我们有:

(28)

$$Px(1, 2) \geq Px(x, x^{\frac{1}{10}})$$
$$-(\frac{1}{2}) \sum_{x^{\frac{1}{10}} < P \leq x^{\frac{1}{3}}} Px(x, P, x^{\frac{1}{10}}) - \frac{\Omega}{2} - x^{0.91}。$$

由（28）式、引理8和引理9，即得到定理1的证明

$$Px(1,2) \geq \frac{0.67xC_x}{(\log x)^2}$$

完全类似的方法可得到定理2的证明。

以上就是陈景润的著名论文：《大偶数表为一个素数及一个不超过二个素数的乘积之和》的"（三）结果"。作为结果的定理就是那个"陈氏定理"。

4月中的一天，中国科学院在三里河工人俱乐部召开全院党员干部大会。武衡同志在会上做报告。他说到数学研究所一位中级的研究员做出了世界水平的重大成果。当时没说人名。李书记在座中，听到了，还不知说谁。旁边的人捅了他一下。"干什么？"他问。那人说："你听到没有？""怎么啦？"那人又说："这活儿是陈景润做出来的啊！""噢？还这么重要？"那人说："这是世界名题。真不简单！"

第二天，新华社记者来访。他见到了陈景润，谈了话，进他房间看了看。回去就写出一篇报道，立即在内部刊物上发表。其中，说到了陈景润的经历、他刻苦钻研的精神、重大的科研成果以及他现在还住在一间烟熏火燎的小房间里。生活条件很差！疾病严重！！生命垂危！！！

伟大领袖和导师毛主席看到了这篇报道，立即做出了指示。

当天深夜，武衡同志走进了陈景润的小房间。

陈景润立即被送进医院，由首都医院内科主任和卫生部一位副部长给他做了全面的身体检查。他患有多种疾病。他们要他立即住院疗养，他不肯。于是，向他传达了毛主席的指示。

他一共住院一年半。

在住院期间，敬爱的周总理曾亲自安排了陈景润的全国人民代表席位。在第四届全国人民代表大会上，陈景润见到了周总理，并和总理在一个小组里开会。人代会期间，当他得知总理的病时，当场哭了起来，几夜睡不着觉。大会后，他仍回医院治疗。

当他出院的时候，医院的诊断书上写着：

"经住院治疗后，一般情况较好。精神改善；体温正常。体重增加十斤；饮食睡眠好转。腹痛腹胀消失；二肺未见活动性病灶。心电图正常；

脑电图正常。肝肾功能正常；血沉及血象正常。"

早在他的论文发表时，西方记者迅即获悉，电讯传遍全球。国际上的反响非常强烈。英国数学家哈勃斯丹和西德数学家李希特的著作《筛法》正在印刷所付印。他们见到了陈景润的论文，立即停止印刷，并在这部书里加添了一章，第十一章："陈氏定理"。他们誉之为筛法的"光辉的顶点"。在国外的数学出版物上，诸如"杰出的成就""辉煌的定理"等，不胜枚举。一个英国数学家给他的信里还说："你移动了群山！"真是愚公一般的精神啊！

或问：这个陈氏定理有什么用处呢？它在哪些范围内有用呢？

大凡科学成就有这样两种：一种是经济价值明显，可以用多少万，多少亿人民币来精确地计算出价值来的，叫作"有价之宝"；另一种成就是在宏观世界、微观世界、宇宙天体、基本粒子、经济建设、国防科研、自然科学、辩证唯物主义哲学等之中有这种那种作用，其经济价值无从估计，无法估计，没有数字可能计算的，叫作"无价之宝"，例如，这个陈氏定理就是。

现在，离皇冠上的明珠，只有一步之遥了。

但这是最难的一步。且看明珠归于谁之手吧！

十二

陈景润曾经是一个传奇式的人物。关于他，传说纷纭，莫衷一是。有善意的误解、无知的嘲讽、恶意的诽谤、热情的支持，都可以使得这个人扭曲、变形、砸烂或扩张放大。理解人，不容易；理解这个数学家更难。他特殊敏感、过于早熟、极为神经质、思想高度集中。外来和自我的、肉体与精神的折磨和迫害使得他试图逃出于世界之外。他相当成功地逃避在纯数学之中，但还是藏匿不了。纯数学毕竟是非常现实的材料的反映。"这些材料以极度抽象的形式出现，这只能在表面上掩盖它起源于外部世界的事实。"（恩格斯）陈景润通过数学的道路，认识了客观世界的必然规律。他在诚实的数学探索中，逐步地接受了辩证唯物论的世界观。没有一定的世界观转变，没有科学院这样的集体和党的关怀，他不可能对哥德巴赫猜想做出这巨大贡献。被冷酷地逐出世界的人，被热烈的生命召唤了回来。帮派体系打击迫害，更显出党的恩惠温暖。冲击对于他好像是坏事；也是好事，他得到了锻炼而成长了。

病人恢复了健康。畸零人成了正常人。正直的人已成为政治的人。他进步显著，他坚定抗击了"四人帮"对他的威胁与利诱。无所不用其极地威胁他，诬陷邓副主席，他不屈！许以高官厚禄，利诱他向人妖效忠，他不动！真正不简单！数学家的逻辑像钢铁一样坚硬！今后，可以信得过，他不会放松了自己世界观的继续改造。他生下来的时候，并没有玫瑰花，他反而取得成绩。而现在呢？应有所警惕了呢，当美丽的玫瑰花朵微笑时。

（原载《人民文学》1978年第1期）

★ 作者简介

徐迟（1914年10月15日—1996年12月12日），原名商寿，男，浙江吴兴（今湖州）人，诗人、散文家、评论家、翻译家和著名报告文学作家，曾任中国作协理事、湖北省文联副主席。代表作有《哥德巴赫猜想》《地质之光》《祁连山下》《生命之树常绿》等。其中《哥德巴赫猜想》与《地质之光》获中国优秀报告文学奖。

作品赏析

《哥德巴赫猜想》是徐迟的代表作，最初刊登在1978年1月《人民文学》第1期。

全文用饱满的笔墨塑造了一个个性鲜明、埋头钻研的数学家——陈景润形象。文章的主人公陈景润是一位青年研究员，他沉迷于数学，却对人情世故几乎毫无所知。"文革"时期，他克服重重困难坚持数学研究，勇攀高峰，成功证明了"1+2"，成为最接近数学界"明珠"——哥德巴赫猜想的人。这项成果在国际数学界引起了轰动，被公认为是对哥德巴赫猜想研究的重大贡献，为我国的科学事业带来了巨大的国际声誉。

在这部作品中，作者通过对发生在陈景润身上的真实事件和人物经历进行剪裁、取舍、调度、组合乃至强化，精心安排了独特的结构，使整篇文章形成了一个有机的艺术整体，向读者展现一个活生生、独具个性的陈景润。此外，徐迟充分发挥了自己富于激情与诗意的文学才华，给作品增添了别样的艺术感染力与文学品格，将陈景润独特的人格魅力尽情抒发，大力弘扬了陈景润所代表的"科学""探索""攻关"精神，将特定的生活剪影和更加开阔的社会背景联系起来考察，给读者留下了极为深刻的印象。

作品以极大的勇气与艺术水准，通过描写陈景润对祖国出色的贡献和令人敬佩的攀登精神，从人和人性的角度理解和尊重知识分子，歌颂知识分子的伟大奉献，冲破了之前关于知识分子的写作禁区。文章一经发表，犹如一声春雷，撼动了当时整个中国。报告文学界也随即出现了一大批歌颂赞扬科学家、科技工作者及知识分子的作品，掀起了一股重视知识、重视教育的文学热潮，在全国产生了巨大影响。

《哥德巴赫猜想》的发表与此后全国科学大会的召开，标志着知识分子政策的重大调整和"科学春天"的来临。这几种因素相互交织，使这部作品在历史的转型期成为一部标志性的作品，成为文学与科学合璧的佳话，揭开了新时期报告文学创作的崭新序幕！

扬眉剑出鞘

| 理 由 |

一辆闪着红十字标记的救护车和两辆小汽车，驶出马德里体育宫，沿着公路向前疾驰。

这是一九七八年三月二十六日的晚上。透过车窗望去，西班牙的首都沉浸在深蓝色的夜幕里。朦胧的建筑物、晶莹的喷水泉和闪烁迷离的灯光从窗外一晃而过。马德里的初春的夜色清凉如水，而车里人的心情却灼热、焦急……

汽车停在一所医院的门前。

鬓发斑白的西班牙击剑协会主席和中国青年击剑队教练员庄杏娣，簇拥着一个年轻的中国女运动员，直奔医院的急诊室。击剑协会主席找到医生，用西班牙语急切地告诉他刚才发生的事。他一边说，一边打着手势，又翘起拇指，朝姑娘晃个不停。

姑娘的左臂上包扎着绷带。她叫栾菊杰，还不到二十岁。身材修长，亭亭玉立。红润的脸颊，红得像一朵山茶花。眉眼俊气，一副清秀的江南女孩子的模样——在她的身上，找不到一丝好武斗勇的特征；恰恰相反，还显得有几分稚嫩。

医生解开缠绕在她左臂上的绷带，嘴里发出"啧啧"的惊叹声。映入人们眼帘的有两处伤口。那是一柄钢剑折断之后，被断裂的锋芒刺穿的。

伤口透过皮下的肱二头肌,鲜红的血在向下流淌。内侧的伤口刺开了花,粉红的肌肉向上翻卷着……

击剑作为一项体育运动,从来有益于增强体魄而无损于健康。竞赛规则的保障,进攻武器的限定和防护装备臻于完善,使双方运动员的人身都很安全。一九〇一年成立国际剑联以来,在比赛中像这样的事故极为罕见。这只鲜血淋漓的手臂,仿佛向人们诉说着一场凶猛的搏斗……

击剑被视为欧洲的传统项目。从斯巴达克斯的角斗,到中世纪的风流骑士,都把击剑当作一门格斗技术。此后火器取代了冷兵器,击剑仍作为一项体育运动在欧洲世代相衍。国际剑联成立后的七十七年中,历届世界比赛的前列名次,全部被欧洲的选手垄断;从来没有一个亚洲选手,哪怕是取得一次决赛的权利。近十年来,苏联的选手侧目欧洲,雄峙剑坛,几乎囊括所有的奖牌和银杯。

我国的剑术虽有悠久历史,后来演化为一种矫健而优美的造型艺术,跟对抗性的欧洲击剑不同。对抗性的击剑运动,在我国是五十年代中期才引进的。这株体育园地的新苗,在它短暂的生长期中几度风霜,两次被砍去,主要在于其"洋"。一九七三年,击剑项目又恢复了。我们这个真实故事的年轻主人公,就是那时应运而生,踏上剑坛的。可是她习剑不久,体育界又刮来一阵邪风。"四人帮"及其余党歪曲"友谊第一,比赛第二"的革命口号,把严肃的事业变成浅薄的空谈,把祖国的荣誉当作轻率的儿戏,拿革命英雄主义的锦旗去擦桌子,以在黑板报上写一篇"帮"云亦云的批判稿代替在训练中出几身汗水。一时取消比赛,取消名次,取消集训,"洋"的不要,"中"的也不要。我们的体育受到的内伤,比通常见到的运动生理创伤更难痊愈。栾菊杰算是幸运的,她所在的江苏省击剑队是一支刻苦训练的劲旅;但是孤掌难鸣,得不到向兄弟省市学习交流的机会。一九七七年初,栾菊杰第一次出国比赛之前,将近一年没有举行全国性的集训和比赛了。那次她去奥地利参加第二十八届世界青年击剑锦标赛,还没进入半决赛就被淘汰,只得个十七名。这个成绩是可以预料的,我国体育的严冬季节刚刚过去,元气尚未康复,而栾菊杰毕竟也还缺乏经验。

然而,那次有一件事是不能忘却的。在各路选手云集的练习场上,栾菊杰曾经主动邀请欧洲某个国家的选手练剑习武,对方却耸了耸肩膀,显出不愿耽误时间的样子，姑娘的心被重重地刺疼了。我们是为友谊而来的。友谊的基础是互相敬重，但在世界这个小小的角落里，在那个特定的剑坛上，我们没有赢得应有的敬重，没有获得更多的友谊。民族情操是体育运动的血液，殷红的血液不容亵渎，麻木者沉沦，知耻而后勇。姑娘倚剑站在那里，嘴唇在剧烈地颤抖！

这就是我们故事的真实背景。

光阴流水，又是一年。第二十九届世界青年击剑锦标赛今年三月在西班牙举行。昨天，当栾菊杰站在马德里体育宫的大厅里，臂佩金光闪闪的国徽，把剑柄竖在面前，高高地扬起剑尖，按照一种古老的、庄重的礼节，向观众和各国运动员致意时，她并没引起人们特别的注意。人们把传统的目光，转向欧洲剑坛的几颗新星去了。

女子花剑比赛一交手，场上发生奇异的变化。栾菊杰以一种清新的姿态，出现在击剑台上，挺身仗剑，锐不可当。在前三轮的小组比赛中，她一共打了十四场，赢了十二场。进入半决赛以后，强手云集，猛将相逢，都是些打出来的拔尖人物。而栾菊杰愈战愈勇，竟以1∶8的压倒优势，击败了上届亚军、苏联选手蒂米特朗。暴雨似的进攻，旋风似的结束，看台上欢呼呀，蹦跳呀，惊愕的叹息和沮丧的号叫呀，整个剑坛被轰动了！

亚洲朋友围住中国领队李春祥，兴奋地说："这不仅是中国的光荣，也为我们亚洲人争了一口气！"

从上届比赛到这一届比赛，她的步子跨得太大了。人们甚至来不及回顾她，品评她……

决赛前的马德里体育宫大厅，气氛活跃而紧张。参加决赛的各国击剑队也许正在紧张地调整战术吧，在疾风吹皱的波光浪影中，有一处是很平静的，那就是中国青年击剑队的临时休息地点。栾菊杰身穿玫瑰色的运动服，躺在深褐色的橡胶地板上，恬静地睡着了。身旁放着头盔、手套和她的剑。决赛将在晚上七点钟开始。我们还有一些时间来研究她、思索她身上发生的变化……

让我们把视线对准她身旁的那支剑吧。一把好剑，应该是坚韧的。峣峣者易折。而足够的刚度和韧度，要在锤炼中获得。一个运动员也是这样。

为了认识她，认识一下她的家庭是蛮有意思的。小栾出生在南京市，父母都是工人，和我们所有的工人家庭一样，生活充实而愉快，只是父母孩子生得多了些，一共七个，前六个是女儿，最小一个是男孩，她是老二。这样的家庭让孩子去搞体育有为难之处。跑跑颠颠的孩子吃得比大人还多，衣服磨损快，鞋子也破得快。但她的父母对体育很热心，在我国千万个业余体校的学员家长当中，这个家庭是难能可贵的：墙上贴满五十多张奖状，那是老大、老二和老三从运动会上拿回来的，父母引以自豪。他们替下一代想得多，宁可自己节省一点，也要让孩子锻炼得结结实实，同时又不放纵孩子。老二很懂事，样样家务都能干。读书（她是三好学生）、练剑，回家还要带孩子。她爽朗、乐观、发奋、刻苦。她的才能在击剑运动中得到发挥。习剑刚刚四个月，参加一次全国比赛，名列第二。三年之后，披挂多年的老将退出赛场，她名列全国第一。自然，这个奇迹般的纪录也反映出我国剑坛当时青黄不接的状况……

她去年参加奥地利的比赛归来，教练员向她提出一个问题："小栾，你好好总结一下，为什么没能进入半决赛？"

党组织告诉她，不能光从客观上找原因，现在的条件好多了，自己得发愤图强。

条件的确太好了！这一年，我们的祖国驱散阴霾，晴空万里，体育战线又焕发出新的活力。客观条件改变了，主观条件上升到矛盾的主要方面。有人意识到这种变化，纵身到时代的中流去击搏；亦有怨天尤人的，徜徉在时代激流的岸边。你做哪一种人？

她发奋了，发狠了。

这一年国内比赛频繁。集训、比赛、再集训，每一次都取得了成绩，也暴露了问题。看清自己的弱点才谈得上去克服它。她的打法单调，常搞一锤子买卖；她的爆发力差，一剑又打不"死"对方。为了锻炼爆发力，她每天奔跑在紫金山麓。变速跑，加速跑，规定跑五圈，她跑八圈、十圈。脚踝扭伤了，她咬着牙跑了一个多月，直跑得右腿变形，才想起去医院打"封闭"。"封闭"了又跑，跑坏了又"封闭"。这种严酷的训练并不见之于体育经典，后来却帮了她的大忙。要想突破现代体育的"禁区"，回避负伤的问题是不可能的。无病呻吟，小病大养，只能望洋兴叹。她奔跑着，默默忍受伤痛的折磨，锻炼顽强的意志。她奔跑着，清秀的脸上淌下了小溪般的汗

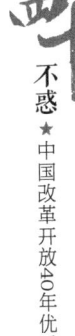

水。同伴们风趣地说："瞧，她练得跟一条野牛似的！"

她的教练员庄杏娣和文国刚，都是十数年前我国剑坛的风云人物，如今向新秀们贡献出自己的心血和技艺的结晶。文教练指导她改进手上的动作，击打刺，交叉刺，转移刺，对抗刺，第一战术意图过渡到第二战术意图，学一招，用一招。她的进步不小，稳定地前进，稳步地上升，从不大起大落。可是，就在这次来马德里之前，她变得不稳定了。一次集训比赛当中，比分直线下跌，轻易输给对手。集训队批评了她，她惊愕、迷惘、内疚；眼睛哭得红红的，又瞪着红肿的眼睛走上了剑台，把对手打下去，重又保持了"稳定"。一个风纪严明的运动队，就像是一座熔炉，她的剑锤锻了再锤锻，在这次预赛中初露锋芒。这把剑，现在就放在她的身旁……

决赛前的小栾，睡在马德里体育宫的地板上，觉得有点发凉。她揉了揉眼睛，一骨碌坐起来了。

"睡着了吗？"坐在她身旁的翻译同志问道。

"还做梦呢。一闭眼就梦见我在打。一打就是我赢！"

翻译也笑了："真的，白天你赢了好几场了。"

她说："还没赢够呢。来马德里之前，我想能进入半决赛就不错了，进入半决赛，又想挂上一个小六儿（第六名）。现在小六儿是稳拿了，我又在想……"

"你在想什么？"

"我想把五星红旗升上去！"

翻译高兴得跳起来："太好了，这回就看你的啦！"

小栾急忙拉住她："这件事我们两个知道就行了，不要再去对别人说呀……"

激战前运动员的心理，仿佛奏起一支奇妙的乐曲。回荡在她心中的既有轻松舒展的基调，又有激越高亢的旋律，摆脱了个人胜负的羁绊，喷薄着为国争光的热忱。运动员的心里响起这样的和弦，就处于最佳竞技状态。

晚上七点，决赛开始。大厅里的观众比白天骤然增多。按抽签决定比赛排列顺序，栾菊杰将和苏联的扎加列娃对阵。这对双方都是一场关键性的比赛。看台上的气氛上升到白热化。

小栾穿一套紧身的白色击剑服，扎一件金属丝织的背心，携盔持剑，登上赛台。在大厅中乳白色的灯光辉映下，她一身洁白。

裁判员发出"预备"的口令。

击剑运动要求双方在一定的时间和空间里，按照一定的姿势进行搏斗。进攻、防守、绝对速度、相对速度、脚下的腾挪闪躲、手上的千变万幻，全都凝集在一个目标，把剑刺向对方的有效部位。当然不是为了把对方刺倒在脚下，而是为了使自己在无数次的刺击中变得更加坚强。挥舞在运动员手中的那把剑，不停地解剖着对手的性格，也向对手描绘着自己的性格。荟萃于运动员身上的思想风貌，积年累月的训练成果，刹那间就能撞击出火花，有形或无形的火花，灿烂夺目或暗淡失色的火花……

裁判员发出"开始"的口令。小栾轻捷地跃进几步，挥出剑去，在对手面前晃了几晃，对方举剑相迎。这是一种互相挑引的动作，两道剑光翩翩缠绕，仿佛在空中划着问号，都在试探对方的虚实。小栾越逼越近，对方一直退到"警戒线"上，出现短暂的相峙，小栾奋臂挥剑，"啪"的一声，把对方的剑向外一击，剑尖威胁着对手的胸部。对方本能地把剑向内拨去，做出防守动作，这正是小栾所预料的。她连续转入第二战术意图。趁对方头一个防守动作还没完成，一抖腕子，把剑抽了出来，那剑在空中划出一个扇面形，从内侧绕到外侧，指向对方暴露出来的空当。同时弓步上前，飞剑直刺。这一连串娴熟细腻的剑法，伴随着力度、幅度、深度、精度，刹那间爆发出来，如灵蛇吐焰，银光一闪，正中对方的腹部。

裁判台上，表明扎加列娃被刺中的彩灯霍然亮了！

看台上高声喝彩。

苏联选手刚一上场就受挫，焦躁地在台上踱着步子。

比赛重新开始。小栾继续争取主动，越过中线，挺剑前进。她透过面罩观察，对方那雪亮的护手盘不停在翻转，两条腿在强悍地跳跃着，这表明对手也在伺机进攻。小栾毫不迟疑，冲开对方的门户一剑刺去。就在她抬腿举剑的瞬间，对方突然大喊一声，凶猛地扑上来，双方几乎要迎头相撞了。小栾的左脚落地以后，对方的脚也踏下来，踩住她的脚面，对方的剑刺在她左臂上方的无效部位。这一剑刺得太狠了，剑身像蛇一样的拱曲，又形成僵硬的直角，弹簧钢制成的剑身也承受不住这样剧烈的变形，发出刺耳的断裂声。折断的剑头约有二十厘米，飞迸出去，落在击剑台上。对方的半柄断剑依然在手，剑头失去了安全装置，而对方由于惯性作用，全身的重量还在向前运动。这时，小栾的左臂传来一阵电击般的感觉，待她收回自己的动作，左臂已经麻木了，僵硬了……

铺设在场地上的电路装置传出指示讯号，裁判台上同时亮起两盏白灯，表明双方都刺在无效部位。

这"无效"的一剑比有效的一剑造成的后果更严重。小栾恰是左手握剑的，她低头看看左臂，两层的确良卡其的击剑服被刺穿四个洞孔。她试着抢了抢胳膊，觉得像铅一样沉重，伤势显然不轻……

刚才击刺的速度太快了。坐在台下的我国领队和教练，坐得更远的各国观众，都没看清刚才的细节，唯有小栾知道自己的伤痛。这时，如果她要求下场检查伤势，脱下击剑服，袒露手臂，那幅情景是目不忍睹的，我们已在前面忠实地描绘过。她肯定会得到人们的同情，还会立刻得到精心的救护。她完全有理由那样做。如果她那样做了，别人也会请她中止比赛，善意的或强制的，那是可以想见的结果。但是，参加决赛的中国运动员只有她一个，她肩负着祖国的荣誉。她看到眼前是一场真正的战斗，严酷的战斗。她的心里重复着几句话："千万不能叫人知道我受伤了。只要能把五星红旗升上去，让我去死也干。拼，拼了！"

啊！多么纯真的思想，多么可爱的品格！这就是我们一个不到二十岁的姑娘，站在欧洲的击剑台上，经过独立的判断，迸发出的心灵火花！忍受着巨大的伤痛，凝结着战士的情操，超越了击剑运动本身的含义。我们应该为有这样豪光四射的年青一代而骄傲！

扎加列娃又换了一把剑走上来，比赛接着进行。

栾菊杰左手握剑冲上前去。精力高度集中的人，是能够创造生理上的奇迹的。她的脑神经坚定地指挥着臂神经，心脏忠实地向血管里输送着血液，肌肉顽强地履行着自己的职责，技术水平表现得十分稳定。"来如雷霆收震怒，罢如江海凝清光。"千百双眼睛睽视着她，居然看不出她有一丝受伤的样子。当她刺出决定性的一剑时，欢腾的风暴从大厅上空掠过。同志们闪着湿润的笑眼向小栾拥了上来，栾菊杰以4∶5战胜了苏联选手扎加列娃。这是无言忍受伤痛取得的光辉战绩。4∶5可以描绘场上的现象，怎能描绘姑娘深沉的内涵？祖国啊，你的女儿用鲜血浇开胜利的牡丹，为你赢得了一剑！

小栾刚坐下来，一个同伴发现了她击剑服上的穿孔："呀，你受伤了，脱下衣服看看吧……

"不看，不看。没时间了！"

眼前还有四场鏖战在等待她，她又携剑上场了。

栾菊杰勇挫扎加列娃之后，斗志正酣。可是，在对法国的拉特丽耶和对意大利的伐加罗尼两场比赛中，我方出现了两次器材故障。我们国产的击剑器材生产技术和我国的击剑项目一样年轻。我们涌现出优秀的击剑运动员，一时还没有堪与之媲美的击剑器材。特别是它的电路装置，一会儿灵，一会儿不灵。裁判员为了检查故障，比赛中断了二十多分钟，并且先后判罚栾菊杰失去两分，原因是耽搁了比赛的时间。

小栾又何尝愿意耽搁时间？她在这二十多分钟是怎么度过的，别人想也难以想象。随着时间的拖延，她的伤势在恶化。左臂麻木的感觉消失了，一阵阵发热，又黏又湿，这是因为流血引起的，也是剧痛发作的征兆。她以5∶3输给了拉特丽耶，又和伐加罗尼对阵，这时她的情绪下降到低点，而臂上的伤痛却发作到顶点。

小栾的动作失去常态，看台上一片嘈杂。

"小栾！抬剑过高，抬剑过高！听见了没有？"几个年轻的中国女运动员焦急地站起来，大声呼喊着。

她听得清清楚楚，可是手上的剑不听控制，左臂一阵阵痉挛似的疼痛。我们的姑娘是倔强的，她决不肯就此罢手。她咬紧牙，用浑身的力气瞄准对方刺去，手臂在空中伸出一半变得发飘了，这一剑又落空……

看台上传来一阵惋惜的叹息。

她以5∶2又输了一场。当她回到自己的座位上时，喉咙哽咽着，晶亮的泪花在眼窝里转动，禁不住夺眶而出。她赶快拉过一条毛巾，悄悄把脸遮住……

教练员庄杏娣坐在她的身旁，领队李春祥也走过来。他们并不知道小栾在场上动作失调是伤势发生作用，只当是因为器材故障罚掉的两分破坏了她的情绪。用什么安慰我们的姑娘呢？

物的条件不用去多想，那暂时是一个事实，最终都能靠人的条件去改变（这个条件正在改变，后来上海某厂的同志听到消息，决心在几个月当中攻克它）。下面还有两场比赛，眼前的处境虽很艰难，为祖国夺取荣誉的希望仍然存在。还是多想想迫在眉睫的战斗吧。

激战临前，烦琐的解释会分散运动员的注意；稍加压力也将收到完全相反的结果。教练员最熟悉姑娘的脉搏，像地质队员熟悉埋在大地深处的矿藏。应该用最少的语言，敞开心的窗子，让流动在她身上炽热的熔岩宣泄出来！

"小栾，器材不是你的问题，别去想了。"教练员亲切地说，"想想我们离开北京的日子吧，还记得吗？"

小栾揩揩脸颊上的泪水，放下了毛巾。

记得，当然记得。一丝清爽的风，吹去心头的云翳，唤起明亮的回忆。啊，那情景就像昨天发生的一样……

栾菊杰随中国青年击剑队离开北京的前夕，正是全国五届人大胜利闭幕的日子。英雄的首都到处是人的海、花的海、旗的海……即将出国比赛的小栾，像一滴幸福的水珠，被沸腾的海洋融化了。八亿人民踏上锦绣的征程，向着四个现代化，向着二十一世纪！这一切，在小栾的心里激起多么美好的憧憬。体育也要现代化，"禁区"也要闯一闯。当时她激动地说："这次去马德里，我决心打出好成绩，打出中国人民的志气来！"这是她说过的话，也是鼓舞她在预赛中勇闯三关的动力，难道现在能够动摇吗？

"要顽强！""咬住打！""为祖国争光！"

小栾站起来了。耳边如闻声声战鼓催征，心中凛然溅起千尺飞瀑！一股豪迈的感情激流涌遍全身，左臂上的伤痛被这股奔腾的激流荡涤了，消融了。她扬眉挺剑，再次登上赛台。先以2∶5战胜了法国运动员特安盖，又以4∶5败联邦德国运动员比肖夫，荣获第二十九届世界青年击剑锦标赛亚军。马德里体育宫的大厅里冉冉升起鲜艳的五星红旗，这是从国际剑坛升起的第一面五星红旗！

当栾菊杰走下击剑台时，已是她受伤后的两个多小时，鲜血浸透了雪白的征衫。同志们这时才发现她伤势严重，催促她把击剑服脱下来。各国运动员也纷纷围拢过来。

无数双眼睛——金黄的、碧蓝的、黝黑的,同时注视着这条受伤的手臂,各种语言发出同声惊叹!

科威特朋友向栾菊杰赠送一个银光闪闪的盘子:"把这个银盘子赠给本届比赛中最勇敢杰出的人。"

法国记者发出消息:"栾菊杰博得了所有人的钦佩。""毫无疑问,天赋灵巧和敏捷的中国人,对击剑运动是有才能的。"

本届比赛与上届相比,风景迥异。中国击剑队所到之处,各国朋友频频祝贺,声声慰问。我们赢得了应有的敬重,我们获得了很多的友谊!

外国朋友在赞扬之中,时时带着"意外"这个词汇。

意外吗?这是情理之中的意外。一年啊,在历史的长河中只是短暂的一瞬,祖国焕发了健壮的容颜和肌体,八亿人民扬眉吐气。作为体育战线一名普通战士的栾菊杰,她的剑脱鞘而出,凝聚着祖国的灿烂霞光!

我们为霞光而歌唱!

霞光绚丽的祖国,拥抱了胜利归来的英雄儿女。国家体委发出了学习栾菊杰同志先进事迹的通知。姑娘的家乡江苏省和南京市给予她凯旋式的欢迎。

一个运动员荣获银牌和奖杯,接下荣誉的果实,也播下考验的种子。栾菊杰还很年轻,她将怎样回答?

愿霞光永远在她青春的剑锋上闪耀!

(原载《新体育》1978年第6期)

★ **作者简介**

理由,本名礼由,男,满族,1935年生,北京人,中国当代著名作家,曾任北京市作家协会理事、报告文学创作研究会副会长。

理由以《扬眉剑出鞘》《中年颂》《希望在人间》《南方大厦》《倾斜的足球场》等作品饮誉文坛。著有报告文学集《她有多少孩子》《痴情》《纯情》《倾斜的足球场》《香港心态录》等。报告文学《扬眉剑出鞘》《中年颂》分别获1977—1980年全国优秀报告文学奖,《希望在人间》获1981—1982年全国优秀报告文学奖,《南方大厦》获1983—1984年全国优秀报告文学奖,

《倾斜的足球场》获1985—1986年全国优秀报告文学奖。

作品赏析

短篇报告文学《扬眉剑出鞘》是作家理由的代表作，发表于1978年6月《新体育》第6期。

文章的主人公栾菊杰出生于南京。1974年，16岁的栾菊杰开始练习击剑，不久后便展露出了过人天赋。1978年3月，栾菊杰代表中国国家击剑队，参加在西班牙马德里举行的第29届世界青年击剑锦标赛。在这届锦标赛上，栾菊杰孤身仗剑，突破重围，向欧洲传统强队发起强有力的挑战。在决赛中，栾菊杰不慎被对手刺穿了左臂，但她却强忍伤痛，以惊人的意志坚持打完五场比赛，最终获得亚军。

当时，中国体育刚刚走出严冬，整体水平还落后于世界。击剑作为西方国家传统优势项目，自1896年第一届奥运会设立以来，近百年间还从未有一个亚洲击剑选手能够进入世界大赛的决赛。而就在1978年，中国姑娘栾菊杰却横空出世，在击剑这个"洋项目"上力克强敌，为中国人赢得了巨大荣誉，她也因此引起全国关注，成为那个时期中国家喻户晓的人物。

这篇作品是追求审美功能的"小说式"报告文学的代表。作者将文章重点放在了栾菊杰在世界青年击剑比赛中夺得银牌及她的奋斗历程上，用精妙的文字生动再现了栾菊杰在剑道上拖着皮开肉绽的胳膊坚持比赛的场面，将栾菊杰奋进的精神和坚强的意志书写得淋漓尽致。在行文过程中，作者精心布置结构，围绕马德里赛场的比赛情景，插叙栾菊杰成长过程中的故事和中国剑坛的春秋往事，将栾菊杰比赛时突然受伤被送往医院的场景置于文章开头，随后慢慢将事情的前因后果一一道来。作者综合运用悬念、情节、环境描写等诸多小说特质，文本虽然起伏多变，但却不零不散，生动完整。全文经过精巧严谨的布置，避免了平铺直叙的呆板；同时语言感情热烈、节奏感鲜明；人物刻画细腻、生动、想象力丰富。

整篇文章注重人物心灵的开掘，注重环境气氛渲染，文字华美流畅，抒情色彩浓郁。作家理由以丰富的想象力将读者置身于竞争激烈的剑坛，以尖锐犀利的思想锋芒呼唤战斗精神的回归，掀起了新时期体育题材报告文学创作的崭新序幕。

祖国高于一切

| 陈祖芬 |

柏林妻子

三十年前。德国柏林。

俗话说：人非草木，岂能无情。即使像王运丰这样豁达的人，现在也屡屡跌进感情的深渊。他陷在厚实的沙发里，望着正在地毯上嬉戏的三个儿女：孩子们和她长得太像了！那凹陷的棕色眼睛，那举手投足之间，无一不渗透着她的音容笑貌。说来也怪，只有在她出走之后，他这做丈夫和父亲的人，才充分地领略了这一切遗传上的惟妙惟肖之处。于是孩子们那欢快的笑声，只能引起他悲凉的情思。人对于失去了的东西，总是感到分外的宝贵。她出走了，却较之她在家的时候，越发地使他感觉着她的存在和他视之比生命更宝贵的她的爱情。

这些日子发生的事情，像旋转木马似的把他搞得晕头转向。一切都是从那个邮件开始的。那是一张祖国寄来的《人民日报》——报道了新中国成立的消息。他简直不是看报，而是吞！他一口气把那条喜讯吞了下去，然后才久久地品味着、陶醉着……当然喽，回国去！一九三八年他出国留学时，坐的是德国海轮。这样先进的海轮，这样超乎他想象的内燃机！世界上一见钟情的故事不少，他和内燃机的姻缘就由此产生了。海轮途经新加坡，几个洋人向海里扔下几枚钱币，对中国人说：谁下海捞着，钱就归谁。洋人笑着，笑得白脸变成血红；下海的中国人也笑着，笑得黄脸变成惨白。这种愚昧痴呆的笑，都是因为他们心里没有一架燃烧起自豪和力量的内燃机！

柏林到了。啊，这么多的汽车！一辆、两辆，三、四、五、六……唉，数不过来！来自人力车和马车的国土的王运丰啊，这些飞驶的汽车无疑是给他来了个下马威：你们中国造不了汽车，你们连一个内燃机厂都没有！

唉唉，中国在德国的四百多留学生，几乎谁都不学内燃机专业——回国没饭碗啊！可是难道中国就永远没有内燃机，永远没有自己制造的汽车、轮船了？！不……

现在王运丰是西德内燃机专业的国授（国家授予）工程师，拥有着一吨多重的书。正是这些书，浓缩成他生命的精髓；而他的生命，也分解在这些书里了。书本是他生命的影子，当然要跟随他回国的。影子是不会和他自身分开的。妻子再好，也可能分开……前几天国民党在联邦德国的便衣跟踪他、审问他。昨天半夜又有人打电话来威吓："小心点，否则我们要用手枪来对付你。"妻子吓得睡不着了。她痴愣愣地瞪着他，那棕色的大眼睛更加凹陷了。一夜之间，她变得像一朵萎缩了的花。他的心也萎缩了起来：他干了什么对不起她的事？他召集了留德同学和侨民开会，呼吁响应周总理对海外知识分子的号召，回国参加社会主义建设，而且立刻给周总理发了电报："留德同学会全体会议通过决议，表示忠于中华人民共和国毛泽东主席，并响应周恩来总理的回国参加建设的号召，请速派遣外交代表和安排留德学生回国事宜。"祖国解放前几天，国民党驻联邦德国的机构先后三次动员他回国，他拒绝了。可这次，他偏要回！"你别走吧……"棕色眼睛的妻子哭了，泪水莹莹地望着那六间一套的家。每间房里都有大幅的地毯和贵重的家具。于是，他看见爱情在讲究的咖啡壶上闪耀，在雕花木上微笑，在地毯上伸展，在她的泪水里流淌……只有他和她才知道，他的事业加上她的爱情，才能经营起这个美妙的家庭。他们是一体的。他和她之不能分开，犹如他们那三个孩子不可能再分解成他和她的细胞一样。

但是，当知道他回国的决心已不可动摇时，她赌气回到东柏林的娘家去了。这位柏林妻子和他竟是同样地把祖国看得高于一切。唉，人们往往津津乐道：一个共性如何使有情人终成眷属。但人们可知道，往往同一个共性，又能使眷属终成无情人？

无情？当法官宣读了离婚的判决后，她在法庭上当众就哭了起来。他真想一把搂住她说：别哭了，和我一道去中国吧。就像结婚时他拥着她走向他们的家……

家被无理查封了。家具、地毯、车库，一切都贴上了封条。根据当地法律，私自撕毁封条的，要加倍从严地法办。但是封条可封不了王运丰那急于回国建设的心，那颗像内燃机一样产生巨大能量的心。一切可能发生的凶险，都在"祖国"这个古今中外最有魅力的名词面前，变得不值一顾了。王运丰撕下了汽车上的封条。在德国司机的帮助下，他带走了三个孩子和跟随他的影子——一吨书。而财产，全丢下了。"生活中最没有用的东西是财产，最有用的东西是才智。"这话是谁说的？对了，莱辛！是啊，只要有书，有才，就可以为祖国服务。他怀着赤子之心奔向理想的境地。啊，解放区的天，是明朗的天，解放区的人民好喜欢。五十年代的知识分子是天真的。第一个从联邦德国回国的工程师王运丰，和他那七岁、五岁、两岁的三个孩子一起稚气地笑着……

"德国特务"

有人靠回忆度日，有人靠想象生活。有人因独具精神而力量过人，有人因敏于思想而陷于痛苦。人之所以成为人，就是因为有了思想。王运丰被作为专政对象，独个儿在河北蔚县的崎岖山路上担煤。他的思想却因抵抗专政而变得毫无规则。如果他能未卜先知地预料到他这个留德的内燃机专业工程师在六十年代中期将以担煤为生（虽然煤也是燃料），真不知当初他还能不能拼命攻读了。不过他当然还是要攻读的，否则他就不叫王运丰了！"王运丰，你老实交代，你是不是德国特务？"特务？他在德国倒是有特殊的任务。他在内燃机专业毕业后，本来满可以每两年准备一篇博士论文，到一九四五年，两个博士学位也到手了。但他不去考。他给自己规定的特殊的学习任务，是尽可能多学会几门技术——祖国什么都欠缺啊！于是他又去学焊接、电工、管理、铸造。铸造是冶金不可缺少的部

门，但在旧中国被看成下贱活：打铁翻砂嘛！联邦德国教授惊讶地打量着站在他面前的王运丰："我没见过中国留学生学我这个铸造系的。"王运丰在铸造厂实习，每隔三四分钟就得把一只七十斤的砂箱搬上机台。搬几下还凑合，一会儿就对这七十斤的宝贝儿望而生畏了。那也得搬！默默地喊个号子吧："一、二———为了祖国！""一、二———为了祖国！"十个月后，他的臂力使他在留德侨民中成了划船冠军。二十多年后，他的臂力使他还能在蔚县山区担煤、运煤……

黑煤上闪烁着白雪。漫天又飞扬起雪片。一九四五年，炮弹皮和断砖碎瓦像雪片似的飞着。苏军进攻柏林了。柏林当局规定，居民听到空袭警报，全下防空洞。"王先生，整个楼的人都下防空洞了，你快走吧！"邻居劝他。"我就不信炸弹正好掉到我的头上。"炸弹尖叫着，偏偏来到了他的头上。他万念俱灰，只等着人生最后的刹那。一声巨响，楼晃悠着，土直往他头上掉。还有知觉？那就是说还没死？他活脱脱地蹦了起来，跑出去一看，五十米远的一幢楼成了瓦砾堆。他又回到楼里攻读。他不是不怕死。天生不怕死的人是没有的。他只是想，每次轰炸几小时，他要是往防空洞一钻，这几小时岂不是浪费了？对于一个学习癖，最痛苦的莫过于时间的浪费了，几小时又可以吸收多少人类文明的精华！顾不上危险不危险了。一个人只有忘却自我，才能真正地发现自我。正是在忘却的时刻，他会焕发出他全部的智慧和力量，他将惊讶地看到他拥有着什么样的才能！

"王先生是我们的安慰，王先生不怕轰炸我们也不怕了。"德国邻居们信任地望着他，差点没把他当成了上帝。但是炸弹像下最后通牒似的把他的门、窗都震落了。搬家。又震落了门、窗。再搬。他终于把一叠十几张设计图交给了德国老师考核。"王先生真不是一般的学生！"他快活地在弹坑间疾步走着，好像在生与死的边界线上穿行。"王先生来了！"书店老板亲热地招呼他："我给你留出了一捆书，准是你需要的。"他和书店老板之间已经达成了这样的默契：不用他挑书，老板知道该给他留下一些什么样的书了。他又把一份咖啡送给了好心的老板。咖啡在战时因缺货配给而变得身价百倍。但是咖啡再贵重也就是咖啡。而书籍却能变出内燃机，变出坦克，变出祖国所需要的无穷尽的宝物。

天安门前的阅兵行列里，开来了一辆辆中国制造的轻坦克、水陆两用坦克和装甲车。王运丰坐在观礼台上,像父亲欣赏儿子那样,向坦克倾注着全部的情和爱。真不知是坦克因他的注视而变得威武雄壮,还是他因坦克的出现而变得这样不能自已。他回国后就担任了坦克专业局的技术领导职务。可是厂呢?只有农机修理厂、机车修理厂。衣衫褴褛的祖国母亲啊,让我们来装扮你吧!先把这几个修理厂改建成发动机厂和坦克制造厂。唉唉,师傅们还是在山沟里制造步枪的半手工业做法,没有工艺规程,做出的零件一会儿一个样。必须把坦克几千个零件的每一个工艺规程都写下来,一切纳入现代化生产的轨道!规程写了三年,以后进程就快了。原先坦克的大部件都得向苏联订货,以后定货单上开的项目一年比一年少了,最后终于全部取消了订货单,而代之以中国制造的坦克。

不过他跟坦克的缘分并不长,反而跟卡车很有缘。一辆卡车载着造反派抄了他的家,抄走了毛主席、周总理接见他这个全国先进生产者的相片,抄走了好几箱书。书是他的影子。人一旦连影子都给剥夺了,将是怎样的凄苦!另一辆卡车拉他游街、批斗:"无产阶级革命造反派的战友们,他,是一个彻头彻尾的德国特务!他的柏林老婆还到中国来串连过!"唉,柏林妻子!他离开柏林时,把本想留给她的小女儿也带走了——愿思念女儿的心情使她回到他的身边来吧。他给她邮去了路费,一年年地等着,终于把她等来了。他怎么也没想到这期待中的会见又这样地激动着他。在匆匆的一瞥中,他就把对于他是那么熟悉的她的身影、她的一切都看清楚了。"亲爱的,我们再也不分开了!"她笑了。她又伤心了:孩子们的德语说不利落了。因为前不久他出差了七个月,孩子们没人管了,就把德语忘了一半。可是他总得下去开展工作啊。他吻别了妻子,又走了。妻子回来一年多,他走了倒有八个月。他怎不想想,这个数字对一个不懂中国话、又对德国有着深深的眷恋的妻子来说,意味着什么!何况当时又正逢困难时期。"你看人家全家去德国了,我们一起走吧!"妻子痴愣愣地瞪着棕色眼睛,做着最后的努力。火车门关上了。妻子的泪水一行行挂在车厢玻璃上。他追着启动的车厢想说,想说什么?唉唉,全忘了,忘了。他只是用内疚的、失神的眼睛看着她,眼睁睁地看着火车载走了他的爱、他的心。他的胸膛一下空虚了,只有火车的隆隆声在他那空荡荡的胸膛里撞击着、回响着……

卡车的隆隆声在野地里显得孤单单的——又是一辆卡车把他送往蔚县监督劳动。押送"德国特务"的人戒备森严地拿着枪。其实，为确保安全起见，他们不妨先枪决他领导下设计的坦克。卡车途经八达岭。雪把他的胡子、眉毛都染白了。黑夜里他只见野狼闪着碧绿的眼睛。他柏林家里的地毯就是这种绿色。现在要是能把这地毯裹在身上就好了。在这大冬天里坐卡车，身上冷得就像穿了皇帝的新装——什么也没穿！也许今晚就冻死，连同他的知识一起消亡。培根说知识就是力量。但是知识碰到暴力，毫无招架之功；知识分子碰到秦始皇，也只有束手待坑……

雪，纷纷扬扬地下着。漫天大雪使天地之间成了个大雪坑。王运丰在蔚县的山路上挑着一担煤，一步一停地向山上爬着。爬了半天好像还只是停留在雪坑的坑底。好大的坑啊……

中国母亲

一个人在平静的时代生活、工作，他也许永远也不会懂得什么叫解放。当王运丰重新获得工作的权利时，他的感觉犹如一个刚走出监狱的人，来到充满阳光的天地里，感到了令人目眩的光明、自由和解放。他的知识和才能，原先就像是一群拥挤着给关进笼子的小鸟，现在要把它们统统放出来，让它们冲天而起，展翅飞翔了。唉唉，要干的事情太多了。六十多岁的人啦，他是恨不得把每一分钟的时间拉长。有些人受了委屈，或是疯狂地对社会挥着拳头，或是颓废地失掉了自信。一个人要是对自己都不信任，还会信任什么真理呢？王运丰摇着头。他自信他的才能、他的价值，所以他这个"德国特务"偏要给周总理写信——给我工作！可惜总理已病了。他又给邓副总理写信，不料"批邓"开始了。一九七七年他再给党中央写信，于是应邀出席了国宴，获得了工作的权利。

是啊，只要能为祖国工作，他什么都可以不计较——贫困、委屈、凶险，一切。一九六〇年苏联撤退专家，某柴油机厂陷于困难境地。"领导同志，让我去支援这个厂吧。""老王啊，那儿是重灾区，你知道吗？""怎么不知道？我刚从那儿出差回京嘛。那儿，已经有人吃树叶了。""你能受得了？""那儿的上万职工都受得了，我为什么受不了？我还要把三个孩子都带去。整个家迁去!"

"厂长同志,你们厂哪个部门最吃紧?"王运丰问。"铸造。不过铸造车间最脏、最累——""我来主管铸造车间。"王运丰当年在德国铸造厂搬那七十斤重的砂箱时,似乎就预感到有一天会在中国的铸造车间里大显身手了。他和职工们改善了车间管理,稳定了产品质量。

人们往往以为,一场战斗胜利结束了,就可以痛快一下。但是王运丰是这样疲乏,以至没有精神来享受曾经那么期望着的胜利的日子。是的,只是在任务完成了之后,他才一下感到精力衰竭,难以支付生命的需要。生活是苦啊。"李师傅,你怎么没吃饭去?""王总,是,是这样,我粮票没了。""李师傅,拿着,快买饭去!""三斤?!""快去!"他回家了。孩子们饿得用自来水把生高粱面冲得稀稀的,当饭吃呢。可怜的孩子啊,爸爸怎么忍心看着你们挨饿啊!王运丰晕倒了。营养不良性关节炎、脊椎硬化等,他近乎瘫痪地卧床了。一般的人,谁不愿意生活得好一些,活得长一些,留给子女的钱多一些。老年得病难免会想这想那。但是他最揪心的,是他的才能没有得到预期的、真正的发挥。就说在柴油机厂吧,书记很好,带头吃苦。可工厂是多头领导,总工程师制又没建立。他这个党外人士又只能担任副职。他的职权范围就相当有限。想做一些重大的改革,无职无权,无法推广,才能施展不出来啊!医治这种制度上的弊病,比医治营养不良性关节炎要难多了。

当他干活的时候,他只有一个要求:不要把他的手脚束缚起来。但是难啊,总有一些绳索从他的前后左右伸将过来……一九七五年,他靠边站时,有一位老上级请他到南京帮助筹建电子计算机站。他是个给剥夺了工作权利的"德国特务",到南京去当临时工,政治上可是担风险的事。但他说去就去了,就像当年走向重灾区。他从大量的技术资料中,发现外国某公司提供的电子计算机和合同中规定的型号不一样。这是一套拼凑的旧设备,连正规的出厂合格证都没有。可我们的干部说:"我们已经验收了,而且支付了货款的95%。""不能听任外商欺骗!""客人是我们请来的,别谈电子计算机的问题。"王运丰震惊了:这么奴颜婢膝!是啊,往往愈是真心实意地学习外国先进技术的人,愈是有自力和奋发的精神;而排外的人,往往走向媚外。科学使人格高尚,而无知使人格萎缩。

"我要上国际法庭控告你们!"外商想先发制人。

真闹出事儿来,王运丰当然是罪加一等。那么又会有一辆卡车把他带走,也许是囚车。不过他这时倒冷静了:其实死也是人生的一部分,不值得大惊小怪的一部分。当初轰炸柏林时,年轻轻的都不怕死,何况现在?人要是能死在他所爱的事业上,那也就找到了最好的归宿。可是孩子们怎么办?这些年他们插队掏粪,而且因为那显而易见的外国血统而给人围观!活着,还能送去一片父爱……唉,人老了,更重感情了。这三个孩子从小离开了妈……当初在柏林法庭上离婚的劲头哪去了?我是个科学家,一个热爱祖国母亲的科学家。母亲可以一时错怪她的孩子,但我不能不爱母亲。让我们感谢祖先传给我们的这种默默的献身精神吧!我已经和计算机站的领导和同志们研究了一切材料和数据,我们决不能花钱买一架废物,更不能让外国人把中国人当作废物。"科学是使人的精神变得勇敢的最好途径。"布鲁诺又在给我以启示了……

勇敢战胜了欺骗。外商同意交一套新产品:"你们中国还是有人才的。"

还是有人才的?仅仅"还是"?不,我们有的是人才!但是在我们这块充满着人才的土地上,延续着一种扼杀人才的习惯:有些掌握科学而不掌权的,得服从本单位掌权而不掌握科学的;有些想干且知道怎么干的,得服从不想干且不知道怎么干的。在两种对立的精神品质的阴错阳差、东拉西扯中,人才还在给消耗着,但是人们往往不震惊、不愤怒,因为这一切都已习惯了。而习惯是一种何等不可思议的力量!它能把一切可笑的和可泣的、可怜的和可叹的、可鄙的和可赞的、可恶的和可爱的统一起来,维系着一个伟大而落后的国家。

"王院长,您来了!"是的,在五机部党组、国防工办和王震副总理的一次次关心下,王运丰副院长沐浴着党的政策的春雨,来到了五机部科学研究院。"王院长,您来了!"是的,他又来到了以人相待的社会里,重新感到在人和动物的千差万别中,还有礼貌这一说。而礼貌,正是对人的价值的肯定。他回国三十年,实际工作时间只十五年。其他时间除了挨斗、靠边,还有让他干坐办公室。他本来可以创造多少价值?他自己无法估计,更无暇估计。他又忙于筹建电子计算中心。"如果说,机械化是十九世纪进入二十世纪的一个象征,那么,电子计算机科学将是从本世纪过渡到二十一世纪的重大标志。"——他什么时候成了电子计算机的义务宣传员了!他什么时候变得这么交游广阔!他几次去联邦德国寻找二十年前的同学、老师。在国际合作中,有时私人友谊比官方谈判更起作用。他联系派遣了一批中国实习生去联邦德国学机械制造业,又几次请了联邦德国的专家教授来我国讲学,进行造船、建工等方面的合作。"王先生,"柏林大学的老校长望着他三十多年前的学生,"在我有生之年,能为中德教育合作建立关系,是最大的愉快。"而王运丰也感受到一种意识到自己价值的愉快。可是我们的行政效率……直到他第三次赴德找老校长时,教育合作才刚有所进展,而这时,老校长已过世了……

我们有些当领导的,往往把精力花在如何转动官僚主义的机器上,而不去转动生产机器,去提高生产力。当我们很多人恨不得把每一分钟拉长的时候,偏有一些人在把每一分钟掏空。制造冤案的时代过去了,但是那种因循的习惯,却像幽灵似的戏弄着勤勤恳恳的人才。母亲老了,往往有些怪癖。好在祖国母亲现在是又古老又年轻:既有老人的涵养和怪癖,又有年轻人的朝气和冲动。我们做子女的,应该关心的不是母亲给了我们多少,而是我们是否帮助了母亲!说起来,王运丰被抄走的书至今没退还。他在牛棚被迫写的材料,也没退还。"造反派"为了给他强加罪名,硬把他这中农出身改成"富农",也至今不更正。他的住房还是那么紧,他那些没被抄走的书,也只能继续封存在板箱里——没有地方摆出来。一位联邦德国专家来他家做客时,他很怕有伤国体:"我这间房又是卧室,又是书房,又是饭厅,又是会客室。""不,王先生,这已经不错了。你记得吗?战后我那间屋连窗玻璃都没有,只好用X光胶片贴在窗框上。"

好了,伤感使人衰老,牢骚使人不思进取。王运丰毕竟找到了他的幸福,他从一九三八年出国留学时就希冀着的幸福:为祖国奉献才能。人是要有信念的。在古今中外人类发展史上,信念始终是动力。王运丰在科学的道路上探索了一辈子,他确认的最伟大而又最平凡的真理,则始终只有一条:祖国高于一切!

(原载《人民日报》1980年10月2日)

★ **作者简介**

陈祖芬，女，1943年生，上海人，历任北京作家协会专业作家、北京作协副主席、北京文联副主席。著有《陈祖芬报告文学选》《陈祖芬报告文学二集》《青春的证明》《挑战与机会》《中国牌知识分子》《挂满问号的世界》等20多种。报告文学代表作《祖国高于一切》曾获1977—1980年全国优秀报告文学奖。

◎ **作品赏析**

本文主人公——内燃机工程师王运丰在20世纪50年代初抛家别妻，带着三个孩子，克服重重困难从德国回国参加祖国建设。在"文革"期间，他被打成"德国特务"，备受折磨，但他忍辱负重，为了国家舍弃自己的一切，全心全意地奉献自己的智慧才能，为祖国争得了荣誉。

陈祖芬在文章的表现形式上有着自己独特的个性。她将一个生活切口在作品的开头呈现给读者，这种写作方式带来一种强烈的现实感，能很快把读者带入情境之中。这篇文章在结构上由"柏林妻子""德国特务""中国母亲"三部分组成，时间与空间上跨度大。作品中被切入的画面是作家精心选择过的，利于表达文章的主旨。这种跳跃式的不断切换场景的方式，仿佛一部无声电影，在有限的文字里交代了主人公坎坷而又心酸的一生。

陈祖芬善于吸纳不同的艺术表现手法，善于从文学维度去观照、运思和再现报告对象，作品常有一种艺术风格化的审美之感。在本文中，多视角、特写镜头、时空的转换比比皆是，丝毫不比小说描写逊色。作者用意识流手法把时间上的跳跃和看似零散的内容巧妙地结合为一体，又用电影蒙太奇的表现手法把主人公的经历像放电影一样直观地展现给读者，生动形象地写出了主人公崇高的人格以及心系祖国的炽烈情感。

作品的思想境界开阔、深沉而锋利。陈祖芬在创作过程中始终坚守两大主题：知识分子和改革题材。对陈祖芬而言，作为知识分子，能为国家奉献自己就是自己最大的荣誉。她着力赞扬歌颂知识分子的爱国精神与不屈意志，对那些为国家默默做出贡献的知识分子和改革者充满了敬佩之情。在改革风起云涌的时代，陈祖芬用自己笔下一个个知识分子身上所具有的民族精神来鼓舞人们，顺应了改革时代重视人才、重视科学的思想潮流。

中国姑娘

| 鲁 光 |

（节选）

忠诚，就忠诚自己的土壤；
追求，就追求自己的理想。

——引自友人的诗

这是一曲振奋人心的搏斗之歌。它的主旋律，就是祖国的荣誉高于一切！

人们把体育比喻为一个民族精神的橱窗。那么，就让我们打开中国女排这个小小的窗口，看一看我们中华民族应有的精神风貌吧！

灵丹妙药

北京初春的傍晚。崇文门外，太阳宫体育馆门前的一蓬蓬迎春花，开得正闹。被簇簇小黄花压弯腰的枝条，竞相往前伸长着，仿佛随时准备迎接从馆里出来的女排姑娘们。

暮色由淡到浓，不久天就黑下来了。馆里灯火通明，姑娘们刚刚练完球，汗水湿透的衣衫紧紧地贴在丰腴的身上。白色的排球撒满一地，姑娘们正弯腰捡拾着。

"谁还想再加练一点儿？"教练袁伟民冲着这群疲惫不堪的姑娘大声问道。

"我加练一点儿！"一位灵巧秀气的姑娘抬起头来，抢先回答。她两只手抱着十个来排球，酷似一位杂技演员。

她叫陈招娣，家住西子湖畔，一位典型的杭州姑娘，是曹慧英和杨希在北京体院青训队的同窗，又是她们在八一女子排球队的球友。如果你在街上见到她，大概看不出她是一位女排运动员。其实，你仔细看，在她那江南女子的秀气中，却藏着几分野劲。那才是地地道道的运动员性格呢！

陈招娣把一大抱球放进粗铁丝焊成的筐子里，走到袁伟民跟前，用眼神说："练吧！"

袁伟民用右手的五个手指，从筐子里抓起了一只球，猝不及防地向她扔了过去。招娣敏捷地往后退了几步，稳稳地将球垫了起来，不等她站稳，"砰！"一声，球又从教练手里飞到她的左边。她往斜里飞身迎了过去。球垫起来了，她却摔倒在地上，就势一个滚翻，又从地上爬了起来。

她的加练任务是救十五个球。如果救丢一个，就负一个球。她玩命地向球飞扑过去，滚翻起来，又飞扑过去。渐渐地，她的双腿发沉了，脸色苍白了。但她仍然不顾一切地奔跑着，滚翻着，飞扑着。当她救起第九个球时，倒在地上起不来了。

袁伟民可并不因此而停止扔球。他一边将球狠狠地扔过去，一边大声叫："快！""快起来！"

招娣趴在地上大口大口喘着气，眼看球从自己的身边、头上飞了过去。她不是不想去救，实在太累了，即使站立起来，也追不上那刁钻的来球。她负了两个球了。本来是自己主动要求加练的，练一会儿不就完了吗？谁知强度这么大，难度这么高。招娣心里嘀咕开了："袁指导呀，你也太苛刻了。"

袁指导却不动声色。他一边扔，一边不紧不慢地数着："负三！""负四！"……

招娣也冒火了，愣劲一上来，就不顾一切了。心里说："扔吧！扔吧！扔吧！"霍地从地上站起身，气冲冲地嚷道："我不练了！"走到场外拿起衣裤，就径自朝门口走去。

袁伟民这个人也挺有意思的。他不冒火，也不大声嚷嚷，只是不轻不重地说："想练就练，不想练就不练，那不行。今天练不完，明天开始就练你。"

招娣才走出几步，猛然转过身，向袁伟民快步走来，把衣裤往地板上一扔，气呼呼地说："练就练！"

请别误会，招娣不是一个吃不得苦的女子。她生性好强，从不甘心落后。在青训队时，有一次她的脚腕扭伤走不了路，从宿舍到训练房，有一段相当长的路，而且刚下过雪，但她拄着拐杖一瘸一拐艰难地往前走，到训练房时，拄拐杖的手上打起了许多紫红色的血疱。一位场馆的工人师傅看了感动不已，特地为她的拐杖包捆上一层厚实的海绵。有一段，她每天尿血，医生怀疑是肾炎，不让她吃盐。她自己到处找书看，发现是过度兴奋造成的，就对医生说："不碍事的，注意一点就是了。"仍然坚持进行艰苦的训练。她的腰伤相当严重，有时打完一场比赛下来，好像腰已经断裂似的，直都直不起来。有一位医生甚至不同意她继续打球，说搞不好会造成瘫痪。她含泪恳求医生："打到这个水平，没有为国家做出贡献就下去，我不甘心呀！"她一边配合医生治疗，一边以巨大的毅力坚持锻炼，终于延长了自己的运动寿命。

这一切，袁伟民心里都一清二楚。顶撞一下他，向他发一顿火，他并不计较。说实在的，他非常喜欢招娣的这种泼辣性格。打起比赛来，她还真的拼得出，顶得住。他常说："一个队十二个队员都应该有自己的个性，打起球来才有声有色。如果把她们性格的棱角磨平了，这个队也就没有希望了。"但此时此刻，他只是用严峻的目光瞧了她一眼，轻声地问了一声："开练吗？"

招娣走到红十字箱跟前，撕了几条胶布，裹在手指尖上。不裹，手指尖裂开的口子，实在疼得受不了。如果从她打球算起，她用的胶布，拼凑起来至少可以做一身衣裤了。她裹好胶布，走回场去，把腰往下一猫，那意思是："开练吧！"

袁伟民一个球一个球地扔着、砸着。招娣奋不顾身地向飞来的球飞扑着、滚翻着。好不容易把刚才的负球给补上。九个，她还是只救起了九个球！离十五个还有六个呢！很明显，招娣的动作变迟缓了。终于，她又倒下起不来了。

站在一边供球的姑娘，迟疑地不给球了。袁伟民瞪着眼，叫道："给球！"他仍然不慌不忙地扔着球，冲着躺在地上的招娣喊："球！喂，看球！"

一个、两个，她又负了好几个球了。她感到满肚子委屈，站起身，看也不看教练，拿起衣服，又径直向门口走去。她实在忍受不了了，世界上哪有这么狠心的教练呀！如果说，真有铁石心肠的话，我看他的心比铁还硬。想着想着，眼泪涌出了眼眶，洒落在光洁的酱黄色的硬木地板上。

"走也可以，还是那句话，明天一早就练你！"身后又传来袁伟民那不紧不慢、不软不硬的声音。在平日，袁伟民那夹杂着苏州乡音的普通话，在这位杭州姑娘听来是那么亲切动听，有时她还淘气地跟他说几句婉转似莺啼的苏州土话。但此刻，他的声音不但不亲切、不动听，而是那么冰冷和刺耳，字字句句都像从冰窖里蹦出来的。

她依然往前走着。不过，脚步显然放慢了，一步比一步迟缓。快走到门口时，她站住了。她那被极度疲惫和委屈情绪弄得热昏了的头脑，开始冷静下来，理智回到了她的心中。她像一截木头被钉在那儿，一动也不动。

袁伟民也站在原地没有动弹，目光盯着这位任性的姑娘，他像一尊石雕似的，手里还抓着一个球，一副随时准备砸出去的样子。

姑娘们用担忧的眼神望着他。她们恨他吗？恨！有时恨不得扑过去，狠狠地咬他一口。不过，事后冷静下来想想，又觉得他应该这样。不这样，怎么去赶超世界强队，怎么去为祖国争光呢！

一九七八年，简直是中国女排的倒霉年！从日本回国后不久，队长曹慧英在一次国际比赛中受了重伤，半月板撕裂，住进了医院。腿伤未愈，又发现有肺病，转到结核病医院治疗。在出访中，坐车又不幸发生车祸，好几位姑娘受了伤，更惨的是，这年去苏联参加世界排球锦标赛，连第四名都没有保住，只落得个第六名。但她们没有在厄运面前屈服，既不怨天尤人，也不灰心丧气。她们从技术上、思想上进行了认真的总结。

她们明白，冲出亚洲并非易事，走向世界更是困难。中国女排的崛起，不能靠侥幸，只有靠自己苦练巧练！

看着招娣那汗湿了的背影，姑娘们的心情是很复杂的。她们深深地同情她，可又生怕这个任性的姐妹真的会离开自己的球场。有两位姑娘沉不住气，迈动脚步向招娣走去……

正在这时，招娣也迈动脚步了。不过，她不是往前去"抢红灯"，而是来了个向后转，步子那么猛、动作那么冲地向球场走来。她回来干什么，不用问了。

加练，又继续下去了。

不知是喘息了一会儿，还是来了一股邪劲，招娣练得完全忘我了。

袁伟民见她那么奋不顾身地扑救来球，就笑着说："招娣，可以减掉几个！"

招娣用泪眼瞪了瞪他，发狠地说："不要你慈悲！"

袁伟民的话，其实也是一种激将法，因为他深知招娣的性格。

她终于以惊人的毅力，垫起了十五个球。

当她们淋浴后，走出体育馆大门时，那蓬蓬迎春，正在乍暖还寒的春风中，摇曳着黄灿灿的花枝，热情地赞美这群迟归的姑娘。但是，姑娘们拖着沉重的双脚，匆匆地从它们身边走过，压根儿就没有留意迎春花的多情。也许，它们何时发绿长叶，何时含苞，何时开花，她们也没有留意过呢！

回宿舍，她们得上五层楼。五层楼的楼梯有多少个台阶？姑娘们心里可清楚啦。她们用手扶着栏杆，慢慢地抬起腿，龇牙咧嘴的，有的还发出"哎哟""哎哟"的呻吟声。每上一个台阶，都这么艰难。上上停停，停停上上，凭借着淡黄色的灯光，互相瞧瞧，一个个都是这副狼狈相，真是哭笑不得。谁能想到，一群风华正茂的年轻姑娘，一群充满活力的年轻运动员，上个楼梯竟这么艰难！

在女排训练场上，像招娣今晚这样的"两走两练"的情景，倒不很多。这是由她那直率、坦然而又带几分愣劲的独特个性所决定的。但练得这样艰苦，甚至比这更艰苦的，却大有人在。

这里是湖南省郴州集训基地。这天，温文尔雅的杨希因为大腿肌肉受伤，躺在屋里休息，记者正好访问了她，打趣地对她说："杨希，过去见你总是笑眯眯的，今天可见到你哭了。"杨希挺实在地回答说："我哭得可不少，不过，你们不常来看我们训练，见不着就是了。"接着，她又补

充了一句，"我们队上哪个姑娘没有掉过眼泪呀！你不知道，我们的指导呀，在训练场上从来没有说过满意的话，总是不满意，不满意。要我们往上呀，往上呀，去赶超世界强队呀。天天努力，天天达不到他的要求。还让我们天天斗争，天天打胜仗呢！一个人哪能天天打胜仗呀！就拿这二十来米的路来说吧，每天一步一步往训练房走的时候，心里都在斗争。今天身体实在太累了，伤也犯了，厚着脸皮请一次假吧，可到场上看别人都那么练，自己又不好意思开口了。忍着伤病练吧。一天练下来，浑身酸疼，饭也懒得去吃。晚上往床上一躺，是一天中最舒服的时候。可一想到明天，又犯愁了，明天该怎么练呀！人们都说，共产党人是钢铁意志，我们真是钢铁意志呀！只要你稍微松一点，就会被他盯上，抓住你补课……"

杨希就给补过一次课，而且还是在国外访问期间呢！她一口气练习滚翻救球四十分钟。两层裤子都磨烂了，两只大腿都磨破了皮，渗出鲜红的血来。夜里，随队医生给她敷药时，说："如果让你妈妈看见，该心疼了！"也不知怎么搞的，她听了这，眼泪就禁不住唰地流了出来。

杨希扬扬两道细长眉毛，咬了咬嘴唇，又对记者说："我们从来都不让爸爸、妈妈看我们训练的。他们看到自己的宝贝女儿练成这副模样，非哭着把我们领回家去不可。平时回到家里，也从来不告诉他们练得如何如何苦，只是说，练的时候累一点，练完了就不累了。他们去看过我们打比赛。我们在场上摔了几下，他们就担心得不得了。回到家里总问：'摔得疼不疼？'我们就说：'不疼。'说真的，人都是肉长的，能不疼吗？不过，比起训练来，比赛算是我们最轻松的时候。还有一次，我回家去，妈见我这么瘦，一个劲地追问我，是不是练得太苦了。我告诉她：'妈，我们运动员不能胖，胖了就跳不起来，打不了球。'妈信了，后来街坊邻居问我为什么这么瘦时，我妈还帮我说呢！"她突然想起什么别的事似的，话题一转，问起记者来："你说，人有多怪呀？"其实，她并不需要别人的回答，自己笑了起来，接着说下去："练得苦时，真想休息半天，哪怕受点轻伤休息半天也好。可是等你真受了伤，这么躺在床上，心里就不是滋味，又想马上跟大伙儿一起去练。不过，平时真休息半天时，那可宝贵了，又想美美地睡上一觉，又想写封信，又想看场电影，又想看篇小说……真不知道该怎么过才好呢！"

的确,中国女排姑娘们的生活节奏是紧张的。清晨,朝阳还没有从东方升起,她们像一片美丽的朝霞,从宿舍飘向训练房。傍晚,夕阳已经西沉,她们才像一片绚丽的晚霞,从训练房飘回宿舍。她们常常紧张到没有闲情逸致欣赏大自然的美景。有时候,她们会突然发现马路两旁光秃的树木绿荫如伞,花木葱茏,于是像哥伦布发现了新大陆似的,惊讶地欢叫起来。有一天晚上,陈招娣对记者感叹地说:"人家的青春,是在花前月下度过的,而我们的青春却在流汗、疲惫、困倦、头脑发涨之中度过,在紧张、激烈的旋律中度过。"记者回答她说:"但你们的生活过得多么有意义啊!"招娣颔首笑道:"那倒也是。我们站在高高的领奖台上,当庄严的国歌在我们耳畔回响,灿烂的国旗在我们头上冉冉升起的时候,我们感到自己所付出的一切代价都是值得的。将来,当我们都变成白发苍苍的老太婆时,回想起今天的生活,将会感到自豪,因为,我们的生活过得很充实,我们的青春年华没有白白地流逝,它曾经为我们的祖国放射过光和热。"

道是无情最有情

如果说,袁伟民在对待陈招娣的加练问题上,有点"过分苛刻"的话,那么,他对待这堂训练课的态度,简直可以说"冷酷无情"了。

坐落在山坡上的餐厅,灯火明亮。餐桌上银白色的火锅,炭火红红,水已经沸腾,冒着缕缕的热气。伙房里,厨师们已切好菜,配好作料,烧热锅,只等坐落山坡下的那幢训练房灯光一灭,就马上动手炒菜。但一直等到晚上七点多了,训练房的灯光依然那么明亮。管理员下去看了一趟,回来说:"看来一时还完不了,先退了火再说吧!"

厨师们等着也没有事干,干脆去看姑娘们训练。

训练是从下午两点开始的,绝大多数姑娘都已练完,场上只剩下新手汪亚君没有完成任务了。四川姑娘朱玲和上海姑娘周鹿敏为她垫球、传球。她的任务是扣杀二十组快攻球。三个好球为一组。如果三个球中扣坏一个或扣出一个一般球,这组球就不算数。如果扣坏两个或扣出三个一般球,就得负一组。起先,小汪还不大在乎,心想到下课时总能扣完。谁知愈扣负得愈多。看到那么多人在一边陪着自己，她心里更不好受。扣着扣着，她弯腰站在那儿说："指导，肚子饿了，练不动了。"

袁伟民将球放下，说："休息一会儿再练吧！"

厨师们真想劝说大家先去吃饭。但他们知道，在训练场上，他们是不便插嘴的。他们用同情的眼光瞧了瞧小汪，无可奈何地摇摇头。

小汪喝了几口白开水，又开始扣球。扣了一阵，倒下起不来了，趴在地板上哭着嚷道："今天我可完不成任务了……"

厨师们一听，眼泪唰唰地流出来了。有的转过身，一边抹着眼泪，一边往外走。在场的记者看到这个情景，也禁不住掉出了眼泪。

袁伟民对站在一旁加油的几个队员说："你们有谁愿意帮小汪扣的，可以上来扣。"

话音刚落，两位姑娘挺身而出。袁伟民一看，原来是四川姑娘张蓉芳和扣球手郎平。

可是，情况并不妙。扣到八点多钟，还剩下好几组。郎平举手喊道："指导，休息一会儿吧！"她独自走到一边，偷偷抹着眼泪。而小汪因为自己连累了这么多人，心里更不好受，哭出声来了。

这时，几乎所有的队员都朝袁伟民瞪眼，虽然谁也没有骂出口，但心里一定都在骂他，恨他。而他呢，仍然站在发球线上，手里拿着球，笑眯眯地喊："加油呀！加油呀！"实际上，这"加油"声又何尝不是为他自己喊的呢！他也已经在场上站了六七个钟头了！

扣杀再度开始时，场上出现了一个挺有意思的情景：所有的队员都把火气冲着袁伟民来了，垫得好，传得好，扣得狠。她们精神高度集中，团结一致，每球必争，达到了玩命的忘我程度，不知扣出了多少个罕见的漂亮球！

训练结束时，已经是晚上九点多钟了。

像这类事，绝不是偶尔发生，于是，袁伟民给一些观看过他训练的人留下的印象，就是"冷酷无情"的人。

不过，这位训练场上的"无情人"，一走出训练房，就判若两人了。你看，他和姑娘们一道汗水淋淋地从训练房走出来了。有一位姑娘，眼泪还挂在脸颊上，嘴噘得老高。显然，她还在生他的气。袁伟民笑嘻嘻地打趣道："噘得太高了，都可以挂两个油瓶了……"姑娘先是把脸往旁边一扭，不理睬他，接着就猛冲过去，使劲捶他的背，然后是破涕为笑，骂他："你这个人怎么这么讨厌呢！"

在这一捶一笑中，场上结下的"怨恨"，顿时烟消云散了。

其实姑娘们一点也不恨他，相反，那么愿意亲近他。他搬入新居时，淘气的姑娘们集体敲了他一次"竹杠"："袁指导，恭贺你乔迁之喜。请——客，吃馄饨！"

袁伟民笑道："晚上，你们自己动手！"他急忙给爱人打了个电话，因为他自己对烹饪术是一窍不通。

袁伟民的新居在新落成的高层大楼里，是个两间居室的套间。姑娘们人未到，声音先到，一进屋，就沸腾开了，先像走马灯似的在两间房里浏览一番，对房间的布置摆设，发表了一通评论，然后，就捋上衣袖，各显神通。陈招娣发现袁伟民插不上手，就过去跟他下象棋。

袁伟民的爱人郑沪英，在六十年代也是一名排球运动员。虽然她早已成了妈妈，性格还是有运动员的特点：坦率、热情。她一边招呼着姑娘们干这干那，一边也跟着说，跟着笑。

等姑娘们说了个够，笑了个够，吃了个够，告辞而去，袁伟民和妻子发现，糖盒空了，瓜子皮撒了一地，桌子上厚实的玻璃板也碎了。不知是哪位姑娘在上面切香肠，手头重，给切碎了。肉馅还剩了一大堆，显然是买得过多了……

如果要指责袁伟民"冷酷无情"，他的妻子最有这个权利。

大年初二，外面到处是爆竹声声和穿红着绿走亲访友的人。而"排球夫人"郑沪英却感冒发烧，躺在床上动弹不得。她把身边的唯一亲人——七岁的小儿子叫过来："袁粒，妈病了，你去找男排的叔叔，到医务室给妈拿点药来！"

平时挺淘的儿子，这时突然变得懂事听话，点点头跑出门去。

第二天，小郑的病情不见好转，而孩子又发起高烧来了。娘儿俩躺在一张床上。亏得邓若曾教练的爱人蔡希秦来串门，看到这个情景，留下来照顾了她娘儿俩一天。

袁伟民呢？春节前夕就和邓若曾带着姑娘们南下冬训，正在衡阳为观众打春节表演呢!

一年四季,他什么时候把这个家放在心上啊!她在南京怀孩子时,反应重,呕吐难受,他工作忙,没有回去照顾她。生孩子时,他工作忙,没有回去看望她。孩子都牙牙学语了,还不认识这个爸爸呢!后来,好不容易把她调到北京,照理说,就在身边,可以多照顾照顾了。但她到北京三年,他竟然没有在家过一个团圆年。

忙,忙,忙!他总是没完没了地忙。平日里,早上顶着星星走,晚上顶着星星回。走时孩子还在熟睡,回来时孩子早已进入梦乡。他偶尔也陪夫人看一场电影,但总是那么心不在焉,往往看了后面就忘了前面。可过去他是一个电影迷啊!她交代给他的事,他往往忘到九霄云外,但对外国强队的那些女选手,对她们的长长的名字和身高、打法,却可以倒背如流。他对队里的十几个姑娘的脾性也了解得那么透彻,甚至每个队员在喜怒哀乐时的神情动态,他都可以模仿得惟妙惟肖。

是的,她有权利怨恨他!但是,说来也怪,她一点怨恨之意也没有。过去,她也为我国女排赶超世界水平流过汗。今天,虽然不打球了,她的心与女排姑娘们的心仍然是相通的。她把实现理想的希望寄托在年青一代姑娘身上,而自己的爱人是这支年轻队伍的教练,所以,她全力支持丈夫的工作,默默地承担着繁重的家务,就连自己和儿子同时病倒的消息也不写信告诉他。而每当他带队出国打比赛,她又为他和她们担惊受怕……

朝夕相处的姑娘们了解他,相亲相爱的妻子了解他,也许,了解得最深的莫过于他的老搭档邓若曾。虽然,邓若曾到国家女排当教练是一九七九年的事,但他俩相识在六十年代初期。

一九六二年,袁伟民从江苏来到国家男排时,邓若曾是这个队的队长和著名的二传手。袁伟民也打二传。他们为了祖国的荣誉,情感交融在一起,汗洒在一起,共同尝过胜利的欢乐,也一道吃过失败的苦酒。一九六六年八月,当世界排球锦标赛在捷克斯洛伐克的布拉格举行时,他们曾用红卫兵的语言发誓:"誓把捷克(世界冠军)拉下马!"那次激战,起先,中国男排使人眼花缭乱的快攻,把捷队打蒙了,拿下了第一局和第二局,来了个二比○的下马威。眼看,世界冠军的桂冠,就有希望落到中国队的头上。谁知形势急转直下,捷队加强了封网,钳制了中国队的速度，以十五比十一赢回第三局。第四、第五局，虽然打得难解难分，但中国队最后还是输掉了。当时，主要是怕输的包袱压得他们喘不过气来。输了，回国怎么向全国人民交代？方兴未艾的红卫兵会对他们采取什么"革命行动"？越怕输，就越输，事情就这么怪。

  为了打这一仗，他们奋斗了多少年，吃了多少苦呀！攻球手马立克的左臂脱臼，掉了又捏上，捏上再打，先后掉过一百多次。攻球手祝嘉铭膝关节出水，凸起那么高，一抽就是20cc。抽完了打，打了又出水……袁伟民为了鱼跃救球，摔在地板上，碰掉了两颗门牙……如今，这一切努力和心血，都付诸东流了。不轻易弹泪的男子汉们，躲到浴室里号啕痛哭起来了。喷洒的热水和着忏悔的泪水，一道往下流淌。他们是沐着痛苦的咸涩的泪水洗了一个永生难忘的澡啊！

  他们又背着怕输的沉重包袱出战南斯拉夫队，结果又以一比三惨败。中国队不用说夺冠军，就连前八名也无望了。南斯拉夫队为他们意想不到的胜利，高兴得抱成一团，在地上打滚。而中国的年轻人傻在场上不知所措。他们输傻了。他们事后说："当时，真像得了一场大病似的，浑身上下没有了一点力气。"

  应该说，袁伟民是这支失败队伍中的一个胜利者。由于他在赛场上的出色表现，大会授予他"最佳全面运动员奖"，发给他的奖品是布拉格的著名工艺品——一只雕花玻璃杯。然而，他一点也高兴不起来，全队都输掉了，个人得个杯子有什么意思呢！出于礼节，他还是上台把杯子领回来了。有能力拿冠军，却未拿到，这个滋味有多难受呀！世界排球锦标赛四年一届，一个人的运动生命有几个四年啊！什么叫遗憾终生？这就叫遗憾终生！后来，他把这个精美的雕花玻璃杯摔掉了。他不愿看到这个失败的纪念物！然而，理想的火焰，在他心底始终没有熄灭。在"文化大革命"中，当周恩来总理指示恢复排球队时，他毅然担任了国家男排的队长和二传手，一直打到三十五岁才下战场。

  一九七六年六月一日，对袁伟民来说，是一个值得永生记忆的美好日子。这天，国家体委将来自全国各地的一群十八九岁的姑娘交给他，重新组建成国家女排，并委任他担任主教练。这天夜里，袁伟民失眠了。他是那么兴奋，兴奋得心儿都发颤了。他默想着："把自己没有实现的理想寄托在她们身上，让她们去实现我们的理想……"

袁伟民和他的同事们，开始了新的不遗余力的努力。

一天晚上，有人敲袁伟民的门。开门一看，站在他眼前的是壮壮实实的邓若曾。他刚从国外工作归来。在大动乱的岁月里，他失望过，感到自己为之奋斗了整个青春的理想破灭了。但后来，排球队恢复了，他又看到了希望。他振奋起来了。他想："我们不行了，但可以培养下一代去争，去夺，中国人总有一天要夺到世界冠军的。"只要有工作，他就抢着去干。他到基层体育学校辅导小孩们打球，带青年女排出征。如今，他看到袁伟民挑起了女排这副重担，又主动找上门来了。

他一见袁伟民，就坦率而诚恳地说："小袁，我来当你的助手，咱们一道合作，把女排搞上去。"

说出来是这么简单明了的一件事，他却已经酝酿了好久了。邓若曾的妻子蔡希秦也是一位"排球夫人"，是六十年代国家女排的队员。她了解自己的丈夫，也了解袁伟民。她问邓若曾："你好强，袁伟民也好强。你们好比两条强龙。两条强龙的力量合到一块儿，咱们女排就有希望了。如果两条强龙相斗，那可不得了呀……"

邓若曾虽然朴实憨厚，但他听懂妻子的弦外之音了。他说："这点，你放心吧！我一定全力协助小袁工作。我已经四十多岁的人了，不图别的，只图女排翻个身。需要出力时，我往前，有名的事，我往后。"

当时，国家队的教练韩云波已调往八一队工作，袁伟民正在物色一位新搭档呢，他想到了邓若曾。如今，这位老队长亲自登门来了，他是多么高兴啊！

说起来，他们俩搭伙也有不利的地方。邓若曾打球的资历要比袁伟民长。而且，"文化大革命"中，他们还分属两派。但他们互相了解对方的为人，有着他们共同的理想和抱负。即使在派仗打得热火朝天的那些岁月里，他们俩也没有红过脸。

袁伟民紧紧握着邓若曾那双粗大厚实的手："咱们一起干！"

从此，他们又开始了患难与共的生活。每当冬训时节，他们总住一个屋子。一天训练下来，姑娘们精疲力竭。这两位四十开外的指导，也背酸腰疼，浑身疲乏。但他们睡得很晚，一起琢磨新的战术、新的打法，一起研究第二天的训练计划。他们总是互相关心,互相体贴,互相支持。陪练、身体训练等一些需要花体力的事,邓若曾总是主动揽起来,让袁伟民腾出手来,多观察队员们的技术、战术。而当队员们与邓指导发生矛盾时,袁伟民总是把责任揽过来,维护邓指导的威信。有几次,队员们练着练着与邓指导顶起来了,袁伟民就从邓若曾手里接过球:"我来!"于是,他把矛盾,把队员的火气和怨恨,都引到自己的身上来。他们总是这样互相补台,而从不互相拆台。

他俩的性格是截然不同的。袁伟民比较内向,喜欢思索,爱看书。邓若曾是个实干家,性格比较粗犷,喜欢钓鱼,爱好唱歌。他向姑娘们学了不少支优美的歌曲。吃完晚饭,他常常坐在桌前,戴上那副黑边的老花眼镜,对着歌片轻声哼唱起来。

"军港的夜啊静悄悄,海浪把战舰轻轻地摇,年轻的水兵头枕着波涛,睡梦中露出甜美的微笑……"

说实在的,他唱歌的水平并不高,唱着唱着就跑调了,有时调子还跑得挺远挺远的。淘气的姑娘们一边笑,一边拿录音机往邓指导面前一摆:"来一个!"

邓指导一本正经地问:"来个什么呢?"

姑娘们将他的军:"当然来个最拿手的。"

"好!"邓若曾在录音机跟前站得笔挺,像演员开唱之前一样,先酝酿感情。

"军港的夜啊,静悄悄……"

姑娘们知道他迟早会跑调的,都躲在他身后偷笑去了。有时实在憋不住,就笑出声来。但邓若曾已经进入了角色,旁若无人地继续唱着,而且唱得那么动情……

就是敞开你的想象力,也很难想象得出,这么一位爱唱轻柔抒情歌曲的邓若曾,竟然就是在训练场上充当"打手"的那位一丝不苟的邓指导。要知道,他那势大力沉的扣球,不知把姑娘们扣哭过多少回啊!在"冷酷无情"上,他堪与袁伟民相比。他们同是一对"无情人"!但在他们的"无情"之中,却又包含着那么丰富的人类最美好的感情!

中国的"铁榔头"

世界上还有什么幸福能超过人民对自己的信任呢！

四十七次列车离开北京，冲进茫茫夜海，风驰电掣般向南，向南……

在卧铺车厢里，一位高挑个儿的姑娘，凭窗眺望。她颀长、结实、健美。微微卷曲的黑发拢在脑后，分扎成两绺，轻巧地垂挂着。深红色的运动衫领子，悄悄露在深蓝色的外套上，仿佛是一枝"出墙"的红杏。虽然我们看见的是她的背影，但可以感觉到，在这位姑娘的身上洋溢着青春的活力和蓬勃的朝气。

车窗外，一片漆黑，夜色正浓。只有点点灯火，偶尔从她眼前向后飞逝而去。郎平啊，你是在欣赏祖国大地的夜景呢，还是在沉思默想？也许是那瞬息即逝的灯火，把你带回到昨晚为全国十名最佳运动员授奖而举行的健美晚会上去了吧？

对这位刚满二十岁的北京姑娘来说，那确实是永生难忘的。当她接受鲜艳的花束和银色的奖杯时，座无虚席的首都体育馆里，爆发出海涛般的掌声。何止是到会的一万八千人在鼓掌呢，她仿佛还听到投她票的十几万球迷的掌声和没有投票机会的千千万万普通观众的掌声。她手捧鲜花和奖杯，激动得含泪欢笑了。

她欢笑，但并不沉醉。她深深地懂得，自己是代表女排集体来领奖的。排球运动是一个集体项目，赢得的每一个球都要经过几位同伴之手，都凝聚着战友的汗水和心血。个人球艺再高，如果没有同伴的合作，也将一事无成。她想起了朝夕相处的同伴们：风度翩翩的老大姐孙晋芳，沉着顽强的张蓉芳，敢打敢冲的陈招娣，文静果敢的周晓兰，憨厚纯真的陈亚琼，埋头苦干的曹慧英，和蔼可亲的杨希，沉静灵巧的张洁云，聪慧灵敏的周鹿敏，腼腆壮实的梁艳，活泼爱笑的朱玲，还有那严厉而又亲切的指导、领队……总之，她想起了队里的每一个人。

当她和妈妈随着潮水般的人流涌出体育馆时，她用一条驼色的拉毛围巾，几乎把整个脸都严严实实地遮掩起来，只露出那双明亮的眼睛。奖杯呢？它装在一只又长又大的橙黄色的提包里。她一点也不炫耀个人，把自己融进了普通观众的行列。

回家的路上,她的思绪像滔滔的江水在汹涌澎湃。

银杯啊,怎么这样沉?啊,那里面盛满了自己和战友的汗水。

银杯啊,怎么如此重?啊,那里面装着祖国和人民的殷切期望。

回到家里,已经夜深了。但郎平的爸爸、妈妈还围着银光闪闪的奖杯看呀看,总也看不够。郎平的爸爸,是个球迷。而她的妈妈,却一点也不懂体育。当初,女儿要去打球,妈妈投的是反对票。她看到女儿身体瘦弱,不放心让她去。而爸爸呢,却苦口婆心地说服她。女儿到了球队之后,只要在北京打的球赛,他总要去看。在外地打的比赛,如果他出差路过,那也非看不可。其实,开始时,他对排球的打法也不是很懂。只不过是为女儿打好而高兴,为女儿失误而焦急、惋惜。郎平开玩笑地对他说:"爸爸,你看球,真比我在场上打球还紧张呢!"而妈妈的关心,是别具一格的。她生怕女儿吃不好,每次外出都给她带吃的,什么凤尾鱼呀、糖果呀,总是一装就是一满袋。一九七九年夏天,郎平在四川打比赛,给她姐姐写信说身体不太舒服。妈妈知道了,悄悄给女儿寄去两斤巧克力。巧克力送到郎平手上时,已经化了。郎平手捧着滴着咖啡色糖水的包裹,心里比那炎夏的天气还热。妈妈呀,你可真是一片慈母心啊!近两年来,妈妈也开始看球了。她身体不是很好,多半是在电视里看女儿打球。

郎平回家时,妈妈问她:"哎呀,你们怎么老摔跟斗啊?"

郎平告诉她:"妈妈,那是打球需要,存心摔的。"

妈妈可不管存心还是不存心,心疼地说:"往后不许那么使劲摔!"

郎平跟妈妈说不清,只得笑笑说:"妈,我们以后摔轻一点……"

自从郎平到国家队打球以后,几乎没有机会跟妈妈、爸爸在一起过个团圆年。如今,离春节只有几天时间了,而且她又患着感冒,妈妈是多么希望女儿留在身边多住几天啊!但是女儿的心早已飞了。中国女排不在北京,前几天已经去湖南郴州冬训了。她决定明天就南行,去追赶自己的队伍。温暖的战斗的集体,像一块强大的磁石,深深地吸引着她。

南行的列车,呼啸着飞速向前。此刻,郎平已经困倦了。她曲着腿,躺卧在狭窄的铺位上,沉沉睡着了。乘她酣睡的时候,让我们掀开她打球的简历表看一看。

从孩提时代起,她练过绘画,迷过音乐,又幻想过当飞行员,还想过当工程师。十三岁那年，父亲带她去体育馆看了一场国际排球赛。她惊喜地发现，平日上体育课托不了几下就往地上掉落的排球，在运动员们的手上竟然那么听话，这简直是令人陶醉的艺术啊！于是心里萌生出一个新的理想：当运动员！

别看她现在身高一米八四，可当时还只有一米六几，长得又细又高，体重只有七十多斤，体质很孱弱。但她不管这些，自信自己能当一个好运动员。她跑到北京市第二业余体校报名。那儿的教练张媛庆觉得她太单薄了些，犹豫了片刻，竟然出人意料地同意收下这个瘦弱的女孩。

她盼着有一天自己也能穿上印有"北京"字样的运动衣，代表首都人民参加比赛。于是，她夏练三伏，冬练三九，成千上万次地挥动长臂苦练枯燥乏味的基本功。有一次，她的脚脖扭伤了，怕回家后妈妈不让她来体校，就星期天也不回家。平时回家她也不忘带个球回去，对着墙壁托球，弄得墙头上印满了排球的痕迹。两年后，她跻身于北京女排的行列，而且成了主力队员。但是，她又多么盼望有一天胸前的运动衣缀上庄严的国徽，代表祖国人民去与世界强队争胜负啊！一年之后，她的愿望又实现了。袁伟民决定起用这位不满十八岁的年轻姑娘参加第八届亚运会，而且让她顶替著名的主攻手杨希，打四号位。

在泰国曼谷，郎平像一颗奇异的新星，在排球坛上升腾而起。在与南朝鲜队的比赛中，她那力大势沉的凌厉劈杀、森严凶狠的拦网，为中国队的胜利立下了汗马功劳。她被称为"中国女排的新兵器"。可惜在迎战"东洋魔女"日本女排时，她的脚扭伤，影响技术发挥，扣杀常常不能奏效。而且在日本姑娘的严密防守面前，她的扣杀也暴露出过于单调平板的弱点。没有打完一局，袁伟民就把她换下来了。比赛结果，中国女排以〇比三败北。一位观众来信指责说："不该在这种关键时刻，起用一个没有把握的新手，这是中国女排的教练用人不当。"这对一帆风顺的郎平来说，是一个莫大的刺激。她感到委屈。于是，她又把目光瞄向世界几个强队的主攻手，发奋追赶。不到一年工夫，她的发奋努力就结出了成功之果。一九七九年末，在香港举行第二届亚洲女子排球锦标赛时，她为中国队荣获冠军立下了战功，被人们誉为中国的"铁榔头"。中央电视台播放比赛实况录像时，荧屏里是一片"郎平！郎平！"的呼喊声；荧屏外也是一片"郎平!郎平!"的欢呼声。她确实像一把当当响的铁榔头,发挥了振奋人心的威力。她的进攻力量,得到了世界排球界人士的高度评价。人们把她称为堪与美国身高一米九六的海曼和古巴的玻玛列斯媲美的世界三大主攻手之一。

列车急速南行,南行。郎平恨不得列车飞驰得快些再快些。经过三十来个钟头漫长的旅途生活,她终于在郴州与自己的队伍相聚了。她是那么高兴,才离别几天,宛若几年。

郴州的春天,细雨绵绵,无休无止,仿佛是穹隆漏了似的。训练基地坐落在北湖公园里。公园不算大,但有山有水,有楼台亭榭,有喷水池,有金鱼,有群猴,姑娘们的宿舍后面还有一片桂花树林。但郎平是无暇欣赏这一切的。除了饭堂、宿舍之外,只有在那座竹席棚顶的简易训练房里才能看见她挥汗如雨的高大身影。

对郎平来说,这是一次极为平常的训练课。暮色已经降临,姑娘们都已完成了任务,拖着疲惫的身子向宿舍走去。但她还在里面练习发球。袁指导给她的任务是再发三组球,每组三个好球,如发两个一般球或两个失误球,就得再加一组。场里除了郎平"砰""砰"的发球声,就只有袁伟民的裁判声:"一般!""失误!"她发了好一阵,任务不但没有完成,相反又加了几组。郎平抚摸着酸疼的肩膀,有点发急了。她透过墨绿色的球网望了望教练,袁伟民不动声色地伫立着,双手紧抱在胸前。那神态是说:"完不了,别想下课!"没有一点商量的余地。

郎平自言自语地说:"我奉陪到底!"她发狠地拿起球,又"砰""砰"地发了起来。

"停!"袁伟民神态严峻地走了过来,"不要发菜球!累了可以休息一会儿。"

什么叫菜球?郎平当然明白。顾名思义,菜球就是送给对方吃的小菜,即没有威胁力的"和平球"。比赛时,好不容易争回一个发球权,发菜球那是绝对不允许的。郎平暗暗责怪自己,怎么发出菜球来了呢?不行,绝对不行。她走动了几步,挥动了几下胳膊,又叉着腰沉思默想了片刻,重新开始发球。

"砰""砰"的发球声,"好球——好球"的裁判声,一直响着响

着，响到很晚很晚。当郎平拖着沉重的步子走出训练房时，一位记者半开玩笑地悄声问她："指导会不会存心整你？"她用手抹了把脸上的汗水，微笑道："那可说不准。"袁伟民知道了此事，风趣地说："今天没有。不过，'整'过她不少次就是了。"

新春佳节来临了。宿舍的走廊上挂起了四盏古色古香的大灯笼，住屋外面的墙头的窗户上悬挂着缀满"梅花"的树枝。女排的姑娘们也休息了一天，开联欢会，放鞭炮，吃花生，嗑瓜子……这些瓜子哪里来的？是郎平用她所获得的、首都新闻单位举办的"十佳"运动员评奖的奖金买的。

年初二，她们应衡阳市人民的邀请，去打表演比赛。打完比赛已经是晚上十点多钟了，但领队和指导却不让姑娘们走，说是要补一补课。

"郎平，你怎么不动弹呀？"指导点着名呼叫她。

郎平站在场地外边，依然不动。她正不舒服呢。

教练走过来，又一次问她："怎么啦？"

郎平说："指导，我有点恶心，想吐。"

教练心里明白，但他还是说："想吐就吐，吐完了再上场补课！"

教练的心肠就是狠，不近情理！不过，郎平却没有埋怨的意思，你不让她上，她自己还想上呢！她清晰地记得，去年春天，她们出访美国，从香港到斯普林斯，坐了二十多个钟头的飞机。这座高原城市海拔两千多米，疲倦加高原缺氧，使她们非常不舒服。晚上练习时，八个姑娘边练边吐。吐还要练。当时她们真恨教练太不体谅人。但第二天比赛时，她们却感到精神很好，以三比一赢了美国女排。在整个访美比赛中，她们取得了六胜一负的战绩，其中在旧金山一场，有一局还使美国队吃了一个"鸭蛋"。只有这时，她们才真正明白，教练为什么不顾她们呕吐还要狠心坚持训练。练为战啊！这天晚上，郎平也是怀着这种心情，坚持把课补完的。

这就是袁伟民的"整"。所谓"整"，就是有意制造困难，用各种意想不到的手段，来磨炼她。

说也奇怪，郎平却喜欢指导的这种"整"。虽然有时"整"哭了，觉得苦得受不了，但下来后又感激指导，希望指导以后再"整"自己。因为她明白自己在队里挑大梁的地位。世界上的几个强队，谁不研究她！他们把她的技术动作拍成电影，录了像，正在作为"强敌"，研究攻克的对策。要想使榔头继续敲响,就得不断锤炼。而教练的每一次"整",不都是对自己的一次锤炼吗?

千锤百炼吧,中国的"铁榔头"!有朝一日,当祖国人民需要你"一锤定音"时,切盼你能够敲得重重的、响响的,敲出我们的国威来!

(原载《当代》1981年第4期)

★ **作者简介**

鲁光,男,1937年生,浙江永康人,著名记者、作家、画家。曾任国家体委宣传司教育处处长、《中国体育报》社长兼总编辑、人民体育出版社社长、亚洲体育记者联盟副主席、中国报告文学学会副会长、中国体育美术促进会副会长、香港亚洲美术家协会副主席。著有报告文学集《东方的爱》《踏上地球之巅》(合作)《中国姑娘》《把掌声分给她一半》《中国男子汉》等。《中国姑娘》《中国男子汉》获全国优秀报告文学奖,《世纪之战》获全国长篇纪实文学奖。

作品赏析

这是一部体育题材中篇报告文学作品。

作者着眼于中国女排运动员与教练员训练的艰辛与不易,以平实无华的文笔记录了她们的日常训练、比赛过程、国际交往、爱情生活以及理想和情操的方方面面,真实表现了女排姑娘夺冠后的激动欣喜以及她们为了祖国荣誉、人民期盼而坚持奋斗的执着精神。

作者在文章中注重人物的个性化语言及思想特征,注意细节描写和环境描写,努力揭示人物的内心世界。同时,作者以生动的艺术形象做基础,巧妙地安排文章结构,善于将生活中真实可靠的一刹那进行相对的集中,必要的调动。在艺术形式上,作者以情节编织为结构特色,求取情节的相对完整,以具象的再现性描述作为基本的写作方法,运用大量夸张、比喻等修辞,语言朴实却不乏生动。文章的抒情炽烈感人,激荡着读者的热情,与读者产生共鸣,极富生活气息和感染力。

文章有两项贯穿全文的突出主题：歌颂英雄与爱国主义。在当时的改革大潮之下，几乎所有的体育文学作品都直接或间接地关注民族、国家的历史命运和体育发展的光明前景。在这篇文章中，作者把体育比喻为一个民族精神的橱窗，把女排当作一个小小的窗口，通过描绘女排运动员和教练员在一个又一个国际大赛中争金夺银的激烈场面和艰苦的日常训练场景，生动写出了女排姑娘们为国增光、永不放弃的民族精神，彰显出了激动人心的"国魂""民族希望"，打动了千千万万的国人。

鲁光的《中国姑娘》在中国体育报告文学史上是一座里程碑。作者用报告文学的形式生动鲜明地展现了女排姑娘的训练、成长历程及夺冠的艰辛，展现了中国女排的时代风貌，为读者呈现了一个个生动且个性鲜明女排姑娘的群雕，成为1981—1982年度全国优秀报告文学评奖中的"首奖"之作，在中国体育报告文学史上占有极为重要的地位。

三门李轶闻

|乔 迈|

在公元第一千九百八十年的早春时节，在我们国家九百六十万平方公里地面上的一个角落里，发生了一件很小的又是很大的，平平常常的又是非同凡响的，乍听之下似乎出人意料、细细想来却又尽在意料中的事。

好事不出门，坏事传千里。消息像插上了翅膀，随着料峭的春风，迅速传往四面八方，在不同的人们中间，激起了不同的反应：有拍案而起的怒责，有幸灾乐祸的冷嘲热讽，有庄严的沉思，有含着苦笑的悲叹……

昔日默默无闻的小村落——散漫地分布在东辽河左岸一片大盐碱滩上的吉林省怀德县十屋公社三门李第四生产队——因此声名大噪了。

这是关于五个共产党员和他们的一段奇异遭遇的故事……

我们共产党人在群众中的位置

旧历庚申年——猴年——的春节快到了。汗巴流水苦累了一年的庄稼人，兴高采烈地忙着杀年猪，淘米做豆包，赶集买年画，换粉条子，买鱼，打酒。半天上零星地响着性急的孩子们提前燃放的鞭炮，空气中混合着淡微微的火药味儿，更使年关的气氛足了。

然而，这几天有一件事，比迎接春节更加吸引着三门李庄稼人的心，那是关于联产计酬、自愿结合划分作业组的消息。多少天以来，在积肥场上，在饭桌边，在月光和雪光照射的难以成眠的热炕头，干部们、老农们、父子叔兄和小夫妻们，咕咕哝哝议论的都是这事。这可不是一件小事啊！包工包产到作业组，人合心，马合套，就不愁多打粮，多贡献，早富。但是，作业组怎么个划法呢？谁和谁在一组呢？人们在焦急地等待着。

终于，大队书记沈春亲自来村里主持召开分组会议了。这是一个规模空前的社员大会，人们参加会议的踊跃程度可以同土改时候斗地主的大会相媲美。平时总是显得过于大而空洞的"队屋子"，此时嫌窄了。来的不但有劳力们、一家之长们，也还有爱凑热闹的小嘎子们以及奶着孩子的妇女。大蛤蟆头烟像施放驱霜烟雾似的呼呼升起来，把临时换上的二百瓦大灯泡都熏暗了。然而，屋子里很静，没有往常开会那种没完没了的闲嗑和打趣儿逗哏。

书记宣讲了县委的有关文件，又讲了大队党支部的建议。那个建议很简单，就是根据本生产队劳力、土地和牲畜等情况，认为分成两个作业组比较合适。组划多了，人员不够角儿。庄稼人心急嘴也急。沈春的话音刚落，有人就呼儿号儿地喊起来："这个政策行啊！拥护！既是自愿结合，谁就插旗招兵吧！"一人喊，众人应。会场上，呼兄唤弟，喊朋叫友，乱成了一片。

沈春一看，大势所趋，人心所向，心里也觉着高兴，暗暗佩服中央的政策深得民心，作业组一定能划分得好，来年生产错不了。就又急忙讲了划组的注意事项，主要是希望把骨干劳力和弱劳力搭配好，避免出现一头轻的现象，别的地方是有这样偏差的。同时，作为党的领导者，沈春书记当然也没有忘记提醒大家发扬风格，团结友爱，互相照顾，等等。

报名开始了。有人喊："我们是田富组长！"接着，就哇哇地念了这个那个组员的名字。又有人喊："我们是王占河插旗！"接着，也哇哇地念了这个那个组员的名字。大队书记一看，更觉高兴，这不是事先就有串联了嘛！可见人们对分组积极性之高，对党的政策拥护之热忱了。但是，刚才念名字的时候，会场太嘈杂，念的速度也太快，沈书记没有太听清楚都是谁和谁一组，只觉得恍恍惚惚好像田富那组多数是姓冷的，王占河那组差不多都姓王，似乎还剩下了一些人没进这两个组。沈书记赶紧动员：

"既是基本有两个组了,也好,就以他们为基础吧,看看,还没入组的人,哪组要,要上哪组,抓紧时间报吧!"

听了书记的话,刚才热闹非凡的会场忽然安静下来,光剩下了人们使劲咂着嘴唇抽大蛤蟆头烟和分明是不那么自然的咳嗽声。沈书记感到有点诧异,便以诲人不倦的领导者风度,又讲了一遍政策条文,然后问:"都还有谁没进组?举举手吧,先拢一拢,看哪个组欢迎,自己愿意到哪个组去。都有谁呀?"说着,就在人们中间仔细审视起来。

大蛤蟆头烟又使劲地鼓起来了,烟雾先是升到棚顶,再慢慢往下压,快压到人们头上了。人们的目光有点异样。沈书记越发奇怪。他猛然发现了,在大蛤蟆头的烟雾缭绕中,有五个低垂着的头。头垂得那样低,以至稍不注意就看不见他们,即使看见了,也无法看清他们的脸和眼睛。数九寒天,窗户上哈气成霜,可那五个人的发梢额角,却闪着亮晶晶的汗珠。

中共三门李大队支部书记沈春的脸蓦地红了起来,好像被一只无形的手狠狠扇了一巴掌。他看清楚了,那不是别人,正是本生产队的五名共产党员。看:身材高大、年纪五十开外的党小组长王才;复员兵、年轻英俊的小伙子荣凤春和刘清洲,河北人;壮年汉子王汉周和他的妻子、剪短发的王淑梅。对啦,正是他们五个人没有进组。在惶惑中,沈春想起了不久以前改选生产队长的事。他们这里硬是把党员队长荣凤春选掉了,换上了一个非党员。那是不是今天这种事情的先兆呢?是的。可惜自己当时竟没有留心。

沈春无奈,只好等脸红过一阵以后,勉强把心稳一下,很委婉地说:"我刚才看,还有几户等着入组的,都是社员,总不能甩出去几家,那样也不好,看看哪组愿意吸收他们?"

沉默。

沈春身上的不自在一分一秒地增长起来,好像浑身的血都在往外膨胀。再看自己那五个同志,脑袋越发垂得低了。

"看看……哪组……"沈春的声音越发微弱,以至连他自己都怀疑自己是不是还在说话。

沉默,还是沉默。

屋子里这样静,连小孩子吃奶的声音都停止了。也不知道这样过去了多长时间。

"我们组就这些人啦！"忽然有一个人说，声音很低，语气却很坚决，使得全屋的人都耸然吃了一惊。所有的眼睛都转过去看，却是刚才插旗的王占河。

"我们组也够啦！"又一个红脸汉子跟着高声大嗓地嚷，"书记刚才不是讲让自愿吗？我们就这些人自愿。"

这是封口了。眼珠不叫眼珠，真眼仁（人）呀！

五个共产党员是哪组都不要！

……

当天夜里，这几个被抛弃的布尔什维克不约而同地聚集到了党小组长王才的家里。王才是这几个人中间的长者，有着近三十年的党龄，又当过二十来年的生产队长。这位从八岁起就当半拉子、扛大活的老同志，当年曾是村里的一等棒劳力，后来又驰骋疆场受过伤，抗美援朝渡过江，在难忘的一九六七年，还戴着三尺长的"走资派"高帽子，在全大队被光荣游斗。如今，霜欺两鬓，英雄老矣！

但他真的老了吗？今晚，王才望着默默聚拢来的同志们，心里边一阵酸楚。他一个个地看着大家的脸，有的垂头丧气，有的愤愤不平。那个唯一的女党员，河北人王淑梅两眼红红的，呼吸之间还有抽咽声在。他想安慰他们几句，却又觉得无话可说。这时候，他们中间最年轻的一个、二十七岁的荣凤春说话了："这不是故意整人吗？咋的，一个不要！真把我们党员一碗凉水看到底了！上公社、上县，也得说道说道。"

"不假！"王汉周接过来了，他在河北曾经当过大队团委书记，很有点理论功底，说话喜欢提到纲线上认识，这时就操着一口河北腔说："共产党领导一切，分组不要党员，这就是阶级斗争！"另一个年轻党员刘清洲听了，也就着高往上拔，大声说："可不是咋的！这就是不要党的领导，不要四个坚持！跟沈书记说说，他们自个成立的两个组不合法，得推倒重来。"

"我看倒不一定扯到阶级斗争上去。"还是女党员王淑梅实事求是些，"人家一多半怕是嫌咱们干活不行。咱也别强求人家，自己成立个组吧，架不住早点起，晚点歇，能总拉后？"刘清洲听了也说："可也是！搞原子弹、人造卫星不行，真格的了，种大地，这么大个子，就干不了？"

七言八语，莫衷一是。王才听着这些议论，心里不住地翻腾。能扯到阶级斗争上去吗？当然是气话。真的是人熊、干活顶不上去吗？也不全对。他总觉得大伙没说到真正的原因上去。是没有看到，还是不肯那么认识？他想引导大家从自己身上找找原因，就说："咱这五个人，除我过了五十岁，三十上下的多，就是汉周也才四十六，正是庄稼人下力气干活的好时候。可这些年咱们都咋干的呢？我是党小组长，我清楚。你们也不傻，能不知道？不讲别人，就说我吧。自个儿觉得年纪大了，在村子里边，没有功劳还有苦劳，如今两个儿子在城里工作，活泛钱儿多，光自留地一年就收四石粮。自家日子过好了，就想当老太爷享清福了，管大家的事少了，地也下不了。不像个共产党员。今天会上的事，我有责任，我对不起党……"

老王才这一说，其他人都耷拉下眼皮。荣凤春年轻，受不了这话，赶紧说："你老上岁数了，要怪得怪我们年轻的。我复员回来，庄稼活生了，好当甩手队长，对人态度又不好，挺横的。我结婚以后那阵，听社员有反映，说我穿得溜光水滑，骑个小车，见天嘤儿嘤儿地，东跑一趟，西颠一趟，干拿补贴工分，当时我还有情绪。把我队长选掉了，也不是滋味。如今看，不是给党抹了黑吗！"小伙子说着，流下了眼泪。

这一来，大伙都检讨开了。有说因为嫌前勤太累，甘心当了保管员的；有说年纪轻轻却操起鞭杆子当小猪倌的；有说利手利脚却不爱再下田的。是啊，这几个党员，除去淑梅不算，都当过兵，都当过生产队长，人人能说会道，可就是有一点，马列主义是专冲别人的，把"为中国人民和世界人民谋利益"变成为自己个人谋利益了。

"见椅子歇腿，见酒盅开胃，千里马也架不住恋栈。谁能拥护恋栈的千里马？"见大家说得差不多了，王才总结似的说，"我们党员啥时候变得这样了呢？"他在沉思中，想鼓励同志们几句话，但是找不到适当的词儿。他努力回想着当年在战场上遇到这种情况的时候，班长或连长是怎么鼓励自己来的。他终于没有想起来。当年的共产党人似乎没经历过这种失败。当年的共产党人，在人民群众中，如鱼在水，如鸟在林，从来没有听说过被人民群众抛弃不管的事。屡闻不鲜的，倒是老大娘或大嫂子，大伯和大哥们，有时甚至还有刚懂一点人间善恶的小嘎子和小闺女，为了保护一个党员，宁可在敌人的皮鞭和棍棒下，血肉横飞，宁可被烧了房子，填了水井，有时甚至不惜满村老幼面对敌人喷火的机枪口，也决不肯让党员同志受半点伤害。而我们的党员，也可以随时随地，为了人民的利益，极端自觉地献出自己的一切，乃至生命。党是人民的心，人民是党的命。

但是现在，我们五个共产党员不受欢迎了。

怨谁？怨谁？

……

在这寒冷的冬天的午夜里，在这间孤零零的小土房的暖烘烘的火炕上，中国共产党的一个小组，以前所未有的郑重态度，讨论着这样一个极其严肃的课题：我们共产党人在群众中间的位置。这是何等发人深思的课题呀！月挂中天，星汉灿烂，大盐碱滩上闪耀着雪一样的色彩。那是使人望而生厌的涩碱，还是月轮的明洁的光辉？

三星歪了，夜已过半，中共三门李四队党小组的讨论得出了一个重要结论：不是群众冷落了我们，而是我们辜负了群众；不是人民不要我们这些共产党员了，而是我们不怎么像共产党员了。

我们怎么办？就此躺倒吗？沉沦下去吗？不！我们从哪里跌倒的，就还在哪里爬起来！

我们共产党人要做什么样的榜样

分组第二天的黎明时分，一个惊人的消息风快地在村里传开了：党员们自己插旗建组了。

这个消息立即在村里引起了各种议论。一些人点头称是："这么样好，谁也不沾谁的，谁也不拐谁的。"有人把这意思就说得刻薄些："党员们也该自个劳动养活自个了。"一些老年人却觉得过意不去了。他们想起了党员的种种好处，办事公道啊，爱帮助人啊，肯自己吃亏啊，对老年人有礼节啊。缺点是有，特别是这些年，可谁没有缺点呢？再好的马也有失前蹄的时候，就一个也不要人家？他们很埋怨起那些分组的积极分子来了。

但也还有一个人很高兴。那是个老病号，本村的头等穷户，长得小身板像麻秆儿似的，只能放放猪，不能上趟子（下地）。他叫戴洪元。在那晚的分组会上，他曾经很兴奋地自报："我参加王占河组。"

"我们人够了。"王组的人赶紧说。

"那我报田富那组。"戴洪元有自知之明，因此很能将就，他的意思是有个组就行。"我们再要就多了。"冷组的人也赶紧声明。

戴洪元干翻白眼说不出话来。现在一听党员单独成立了作业组，他赶紧跑回家，让孩子从南大甸子喊回了正在搂毛柴的妻子，然后紧紧闩上门，夫妻两个紧张地商量起来了。他的妻子——跟他青梅竹马、安贫乐处的苦难伴侣——一边从头发上往下摘草棍，一边听他说话。很快地，一个最庄严不过的家庭决议形成了：报名入党员这组。戴洪元飞起两条细腿，小脸兴奋得通红。他去找党小组长王才了。他很有信心。

这个戴洪元，三岁上被卖到戴家，如今四十七了，既不知道自己是从哪儿来的，也不知道父母往哪儿去了。他在贫困的境遇中挣扎着长大。二十五岁那年，得了一次严重的肠梗阻病，在四平和长春住了三个月医院。有二十一天，滴水不进，全靠打葡萄糖活命。结账时候，总共花掉了一千六百多元钱，都是国家给报销了。他总说："我没有亲人，共产党就是我的亲人。我从小没娘，共产党就是我的亲娘。"划分作业组的会上，他寻思自己跟王家组是亲戚（他的养母姓王），跟冷家组是儿女亲家，哪组还能不要？可就偏偏哪组也没要。"谁要他那个累赘！"有的人说。这回他来找共产党员王才了，眼泪汪汪地，他喊："三舅（他论的是屯亲，其实并非真的甥舅关系），我要参加你们党员这个组。别人不要我，我跟共产党，共产党不能把我扔了吧？"

虽然来的是一个半残废人，王才也很感动，他觉得这时候来找他入组，是一种支持，是一种鼓励，也是一种信任，就赶紧说："要是你不嫌乎，就来吧。我们吃干的，不能叫你喝稀的就是了。"戴洪元很自卑，他吭吭哧哧地说："我顶不上个好半拉子，要了我，你们就得少打粮。"王才说："放心。一粒也不兴少打的，还要比他们那两个组打得多。往年，我们党员没把劲使到生产上，光练嘴皮子了。教训了别人，自个不咋的，对不起乡亲了。今年，我们要把劲别过来。党员都下了决心要在发展生产上起先锋作用，把我们作业组办成全公社第一等的。今年我们党员要出这个风头,哪怕先烂呢,也非当这个出头椽子不可。我们要拼命了,你不嫌累,就来吧。"

这以后,他们还另外吸收了两户没人要的职工家属,正式组成了作业组。大队党支部批准了他们的组成。同时把这几个组按顺序划定为第一、二、三作业组。但是三门李的庄稼人自有他们独特的命名法。他们把以王姓为主的称作"王组",把以冷姓为主的喊为"冷组",而把以党员为主的这个组,别出心裁地叫作"党组"。

啊,"党组"!这是亲切的称呼,还是包含有某种揶揄?

总之,"党组"的旗帜就这样打起来了,最年轻的党员荣凤春抖擞精神,就任了第一任组长。好心人替他们捏把汗。有人给算了一下,论人头,他们组能有十几个人干活,其中除了三个党员是中青年以外,还有一个病号,三个老头,一个半拉子,六个小姑娘,忙的时候还可以动员起来五个家庭妇女(其中包括两个老太太)。年龄最大的七十四岁,最小的十六岁。这样,他们就集中了全村的老弱残兵。而另外那两个组则全是一色棒劳力。怪不得有爱凑热闹的人给编出顺口溜来:"王组强,冷组棒,党组真够呛!"另有好心人替他们发愁说:"到秋天,'党组'这台戏可咋唱?"

戏是可以唱的。事实上,自从"党组"正式组成那一刻起,这台戏已经开唱了。他们不怕拖累,肯于吸收半残废人戴洪元和没有劳力的职工家属入组,显示了共产党人克己为人的宽广胸怀,赢得了善良的庄稼人的敬佩。现在,他们又克服劳力不强的困难,送齐了粪,虽然是跟头把式,连跑带颠干的。

"党组"真正经受考验是在春播时节。

严冬过去了。春风在人们的期待中染绿了柳树的梢头。大盐碱滩上也在这里和那里悄悄地冒出一点绿芽儿。绿芽儿渐渐连缀起来,颜色由浅而深,阳光一晃,好像是在大地上镶嵌着一片片翡翠叶子。东辽河的坚冰解冻了,大车路过这里,牲口也总要停下来喝几口清凉甘冽的水,然后昂首向天,咴咴地叫几声再走。在土屋里闷了一冬天的老人们也走出来了,扶着柳条栅子,舒活舒活筋骨,眯起眼,长久地望着蓝天上的雁阵。春天来了,有的是希望,有的是时间。三门李人豪兴十足,他们要在八十年代第一春里，大干一场了。

三个作业组撒开人马，进到芳香的田野里。就像有人预言"党组"一春天送不齐粪那样，现在又有人预言他们的地要种不上了。当此时机，党小组长王才挺着高大的身躯下地来了。他抓起一把湿土，使劲攥着，宣誓似的说："我不当舒服老爷子了，豁上这把骨头，干吧！"他早年生活不安定，落下个胃痉挛的毛病，一犯就疼得打滚。这时候，他就带着药瓶子下地，病犯了就吞一片药。每天，他第一个在朦朦胧胧的曙色升起以前就起来，挨家叫醒自己组的同志，踩着早霜下地。往年种拉拉稀苞米，今年他提出种单株密。他挂个小棍，在前边踩格子，不用度量，不用计算，一步一个脚印，步间恰好四十五公分，好像他的脚上天然就带着一个电动钢卷尺似的。整个播种期间，他就是这样在走，十五垧苞米地，都是这么样走出来的。每天平均要走两万多米。但这不是在平坦的大路上悠闲散步，而是在疏松的垅台上，深一脚浅一脚，来来去去毫不变样地走。东辽河边上，既无山又无树，风沙很大，有时刮得人平地摔跟头，何况在一条窄窄的松土垅台上。风沙难撼志士身。共产党员王才就这样一步步向前走着。在他的身后，是"党组"的同志们。

王汉周是负责滤粪的。他从河北迁来没有几年。河北不是这样干活的。一方风土，一方活计，到哪随哪。但这些年他没有好好学活计，如今不会使巧劲就只好使笨劲，汗流满面地苦干不歇。荣凤春一春天没穿他那身油光水滑的新郎官礼服了，他早换上了从部队带回来的草绿色军装。经过春风和汗水的漂白，军装很快地褪色了，一张年轻英俊的脸也变得黧黑。他的媳妇心疼丈夫，偷着宰了一只老母鸡，炖上了她在娘家时候捡的油蘑。动筷子的时候，荣凤春对妻子说："不用宰鸡，我累不垮，力气在心里边呢，使也使不完。"那个本来还很年轻，却被称作"老窝瓜，不起面了"的刘清洲，是除了王才以外最能起大早的一个了。他是怀德十八中的毕业生，说话好讲个遣词造句。"清洲哥，真早啊！"有人喊。"这也叫物极必反了。"他笑一笑说，"以前我是上工没一天不迟到的，现在不早点就达不到新的平衡啦。"

在春耕的紧张时刻，"党组"成员的家属们也都来了。那可真是有人出人，有力出力，出不了力的也来站脚助威。其中有小媳妇，有小学生，还有一位须发如霜、矮小驼背、身子几乎弯成一个圆圈的老人，那是王汉周的七十四岁的爹爹。这些家属，他们有儿子、父亲、丈夫或哥哥"在党"。这些"在党"的亲人今年面临着一场严峻的考验。这场考验的成败似乎也和他们命运攸关。他们嘴上不说，但人人心里想的都是这个。"捧我们'党组'！"这好像成了他们不言自明的行动口号。别组是一个点种的和一个滤粪的，他们至少有两个点种的和两个滤粪的。一副犁杖后边，常常跟着一大串人。他们好像不是在种地，而是在和他们的亲人一起，从事一种神圣的事业。这事业绝不是单纯用工分和经济收益所能表示的。这使他们的精神变得异常专注，情绪变得分外高涨。而在精神专注和情绪高涨的时候，往往能做出平时做不出的事情来。今年，他们的地就种得又快又好又精细，一点也不像我们北方习惯的大犁划沟、大把扬籽的粗拉拉的干法。

　　这一年的春播，三门李四队的三个作业组上了劲，工效大为提高。去年种地，全队用了一个月工夫。今年分组，十五天就干净利索地完成了。

　　好雨知时节，慈爱的大自然母亲也为自己的儿女们及时地助了一臂之力。春播刚完，一场春雨就落下来了。种子发芽，小苗拱土，田野一派绿色。沈春书记组织了一次全大队的苗情检查，有大队干部、生产队干部和各作业组长参加。他们沿着本大队的地面巡视，发现哪块地的苗齐苗全苗壮，哪里的苗色发绿发黑，那就一定是"党组"的。"你看人家'党组'种那地，地头地尾都没扔，没一埯缺苗的。""王组"和"冷组"的人说，有点佩服了。

　　见苗三分喜，"党组"更来情绪了。"王组"和"冷组"不敢怠慢，赶紧补苗。"'党组'呛上了，向你们学习！"他们中的一些人诚恳地说。

　　"'党组'的苗太密，以后怕不能结棒，要吃甜秆儿。"他们中的另一些人也是诚恳地说。

　　果然，不几天以后，"党组"满地的青苗泛黄了。这是脱肥了。为今之计，就是要赶紧追肥。化肥最赶劲。荣凤春组长火急奔往公社求援。公社机关立刻紧张起来。他们一直在关注着"党组"的命运啊！"你们这几个人代表着全公社的党员。"这是党委书记的话。岂止全公社，就连县委的书记、地委的部长，心都被牵拽着啊！公社很想给"党组"吃一点偏食，可惜手头并没有化肥。十屋公社党委书记亲自出马，去友邻毛城子公社请求支援。毛城子一听是三门李"党组"需要，也紧张起来。"他们这个'党组'也代表我们这些党员啊！"这是毛城子公社党委书记的话。他们立刻从自己手头分出了六吨硝氨。

硝氨拉回来了，"王组"和"冷组"眼巴巴地看着。"这当口追化肥，可真追到点子上了。到底是'党组'，有党撑腰。咱这没有党员的老百姓组，可成了后娘的孩子了。"他们这样想着。

与此同时，"党组"也在想。共产党员能吃独食吗？我们能做那种光顾自己、不管群众的事吗？好事都归我，见着便宜就抢，这是我们共产党员的风格吗？不，不是。我们宁可少打点粮，多吃点亏，也不能把党的性质改了。三一三十一吧。六吨硝氨，一组二吨，平均分下去了。这不是送化肥，是送成吨的粮食啊；这不是送粮食，是送去了党的传统啊！"王组"和"冷组"大为震动。庄稼人心肠软，受一点好处就不得了，何况是紧要关节时候成吨的化肥？他们的心和党员的心往一块贴了。

"嗯，三门李党小组，有点像那么个样子了。"十屋公社党委书记听到这件事，点头说。

"党组"把追肥的活包给了妇女。王淑梅动员起了五个家庭妇女，其中包括王才的老伴和荣凤春的老妈。妇女们干活心细，又不糊弄，组里是放心的。往年追化肥是拿锄头，直着腰板刨坑，大把抓肥往下扔。今年"党组"妇女们一改常规，拿小木棍扎眼，用汤匙舀肥，弯下腰，一点一点往眼里放，就像给自个心疼的孩子喂奶。农村妇女生活条件艰苦，家务负担重，不少人都有难治的痼疾。荣凤春的妈妈年轻时候生过一对双胞胎，落下个病，俩肩膀总是酸疼酸疼的。王淑梅有肾炎，这些日子正犯病，两条腿浮肿，一按一个坑，半天不下去。可她们都坚持着干。在她们的丈夫和儿子面前，她们从来不说一个累字、苦字、疼字，她们汗水淋漓的脸上总是挂着笑容——只有在劳作不息而又家庭和美的劳动妇女的脸上才会有的那种笑容。到晚上，回到家里，男人们能蹲着或坐下抽支烟，揉揉腰腿，她们却还要趴在灶门脸前烧火，忙忙地淘米做饭。火光映着她们的脸膛，烟气熏着她们的眼睛，而她们粗心的丈夫和儿子总是很难发现她们的手和腿是在颤抖着的。这样一干就是多少天，她们到底抢在雨前，追完了全组的地。

转眼也就到了铲地的时候。三门李地方地多人少，铲地一向是北大荒干法，大夹板锄，两条胳膊悠开了，粗干毛撸，形同赛跑，轰轰隆隆，眨眼之间一大片地就完了，铲下来多少草就算多少草。河北人王汉周初来这里干活很不适应。他的老家就在万里长城脚下，离秦皇岛不到一百里。那里铲地的方法有点奇怪，最大特点是往后边退着铲。而且铲得非常精细，因为土地少，人口多，决不肯伤一棵苗，就像大姑娘绣花一样。王汉周来到三门李铲地，冷不丁由往后退改为向前进，觉着十分诧异，不仅干得很笨很慢，而且干着干着就又身不由己地往后边退了起来，引起人们一阵阵哄笑。加以他的口音太特别，这里的庄稼人又太好奇，听他把"昨天"喊成"夜个"，把"肚子饿了"叫成"肚子卧了"，无论小闺女和老头子都得笑出眼泪来。有些淘气的小媳妇和大姑娘爱没深拉浅地闹，远远见了他，总要停下步子，尖起嗓子，一齐大喊："姐夫（谁知道从哪家宗亲论的），夜个你肚子卧了没？"这样一来二去，王汉周就不爱上前勤去了。

但王汉周也有他的好处。今年"党组"铲地要求质量，就是要保全苗、锄净草，"种十成保十成""丰收年不收无苗田"呀。这正是河北铲地法的优势所在。王汉周有用武之地了。他下了地，除掉仍对向前进感到有些别扭而外，他那种精细劲，那种认真的态度，那种一苗不伤的精神，都叫人打心眼里佩服。素来被人判为"不会铲地"的王汉周成为打头的了。一帮年轻人都跟他学，铲得又细，耧得又深。三门李因此出现了新的铲地法。等到沈春书记又带人来检查夏锄情况的时候，看了"党组"的地，他和检查组的人无不点头赞叹，说是这样的地铲一遍顶两遍了。

我们共产党人好比种子

满地庄稼比赛似的蓬蓬勃勃长起来了。在盐碱滩已经为一片壮观的青纱帐所覆盖。"党组"的庄稼继续拔尖，丰收已成定局。人们的态度也慢慢变过来了。但是"党组"仍旧战战兢兢，不敢有半点松懈。

"人家小看咱们，咱们可不兴小看人家。"还在"党组"处境艰难的时候，党小组长王才就常这样对同志们说，"大家一个屯子住着，哪能总是针尖对麦芒的！分组不分心，共产党员还要讲究风格。"

　　他们也真是这么做的。夏天，冬小麦黄熟时节，劳力很紧张。"种在冰上，收在火上""麦收三晌"，火似的太阳一照，眨眼间麦子就勾头了。不及时收上来，就要掉粒。偏赶上天气预报说要有大雨。抢秋抢秋，真是和老天爷抢收成啊！"党组"劳力虽不硬实，但是能动员起来的人手多，干劲又大。人家一头晌歇两气，他们只歇一气，中午也不休息，忙忙地扒拉一口饭，就又下地了。他们很快就拔完了麦子，运回去了。这时候急坏了那两个组，特别是"冷组"。大片麦子在地里挺着，眼看就要颓秧了。三门李地方粗杂粮多，种一点麦子珍贵得要命。来人去客，擀个面条，新年春节，包个饺子，全指靠着这点出产。"冷组"的人急得火上了房，不吃不喝不歇气，拼命干，越着急那苗子还越难拔了。抬头看看天边，黑云彩正由小变大，风也带出凉味。正当这个时候，一群人轰一声涌进了麦地，立刻烟尘风扬，干起来了。"冷组"人抬头看，正是"党组"派人来了。他们很是激动，一迭声地感谢。"党组"却说："这也是互相支援呗！"人们的心越发贴近了。

　　分组以后，农具什么的也照样分了三份，但他们仍共同使用一个仓库，一家占了一个角，从来没发生过什么纠纷。不像有的地方，分了组，就在仓库里垒起高墙，开出几个大门，各走各的，如同路人，邻组相望，鸡犬之声相闻，老死不相往来。

　　柳枝泛红，北雁南飞，转眼间壮丽的秋天来到了。小杂粮上场以后，"党组"的领先局面以具体的物质成果显示出来了。无论是小麦、糜子、小豆和葵花子，"党组"的人均所得都超过了另外两组，其中有的超出了差不多一倍。四大作物（高粱、谷子、苞米、黄豆）的产量，"党组"也大大领先。全作业组产量高达五十五吨。"王组"和"冷组"也不错，全队三个组加在一起比去年多产粮四十多吨。

　　这是一个生产上的重大胜利，但引人注目的东西还不止这些。前不久，三门李重新选举了生产队班子，党员刘清洲被三个组一致推为生产队长，"王组"和"冷组"还称他为"总组长"，意思是刘清洲也是他们的组长。在沈春书记看来，这种情况很自然地又成了一个预兆，说明三门李三个作业组的构成将要有所变化了。"王组"和"冷组"已经放出口风，要求"向'党组'靠拢"。有人还在私下里活动,对某个党员说:"过年你得上我们组来。没有党领导哪行!"对此事反应最为强烈的是那两组中的一帮小伙子和大姑娘。青年人喜欢用自己的眼睛看生活,他们有自己的功利主义,不像上岁数人那样注重经济,他们更着眼于精神生活的需要。他们很不满意地说:"三门李的分组大有问题。把党员都给分走了,我们入党、进步的事咋办?谁培养?未必你们这些长翅膀的(非党员)当得了介绍人吧?"对这样的埋怨,他们的父兄是难以作答的。就这样,经过近一年的艰苦奋斗,卧薪尝胆,三门李四队的共产党员们,同乡亲们一道,共同迎接了一个大丰收。他们在我们国家九百六十万平方公里地面上的这一个小小村落里(在五十万比一的地图上都查不到的),以党的一个最基本的细胞,重新恢复了党的威信,重新获得了人民群众的信赖。

这威信是怎样失去,又是怎样重新获得的呢?三门李大队党支部书记一边谈着,一边陷入了深深的思索。以前不是没有发现过党员们的问题,也不是没有采取措施解决。批评啊,个别谈话啊,办学习班啊,学习十二条准则啊,可就是不起多少作用。这回用了什么办法呢?没有。没用什么办法。大队支部和公社党委甚至没有批评一声,指责一句,可党员们竟一个个奋起改正了缺点。这是什么巨大的权威力量做出的奇迹呢?是生活,是人民群众,是一种极严峻又极公正的社会现实。"我们共产党人好比种子,人民好比土地。"我们党的领袖老早就这样说过了。种子是不能离开土地而生存的,就像地神安泰离开大地母亲就会窒息而死一样。这些年来,我们的教训有一千条一万条,归根到底,其实恰恰是这一条:我们作为种子脱离了人民这块土地。

当我们勇敢地正视这种现实,挺起胸来,不是靠宣言,而是靠行动,不是靠旁人,而是靠自己,去克服缺点错误,去发扬党的传统,去以我们自己的手,恢复我们自己的形象,则我们就必定能够重新开花结果,达到我们的目标,就像在三门李这块丰饶而又贫瘠、富裕而又荒凉的大盐碱滩上,我们五个普通党员所获得的成功那样。

(原载《春风》1981年第6期)

★ **作者简介**

乔迈，本名乔国范，男，1937年生于吉林省海龙县山城镇，曾任吉林省作家协会副主席。著有中短篇报告文学《三门李轶闻》《爱之外》《森林大火灾》《青铜少女》等，长篇报告文学《乱世影劫》《风从八方来》《百年梦现》等，曾两次获吉林省劳动模范称号，获颁吉林省委、省政府授予的吉林英才奖章，享受政府特殊津贴。曾获中国作协第二、三届优秀报告文学奖，人民文学出版社《当代》文学奖，吉林省第一、二、三、四届"长白山"文艺奖等。

◎ **作品赏析**

小小的三门李村是吉林省一个默默无名的村落。在20世纪80年代中国农村改革的早春，这里发生了一件值得看重的"轶闻"：五个共产党员在村民采取联产计酬、自愿结合划分作业组时"遇冷"。震惊之后，五位党员痛定思痛，决定依靠自己的双手改变这种局面。他们结成党员作业组，经过一年苦干，不仅在当年秋季获得了前所未有的大丰收，还赢回了村民们对党员的信任。

《三门李轶闻》在写法上独有新意。作者没有采取波澜壮阔、激动人心的宏大叙事，而是将视线聚焦在一个小村中，将笔触伸向普普通通的几户人家，写他们日常的生活与劳作，写春播、夏锄、秋收，聚焦于社会基层，盯住一个小细胞，观察其运动和变化。麻雀虽小，却五脏俱全。

在这篇著名的作品中，乔迈显示了一种透骨的敏感。他深知那块不起眼的穷乡僻壤所发生事件的重要性，他珍视那五位普通农村共产党员陷于困境而后奋发的榜样力量，因而写起来得心应手，游刃有余。如果说，"划分作业组"是全篇的精彩段落，那么，春播、夏锄中几笔着意又不触目的点染，突出了"党组"无私助人的襟怀，把作品的精神境界推向了一个新的高度。乔迈的叙述语调与题材韵味相当贴切，它从容不迫，平易，简洁，充满乡土气息，它时含忧愤，间或沉重，又多是明快开朗而且正气凛然。

在这个题材的独创性处理上，乔迈有着高出一般报告文学作家的地方。他没有满足于发现"问题"，他等到了"柳枝泛红，北雁南飞"的秋天，等到了"党组"打出55吨粮食，让共产党员重拾人心，用重获丰产的事实为文章画上漂亮的句号。

这篇作品不仅展示新经济建设下人们的建设斗志，而且尤其注重描述领导阶层那种胆略、勇气和毅力。作者选取三门李这个中国大地上普通的农村，通过这件"轶闻"，盛赞新政治的成功，宣传党的领导作用，重新树立了党在人民群众中的威信。在农村经济改革如火如荼的形势下，乔迈的《三门李轶闻》无疑是中国改革年代盛开的一枝鲜艳的"报春花"。

小木屋

| 黄宗英 |

> 树林神：寨前寨后，各留一片千年万代不砍的老林——是树林神的庙。大年初一不能动神的任何树木。
>
> ——藏俗

都说，"烧头香"的人会有福气。

农历除夕的午夜，我也随俗待在上海的家里。钟敲十二响。爆竹声声催醉。我家也点燃了一袋十色焰火。立时，仿佛"三光同现"——或雨妙花、或焚妙香、或奏妙乐。瑞兆映得小楼前高大的塔松，显似树林神的化身。而我自己，却像被藏经中持五箭者射中。这一支支箭，使人能爱、醉、愚、瘦、被缚。我中了魔似的展开了稿纸……

"极喜自在魔，他化自在天。"又是一年新春开笔，上上大吉。阿嚏！

九九八十一个连环谜

一九八二年九月初。我随着中国作家协会参观访问团，来到了西藏。我躲过了体格检查。好家伙，一体检，我们团十二名团员去掉仨。在西安，友人张医生为我量了血压——正常。行了哶！

西藏啊，西藏！你究竟是古老还是年轻？是滞留于落后还是迅速在前进？是富裕还是贫穷？许多中国人把你传得很可怕、很荒凉，许多外国人都争着抢着来看望你。啊，都有根据，也都有道理。迷人的西藏，我国八分之一国土面积的神土啊，你怀里揣着九九八十一个连环的谜语。

千岩万壑在造山运动中，刹然在这里"定格"不动了。如果你走进寺庙，历史也仿佛"定格"不动了。经幡、圣水、酥油灯，五体投地一次又一次地长拜、呢呢喃喃一遍又一遍地诵经……既然我不是研究宗教的，那么，让外国旅游者去惊叹并拍摄这宗教自由吧。我要在西藏寻访科学的"未来佛"的"圣殿"；寻访智慧转世的"玉女仙童"；寻访创造新天地的"五百罗汉"；寻访能破神土之谜的"千尊金佛"！

我曾先后"朝拜"过日喀则农牧研究所、沃卡电站、羊八井地热站、太阳能研究所、藏医院、地质局等大"庙"小"庙"；会见过许许多多"金刚""罗汉""真神"。如果我长着三头六臂千只手，我愿一一为他们塑像披金。愿他们一一显灵显圣显神通，变西藏为福地。

只是，时辰已到！

第二天（十月四日），我们就要飞离西藏。访问团能按预定日程回返，是对邀请来的贵宾的特殊优待。预订机票已登记到来年三月。

招待所在布达拉宫脚下。我和伙伴们纷纷摄影留念。

别了——拉萨（藏语：神住的地方）。我摘采着招待所花圃里的种子；才来时，花儿正盛开，如今已结子了。娇黄的金盏花、艳红的豌豆花、雪白的山菊花……说不定是当年文成公主带来的，文成不仅带来佛像，还带来医药、蚕种、技工……中华人民共和国成立以来，又有多少"文成公主"……其实，文成公主若不来西藏，她的生命也没什么意义，应该说，西藏赋予她存在的价值……

该辞行的单位去辞行过了；该告别的友人，已告过别了；账也结了，行装也理好；集中到指定的房间里……

今夕何夕，访问团的同志们和我"吵"了起来：

"什么？退机票？！"

我微笑——是那种存心气人的微笑："嗯，退——机——票。"

"荒唐!为什么?"

"想到大森林里住住小帐篷,我碰到了几位搞林的。咱们走这一个月也没看见什么树……"

"好,好,以后陪你去看树,现在随团回去……"他们在哄孩子了。

"不。"

"你是要写他们吗?"

"还说不上……"

"那更胡闹了!你总有什么目的。"

"好玩!"我理直气壮地回答。

"好玩?"

"好奇!!"

"好奇??"

"不可以吗?外国人几万里来到西藏,签证到期了,还赖着不走。我就不可以多玩些日子吗?"

"随团回去!!!"他们火啦。

我也火啦!拧劲上来了,挂长途,找上级:"我是在自己祖国的土地上。我有去留的自由,你说句话!我死不了!!大狗熊不吃我!!"

波密会议

大狗熊,端坐在云杉枝叶的沙发上。

西藏东南,波密县境。岗乡秋日胜春朝。

百鸟恰恰争啼,百兽恰恰相嬉。

"怎么?"大狗熊问,"月亮缺过又圆了,还查不出那几个连毛也不长的人,究竟来干什么?"

"我汇报过多少遍啦!"喜鹊喳喳地说,"他们一共是四个藏族人、五个汉族人。支起三顶帐篷。为首的是南京林学院教生态学的徐老师,女的,还有一个女的……"

"头脑简单!"大狗熊生气地说,"我们需要明确的结论:是好人?坏人?是朋友?是敌人?"

夜莺婉啭:"我看,他们是勤劳的人。我夜夜飞过他们的帐篷,他们都点着蜡烛,细数树哥哥的年轮。从东南西北对着数。数了量,量了数,仿佛在弹奏新式的琴……"

阳雀抢板:"是啊,一大早,他们就钻林子,背着干粮,一干一整天……"

牦牛说:"嗯,他们把树枝树叶都称过。一天要称几千斤。我恨不得借点力气给他们。"

地鼠说:"他们连树根根、树须须也称。"

花大姐说:"一片叶子也不放过。有一位叫胖朱的,把大小避债蛾、云杉木虱、松褐天牛……这些败类,钉了起来,把我们瓢虫类同胞姐妹请进小匣,高兴地说:'可能是新种!'"

"本质!要看本质!"大狗熊提醒。

山羊咳嗽一声。它昨天钻进帐篷想吃白菜,没想到咬了一嘴辣乳腐:"依我看……咳咳,他们是来毁我家园的。那个徐老师,她说一共要砍十棵树。咳咳咳,愚蠢的人类!"

白唇鹿补充:"人类终将毁灭他们自己。"预见的惨景,使它的嘴唇更白了。

獐子说:"人类委实愚蠢浑蛋之至,我今天一早,跑了九百九十九道岗,发现负责检查林木出境的林管站干部,又在搞'关系学',乱敲图章,放一车一车的原木出山,我看这一小队人,也不会比同类聪明。"

大狗熊:"没有区别,就无所谓政策。你具体调查了吗?"

獐讪讪地说:"那两个藏族——白玛、尼玛都带着枪,他们还说到麝香。"

"你怕啦!怕啦!"小黄鼬自大地说,"我就不怕!"

獐承认:"是的。我听到他们大声地念《萨迦格言》:'为了得到学问,小孩子的话也要听;为了得到香料,野兽的肚脐也要取。'我肚子一疼,就跑回来了。他们居心不良!"

"沙……沙……"云杉婆婆抖了抖满头的细辫子,"不,不。我想……搞科研总要付出些代价。他们解剖了我老伴,我很伤心。但我听到他们说,它在哪年受过压制、生过病。还说,看来云杉长到二百七十岁生命力还很旺盛。唉,能被人理解,能使我云杉属今后多做贡献,我老伴死也瞑目。孩子们,你们说呢?"

"沙……啦啦啦啦。我们情愿牺牲!为了让我们的弟弟妹妹、子子孙孙能幸福地成长。"高原巨柏、高山松、青冈木、爬地柏、延龄草……也都随声附和:"情愿!情愿!!"

长尾叶猴发言了:"那么……"大家都笑了。因为这老猴昨天抢了那女作家的眼镜,架在鼻梁上,看着很不习惯。

是这样的:昨天作家在树林里发谬论:"人若没有向往,就和禽兽没有区分。"话音刚落,猴儿们都吱吱啊啊叫了起来:"看不起俺动物?动物比你们人类聪明。连小兔儿也不把窝边的草啃光!"猴子猴孙一齐上,拿小石子扔这一小队人……

当其时,大地母亲也叹息说:"是啊,我把水给了树冠、树干、树根。这些败家子!杀树绝水!唉,我养了白痴!"

"那么……归根到底,咱们速做决定:是打击,是支持,还是统战?"狗熊站了起来。

森林里乱了好大一阵。云、雾、风、雷也都赶来,因为它们都与生态学有关。每天五次三番,这一小队人有值班的,把它们的行动一一记下来,所以,它们不能不表态。

最后,大家举足通过决议:按兵不动、远距离防守、适当地予以保护。

于是,狗熊一步一个大脚窝,把足迹留在这一小队人常走的林间小路上,它想试试这些知识分子的胆量和意志。那个戴小白帽的女生态学者徐凤翔,五十二岁了,还和猴儿赛跑,难道她真能像我们古老的前辈——凤凰般飞翔吗?她图什么呢?名利思想?好嘛!大家都来名利名利,欢迎!

只有小黄鼬刚才没举手,它叨咕:"统一行动,没劲!我可还要去,那简装罐头特好吃。"

黄鼬的新媳妇说:"别,人家有枪。那位藏族白玛副连长说打树梢顶叶,不会错打树枝儿。"

"没关系,他们说我是益兽。我去了那么多回,每趟都吃得饱饱的,他们并没把我怎么样。"

"那咱们更得尊重自己。"新娘说。

"女的最婆婆妈妈。"

暮雨微微，朝云灿灿。黄鼬郎又溜到帐篷边野炊的小木棚里去了。它刚把头伸进罐头，枪就响了，透过铁皮，正中脑部，黄鼬本能地一哆嗦，整个身体就进了罐头。当藏马鸡来报丧时，新娘一边抹泪，一边说："也怪不得人家白玛副连长，郎啊郎……"

蘑菇的玩笑

乱峰相挤，使我想起童年、北方的冬日、学校的墙边，小小伙伴们挤在一起笑啊哼啊："挤啊、挤啊、挤老米啊……"群山竟然把耸立的雪峰挤到我跟前，仿佛一伸手，就可以采到雪莲。

徐老师说，那是能见度大，大气中绝少尘烟，所以天空特别蓝。我大口吞着气。既然这里空气中的氧，只有内地的三分之一，吃不着干饭，多喝点稀饭也当饱。林学家们笑说："省点力气！科学不会验证你的补偿呼吸。"

"谁让你们都戴着小白帽，让我觉得是少先队来过夏令营。"

"当然，和云杉的龄级比，咱们还在摇篮里！"是的，云杉以二十年为一龄级。

我把测高仪、风向风速仪、干湿球温度计等仪器和油锯都玩遍了，就抢着站在大树前，为林学家们当摄影时的比例标杆。我身高一米六十九，像耶稣一样站成十字，手指够不着大树的边边，仰头看不见大树的尖尖，我高呼："啊，天父啊，愿人都尊你的名为圣，愿人间的梦能实现。阿门！"

太阳今天不肯和我玩，森林里阴冷。徐凤翔又在埋头数年轮，鼻子都快碰到树盘了。我可不高兴干。我插着插着针，脑子会不知跑到哪儿去。插错一根，两百多根都得从头来过。不干不干！

燃起一小堆篝火，打好了酥油茶，烤好了饼，还有藏族民工阿福从家里带来的奶渣、酸奶子、糌粑粉……围着火堆，我们香香地吃了中饭。他们扭头就又各司其事去了，没人陪我耍。

"沙——啦啦啦，沙——啦啦啦。"风轻轻，水清清，依恋着密丛丛的森林在练习合唱。徐老师说，这里的森林蓄积量，每公顷三千五百至三千八百立方米，说是世界罕见。我闹不清他们怎么算出来的。秋山，恰似"围裙之乡"——姐德秀的巧手织的氆氇、卡垫、邦典，由千种万种颜色织成的。是的，姐德秀的氆氇永不变色，就是从植物里提炼的颜料。可徐老师说，这山景叫垂直带谱。每种植物，都各自分布在一定的地带……

我背起七彩的布包，去采蘑菇。

灵芝和我捉迷藏，天麻早早收起了它的旗儿，银耳太害羞。猴头菌爬得太高，欺我不会上树。紫蘑菇，我不理它，它是妖女，会摄你的魂。黄黄、白白的蘑菇，是可以信任的。打着小伞的蘑菇招呼我：来呀、来呀！顶着大帽的蘑菇扯着我裤腿：我和你走，和你走。我欢欢喜喜地采啊，采啊……徐凤翔大声喊："黄老师！别跑远了，有熊！"我回答："嗥——嗥——"他们过一会儿，叫我几声。我答："啊呜——啊呜——"

"啊呜呜啊——啊呜——"哎呀，什么野物应着我嚎了起来，"呀——"徐老师忙说："别怕，黄老师，那是牦牛。""牦牛不是这么叫啊？""它在找女朋友。"徐老师头也不抬地解释。

白玛跑过来，拎过我的七彩包："给你武器，咱们该回营地做饭了。明天再采，吃新鲜的。"我的武器，是白玛为我削的一根竹棍，西藏也有美丽的竹林，我又没想到。全队九人，只我一个人柱棍。藏族人健步如飞，能登峭岩。那几个汉族人，搞林的，都有返祖现象，似类人猿。他们舒舒坦坦行半小时的路，我得紧赶慢赶花上一个半小时，还一路脱外衣、羽绒背心、毛衣，系在腰里。原来，藏族人常常脱掉一只袖子或把衣服系腰里的习惯，是这里特殊气候的产物。太阳一出来，热得冒油，太阳刚躲进云层，就恨不得披棉袄了。中午，帐篷里蒸得进不去人；夜间，哈气结在睡袋上变成薄冰……

"沙啦啦啦，沙啦啦啦。"白玛开路，为我砍掉迎面扑来的荆棘、漆树的枝杈。我们从云杉林带，渐渐走向高山松林带，渐渐走向针阔叶混交林，走向灌木丛。"哟！什么咬我……""你惹它干吗？是火麻。""引火的吗？""你们叫荨麻。""让我认认。""快走吧！下回再认。"乌鸦在叫，什么在吼。白玛下意识地摸枪，警觉地听辨："还是那头公牦牛，要出事。""找女朋友。""不是季节。"这，我信任白玛，他从小牧羊放牛。牦牛吼了又吼。白玛皱紧眉头："今天一定要出事儿。""你迷信吗？""共产党员还能迷信！""啊——呜、呜、呜噢——呜呜呜""呱呱呱"。白玛的眉头拧成结绳记事的疙瘩："今晚不定出什么事儿，不对头。"

白玛，藏语牡丹花。年方二十八，英俊威武。我问："你这么个黑小伙，怎么叫牡丹花儿？"白玛不高兴地说："我们藏族人生下来并不黑。"我连忙解释："黑才漂亮！"白玛挽起袖子给我看，是不黑。可他那一手捕获拳，碰上可没跑。白玛还要为"黑"辩护："你才来几天，不也黑了吗？'高原补贴'——强紫外线嘛！看你回去拍不成电影了。""早不演了！再说，我可以演小强巴的奶奶呀。剪了头发，反串牡丹花也行。"白玛又当我取笑他："我本来不叫白玛，七岁上，生了一场大病，爹妈给改了个姑娘名。""咦？和我们汉族的民间风俗一样！起姑娘名，玉皇和阎王都不要他了。天堂地狱也都重男轻女。"

"那是汉族和我们藏族一样，你们学我们。"

"好吧，好吧。"反正我又不是考古学家、民俗学家；从西藏已发掘的新石器时代遗址来看，无论是器物、器形、质料，都和内地文化相同或近似。五千年前已属同一渊源，我和白玛争个什么？团结为上。

我说："这又不是什么好事，学来学去的！"

白玛也说："真邪门儿，不好的事，学得可快！"

"是啊……"于是我们谈起了社会上流行的"阴暗面"，分析奴隶制度与封建制度在现实中的投影……

两个不同民族的中国共产党党员，默默地在崎岖的山间小径上走着，行进着。白玛不时地搀我一下，拉我一把。沉默……沉默……

回到营地。打开半导体，是印度乐曲。这里离印度很近，和着音乐的节拍，我们忙乎起来。

白玛赶紧点火，添柴；我赶紧擀花椒，切葱花。白玛赶紧和面；我赶紧烙饼。白玛赶紧淘米，煮饭；我赶紧切白菜、泡粉条。白玛赶紧开罐头；我赶紧洗蘑菇。白玛已经来来回回下沟底取来一桶一桶清凉洁净的山泉水；我赶紧装火锅。火锅是在波密县城买的（西藏铜多、银多、金多、硼砂更多）。山高气候冷，野外吃饭，几口就凉了，火锅最妙，好歹淘点热汤。白玛把烧红的炭从野灶膛里扒出来，我把军区唐助理送我的金针菜放上几根，切几片胡萝卜配色。我淌汗了，白玛只穿一件衬衣、一件织得很精巧的透花背心，是女友的手艺。凡是重活，当然都是白玛包了，连从野灶上端锅我都怕烧手。我们的灶，白玛修了三个火眼。烙好饼，没盘，没盖垫，就用《西藏文艺》杂志当生熟容器。不知编辑部听了是高兴，还是生气！

天麻麻黑了。同志们像修布达拉宫的山羊似的，背着树盘、树段，还有一路捡的柴火，回来啦。当他们一个个倚着帐篷前的巨石，放下负担，就仿佛再也站不起来了。

"好香！在河对面就闻到了！""太香了！""今儿吃什么好东西？""爬下！（藏语：猪肉）"我馋他们，我们自打上山就没吃过鲜肉，又没工夫打猎，天天开罐头。人家都说："你们怎不拿罐头换点鸡蛋，或换只鸡吃吃呢？"在西藏，以物易物是合法的，可我们不习惯。

"蘑菇汤！胖朱老师，你检查吗？"我问。

我们队里有一位姓朱，一位姓邹。藏族兄弟分不清，我们就管从贵州来西藏农牧学院教植保的老师叫胖朱，管南京林学院教植物分类的叫小邹。每次，我捡来蘑菇，胖朱老师都一一过目，还扒了吹，吹了看。我不懂蘑菇和他说啥。

"你今天捡的是什么蘑菇？"

"都是熟脸蛋儿，这些天常吃的，纪念邮票上还有呢，那些鲜艳的嫌疑分子们，我一个没理，我想甭检查了吧。"

"这只大黑蘑菇……"

"黑蘑菇好吃，上次徐老师说它是冠军。什么都看不见了，我们下锅啦。"

"我今天剥了七颗大蒜。"白玛说。

"快洗脸吧！"我催着。

"热水估计六十五度，比较标准。至少先洗足，天黑下来，别吃到嗅觉器官里去。"林学家们老用学术词儿，白玛也传染了："黄老师，你看颗颗大蒜雪雪白。"据说，大蒜不变色，表示蘑菇没毒。

"没问题！克拉萨！克——拉——萨！"我朗声高叫。全体藏族和汉族队员公认我这句藏语"吃饭啦",说得最准确、最悦耳。

我们的给养,是波密驻军调拨的。从拉萨出发,我们每个人手里拿着一叠介绍信,公家开的、朋友写给朋友的。西藏地广人稀,沿路往往要到朋友的朋友的朋友家去讨顿热饭吃,讨碗开水喝。如果车子抛锚在四五千米的山顶,人民币、外币、兑换券都等于零。干粮,可不敢轻易动,雪是饮料。我们驰过海拔四千七百米的色吉拉山,途经世界闻名的雅鲁藏布江大拐弯。徐老师前年经此,遇泥石流阻道,曾攀过吊索,越过深不可测的峡谷急流。此番是树林神保佑吧,六百余公里无事故安全到达目的地——波密。我们一心投奔部队——亲人。停车后,我们取出各种介绍信。徐老师问:"去大站,去小站?这里有两个兵站。"我说:"哪个门口大,去哪个。咱们又不是只想买几斤挂面!"于是,自治区科委的小裴师傅就把车开往以山为屏风、以大桥为前沿的、有解放军站岗的大门里。从此,兵遇见秀才,别见怪,一切多——依——赖!

喝完最后一口蘑菇汤,天黑得分不清路和沟,月亮姗姗来迟,我借灶里余火的光,给自己倒了碗开水,吞下一粒"速可眠"药片,累了。再说,晚上好像没我坐的地方,我索性睡大觉吧!回到帐篷里,林学家们照例地点亮好几支蜡烛,架好小天平,准备夜间作业。我准备在各种数据的声报和应答的催眠曲中入梦。徐老师啊!总是一口气也不让人家喘,有朝一日建了站,哪个跟她?说也奇怪,此番过林芝县,去农牧学院投宿,她的学生(如今已是老师)还抢着跟她!胖朱老师也退掉援藏期满返内地的机票,跟我们进了密林。学生们告诉我,徐老师可严格了,一班总共三十名学生,她给十五名学生"不及格",校长说情也不行。她说:"我得对学生负责任。"女学生直哭,也不饶。可今晚……她……她两眼定住一动不动,脸绯红,紧紧抱住冲满开水的盐水瓶。

"胃又疼啦?"我问。

她痛苦地翻了翻汪着水的大眼睛,没回答。

"很不舒服吗?"我又问。她猛地站起,刚跑到帐篷外头,就呕吐了,小邹把她搀了进来。

我马上跑到一号帐篷(我们一共支起三顶帐篷。男帐篷把我们女帐篷夹在当中)。我还没开口,白玛捂着肚子坐在木墩上,也向我讨胃药。

本来，白玛每晚都把锅盆擦得锃亮，我说："会不会蘑菇中毒了？"白玛说："可能性极大，伊觉已经又吐又泻倒下了。"伊觉在三号帐篷，蒙着被头。伊觉是个没心没肺的活宝，一高兴就唱歌，跳舞，常常逗得我们肚子笑疼。他要倒下，那就真倒下了。我也想倒下，不知是安眠药还是蘑菇汤的作用。小李子脸煞白，小邹也不舒服……

我说："能吐能泻，大概不要紧。"可我忽然想起外国影片《蘑菇人》里有个镜头：为试验含有蘑菇的奴隶的呕吐物有毒无毒，狗走过吃了下去，马上死了。我赶紧动脑筋："咱们想办法灌肠吧，我那氧气袋上有一截皮管……"

"氧气袋你不是扔在营房了吗？"白玛说，"我说带上，你说用不着。"

"高锰酸钾也没有，喝肥皂水吧。"我胡出主意。我是临时卫生员，军区后勤唐助理给我的药品较多，朋友们又都送我点备用药，光是感冒药和VC就够我们全队吃的。

没一个人响应我的号召，连我自己也不知道自己出的是好主意，还是馊主意。我也不喝肥皂水，但大家都撑不住了。是上山来第一次，徐凤翔发慈悲，宣布："今儿不打夜班了，早点休息吧。大家警惕些，彼此照顾，只要今晚不出事，明天一早阿福他们来上班，就好办了，尼玛取盐回来，也可以骑马去喊医生。"

胖朱老师皱起他那没褶的前额："如果吃蘑菇中毒死了，就太坍台了，咱们是学林的啊！"

"是有点出洋相。"徐老师也仿佛为此特担心。

"是我的责任，我写个说明就是了。"我说。

"怎么是你的责任，真菌是一门专门的学科。"徐老师说，"是我的责任，上山来就不该……"他们研究起究竟是哪一只蘑菇有毒，又猜也许只是钻进了一只小毒昆虫……

我不管是谁的责任了，也无法追究是哪只蘑菇或哪只昆虫的罪行了，我的四肢已经麻木，麻木感硝烟似的向心脏和大脑侵袭，全队至此就我一个人没吐，不知是安眠药镇得反应迟钝，抑是体质特佳或特差；可能今晚上帝或阎王会告诉我。我把鸭绒睡袋的拉链拉严实。睡袋是在拉萨时，地质区域调查队傅大队长借给我和徐的。睡袋装三斤鸭绒，原来是五斤装；今年同样价格，少了两斤，傅大队长让我带话给上海的厂商，说："知不知道带这么薄的睡袋去无人区（六千米以上）要冻死人？！"我想：是要冻死人！我们只不过睡在海拔三千米左右的帐篷里，还要加盖大衣、棉衣、换洗内衣，什么都加上去了，还冷。一早，碰什么都冰胶霜凝，连头发也是湿漉漉的，明早头发可能也上冻……

我才迷糊过去，小邹穿着卫生衫裤跑进二号帐篷："快！快！黄教师，你的心脏病的急救药，小李子的脉搏摸不到了！"小邹那由于漆树过敏而变形的脸，搞不清楚是什么表情。

"啊？！"我和徐都从睡袋里坐起来，慌乱中，拉链也拉不开了。"急救药！我搁在哪儿啦？我这人……"徐赶忙多点起几支蜡，又递过次品电筒（只她会用，对我无用，我的电筒早没电池了）。大家急急忙忙在我上衣口袋里，枕头底下，褥子下翻啊翻，翻到装着硝酸甘油和一种液体小玻璃管的小瓶——说是窒息时，挤破在手帕里一闻，可以醒过来。小邹刚跑出二号帐篷，我又大叫："小邹，我这是老年人冠心病用的，小李子……不一定对症，是不是灌点糖水……"

徐又吐了……

白玛在一号帐篷喊："徐老师，咱们鸣枪吧！"

曲珠在一号帐篷喊："我这里有'珍珠七十号'，能起死回生！"

"小邹老师……"徐凤翔又支撑着穿毛衣，腰里系的细塑料绳解不开了，"怎么样了，小李子……"

三号帐篷里，没有回答。

我想，明天，我应该用毛线给徐织条腰带。

"……摸到脉了！小李子！小李子！！"

"不要紧……"小李子呻吟着。这呻吟太让人高兴了。

"好像不要紧了，你们都别动，别起来了，这儿有我！"小邹忘了自己也在折腾难过……

好热。我右手背上，一窜一窜地疼，火麻咬处发作了。知道疼，比什么都不知道好……

闹不清过了多久，我才又很不舒服地醒过来。只看见帐篷外人影绰绰,寒光零乱,你进我出……

徐呢?点着一支白蜡,烛泪阑珊,正聚精会神地在看我随身带的那本《唐诗绝句选》!!!她像吃奶渣般细细地咀嚼着诗句,可真绝!我一动,她马上警觉地回头。

我……一下子吐了。是我第一次,也是全队最末一个轮上。"好啰,好啰。"徐好像恭喜地说,"我真怕你什么反应也没有,好啰。感觉怎么样?"

"可以,想睡。只是手背一剡一剡地疼……"

"荨麻蜇了可厉害,我这儿有风油精。"她在《唐诗绝句选》里夹张小纸片后,递给我一个小瓶。

"荨麻,什么样儿?"

"荨麻是荨麻科艾麻属的一种,多年生草本。被螫毛,触后有剧痛感。叶互生,圆锥花序。我国有十四种……"

"知识分子们!"白玛喊,"我命令:睡觉!我要对你们负责!"

"白玛!"我检讨,"我下辈子也不采蘑菇了。要吃野蘑菇,一定先问旁边有没有医院。"

一、二、三号帐篷里都有笑声。

徐叫:"胖朱老师!"

"活着!"

"小李子!"

"活着!阎王嫌我太瘦小。"小李子是徐老师在西藏农牧学院任教时的学生,才二十二岁,现在在贡布江达县林管站工作。我们路经该县,县委正在开会,我们"迅雷不及掩耳"地和县委书记打个招呼,就把他"拐"来了。

"曲珠!"徐老师继续点名。

"我可以。"曲珠是波密林场的油锯手,工作踏踏实实,不怎么说话,渴望学现代技术。

"伊觉!……伊觉!!"

"狭不达尹达(干杯)……"哈哈,伊觉不管上天堂还是下地狱,也还在"喝"呢。我们曾拿大米换了青稞,做了一坛青稞酒,伊觉喝得可高兴了。生产队还照顾我们买酥油,每天早上,藏族兄弟都不嫌麻烦地煮茶,用简易的酥油桶打酥油茶喝。可惜,有天晚上,野狗钻进帐篷,叼走了酥油。我们听说藏族人三天不喝酥油茶,身上就没劲儿。徐凤翔此刻安慰伊觉:"明天,我们再想办法买酥油。伊觉,听见吗?"

"吐吉切(谢谢)!"伊觉咕噜着。

"睡觉!!!"白玛大喝。

徐悄悄交给我一张活页笔记小纸:"这是马马虎虎画的荨麻的形状,明天……"我吹灭了蜡烛。

帐篷里渐渐安静了。帐篷外,山溪越唱越欢,起风了。马在刨什么,有什么小动物从我头上跑过去……渐渐地,声音远去了,远去了。西藏寺庙里描绘十八层地狱的壁画——活动了起来。我被判处砍掉右手的刑罚,因为生前写文章太没规矩,呀,我可不知道阴间也那么讲规矩。

……一道亮光投入地狱。

亮光被遮住了。一个婆娑迷离的身影出现,身影慢慢移动了。亮处又出现一个身影,又移动、又出现……三仙女显灵了。帐篷对面是三仙女峰。尼玛说,北京来的勘探队也证明有三仙女。若非语言的误会,这倒是全世界头版头条新闻。三仙女向我移步走来:"喝点开水吧。"三仙女又并成一个,是凤翔,站在我床边。

"都……活着?"我有气无力地问。

"都好好地睡着呢。"她顽皮样地笑了笑。仿佛咱们这帮孩子做错了事,又躲过了惩罚。

我抿着开水:"你解决了烧水的实践问题。"

徐除了和树打交道,显得能耐;其他,都笨如木头疙瘩。她一添火,就把火弄灭了,还解释,"从理论上,我……"

"得了,你那理论靠边,看我实践吧。"白玛只扒拉两下,吹口大气,火就呼呼的了。

凤翔之"笨",令我费解。高原风厉,帐篷又漏缝。我的脑袋最怕冷。有人下山,就托人家买了两匝毛线(西藏本地的毛线和毛毯,都是纯羊毛的),挤出两天闲工夫,我织好一顶小帽;还麻烦徐伸出两个手指头来,绕了一个小绒球。徐眨眨眼睛:"一根线,怎么被你扭来扭去,就扭出个帽子来呢？""你不会织毛线？"江南女子不会织毛线的绝少。徐是江苏丹阳人，久居南京，有儿、有女、有老伴儿，她怎么连这点基本功也没有？

"在家，谁做饭呢？"西藏农牧学院盛传徐老师星期日用茶壶煮夹生干饭，挖不出来的笑话。

"老范。"

老范——范自强是她爱人，在南京林学院教化学，也许是"化"出三餐吧。去年，徐进林子，和男同志挤一个帐篷，睡在帐篷口。经常是吃糌粑，喝酥油茶、酸奶子。说实话，换了我，受不了。礼貌性地尝尝还可以。

听说，老范为了支持徐进藏，自己也到西藏农牧学院，教了半年化学；而家里一应事务，妻子一律不过手，只专心专业。徐也很不过意，常说："早知道，我应该当尼姑，不要连累别人，还可以清静地伴着森林。"我说："算了吧你！尼姑如今比咱们还忙，庙里比哪儿都热闹。"

蘑菇中毒后，每人脸庞都小了一号，走路晃晃悠悠的，肠胃也很不正常，而我的黄连素药片已全部被消灭。满山的三颗针，红红的叶子，煞是好看，虽是提炼黄连素的原料，但我们总不能吞针。大家什么也吃不下。我提议煮稀饭。停工一天，徐老师像掉了魂似的，也在小木棚边转。小木棚，是因为才进山时老下雨，无法举火，就捡来伐木场转移后丢下的旧木板搭的；大家动手，只我没动。搭好后，我占据木棚中心，很是自我欣赏，觉得颇像演卓文君，如果挂块牌子……我简直想把定位站的牌子挂在这儿。因为徐凤翔做梦也想建一座"高山森林生态定位研究站"，向上级申请的报告已打过多次了。我想：我可以用锅底灰写在木板上，再挂上两只花灯笼——那是我从拉萨买来的，一直带在行囊中，梦想着也许我们会突然收到一份电报，批准了"定位站"的建立。那就点起灯笼，斟满青稞酒，跳起藏族的舞蹈……

"我能做点什么吗？"徐问。

"咱们素炒个白菜吧。增加点VC，少炒会儿，粗纤维滑肠，你切点葱花，去去油腥。"

徐一本正经地问："零点几厘米？"

"什么？"我眼睛都瞪凸了，好容易明白过来，她问的是葱花，

"咳——随便！"

"规格不明确，我很难执行。"

"长点短点都行！"

"都行……"她举着刀迟迟疑疑。那神气气得我长出力气来，我数快板似的说："同志！切葱，可分葱花、葱节、葱段、葱丝、葱泥、葱汁、兰花葱。你……任择其一！"

她像一头挨了揍的可爱的小狗，闪着惊慌的眼神："……那么复杂……我还是别切了。"我的油冒烟了，夺过刀，三下五除二，把葱剁巴剁巴扔锅里了。

记得还有一次，也是一大早，我还没穿鞋呢，她问我："起来啦？"

"你不是让我拍摄多么美多么美的晨曦和日出吗？"

"你抽烟吗？"

"干吗？大清老早的，你什么工夫学会客套啦？停可美（藏语：不抽）。"

"我需要你的协助。一只草虱叮在我的肩部。"

"什么虱？"

"一种蜱螨目的小动物，它叮在人体上吸血。昨晚我躺下去，这里又痒又疼，我就猜又是草虱，拿手电一照，果然。"

"你怎么不弄掉呢？"

"弄不掉！不能硬拔，最好用烟头烫。"

"那你昨晚上怎不叫我烫？"

"我看你累了。"

"唉……"我点着一支烟。她脱去鸭绒外衣，解开对襟的、买来的羊绒衣，可解不开绑在腰部的细塑料绳（她胃寒，我真该给她织根腰带）。她裸露出瘦削的美人肩。清晨，帐篷里好冷，毛巾冻得像页岩石片。那草虱，只绿豆般大。我有生以来第一次与它相逢，可它不肯露面。它翘着小屁股，一头扎在人体里，怎么碰也不动一动，像水田里的蚂蟥。徐曾无意中谈起，在下察隅的密林里，她身上爬上一百多条蚂蟥，来不及处理，处理了也白搭，还得爬上去，爬在胳肢窝里最不好受。徐催我："拿烟头烫呀！"

"要烫痛肉的!"

"不要紧,可以忍受。不能硬拔,拔不出;拔出一半来,头还在里边,得开刀。"

"是吗……"我取出带手电灯的放大镜(那是我在北京东四大街的文具店买来的,只两元多,倒成了我们队的先进工具了。可怜的野外考察队!),小心翼翼地,朝着她的肩膀头烫过去。

"你看见它那八只腿了吗?"

"看见腿了。"

"腹部鼓鼓的,吃得多饱。"

"看见了,它在动,你别动!"

"啊……好……好啦,它不动了。现在你看我拔它出来,你看得清楚吗?太好了,它的口器还是完整的,你用放大镜仔细看……"

"好啰,好啰!看你的肩膀吧,要不要擦药?"

"不用,你看它的嘴,是刺吸式口器……"

"把衣裳穿起来!!!你——呀!"

"问一问朱老师,要不要这完整的草虱标本。"唉,没治!

当夕阳披上新娘的盛装,小尼玛回来了(尼玛,藏语:太阳)。昨天上午他下山去部队伙房取盐。我们的食盐,装在用过的敞口罐头筒里,先是放在木架下层,被牦牛拱翻,撒了一半;我们又把罐头放在高高的岩石上,藏在结着小红果的枸子木丛中。没想到又让大马给衔了,倒翻在泥里,只剩下罐底几勺盐,前天早饭后,我对徐凤翔说:"咱们没盐了,得派人下山去取。"徐正记什么,连头也不抬,慢悠悠地:"还有糖吧。"我气啦:"别理她,她不食人间烟火!这么重的活儿,不吃盐,怎么拿得下来,白玛副连长你下命令:尼玛,立即下山取盐!"如今小尼玛的军用背包里,凸凸地塞满十斤盐、十封蜡烛和许多杂物回来了。他远远哼着歌儿,用口哨打着过门:"……在那密密森林里,有我们无数的好兄弟……"

"尼玛回来啰!""尼玛!""小尼玛!""好尼玛!"我们八个人都欢呼起来,站了起来,走了过去,奔了过去,仿佛隔世见到了亲人。只在此时此刻,我们才忽然觉悟到,我们险些永别了尼玛——太阳!

"小尼玛，你想我们吗？"徐凤翔问。

"正儿八经地想哩！"尼玛不知从哪部电影的对白里学会了句"正儿八经"。"我正儿八经昨天做梦也梦见你们。"小尼玛才十八岁，半个脸都让长着长长睫毛的眼睛占了，什么事都抢着干。夜里，数年轮，数着数着他的头就枕在圆盘上了，催他去睡觉，他还说："不困，正儿八经一点儿也不困。"他空下来，就大声读汉文——《西藏文艺》里的文章，吹口琴，唱歌儿……

"小尼玛，你昨天不在太可惜了。"小邹说。

"你们跳舞啦？"因为我们说过，拿下第十棵树要举行舞会。

"比跳舞还乐。"胖朱说。

"喝酒啦？"

"尼玛猜不着！罚！！罚！！！"伊觉又还原了。

只白玛和曲珠像好管家似的，去装盐，分蜡，分劳动手套、电池、防晒油……

徐老师像个老师的样子讲开了："尼玛，你将终生遗憾。"

"什么好事？"尼玛问。

"太好的事了。你想想：世界上四十多亿人口，吃蘑菇中毒的百分比占多少？"

"……"

"你再算一算：世界上吃了毒蘑菇，而又没有死的，占百分比多少？"

……尼玛悟过来了，一下子跳将起来，大声喊："什么？！你们中毒啦？！怪不得一下子都瘦了！"尼玛那一对有着藏族特点的又深又大的眼睛，一下子涌出了泪："徐老师！黄老师！……我背你们下山去医院！"

"你一个人背几个呢，尼玛？"徐老师问个没完了。

"我……我一个一个背！快！"

"小尼玛，我们不要紧啦！"我心疼尼玛了。

"真的，都不要紧了吗？"尼玛不放心地审视我们的一张张蜡黄的脸。

徐笑了："不要紧啦！今天晚上照常工作。只可惜你没有享受到这份福气。"

"……福气？"尼玛擦了擦眼角的泪。

小邹问："小尼玛，如果你回来，看见我们都死了，你怎么办？"

"那我也死！"尼玛斩钉截铁地说。

徐老师说："不对，你应该下山去报信。"

"正儿八经我绝对不会想到去报信，全队都死了，我一个人怎么能活着？正儿八经只有死。"

"你怎么死？"

"用枪把自己打死，要是还剩有蘑菇汤，喝了死。"

"尼玛，你不能死……"

"正儿八经一定得死，和你们一起死！"他好像马上就非死不可，脸都涨红了。

"尼玛不死，不死，我们不是也都没死吗？好尼玛……"徐老师抚摸着尼玛的肩膀。

尼玛的眼泪啪嗒啪嗒地掉下来，用袖子捂着鼻子哭了。徐凤翔的大眼睛里也啪嗒啪嗒地掉下泪来。我们的眼圈也红了。此时此刻，真觉得活着是多么好：因为人间有着可爱的尼玛——太阳。

不治之症

同志们已转内业，帐篷里没我摆摊的地方了，什么也不能碰。满地都排列着分门别类的根、须、叶、子、土……同时，我急盼一封回信。

我比"大部队"早六天下山。因为我犯了"不治之症"——我想开写；但不是写文艺作品；我想帮徐凤翔呼吁和申请这么一座小木屋。

我下山的第二天，就发现环抱的群山，像被裁缝师傅弹了粉一般——雪线陡然齐斩斩地下降了。这里，已进入隆冬。"大雪盖不住热锅"，同志们不会在意的，只是更艰苦了。

啊，如果能有一座小木屋该多好啊！玉树琼花丛中，一座覆雪的小屋，小小的玻璃窗（记住，下回进藏，要带几块玻璃，很难买到）。玻璃窗上结着雪花形状的美丽图案，屋里点燃着从自然倒木上劈下的柴火。当然，能利用山泉的落差发电，小木屋的取暖照明就都有了，还可以灌溉人工苗圃，建起杂木加工厂……兔妈妈带着孩子们来串门……唉，我想：这些知识苦力啊！说是脑力劳动者，可又要付出惊人的体力。活儿是那么繁重又那么精细，那么规正又那么琐碎，在普通人看来，又是那么枯燥。周而复始，每天每天，从晨光熹微干到月移中天，没吃过一顿夜点。烛火烧焦了额发，漆树过敏搞得满身是疱，脸都肿得没鼻子了，还不肯吃我带的扑尔敏药片，怕打瞌睡。他们究竟图什么呢？徐凤翔的职称是其中最高的，一个月工资八十七元。朱老师硬是退了机票，不然此刻到家守着老婆孩子了。小邹老师瘦瘦的，一天上肩几千斤。被我们"拐"来的小李子，本来可以坐在办公室里……

回信来了。一个星期才有一次邮班。已经一个多月了啊，我进山前就发了，是写给老范的。我得悄悄问问清楚，他对妻子要求长期留藏，究竟怎么想？我要求他坦率直言。是的，这不是说说玩玩的事。如果我再帮徐凤翔加把劲，定位站万一批准了——上了笼屉的馒头，碱大碱小，都没法往下揭了。我得在落笔前掌握分寸。

我猜不着范自强将写些什么，更想不到天天和试管打交道的化学家，会寄来一把子诗！且看"诗管"吧。

我过去看过不少旧小说，经常有"有诗为证"的说法。自然这是一种写作方法。我以前往往以为是"滑稽可笑"。但从"诗言志"这点来看，有的诗可以做"证明"的，它是一种"心音"。敬发以证。

赴藏临别凤翔自咏（七绝四首）

（怪不得徐那么有滋味地读唐诗绝句——英评。）

人生倏忽数十年，焉能虚度如云烟。
鸟过留声人留迹，献身林业了终天。

少年立志在山林，如今白发染双鬓。

愿效苍松傲霜雪，汗水浇得遍山青。

暮春三月江南绿，东风和煦花锦簇。
柳丝千条绾不住，壮心飞向珠峰麓。

任重道远赴边疆，夕照征途鞍马忙。
毋须返顾江东岸，留得余晖育栋梁。

当时，我和了四首：

送凤翔赴藏（自强）

二十余年多离别，今日骊歌又频催。
此去西域长经年，思君忆君情更切。

志在伟业立功言，不顾儿女私情绵。
女子四海亦为家，巾帼须眉有今天。

立地艰辛出坚材，气候乖戾炼魄骸。
人生白驹间隙过，以苦为乐高境界。

送君神思忽有失，学君为党心如一。
临别赠言无从说，努力加餐顾劳逸。

一九七九年二月，我去西藏农牧学院讲了两班化学课。我当时去的目的，是要了解一下西藏的情况，以决定是否同意凤翔长期在那里工作，因她去藏前已经有这个抱负（"无须返顾江东岸"）；当然也是去为西藏的教育做点贡献，是有点公私兼顾的。

我去后，感到西藏的教育很落后，很需要师资；林业是很有前途的。我支持她在那里工作。为此，我和西藏农牧学院、自治区教育局的领导都谈过（凤翔自己当然也谈过多次）。他们表示从精神上很钦佩和理解，但实践中行不通。他们说，当时说明是援藏两年，不能说了不算数；不能留下，怕"影响不好"——外间会认为西藏把人"扣下"，会吓得别人以后不敢再来援藏了。即使自己要求留下，但领导上也说不清，别人会认为是做了工作的缘故，如此等等。因此凤翔在一九八〇年八月返回南京。在离藏前又写了一首诗：

清风明月伴我还

离家别子事征鞍，誓把余生献高山。
跋涉山林何惧苦，笔耕达旦墨犹酣。
坎坷半百知音少，丹心一片入门难。
匆匆两载高原梦，清风明月伴我还。

（英注："丹心一片入门难"——此感慨系由徐凤翔同志从青年时代到现在，屡屡要求入党，未予批准而发。提及此事，她眼圈就红。我劝她说："别难过，等你死了，一定能追认为中国共产党党员。"……）

一九八〇年返回后，凤翔对西藏的林业还是念念不忘，奔走呼吁林业部、国家科委等单位，幸得上级机关的支持，拨给经费，一九八一年得再次入藏。她又酸气冲天，写了一首七律。

重上高山归林海

人回江南心未返，梦魂萦绕云树间。
功名得失慵挂齿，事业长存勤登攀。
松涛声声呼远客，雅江滔滔洗征帆。
重上高山归林海，面壁十年也心甘。

行啦！明白了。范自强的态度，不是中性pH7，而是浓烈的强酸！

我赶快翻阅报纸，想了解社会生态。我查找了近一个月的报纸，焦急地想知道中央目前发展科学的大政方针。我忘了问徐凤翔，"高山森林生态定位研究"是应用科学，还是基础科学？若说是应用科学，仿佛谁也不等待着她的数据来指挥生产。若说是基础科学，不像。连我都大致能懂，就不像。"定位站"究竟该不该上马？可能不可能得到切实的支持？一共十来个人编制，当然要花一笔基建费，小木屋里得有仪器设备，也得有常年经费。国家不富，但如果要做，也不过似在大森林里移棵小树苗。哪个大科研项目省了零头也就够了。但是，她已经申请了三年！常有这样的情况：天大的事，一句话定了；不丁点儿的事儿，却得讨论研究个没完没了……我庄严地拿起了笔，不是写稿，是写请求书，请求建立这座科学的小庙——勇敢、意志、智慧的圣殿。

抬头我空着。因为我不知该写到哪里、写给谁。生态定位站的建立，标志着一个国家的科学与文明的水平。而我国的生态定位站还寥寥可数。西藏自治区负责农、林、牧口的领导同志，热诚地表示支持建站；但是，定位站编制虽小，却不能直接挂在自治区党委和政府里啊！怎么办……我细细历数与此有关的机构和领导干部花名册，拿不定主意……

我写了撕，撕了写，写……

要命！我只上过短期文学讲习班，没上过"请求书"讲习班。可怎么求呢？

要命！我又不守规矩了。纸上出现了另一对眼睛。和定位站——小木屋、徐凤翔和我要递申请书的对象——领导干部都无关的眼睛。正是：

> 默思上师的尊面，
> 怎么也没能出现，
> 没想那情人的脸蛋，
> 却栩栩地在心上浮现。
>
> ——《仓央嘉措情诗》

啊，六世达赖仓央嘉措的情诗，写得妙！

这对眼睛，如此这般地凝视着我，凝视着我——那是另一位女植物学家的眼睛。她的眼睛早已永久地阖上了。她的名字：吴素萱。

吴素萱，北京植物研究所已故植物细胞学家。她在青年时代，孑然一身，远涉重洋，艰苦学成。归国后，搞植物细胞研究，每天每天，从叶片上取下一粒汗毛孔大的小绿点，在高倍显微镜下观察。她创立了"细胞核穿壁"的学说。但当时，有的权威说是偶然现象。她的论文没能在年会上宣读；以后，只发表在一个不显眼的期刊的不显眼的版面上。她没有结过婚；她依然每天每天观察小绿点，把青春和爱情都给了小绿点。四十年过去了，一批有声望的外国科学家到中国来。他们说："说到我们研究工作的成就，不能不感谢贵国的吴素萱先生。她的'细胞核穿壁'的学说，对我们启发很大……"于是人们赶快找吴素萱。她已经六十多岁了，在洗瓶子。她的科研课题，早在十年浩劫中，被当作"三脱离"典型给"砸烂"了。人们忘了自己也是细胞构成的！一直到一九七八年的春天，当全国科学大会召开时，"细胞核穿壁"学说被当作新（？！）的科研成果，陈设在成果展览大厅。一对穿壁细胞，如同银幕上一对眼镜的特写。我亲眼见吴素萱纤弱的身影，一步跨两个台阶，进入人民大会堂。那时，她的课题虽几经周折却还没有恢复。待到……待到真的要上这个课题时，她永远地闭上了眼睛。而半年后，报上竟出现"吴素萱正在实验室工作"的报道。（积压的稿件见报了，积压的人……）吴素萱悄悄地活过了，也悄悄地离去了。我曾经几度写过吴素萱，但她的一生，像画里的一弯冷月，没有圆过，我不忍发。我的性格不适合写她。但当我想到徐凤翔时，她的前边老站着吴素萱，闪着那对大眼睛。我不想再看到、听到又一个，又一个吴素萱。萱姐，我能不能说一声："你安息吧，你瞑目吧！"能不能？能不能？！能不能？？

科学，是人类智慧的集中和概括。它离不开时代和群众。但同时，一个科学家，往往就意味着一个课题，课题的生命连接着这一科学家的生命。科学家的福与祸、生与死，往往也是课题的进与退、立与毁。当然，人亡学存者，古往今来多矣、多矣。

徐凤翔的课题，从常识上讲，是需要的。世界上先进的国家，哪有不重视调查自己生存的条件、财富、蕴藏……的呢？何况生态调查具有国际意义。听说，日本曾想投资人力物力，在我国波密地区建立高山森林定位研究站，我们未允，现在尼泊尔境内建了日尼合作的定位站。此事未允，这没什么。我们完全有能力自己搞嘛！

　　宝贝在自己手里，
　　不知道它的价值；
　　宝贝归了人家，
　　不由得又气又急。
　　　　——《仓央嘉措情诗》

　　这样的教训我们还少吗？我们完全可以对人类多做贡献嘛！同一纬度的垂直带谱的研究成果，将有益于环球！

　　但是，科学家从社会生产力的发展、从生物的进化发展，提出了时代的命题。如果人们还不认识它之重要和必需，那么，就并不是他个人能不能得到支持的问题。

　　如此，科学家的请求，如树叶落在厚厚的地被物上。如此，我这个非科学家的请求……

　　我不再写申请。这仿佛是串了行，不对路。

　　我呆呆地愣在那里，视觉却并非空白。吴素萱在凝视我。她的双目已不能转睛，却能传语。在这对眼睛上，又清晰地叠现、推出徐凤翔的眼睛，一闪一闪的……

江水在私语

　　压根儿没见最好，
　　也省得神魂颠倒。
　　原来不熟也好。
　　免得情思萦绕。
　　　　——《仓央嘉措情诗》

　　眼睛呀，眼睛——孽缘哟！为什么总是让我碰到这样的眼睛？

眸子里闪着的，是泪花还是喜悦？是希望还是失望？是激情还是愤懑？是信任还是怀疑？是追索还是祈求……

推算起来，还是一九七九年秋天的事了。我去成都列席旁听一个学术会议。会议重点：是对我国"生态平衡"问题进行交流、讨论。

生态学，作为一门学科，国际上极重视。十八世纪德国文学家歌德，于一七八六年往意大利寻诗，却迷上了植物生态，朝夕为伴。四年后，出版了《植物形态学》——此大自然的理论诗篇之诞生，早于诗剧《浮士德》。

在我国，研究此学科的学者也不少。"八十不稀奇"的生态学家侯学煜，本身就是生态学的先锋树种。从四十年代初，他就在《贵州日报》上呼吁：切不可如何如何，万不可如何如何；要因土制宜，要保护植被……那年月，哪个听他的？生态学，哼，大小"黄鱼"生意学还顾不过来呢！可他还是喊啊：千不可……万不可……又喊了三十多年，像树子漂落在大海里。直到十年浩劫之后，我国国民经济濒于崩溃，天神地母也愠怒无常，洪、旱、涝、碱一起泛滥，泥石流汹涌直下，"生态平衡"这词儿才不胫而走。从中央到地方也把这并不新的词儿，列入议事日程表。各级党政负责人，嘴上笔下倒也渐渐常挂着它了。只是"民以食为天"的古训，还一个劲儿挤它、挤它。唉，只怪稻、麦、菽、粟也忘了本，忘了它们怎样才得生存。连秦始皇还不焚种树的书哩！

侯老之业（在佛教中，人之生时所为，亦为业），够写本生传十三卷。但他是个有争议的人物。笔者道行未满，未能超凡，且暂按下不表。只是，纵借我以明察因果之目光，《普曜经》中所载三十二种功德毫无欠缺之人，又何处寻来何处觅？

"开始了很久吗？"生态平衡会议日程进入大会发言，我进入会场时，又晚了。俗务缠身，做不得学问。我悄悄溜边进去找座位，一位女同志挪了挪身子，我坐到了她旁边。

她没搭理我，还盯着发言人，继续记她的笔记。直到发言者在掌声中下台，她才从活页本上小心地取下前几页，递给我，也才顺便地瞄了我一眼。好锐利的目光，是谴责我不守时刻吧，职业的敏感使我猜测她是个老师，并常用这样的目光对待学生。幸而她旋又微微一笑，随即转过头去。

我瞄着她手中纸上娟秀的字体和简明的摘记；并同时以我的广角视线，从头到脚打量着她：短短的头发、纤弱甚至娇小的身躯，一身学生式的打扮，倒也和她的中年的年纪相配，尤其那双眼睛，眼睛！无论刚刚从正面，还是此刻从侧面看：怎么形容呢？美丽？不恰当。刚毅？不适合。明锐？不确切。总之，这是一双值得拍摄大特写的眼睛。我们的银幕上，需要这样的眼睛——蕴蓄着知识者的专注的内在的坚定。

"现在请南京林学院援藏教师、西藏农牧学院徐凤翔同志发言；下一个……准备。"

她站了起来。我忙侧腿让路。果然是老师？判断的准确使我沾沾自喜。

徐凤翔像所有惯常上课的老师一样，从容走上台去，条理与口齿都很清楚地讲开了。

她先是概述森林与人类发展之关系。我心里直替她嘀咕："不必要！下边坐的都是专家。"接着，她又讲到全世界应该在哪几处建立高山生态定位站，西藏东南是一处。"嗳，你管全世界干吗？"我替她着急。然后，她对"生态平衡"一词提出异议，她说："符合自然界演替规律与人类社会需要的生态关系是协调关系。我建议以'生态协调'，代替'生态平衡'。"嗬，口气不小！谁理你？喊了几十年生态平衡还行不通，谁还顾得过来协调？何必如此"较真"！

当徐凤翔不再像个老师、学者，而是像个小姑娘似的讲到西藏有多美多美的森林，大会主席眯起眼微笑地按时揿铃了。每一发言只允许十五分钟！此刻是预报铃。徐凤翔急遽加快节奏，把1/4拍换成1/16拍，但未截枝剪叶。她建议在藏东南建一座"定位站"，定点观测、分析生态环境和森林，以及林区农、牧业之间协调的关系，为林区生产综合布局和技术措施提供理论依据。她说哪里哪里的森林，是祖国的珍宝，在国内外资料上迄今还未查到有如此高的森林蓄积量……铃声再度响了！徐凤翔涨红了脸执拗地说下去："我要求有关领导、有关方面郑重考虑建站。可以因陋就简，先盖一座小木屋。我愿长期参加这一工作，把自己的一切，献给西藏的森林！"铃声大作！在礼貌和同情的寥落的掌声中，在赞许和睥睨的翼翼的目光中，在透了口气而不一定含恶意的笑声中，她抿了抿嘴唇，矜持庄重地走下台来。是的,听烦了"豪言壮语"的学者对所有的宏图大志都持审慎态度。科学重在实践,不过,幻想是科学的先行。我特意站了起来给她让座,向她索取发言提纲。可是,她把头埋了下去。我懂,这节骨眼上,别碰她,别碰她……

发言就是发言。一个普通知识分子的发言的分量,在天平上占不占、占什么样的砝码,那就要看"国内的、国际的、区域性的、总体的、符合规律的——自然规律、经济规律、社会结构及发展规律——新的、动态的生态协调的需要"。以上,这位女生态学者的观点,所涉及的,都是她八竿子挨不着边边的。她怎么没测测自己在社会生态环境中的位置?唉,在一九七九年百废待兴、万机初理的时刻。

当大会闭幕,代表们分别回返时,我不意在嘉陵江畔又遇上她。她戴着小白帆布圆帽,那是植物学者在野外活动必备的。猛一看,我还以为是少先队辅导员哩!我们并肩漫步。我兴致勃勃地说:"这一带的画面很有特色。彩色胶片偏黄些,就更显得深沉。"她锐利地盯了我一眼:"还不够黄?江水浑浊!含沙量增加了,水位大大下降;上游的森林砍伐得太狠了,都'剃光头'了。生态失调的苦果……"三句话不离本行,彼此彼此。

"回西藏吗?"我问。

"回西藏。"她用力抿了抿嘴唇。

"……没有什么反响吗?"

"……"她明白我指的是她的发言。她看了看我,那双眼睛比话语复杂。

我久久望着浑浊的江水,心里打着旋涡。

"我希望……有一天到西藏去看望你。看望你的多美多美的林子。"我不能轻率允诺,许愿总要还愿。作为作家,我心里揣着个"踏遍中华"的小小念头。可是西藏从地理、风俗、语言、气候,从那使我这血管性头痛患者畏惧的海拔高度——按照我国规定:以黄海平均水面作为全国高程的基准面来测算,上海除西部残丘外,其余多为海拔五至十米左右。而拉萨是三千七百米,还是拉萨河下游谷地……我,我始终还没敢把它列入自己的行程。

她瞄了瞄我，笑了笑。我明白：她不相信我会去。她也不在意我去还是不去。

"我想，咱们会在西藏的森林里再见。"我伸出右手。

嘉陵江水在私语、在低唱、在啜泣。她的眼睛在探测我的目光。我们的手握在一起了。我赶紧倍儿脆地说了声："再见！"掉头跑了。

江水啊，你做证，你担保，可别让我失信！虽然我根本搞不清什么叫"定位站"！我……我只明白她想要一座小——木——屋。

滔滔的江水啊，提醒我，相信我，如果我有分身法，我愿追逐哟，追逐每一对专注的坚定的目光，追逐到江之源，天之边！

纸上我自作主

没有树。

拉萨、日喀则的几座"林卡"（庄园）除外，简直看不到林子。

山又水，行驶在山南、藏北，沿途往往多少小时，视线所及，没有一棵树！

在上海都市，人的视野通常只限制在一两百米内。住家的晾衣裳竹竿，可以伸向邻居的窗台。而在西藏的山头，人的视野可扩大到三百多公里。仰天，离我们有十六点三和二十六点四光年的牛郎织女星，仿佛来到近在咫尺的电视屏幕上。只是，树……没有！

北京牌吉普在山路上跳着"迪斯科"，沙石敲击车窗为它伴奏。一天，两天，车窗外是五颜六色的无尽的山峦，是无边的湖泽，是无际的草原以及和天野浑为一体的牧民、帐篷、牛羊。而那乌黑色的，是泥煤——草的古尸；那深褐色的是牛粪。牛粪作为燃料，要卖到每百斤七元钱。徐凤翔说的多么美多么美的大森林在哪儿？徐凤翔又在哪儿？

三年了。从一九七九年秋，到一九八二年秋。这是一个变革的年代。我听说，中华人民共和国林业部批准了徐凤翔的单项研究课题！即她可以征得南京林学院同意，去西藏考察，经费以节约为原则……这种例子可不多——由国家部门直接支持一个知识分子的向往。徐凤翔不必再像蔡希陶（云南植物园的创始人），在旧社会先去种烟叶、卖烟叶……虽然她还属单飞的季候鸟，年年来西藏，还没"小木屋"，也算得上时来运转的了。说不定哪一天，又一个贺老总，又一个周总理，像当年跑到蔡希陶面前那样，问徐凤翔："你搞研究需要多少土地？这片山，够了吧？还需要什么条件？"于是，小木屋在林子里出现了……咦，我怎么也做起小木屋的梦了？

"你认识徐凤翔吗？"我到处问。

"你问的是咕叽咕叽吧？"有人答。

"咕叽咕叽？"我疑惑地说。

"是那位年过半百的女同志吧？"

"是快半百了吧，七九年，她四十八岁，可是像个少先队辅导员，戴着个小白帽。"

"是她，年年来，到处咕叽咕叽，人家叫她'咕叽教授'。"

"她怎么啦？"我以为她得了个不雅的绰号。

"咕叽，就是藏话'求求'的意思，咕叽个'熊掌牌'——就是在路边伸手拦车求捎脚；咕叽吃顿饭、借个宿；咕叽捎带标本；还从这个部到那个局咕叽建个什么站……""咕叽教授"——徐凤翔究竟在哪儿？

有人说："听说她去了下察隅。"

"上个月，在樟木口岸看见她。"

"看见她在尼泊尔边境，傻看对岸的森林。"

"听说她打算去墨脱。那儿可只能步行，骑马都悬。"

那么，肯定她是在西藏。西藏土地面积一百二十多万平方公里，等于十二个浙江省，或者两个法国。出门就是山。我不能贴"寻人"告示；也不能"咕叽"公安部门"通缉"她。访问团离藏在即。看来前世少缘，今番我们要失之交臂了。

"黄老师，你打听徐凤翔老师吗？她就住在招待所南楼。"听到谁这样说了！我拔腿就往南楼跑，来不及看一眼、谢一声"传音天使"。

我下榻的北楼是住贵客和外宾的。南楼是普通客房。我匆匆穿过走廊挨门嚷嚷："徐凤翔！徐——凤——翔！"有的旅客好奇地打开门，我抱歉地说："对不起，咕叽咕叽，我找……"

没找到徐凤翔，却找到了几位新交的老外。

来西藏的外国人可真多。几乎到哪儿都碰见外国人。日本的颇负盛名的电视导演牛山纯一先生的摄制组,正在西藏转。中法地质考察队和我们同楼居住。每天,我看见北京来的师傅发动吉普送他们出去,再带回大大小小的石块来。有位法国地质学者,腿一瘸一瘸的,也拄着拐棍出野外。一天,我听到有人用藏语读佛经,原来是法国毛头小伙子!在赛马大会上,美国朋友茉莉女士,迎着奔跑的马抢镜头……罗伯特和他的同屋到我房里喝甜茶。茶是藏族朋友格里和敏吉用八磅热水瓶送来的。罗伯特是奥地利人。西安—拉萨的机舱里,我正好坐在他的邻座。三十不到的年纪,留了部恩格斯式大胡子。他一句中文也不会,却懂得许多关于西藏的历史、地理。他在大学教史地,攒了两年的钱,到中国来。签证上写有去我国二十四个城市的许可。途经青海格尔木,要在那里过夜。他语言不通,又来找我。我只好当了他的临时半通翻译。格尔木机场的同志把他安排和中国旅客同吃同住,在国际上是当然如此的,在中国,一般都不是这规矩。到拉萨下飞机时,西藏文联的同志,向我们献哈达,他也得到一条,他高兴极了。其实,他的签证上没有日喀则城,他也去过了,穿着他那身旧了的圆领衫和蓝布工作服。他的同屋,三男一女,互不相识,都是节节省省地穷逛。你常常会碰到外国人灰头土脸地混在大卡车上头,那当然也是"熊掌牌!"我用小稿纸一裁二,当碟子,装上我从北京带来的花生米、糖、小点心。我们用混杂的语言和丰富的表情"谈"得无拘无束:

"你在找谁?也是电影明星吗?"

"只能说……可以是;应该是……应该成为我国银幕上的角色。"

"是什么人物?"

我想说生态学家,没学过这单词,"她是……森林的情人!"是的。"她疯狂地迷上了森林。整个中国,除了新疆和云南的西双版纳,大部分的森林她都到过。她用不着担心签证。"

外国朋友羡慕极了:"你们是老朋友?"

"是的吧。一共说过三句半话。"

当我与徐凤翔故友重逢时,她正在汉族的、藏族的、修表的、开车的、烧饭的、钉鞋的、采购的、探亲的一群人中。小小的施舍客房里,她正闪着大眼睛向大伙讲森林。她对谁都只讲森林。树林神供在她的心龛中。她是树林神教的传教士,经她布道而成为该教信徒者不少。迷了,中魔了!

中魔了!唵嘛呢叭哞哞——南无阿弥陀佛哟!三年啦,也已经深深中了魔的我,怎么办?

唉。具体的设想和规划,让"咕叽教授"自己再去咕叽吧。为了来年的经费,她也得再去咕叽,何况她站着、醒着、睡着、活着(哪怕死着)都在做小木屋的梦呢!有一次,我问她:"你是怎么决定学林的?"答:"高中毕业后,我跟同学们到南京大学去玩,南大森林系是在一座小木屋里,美极了……"噫!就此许了终身。

我呢?我的好朋友曾送我一副对联:"天下岂能由我,纸上我自作主。"思前想后:老者老矣,如侯学煜;死者死矣,如吴素萱;生者……虽说徐凤翔也只能再干半个云杉龄级——十年吧。果真有十年,也满足了。让每个科学研究工作者能获得专心致志于专业的十年,我们的国家将焕然一新!于是,我决定先在绿格稿纸上,为她搭一座小木屋,以祈福祛灾。我把花灯笼挂在我的书桌前,点亮了心之光……

不醒的梦

才结冰的山道,最容易出事故。

当地驻军的领导同志们,心肠菩萨般的慈祥,几番劝阻、几番"恫吓",软话"硬"话像连发的炮弹;徐凤翔全然不听,固执地非走川藏路不可,还非要走远而险的老公路线。

部队领导说:"你们从波密往拉萨,只六百多公里。我们派专车送你们。到了拉萨,民航买不到机票,用军用机送你们。"

飞机上是难以详测树木的。所以徐凤翔固执地要行一千八百三十八公里到成都:"部队不是也在送老兵、迎新兵吗?战士能走这条路,我们为什么不能走呢?"徐反问。

"你们不同。"

"为什么不同?"徐凤翔是火箭也拉不回来了。

"那我们得请示上级。"

"别请示。我已经联系好车了。"

"昌都运输队吗？人家十一月二十五日起也不发车了。"

"为我们发一辆！"

"又去咕叽了？"

在拉萨第一招待所，听徐凤翔讲树而中魔的司机冯随科，向运输站挂钩；经不起徐凤翔左咕叽，右咕叽，运输站领导答应放一辆车，并一叮咛、二嘱咐、三命令冯师傅——安全第一，绝对保证不出事故。天底下哪有绝对的事呢？

我呢？说实在的，我真想在波密孵到明春雪化时节；路况实在是险。我在哪儿写作都一样。可今番我就……豁出去了。有权的帮权场，有人的帮人场。为了小木屋的梦，奉陪了。

部队又留了我们一阵子，为我们放映电影，请我们给战士做报告，还很不好意思地恳请林学工作者们为部队的苹果树会诊。剪枝行家朱老师第二次退了飞机票，在他的带领下，战士们学会并剪修了八百棵苹果树。而徐老师又只身"闯"入波密县委会，要求给县委领导同志讲一讲森林生态。县委领导班子里只一两位汉族人，其余为藏族人，还有一位僜人。可热情啦！徐凤翔开讲那天，县委会议室里笼起一小盆炭火，大家聚精会神地听着。徐凤翔又眼睛一闪一闪的，从开天辟地、森林与人类之起源，从全世界、全中国的森林讲了一遍，更深情夸赞波密的森林多么美、多么美，保护森林有多大的好处，破坏了森林将造成多大的灾难……县委领导们也中魔了！连续三天开车来接徐凤翔，带着她察看全县的森林，请她选"小木屋"的基址，并说："只要上级批下来……"啊，事实证明：我们的部队、我们的干部、我们的人民，不是不需要科学的！不是不欢迎科学家的啊！我……我不相信小木屋的梦不能实现，在我的社会主义的祖国。

徐凤翔和我终于坐在"解放"牌卡车的驾驶室里，带着部队炊事员起大早为我们蒸的馒头、炸的油饼上路了。

这部卡车呀，可真是老啦。历年所花费的修车钱，早够买两辆新车的了。它又刚刚"中修"过，漆得倒挺鲜亮，可是，在山路上一颠就露馅了：刹车不灵、离合器不灵、底盘的螺丝四个掉了仨、防滑链挂不上去。冯随科——也是命定要随着科学吧，在冰峰、雪岭、浓雾、月夜，他载着我们，险中有稳，稳中显险地驰过、蹭过、转过、溜过了大玛拉山、雀儿山、二郎山等一重又一重天险。险情就不说了,徐凤翔什么山道没走过?尤其这条道,她是熟路。可她一路手心常出汗,说:"我不该让你和我一起走,出了事,我可怎么承担得起?"我说:"我出事,你也出事了,谁也用不着承担。"冯师傅说:"唉,我驮着总共一百二十岁的两位知识分子,这回是超载了。"一路说说笑笑。徐凤翔兴致勃勃,一会儿叫停车,下去采标本;一会儿下去拍照;一会儿到河滩上取水样……冯师傅也不辞艰险地随着科学工作者攀岩、下谷、上树、涉水……

悬崖深壑之夜,是这般静、这般静。连会车也极少。车灯的光射出去,我们往往会发现:远远的,一个、两个、三五成群的小黑点。迎面一步一长跪、五体投地、叩着头走来。车近了,黑影站住。车过了,从反光镜中看到黑影又跪下了。有时有一群黑影,缩在岩边睡着。那是虔诚的朝佛者。他们就这样地向拉萨——神住的地方走去。走两个月、三个月、半年。如果有人因冻饿、疾病死在路上,会被欣慰地认为是被神接去。初进藏时,我第一次见到此情景,曾被震慑得呆住了,并悄悄地落过眼泪……

"我不如他们虔诚……"徐喃喃地说,她的眼睛凝视前方,眸子里蕴蓄着内在的坚定。

我懂,我承认:"……远远不如……"

我们——一个一个、一群一群、一批一批知识的苦力,智慧的信徒,科学与文化的"朝佛者"啊,我们也是一步一长跪地在险路上走着。恁是怎样的遭遇,我们甘心情愿,情愿甘心。

(原载《文汇月刊》1983年第5期)

★ 作者简介

黄宗英,女,1925年生,浙江瑞安人,曾任上海制片厂文学部创作员、中国作家协会上海分会专业作家、上海人大常委会委员、上海市政协常委,著有报告文学《特别姑娘》《小丫扛大旗》《天空没有云》《没有一片树叶》等,散文集《星》《桔》《半山半水半书窗》《黄宗英报告文学选》等,多次荣获全国优秀报告文学奖。

作品赏析

作品记叙了作者克服困难,坚持加入由生态学家徐凤翔率领的西藏野外科考队,在神秘而艰险丛林中开展科学考察的故事。

短篇报告文学《小木屋》中存在着一种自如的结构方式。作者完全打破时空顺序,依情感的脉络,任想象自由驰骋。作者采取了以情感为线,以释疑为诱导的内在结构方式,把自己置身于对象、事件之中,以自己的耳闻目睹去观察感受对象,以似不经意的表达得出一种态度和结论。

在对人物的态度方面,黄宗英不停留于对人物和事迹的客观记录,也有意避免对人物思想的刻意拔高。在文本中,她对主人公的事业产生了浓厚的兴趣,热情参与其中,与主人公徐凤翔同呼吸、共命运,一起投入自然科考事业中。在这一过程中,作者实现了人与人之间的平等相待和心灵交融,作家不再作为事件和人物的旁观者与记录者,而是直接介入人物的生活和命运之中,成为整篇作品中不可或缺的组成部分。此外,对生态学事业的认同、热爱与积极参与,使作家不再固守于对人物和事件的忠实记述,笔触所及,无不幻化出童话般的理想色彩。作品的主旨随之产生了微妙的转化:由对社会、对人物的关注转向对自然、对理想的讴歌。

黄宗英与科学家共同深入林野,贴近自然。在对大自然的美与力的赞叹之中,作家的思考也不再局限于一时一事,而深入宇宙、人生乃至人类的命运和未来。可以说,《小木屋》既保持了对现实的密切关注与忠实记录,又没有束缚主观情绪和思想的充分表达。作品由此穿越了报告文学的真实性与时效性的基本原则,在浪漫与写实、情感与理智之间自由驰骋,达到了"从心所欲不逾矩"的创作境界。

作者通过对主人公的采访,记述其言行事迹,展现了中国知识分子探索真理、肩负社会的求实精神与济世情怀,并呼吁国家对于知识分子及其事业的关注和支持。由关注社会而领悟人生、亲近自然,进而实现自由书写,达到自在的创作境界,这无疑是《小木屋》乃至黄宗英文学创作的魅力所在。

胡杨泪

| 孟晓云 |

在世界上，胡杨——最古老的杨树品种已罕见。

我在塔克拉玛干大沙漠的边缘，见到了这珍奇的树。只有一棵，孤零零地立在塔里木河滩上。它高大，树干弯曲，像一个弓着背的老人。其貌不扬，却有着很强的生命力，耐干旱，耐盐碱，抗风沙，能在夏季酷热、冬季严寒、年降水量只有十几毫米的恶劣自然条件下生长。维吾尔族农民说，胡杨三千年，长着不死一千年，死后不倒一千年，倒地不烂一千年。

当地人称胡杨是"会流泪的树"。这是因为，生活的环境越干旱，它体内贮存的水分也越多。如果用锯子将树干锯断，就会从伐根处喷射出一米多高的黄水。如果有什么东西划破了树皮，体内的水分会从"伤口"渗出，看上去就像伤心地流泪一样。千百年来，这自生自灭的天然胡杨，总是默默地为人们提供各种财富。它的木质，质地坚硬，是优良的建筑材料；它的嫩枝、树叶，营养丰富，含有大量的钙和钠盐，是牛羊爱食的饲料；就是它流出的"泪"，很快变成一种结晶体，叫胡杨碱，也可以食用、洗衣、制肥皂……哦，这会流泪的树！我抚摸着胡杨粗糙的树干，被它可贵的品格深深感动了。

蓦地，我想到了一位在塔里木结识的农垦大学教师钱宗仁。任何一个陌生人，握住他那粗糙的手，看到他黝黑多皱的脸，绝不会认为他只有三十九岁,也绝不会想到他是一个知识分子。

整整四个下午、四个夜晚,钱宗仁向我讲述了二十年自学的坎坷经历。他并非一个成功者,甚至可以说是一个失败者。我不停歇地记啊,记啊,他的一句句话,仿佛是胡杨树上流出的一滴滴泪珠。

离乡歌

一九六四年八月,从兰州开往吐鲁番的慢车上,坐着一个约莫二十岁的青年,瘦高个儿,看上去很老实,也很忧郁。他没有行李,没有提包,甚至买了火车票后,已分文全无,既不是走亲戚,也不是做买卖,但他出远门了。

这青年叫钱宗仁,湖南湘乡县浒州大队人。

火车哐当哐当地响着,沉重的车轮从钢轨上碾过去,碾过去,像是碾碎了他童年的梦幻。那窗外一晃而过荒凉的戈壁,像是他流逝的学生时代。也许是命里注定,二十岁就要流落异乡。他是一个本分、勤奋、纯洁的青年,自懂事起,就有一块石头压得他喘不过气来,有一个影子总伴随着他——他是"富农"的儿子。为此,他入不了团,三次失去上大学的机会,甚至连在家乡都无法生活下去。

公平地说,土改时,钱宗仁家的成分第一次被划为贫农,这在情理之中。可是由于一点家庭纠纷得罪了当时的农会主席,他节外生枝硬把钱家划为"佃富农"。在疾风暴雨式的南方土改运动中,某一点点差错并不妨碍这场运动的伟大,然而就是这一点点差错,竟酿成了钱宗仁前半生的悲剧。

一年前,华北遇到洪水,郑州不通车了,一群拿着哈尔滨工业大学录取通知书的学生,只好绕道济南,从济南转烟台,再从烟台头船票到大连。哈尔滨工业大学在济南组织了一个返校委员会,一个年轻人跳到广场的台子上,举着大喇叭筒说:"同学们,在这种特殊困难情况下,大家都不要心急,我们要发扬互相帮助、团结友爱的精神。有个新同学姓钱,他主动帮助别的同学托运行李,把旅店里的床位让出来,自己去露宿街头,他还找开水,热心为同学们服务,我们应向他学习……"

当时,有谁能理解钱宗仁复杂的心境呢?新生们虽然要延误报到的

日期，他们的心情毕竟是快活的——对未来的大学生活充满憧憬。而钱宗仁，手中没有户口迁移手续，他考上了哈工大，但能不能就读，就读多长时间，尚不可知，前途莫测啊！

命运总在捉弄着他。第一年考大学，钱宗仁的成绩优异，进入全湖南省前十名。清华大学招生小组准备录取他。湘乡二中党支部一个副书记，为了发泄对其他教师的私愤，利用一个学生干部的嫉妒之心，盗走钱宗仁的日记本，断章取义，将其政审结论改为"出身不好，思想反动，不宜录取"。就这样，钱宗仁落榜了。但他不甘心，第二年又考，以优异的成绩被哈尔滨工业大学精密仪器系录取。他欣喜若狂，一宿没合眼。

那时长丰公社刚开始搞"四清"试点，公社罗书记任浒州大队工作组组长，他们正在摸底组织阶级队伍时，传来钱宗仁被录取上大学的消息。当天晚上，村上召开群众大会，罗书记做报告，有一段话使钱宗仁毛骨悚然："我们这里有没有阶级斗争动向啊？解放二十多年了，这个大队只有一个师范专科大学生，现在我们这里有一个富农的儿子钱宗仁考上了大学，还是什么秘密专业（他不懂'精密'二字）。为什么这么多贫下中农子女不上大学，却叫他去上这么好的大学？还有人批准，你们说这是不是阶级斗争？我们能叫他上大学吗？我宣布，他上大学谁批准谁负责，谁给办手续谁负责！"

钱宗仁又气又急，散了会就去找罗书记了。罗打着官腔："这是大是大非的原则问题，你不能理解……"难道，年轻人的前途又要被儿戏般地毁掉？钱宗仁痛哭流涕，眼泪是感动不了罗起明这号人的，他怎么能知道钱宗仁为取得深造机会苦苦奋斗的日日夜夜，怎能理解他朝思暮想进大学门的心情！

十九岁的年纪，无法接受这冷酷的现实，宗仁回到家里，哭啊、哭啊，又是一夜没睡。队干部拒绝给他办理迁移户口的手续，恰好这时，曾是湘乡二中毕业的十几个大学生回乡度假，听到这个消息，气愤地去找公社干部辩论，后来他们联名写信向教育部反映情况。钱宗仁怀着对党的政策的信任，身带一份报告书，空手登上了赴哈尔滨的征程。

如烟的往事，伴随着列车单调的"哐当""哐当"的声音，一桩桩闯进钱宗仁的心头。告别、告别，这不是告别同窗三个月的好友。他所在的6312班全体同学到哈尔滨火车站送行。钱宗仁流泪了,大家都流泪了。"宗仁,我们等着你归来。""宗仁,如果此行你回不来,可以在家乡从事文学创作,照样有出息。""怎么会回不来?学校领导亲口说的,我们是希望你上学的,但有些问题需要你回去对证。"天真的宗仁,哪里知道这只是一些安抚的话语,哪里会想到一去不返,从此不能再登哈工大的门槛了呢。

　　他的命运操在罗书记等人的手中了。恼羞成怒的罗书记发函给哈工大,要求取消钱宗仁的入学资格。哈工大党委让宗仁跟班上课,又派孙景略同志去湘乡县进行调查协商,到长丰公社宣传党的"有成分论、不唯成分论、重在政治表现"的政策,请公社的"四清"工作队允许宗仁上学。那位罗书记立即组织人马,三天写了十几页材料,说明钱宗仁"政治表现不好"。当孙景略了解到此材料纯属编造,据理力争时,罗起明在事实面前蛮不讲理,居然说:"要是我们公社一级党领导机关还搞不过一个地富子女,这会产生什么影响?你们哈工大是共产党的学校还是国民党的学校?为什么不支持贫下中农,却支持地主富农?"最后竟要起无赖:"你们硬要钱宗仁上学,我们立即撤走工作队,这里的'四清'由你们派人搞就是了。"协商无效,哈工大无奈,只有劝钱宗仁退学。

　　告别,又是告别,这回是向考场告别。为了求学,钱宗仁付出了多少代价,可他依然没有绝望。就在头年被劝退学的那次谈话中,他流着泪还在问:"我今年只有不上大学了,以后我要再考大学,还让不让我考呢?"哈工大送他回家乡的同志热诚地说:"希望你明年考大学,继续报哈工大,我们欢迎你。"在场的公社干部也一口应承:"没问题,让你考。"钱宗仁轻信了。第二年,他一切准备就绪,去报名时,"四清"工作队从中作梗,他跑了公社九次,九次被拒之门外。报名工作截止了。钱宗仁茶不思,饭不想,沮丧、绝望和忧愁笼罩在心头,他第一次感到了自己的软弱。

　　那年的十月十五日,学生们纷纷走进考场,魂系考场的宗仁也情不自禁地向那走去。他进不去,只能远远地望着。年轻人在专注地答题,多么熟悉又多么亲切的考场,永别了!钱宗仁深情地向考场投了最后一瞥,跑到小河边,抱着苦楝树,一个人长久地哭着,然后写下了两句诗:"理想

崇高志永恒，常将寸步比长征……"

告别，又是告别。他告别了家乡，谁知道这是不是永别。他要到那最荒凉、最荒凉的戈壁滩去。不能上学，他还有一颗心、一双手，可以参加祖国的建设呢。

不知为什么，钱宗仁对未来产生了一种神秘感，并夹着热烈的向往，又奋笔疾书，在西行的列车上写了首离乡歌："凝眸回首意难详，去地归期两渺茫。汽笛声催家恋淡，车轮响报路行长。但须后事争前事，也或他乡胜故乡。寻觅英雄用武地，好花无处不芬芳。"

好花无处不芬芳

新疆阿克苏县图书馆阅览室增添了一个年轻人的身影，瘦瘦、高高的个子，皮肤被风沙吹打得很粗糙，这青年就是钱宗仁。他在实验林场当工人，月工资三十三元。没有钱买书，他自有办法：每逢星期日，天蒙蒙亮，他就上路了，从林场到阿克苏县有三十里呢，他疾走如飞，到了县城是最早一个等阅览室开门的人。女图书管理员都认识这个小伙子了，你看他，中午啃着苞米面饽饽还在看书呢。《百炼成钢》《林海雪原》《子夜》《静静的顿河》《走向新岸》《悲惨世界》……一些古今中外的名著几乎都是那时候读完的。

"傻瓜，真是个呆子，星期日也不知喘口气。"同睡在一个土炕上的工人，大多是全国各地来的"盲流"，他们没有文化，当然无法理解宗仁那求知的欲望。他们只知道下工后打牌、睡大觉，哪里会想到书中有无穷的乐趣。

从来林场的那天起，钱宗仁就被人们称为"傻瓜"了。

钱宗仁完全可以找一个更理想的工作岗位。他的一个老乡李金云在阿克苏黑孜尔公社当木匠。此人忠厚老实。当时公社有一个姓常的书记是从阿克苏行署劳动局下放来的，李金云很勤快，给老常扫地、打洗脸水，晚上做个伴儿，两人建立了深厚的感情。后来，老常调回劳动局当局长，还挂念着小李。小李说他有个弟弟想来新疆找个工作，老常一口应承。就这样，钱宗仁代替李金云的弟弟来阿克苏了。常局长是个痛快人，见面不到三分钟,把钱宗仁领到劳动局办公室,让姓翁的干事替他安排工作。

"你怎么认识常局长的?你和他什么关系?"姓翁的干事发问了。钱宗仁不会撒谎,一五一十地讲了。翁干事的脸立刻拉长了:"工作不好安排哟,你有户口吗?能否办来?""没有户口。恐怕一时也办不来。""你有什么特长?""没有。只会劳动。""那么你去林场开荒种树行不行?""行。"

钱宗仁来实验林场后,向同宿舍的工人学舌一番,大家都嘲笑他是个笨蛋:"你不会说你是常局长的亲戚吗,马上可以安排到地区工厂或者机关,户口以后慢慢办嘛,你也太傻了。"钱宗仁或许这辈子也学不会为自己打小算盘,他已经很满足了,只要政治上不再受歧视,他就是由地狱进了天堂,再吃苦受累他也心甘情愿。

"傻瓜,你书读得再多也成不了作家!"后来,"傻瓜"竟变成了钱宗仁的爱称。

钱宗仁神秘地笑了。他没有足够的过冬的衣服,没有被褥,这些都不放在小伙子心上,要紧的是找一个墨水瓶做油灯,他要学习,要写作。钱宗仁在阿克苏报上发表的散文,在新疆文学上发表的短篇小说《开荒队的姑娘》《认识》,都是在这小油灯下写出来的。

钱宗仁的才干开始被林场的领导看重,场里成立了一个业余文艺宣传队,钱宗仁写了不少文艺节目,什么相声、快板、小话剧,以后又让他当了保管员,生活过得挺有意思,时间流逝得很快。时间,像一个生活的医生,它能使心灵的伤口愈合,使绝望的痛楚消灭。阿克苏的土地够肥沃的,不信长不出红花绿草,钱宗仁在这块土地上落脚了,扎根了。

大约是一九六五年吧,不少工人嫌林场工资低,生活又艰苦,跑掉了。帐篷里只剩下钱宗仁和另一个工人。专区"四清"工作队的何组长到林场检查工作,发现钱宗仁床头贴着这样一首诗:"谁言塞外不荒凉,风沙帐,尘土床。中华儿女,有志此中央。想得江南风景好,挥汗水,改新装。亲人岂可不思量,话心肠,寄爹娘,扎得根深,此地是家乡。望我成材如树木,宜红柳,宜白杨。"

老何连声称好。他在大会上表扬了钱宗仁。信任,又使钱宗仁那颗备受磨难的心受不住了。人与人之间的间隙在缩短,他向老何全盘托出——

家庭的历史、个人的遭遇。老何深表同情，建议钱宗仁趁"四清"运动全面展开，到原籍甄别家庭成分。宗仁当时无钱回家，写了一份很长的报告，寄到湖南省委"四清"工作队总部，没想到，在动乱岁月中竟成了他为家庭成分翻案的罪名。这是一根十分敏感的神经。湘乡长丰公社连续九次发函阿克苏实验林场，要求把钱宗仁送回原籍劳动改造。

还是别提那动乱的岁月吧，偌大的中国，几乎每一个家庭，每一个善良的人都有自己一段难以言传的痛苦遭遇。钱宗仁不容置疑地是"黑七类"，有这么几条就够了：一、混进大学，被开除；二、坚持反动立场，为家庭翻案；三、书写反动诗词，发表毒草作品；四、骗取"走资派"的信任，得重用，妄图钻进革命队伍。往事不堪回首，反省、揪斗、绑打、苦役、逃亡、流浪……日夜吊起来轮流拷打，拖着沉重的脚镣被关进土牢，人们把他当马骑，用鞭子抽着他去撞墙，用香烟烫他的脸部，这种非人的生活，钱宗仁实在难以忍受。有一天，趁看守打瞌睡，他小心翼翼地把土牢的窗户撬开，逃跑了，到焉耆、乌鲁木齐、喀什流浪，曾在沙漠的废墟中度过那漫长的冬天……

"上人生的旅途罢。前途很远，也很暗。然而不要怕。不怕的人的面前才有路。"鲁迅的话点燃他的精神。钱宗仁心里还有一把火没有熄灭。他要学习。坐牢的时候，他默诵古文和诗词，推演数学公式；办"学习班"的时候，他利用写检查之机，学语法修辞，他指望有那么一天，把自己的智慧献给祖国，把积累的知识献给人民。

生活把什么都夺走了，剥去了，把钱宗仁从正常人的圈子里开除出来，入了另册，却单单剩下了这把火。好一个在逆境中自强不息的生命，好一个在苦旱沙漠中倔强的灵魂！

在那漫长的岁月中，人与人之间的间隙开始无限度地扩大，扩大到林场不容钱宗仁立脚，将他遣送原籍；扩大到钱宗仁不得不含泪和他的未婚妻分手，可那钟情的女子，是为了心上的人，不远万里来到新疆落脚的。钱宗仁告别了生活六年的阿克苏。

他在县城里的青石板路上踽踽独行。一个苗条秀气的女子向他走来，是中学同班同学文化南，他想躲开，自从回老家后，他不敢去看自己的同学和老师。"这不是宗仁吗，到我家来坐坐。"善良的文化南听了宗仁的遭遇，非常同情。她说："从生产队偷跑出来的吧，你不学得一手木匠好手艺吗，到二中修门窗来吧，我当管理员，可以给你开条子。"一番热情的话语，使寂寞中的宗仁感到丝丝温暖。

钱宗仁在二中干了六七天活，被一个老师发现了。校方把文化南叫去好批了一顿，怎么把这种危险人物留在学校里干活，生产队同意了吗？钱宗仁欲哭无泪，我还有什么出路？凭自己的手艺给母校修门窗的权利都被剥夺了，劳动，也要偷偷摸摸的，伤心哪！

钱宗仁挑着木匠担子，拖着沉重的脚步，心灵的负荷使他透不过气来。一九七四年的腊月廿九，他离开了家乡，除了亲人，谁也不知晓。告别，又是告别。也许命中注定他这一生都处在动荡中。向何处去，怎样生活，三十岁的钱宗仁感到一种惆怅和茫然。

在武汉，他有幸认识了一个小漆匠，使他茅塞顿开，给他生命注入了一种新的力量。这小漆匠叫杜燔御，看上去二十六七岁，是个插过队的待业青年。在武汉钢铁公司三矿，钱宗仁为别人做木工活，杜燔御涂油漆，他俩就这样认识了。有一天，钱宗仁在工厂里看批林批孔的大字报，小杜拍了拍他的肩膀："钱师傅，你还挺关心政治的嘛，走，到我那儿坐坐。"

钱宗仁来到小漆匠的住处，那是一座用废板子钉的棚子，屋里有两张床，是用木板拼起来的，上面铺的稻草，给他印象最深的是满床满地的书，书上用钢笔画得圈圈点点，全部是哲学和历史方面的书籍，没有一本小说。这小伙正在读《反杜林论》和《美国内战》。

"你看这些书有什么用呢？"钱宗仁问。

"书，永远是宝贵的。中国为什么这样动乱，我在找寻答案。"

小漆匠从中国革命的历史讲起，解释中国社会当时的政治形势，有理论、有实际，头头是道，钱宗仁非常信服。

两个人越谈越投机，钱宗仁把自己的经历毫无保留地告诉了小杜："就是因为'富农'出身，如今连混碗饭吃都困难，我怎么表白自己也不行，人们只认那个'烙印'……"

"唯成分论是唯心论。你背上沉重的包袱是人为的，既然是人加上去的，人还可以去掉……"

这番谈话深深地震动了钱宗仁。这一震动，把传统与习惯涂在事物表面上清一色的油漆震落了。他感到自己的贫乏和狭隘。他第一次意识到，应该向自己的"影子"告别，尽管它是那么难以摆脱。因为，这影子是虚幻的，而他钱宗仁，是实实在在的。

仅仅超过两岁

一九八一年的冬天，钱宗仁跳上南去的列车——从乌鲁木齐到西安。他的心情是复杂的。

自一九七八年七月开始到一九八一年春，钱宗仁在繁忙工作和沉重家务的间隙中，学完了八门大学课程，写了四十多本笔记，做了二十册练习题，参加新疆广播师范大学毕业考试，以几乎全是满分的成绩取得毕业证书。一九八一年九月，他考取西北大学数学系刘书琴教授的研究生，成绩在二十六名考生中名列第一。他左等右等，通知书却没有寄来。这究竟是为什么呢？他已经三十七岁了，这或许是最后一次入学深造的机会了，钱宗仁怎能错过，他要去西安问个究竟。

难道我有什么过错吗？钱宗仁在飞驰的列车中沉思默想。数学中有这样一个名词，叫"条件极值"。某一个量在一定固定的条件下可变动内在因素，取得最大的值。人，只能在不可改变的条件下，尽量开足马力，取得最大的值。重返阿克苏后的八年，钱宗仁正是以这种积极态度，争取着人生最大的"值"。

与小漆匠杜燡御分手，钱宗仁回到实验林场筑路队，以往加给他的一切罪名都一风吹了，他又重新当了一名工人。筑路工地远离居民点，在戈壁上搭起帐篷，喝的浑黄泥沙水，吃的咸菜玉米馍，扫冰雪、挖冻土，顶着风沙铲石头，这一切苦都不在话下，钱宗仁庆幸从此再没有那折磨人的政治运动的折腾，生活安定了，又可以自学了。

钱宗仁开始研究文字，只需几本字典和一些废纸。经过无数个不眠之夜，他将所有的汉字一笔一画地进行反复推敲、归类排列，到一九七五年底，编成一种"汉字笔顺号码排字法"。这种方法适用简化汉字和常用字，符合文字改革的方向。钱宗仁同时还对汉字形声结构进行过研究，并掌握了一些规律和总结出一些基本数据。

一九七六年三月十七日的《参考消息》有一篇报道，讲一个美籍华人发明了"丙字检字法"，在国外实行。工人们惊奇地发现，报上介绍的方法竟与钱宗仁的排字法基本相同。在他们的建议下，钱宗仁把自己的排字法和检字表寄给《人民日报》，请他们代为推荐，《人民日报》寄给了商务印书馆。事隔两年，商务印书馆在清理资料中清出退还给钱宗仁，说该馆没有这方面的研究机构，要他改寄其他部门或请有关专家审阅，当年全国科学大会期间已报道有人发明类似的笔顺号码检字法，其后又陆续报道了更先进的方法，钱宗仁望尘莫及。他羡慕别人有良好的工作条件，利用电子科学技术，而他身居僻地，既无人指导，又缺乏图书资料，与任何科技部门、教育机构都无联系，有谁指引？有谁支持？即便是学到了一定程度，达到了相当的水平，又有谁发现？有谁推荐？有谁承认？有谁录用？

一种想法在钱宗仁的脑海中盘旋：我应该也能够为祖国四化建设做出更大的贡献！不久，钱宗仁在《新疆青年》上看到有关少年大学生宁铂的报道，结尾引用宁铂的一首诗，他读后即写道："偶读宁铂《报考有感》诗，思潮顿起，何处相诉？步韵和之：平生常怨浓云障，却喜如今日又昭。怀拥春风志常在，身居僻陋步应高。少年幸运心堪羡，中岁宏图念亦遥，争气化为原动力，云泥也有接连桥。"

考大学已超过年龄，钱宗仁决定自学大学课程，报考研究生。

每走一步都要付出心血和代价。钱宗仁无法选择专业——没有任何书籍，有什么书就决定他学什么专业。他在近处寻到一本残缺不全的《高等数学》上册，他向北京、上海、天津等地新华书店发出七十多封信邮购，都云无货；他向内地的亲友写信——十年动乱使许多人失去联系，而有联系的，都爱莫能助；他向哈尔滨工业大学写信，请求购买原来所考专业的教科书——杳无音信；费尽心机，终于得到了几本数学书和一本《英华辞典》。

时间是这样安排的：白天，钱宗仁坚持搞好本职工作，尽量挑重担子，公务活动绝不缺席——防止在所难免的非难；正常休息时间，他非干体力劳动（打家具挣钱）不可，不然他无法维持家庭基本生活——工资低微，上有老人，下有妻小，都要靠他养活；除了五小时的睡眠外，剩下的每一分钟都要抓紧，吃饭、洗脸、走路、上厕所都算作学习时间；三年之间，他从ABC学起，演算了上万道算题，身体一天天消瘦，体重一天天减轻，可是顾不上了——这是一个抢时间的特定时期。

沉重的钢铁车身，吭哧吭哧地发出巨大的声响。命运，你为什么对我这样无情，难道我朝思暮想的志愿又要被碾得粉碎？我有什么过错，有什么过错？

钱宗仁终于在记忆深处搜寻出一个错误，他少报了两岁年龄，可只有这样才能取得考试资格呀。一九七八年报考研究生年限是四十岁，一九七九年和一九八〇年是三十八岁，一九八一年退至三十五岁，而钱宗仁已三十七岁。他早早地撑出他生命的船到远处漂泊，可时光却在岸边挨延消磨了，这能怪他吗？钱宗仁给西北大学研究生办公室写了报告，述说了自己特殊的经历和求学的心情。他相信能得到同情和谅解。

这个报告钱宗仁已背下来了，此刻在火车上，他又默想了一遍：

"我一生梦寐以求能有进高等学校的机会，哪怕是一个很短的时间。我不是为了什么名声，这对我的经济状况也无所改善，我一生只要求一个基本的生活条件，却渴求一个较好的求知环境。我想实践一下，当国家能满足她的一个儿女渴求学习的心愿时，他的年华能否放出光芒。我愿以两年时间学三年课程，提前结业，以消除年龄矛盾。若在任何时候发现我赶不上其他年轻优秀学生，立即退学……"

回想起到西安复试和刘书琴教授的接触，这位七十四岁高龄的学者了解了钱宗仁的经历，同情他，喜欢他，认为年龄不是原则问题，历年也有超龄录取的先例，建议学校予以破格录取，陈述的理由是：一、该生考试成绩好，据指导教师实测后认为，由于该生是在全无指导下自学应试，其实际水平还高于由考试分数所反映的水平，确有培养前途；二、从该生的经历看，其年龄是被错误路线所耽误，本人尽了最大的努力补救，纵然超龄，其情可谅；三、该生生活环境和学习条件都相当差，能如此长期坚持自学，其志可嘉；四、数学系研究生没有招满，既然有培养能力，而国家人才紧缺，不应错过机会。这个建议经数学系讨论书面送交学校。

难道我的请求报告及数学系的建议都未获准吗？当钱宗仁来到西北大学，见到研究生办公室负责人那张毫无表情的脸时，他证实了这一不愿相信的事实。

"我代表学校向你宣布,由于超过录取年龄,不予录取。"

钱宗仁的心不死,他去看望刘书琴老教授。刘老听了很气愤:"我招的研究生,怎么不与我商量一下就不要了?年龄超过就超过了,三十五岁能当,三十七岁也能当嘛!你到北京去找教育部,看看年龄问题是否还有活动的余地,我给你带封信,先找一下数学研究所的张广厚,他会帮你的忙的。"

刘老从皮夹里拿出三十元钱,让孩子给钱宗仁买了一张去北京的快车票。

张广厚在百忙中接待了钱宗仁,并请他吃了一顿便饭。两人边吃边聊,钱宗仁说:"世界上有成就的人,他们的黄金时代在二十五岁到三十岁,四十岁前出成果的占90%,我是快四十岁的人了,但我想可以算到10%里去。"张广厚连声称赞:"好,你这个人看来很有志气,每个人都有权利争取进入10%的行列,四十岁以后出成果的也大有人在。我们与教育部很少打交道,《光明日报》和《中国青年报》有两个记者我很熟,他们很懂政策,你去找他们试试看。"

钱宗仁带着张广厚写的信找到《光明日报》,记者老林十分热心,当即与教育部研究生处联系,并递上钱宗仁请求当研究生的报告。教育部研究生处批给陕西省高教局:"钱宗仁情况确有特殊之处,望陕西省高教局协助西北大学考虑,是否作为特殊情况处理。"

钱宗仁满怀希望,回到西安,再次去见西北大学研究生办公室的那位负责同志。回答是冰冷而圆滑的:"教育部让我们考虑,没有说一定录取,我校中文系有一个应届毕业生也是超龄报考,考试成绩过了分数线,本拟录取,却因中文系过分数线的学生人数多于录取名额,这个超龄生没有被录取,为了一视同仁,我们不能录取你。你没有上成大学,'文革'中又受种种磨难,对此我们表示同情,但这与我们无关。自学成才不一定都当研究生,在新疆也是大有可为的。"

钱宗仁的心凉了。他向刘书琴教授辞别。不想刘老不放他走:"太无道理,你再去一次北京找蒋南翔、华罗庚……"又掏出三十元钱让钱宗仁赴京。钱宗仁虽然已感到希望渺茫,但为了不辜负刘老的一片心意,第二次来到北京。

他去找教育部研究生处，那里的同志说，招研究生的自主权在学校，如果学校一定不肯录取，教育部也无能为力。他不能在京久留，一天两元钱的住宿费使他几乎囊空如洗。他向热心的记者老林辞行，没想到老林告诉他一个消息，使他大有"柳暗花明又一村"之感——陕西省高教局已打长途电话给哈工大，西大不录取钱宗仁，哈工大表示可以考虑。

钱宗仁在北京耐心地等待了几天，哈工大研究生办公室的回音来了：我校尽最大力量，但我们是工科，钱宗仁同志报的是理科，很难找到适合他专业的指导教师。

多少次希望，又有多少次希望的破灭，钱宗仁的心沉下去了，沉下去了。仅仅因为超过两岁，他奔波行程几万里，历时近百天，破费数百元，倘若能有条件利用这段时间学习，恐怕也越过了一年研究生课程。

人们为钱宗仁惋惜的同时，也发出了这样的慨叹：人的价值在人的本身，两岁，这在人生的长河中算得了什么，可我们的一些部门却把这微不足道的外在因素看得那么郑重，神圣不可侵犯，而忽视有才华的人本身。多少人才因僵死的人事制度被压抑、被搁置、被埋没，这种束缚人的制度难道不应改革吗？

"伯乐"，到处都有

钱宗仁，这棵从石板缝中钻出来的小草，并非只遇到冷而圆滑的石头，他也感受到春风的温暖和爱抚。他遇到了不少"伯乐"，西北大学的刘书琴教授不就是一个吗？刘老给教育部写的一封信，一直珍藏在他身边："我认为钱宗仁实际水平较高，各种基础具备，如能使其有一个较好的条件加以深造，定能见效，很有可能做出成绩……对这种人才仅因超龄而拒之门外，实为浪费埋没人才，我深感不安，似与当前所倡精神有违……我有信心，敢尽有生之年，在其他同志帮助下，悉心培养之……我年事已高，难得几回为国家四化出力，因此特修书陈情……"每逢读到这里，钱宗仁心中都会涌出一股热流，尽管处处是路障，但到底有人理解他，有人发现和承认了他呀！

还有那位未曾见过面的北京工业学院基础部的杨维奇教授，在青岛一次会议中，遇到张广厚和刘书琴，他为钱宗仁未被录取之事愤愤不平，又深为钱宗仁在逆境中自强不息的精神感动，他决定破格在一九八二年招钱宗仁当研究生，并征得教育部的同意。虽然，由于种种原因此愿未遂，但杨维奇这番心意，钱宗仁领了，至今，他还与这位素不相识的教授保持通信联系，当他的"校外研究生"。教授给他学习材料，他帮助教授整理"单页函数"翻译初稿……

二十年过去，钱宗仁遇到了不少坎坷，但也得到了不少人的理解，他没有被畸形的生活所带来的痛苦淹没，反而被这痛苦造就着。

"伯乐"，到处都有，相识的，素不相识的，那些热情的学者、专家、记者，在关键时刻都向钱宗仁伸出了声援的手。

……

考研究生落榜，再次回到新疆后，钱宗仁在这方面的感受有增无减。西北大学虽然没有录取钱宗仁做研究生，却愿意向新疆教育厅推荐，欢迎新疆送钱宗仁去西北大学进修研究生课程。

这意见并非不可取，考研究生不是钱宗仁的目的，他只是想有一个深造的机会。但是事与愿违。到了乌鲁木齐，钱宗仁找了自治区教育厅，他们表示无法推荐，因为推荐首先要有选送单位，阿克苏实验林场是赔钱单位，他们不可能选送。调钱宗仁去高等学校工作吧，新疆大学的一些教授也不是没有做过努力，一是教师超编，二是因为钱宗仁不过是个林场职工，无正式学历，无调动条件，户口牵制，家庭拖累，要计划指标，要人事手续，种种一切，五关六将，没有大将关云长休想通过。教育厅的一位同志对钱宗仁说："如果你有本事能过这么多关卡，能叫所有部门考虑你的特殊情况而破格办理的话，你也有可能请西北大学破格录取，手续简单而又各方满意。"言之有理，进修和考研究生一样难，钱宗仁几乎没有精力去周旋了。

在阿克苏，钱宗仁遇到了一个"伯乐"——阿克苏地区宣传部长宣惠良，算是钱宗仁不幸中的有幸。宣惠良读了钱宗仁的自述材料后，深为感动。这个青年人对理想的追求那样执着，没有虚假的夸张和自我炫耀，字里行间跳动着一颗真诚的心。他亲自到实验林场调查了解钱宗仁的情况。他听到一些非议，比如钱宗仁对人冷漠、孤僻，有名利思想，不务正业，但就是对他有意见的同志也承认他经过百般磨难坚持自学的毅力令人佩服。宣惠良理解钱宗仁，喜欢钱宗仁——他看到了这个小伙子的品质和潜在的能力，他走进了钱宗仁的住处——一个破破烂烂的小屋。钱宗仁上下打量了来客，个头不高，戴着黑边眼镜，风度潇洒，没想到这位素不相识的宣部长竟成了他今后生活道路上的良师益友。

宣惠良自一九八一年五月初识钱宗仁，半年中帮助他办了三件事。第一步是工人转干部。宣惠良打算把钱宗仁调到阿克苏地区的中学教书，这里图书学习条件都比林场强，先联系二中，二中推托他有湖南口音，不宜教学而未接收；又联系四中，四中表示欢迎，但提出钱宗仁是工人，必须转成干部才能算作正式教师。宣惠良跑了文教处、农林处都还顺利，到了地区人事处卡了壳，一个干事说工转干要九月统一审批，而当时是八月。无可奈何，只有耐心等待。

不怪老宣性子急，就怕夜长梦多，后来又发生的一件事足以证明。正在办转干手续时，钱宗仁收到北京工业学院杨维奇教授的来电，让他速寄档案，北工院要破格录取他为一九八二年的数学系研究生。良机不可失。偏巧钱宗仁的档案找不到了。一九八〇年新疆石油管理局南疆石油指挥部刚刚上马，需要师资和翻译人才，欢迎钱宗仁去，当时宗仁考虑那里自学条件比林场强，也就同意了，作为商调，档案寄到石油部门，到第二年此单位属于关停并转企业，又不需要人了，钱宗仁的档案就这样遗失了。

北京工业学院二次来电催促，宣惠良的心情和钱宗仁一样焦急。他跑到人事部门去游说，讲述钱宗仁的遭遇，希望得到他们的同情，补办一份档案材料，那些干事竟毫不动心，打着官腔，说学校已经放假，书记和政工科长均不在，无法办理。

宣传部长不掌人事权、财权，却有着正义感。尽管处处碰壁，他仍要成全钱宗仁，想办法一帮到底。宣惠良只好超越他的职权范围（这样不大合乎中国办事情的手续）将钱宗仁的转干报表、自传、鉴定一一复制，盖上宣传部的大印，寄到北京去了。

但毕竟晚了一步，延误了时机，使钱宗仁到北京工业学院当研究生一事又告吹。宣惠良很伤感，对某些机构的衙门作风及对人才的难以容忍的冷漠感到义愤，同时为钱宗仁这样的人才被埋没而痛惜。多少良机，钱宗仁——丧失了,他心绪不安,又无可奈何,他对宣惠良说:"我已被逼上梁山,义无反顾,不管成败如何,我要背水一战,不管采取什么方式,要继续深造,不容许自己退下来。"那心境很有些悲壮。

一波未平,一波又起。《光明日报》驻新疆记者站的同志给钱宗仁来了一封信,告诉他自治区常委富文同志对钱宗仁的使用有一个批件,大意是应就近调塔里木农垦大学试用后任教。这自然使钱宗仁心中浮起了新的期望,他找到阿克苏地区组织部,这份批件竟被压在抽屉里两个月无人过问。组织部的回答是:我们管区以上的干部,包括教授、讲师及工程师,像你这样的人不归我们管,即使归我们管,塔里木农大是农牧渔业部和建设兵团合办的学校,我们也管不着。于是这份批件从组织部转到了文教部。宣惠良再次做说客,带着富文同志的批件乘车赶到距阿克苏一百多公里的阿拉尔,找到塔里木农大的某书记,这位书记一口应承表示不需商调,阿克苏人事部门直接将钱宗仁介绍过来就是了。宣惠良又跑到实验林场,林场同意办手续,人事处也同意放人了,一关关都通过了。这以后宣部长到乌鲁木齐开了一个月会,回来后此事毫无进展,人事部门强调口说无凭,要塔农大发商调函。宣惠良第二次赶到阿拉尔,苦口婆心,做好了塔农大所有领导的工作,拿到商调函,终于使钱宗仁在一九八二年十二月三十一日来到塔里木农垦大学报到。

钱宗仁感叹地说:"中国,要是多一些宣部长这样的干部就好了。"是啊,如果我们的人事部门的干部,都能像宣惠良一样常给自己的心加加温,中国的事情将会好办得多。

钱宗仁到塔里木农垦大学任教,结束了二十年坎坷的生涯,但愿他今后在生活中不再扮演悲剧的角色,但愿他能成功。但愿!

"过去的都已过去了。我今后二十年能为人民做些事,得到人们的理解,我的心就得以满足,它将证明我前二十年的努力没有白费。我想通过自己的努力得到社会的承认,使一些在那里刚开始发奋自学又遇到挫折的青年产生信心,也让那些曾打击和阻拦我前进的人看看,小草要破土而出,任什么人也压不下去。我对生活充满着信心,相信命运是可以抗争的。奇迹多是在厄运中出现的。"

我相信,钱宗仁讲述这一切时,他的心是淌着泪的。一定。

他的身上印着过去的痕迹，也包含着未来的种子，不仅整个脸，而且整个姿态，都表现出思想、热情和生命的波动，你能听见他汹涌的内心的呼声。

他的经历，他的性格，他的人品，他的精神，都使我想起塔里木河畔的胡杨，那会流泪的树。

钱宗仁就是一棵扎根在阿拉尔的胡杨，一个曾被忽略的倔强的灵魂。在沙漠旱风的席卷和盐碱的吞噬中，那被压抑、被扭曲的人性终究要伸直它的躯干。生活前进了，他正和人民和国家一道共享春风的吹拂。

哦，胡杨树，壮美的树！

哦，胡杨泪，悲壮的泪！

（原载《文汇月刊》1984年第4期）

★ 作者简介

孟晓云，女，1946年生，湖北石首人，中国作家协会会员，曾任《华北石油报》记者，《人民日报》记者、海外版记者部主任，高级记者，首都女新闻工作者协会副会长，著有报告文学集《胡杨泪》《印象与独白》《中学生三部曲》《你生命中那时光》《流行色》《青春期躁动》《走出混沌》《还是那双眼睛——孟晓云自选集》，主编《中国孩子在海外》《我和我的孩子在海外》等。文学作品《还是那双眼睛》《胡杨泪》《多思的年华》连获第二届、第三届、第四届全国优秀报告文学奖。

◎ 作品赏析

农家子弟钱宗仁，因家庭在土改中被错划为富农，两次失去上大学的机会。为了谋生，他先后做过林场小工、保管员、木匠、筑路工，但最后即使逃到了天边，依然因家庭成分，被从新疆阿克苏实验林场遣送回原籍坐牢。然而，即使在最严酷的状况下，他仍然坚持学习，奋斗不息，用业余时间学完8门课程，写了40多本笔记，还发明了"汉字笔顺号码排字法"。他多次参加考试，希望能够进入大学，但却由于种种匪夷所思的原因而始终遗憾地与大学无缘。最终,经过努力与众多好心人的帮助,他进入塔里木农垦大学任教,结束了20年的坎坷生涯。

在这篇文章中,作者有意避免按照时间顺序的平铺直叙,力图规避平铺直叙带来的枯燥乏味之感。在叙述中,作者不时将语境拉回过去,叙述钱宗仁的历史。这种方式不仅调整了读者的阅读节奏,也更加丰富了文本的空间内涵,同时也对钱宗仁的背景进行补充交代,丰富了文本的可读性。

本文的篇名《胡杨泪》有着丰厚的意蕴。胡杨生长在新疆大漠之中,有着顽强的生命力:耐干旱,耐盐碱,抗风沙。不仅如此,胡杨体内有储存水分的特别本领,划破树皮,就会有水分渗出,好似人伤心流泪。作者抓住胡杨的这些特点,形象地用来类比主人公钱宗仁。在这篇文章中,作者对于钱宗仁的经历饱含同情。文章的叙述看似平静,但却给读者无处不在的心灵撞击,弥散着一种独特的情感。

一个有为的知识青年,为何会受到如此多的刁难?原辽宁省委书记李荒读了《胡杨泪》,痛心疾首地表示:从文中可以看出,"左"的思想如何埋没和摧毁人才,我们现行的人事制度的某些方面又如何压制人才。

钱宗仁的遭遇让人扼腕叹息。放任青年人的才华自生自灭,这无疑是国家重大的损失。20世纪80年代初,正是重视知识、重视人才、百废待兴的时代,本文由此出发,让更多人认识到了尊重知识、尊重人才的重要性,这无疑是本文的重大意义,也正因此,使本文产生了巨大影响。

中国农民大趋势

| 李延国 |

◎ **内容梗概**

这是一部反映20世纪80年代中国农村改革的长篇报告文学。

这篇作品以宏阔的视野全景式地记叙了改革开放初期胶东农村的巨大变革。作品把"胶东人"作为一个整体来再现，写出了本来异常贫困的胶东农民在十一届三中全会后，乘着改革东风大力发展的实况。一座座食品厂、染线厂、家庭塑料厂的建立和农工商联合公司的成立，责任制农业改革、农业内部经济结构改革和西关改革的全面推进，综合展现了农民群体在改革潮流中的崭新行动。

本文原载于《解放军文艺》1985年第5期，全文约18万字。1986年由江苏文艺出版社出版。

★ **作者简介**

李延国，男，1943年生，山东烟台人，曾任山东省作家协会副主席、中国报告文学学会副会长。1964年应征入伍，历任炮手、文书、图书员，济南军区文工团专业作家。著有报告文学《废墟上站起来的年轻人》《在这片国土上》《中国农民大趋势》《走出神农架》等。《废墟上站起来的年轻人》《在这片国土上》《中国农民大趋势》分别获全国第二、三、四届优秀报告文学奖。

作品赏析

作者探索了"集合式报告文学"模式。作品将胶东农村的宁海、西关、蓬莱等不同地区的多个相对独立又相互联系的人物和事件并列连缀成一个有机整体,形象地表达作者对农民观念现代化的深刻思考。文中大量使用电影蒙太奇手法,在每个章节的开头用"褪色的画"与正文内容对比,拓展了作品的时空感。双线式的篇章结构,使作品反差明显,对比强烈,形成了历史与现实的交叉,增强了作品的广度、深度以及艺术感染力。

《中国农民大趋势》的叙事经验颇具个性。叙事方式上,作者将自述、广播、录音、史志以及作者家史、个人生平和对象描述结合起来。叙事角度上,人称交错穿插,纷繁多变。叙事模式上,采用连环式模式,纵向掘进,横断展开,现实与回忆交织,个人、家庭、社会互渗,视野宏阔,既含炽烈的现代意识,又具厚重的历史感。叙事体式上,小说式情节、诗歌体剪贴、散文化笔致、戏剧式对白、电影式蒙太奇、书信体连接、日记体补正等多方综合,蔚为壮观。与此同时,时空上的顺叙、倒叙、转叙、插叙、补叙相互交织,使得作品纵横捭阖,大气磅礴。

作品以翔实和丰富的材料,多个层次、多个侧面反映胶东地区源远而深长的过去与现在,既写出改革之时效,给人以鼓舞,也写改革的艰难,给改革中的人们警钟和启示。改革首先是观念的变革更新,只有观念改变,改革才会真正落到实处。

这部作品不但内容上突破以往,在形式上也是推陈出新,气势宏大,场面辽阔,笔调雄健。李延国的作品大多关注现实变革的滞重和艰难,着意于在恢宏的历史背景下揭示时代的必然趋势,生动地展现人们在改革进程中的复杂心理状态。

《中国农民大趋势》以全景式的艺术视角、博大深邃的生活画面、富于哲理的评述语言,描述一群为这片富饶的国土做出卓越贡献的人,写出了民族在摆脱历史因袭后略带沉重但终于阔步前行的姿态。

寻找，不是用眼睛

| 吴东峰　胡松植 |

引子

突然间，他出名了。报纸和无线电波把他的名字传遍了祖国各地：一位将军的儿子在老山前线荣立战功了！

他的名字叫杨少华。

杨少华却说："我不是英雄，真正的英雄倒下了，真正的英雄还在前线浴血奋战。打了胜仗为什么要同父辈连在一起？我就是我，一个普普通通的军人。"

对这，我们这些记者可不能同意。我们要挖掘，要提炼，要挖掘提炼出闪光的东西。

"少华同志，你是怎样冒着敌人的枪林弹雨……"

"千万不要写冒着枪林弹雨。我从来没有冒着枪林弹雨，也不敢冒着枪林弹雨。刚上阵时，我的双腿发过抖。枪林弹雨来了，我只能卧倒，或者指挥部队把敌人火力点干掉。"

"少华同志，在阵地上你们是怎样做政治思想工作的？"

"没有时间做政治思想工作。我只是对我的弟兄们说，既然生活把我们安排在战场，死就要死得像样、体面。不然党也入不了，功也立不上，我也不好向你们的父母交代。这话很灵！"

"少华同志，在战斗最困难的时候，你和你的战友在想些什么？"

"记不得了。噢，想吃东西，想喝水，想爸爸妈妈，想未婚妻……"

真令人失望！腿发抖，想吃，想喝，想女人……

这能写进文章吗？

于是，我们采取了新闻界流行的"诱导法"：

"听说'吃亏不要紧，只要主义真。亏了我一个，幸福十亿人'这首诗在老山前线流传很广。当然，战斗那么紧张，你们不一定在阵地上高声朗诵，但在脑子里总会闪出一两句吧？或者，哪个战士在笔记本里抄过？当然，有些情况会一时想不起来，也可能当时没有注意，不过……"

杨少华认真地回答："这首诗，在我们那个阵地上没有听说过。我是打完仗后在报纸上看到的。"

"这……可是，当你们戴上钢盔，挎上冲锋枪，走向被战士们称为'生死线的始终点'的李海欣高地的时候，心里总应该……"

杨少华苦笑了一下，沉吟起来。不一会儿，他说："我心里倒是默诵过另一首小诗。"

"那太好了！"我们高兴极了，赶紧追问，"什么诗？能不能念给我们听听？"

杨少华略一沉思之后，低声朗诵道：

　　在那漫长的岁月中，
　　在那无数次激烈的战斗中，
　　我冲锋、奋战、死亡，
　　面对着星宿，
　　黑暗中我来到古战场，
　　我为不同的名义而战，
　　却永远为我自己。

我们不禁瞪大眼睛："不是美国将军巴顿的诗吗？"

"是的，是巴顿将军的诗。"

杨少华似乎并未觉察到我们的心理状态，老老实实地说："我不说违心的话。是的，四星上将巴顿！当他在一次车祸中离开人间之后，却在卢森堡那个美军公墓中找到了自己的位置——和六名美军士兵安息在一起。"

这……

我们更觉茫然起来。

我们只得收起了诸如"诱导法"等以往颇灵的种种方法，让杨少华自由自在地说下去——

在前线，只有连接死亡的大道畅通无阻

英国皇家军舰"赫姆斯"号上的鹞式飞机向马尔维纳斯群岛进击时，英国广播公司特派记者布雷恩·汉拉恩曾这样向他的听众保证：

"我数着他们出去，又数着他们回来。"

可是此刻，当杨少华率领突击排去接防李海欣高地的时候，心里却在突突叨念：

"我数着他们出去，能数着他们回来吗？"

在以往的电影里，人们见惯了那些描写战争场面的镜头：嘹亮的军号，鲜红的旗帜，身中数弹依然傲然挺立的勇士……

可在前线，杨少华见到的并不是这些景象，也不像他来此之前所想象的那样——

肩并肩，头接脚，躺着的是伤员。其中也有僵直躺着不动的，但多数蜷曲着。成群成群的苍蝇，在他们脸上飞来飞去，爬来爬去。到处是被炮弹撕碎的军装碎片，带着血污或粘着腐肉的碎片；到处是血，鲜红的或紫黑的血；到处是稀脏的绷带，胶结着脓血和尘土的绷带；到处是牵人心魄的声音，苍蝇疯狂的嗡嗡声和伤员呻吟的哼哼声，以及抬动他们时他们发出的尖厉的叫骂声。汗泥臭、烂肉臭、屎尿臭随着亚热带湿闷的风，一阵阵地荡过来，又一阵阵地漾过去……

杨少华没有让部属见到这样的场面，他带领大家绕道而行。但是，他的部属和他一样明了自己这时到李海欣高地去迎接的将是什么。

走在头的是排长邵选,几个月的前线生活,已使这位平时酷爱整洁的南京兵面容憔悴,服装破烂。

他身后是那个以头脑灵敏出名的"魔鬼班长"——四班长潘宏祥和以技术全面、管教严明著称的"矮子将军"——五班长孙述标。

接着是沉默寡言的徐寿如,除了有时用口琴曲折地表露一下自己的情绪外,绝少使自己的感情外露的徐寿如。

随后是刘长林,那个食量特别大,一餐吃十个大肉包子还嫌不够的大个子。

还有刘中华,一位还没有获得公民选举权的孩子,曾写信叫妈妈到部队来给他洗衣服的孩子。

以及鲁灿新、石聪明、吕洪连……

杨少华用眼睛一个一个地数着他们,看着他们一个一个地拐进了一条一米宽的山林小道。盘曲的古榕,葱茏的芭蕉,大肚竹、小叶桉已经无法将这条小路遮挡,弹坑满布,炮弹呼啸……

在杨少华面前,本来可以有另一条鲜花铺满的大路,但是,他却偏偏走上了这条跋涉艰辛的险途。

他,忘不了初夏的那个夜晚。

借着苍茫暮色的掩护,一辆北京牌越野吉普静悄悄地停放在远离某部营房的公路边。没有灯光,没有声响,没有人在周围走动。它仿佛有意在躲避着什么。直到传来了一阵越来越近的跑步声,车门才打开,从车上跨下一位身材魁梧的老军人。

"爸爸!"来人身影矫健,声音粗犷、清亮。

"少华!"老军人的声音浑厚、凝重。他是少华的父亲杨石毅。

父子俩:一个将军,某军军长,戎马半生的老军人,一个将尾(战士们称排长为"兵头将尾"),某部提升不久的五连副连长,入伍八年的基层干部。夜色朦胧,但是,彼此在对方的脑海里都轮廓鲜明,印象清晰。

"今天我是代表全家特地来送你上前线的。"

杨少华没有回答。心里话:你不叫我上前线才怪呢!

"你知道,我不便到军营去。"

在我们的现实生活里,将军的头衔也几乎是万能的。杨少华有些感

慨。他从小就憧憬当一名军人，做一个将军。世界上，通往将军宝座的道路也许有千条万条，但最直接、最平坦、最有希望的却往往只有一条。只要将军认可，那条大道就会鲜花满缀。

可是，父亲不容许："你小子整天混！会打仗吗？"

杨少华狠狠地点了点头。

但是，杨少华常常感到父亲有些过分：一次，他休假回家，数九寒天，火车凌晨四时到站，公共汽车还没有上班。他给父亲挂了电话。父亲的回答和北风一样冷："你如果是普通人家的孩子能这样要车吗？给我自己走回来！"杨少华又向母亲求援。可母亲也说："那怎么行呢？你是几级干部呀？！"

好几次，少华曾气得挺到床上，一边捶胸，一边大吼。但这锻炼了少华的意志和能耐。不久，他就明白，我是我，父亲是父亲。

于是，他懂得了，为什么在一九七七年三月，那个十年动乱刚结束，生活刚开始向人们展现出绚丽的画面，而军人的职业却从最吃香的热门开始降为社会末流的时候，父亲顺从了自己的意愿，让自己参了军。

不过，父亲让还是士兵的他享受了在当时只有将军才能享受的"特权"：在将军的书房里阅读所有诸如关于拿破仑、希特勒、克劳塞维茨、朱可夫、蒋介石等的军事书籍。

杨少华不需要知道父亲是否相信拿破仑的话："不想当将军的士兵不是好士兵。"他也不需要知道父亲是否希望自己成为一位将军。他只需知道这一点就心满意足了：父亲不反对自己从军人职业中寻找一个位置。

正因为如此，他获得了多次与父亲辩论有关战略战术问题的机会。几天前，他们还讨论过步兵反空降问题。

杨少华从航空兵调到野战军，研究了航空兵和步兵两个系列的性质和特点，写了一篇步兵如何反空降的学术论文。杨少华认为，及早发现并歼灭敌空降引导队是反空降成功的关键。因为如果没有空降引导队的指引，就不能了解空降区域空中风和地面风的资料，不能知道空降场的空投点及下降和飘移的距离；因此，打掉空降引导队，就能使空降部队成为聋子、瞎子，发生建制和战斗队形的混乱，由此反空降至少成功了一半。

作为将军的父亲却把它驳得一钱不值："文章写得太差了！"

他举出许多事例说明，现在苏美空降兵已发展到"三无"空降作战的阶段，即无空中风地面风的资料、无地面标记、无空降引导队指引，也同样可以实施空降作战。将军启发士兵："现代战争中，反空降作战首要的是要判明敌人的空降企图，特别要警惕敌空降引导队的疑兵战术，实施远距离拦阻，力争做到先到先打。"

杨少华笑了。他感到这是补缺他有限平生的一种特殊温暖。只是今天，马上要去迎接的是……

在吉普车旁，父亲不做慷慨的壮行，而是和儿子讨论起即将见到的战场和南国山岳丛林战斗的一些战术技术。他告诫儿子：前线不是西子湖畔，堑壕不是长廊曲洞，阵地不是花汀柳岸。他告诉他：要善于把纸上谈兵变成实战的一枪一弹，善于把将军们的谋略变成战士们的一举一动……

此时，杨少华才恍然：父亲那天的临别叮嘱不是没有必要的。纸上的战场和现实的战场迥然不同。前线已给他留下第一印象：在这儿，一切都十分困难，只有通向死亡的道路畅通无阻。

"隆隆"的炮声从前面滚来，像一片巨大的阴影在杨少华心头掠过，他仿佛看见阴影张开的翅膀上，写着"死亡"两个白色大字。

攀登，急匆匆地攀登。

"跟上！加快脚步，跟上！"

突然一群炮弹呼啸而来……

"卧倒——"杨少华话音刚落，使人耳聋的巨响已经拔地而起……

一阵呛人的硝烟消散后，刘中华倒下了，这位年仅十七岁，还没有公民选举权的独子，瞪着眼睛，闭着嘴巴，殷红的血从胸前的军衣上渗透出来。杨少华抱起他，只见他微微张开嘴巴，吐出一缕白雾似的气体。

一个小时前，他还在给杨少华递烟，六十分钟后，他就什么都来不及说，什么都来不及看，离开人世了。

大家抬起刘中华，举行着无言的仪式，一个战士走在前面，把枪口冲在地下……

记得临出发前的那个晚上，杨少华曾重新翻阅了一大堆书：《山岳丛林地战术教材》《合成军作战手册》《军事地形学》《越军战术特点》……因为上级有规定，一线阵地是不准带这些书的。他既紧张又认真地逐本翻检，努力把每一个可能用得着的字眼都摄进脑海中。他相信，这是他真正指挥生涯的开始，是他决心凭借自己的力量开辟的道路的开始。这时他开始担心：自己的这些努力能否将部队安全带上李海欣高地？

死，没什么，但这样的死，不要说与将军的理想无缘，与记功部门也无缘，对于弟兄们来说，甚至连火线入党的申请都不一定能批下……

杨少华突然低声喝令：

"加速前进！"

他们登上了"生死线的始终点"

杨少华伸手抓起一把土。乖乖！热乎乎的，巴掌里竟捏着五块弹片。

这是一九八五年一月九日凌晨，李海欣高地冒着激战后尚未散尽的热气，迎来了它的新主人。

当杨少华出名后，北京市十七岁的女学生郦丹在给他的信中曾写道："我渴望得到一把泥土——含着弹片，被战士鲜血染红的泥土。"杨少华哪里想到事后会有这一幕？！事实上是他们什么也没想。

一把抓起的五块弹片告诉他：这儿，李海欣高地，战友们称之为"生死线的始终点"，并非危言耸听。

杨少华隐蔽好身体，认真察看了自己将要为之战斗的这个鸭蛋形高地。

它的东面、南面、西面都是高于这块阵地的越军阵地。两条像蛇一样的堑壕已经蜿蜒推来山下，最近处离我战壕只有七米。在高地上，可以清楚地听到越军挖堑壕的金属碰撞声，以及小声的说话。越军每天要向这个只有两个篮球场大小的小山丘发射二百五十发至三百发炮弹，至今已落弹数万发，一张普通方桌大小的地面已承受了二十多发炮弹的爆炸，阵地上早已寸草不留，烧焦了的粉尘积有三米多厚，一人多高的交通壕已被炸得遮不住膝盖。哨位口弹坑叠着弹坑，早已无法辨认它的"战斗姿态"。

杨少华想观察一下对手，悄悄地抬起身，把眼睛贴上潜望镜——

"啪！"敌人的狙击步枪响了，潜望镜头顿时开了花。

紧接着，"咣"的两声，迫击炮弹落了地。弹着点离杨少华只有五米。幸亏是发哑弹！杨少华吓出一身冷汗。

他看到，这里的每一个哨位、坑道口、猫耳洞甚至每一个稍有特征的地形地物，都在越军炮火标定好的火控点之中。任何的动静，包括不慎发出的一点声响，都会招致越军准确无误的标定射击。有个战士晚上到坑道外解手，刚刚蹲下，松开裤带的轻微响声就引来越军的一发炮弹。他们规定，在任何的掩蔽体（坑道、猫耳洞等）外，平时的活动包括大便小便，每次不得超过十五秒钟……

死神正在空中徘徊。在这儿，死亡是具体的，现实的，血淋淋的。

他曾这样描述他当时的心情："一种恐怖感抓住了我，虽然我是共产党员、无神论者，但仍然在心里说'上帝保佑'！"

一阵恶臭扑鼻袭来，杨少华打了个寒战。他用最大的勇气，最快的速度，走遍了整个高地，察看了每一条堑壕，检查了每一个哨位，没有发现恶臭的来源。最后，他艰难地爬上一个高坡，一个敌人的炮火发射不到的死角。他举起望远镜，顿时被眼前可怖的景象惊呆了：死一般寂静的焦土上，横七竖八地躺着一堆越军尸体。有的残肢断臂，有的身首异处，有的卧着，有的仰着……

这便是那股说不出味儿的恶臭的源头。杨少华这时才后悔没有把后勤部门特意为他们准备的、姑娘们要开后门才能买到的高级香水带来。

杨少华拖着沉重的身躯回到了指挥所———一个越军侵占时修建的坑道。

他想喝水，没有。

一公里以外的小水沟是唯一水源，可那里还留着五位烈士的遗物，排里的小秀才吕洪连为了取水已被第一个抬下高地了。

水，在这里和血有着同样的价值，有时甚至更为昂贵。

他想躺下，潮湿得出水；他想休息，虫咬得钻心；他想……

"嚓"的一下，杨少华点燃了一支"红双喜"牌香烟。

突然，越军的广播响了。

"二十军的官兵们，请你们想一想，你们在这里浪费光阴，怎么去拿文凭呢？如果你们负伤残废了，又怎么回家种责任田呢？你们再看一看，在你们的周围，又有哪一位是高级干部的子弟呢？……"

"老子用不着你们操心？扯淡！"有人咬着牙骂道。

杨少华把半截"红双喜"狠狠地摔在地上。

此时,在饥、渴、劳累等综合征袭击下,他们仍忘不了寻求着生活的乐趣,又忙开了。有的看小人书,有的看小报,有的写信,有的吹口琴……当然,也只有这些。

借着微弱的烛光,杨少华的目光在弟兄们每一个的脸上徘徊。

"大哥,抽烟!"邵选递上一支"牡丹"。

不知什么时候开始,在前线,职务的称呼被兄弟的称呼代替了,就像现在社会上同志的称呼被师傅的称呼取代一样。看着邵选生硬而别扭地把香烟夹在指缝间,杨少华的心战栗了一下。这位从来不沾烟的小伙子也不例外叼起"小白棍"来了,而且,一支,又一支。他在想什么?家乡,父母,妻子;还是命运,事业,前途?

杨少华问他:"兄弟,你也抽烟了?"

他笑着回答:"要是明天死了,这辈子连烟也没抽过,多可惜!"

杨少华愣了一阵,脸上现出一丝苦笑。

"有人说我们是傻大兵,四肢发达,头脑简单,只知道喊'冲啊',只知道去拼死,大哥你说呢?"

问这话的是一向沉默而多思的徐寿如,他喜欢看书,平时什么都看,什么都想。

"我亏就亏在那套军装上,"刘长林脸上有些怨恨又有些鄙夷,"全新的呢!"

杨少华知道,刘长林指的是作为定情礼物送给女朋友的那套新军装,但这段姻缘却因为刘长林到前线而吹灯了。

一套军装值多少钱?可刘长林是把它作为一个军人的荣誉送给她的。因为这,刘长林曾好几天闷闷不乐。咳,一个军人,在有些人眼里,他死的价值是什么啊!后来,另一个比他大四岁的姑娘主动寄照片给他,还表示愿意在他上前线前和他确定关系。他高兴的同时又感到心情沉重了。他把她的照片揣在内衣口袋里。但是,他没有答应和她的婚事。他等待着战争结束后凯旋的鼓乐声。此时,他正热情地吻着那张姑娘的照片,故意发出"啵""啵"的声响,把大伙儿都逗乐了。

临出发的那一夜,十七岁的刘中华接连给杨少华敬了好几次烟。杨少华一直有些纳闷,小小年纪,怎么养成给别人敬烟的习惯了?现在他了解到，刘中华是徐州一位铁路工人第二次婚姻的结晶，母亲是位劳动模范。他秀气，稚嫩，听话，干活积极，但什么都不会干，什么都干不好，包括洗衣服。是啊，十七岁，还是一个需要父母亲照顾的年龄啊！在家里，他连洗碗都没有干过呢！哦，对了！他给所有人敬烟，是希望得到所有人的帮助和袒护。

他是一个生活的弱者，但是，他也强烈地希望自己能在这个世界中有一个相应的位置。他所凭借的是另一种所谓的条件："副连长，我爸妈又给我寄来三百元了！"

这些走马灯般跳跃不定的镜头，和眼前的这些忙忙碌碌的情景一起，不断地在杨少华的心中重叠，最后凝聚成了一个清晰的图像：生死对垒。生，这是一个多么奇妙的现象啊！宇宙过于浩瀚，人类过于渺小，人生，有多少事要做，即便有三千岁青春，三千岁荣盛，三千岁老成，也无法窥透宇宙之万一，对于本来就短暂的人生来说，每一分钟都是无价的啊！

十七岁的刘中华已经和生永别了，刚跨上李海欣高地的吕洪连，也已被抬下去了。这，对于活着的每一个人，对邵选，对刘长林，对徐寿如……

杨少华，你应该做些什么？

望着，想着，"嚓"的一下，杨少华又点燃了一支"红双喜"香烟。面对眼前这些尽管做好了死的准备但热爱人生的勇士，他好像此时才第一次真正意识到，作为军事指挥员的他对于部属的生与死是多么重要；他，不仅仅属于一个自己的他！

杨少华开始和邵选认真地审订作战预案：

第一步：保存实力，抗击敌炮火袭击；

第二步：抗击敌步兵冲击；

第三步：组织前沿战斗；

第四步：组织机动兵力及时封锁缺口；

第五步：抢救伤员，退守坑道；

第六步：配合援兵反击。

这个方案的中心思想是，决不放弃阵地，因为夺回阵地要比守住阵地的代价大……

杨少华对它十分坚信。方案制订后，他写信向父亲报告：

"在战术上应该采取什么手段，我现在已经清楚，并制订了作战预案，我还将考虑一些情况，力求出其不意，争取把仗打得漂亮些。

"请你放心，我指挥一个排还是胜任的，尽量发挥我的'指挥艺术'，把'军人之家'在我们这一代发扬光大。请战场这位考官来考验我吧。

"战争是空前残酷的，但我已有思想准备。一个新中国的军人，只有为党为国效忠的义务。请你们放心，我一定会接受考验，因为我是共产党员，出身于军人世家的子弟，要无愧于光荣之家的称号。"

杨少华脑子里的一个最强烈愿望是，在死亡面前，要做一个强者：

"我现在经常读你给我的第二封长信（杭州写），以暗暗地鼓励自己，做一个战争的强者，与死亡抗争。"

此时，应该是用于作战指挥的收发报机，却正在紧张地抄收一份空洞冗长的"教育文件"。话务员已经两天没有吃喝，尽管排里规定，全排的用水都要紧缩，要先保证话务员每天有半茶缸的饮水，以保证他们的直接沟通指挥关系的喉咙和嘴巴，但他们怎忍心比别人多喝一口！他们日夜紧张地工作在报话机旁，早已两眼昏花，嘴唇干裂。为了防止干裂出血的嘴唇被凝血黏结，睡觉时他们得咬上一枚弹壳。

此时，他们用颤抖的手紧张地抄着，已经抄了厚厚一沓报纸了；而那个没完没了的文件内容，只是要求前沿阵地部队组织一次关于如何树立长期防御思想的学习讨论……

"关机！"邵选大声命令。

"不理睬它！"杨少华也说。

死亡，不仅仅为了名义

一月十四日凌晨五时，杨少华被一阵炮声震醒。

黑暗中，各种不同口径的炮弹如疾风暴雨向李海欣高地倾泻而下。数以百计的炮弹发出刺耳的尖叫声，横穿夜空，落入这个只有两个篮球场大小的小山丘。炮弹爆炸的烟火，遮去了早晨的霞光，烧红了天中的云朵。大地在烧灼中痉挛，巨石在剧痛中挣动。泥土和碎石像从人体上撕裂下来的块块，被爆发力无情地抛到天上，又被从空中掷到地下。红色的曳光弹拖着长长的血一样的尾巴，在阵地周围疯狂飞舞。

杨少华两眼一眨不眨地盯着一个小型无线电通讯装置。这是他们自己设计制作的无线报警器。为了减少伤亡，他们放弃了徒步通讯和有线通讯，前沿八个哨位，只要有情况，就通过无线电波分别在八个小灯泡上显示出来。红灯一亮，就说明情况正常。

敌人炮击持续了十六个小时，发弹两千多发，十六个小时中，杨少华嘴上的香烟一支接着一支，一分钟也没有断——他的脚跟旁只扔着一根火柴杆。他神经高度紧张，双眉紧锁。连续十六个小时，两千多发炮弹的爆炸，足可以把一个神经脆弱的人在精神上完全击倒，但杨少华挺过来了。

炮击结束，八个小灯泡依次闪起红光，我方无一伤亡。年轻指挥官紧锁的双眉舒展开来。

敌人炮击一停止，杨少华和排长邵选就立即指挥全排进入阵地，做好战斗准备。不出他们所料，炮击之后是步兵：越军两个营加一个特工连，兵分三路，向李海欣高地发起了总攻。

李海欣高地争夺战中的敌我兵力是三十五与一之比。一个总面积还不到一千平方米的高地，一个一切绿色生命早已被炮火和炮火掀起的粉尘摧毁了的高地，敌人派出争夺的兵力竟是两个营加一个特工连。李海欣高地的价值，就在于它曾用李海欣和他战友的鲜血，使这"一寸土地"依然在中国的版图之内，从而保持了中国军人的荣誉。在从六点半钟开始的四十分钟内，这不到一个排的中国军队，已经粉碎了两个营加一个特工连的越军三次全方位的疯狂攻击。阵地上所有八个哨位，都在为这个荣誉苦战，流血，牺牲……

从不断上移的火力圈来看，越军正在步步进逼。

"大哥，徐寿如又被震昏过去了！"

杨少华的一双浓眉陡地拧成一条线，额头上竖出了一个深深的"川"字。

从昨天开始，徐寿如已是第五次被越军的炮火震昏了。每次醒过来的时候，他都大叫："大哥，我看不见！我看不见！"那声音是揪心的。他需要听，需要看，需要思索，红色的、灰色的、黄色的……但是，他不愿离开哨位,也不能离开哨位。他已经消灭了十一名敌人。

这时,战士刘长林和石聪明的两眼也已被越军的炮火烧灼失明,他们只能借助听觉判别越军攻击行动来进行抵御。世界,对于他们,除了战争的枪炮声,已经只剩下漆黑的一片。

排长邵选,右臂已被敌人的弹片洞穿!

五班长孙述标头部、胸部、下身多处重伤,已经躺着无法行动!

四班长潘宏祥头部负伤昏迷!

战士黄志平、吴建中、张行雁也已……

整个阵地,能持枪抗击越军更大规模进攻的已经不到十人,包括瞎眼英雄和独臂排长。

越军的第四次进攻开始了。

刘长林和石聪明凭借耳朵指挥自己手中的手榴弹。

邵选用单手举着冲锋枪扫射。

徐寿如和潘宏祥被敌人的进攻枪炮声唤醒后,又迅速占领了阵地。

未曾负伤的鲁灿新一个人用侧射火力支援了左右两个哨位的防御阵地。

……

李海欣高地突然间又成了钢铁。

九点!从七点二十五分,他们和几十倍于己的敌人又一直相持,激战到九点,终于把越军第四次进攻压下去了。

但是,更严酷的事实摆在杨少华他们面前:工事已大部分被摧毁,各个哨所的弹药已基本耗尽,兵力,包括全部还可以参战的伤员,八个哨位连一个哨位一个人都已不敷分守……

李海欣高地已经到了生死存亡的严重关头。

在这种时候,杨少华最先想到的是,与阵地共存亡。宁可前进一步死,决不后退半步生。在这样一种情况下的这样一种死,无疑会得到人们的敬仰和称赞,英雄称号和功臣荣誉也理所当然地属于这样死去的勇士们。杨少华也深信:只要一声令下,包括所有已经躺着无法行动的重伤员,他们都会毫不犹豫地用紧紧捆在身上的"光荣弹"——一种威力特大的加重手榴弹,在世人瞩目的李海欣高地上,创造出与敌人同归于尽的惊人奇迹。

"王成排"，杨少华甚至想好了这个英雄集体的命名称号。但是，杨少华现在面临着的是真正的战争，不是战争过后所宣传的那种战争。作为一个指挥员，他想得更多，倘是用这么多万劫余生去换取的不是阵地的完好保存，那么，这无疑是耻辱。此刻，杨少华感到自己的位置无比庄严和神圣起来。

他毅然决定：抢救伤员，撤守坑道！

敌人占领了李海欣高地三分之二的表面阵地。神圣的土地应该一寸不让，怎可让敌人占领？杨少华来不及细细琢磨。他只是凭感觉做出了上述的决断。无法顾及其他。他忙着察看伤员，和邵选研究下一步的行动计划。他手下已经只剩下六个不是重伤的幸运儿了。

两位掩护大家而壮烈牺牲的英雄：一个是刘长林，他血肉模糊，浑身几乎没有一处完好；另一个，越军的单兵火箭已把他的整个脑壳掀去，无法辨认。只有他口袋里那支口琴告诉每一个活着的人：他的名字叫徐寿如。他在五号哨位上一个人击退了越军的三次偷袭，一个人招引了敌人百余发直射炮弹，一个人打光了三箱手榴弹和一箱冲锋枪子弹，最后又用刚从昏迷中挣脱出来的智慧，掩护大家撤守坑道……

刘长林也是掩护战友牺牲的。当一枚越军的绿色手雷在两名战友跟前即将爆炸的时候，他用自己的肉体扑住了它，一颗被扑住了，随即又飞来了六颗。他的双眼被炸瞎了，浑身已被嵌进了无法数清的弹片，但是他继续掩护大家，直至敌人的炮弹把他掀到两米开外……

坑道里的气氛悲凉起来。

杨少华焦躁地坐着（坑道里没有更多的回旋余地）。他的身边是排长邵选，右手重伤，并且已经整三天未得吃喝，摇摇欲坠，将近昏迷。邵选身边是已负重伤无法动弹的"魔鬼班长"潘宏祥和"矮子将军"孙述标，以及其他的伤员吴建忠、张行雁、黄志平……不远处，干裂的嘴唇上渗着鲜血的报务员在继续呼叫迟迟未到的炮火。

孙述标狠狠地吼了一声，邵选连忙俯过身去。只见他怒目圆睁，牙关紧咬，痉挛着把疼痛忍住了。邵选知道，喜欢运动的孙述标，不久前还向往过险谷驾车，平川放马，向往过节奏强烈的属于年轻人的运动场和娱乐场，但此时他紧咬牙关忍着浑身剧痛想的却是拿起枪和战友们一起再向敌人射出几颗复仇的子弹。

坑道外，有越军士兵歇斯底里的狂叫声；坑道内，有越南老鼠（因无法找到吃食从越南境内"偷越"过来的）疯狂觅食的吱吱声。杨少华浑身发毛，两眼冒火。他一面吩咐继续呼叫炮火和增援部队，一面摇摇晃晃地站起来（他离完全躺倒也只有几步之遥了），重新在胸前捆好光荣弹。他估计增援部队应该快到了。他必须了解一下坑道外的最新情况，以备再次反击，和增援部队一起恢复表面阵地。

看着杨少华站起，邵选也摇摇晃晃地站了起来。他的光荣弹紧紧捆在腰上。于是，烧信，烧照片，烧文件，烧人民币……

杨少华命令他们：不准轻举妄动，听我的命令做好出击准备！

邵选明白了，他把杨少华推向身后，准备自己出去。战士们也明白了：大家一起出击可以，干部单独出去谁也不行——坑道口就是越军两挺重机枪标定的封锁点，还有同样标定的火箭炮、狙击步枪……

大家一下子紧紧抱住了少华和邵选的大腿。他们，除了消灭了三十几名敌人又两次用自己的身体掩护邵选却奇迹般没有负伤的鲁灿新外，每一个人的伤口都在流着血……

杨少华，眼泪溶进了血水……

哭，在这里，在战场上，在无情的残杀面前，通常被认为是一种怯懦的表现，但是，亲临其境的人，是不允许这样看待杨少华他们的。

我不是英雄，真正的英雄倒下去了……

当杨少华在李海欣高地上默默流泪的时候，在遥远的后方，他的父亲正在为儿子的下落不明而担忧焦急。他手里捏着一封信，是杨少华作为遗书寄给他的。

爸爸：

我正在隐蔽部里给您写信，上面是敌人密集的炮火。

我要告诉您：我们的战士太可爱了。无愧于"新一代最可爱的人"的赞誉。他们绝大多数出生在一九六五年至一九六六年，可以说是生在动乱时期,长在调整时期,处在改革时期。他们本来可以和大后方的同龄青年一样,享受天伦之乐。可是战争一到,他们就毅然地告别父母,离开家庭,走向炮火连天的沙场。平时看起来,他们还是个孩子,个别人还有点淘气和散漫,可是在战场上,他们的形象就好像猛虎。面对着死神,他们冲锋、奋战、英勇顽强……然而他们有些已经默默离开了人间,他们走得太早了,人生刚刚开始,他们就走了。

在整个老山前线,在一线阵地的也只有我一个将门之子,通过战争我也认识了"一些人","东郭""南郭"先生太多了……只能自己做好……

对于死亡,杨少华当然了解自己的作为老军人的父亲能够正确对待。但是,死亡的来临如果过于突然,老军人也可能会因过分刺激而经受不住,更不用说还有母亲、姐妹……

杨少华感到在这份遗书中,应该进一步说清楚自己此时的处境和选择:

越军目前对我防御阵地比较熟悉,坑道口被越军曲直炮标定,敌炮兵对我射击几乎成了成果诸元,一炮下来,我们就有伤亡。

爸爸,我已做好一切准备。既然我选择了军人职业,那就要为这个职业而奋斗。因为军人也要讲职业道德,正如克劳塞维茨所说:"军人要讲武德。"所以我将奋战。如果我真有不幸,在九泉之下,我也感到光荣。……请注意以后报纸、电台的广播。

当同死神靠得越来越近的时候,高地上曾出现过一种奇怪的但在前线是司空见惯的现象:大家都毫无顾忌地暴露自己的思想。在这个问题上,杨少华感触尤深。他继续写道:

在前线,战友们称一等功为金牌,二等功为银牌,三等功为铜牌。有的同志死后也许连个铜牌也挂不上,但我绝对相信他们的每一个,都是英雄!不管他们以后是否被授予英雄称号,不管他们以后能否立功受奖，也不管他们以后可否入党入团，他们，已经牺牲的和没有牺牲的，都是名副其实的英雄！同时，我也相信他们绝对纯洁，真正的纯洁，高尚的纯洁，比任何一种冠冕堂皇的纯洁都更纯洁的纯洁……

老军人读着这封信，掂着这封信，感到自己熟悉的儿子突然间陌生起来，又突然觉得更加熟悉起来。他这时已经从报纸、电台得知李海欣高地激战的消息了，李海欣高地的表面阵地已被敌人占领三分之二。他判断，此时儿子一定已作为军人尽了自己的天职了。他想了想，向军部正在召开的精简整编会议现场走去……

就在杨石毅在军部会议上宣读了杨少华的"遗书"的那天晚上，一张飘着墨香的《解放军报》送到了中共中央办公厅主任王兆国同志手里。要目位置上刊登了一则这样的新闻：

《请想一想前线的同志们》

在"自觉服从大局"的演讲会上，军长读了他儿子从阵地上写回的信，引起许多人的深思。

王兆国同志仔细阅读了这则新闻，也陷进了深思。隔了片刻，他抓起电话："要解放军报社！"

军报的负责同志一字一句地记下了来自中南海的声音："消息很好，文字不长，很生动，非常动人，很有教育意义。谢谢《解放军报》！"

杨少华一鸣惊人了，并且很快成了闻名全国的大英雄。但是阵地上的杨少华自己却还一无所知。除了死伤的战友和阵地，他脑子里几乎已经成为空白。唯有巴顿将军所说的那个职业军人的最后归宿一直在他大脑中盘旋：

"在最后一战中被最后一颗子弹击中而干净利落地死去。"

但是他又强烈地意识到，此时此地自己还不能选择这样的归宿。

突然，报话员狂喜地惊喊：炮火叫到了！增援部队叫到了！

尾声

五天以后，除夕降临到中华大地。

这是一个狂欢之夜，一个团圆之夜。金黄、银白、朱红、翠绿……噼里啪啦的礼炮，有如飞雪迎春，有如百花争艳，有如枪炮齐鸣，有如千灯竞舞，把夜空编织得像彩绘绣锦一样多姿，一样富丽。酒杯里溢满了甜蜜，灯光里闪动着幸福，礼炮声把阵阵欢乐捎上深蓝的夜空，向四处飘逸。

啊！火树银花不夜天，祖国人民沉浸在五彩缤纷的幸福之中。

在前线，人们几乎忘记了每一个礼拜天，每一个节假日，但谁也没有忘记今天是除夕。除夕守岁是中华民族的传统，新春佳节是炎黄子孙的节日。

李海欣高地已经恢复原防御态势。增援部队上来后，杨少华他们冲出坑道，彻底打垮了盘踞在表面阵地上的越军，创造了一个排毙敌一百三十多人的战绩。

当我们古老的民族传统团圆守岁将要开始的时候，杨少华和他的战友们也认真地筹备了一番。平时，猫耳洞的夜是最难打发的不眠之夜。危险，矮小，潮湿，沉闷，空气污浊，行动困难。可今夜，黑乎乎的猫耳洞里也洋溢着欢乐。

干杯！不是茅台，不是封缸，而是一茶缸清泉。但是，泉水里同样荡漾着送旧的喜气。

吃菜！不是山珍，不是海味，而是唯一的一个杭州罐头厂生产的三丝罐头。但是，三丝里同样飘动着迎新的芬芳。

笑，用沙哑的声音，用生硬的声音，用疲惫不堪的声音，用放荡不羁的声音，笑！这是胜利的笑！

喊！大家都竭尽全力狂喊！这是来自脉动源头的狂喊！

"妈妈！我还活着啊！"

"妈妈！我在这里！"

"妈妈！您看到我吗！"

"妈妈！我想您呀妈妈……"

突然，大家发觉杨少华不在了。有几个战士连忙喊着，找到猫耳洞外。

堑壕内，背倚着堑壕的石壁，杨少华坐在一只空弹药箱上。他的头顶,是星光灿烂的夜空;他的周围,是生意盎然的笑语。他应该和大家一样快乐,但是,他在悄悄流泪。

突然,整个大地沉寂起来:副连长这是怎么了?领导已经为他向上级请报一等功(以后批下的是二等功),他已成为一位即将凯旋的英雄……

杨少华一点也没有那种凯旋的自豪感,一点也没有那种勋章的荣耀感,有的只是一种沉重的负债感。欢乐的干杯和狂喊,使他想起了战友,那此时已不会再干杯再狂喊了的战友,那个徐寿如,那个刘长林,那个刘中华——奶气未除的孩子……

现在,苦,已经不再属于他们;乐,也已经不再属于他们;他们,对人世间的一切苦和乐,一切追求和享受,一切荣耀和骄傲,一切忧愁和不平,一切留恋和梦幻……一切的一切,都已经彻底地解脱了。可是,他们的父母,他们的亲人呢,在这除夕之夜,团圆之夜,狂欢之夜!

刘中华牺牲后,他的父母已给他接连来过二十封信了。未能接到儿子的回信,他们又改寄包裹:开始寄一个像半导体收音机那么大的,不久又寄一个台式收录机那么大的。做父母的希望,儿子懒于写信,收到包裹总得回个音吧。连队领导为难,不忍再沉默,只得以刘中华的名义给他们发了一封"平安"电报。他们的苦心反而更使两位亲人增添疑窦。他们很敏感,马上回电,说没有时间写信,就寄回一个亲笔写的信封也可。与此同时,一个和十八英寸电视机一样大的包裹又开始向烽火连天的前线旅行……

这些,一直紧紧抓着杨少华的心,刺着杨少华的心,是啊,可怜天下父母心哪!作为生者,战友们走了,带去了死亡,留下了胜利;作为指挥员,部属们走了,带去了死亡,留下了荣誉。而且,他们,已经走了的他们,也许什么都没有,没有功,没有奖,没有称号,甚至不能入党入团,自己却什么都有:功——领导已在请功,声誉——名字已经遍传。这,杨少华深切地感到是一份多么沉重而痛苦的债啊!

"我为不同的名义而战,却永远为我自己。"

怎么会想起了这句话来?

他作为一个将军的儿子,同普通的工农子女一起走上了战场,他作为一个指挥员,和战士一起与死神抗争,杨少华深感自慰:"如果说这一切不一定人人都能做到的话,我做了我应该做的。我找到了我的位置。"

"这就是我!"他感到他所"寻找"的"自己在生活中的正确位置",已经被战火照亮。寻找,不是用眼睛,而是凭心灵的寻找!

郦丹的那封信中,曾满怀真挚之情地写道:"我觉得清醒了:生活,就是无私的贡献,就是用自己辛勤的劳动埋下人间幸福的种子。我相信了——世界上之所以有了我,就因为她需要更美!"

杨少华觉得郦丹是理解他的。后来,他把自己的军功章送给了她。

荧光表上,时针和分针在"12"上重合了。旧的一年已经到头,新的一年已经开始。

杨少华站了起来。他慢慢地回转身,仿佛心中沉重的负债感,已经全部移到肩上。他命令通信员:"拿支冲锋枪来,带两匣曳光弹!"

"嗒嗒嗒嗒……"

一串曳光流火的弹道,带着震耳的脆响,划破了深色的夜空,摇醒了沉寂的阵地。

杨少华的举动,先是使大家一愣,但大家很快便都明白了。他们一齐举起冲锋枪,把一串串曳光流火的弹道射向深不见底的苍穹。

"嗒嗒嗒嗒……"

整个阵地上空都飞起了这样的子弹,整个老山阵地都响起了这样的枪声。这块没有绿色生命的焦土上升腾起阵阵深情的呼唤:

"妈妈!您看到我了吗?我在这里!我在这里呀——"

(原载《青春》杂志1985年第11期)

★ **作者简介**

吴东峰,男,1951年生,安徽嘉山人,中国作家协会会员、中国报告文学学会理事、中国传记文学学会理事、广州诗社社长。曾任原广州军区战士报社副社长,广州出版社副社长,广州市文联专职副主席、巡视员,广州文艺杂志社社长兼主编等职。主要著作有《开国将军轶事》《长征:细节决定历史》(合作)《他们是这样一群人》《寻访开国战将》《东野名将》《毛泽东麾下的将星》等,作品获首届中国报告文学"正泰杯"大奖、首届中国优秀中短篇传记文学奖、第七届广东鲁迅文学艺术奖、江苏省首届"长城杯"报告文学奖等。

胡松植，男，1943年生，浙江永康人，曾任南京军区政治部创作室专业作家。专著或合著长篇传记文学《江南陈毅》《青年陈毅》《陈毅传》《陈毅元帅的故事》《血色年华——聂凤智将军传》，长篇纪实文学《济南第一团》，中篇小说及电视连续剧剧本《金交椅》《宝岛遗恨》《东方这一片热土》等。其作品曾获江苏省首届"长城杯"报告文学奖、全国优秀青少年读物二等奖等。

作品赏析

短篇报告文学《寻找，不是用眼睛》曾获江苏省首届"长城杯"报告文学奖，并被《文汇报》《南京日报》等十余家报刊转载、连载，被中国青年出版社、新华出版社等出版单位收编出书，成为爱国主义、英雄主义的生动教材，产生了很大的社会影响。作品主人公杨少华的名字也因此成为当时广大青年和大学生追捧的"明星"。

1979年春，正当中国进行改革开放之初，越南在苏联的支持下，在中国南疆采取入侵行动。为了保卫祖国领土，保卫改革开放，中国人民解放军对越举行了自卫反击作战，并取得决定性胜利。之后，解放军在云南、广西边境继续轮战达十年之久。中国对越自卫反击作战，不但捍卫了祖国的边界主权，也为国内改革开放全面转向经济建设提供了安全保障。作者采写的报告文学《寻找，不是用眼睛》，详细而生动地描写了在对越反击作战中出现的著名战斗英雄杨少华的故事和心路历程，为历史留下了那一场战争的真实记录和英雄风采。

本文突破了以往英雄人物高大全的创作模式，以大量采访素材而得的非虚构细节，在还原战争场景，再现真情实感上，展现了最真实的战斗英雄的故事和生命。作者没有放弃对战争残酷性、真实性的大胆描写，以及英雄人物的灵魂挣扎，从而使英雄人物更加可亲、可信、可爱。特别是作为高级干部军长之子在一线前沿参战的事迹，与战争的残酷性的交叉描写，更突显了英雄人物的时代意义和现实意义，至今读来仍然震撼人心。

伐木者，醒来！

| 徐　刚 |

（节选）

中国，一座山和一个人的困惑

1

我要去寻访武夷山，为了名山的诱惑，也为了一个人的吸引。

寻找武夷山的过程是痛苦的，想象与现实之间的距离太大，早先的武夷山太美！

武夷山以"溪曲三三水，山环六六峰"构成了山水之妙，而滋养着武夷山水的是武夷山的百年古松、白楠、香樟等树木。

武夷山的岩石结构有"骨山"之称，一座山就是一块巨石，拔地而起，横生出大王峰、隐屏峰、水帘洞、鹰嘴岩、玉女峰等有刚有柔、有骨有情的无数景象来。只是凭借着在峰巅、岩趾缀点着的一层薄薄的沙泥石壤，覆盖着的一层落叶——这薄薄的立根之地，当年的武夷山却是古木参天，竹林满山。倘是秋日，三角梅满山遍野，红枫的落叶飘飘洒洒。宋朝刘子翚有诗云："幔亭落日笙箫断，毛竹连去洞府深。"1616年，徐霞客首次入闽寻访武夷山，在《游武夷山日记》中记下了在天游峰纵目时看见的"落日半规，远近峰峦，青紫万状"，以及小桃源的四山环绕中，有平畦曲涧，围以苍松翠竹，鸡声人语俱在翠微中，而水帘洞奇观则是："岩既雄扩，泉亦高散，千条万缕，悬空倾泻，亦大观也！"

武夷山山怪、树奇、水秀。

你无法想象一株古松是怎样参天而立的，兀自毫不动摇于陡壁巨石之上，雷霆风雨之间。

当最早的种子落地，这种子又是怎样没有被风吹走的呢？当最初的小苗生出，这小苗又是如何从岩壁上汲取水分的呢？人生若此，人大概定不会像现在那么多，品种也会精良些吧？

武夷山的树实实在在不是扎根于高山岩石之间的，它找不到裂缝，完整的一块巨壁一架骨山，怎么扎根？因而武夷山的树、竹、草都是靠着根的蔓延使自己独立，又在久而久之的纵横交错中形成了武夷山的植被保护网络。在武夷山随处可见这些蛰伏在岩壁上的已经枯死而成了标本的根蔓，在一棵棵大树被砍倒之后，它们仍然不肯离开武夷山而成了昨天的见证。人们就连这一点苦心也不予理解——这样的根蔓也往往被山民、游人随意地从岩壁上剥下，然而因为几十年上百年的缠结和拥抱，它们把自己的影子深深地刻到了石头上。

武夷山的树，它的一枝一叶根根蔓蔓，吸附着尘沙泥土，积聚着阳光雨露，在冬天满树白雪，在雨季一棵大树就是一个小水库，保护着山林水土，防止了山洪暴发。

山清水秀源于树绿。

2

1962年，九曲溪上尚可泛舟，现在只能行走竹排，有的地段竹排擦着水底的卵石才能过去，仅1985年一年，九曲溪的水位下降了27厘米！

一旦九曲溪干枯——这绝不是危言耸听，武夷胜景安在？

3

水帘洞的飞瀑本来是"悬空倾泻"的，在名山的瀑布中，它有陡壁之险又有山洞之幽，游人无不叹为观止。现在，当笔者前往观瞻时却滴水全无，石壁上有水流摩擦过的痕迹，让你想起这是当年的瀑布，斗转星移流水不回，水帘洞大睁着眼睛，欲哭无泪。

这是为什么？

4

大王峰人称武夷第一峰，据史料记载，大王峰上顽石高堆几乎无路可走，灌木丛生却有飞鸟成群，更加宝贵的是峰上"古木参天，浓荫铺地"。这参天古木历尽劫难，到1974年时尚存300棵，300棵虽然少，却还可以半遮半掩使大王峰不至于太露，可时至今日又被大斧砍去298棵，只剩下两棵。项南在福建治政时大呼：你们把大王峰的衣服都剥光了，这还了得？

不仅是大王峰，1984年武夷山所属的吉安县的部分乡农砍树一直砍到玉女峰——这是每天晚上都要在电视屏幕上出现的福建省的标志，连玉女的裙子都要往下扒！

武夷山上的斧子绝不仅仅是这些，近几年来毁林事件愈演愈烈，全不顾国家大法、省政府的布告以及关于国家级风景区的各种明文规定，凡此种种，笔者在下文还有披露。先要敬告读者的是：武夷山长此下去将要成为无衣山，九曲溪里将会出现骆驼，我们将愧对子孙，子孙将鄙视我们！

这是在武夷山管理局工作的一个爱山爱树如爱命的人告诉我的。

5

我一看就是他，瘦瘦的黑黑的，手里拎着一个竹笠，只有眼睛的明亮才使他明显地区别于别的人，我想他准是在武夷山得到了什么灵气。有人说他是怪人、怪杰，也有人说他是"难剃的癞痢头"，乡民说他是守林的、修路的。他是管理局的基建科长，他知道科长也是个官儿，在百姓、科员之上，带着施工队修路修厕所，就这么一个官儿，他自己刻了一枚自己的官印：狗官建霖。

他叫陈建霖。

他说："我是武夷山的看山狗，谁砍树我就咬谁，我就是狗官！"

在中国的官场上，自己称自己是狗官的大概只有他了。有比他更大的官问他：怎能自称狗官？他说：我是说我自己，跟你无关，每个月去领工资盖上这个印，就得想一想自己做了些什么？亏心不亏心？是不是白吃了人民的血汗？这武夷山我看好了没有？

　　他家住崇安县城，每天清早起来做一点家务，煮好早饭，自己吃上一大盆饭喝一大瓶水，骑自行车走了，来回36里山路，早出晚归天天如此。一到风景区就上山，一边施工一边守树，看见砍树的他总是先劝后求，直到声泪俱下。鹰嘴岩旁屹立着一棵巨松，一个农民挥动大斧砍着，毫不犹豫。陈建霖先是听见砍树的声音，闻声追去，农民只想到家里的老虎灶要用柴来烧，哪里听得进陈建霖的劝告。陈建霖只好从口袋里掏钱，只有5元，太少了，砍树的农民不干。陈建霖告诉他："我家里还有钱，我马上下山骑车回家拿钱，5点钟以前赶回来，你千万别砍了！"陈建霖如约回到鹰嘴岩拿出了60元钱，买下了一棵松树的命，砍树的人怀里揣着60元走了，走得很轻快，陈建霖抚摸着已被斧子砍进去1/3的受伤的松树，哭了！

　　这一天的傍晚夕阳特别鲜红，在晚霞雾霭之中。他偎依着这棵松树不想离去，他想：武夷山还经得起多少把斧子来砍？武夷山，巨大的岩石骨山，所谓土层其实是厚不过一寸的一层地衣，长一根草尚且艰难，何况一棵大树？摘一片树叶尚且心疼，何况砍伐？为什么我们有一些中国人在金钱和良心面前，就这样落落大方地选择了金钱践踏了良心？这样的以破坏生态毁灭文化为手段的富裕，实质上是以子孙的贫穷为代价的。当未来的穷山恶水展现在他脑海中的时候，太阳落山了，月亮出来了。

6

　　陈建霖终于知道了自己的渺小，他挡不住那么多板斧，那么多板斧中的一把甚至连他也可以轻而易举地砍倒在地；他也不想再掏钱了，一个月七八十元工资，还要养家糊口，哪来的钱？他给各级领导写信，他给报纸写文章，力诉武夷山毁林的事实与危害。

　　舆论的作用也是有限的，山民自有山民的一定之规：山高皇帝远。《森林法》太远，省里的布告也不近，他们怕现管的乡里和县里的官，有一些不大的官手里握着权，而且还知道为本乡本土人着想，总是袒护着，法律有什么用？谁都采取大事化小、小事化了的办法。大兴安岭的本来可以扑灭的小火终于成为历史罕见的大火，不就是这样烧起来的吗？这也就是为什么假话不能杜绝、马屁能够盛行的症结所在。

关于武夷山风景区的汇报上永远是"成绩是主要的",而且"山山有树,岭岭披绿",砍树只是个别的,而且已经经过了教育。

果真如此吗?

武夷山毁林之风得不到制止的原因并不复杂:代管武夷山风景区的某些人有法不依,有意包庇,有的乡村干部带头违法。

1983年12月7日,南源岭良种场的职工未经许可进入风景区绝对保护的狮子峰后的老虎巢毁林开荒造成大火烧山,破坏植被375亩,毁树6000多棵。就在上级政府决定捉拿毁林者、不得随意将木材外运时,崇安县在一天之内将火中取材的121立方米木材运到了江苏!

武夷山公社黄柏大队的主要负责干部亲自率领乡民到风景区金鸡洞砍伐风景树18棵,最小的直径30厘米,最大的直径80厘米,笔者在今年9月踏访武夷山时被告知:武夷山上直径80厘米以上的大树已被砍光!

且看这样的严重违法事件是如何执法的:罚款200元!呜呼!哀哉!

陈建霖说:"应该把带头砍树的干部枪决!他的孩子我来抚养,我保证把他教育好,待如亲子!"这枪决是不是量刑过重?也未必,今年夏天北京抢西瓜的那几个浑小子的头儿不是还判了无期徒刑吗?

真的,这事儿真没法比!

7

陈建霖不知道该怎样保护武夷山了,他急了,他的眼里冒着火星,他更加不识时务了!他以为每个人都有一张嘴,嘴的任务是吃饭和说话,吃饭只要随便能吃饱就行,千万不能吃人民的血汗。他这个基建科长管着好几个施工队几百万元钱,不要说每一分钱都清清楚楚,他从来不在工地上吃饭,他要上山而且他怕占便宜。说话的要旨是说真话,想怎么说就怎么说,一旦口是心非嘴歪心也歪。他是崇安县的人大代表,他大骂崇安县的一个领导:"腐败,就是国民党!这种人当权国家完蛋,武夷山完蛋!"他骂对了,这个接班人上台不到一年,走了一趟香港,带回来的黄色录像津津有味地连播了13天,武夷山上有人砍树算什么?

省里来了一位领导干部,中午休息刚躺下,陈建霖气急败坏地去敲门:"快起来,山上有人砍树,你管不管?"别人看他像是个造反派,其实,他在别人都造反的时候刻了一块竹匾,上书"白眼看鸡虫",挂在他的斗室的门口。

北京,中央某部门一位领导人到武夷山,宴会时陪吃的人实在太多,陈建霖路过看见,想到制止砍树的时候,这些陪吃的人哪怕有几个陪陪他也好,可是上哪儿去找他们?他当面向这位领导人提出:"你们天天反对大吃大喝,为什么你一人下来,这么多人陪吃?"口说无凭眼见为证,陈建霖又拉着这位领导走进幔亭宴会厅一数,恰好和武夷风光中的"三三之胜"对上了,整整九桌!

1985年,美国一个旅游团到武夷山,有关方面在大宴宾客之后捧出贵宾留言簿请美国人留言,一位美国朋友写道:请你们在有钱时不要把它扔掉!另一位更加幽默些:如果你们要扔掉,请打个电话通知我,我来捡!

一方面是大砍,一方面是大吃,武夷山你还有救吗?

一方面是玩忽职守,有法不依;一方面是吹牛拍马,装模作样。正直的人说真话的人为什么总是倒霉?陈建霖忽然想起了沙漠,砍树加水土流失等于制造沙漠——一个十分简单的公式,付了多少学费也学不进。那是因为还有另一种沙漠,在心灵的土地上。有一种人在人民的疾苦面前绝不冲动,绝对稳重,没有丝毫的激情……

一座名山和一个痴人,就这样苦苦地思索着。

8

你说有的人麻木,也不尽然,有时很"机敏",甚至有点神经质。

在幔亭山房前面,立着一块大鹅卵石,正面是"福建省武夷山管理局",反面是用小鹅卵石填成的这样一行字:"要呼唤人民世世代代珍爱这块美好的土地。"这是陈建霖刻在心里的话。这一切出于陈建霖的构思,也是他的劳动成果。

1985年,地区的一位领导人在幔亭山房吃饭时把陈建霖叫去,让他把"要呼唤人民"这五个字涂掉,因为"有强烈的政治煽动性"。

怪也不怪?

这是神经脆弱还是神经错乱?

陈建霖愤然而去。第二天,管理局派人把这五个字涂掉了。

葱郁的西天目山和另一个人

1

我从武夷山匆匆忙忙地赶往天目山,我似乎带走了一些什么,也试图忘却一些什么,还想追寻一些什么。在我认识了武夷山和陈建霖以后,大树和小树的根根蔓蔓一直在缠结着我,这种缠结把我的思想牵向古远。35亿多年以前——这个朦胧的起点在地球史上是一个辉煌的节日——从那时开始古代地表的海水中植物生命开始起源。4.2亿多年前,已经由单细胞藻类转变成大量的复杂的多细胞植物中的一部分精良的先锋植物,开始了一场更加惊心动魄的、近乎自杀性冒险的登陆活动,它们向着大片的荒地和裸露的岩石进攻,连上帝也感到惊讶的是植物的登陆以无数的牺牲为代价却终于成功了。什么样的古植物学家也无法肯定是哪一些植物最早登上陆地的,那时候它们一律是无名的、细小的、微不足道的,而人类有记载以前的文明史却也是由此开始的,因为地球上有了绿色。

2

藻类、植物、昆虫、树木、森林、飞禽、走兽、花朵,这些人类的朋友,或在人类之前或和人类一起创造着地球上的生活,也使人们的地球变得那么美丽、那么深广、那么多彩多姿。

我在天目山看见了这一切。

天目山的最高峰大殿一带,是一片原始森林,古老而健壮的银杏是第四纪冰川期留下的宠儿、而今地球上此类植物的独生子;高耸入云的冷杉用不着修剪——人类也无法修剪——因为它太高大了,从根部向上五六十米没有一枝一叶,再往上看见了一丛丛就生在树干上的叶子,凌霄处却是葱绿一片,只能在远处看,在树下抬头是看不见的,向后弯腰直到失去平衡,那就干脆躺在厚厚的落叶铺盖的林地上看,看树天一色,看云在绿叶间缠绵。几亿年前最初的森林家族最古老的成员如红松、冷杉、银杏,在天目山依旧生机勃勃傲然物外;在当前世界日渐稀少的天目铁木、连香树、香果树、鹅掌楸、天目木姜子都保存下来了。灌木丛告诉我,山顶上秋风很大,这些大树却丝毫不为所动,默默地生长着,像默默地已经流逝

了亿万年的历史。而奇峰怪石间，不时有飞禽和走兽出没，对出现在这里的人们似乎不抱太大的戒心。在茂林修竹之间则是无数种可以治百病、可以使人延年益寿的芳草灵药……

在天目山，近几年从未有过毁林开荒的事件，偶有山民偷一根竹子就得重罚。不仅大树古树没有人砍伐，就连这些杂生在路边的芳草灵药也没有人采，这里的人民在近30年的时间里与天目山自然保护区的一草一木和谐相处，在银杏和冷杉上所留下的是人们钦慕的目光，在灌木和新生的树林及芳草之间，流淌着的是珍爱它们的汗水。

因而天目山上芳草不老森林常绿！

3

也是一个人，天目山上一个爱树如命的人，快80岁了，他的年龄要比陈建霖大将近40岁。两座山的命运就是这两个人的命运，但愿陈建霖活到80岁时日子要好过一些。

老人叫宋永增，1982年73岁时才被请下山来离休养老，1960年到天目山护林时刚刚50岁。我冒雨从杭州赶到临安乡下，在狮子山的山坡下一片稻田环抱的青砖瓦舍里找到了他。他瘦小，天目山里哪一棵杂树都要比他高大得多，他精神很好，等候在门口就像等候一个老朋友，他知道我要写天目山，他说：谁跟天目山的树好，我就跟谁好！

他是一个老共产党员，做过一个县的农工部长、区委书记，这在50年代的浙西山区就算是不小的官儿了。1960年，大家正在为肚子犯愁而走不动路一个个都病病恹恹的时候，县委书记找他谈话，要他到天目山当林场场长，用他的话说是去当"和尚"、护林头儿。他去了，那个年代还真是党叫干啥就干啥的，不像现在。他见过天目山那是在山外，现在走进山里了，才知道天目山那么多珍宝，高的、矮的、走的、飞的，都是宝啊！50岁学林业，买书看，请教山里的和尚；先认树，认识了就亲了，不认识永远是陌生的；后学爬树、剪枝、整叶、查病虫害，要爬得轻巧，不能擦伤树皮，树皮跟人的皮肤一样，破了、烂了，谁不疼？再尝百草，恨不得把那些奇珍草药捧进心窝里。那年头，共产党的干部还真讲带头作用，他的口粮只有27斤，女工是32斤，男工是35斤。他说少吃饭还要多流汗，多动脑筋，否则别人能听你的吗？他一定是肚子饿的，现在那么瘦。我跟他开玩笑说，现在像你那么瘦的带长字的干部已经不多了，吃肥点吧！

4

他一再告诉我："我没有啥花头，只会种种树，管管树。"

我也告诉他："现在有的是有花头的人，就是不肯去种种树，管管树。"自己不管还不让别人管，我跟他说了武夷山砍树的情况，他站起来了："这还了得！这些贪官污吏怎么还在做官？"

他是个"土八路"，他没有靠资格混日子，他还是地下党呢！"在天目山，有的是资格老我千万倍的，我算什么？"他现在是天目山通，是一个不折不扣的护林育林专家，白天跑山，晚上在油灯下一字一句地读《植物学》《树木分类学》。天目山不仅被保护了，树的品种还有了增加。1978年9月，他去四川卧龙山开会，10天时间除了会议外，起早摸黑往山上跑，捡树种，向别人讨树苗，再用苔藓包好，放在那个随身带着的布口袋里，一路上像抱小孙子一样抱回了天目山。

在天目山，引进的朝鲜落叶松，日本扁柏、冷杉，美国香柏、红杉，法国梧桐，墨西哥落叶松，以及国内14个省市的各种树木都已成为森林的一部分。这里的每一个早晨，当太阳升起，它们便开始了默默地劳作，把清新的空气撒向人间；在夜晚，小鸟回林以后，中国的和外国的各种树木，在天目山海拔1100多米的峰峦间，发出了雄劲的浑然一体的只有大自然才有的涛声……

5

也许是天目山上林木花草的熏陶吧？老宋愈来愈讲究美了，他希望天目山不仅是古老的也是新鲜的，既有雄浑也有灵秀，在古树的黄朴间还应该有雪松的嫩绿。况且雪松作为世界著名五大公园欣赏树种之一，天目山没有，老宋心里难受。中国人为什么让人瞧不起：不就是缺这缺那吗？不就是缺那么点精神吗？

天目山前面的青龙山上倒是有一棵高大的雪松，老宋呆呆地在树下不知走了多少遍，爬到20米高的树上和林场工人一起为这棵老树人工授粉。

失败后又研究无性繁育，剪下枝条在苗圃里扦插，依然没有成活。

也许是太精心吧？他把雪松插在钵头里，白天端进屋内取荫，晚上端到屋外受露，栽插的泥土用筛子筛过再炒成焦泥灰，以消灭细菌。又把米泔水、葡萄糖掺进土里以增加养分，结果还是失败了。

养一棵树比养一个孩子还难！

他听说南京繁育雪松成功，自费赶去背回了一大捆3~5年生的可以成活的母株条，成活率达20％。以后在浙江林学院的帮助下，天目山上的高山雪松扦插成活率达94％！10年来，天目山上第一批扦插成功的雪松已经相当壮观了，一片嫩绿带着一点点君山碧螺春茶的毛茸茸的白色。

培育高山树种是老宋的心愿，有一个数字成了他晚年的一块心病：在临安县千米以上的高山有60万亩，浙江全省有700多万亩，因为海拔高，大多数是荒山疏林，他说若能让这些山都绿了，都种上雪松，给子孙多留下一片树荫，他死也闭得上眼睛了。

林中散步

1

我走在天目山的森林中。

我的思绪是纷乱的，从罗马俱乐部、林赛科学院，直到黄河故道的昔日与今日，楼兰和玛雅文化还有罗斯福总统，他选择了一个国家林务局长平肖，中国的森林大火，黑龙江的瘟猪肉，睁眼瞎全身麻木，促使罗斯福制止砍伐的报纸和记者，不让进入大兴安岭的中国的作家，开大会做报告哼哼哈哈不知所云，大熊猫呼救森林告急，长江和黄河里日夜奔流着中华民族的血液……

一片飘落的枫叶。

森林中的日历告诉我：今天是1987年10月20日。

晚上，《新闻联播》之后的一个很受欢迎的节目：历史上的**今天**。

这是一个多事的世界，我们继承的是多事的历史，而正**在创造**的也是多事的现实。

每一天都值得纪念值得回顾。

五大洲四大洋。

战争。

灾害。

政治上的风云人物,生生死死。

超级大国,核爆炸,火箭登月。

军事政变。

争权,争利。

上台下台,明杀暗杀。

上了台的被人赶下台,被赶下台的想再上台。

学生示威工人罢工。

大熊猫交配。

埃塞俄比亚灾情日益严重,举着空碗的不再走得动路的黑人孩子正用他们愈来愈陌生的、恍惚的目光看着这无论如何也看不透的世界……

如此等等,不一而足。

2

有没有被人类忘却的纪念?或者竟是被人类抹杀的纪念?

史前文明史无与伦比的光辉的里程碑——4.2亿年前的由海洋出发的植物第一次登陆,开创了地球上不再荒芜一片的绿色新纪元——为人类奠定了可以生存、发展的最好的环境。遗憾的是随着一次又一次技术革命浪潮的冲击,对生态环境的破坏日甚一日,森林因为其木材的价值而首当其冲。

那么,人类是想让地球回到植物登陆以前的荒芜中去吗?

正如罗马俱乐部所指出的那样,在目前这个人类的全球王国时代,人类的知识在不断扩展,知道的事情越来越多,但是对于自己生存环境的业已变化又知之甚少。

这是近乎自杀性的无知!

而同时,如同托夫勒所言,关于今日之世界上的科学和技术的发展及其他的负效应,"可以毫不夸张地说,从来没有任何一个文明,能够创造出这种手段,能够不仅摧毁一个城市,而且可以毁灭整个地球。也从来没有整个海洋面临中毒的问题。由于人类贪婪或疏忽，整个空间可以突然一夜之间从地球上消失。从未有开采矿山如此凶猛，挖得大地满目疮痍；从未有过让头发喷雾剂使臭氧层消耗殆尽，还有热污染造成对全球气候的影响。

托夫勒是危言耸听吗？不是！

看一看绝对是不完全统计的1987年的中国和世界的灾难——

早春，西欧为严寒和风雪困扰。

中国干旱。

兴安岭特大森林火灾。

希腊夏天高温，无处躲藏的人想方设法寻找水和树。

孟加拉国洪水泛滥。

哥伦比亚塌方。

海湾风云变幻战火不断。

秋天，中东地区接连发生洪水风暴、地震等自然灾害。

战火不断的黎巴嫩贝卡东部地区暴风时速达113公里。

埃及连降大雨，威胁着阿斯旺水坝。

世界的各个角落都在惊呼：地球变了！气候反常了！

我问森林，森林是沉默的。

我想起了1853年6月，新英格兰的植物学家和荒野考察家亨利·戴维·梭罗的一段话："如果一个人由于热爱森林而在林子里散步，消磨他的光阴，他将被看作是一个游手好闲的人；但是如果他作为一个投机者，整天在森林里砍掉那些树木，却会被认为是勤劳和有魄力的——让大地提前变光头！"

恩格斯的话要更直截了当一些，他说："美索不达米亚、希腊、小亚细亚以及其他各地的居民，为了想得到耕地，而把森林都砍光了，但是他们梦想不到，这些地方今天竟因此成为荒芜不毛之地，因为他们使这些地方失去了森林，也失去了积聚和贮存水分的中心，阿尔卑斯山和意大利人，在山南坡砍光了在山北坡被十分细心地保护的松林，他们没有料想到，这样一来他们把自己的高山畜牧业的基础摧毁了；他们更没有想到，他们这样做竟使山泉在一年中的大部分时间内枯竭了，而在雨季又使更加凶猛的洪水倾泻到平原上。"

恩格斯所说的美索不达米亚平原，即是笔者在前文写过的巴比伦文明的发祥地。这个文明是如何毁灭的，恩格斯的记载已颇为形象了。

先人们归去已很久了，可是在任何一片森林中都埋着他们先前说过的话，静静地在林中倾听，你一定能听见。

3

不要以为森林就是树木，森林是一个世界。在这个世界里有各种植物各种昆虫各种飞禽走兽，还有地底下埋着的石炭期森林变成的煤块。在这个同样有高有低有大有小的立体的世界里，树木是绿色大厦的巨大的"柱子"，其他森林生物大半悬挂在这些"柱子"上，高矮的层次使森林世界变得更加深远，无声和宁静则是生命长久的最好的标志，粗糙的树皮包容着极为精细的树木的细胞结构，以它的不可思议的为了生存、生长和繁殖而采用的工作方法，森林中常见的杜鹃和绣球花使人想起洞开的窗户、阳台上的鲜花，那些小鸟如同是这个世界的宠儿，也是不倦的歌者，而狮吼虎啸是捍卫这绿色世界的庄严与肃穆及力量的象征。从山外走进山里走进森林，就像跨越了两个世界的界线，树木给生命创造的无比优越的一切光是用脚就能感到——再也没有这样又松又软的土壤了！潮湿而又有弹性。深深地呼吸，你会一去疲劳，在树木的清香中心脏更加舒畅、平和，同样的血液常给你更多的活力、更多的想象，你会情不自禁地想到诗歌、音乐与油画。森林里不会有大风的；绿色的树冠、树枝一层一层地阻挡着，只有小风像孩子的手从你的身上抚摸而过；在开始你只听雨声而不见雨滴，只有当叶子湿透时，水才会滴下，其中的一半却永远也到不了地面。

森林，这是一个多么平静、多么含蓄、多么富有的艺术世界！

我们有了更多的森林，我们还怕风还怕雨吗？

森林不仅使地球美丽，更使地球冷暖适度，是森林的绿色冠冕，是森林的盘根错节给了土地、给了人类温存和安全。

也蕴含着想象和神话……

4

然而，森林毕竟不是铜墙铁壁，在遥远处，每一棵树的被盗伐，这里的树木都会颤抖，更多的落叶飘到了林地上。

还有无度地往地心深处的开掘。

几个通常的数据：

矿井的深度一般达3~4公里。

采矿场深1300米。

有些钻井为10公里。

全世界一年开采的煤为39亿吨、石油26亿吨、铁矿石35亿吨、矿床采矿总量超过200亿吨，同时疏松的脉岩高于以上数字的三倍！

人类在农业生产过程中迁移的土壤为3000立方公里。

森林被砍伐之后一年剥蚀的土壤为70亿吨！

可以毫不夸张地说：地球的地壳正变得越来越薄！

我们的脚下到处是陷阱！

同样可以毫不夸张地说：在失去森林的保护之后，地球顿时变得脆弱、郁郁寡欢，甚至有点神经质，易于动怒，因为地球自身的失落，地球上的居民你能心平如镜吗？你能怡然自得吗？你能自强不息吗？你能永保平安吗？

5

1974年，西德科学家乌·希普克把地球比作一艘宇宙航船，进而还提出："地球这个宇宙航船还能有救吗？"

希普克说："在人类宇宙航船——地球一号上，现有36亿乘客，载有5万亿兆吨空气和13亿立方公里的水，其中只有2%是淡水。地球的运转速度为每秒30公里，每年航行10亿公里。它在长期的漂泊中第一次明显表露出死亡危险的征兆。航船负荷过重，一半乘客在挨饿，生命攸关的储备已接近枯竭。"

对于希普克的这种地球未来命运的理论，全世界众说纷纭。笔者却以为作为一个科学家，他发出的警告是真实的而且是及时的。

宇航员在空中拍摄的照片生动地表示出地球确实是一艘宇宙飞船，它哺育了人类，宇宙中唯一已知的有生命的星球。时至1987年，地球上的人口已经超过了50亿！

然而，这个小小的星球上的空间并不是无限而是有限的，它所给予人类的资源同样也不是无限而是有限的，这也就决定了：它的承受力是有限度的，它的被索取的能力也是有限度的。它可以献出，而且已经献出了那么多的资源和财富。然而它也需要爱护，需要补充，需要属于它自身的休养生息。

超载、超负荷运行的惨痛教训已经由不久前菲律宾海难事件空前地证实了。一艘客轮、一艘油轮；客轮上载有超负荷的1000多人，油轮上是原油8800桶；海上风平浪静，两船相撞了！相撞起火，原油在海上起火，火球不断地腾空飞去，客轮上那么多的孩子纷纷落水，大人也一样，在海上在原油燃起的火焰中被活活烧死。

两艘船都声称有防撞装置，那么多的人死了，观察家却惶惑于找不到肇事者！谁之罪？

海上的轮船如此，天上的飞船呢？还是以森林为例，有计划地间伐和择伐，有计划地种植烧柴用林等，我们的林业部门都有过详尽的安排，《森林法》也是周密的，保护森林的呼声已经日益高涨；问题只是：有多少人、多少负有责任的官员对此却不以为然；滥伐的消息每天都在传来，人类共同的资源，应该属于子孙的财富，或者被惊人地挥霍、浪费，或者掠夺在某些人的腰包里。而新技术革命所带来的各种废气、污染在毒害人类的同时也使地球面临着被窒息的困境！

人都说很累，殊不知伤痕斑驳的地球更累！

人都说孤独，殊不知独往独来的地球更孤独！

地球给了我们那么多，我们给了地球什么？

6

我们每一个人都只有一个母亲，人类共有一个地球。什么时候，人类世界能少一点强权，少一点争斗，少一点厮杀，而把地球当作一个古朴的自然村，人类中的每一个成员都是普通的村民，小心翼翼地爱护着属于人类的这个自然村的一切？

7

人的一生是短暂的，生命的延续除了生命自身的能力外，还有赖于生存环境的改善，十分可怕的是：未来世界也许是残疾人愈来愈多的世界！

8

地球上的每一种生物都是人类的朋友，低级动物和高级动物的区分是由人来判定的，至少它不应成为灭绝动物世界的理由；有用和无用的标准充满着人的自私和势利，它存在着——比如一根草，它就是地球的儿女，并且和别的草一起形成了地球的植被，铲除者是卑劣者！大自然通常的沉默很容易被人们理解为软弱可欺，其实大自然的愤怒的报复是惊天动地的，比如地震、泥石流、大山位移。可悲的是，躲过了一次灾难的人，便又悻悻然，不再顾及别人，不再想到子孙，有的人，忘记得很快！

9

我听见了从世界各个角落传来的呼唤：救救面临危机的全球热带雨林！

由印度政府倡导的、从50年代开始的商业性伐木，使喜马拉雅山山坡上的森林减少了40%。世界屋脊本来是要显得更为年轻一些的。不仅如此，北方邦的灌溉工程不得不下马——面对着每年60亿吨被冲走的地表的肥土，谁也无计可施。孟加拉国发大水，成千上万的人民死于洪荒……

在中美洲，1961—1978年，39%的森林被砍光成为牧场。巴西大量伐木用作化铁炉燃料，一度雄浑茂密的大西洋雨林——可爱的并且愈来愈稀少的灵长类动物的老家——已减少到只剩下几座小林子的地步！在中非和东非的森林地带，能采集的柴薪急剧减少，迫使日益增多的居民吃生的食物度日，也许这是一个明确无误的提醒：人类把森林砍伐殆尽之日，便是新的茹毛饮血年代的开始！

人类的进步是参差不齐的，文明的积累所经历的是水滴石穿一般的岁月与艰难，而人类的破坏却是步调一致的，并且有着明确的目标——比如滥伐森林、猎杀动物，等等！

我在这片森林里，感到了森林的颤抖！

我不再是个轻松的散步者。

我的心和我的脚步都是沉重的。

我为自己羞愧！我为人类羞愧！

在这人类的世界上，多少聪明才智，多少金钱财富，被用之于强权、霸权、征服和人与人之间的互相毁灭上。

对人如此，何况对树对草对鸟对自然？

据联合国环境规划署估计，从1986年起到本世纪末，全球防治沙漠化所需的费用为900亿美元，平均每年60亿美元，而目前全世界每年的军费开支高达8000亿美元。

也就是说人类正以130多倍的差距，勇敢而迅猛地互相冲杀轰、炸从事破坏人类环境的事业！

10

我走出森林，我知道总要回到群楼中间，一身灰色望着满目灰色。可是，我仍要在地球上放号——无论我的声音是多么细小——

伐木者，醒来！

（原载《新观察》1988年第2期）

★ **作者简介**

徐刚，男，1945年出生，上海人，诗人，作家，曾任《人民日报》记者、中国环境文学研究会理事、国家环保总局特聘环境使者。主要著作有《徐刚九行抒情诗》《抒情诗100首》《小草》《秋天的雕像》《夜行笔记》《倾听大地》《伐木者，醒来！》《沉沦的国土》《江河并非万古流》《中国风沙线》《中国：另一种危机》《绿色宣言》《守望家园》《国难》等。作品曾获中国图书奖、首届徐迟报告文学奖、首届中国环境文学奖、第四届冰心文学奖等。

◎ **作品赏析**

在这部约7万字的中篇报告文学作品中，作者采用多层次、多角度的方式，论述了滥伐给人类带来的种种危害，文章一针见血地指出："日益残破的森林哺育着日益膨胀的人类。"人类从原始社会一步步走到今天的现代社会，积累了丰富的生产经验和文化知识，人类本该更清醒地意识到只有保护好森林和土地才能保住这万物生灵共有的家——地球。以破坏生态毁灭文化为手段的富裕，实质上是以子孙的贫穷为代价的。作者充满深情地赞美森林带给人类的福祉，愤怒地控诉了肆意毁坏森林的野蛮行径，为维护森林的生存权利和人类自身的生存环境，为维护生态平衡发出了强劲的呐喊："毫不夸张地说，阳光下和月光下的砍伐之声，遍布了中国的每一个角落，我们的同胞砍杀的是我们民族赖以生存的肌体、血管，从这个意义上说，中国是一个天天在流血的国家……"

本文以其对生命和自然的深刻体悟，对美丽荒野的细致描绘、对家园毁损和生存危机的忧患意识，对现代生活观念的历史性反思，为读者展开一个绿色的视野。

作者把创作同人类、国家、社会的千万年大计联系在一起，为中国人环境保护意识的启蒙点亮了一盏明灯。

强国梦
——当代中国体育的误区

|赵　瑜|

（节选）

爱的压抑

近来，我又一次来到中年体育的中心地带：北京崇文区体育馆路，这里聚集了整个民族体育的精英。三杯老酒下肚，得到两则信息，也算小故事。

先是说起了羽坛两位宿将，女子张爱玲，几度叱咤风云，1981年首届世界运动会女单冠军、女双冠军，多次获得金牌荣誉；男子陈昌杰，亦是一条响当当的中国汉子，同样夺取了首届世界运动会男单冠军，多次在国内外获得过金牌荣誉。这两人，天生的一对，女人来自上海，男的来自东北，志同道合。你说，两人相爱，岂不是皆大欢喜？但是不，在中国体育界绝不那么简单。各个运动队的制度是非常明确的：不准往异性宿舍乱跑，男女授受不亲。男女羽毛球队的人们并不是轻易能往来的，最多也不过是女队的姐妹们时而到男队的大宿舍听听教头训话而已。可爱情总是见缝插针的，就这么点机会，两人还是有了那个意思。时逢补习文化，这两位男女队的中国主力队员恰恰又分到了一个课桌，当然更妙，互补了那爱的毛毛雨。料不到，这件本是人之常情毫不过分的事情，却偏偏被抓住不放了。这还了得？不管一管哪行！于是二人在集体会上少不了挨一顿点名批评。没有规矩，谈何军事化管理？谈何集中精力为国争光？但问题恰恰出在这里，你不批也罢，不公开点名还好，爱情这玩意儿，越批越来劲儿。二人干脆没了顾虑，想聊天聊天，想遛弯儿遛弯儿，明打明地上街逛去！——逼急了，张爱玲冲出一句："怎么啦，我俩就是真的好啦，你们要怎么的？"当时陈昌杰同韩健住一屋，时常倾诉心中块垒。好，等张爱玲一来，韩健就机灵地溜出去，给二人让个方便。

在一些人看来，这是犯了大忌的，倘不就地处理，成何体统？运动队不是公园，不是结婚证发放处！遂做出决定，二人虽是羽坛中坚，但为了老规矩，不能姑息，必须打发其中一人出队。

可是，要打发张爱玲，女队教练坚决不同意，张爱玲是功臣，是主力，她走了，女队不亏了吗？要打发陈昌杰收拾行李回大连，男队教练执意不从，国家培养一个陈昌杰不容易啊，好不容易顶个主力用了，哪能轻易打发回家？

事情悬了下来。龙潭湖畔中国体育精英聚集的大院里顿时沸扬开来，在1982年前后形成一个不大也不小的议论中心，说啥的都有。

干吗非要把我们拆开不可？张爱玲、陈昌杰的心头压上了两块沉重的大石，艰难得很。我们为什么没有爱的权利？

事情越闹越僵，中国男女羽毛球队的正常训练不由得受到影响，时逢国际大赛任务繁重，比赛日期日渐接近，问题必须解决。于是，官司直打到一位体委领导那里。张爱玲也豁出去了，除了找领导申诉不平，还投书《体育报》，希望得到舆论支持（最近我到该报寻找张爱玲的信，未能寻到，可惜不能令读者一读了）。爱情的苦闷最难煎熬，《体育报》却也一筹莫展。

那位领导经过认真考虑，做出裁决：二人恋爱事小，国际比赛事大，在此出国前夕，实应大局为重，团结一致，力夺金牌，要做好二人思想工作，胜利完成党交给羽毛球队的光荣任务。这么着，张爱玲和陈昌杰才算都没被打发走。

张陈二人赌了一口气，下决心要在这次出国大赛中拼搏一番，夺个光彩回来。

非常可惜，由于赛前身心憔悴，压力太大，赛间坎坷不断，风云险阻，张陈二人未能获得预想中超过以往的战绩，怏怏回国。

恰在此时，羽毛球队新人也渐次涌现，有关人士执意要打发这两人的决心更加坚定。过了不久，中国一代羽坛英豪张爱玲、陈昌杰先后离开了龙潭湖畔，同羽毛球队的伙伴们无语泪别。

据知情人披露，按当时张陈二人的实力，完全可以再振雄威，为国效力，并不止两年三年。可惜中途落马，只为爱情故，过早地离去了。离队以后，张爱玲在上海，陈昌杰回大连，情丝未断，鸿雁传书，心坚似铁。后来果真结了婚，又调陈至沪，终成眷属。双双出任上海羽毛球队教头。

但是，他们的运动生命，却在多少人的哀叹之中早早地结束了。

这是一个已经过去的故事。另一个故事正在发展演变之中。

中国体操队主力、26岁的老将许志强，久有爱情饥渴症，只因终日苦练，无暇顾及。到了1987年，许志强在国际赛事上扬眉吐气的时候，同时喜得爱情的滋润，有位澳大利亚姑娘爱上了他。爱得鲜活有趣，美不胜收。每每相遇，耳鬓厮磨，北京地面，偌大的去处，二人却难躲藏，时在体育馆路广阔的大道边携手漫步。说不公开，实已公开化了。这一公开不要紧，就有"有关人士"前来劝导，晓之以理，动之以情，切盼浪子回头，迷途知返。而许志强却不是那种逃避爱情教化异变的人，一个男子汉，爱上了就是爱上了，为何不敢言爱，谈爱色变？因此，他向"有关人士"心平气和、有板有眼地提出了自己的要求：我决定结婚了，和这位澳大利亚女孩。一次要求不成，许志强又提，初衷不变，还是要求结婚。

许志强的要求，没有任何违法的不合道理的地方。

而"有关人士"却迟迟不便决定。须知，许志强是国家队主力，有战略性计划压身，怎敢贸然答复？

事情拖了下来，旷日持久。

这位中国的崇拜者、澳大利亚女孩儿不管那一套，凡有时间，必陪许志强，不惜在蓝天上飞来飞去，一直陪同前往广州六届全运会，兼照料志强的训练和生活。

许志强还是那句话："我该结婚了。"

没办法，"有关人士"答复说："小许啊，我们没权决定哟，你虽在国家集训队练着，可你是从八一队来的，是现役军人，我们怎么好答应你呢？"

许志强当即向八一队提出申请，没别的："我该结婚了，如果上级不同意，我只好要求退役。虽然我非常热爱体操，留恋体操，但是，我该结婚了。"

我觉得许志强的结婚要求是完全可以理解的，也完全合法。一个26岁的大小伙子，在别的地方也许当爹了。

中国的运动员为什么不可以像正常人那样谈恋爱结婚？

在我们专业运动队内部，眼下实行的是近乎军事化的管理，严格得很。一旦发现运动员像常人那样随着年龄的增长对异性产生正常的慕恋，并以正常的形式表现了这种慕恋，就会给予批评、劝阻甚或严厉的制裁。除非你干得秘密，未曾暴露。多少年来，我们开除或调出了不少少男少女。对许志强，算是例外的温和了。

因此，许多中国运动员的心灵深处是有创伤的，其精神生活是空虚恍惚的。

不少体育专业队的领导和教练们都像防范洪水那样防范着爱情。大家采取种种措施，一系列的高招儿，来限制爱的萌芽，甚至不惜把男女运动员分别隔离开来。中国有多少运动员都不得不在爱情和退役、开除之间进行着痛苦的抉择。

打开1987年10月31日的《体育报》，可以看到张小鸽、周守瑾二人撰写的文章，记载着中国足球队所走过的道路，内中有这样的片段：

> 足球运动员的付出又岂止仅仅在赛场呢？中国队赴巴西训练比赛前夕，中锋马林郑重地递给我们一支烟，悄悄地说：这烟可是有意义的。什么意义？经反复盘问，他才吞吞吐吐地说他已经结婚了。说完又苦苦哀求我们千万别泄露出去。他说：咱们中国有个习惯，好像结了婚就等于到了运动生命的终点站。如果球迷们知道我结了婚，我非挨骂不可。
>
> 这可真是个奇怪的逻辑，干吗非要把结婚和运动生命终点站连在一起呢？而我们的运动员却非得这么忍着。

我不了解中锋马林的爱情道路，不敢妄加评说。而今他能同昔日的湖南手球运动员李云惠同志结合，我倒觉得是马林的幸运。要知道，更多的中国运动员没有这个福气，甚至连想都不敢想。

这不能不说是中国体育的又一悲哀。由于专业队限制运动员的恋爱和结婚，而运动员一旦身体发育到一定阶段又不得不走上结婚成家的道路，所以造成了这样三种情况：一是运动员在训练期间人性的不舒展、压抑甚至变态。二是到年纪稍大时即不安心，厌恶训练生活，对将来忧虑重重。三是导致中国运动员成为全世界运动寿命最短暂的一群。

1987年夏末秋初，我曾到国家体委训练局所辖的训练基地采访。在这里，拥挤着中国体育界最宝贵的成百上千名国手。我先后到体操、跳水、乒乓球、羽毛球和女篮等几个队走了走，观察他们的训练生活。我发现了一个值得深思的现象，就是很多运动员的脸上没有笑意，脸上浮现着笑意的我仅仅发现两个人，一是李宁，这位体操"王子"在训练过程中走到长廊口接了个电话，笑了。另一位是女篮的郑海霞，她在训练中精神状态最佳，时有笑声。

大家干吗不快活些？

没有爱情的生活或有爱情不许释放的生活，是没法快活起来的。他们的生活也如同整个体育体制一样，是封闭的。

教练员们对这个问题的解释最主要的一条就是：恋爱影响训练，扰乱军心。而他们却不知道，限制的结果只能迫使少男少女们由正常的恋爱生活转入地下状态。他们偷偷摸摸，长夜难眠，这样恐怕更分心。正常的爱情生活才是人生进取的莫大动力！

纵观世界体坛，又免不了令人感慨：

在40年前的伦敦奥运会上，30岁的荷兰选手芬妮，作为当时年龄最大又是两个孩子的母亲的女运动员，一举夺得四项冠军，取得辉煌成就，震惊世界。

自芬妮之后，女运动员在生育以后运动成绩达到顶峰的不胜枚举。美国长跑选手史密斯做了妈妈，在40岁那年，成为世界上第一个打破2小时30分马拉松纪录的女人；著名选手克里斯蒂安森，在生完孩子的五个月之后，即在1984年伦敦国际马拉松比赛中跑出了2小时24分多的好成绩，紧接着，她又打破了5000米的世界纪录；著名短跑选手胡克斯，生了孩子后，在1984年奥运会上一人获得200米、400米以及4×100米接力三块金牌，在获胜之际，她激动地抱着孩子绕场跑了一圈。这在中国则是不可思议的。

科学家们认为，从生理学上讲，怀孕有如训练时负重25磅全速跑400米栏一样，一旦重量解除，已健壮了的肌肉会使跨栏选手的步伐加快。胡克斯抚摸着三块奥运会金牌，深情地说："我肯定，怀孩子使我更强壮了。他位于我腹部的最下端，甚至接近臀部位置，结果增加了我的屈肌力量。这组肌肉是否强健，决定了你是否是一名优秀的短跑选手。"最主要的是心理。怀孕使运动员心理上得到了极好的磨炼，使女人们更坚强。许多女选手生育后，情不自禁地说，生孩子比跑马拉松更艰辛。

限制恋爱和婚姻的另一个直接的后果，是导致中国运动员运动寿命的普遍缩短。

国家体委国际联络司的楼大鹏曾做过一个很有意义的比较测定。他拿世界前10名田径选手同中国前10名选手年龄对比，发现前者最大年龄、最小年龄和平均年龄都高于我们。女子15个项目中，外国运动员有11项年龄超过30岁，而我国无一人超过。我们有9项最大年龄小于外国选手的平均年龄。而这些项目正是我们落后的项目，如100米、200米、400米、800米、1000米、1500米、3000米、400米栏和马拉松跑（男子20项中，外国有12项超过30岁，我国仅有两项）。这样比下来看：

外国女子：短跑选手平均比我国大3~5岁。

中长跑选手平均比我国大6~8岁。

跳跃选手平均比我国大2~3岁。

投掷选手平均比我国大4~6岁。

外国男子：短跑选手平均比我国大1~3岁。

中长跑选手平均比我国大1~3岁。

跳跃选手平均比我国大3~5岁。

投掷选手平均比我国大3~7岁。

当然，中国运动员的运动寿命短暂还有其他诸多的原因，比如少年体校教练员急功近利，像挤牙膏一样迫使少年运动员出成绩，拔苗助长，导致过早淘汰，等等。但是，体育训练管理当中不准恋爱，没法结婚，则是毋庸掩盖的一个大原因。

田径也好,足球也好,篮球也好,越是成熟的运动项目,越需要成熟的人才能完成。这里面有一种稚嫩的青少年不可取代的成熟美。

如果我们承认那些运动员是非常可爱的,那么,可爱的人为什么不可以去爱和被爱?

尼采说:"我们真正的困境在于,出于对人的恐惧,我们已丧失了对人的爱、对人的肯定和成为一个人的意志。"

中国体育理应引导无数青少年走上健康向上的爱的道路。简单的禁欲,粗暴的阻挠,同整个中国发展中的精神文明建设是不合拍的。

而这实在是一个关于人道的大问题。

结束神话的时代

长期以来,中国的宣传舆论为体育界抹上了一层神话般的色彩,使他们以民族的榜样出现。我以为打破这神话是很有意义的。一个行业被神化以后,民主的空气必然稀薄,社会对它的监督相对减弱了,放松了,那污泥浊水就会多起来。是的,干体育的人,和其他的中国同胞怎么会两样?他们身上既有正直善良美好的一面,也可能有非正直善良美好的一面。因为同样有着山一般沉重的历史重负和社会的落后因素,谁能比谁超脱到哪里去?

《合肥晚报》曾经登载一篇专访,介绍了一位著名教练对体育界内耗现象的看法。这位教练认为,体育界不是真空地带,复杂得很,内耗严重,他举了个例子:有一次,女排在日本输了球,电视一转播,机关里立刻就有人高喊,报告大家一个好消息,中国女排以2比3战胜了日本队!这显然是一种幸灾乐祸的态度。

后来我听说,有领导找这位教练谈了,批评他不该乱发议论,这位教练则矢口否认自己有过上述的谈话。不论是谁说的吧,问题在于这篇专访所指出的现象,引发了人们的思索。实在是这类文章太少了,偶尔披露,倒成了稀罕事。

我们多么渴望知道生活的全部啊,不是全部的,就不是真实的。我们既想知道金灿灿的金牌，我们也想知道金牌的背后。

毫不客气地说，现今中国体坛，其精神风貌远远不及50年代、60年代。且不论我是否也犯了"怀旧"的毛病，但我的职业使我更多地面对现实。你知道吗，有些运动员一说这场比赛没奖金，他的肚子就疼了；有的运动员出了成绩别的不问，先问奖金多少；要是打非正式比赛，伸手就要"表演费"和纪念品，否则浑身没劲儿。金钱至上，铜臭熏天。还有，某柔道队的运动员住了宾馆，居然大笔一挥，往洁白的被套上乱写"××柔道队到此一游"字样，生怕人家不知道他们是精神文明代表队。有的运动队，在内部管理中别的招儿没有，就知道个罚款，早晨不出操，罚款五毛，站队迟到罚款三毛，无故外出罚款一块……逾假不归，罚；串异性宿舍，罚；乱骑教练摩托，罚；泄露军机，罚；说教练坏话，罚；罚罚罚！罚到头来，运动员倒有了点子：头天晚上向教练预交罚款五毛，第二天早操我不出了，干脆你们就甭叫醒我！

有的裁判员不能秉公执法，怀里揣了点儿好处费就乱吹歪哨，在比赛中甘愿扮演不光彩的角色。有一位裁判员就因为没得到一个"唐三彩"，当即罢吹，管你什么比赛不比赛；有的教练员到基层招运动员，大捞物质好处，却不管是棵什么苗子。在如今的中国体坛上，索要高价的事屡有发生。至于赛场内外发生的种种殴斗事件，更是屡禁不绝。还有公然违法乱纪杀人作案的事。

据三个省统计，在打击刑事犯罪活动中，被拘留和判刑的运动员、教练员竟达28人之多。

四川省21岁的举重健将邹远春，是个法盲。有哥们儿蒋锡斌跑来找他："帮帮忙，我杀了人。"于是我们的健将对杀人犯盛情接待，然后替罪犯窝藏了凶器、赃物，借好钱，写好信，为罪犯换了衣裤帮助伪装，送蒋去青海避风。不期风声更紧，杀人犯重潜成都找到邹远春求助，邹再次借钱协助凶手脱逃（后二人被绳之以法）。而正是这位邹某，在事前不久的法律知识考试中，竟得了95.5的高分。真不可思议！

运动员不知法，犯法可怜。而一些体育工作的领导者知法犯法，则可恨。

1987年10月，河北省体委主任、党组书记张瑄，因贪污被开除党籍，撤销职务。这位河北省体育工作的一把手和该省体委训练处处长张某以及省体育服务公司副经理等人应邀出访归国后，在未曾付给外国人任何费用的情况下，居然大报其花账，报住宿、报膳食、报交通、报工杂，以此贪污3600元私分。说实话，这个数目倒不惊人，严重的是，他们在问题暴露之后，竟然去找外国人开假票据，出假证明！在这帮人领导下，河北省体育服务公司严重违法乱纪，犯罪活动猖獗，12名干部职工中，就有5人被检察机关立案侦查，4人被依法逮捕，造成了极坏影响。

受聘前来国家游泳队任教的民主德国著名教练克劳斯，看着中国运动员头疼，"告状"告到国家体委有关部门负责人那里，对他的中国学生提出了尖锐的批评。他摇着头："我当了这么多年的教练，从来没碰到在中国这段时间遇到的问题。"他真不理解："我按时到了训练场地，但你们的教练没到，队员也不齐，有的还在看电视。上训练课，有的队员居然熨衣服，看医生。有的队员到了训练时间，还在睡大觉。有的队员不来训练，也不提前报告。你们的教练不积极执行制订的计划，反而迁就队员，为他们开脱，说什么太累。用两个星期出国比赛一次，回来还要休整。有的运动员自以为了不起，高高在上，有的队员的训练成绩有欺骗现象，这样的队员成绩再好，在民主德国是要开除的！他们不珍惜国家为运动员创造的条件，忘记了其他中国人是在什么条件下生活，不懂得有现在这样的训练条件多么不容易……"

还有一个现象颇值得国人思量：当无数善良的中国老百姓以那些英雄式的运动员为契机，尽情地抒发心底的爱国热忱的时候，他们——英雄的中国运动员中的某些人却并不见得比人们更眷恋这块贫困的国土。老鸟一口一口地把小鸟哺育大了，小鸟要飞了。他们带着祖国给予的荣誉，远涉重洋，投奔异国而去。

中国不可爱吗？

诚然，我并不想说出洋就是不爱国，爱国不分内外。只是何必太急？中国更需要他们！

这里要说明：大量中国名将的出洋，并不属于国家间正常交往派出执教的援外人员，都不是。他们有的是自费留学，有的是以探亲之名，有的呢，只是到美国陪读而已。

有的，出去以后，还想着回来，却不多。

有的，出去以后，不想回来的，却不少。

中国，为了培养他们，也算得上勒紧裤腰带了。我们的体育体制就这点儿不含糊：从小到大，从默默无闻到名扬四海，用不着你私人掏腰包，国家全包全揽！

有本事你自个儿花银子练嘛！多少国家的运动员不是这样？——一位业余体育家这样说。

还是那句话，怨不着运动员，不怨他们。我只是想打破那神话，弄清楚是超人还是凡人罢了。几番风风雨雨，在今日中国，树立任何神话般的光辉榜样都不是明智之举。

艰难的"体育热"

会有一批读者要责问我，说你咋尽看的是这些东西？你咋就看不见中国竞技体育运动的腾飞极大地振作了民族精神？难道你不曾看到我们通过体坛上的成就，早已向全世界宣告中国人甩掉了"东亚病夫"的耻辱帽子？难道我们在国际赛场上一次又一次的胜利，你就视若不见，听若不闻？

我接受这样的责备，并且这责备也是有力量的。然而，纵向的比较总是最省事，如果真正热爱中国体育，就不应沉湎于自我安慰。

不错，金牌是有200来块，搞得国人乐不可支。可惜只是流于观赏了，它们很难起到推动全民族体育事业发展和增强人民体质的应有作用。绝大多数中国人只有"看"的机会，却无"干"的场合。金牌的意义何在？

在中国，无论走到哪一座城市，你都不难看到，在川流不息疾驶飞奔的汽车旁边，在迷蒙昏暗的路灯下，少年在挥舞着羽毛球拍。我以为这是冒着生命危险的，他们在马路上的娱乐，决不会引起汽车驾驶员格外的关照。孩子们冒险的行为当然不会激发更多的人来参与此类无知的运动。意味深长的是，这个常见的镜头说明了中国人身上潜在的运动才能和体育精神，被我们极端稀少的体育场地和残破的体育设施所钳制、埋没。

你若到乡间去，打谷场上，不难见到像一个大牌子似的独木篮球架。正面的木板已不齐全，想来是被精力过剩的彪悍后生用球砸断。大牌子寂寞地戳在谷场上，上头依稀可辨四个大字：农村体育。

夏日里，我常到山西省政治文化中心太原市去。这个城市即使拿到世界上也不能说小了。然而在1984年以前，这里仅有一个游泳池，池中比煮饺子还挤。太原是这样，济南、郑州、石家庄、兰州、沈阳、昆明、南京、成都、重庆、广州、上海、天津、北京，哪个大都市不是如此呢？

即便是那些为数很少的体育场馆，一般也不对普通老百姓开放，那是专为拿金牌的人设立的。不幸得很，郎平的铁掌并不能促进群众性球类运动的开展，李宁的托马斯全旋也无助于全国体操运动的普及。

甘当观众的人还是大多数。大批体育爱好者由于各种各样的原因，其积极性正在被挫伤。

从你身边看吧。中国到底有多少人参加体育锻炼？就是说，我们的体育人口究竟有多少？正式的报道说是3亿人，那么这意味着在我们周围，在任何一个家属大院，每10个中国人当中，长期从事体育活动的人当有3位。而在此黎明时分，我站在阳台上，看着远远近近在各自的炉灶边忙乱的邻居们，那么多尚未梳洗的蓬头女人或叼着烟卷的男人，在紧张地操作着，准备早餐。又有多少家庭的夫妇争夺过外出运动的权利？而无数的单身职工，不睡至上班迟到的临界时刻，是决不会从被窝里起身的。他们一边啃着早点，一边匆忙地奔驰在上班的道路上。

倒不如这样说：在10个中国人当中，有两三个人曾经——是曾经，参加过体育活动。那是在漫长的人生道路上早期的某个环节，例如在校园里。中国人一旦当了爸爸妈妈或者当了干部什么的，就极少再去蹦蹦跳跳，因为那样会让人讥为不稳重，那毛手毛脚的样子显得很不深沉。中国文化深层的东西要紧的是精神修炼，气理平和，吃亏让人，不偏不倚，谁教你到运动场上争强斗勇、大呼小叫去啦？

我们有3亿体育人口一说，实在靠不住。估按中国经常参加体育活动的人数确是3亿，也不到总人口的30%，而联邦德国体育人口为全国人口的61%，美国占64%，挪威占67%，加拿大占59%。就拿中国的强项举重来说，连专业带业余一股脑儿加上，不过两三千人，而苏联举重运动员的人数达40万到45万，经常保持的世界纪录在15项左右。谁能想到，他们在1964年和1968年奥运会上蝉联重量级冠军的选手，竟是一位专业作家——列昂尼德·扎鲍金斯基。

英国和瑞典的女子足球参加者都在10万人以上，联邦德国达到40万人，美国超过100万人，而我们的普通劳动妇女中，有几个踢足球的？男子足球就更不好比，苏联在不到3亿人口中，拥有450万足球运动员；联邦德国在6000多万人口中，就有420万足球运动员，平均每15位居民中就有1人；罗马尼亚仅有2000万人，就有16万人踢足球，这样一个小国，派出一支"希望"队，在1987年5月27日晚，以1比0击败了堂堂的中国二队，取得了长城杯和三菱国际足球锦标赛的决赛权。顺便说一句，诸国如此众多的运动员可不是像我们似的吃官饭拿官饷的，是民间自办或院校学生队，绝非我们可比。

马拉松运动。仅有200万人口的新加坡，竟有上万人参加马拉松大赛。美国和日本也常常是上万人参加、数百万人观战。我们呢？不过是几十人、百把人跑，观众也不踊跃。人口居全国首位的四川省，1981年在全国马拉松比赛中竟没有一人参加。

我们的整个社会体育水平、社会团体对运动竞赛的组织能力，也非常低。绝大多数国家参加世界性大赛的选手是真正的业余，直接来自院校或各自的谋生岗位，像刘易斯、摩西等超级明星就是学生。我们呢？官办专业队，打世界杯是这帮人，打奥运会是这帮人，打青年杯是这帮人，打大学生运动会还是这帮人。由社会上自己组织较大的运动竞赛，我们几乎办不到。

在第23届奥运会前后，中国的游泳池计有1394个，属于中小学的室内池全中国只有1个。而苏联具备42个游泳中心，外加2000多个游泳池；法国的游泳池达到4626个；联邦德国达到6500个；日本更可观，竟有31 000个游泳池！

一个拥有2566个市县的堂堂中国，到1982年，才仅仅有41个市县达到了建有"两场（体育场和带看台的灯光球场）、一池（游泳池）、一房（健身房）"的起码要求，到1985年，才增加到84个市县具备这"两场一池一房"。

北京是不是好点儿？也不，在4个城区的471所中小学中，60%以上没有体育场地。上千万人口的北京市，合30万人挤一处体育设施。而东邻日本，平均每2600人即有一座运动场，每3200人即有一座体育馆，几乎是北京市的100倍。

全国平均，每位中国人仅有运动场地0.22平方米，只占民主德国的1／18，美国的1／60。

金牌尽管好看，却没有带动民众练起来。

我们的全国工人运动会，从1955年到1985年，中断了30个年头！职工体育活动开展如何，可见一斑。从1949年到1985年，36年间，我们没有举办过一届全国青少年运动会。全国农民田径运动会，也是在1985年才举办第一届。工人、青少年、农民这三个事关重大的运动会，都是在党中央于1984年10月发出《关于进一步发展体育运动的通知》以后，才于次年举办的。

有人说，啥也甭怨，只因为咱中国太穷。是穷，钱不多是真的；有点儿钱也只重金牌、不重视全民体育投资，也是真的。长期以来，我国体育投资同国民经济的比例严重失调，到1982年为止，体育基建投资仅占国家基建总投资的0.09％，又拿什么去发展各种体育设施？而体育事业费，也仅占国家财政总支出的0.16％，人均一角钱。瑞士，这个比例数为4.3％，人均95元；民主德国为3.6％，人均200多元。

即使按照我们在1984年以后增加到人均体育经费4角钱计算，日本仍比我们高50倍，民主德国比我们高500倍，苏联比我们高出了600倍——中国体育"热"得起来吗？

然而就这4角钱，到头来也不剩多少服务于群众。要知道养活一个省级的专业运动员，一年最少需要2000元，一个国家队队员最少要4000元。没了他们，靠什么去夺金牌？

学者总是说："体育乃是一个文明国家进行全民教育的重要内容。民族素质的内核是三大项：民族体质、民族智力和民族性格，而体质当推首位。"那么，我们发展体育运动的终极目的，究竟是夺取金牌呢，还是强化民族体质进而提高民族素质？我们千万不能把全民体育与竞技运动混同起来，因为前头说过竞技运动只不过是体育中的一项，其作用不外乎观赏而已。

从一个国家整体看，真正从事竞技运动的只是极少数人。问题就在于，我们恰恰过于偏重竞技运动并在很大程度上把它与体育的概念混同，甚至以此取代了体育。

如果说，我们忽视竞技运动就失掉了国际比赛中的金牌，那么，我们忽视全民体育就会失掉整个民族的健康！

民族的不幸

一些专家对民众体质的忧虑尽管每每寝食不安，可他们自己呢？如果我们看一看专家们自身的体质状况，那才是真正的可悲。罗健夫、蒋筑英等人华年早逝，已是尽人皆知，不幸的是罗和蒋的命运，却在更多专家身上不断重演。

中国科学院在京研究所的体育活动场所本就奇缺，而今被侵占的现象又十分严重。如电子所，原有四个篮球场，现在一个也没有了。声学所、力学所、化冶所工厂、生物物理所和发育所等单位的体育场地，而今也被占光占尽。君不见科学城内，楼房越盖越高，空地越挤越小，又如何锻炼身体？

当我们为体育精英获得金牌而欢呼的时候，可曾有人想到过另一批"国宝"的健康？

列夫·托尔斯泰曾说："一个埋头脑力劳动的人，如果不经常活动四肢，那是一件极其痛苦的事情啊！"

蒋筑英、罗健夫、栾福，当他们过早地告别尘世的时候，我们只是给予他们同疾病顽强斗争的精神、抱病工作的热忱以赞美词，却很少有人想到，那疾病本可以靠体育加以预防的。

每一个正直的中国人都应该记住这些数字：

北京。据国家体委科研所李力研对教学、科研等11个单位的10 590名中年知识分子调查，患病率高达81.6％，这就是说，每万名中年知识分子中，有8000名以上在病痛的折磨中。

上海。抽查3714名中年知识分子，患病率亦达67.8％。复旦大学仅1986年元月一个月，竟有2300名教师到医院就诊……

每当我翻看这些数字，我的眼前就映现出一张张脸：戴着厚重的眼镜，黄蜡蜡的面皮，瘦干干的面颊，细长的脖子硬挺着。

无论如何不能相信，在全世界的科学家胜利完成了第一次预防医学革命之后，在中国，这些献身科学的人却成了最容易发生心血管疾病的人群。他们之中许多人一个紧接一个地倒下去了。

经对北京大学、清华大学、四川大学、复旦大学、浙江大学、武汉大学、中山大学、华中工学院、洛阳工学院、同济大学、南京大学等院校调查，近年来去世的270位中高级知识分子总平均年龄不足58岁。

在中国科学院这座中国最高的科学殿堂，1986年以来，竟有94次奏响了哀乐——

著名地质学家曾庆丰，终年54岁。

著名数学家董泽清，终于51岁。

著名声学家施仲坚，终年50岁。

著名数学家张广厚，终年50岁。

著名数学家钟家庆，终于49岁。

……

回顾他们短暂的一生，受教育的时间几乎占去一半，继而浩劫十年；而今，他们刚刚劳作了数度春秋，却永别了自己心爱的事业。

雄图未竟身先死，怎不遗恨后来人！

试想，倘在疾病因子侵入他们身体之前，我们能够在他们中积极推行体育活动，强身锻炼，日增体魄，再辅之以医疗保健，又何至于此！

前人有道："一身动，则一身强；一家动，则一家强；一国动，则一国强；天下动，则天下强。"

在这里，我很想谈及一件使人困惑的事情。

自1987年夏季以来，京城里的"气功热"一浪高过一浪。据友人介绍，中华气功已有138个门派人员下山而来。大师们个个身怀绝技。有些报刊誉此为"名手蜂起，流派纷呈，气功从山林走向社会"。而气功师们下山入世的一个大任务，则是"普度民族的精英于苦难，拯救中国知识分子于衰亡"。有关材料说，大师们的出山，"赢得了首都知识界的热烈欢迎"，已有中国科学院、北京大学、清华大学、新华社、《人民日报》社、《中国青年报》社等30多所高等院校、20多所科研单位以及首都新闻界、文艺界等6000多位"道友"，踊跃参加了各种以气功健身的速成班，聆听气功师们传功授课。大师们在这些无神论的"圣地"，可谓所向披靡。五个月之内，欣然接受气功治病者已达5000人次。此"热"一直越过1988年年关，仍以持续发展的势头席卷神州，大大超过了以往出现的争练"大雁功""鹤翔桩功"的热度。

一个寒风凛冽的下午，我抱着久已有之的好奇心，奔赴一个专为首都新闻界、文艺界举办的气功速成班观瞻，地点在东城区的一个小胡同里。当我将要接近胡同中间的那个大院时，但见窄小的胡同已被诸多的小轿车所挤满。"入班学习是不兴迟到的，你瞅瞅，"同行者指着那些轿车抱怨我说，"人家前辈名流，早早就到了！"我们的脚步不由加快。

进得院来，到了小礼堂门口，静悄悄的。我踮起脚尖，款款地推门，轻轻地挤进了那静谧的小礼堂，里头早已挤满了数百名绝非普通百姓的"同道"，大家都在认真听讲。

大师正在讲课。有人说，这位年轻的气功师当前在北京各大门派中独占鳌头，是最有名气的。他二十六七岁，衣衫整洁，身板看不出有什么强健，操着东北口音，生得很像我小学时班上一位腼腆的男同学。

听了一阵子，只觉得大师所讲的内容实不难懂，也并不引人入胜。而引起我关注的倒是另外一些人：中国最著名的大诗人、大作家、大记者和大学问家，还有曾经极其走红的歌唱家等一干人，正端坐前面几排，面容肃穆，专心恭听着这位青年的讲述。仅这一次前来听课的中华高级人才，就足足可以开出一串震撼海内外的名单来。

正迷惑处，发现周围有人打瞌睡，且发出了鼾声，我想以赶时髦、满足好奇心而前来的听众还是不少，也未必人人对气功都那么虔诚。只是"同道"们相互询问起是否已具备功力，是否能够发气，是否打通了"小周天"时，想必会有不少人由于生怕被讥为"肉身凡胎"而随声附和道："还行，有感觉，呀，真的！"——免得被人戴上"气功盲"的帽子。因而这"气功热"便也传播得更快。

我漫步在京城的大道上，慢慢想着，渐渐又觉得单单把"气功热"归结为社会心理之传染未免浅薄，这中间必有其社会基础或物质基础。试想，真要有随处便宜的各种体育设施，恐怕这"气功热"的吸引力就不会太大。再说，气功原也同体育的竞争与开放精神格格不入，前者实属传统儒术之故伎，后者才更具备现代社会现代人之风采。要说物质基础，无非是诸贤多在病中挣扎，又无体育关照，打针吃药于事无补，且强身益寿心切，无奈便想从"大师"那里寻求养生之道；也不排除还有一些人长期以来有着"减去十岁"那种心态。但那也毕竟是先病而后求诸它法。诸贤若多雄健，想它在知识界"热"起来就难。这一"热"中，我更多地想到了我们现代大众体育之不兴，想到我们弘扬体育真谛、振奋民族精神之迫切。

自夏日里采访以来，一种复杂的心绪总难排遣。

太阳像往常那样出现，今天比以往上升得更严肃。

（原载《当代》1988年第2期）

★ 作者简介

赵瑜，男，汉族，1955年生，山西长治人，国家一级作家，国务院特殊津贴专家，中国报告文学学会副会长，著有中长篇报告文学《中国的要害》《太行山断裂》《但悲不见九州同》《马家军调查》《革命百里洲》等，曾荣获三次赵树理文学奖、三次徐迟报告文学奖、三次中国作家文学奖、第三届鲁迅文学奖。代表作品《强国梦》获1988年全国百家期刊合办的"中国潮"报告文学奖，1985—1993年度《当代》文学奖，1978—2000年度首届徐迟文学奖，2009年获"改革开放30年"及"建国60周年"优秀作品奖。

◎ 作品赏析

《强国梦》是赵瑜代表作，以8万字的篇幅首发于《当代》1988年第2期，后由作家出版社出版单行本。

这部作品是一曲冷峻的体育之歌，是真正体育精神的高扬，是对体育文学的历史性突破；作家没有为中国体育唱廉价的赞歌，没有回避矛盾，而是以其深沉的思考，在举国体育凯歌高奏的一片颂扬声中，以敢为天下先的勇气，发出了体育必须改革的强有力的呼喊；作家把写读视角从冠军、奖牌转向体育界种种问题，全方位地触及诸如竞技体育与全民体育，爱国主义与狭隘的民族意识，训练与科学，运动员就业难，一条龙体育体制弊端，运动员、教练员知识结构之不足，体育人才的巨大浪费，运动员的爱情被压抑，体育竞赛中的作弊现象层出不穷；作家把其间的利弊、美丑、强弱一道端出，使多年来人们对中国体育认识判断的稳固观念有了重大变化，也使反映中国体育生活的文学创作出现了新个性、新转机；作家跳出了体育本身，将体育与我国的社会体制改革、文化思考和人的尊严联系起来进行思辨，强调人在体育中应有的地位，指出过分强调金牌效应而导致比赛对人的压迫和异化，堪称社会问题与社会批判报告文学崛起时代的典范著作。

所谓忧患意识有两层含义：一是作者的社会良知，二是理性批判精神。《强国梦》不仅写了社会，也写了人。赵瑜显然具有大手笔、大气魄和自觉的文体意识，能自觉地将报告文学区别于小说。他的作品逻辑力量很强，使作品得出的论断让人们无法不接受，也无法推翻。

沂蒙九章

|李存葆　王光明|

（节选）

白云也难比拟的圣洁

战争本乃雄性之舞台。生死场上，幸存者辄会落下金疮暗伤，这或因白刃劈刺，或因子弹洞穿，或因弹片擦损。然做军鞋竟会在诸多沂蒙巾帼的柔肌滑骨上烙下明晃晃的疤痕，实为亘古罕见。

昔年，子弟兵追南逐北，昼奔夜袭，悉凭铁脚生风。军鞋需求之多，远远超过沂蒙根据地妇女之负荷。做军鞋须经打布壳、纳鞋底、躺鞋帮多道工序。沂蒙姐妹于腿上搓麻绳，搓十根八缕，腿上麻木片刻，倒也无妨，但日日揉，夜夜捋，先是白肤泛红，继而殷血渗出。月月如斯，数载这般，姐妹们常是旧疤未愈，新伤又添……弹指半个世纪过去，向日墨玉青丝的姐妹们，丁今个个鹄发银鬟，她们每每挽起裤腿，两胫上因搓麻绳硌出的伤疤，仍亮灿灿清晰可见。

蒙山脚下有老媪名郭云英，彼十六岁即搓麻绳做军鞋，至二十岁出阁时已做军鞋三百余双，当她欲将最后所做两双军鞋上交时，开国大典之礼炮已响彻京都，无人再收纳之。她遂将那两双军鞋携至婆家，珍匿筐底。她倚门企盼有朝一日队伍进村，再拱手送上深情一片。然其所居山村地处阴山之背，队伍再未路过。八十年代初，有文士进村搜征战争年月的民兵故事，大娘便拜托来者将那两双军鞋转送部队。来者捧物泪下，回肠九转。时过境迁，这两双军鞋已显古拙，但来者当即便窥得其特有之价值，遂将其呈送博物馆，博物馆欣然收执，当作革命珍物陈列……

我们过访郭大娘时，见六十出头的大娘已腰弓背驼，瘦削的脸上挂有菜色。她掀起打着补丁的裤腿，双膝下两胫上，各有一道搓麻绳印下的亮剑似的疤痕……

当我们对沂蒙母亲的后代和昔年的红嫂红妹们做历史的访寻时，我们不仅看到她们做军鞋时留下的明亮印记，更深深领悟到贫穷的恶魔，曾那般疯狂地噬咬过她们的心灵。烙在她们心灵上的创伤，如今正渐渐愈合……

百年老屋和百岁母亲

沂南县马牧池乡东辛庄村中央，有座平常的院落。院落南面和东面各残留着两间黑屋框，北面是三间百年老屋。老屋霉得将要变成黑泥的苫草记载着岁月的古老，院墙上那犬牙不齐的石块诉说着生活的艰辛。这百年老屋里住着婆媳俩，婆婆于大娘到1988年已是一百周岁，儿媳于二嫂也七十有八。在村里，这百年老屋虽然破旧，但阖庄老少还是说"于老寿星"是顶有福气的人。于大娘五世同堂，于二嫂也抱上了重孙，仅这点儿就使村里的老人艳羡得要命。更使老人们眼馋的是，于老寿星还摊上了于二嫂这个至顺至孝的儿媳。两脉儿孙早已分锅立灶，于二嫂却甘愿厮守婆婆。夏天，老屋燥热，于二嫂一把蒲扇不离手，隔会儿就给婆婆扇扇。出了锅的糊糊，儿媳将它吹吹凉凉，不热不冷再端给婆婆。冬天，老屋酷寒，一床破被冷似铁，婆媳俩就打通腿儿睡，睡前，儿媳总是先给婆婆暖被窝……

别看这古屋、老人不起眼儿，当年却有着与众不同的辉煌。抗战初期，曾有这样的说法：沂蒙山的心脏在沂南县，沂南县的心脏在马牧池，而马牧池的心脏曾一度就在这普通的院落里。在这三间北屋里，徐向前、罗荣桓元帅曾开过会，办过公；那两间东屋里，曾住过山东分局书记朱瑞和夫人陈若克。那两间南屋，也曾是我党我军高级干部的下榻处……孟良崮战役后,燕去室空,孤院寂寂。1981年,县有关部门整理文史资料时,才蓦然发现了这老屋和老人……

1988年,电影演员田华来沂南,文史办的同志向她介绍了于大娘那世所罕有的经历。田华执意要去拜望这位百岁沂蒙母亲。田华来到了于大娘家,一进院便望到满鬓银丝的儿媳正坐在屋檐下给丝发稀疏的婆婆梳头。儿媳见来了人,忙趴在婆婆耳根上说:"娘——同志又来看你了……"

百岁老人攒攒劲儿,站了起来,两只干枯得像树枝般的瘦手在悬空里扑打着,田华赶忙迎上去,老人一下子摸住她的胳膊,久久不放。

"老二家,把茶碗子刷得干净净的,给同志们下茶!"

"哎,这就去!"七十八岁的儿媳爽声应道。

"老二家,还不快去烧火?"

"烧火做啥?"

"打荷包蛋!"

"打多少?"

"把罐子里的那些全打上!"

"一锅下不了……"

"笊篱在墙上,捞出来再打!"

百岁老人指派着。儿媳答应得麻利,却不动作。陪同人员悄声告诉田华:抗战那阵子,八路同志你来我往,于大娘家一天做八顿饭天还不黑,锅台总是热的。凡是来的同志,于大娘总是先让儿媳泡茶,做荷包蛋,再烙油饼……老人进入百岁后,别的都说不清了,唯有接待八路的这套程式还深深地镌刻在她的脑子里。开始,儿媳没把婆婆的吩咐答应下来,惹得老人好不高兴。后来婆婆说啥儿媳应啥,为图老人个喜欢。这时,老人又喊道:"老二家,杀鸡,还不快去杀鸡、烙油饼!"

"哎,这就去!"儿媳应得仍很爽快。

陪同人员忙附在老人耳根上:"大娘,队伍要开拔了,组织上让俺去开会!"

"噢,噢,那个紧,那个紧……"

陪同人员又小声告诉田华:"该走了。"每次来人都是这样,如不说是组织上开会,大娘是死活不让走的。

百岁老人站起来要送田华，田华正欲推辞，陪同人员赶忙拽了拽她的衣角。儿媳扶着婆婆，挪着歪歪扭扭的步子，把田华送到门外的胡同头上，这时田华再也抑制不住自己的感情，喊了声："大娘——"一头扑在老人的怀里。已是满头白发的田华嘤嘤啜泣起来，三个"白毛女"紧紧抱在了一起……

百年老屋和百岁老人不仅是中国农民命运的浓缩，更是沂蒙山人崇高品格的写照。

清光绪十三年（1887年），于大娘出生在沂南圈里村一个王姓的赤贫之家。因上有五个哥姐，愁肠百结的父母懒得给她起名，就唤她小六儿。小六儿五岁那年，沂南大旱，籽粒不获，两个月里，王家席卷箔裹埋掉了两条生命，皮里抽骨的小六儿却奇迹般地活了下来。野菜山果赋予她一副好身架儿，清泉溪流滋润了她一张好脸盘儿。她十九岁那年，圈里一带横遭蝗患，谷叶几尽。父亲身患重疴，卧床不起。哥哥们外出逃荒，音讯杳茫。为求生计，经村媒撮合，当两斗高粱送到王家后，一顶花轿将小六儿抬到了东辛庄于家，住进当今这百年老屋。当时于家有土地三十亩，藕塘两个，山场一座。丈夫于潘忠厚笃诚，能苦作苦受，虽比小六儿大十岁，但有疼有爱。夫妻俩耕前锄后，小日子过得倒也有些滋味……

一次偶然的路遇，竟改变了这村妇的命运。1938年初春的一个早晨，小六儿到姐家串亲，行至半路坐在溪边歇气儿，这时迎面走来两位年轻的八路妹子。两位妹子见小六儿慈眉善目，便走过来搭讪。她们操着外地口音，一口一个大娘叫着，仨人越谈越热乎。小六儿当即改变主意不走姐家了，邀两位妹子到家好好拉一拉。正巧，这天于潘出远门去卖山货，两位女八路便同小六儿同睡一铺炕。两位妹子虽是城里人，但也都是苦出身。当小六儿拉到自己做闺女时的身世，两位妹子哭得抽抽搭搭……后来，小六儿才知道那圆脸的妹子叫陈若克，她的丈夫是山东分局的朱瑞将军……这年腊月，在一个秘密地点，由县委书记李铎做介绍人，陈若克做监护人，51岁的小六儿庄严宣誓入了党。入党，需要在登记表上记个名儿，这下难住了小六儿。她同中国大多数农村妇女一样，在娘家唤乳名，进婆家成了"于潘家的"，看来只有奔上"奈何桥"，才能在族谱上写下"于王氏"。幸亏陈若克了解小六儿的身世，便说："大娘，您是两斗高粱换到于家的,俺看就叫王换于吧……"

1939年夏,日寇野蛮扫荡沂蒙山区。山东分局和八路军一纵机关首长徐向前、朱瑞、黎玉、马保三等来沂南开辟根据地,住进了东辛庄一带。随同而来的还有大众日报社的同志。王换于的家成了山东分局和纵队首长办公、食宿的场所,战争特有的生活节奏,搅得于大娘一家团团转。王换于指挥着两个儿媳、两个闺女沏茶倒水,烙饼煎蛋,忙得不可开交。一家人把好的省给同志们吃,于大娘和闺女儿媳常以地瓜秧和野菜充饥……这指挥中枢的号令和情报,需最可靠的人去传递,王换于成了最佳人选。年已五十二岁的王换于装扮成披襟带片、蓬头垢面的讨饭人,翻山越岭,在不到一年的时间里,竟传递重要信件七十多封,往返行程四千余里!一天傍晚,纵队首长把一份文件交给王换于,说这是徐向前的亲笔信,望她连夜送到垛庄,天明时等她的回话。王换于旋即上路。她倒腾着小脚,走走跑跑,翻过十几道山岭,攀越过孟良崮主峰,天擦黑时到达垛庄,往返六十多里,全是羊肠小路,回村复命时,还不到半夜时分!她的两只鞋已磨透了底儿,两个脚后跟都裂开了血口子,袜子全被血水粘住,扒也扒不下来……老于潘见状,爱怜不已,忙端来洗脚水,替老伴将袜子脱下,把血迹洗净……

不久,于大娘当了马牧池乡的副乡长。儿子、儿媳、闺女和老于潘也都先后入了党。队伍开进东辛庄一带后,山东分局和纵队机关的孩子,开始由徐向前司令员的爱人照料。于大娘见女同志都忙于抗战,孩子们被磕打得黄焦蜡瘦,她疼得椎心泣血。琢磨了些日子,她觉得建一个"地下托儿所"是万全之策。她这想法深得徐向前司令员的赞赏。当时队伍上的孩子有二十七个,大的六七岁,小的刚生下三天。要把这些孩子都安插到合适的户里去,并不容易。于大娘走村串户,打听谁家的饭食好,就把大点儿的孩子送过去;再打听谁家的孩子夭亡了,就动员女的不要回奶,把吃奶的孩子抱过去;还细查谁家的女人奶水旺,就让她一怀两犊。于大娘一下抱来三个奶孩儿,让两个儿媳哺育……

1941年隆冬,日寇纠集五万重兵对沂蒙山实行铁壁合围。分局、纵队机关要火速从东辛庄一带转移。于大娘忙将儿媳、闺女的衣裳全找来,她褂子穿了五层,裤子套了九条,蓝土布头巾揣满了怀,见到队伍上的女同志就脱下衣服抽出头巾给她们化装……不久,一个五雷击顶的消息使于大娘绞心剜肚:她的引路人陈若克被日寇抓住,凶残的敌人杀害了若克和若克在狱中生下的女婴。组织上把若克母女的遗体秘密抬到了东辛庄。于大娘家卖掉一亩地,买了棺木,置了寿衣,把若克母女厚葬在自家的菜园里……

山东分局和纵队机关虽然离开了东辛庄,但于大娘家作为"堡垒户",始终没有中断与部队的联系。

斗争越来越残酷,让于大娘揪心的事一桩接着一桩。一天下午,邻村的一个青年用独轮车推着一个伤员进了家,于大娘像往常一样赶紧收拾被褥,麻利地和家人将伤员轻轻抬到炕上。

"大娘,这是报社的同志让俺送来的。"那青年泪汪汪地说,"这伤号看来不行了。报社的同志说,等他咽了气,就找个地方埋了吧。"

伤号满脸是血,于大娘小心翼翼地将他的衣服扒下,头皮一下子麻了:伤号的前胸后背,上肢下肢,全被烙铁烙焦了,烙焦的皮一片一片朝下掉,身上渗出的水,脓不像脓,血不像血,散发出阵阵恶臭。于大娘救护过不少伤号,像这么重的还是头遭见。她先是摸了摸伤号的胸口,心还有点儿动,又用手捂了捂伤号的嘴,鼻孔里还有一丝气儿。于大娘心中升起一线希望。她把伤号轻轻揽在怀里,忙让大闺女冲了碗红糖水,又叫老伴用火镰慢慢撬开伤号的牙,然后才将糖水缓缓溜进伤号的嘴里,溜进一匙,于大娘轻轻把伤号的头晃晃,再溜进一匙又晃晃……时间一分一秒过去了,只见伤号气越喘越粗,眼睛也微微睁开了……这时,大闺女疑惑地说:"娘——,俺看这伤号是小毕,毕铁华!"

于大娘擦了擦眼,端详了一会儿,俯下身喊道:"同志,你是毕——铁——华!"伤号的嘴上下蠕动了两下。一看没认错人,于大娘的眼泪像断了线的珠子掉下来:小毕是大众日报社发行科的,上年曾在东辛庄住过,他人伶俐嘴也甜,得闲时,常帮于大娘家推磨挑水……

为给毕铁华治伤,于大娘四处打听民间验方,上山采来各种草药。听说獾油拌头发灰能治烙伤,她便跑到南山央求一猎人打了只獾熬成油,又剪下自己的发髻和闺女的大辫子烧成灰,用浸了獾油的棉花蘸着老酒,一遍一遍地给铁华搽伤口。搽了几天见效不快,于大娘又听说,刚生下来的小老鼠浸在芝麻油里制成"老鼠油",是治烧伤的特效药,便赶忙带着老伴、闺女上山到处挖鼠洞,刨了一整天,才挖了十几只光腚小老鼠。回来制成"老鼠油"一搽,效果果然好,搽敷了没几天,铁华的伤口就结了痂。怕伤口感染,于大娘便让闺女用艾蒿煮水一天给铁华擦一次身子。开初,铁华不好意思。于大娘火了:"想不到你还是个老封建,咱们是谁跟谁呀!"

两个月过去了,毕铁华伤愈就要重返前线了。行前,他扑通跪在大娘脚下:"娘,您是俺再生的亲娘啊!走遍天涯海角俺也忘不了您……"

毕铁华走后,于大娘把慈母爱倾注到"地下托儿所"的孩子身上。"地下托儿所"越办越出名。托儿所的孩子增加到五十四个。经于大娘和乡亲们精心照料,孩子们的脸蛋儿都肉嘟嘟的,像贮满了汁的小香瓜儿。于大娘的儿媳于二嫂,因哺乳烈士的独苗孤丁,自己两个孩子缺奶水,却先后夭亡了……

1945年春的一天,山东省参议会副参议长马保三来到于大娘家,煞是严肃地将一本书交给于大娘。这本书是1940年印刷的,书名是《山东省联合大会会刊》,上面印有1940年大会召开时,山东党政军和各群众团体与会代表名单。此书只印了十本,后怕在反扫荡中丢失,除马保三保存的这本外,余者皆焚毁。马保三讲完书的来历,郑重地说:"于大娘,今日我马保三以性命相托,请您老一定替我保存好这本书,胜利后我再来取……"

于大娘将这书视为龙肝豹胎。为防潮,她先用猪尿脬包了一层,然后又用蓝底白花布把它裹好,时而藏于地洞,时而匿于雀巢,为防虫蛀,常在夜深人静取出来看看……

抗战胜利了。然而命运却在捉弄至仁至义的于大娘。1945年仲秋的一个晚上,村里召开党员会,村支书在晚饭前对于大娘说:"你已不是党员了,不能参加党员会了。"

于大娘的脑袋嗡的一声像炸开了。良久,她才问这是为哪端。村支书告诉她:这是区委副书记的指示,他说你王换于骄傲自大,光巴结大官儿,目无组织……村支书走后,于大娘虑想着自己因啥惹恼了区里的副书记,终于想起来了:那是去年春上,区委副书记几次要把自己的孩子交地下托儿所收养，均遭她的拒绝，她认为这副书记是当地干部，孩子可委亲托友……

区委副书记佛头着粪的行动，并未使于大娘心凉。她想，这一带经自己发展的党员不下一百人，况且手里还有马保三的书，总有说理的地方……

区委副书记上下嘴唇一碰，就除了于大娘党员的名，而敌人却忘不了这位给共产党出过死力的老太太。1947年冬天的一个下午，还乡团端着刺刀闯进了于大娘家，翻柜倒箱，摔锅砸盆，毫无所获后，一匪徒气汹汹地逼向于大娘："老东西，你把给共产党藏的文件交出来！"

"俺听不懂，什么文件（剑）武件（剑）？"

"我问的是书，是本书！"

"猪？"于大娘故意打岔，"猪不是让你们拉走了吗？"

啪啪就是两耳光，匪徒把于大娘打得前后踉跄。于大娘的心紧揪着，马保三的书就扎在她的棉裤腰里。"扒，扒下来！"见于大娘站着不动，一匪徒照着她的腰就是一枪托子，她痛得猛一收肚子，那书竟滑到她绑着裹腿的裤筒里。这下于大娘心里实落了："你们要干啥？我六十多的大老婆子，鬼子也没敢把我怎么样，你们不是爹生娘养的，是畜生？好，我脱给你们看看！……"于大娘说着，解开大襟褂子，唰地袒露出上身，接着又做出脱裤的样儿，匪徒们一看这架势，灰溜溜走了……

孟良崮战役开始了。于大娘和儿媳一起去送饭、救伤员。谁会想到，这年近六十的老太太竟能从死尸堆里背出三个重伤号……战斗结束回到家，于二嫂发现婆婆的大襟褂上竟有二十多处烧穿的窟窿……

当老于潘和他的儿子推着支前的小车从大上海凯旋不久，全国解放了。于大娘引颈以望的这天终于来临了。她乐颠颠跑到陈若克母女坟前报喜信儿。自若克母女入土后，于大娘岁岁三月清明来添土，年年七月十五来上坟。说来也奇，若克母女殡葬的转年春天，坟前钻出一大一小两棵苦楝树，眼下大的已有碗口粗了。村里人都说它们是若克母女托生的……于大娘趴在坟头上，脸贴着黄土："闺女呀，胜利了！解放了！朱瑞将军快来看你啦，你大娘心中的疙瘩也该化开啦……"

又是一年春草绿，朱瑞将军该来上坟啦，朱瑞将军没有来。

又是一年雁南飞，马保三议长该来取书啦，马保三议长也没有来……

她想起了入党介绍人县委书记李铎曾送给她的烟荷包。烟荷包是李铎夫人所绣，上有"精忠报国"四字。李铎临别前曾对她说："大娘，您对革命贡献太大了，往后你遇到什么冤屈，让孩子拿着这烟荷包找我就行了……"于是，她取出这烟荷包走到乡里，戴眼镜的年轻书记打量了她一会儿："李铎，县里哪有个李铎？"于大娘一看这年轻人说话不靠谱儿，便让老伴和她步行一天进了县城，办公室跑了七八个，才找到分管党员的组织部。秘书反复观看着烟荷包："大娘，李铎在1944年夏季突围时，壮烈牺牲了……"

土地还了家，人民做了主，东辛庄的老百姓乐得唱起了"拉魂腔"。不躲反了，不怕匪了，家家户户，囤里有缸里满，老少都夸共产党好。于大娘感到脸上有光，心里却觉得短点什么。她常常倚门而望，也常枯坐院中，叨念着毕铁华，叨念着马保三，叨念那群孩子……

时节如流，白驹过隙。等啊，盼啊，于大娘没候来佳音，却迎来灾难。大炼钢铁的号令一传，乡里成立了砸锅队、伐树队。庄里出了个砸锅英雄外号"二百五"，他在村中放块大青石，把各家的铁锅、鏊子集中起来，一一摔碎听响取乐儿。于大娘家的铁门鼻儿，铜脸盆儿，箱子角儿都被起了去，她没打艮儿，只要上级布置的，她从未含糊过。伐树队干得更凶，连于大娘家每年尝鲜的香椿树也给砍了，她也没有心疼。可当伐树队赶到陈若克坟前要砍那两棵苦楝树时，于大娘竟像疯了似的跑过去："这树是若克母女托生的，别伤天害理呀，要砍，你们先把我锯了吧！""老封建，闪开！"一愣头青上前把大娘推了个趔趄，两棵苦楝树在大娘撕心裂肺的哭声中被伐倒了……

百姓的日子越来越难了。第二年开春，于大娘的老伴老于潘连病加饿，不久就辞谢人世，接着，二儿子吃野菜中了毒，满脸青灰，也告别了高堂、妻儿……1960年春，向来硬朗的于大娘也饿得得了水肿病，两腿肿得像瓦罐儿。于二嫂再也看不下去了，要扒掉院子里的南屋和东屋，卖檩条给婆婆籴些地瓜干儿。于大娘说："再难，这房子也得留着，好给首长们存个纪念……""娘，咱饿成这个样，可顾不了那些了……"向来对婆婆百依百顺的于二嫂，硬是叫人把房子扒了……

闯关东的二闺女听说老娘饿得半死半活,忙回家把娘接到东北。马保三交的书于大娘放心不下,也随身带了去。

秋收时,于大娘执意让闺女送她回来,想顺道到北京托人把书交给马保三。母女俩来到北京,拿着信皮儿到水电部打听到杨在之的家。杨在之也曾在于大娘家养过伤,进京后,曾给大娘来过信。找到杨在之住处,见门锁着,闺女便带着娘逛大街,串商店……北京的楼房真气势啊,比东辛庄的南山还要高,北京的人真多呀,你来我往,看穿戴个个都像干部同志……

晚饭前,母女俩又来到杨在之家。杨在之问:"老人家,哪阵风把您给刮来了?"

"在之啊,俺想托你把它交给马保三议长。"于大娘说着,从怀里掏出那本书。

"马保三?解放后,马保三当过山东省的统战部长,1953年就去世了!"杨在之说着接过书一看,咪咪笑了起来,"老人家,共产党早就公开啦,敌人不会再按这本书的名单追捕啦,您老还是捎回去吧。"

"这些年俺老纳闷儿,"于大娘又疑惑地说,"朱瑞政委咋不回去给若克上坟?"

"嗨,老人家,朱瑞将军1948年解放东北时就牺牲了……"

于大娘心头一震,有顷,才自言自语地说:"马议长、朱瑞政委好人哪!好人哪……"

过了会儿,于大娘又打听徐司令、罗政委,杨在之告诉她,罗帅积劳成疾,刚刚去世,徐帅倒挺好的……

"在之呀,你能不能给徐司令递个话儿,别再让老百姓杀树、砸锅啦!"

"老人家,跟您说不清楚,杀树砸锅不该老帅们的事,您就别操这个闲心啦……"

聊了一阵儿,见杨在之脸上挂着愁云,于大娘关切地问:"在之,看你好像有心事。"

"一言难尽呀!"杨在之长嘘一口气,"我被打成右派了……"

……

风雨把老屋剥蚀得越来越陈旧,岁月使于大娘越来越苍老。时间是无情的掠夺者,它既能掠去人们的青春年华,也能夺走人们的美好记忆。这座小院仿佛被历史湮没了,似乎昨天的一切都不曾在这里发生。于大娘和于二嫂婆媳俩,秋风团扇,朝升暮合,青油孤灯,聊以卒岁……1966年深冬的一天,从广州来了两位搞外调的同志闯进了这孤寂的小院,开口便问于大娘认识不认识毕铁华。于大娘干涸的眼里立刻露出一丝光亮:"怎么?他还活着?派你们来看俺?"

两位外调人员摆摆手,告诉于大娘:毕铁华是广州珠江海运局党委书记,现已被造反派隔离审查,造反派说他被日寇抓住后叛党投敌,而毕铁华却说于大娘最了解这段历史……于大娘听罢,眼睛里的那丝光亮霎时暗淡了:毕铁华呀毕铁华,你走后,大娘念念叨叨,盼咱娘儿俩再见一面,可你连个口信儿都不捎来,1954年俺托人找你帮俺解解那心中疙瘩,你连个音儿也不曾回,眼下你遇到难处,才又想起俺这孤老婆子……

见于大娘阴沉不语,外调人员说:"老大娘,毕铁华是黑是白,全仗您老做证了……"

一听这话,于大娘仿佛觉得亲生儿子正被刀剐凌迟:"那好,俺就拉拉那骨节事……"

老人动了感情,把毕铁华被捕、斗争、获救、养伤的过程讲得有根有蔓,还不时撩起衣襟擦着眼窝儿,外调人员边听边唏嘘嗟叹。他们记录下大娘的讲述,打开印盒让大娘摁个手印,大娘伸出那风干的手指,在打补丁的褂上蹭了蹭,然后在印泥盒里用劲一按,在外调材料上重重印下了自己的手纹,老人抬起头:"还往哪摁,俺再摁!"外调人员说:"大娘,有您这一个手印就足够了……"

可敬的沂蒙母亲啊,您默默做着你认为应该做的一切,脑子里似乎从未旋转过"报答"的念头,这伟大的爱,来自母亲那崇高的天性,是山泉出自大山的自然涌流!

改革开放后,党在让人们抢救未来的同时,也时刻没有忘记擦拭那曾是光辉的后来却蒙上尘垢的历史。沂南县党史办、文史办的工作人员,终于在大山深处"挖掘"出那本保留了整整四十年的马保三的书。临沂地委闻知,立刻把书调到地区档案馆;山东省委得悉,当即责成临沂派人专程送到济南。这书作为孤本,珍存于山东省档案馆,它填补了山东省第一届各界代表联合大会的资料空白!

沂南县委高度评价了于大娘舍生忘死藏书的义举,特委派两名同志送给于大娘一面上书"捐献革命历史文物纪念"的镜子,并捎来四十元奖金。1981年4月14日,中共沂南县委组织部做出了恢复王换于同志党籍的决定。是年,王换于九十四岁。

党史办、文史办的工作人员还发现于大娘竟是个"活档案"。当年山东分局、八路军一纵、一一五师的许多重大事件,都能在她这里找到线索,人们按图索骥,常是事半功倍。1981年山东省妇联编写《鲁南妇女运动简史》,慕名找到于大娘,获得了鲜为人知的珍贵资料。于大娘的遭遇,使省妇联的同志愤愤不平:老人养育过那么多的孩子,竟没有一个来探望;老人救护过那么多伤号,却没有一人再踏进这破旧的院落……随同而来的某广播电台台长抬笔和着泪水写了篇《不能忘记她》的内参。内参刊印后,分送省有关部门领导。省妇联的宣传部长一再叮嘱沂南县委书记,让县里想法通知毕铁华同志,让他来看看大娘。大娘本人并没有这个要求,而是当地群众觉得太寒心……

1982年春,满头银发的毕铁华涉过清清的汶河,踏上了通往东辛庄的小道。近乡情怯,心难自已,晋见娘亲,往事如烟……还是当年的汶河,还是当年的小路,只是路显得细了,河变得瘦了……一别四十载,今日才来拜见老娘,他有着噬脐莫及之愧疚,也有着百口难辩之心酸……最难给老娘诉说的是,娘为党籍在1954年曾托人找他的那桩事儿……那时,他正遭人诬陷,也被开除党籍,一直审查到1956年,才得以解脱……可千难万难,还难过日寇摧残自己时那烧红的烙铁和刺刀?!……尽管当时自己说话不顶用,可总该写封信宽慰宽慰娘的心哪!可自己……咳,百身难赎的罪过啊!……毕铁华在百年老屋的院门前驻足:那东屋呢?那南屋呢?那探出墙头的一排香椿树呢?……他不敢再向前迈一步。良久,他才跨进院门,往昔那脚轻手健的娘亲在哪里啊,泪眼中他见一形槁容枯的老人坐在门槛上择野菜,昔年那熟悉的圆脸盘已皱缩得只剩个轮廓……毕铁华扑上去,扑通跪在地上:"娘——您不孝的儿……来看您啦……"

"谁?你是……"于大娘愣住了。

于二嫂闻声从屋里走出来，惊愕地端详了一会儿："你，你是毕铁华！"

"谁？铁华，铁华！"大娘伸出抖抖的双手欲接近毕铁华的脸庞，又止住了，"不像，不像……"说着，一只手伸过来想抚摸铁华的肩头。

毕铁华赶忙解开衣扣，大娘掀开他的衣襟用手一摸，前胸后背全是伤疤："是铁华，是铁华呀……"

"娘呀——"毕铁华长喊一声，一头扑在老人怀中，与老人紧紧抱在一起……

收住重逢的泪水，毕铁华走进老屋。他真不敢相信自己的眼睛：炕上的破席遮不住坯块，一床破被团不成个儿，炕西侧是一架四十年前的旧纺车，车上还挂着没有纺完的线穗子，锅台上一个泥盆里盛的是几个菜团子……

招待毕铁华的饭是白面馍馍、菠菜熬豆腐，这在东辛庄是最奢侈的招待。豆腐是于大娘的孙子到集上用瓜干换的，面是村支书从各家凑来的……

毕铁华回到县里，忙给于大娘婆媳买来被卧、衣服，临走，又放下三百元钱。打那，毕铁华年年都在农历五月初七于大娘生日这天，从广州赶来给老人做寿。

每次来，他总忘不了给老娘带一袋大米、一袋面粉、一桶花生油、一桶香油。他对老娘想的是那样周到细密：见娘行动不便，他买来了龙头拐杖，听说二嫂冬天给娘暖被窝，他买来一把铜烫壶……

1983年，东辛庄实行了责任制后，于大娘和乡亲们的日子日渐好转，百岁老屋里又充满了欢声笑语。于大娘德高功大，但如何优抚这样的革命老人，没有条条和杠杠。1984年沂南县委决定：破格每月给大娘补助二十元。

1986年农历五月初七，是于大娘九秩晋八大寿。那天，这座农家院落里又溢满了当年的荣耀和欢乐：来自北京、上海、广州、济南的老将军、老书记、老顾问和地、县、乡三级政府的负责同志，一起举杯向沂蒙母亲祝寿。寿礼贺匾摆满了百年老屋，山东妇联的同志还给于大娘婆媳送来两架尼龙蚊帐，一台14英寸黑白电视机……

1989年1月3日，于大娘在一百零二岁时，告别老屋，尽其天年。下葬这天，天气晴和，在这人瑞的坟头上空，有片轻盈柔美的白云，由东向西，徐徐舒卷，飘然而去……

红嫂红妹和红哥

根据知侠同名小说改编的京剧《红嫂》（"文革"中易名《红云岗》）和后来创造的舞剧《沂蒙颂》搬上舞台后，在全国只有八出戏的年月里一演再演，使沂蒙大嫂乳汁救伤员的故事风靡全国，妇孺皆知。战争年代沂蒙山村村有红嫂，据《临沂百年大事记》载，第一个被誉为红嫂的是沂水县桃棵子村的祖秀莲。在1941年深秋日寇一次扫荡中，侦察参谋郭伍士与敌遭遇，身中七弹，昏迷在山野里。祖秀莲的丈夫张衡兰发现后，毫不犹豫地背起郭伍士回家治疗护理，后又怕郭伍士暴露身份，祖秀莲夫妇便把他藏匿于地窖里。祖秀莲用纺棉花卖的钱买来几只老母鸡，熬鸡汤为郭伍士滋补，郭伍士的伤口生了蛆，祖秀莲想到咸菜缸里招蛆时，投几片芸豆叶儿，蛆便被药得往外爬。于是，她便把芸豆叶挤成汁儿滴进郭伍士的伤口，蛆竟一个个鼓涌出来……《红嫂》一剧中，最感人的情节是乳汁救伤员，这情节则取自沂南县横河村的明德英。

在横河村，在李家祖茔的土坡上，在一个无院落的房前，我们见到了八十九岁的明德英。老人正圪蹴在房檐下晒太阳。老人银发凌乱，衣衫不整，体弱如枯树扶风……

然而，一种高山仰止的情感还是油然从我们心中升起。正是这当年的红嫂，在看到子弟兵负伤后只剩一丝儿气的时候，没有犹豫，没有羞赧，将那温馨洁白的乳汁，潺潺流入子弟兵那孱弱的躯体里……在有着几千年"男女授受不亲"礼规的国度里，这弥天的壮举，不亚于殉道者浇油自焚！这当年的红嫂啊，人类战争有史以来，你第一个用乳汁为正义淬火！

明德英的丈夫叫李开田。《红嫂》戏中，红嫂丈夫叫吴二，是一个胆小怕事的转变人物。戏剧需要悬念和冲突，本也无可厚非。而舞剧《沂蒙颂》中红嫂的丈夫，却成了真名真姓的李开田，也是个衬托红嫂的转变人物。

冤也枉哉！现实生活中的李开田本是个可歌可泣的红哥儿。

李开田不仅和妻子将那用乳汁救活的伤员送归前线，而他自己营救小八路的故事也是那般凄婉动人：1942年冬日寇扫荡时，十三岁的看护员庄新民和山东纵队看护所的同志，装扮成老百姓护理伤号。天上敌机嘶叫，地下枪炮轰鸣，敌寇一次次"过网"，妄图将八路赶尽杀绝。躲反的群众东逃西藏，从这山转到那山。看护所的同志被冲散了，瘦弱的小庄混到难民堆里。饥饿，焦渴，小庄的肚子疼得如针挑刀挖。一天过午，他跑着跑着，竟一头栽进山沟里。李开田发现了这可怜的"小萝卜头儿"，便把他背到一个山谷里。李开田从怀里掏出一把生地瓜干递给小庄，饿极了的小庄狼吞虎咽。当得知这"小萝卜头儿"是小八路时，李开田说："孩子，你孤零零的，跑到哪里算一站？就跟着我吧……"日寇很快包抄了这山谷，一大批群众倒在血泊中……幸存的李开田、小庄和上百名乡亲被敌人用刺刀逼进一座庙中。夜里，体单身薄的小庄冻得瑟瑟发抖，李开田用身子暖和着他："孩子，不要怕，你就说是我的儿子……"第二天清早，一大队鬼子端着刺刀，牵着狼狗，带着翻译，把被抓的群众从庙里轰到庙院，威逼着群众交出八路。一拿指挥刀的鬼子，扯出一青年人，硬说他是八路，一挥手，两只狼狗扑上来，将那青年撕咬得皮开肉绽。接着，几个鬼子又用刺刀将他绞了个胃翻肠流。空气越来越紧张，李开田将小庄紧紧揽在怀里。拿指挥刀的鬼子眼贼，见状一下把小庄从李开田怀里拉出，硬说他是小八路。眼看狼狗又要扑上来，李开田一步蹿上前哭喊道："放开，放开，他是俺的儿子！"日寇上下打量着这"父子俩"，见无破绽也便作罢。接着日寇找来绳子，像穿蚂蚱似的把被抓群众拴成一长串儿，往沂水城里解。一路上，日寇枪捣脚踹，用了一天的时间，才把人们押到。人们被关到一个长长的马厩里。鬼子用木桶从栅栏顶上往马厩里倒水，又饿又渴的群众争相用双手接水喝，小庄人矮个儿小，挤不上去，李开田头碰破了，才给小庄接了两捧水……落难百姓在马厩里被折磨了十几天后，日寇才让他们往泰安城里送抢来的牛和驴。怕百姓逃跑，鬼子便在人们的脸上一个个涂了红颜色。住下"吃饭"时，人们又被像穿蚂蚱似的拴起来。鬼子弄来些带泥的胡萝卜往地上一撒，像喂牲畜一样让人们捡着吃，被捆绑的群众行动余地很小，撒到谁跟前谁就捡一点儿。李开田将捡到的胡萝卜大半给了小庄……人们苦熬苦煎地赶到了泰安城。趁着鬼子狂喝滥饮的时候，人们才纷纷逃出了敌穴。由泰安城返回沂南有三百多里路，嫩骨嫩肉的小庄被绳子勒得伤痕累累，脚上的疱早已化脓，一步也走不动了。李开田便背起小庄边讨饭边赶路,用了五个昼夜才回到家中。放下小庄,李开田一头倒在炕上,累得三天没爬起来。小庄进家后,两脚肿得厉害,两腿因磕碰而感染,流血化脓。用乳汁救过伤员的明德英,以草药和盐水给小庄烫洗伤口,家里早就揭不开锅了,明德英和孩子吃糠咽菜,却设法搞来土豆煮熟后再撒上芝麻、盐让小庄吃。全家仅有一床破被,明德英让小庄与孩子们合盖……经过半个多月的调养,十三岁的小庄就要回部队了。洒泪分别时,小庄扑在明德英夫妇的怀里,大人般地说:"大爹大娘,俺今生今世忘不了你们……"

这就是现实中深明大义的李开田!

出生在沂蒙山的庄新民果是行芳志洁,一诺千金。他走进花花绿绿的大上海后,始终惦念着救他一命的沂蒙山的老爹老娘。1956年,他派人将李开田接到了上海……对沂蒙老爹,他睡前问候,早起请安,一日三餐,变着花样地让老爹享受。他还亲自陪老爹上戏院,逛大世界,泡澡堂子……即使这样,他觉得也不能报答老爹的救命大恩。庄新民的亲爹原是日照县支前民船大队的总指挥,在解放舟山群岛时,中弹牺牲。自打李开田进家后,庄新民的儿女见突然从沂蒙山来了个爷爷,竟绕膝牵襟,爷爷长,爷爷短……李开田饱尝了舐犊之乐……吃了,喝了,玩了,李开田见庄新民工作忙又这般破费照顾他,再也住不下去了……临行前,新民将一千元票子分成三摞,交给老爹说:"这一叠给娘做衣裳,这一叠给妹妹交学费,这一叠老爹你留着自己零花儿……"死说活说,李开田只收下其中一叠。回村不久,庄新民又来信让两个妹妹到上海上学。憨厚的沂蒙老爹没有让两个闺女去……从此以后,庄新民按时把节地寄钱来,一直到"文革"他被打成叛徒走资派……队上的粮食越分越少,再加之断了接济,红嫂一家的生活日益艰难。这时候,来接受洗礼的"红卫兵"还常邀请沂蒙老爹老娘和他们同吃"忆苦饭"……幼稚的"红卫兵"啊,这沂蒙老娘曾用乳汁哺育过革命,这沂蒙老爹曾被日寇用绳当蚂蚱拴,他们早已吃尽人间的千般苦万种难,他们的晚年需要一点温饱和富裕啊!在那吃"忆苦饭"的年月里,李开田贫病交加,默默地辞别了人间……

与被历史湮没的王换于大娘的处境迥然不同,部队和当地政府一刻也没有忘记这位红嫂。五十、七十、八十年代,明德英的儿子、闺女、侄儿、孙子先后被送进部队（复员后均被政府安排了工作）。报纸褒扬说，红嫂对部队一往情深，爱得执着；村里的乡亲说：队伍上的人真好，给了红嫂后代几只"铁饭碗"……

都是两间的三幢房连在一起，立在我们面前。不用介绍就知道，这红嫂房业已跨越了四个时期。当年李氏祖茔里，那石块垒个圆圈儿再搭上茅草的"团瓢"虽荡然无存，我们却早从知侠的小说《红嫂》里领略过，眼前这一溜六间房的东边的两间，显然是土改后盖的，虽低矮仍结实；当央的两间比土改时的房高出两头，是六十年代末期为接待来访人员所盖，也许因盖得急促，地基已塌陷，石墙已裂缝……年近六十的红嫂的大儿子，指着西边那两间石墙红瓦的高屋对我们说："这新房是县政府1988年拨专款盖的，当时政府给了盖三间的钱，俺只盖了两间……"我们问这是为啥，他重重叹口气说："政府对俺老娘，算是照顾到家啦，上海的庄新民也还没断了给老娘寄钱，可穷窟窿，填不满哪……"

解放战争时期，蒙阴县烟庄出了"支前六姐妹"，曾饮誉沂蒙，驰名淮海。

昔日的六姐妹，个个心灵手巧，俊模俊样，是村里的人尖儿。莱芜、孟良崮、淮海战役期间，庄里的青壮年都随军支前，是六姐妹合伙撑起了村里的天……某日，村里接到区上紧急通知，要烟庄去区公所运回五千斤粮食，两天内全部加工成煎饼。仅八十户人家的小庄，要运粮、推磨，再匀匀地摊成煎饼，时间紧、任务重，可六姐妹眉头没皱，就带领全村妇女呼天舞地地干了起来。有的院里同时支起十五盘鏊子。六姐妹之一的公方莲，一人看三盘鏊子，这盘刚抹上糊儿，那盘就随手揭下，神经高度紧张，眼睛瞪得比战士拼刺刀时还要大。她两天两夜没合眼儿，摊煎饼一百六十斤，摊到最后时，头晕眼花，一没留神，手臂贴在灼热的鏊子上，烫去了一层皮……两天后，五千斤粮食的煎饼悉数运走了，六姐妹全累倒在地上，半天站不起来。又某日，区上令烟庄两天内做好七十八双军鞋，六姐妹欣然受命，又带领全村妇女飞针走线做起来。做鞋里的布不够，六姐妹就拿出家中的包袱皮儿、褥子面儿，公方莲甚至把褂子上的大襟剪下来……两天后，她们竟多做七双军鞋！六姐妹还曾在半月内为队伍洗过万件军衣，也曾头顶着炮火、迎着枪子儿抢救伤员、运送弹药……

新中国成立后，像王换于大娘一样，岁月也把她们埋没了。很少有人知道烟庄还有个"六姐妹"。改革开放后，莱芜革命烈士纪念塔和孟良崮战役纪念馆，搜集民众支前资料，才有人从旧《大众日报》上发现了这"沂蒙六姐妹"。人们来烟庄为六姐妹拍照，又发现她们当中殁了公方莲……

公方莲作为童养媳于十岁时便来到烟庄伊家。她的公公曾是个老长工，在新泰县一地主家扛了二十年的活。公公铢积寸累，攒钱在新泰置了几亩地。1932年左右，烟庄一带土匪蜂起，好多农户弃地躲匪，地价一跌再跌。公公趁机卖掉新泰的地，回乡置地三十亩，置山场三座。八路军来后，伊家便把一些土地分给村里缺地的乡亲种。抗日民主政权盛赞伊家急公好义之举，称公方莲的公公是当地的"李鼎铭"。公方莲的大伯哥被吸收入党，还成了脱产的乡文书。1953年定成分时，伊家被定为富农，公方莲的大伯哥替亡父顶帽，被开除党籍，回村当起了"富农分子"。这时，公方莲的丈夫仍在村里任团支书。谁知，这团支书不识时务，大炼钢铁时竟敢乱说乱道。公社书记一句话，就宣布将伊家老大替父戴的"帽子"摘下来，又扣到了伊家老二头上……丈夫成了"富农分子"，公方莲遂也成了"富农婆"。"文革"中，一次次批斗、抄家，公方莲有理难伸，有口难辩。这位曾用生命的丝线，馨香祷祝地编织过幸福梦境的村妇，为理想曾付出诗一样的青春、花一样的年华，可当她步入不惑之年时，却带着小腿背上那做军鞋搓麻绳印下的伤痕，带着手臂上摊煎饼烙下的疤痂，郁郁走完了人生最后的旅程……

如今，在莱芜革命烈士纪念塔、孟良崮纪念馆和中国军事博物馆里，各有一张大幅照片，照片上那五位六十上下的农村老太太，看上去个个纯朴温和，笑模悠悠，岁月的皱纹虽已爬满了她们的额头，但依稀可觅到她们年轻时的丰采。五人照片题名为《沂蒙六姐妹》，公方莲的名字被一个黑框套着，这黑框虽然那样窄小，却给人们留下了无限的反思空间……

沂蒙山到底有多少被历史风尘湮没了的红嫂红妹和红哥，谁也说不清楚，铲除"四害"后，冷不丁从山旮旯的柴门蓬户里蹦出一个来，常常令人扼腕称叹。

1977年，某部一位参谋长离休后，到沂南赵家汪村去探望已故战友——烈士韩成山的亲属。在当年的黄崖山阻击战中,营部卫生班副班长韩成山,跟随七连一排行动。黄崖山主峰海拔五十米,三面是刀削般的悬崖。千余名敌人轮番进攻,峰顶仅存六名弹尽援绝的战士……拥抱死神的时刻到了,韩成山背起一个双腿骨折的战友,纵身一跃,跳下悬崖,另外四名战友也纷纷跳了下去……烈士陵园里铭刻着这六壮士的名字,韩成山的事迹被写进连史、团史、军史……当参谋长来到韩成山烈士家,一下子惊呆了:韩成山没有死!韩成山还一瘸一拐地活着!参谋长含着眼泪打量着老战友六口之家的全部家当,满打满算竟不值百元!参谋长从这"活烈士"口中得知:他跳崖后,先是落到一个树头上,又从树头上弹到地下,只是摔断了腿昏迷过去。他在山崖下躺了两天两夜,幸亏当地一姓石的老大爷把他背回家,才免于一死……

1986年冬,临沭县丰岭村进行党员重新登记,村里的老党员都在登记表上填了自己在各个时期受奖励的情况,唯独年近花甲的王保科在"受过何种奖励"栏里未填只字。庄里上了年纪的人都知道,王保科1944年担任村民兵团长,同年入党,1945年,结婚十天就参加了八路军,1956年复员回村。王保科当了十多年的兵,回村后和乡亲们一道受苦受穷,从未夸功也未发过牢骚,更未伸手向国家要过救济。他的两间草屋,漏雨透风,摇摇欲坠,老婆又是个病秧子,欠下一千多元的债务……村里有人听说,济南军区的一位领导曾和他在一个连当过兵,可他却从未去找过。根据这些迹象遂有人推测:王保科在队伍上干得稀松平常。当乡里来的同志隐隐约约把话儿透给王保科后,王保科不声不响地回家提来个布包袱。打开包袱一看,人们瞠目结舌。原来,王保科在部队上当过连长,在淮海、渡江、舟山群岛战役和抗美援朝战争中,历经上百次战斗,四次负伤,七次荣立战功。济南战役,他只身闯入敌穴,用一挺机枪俘虏了一个连的敌人,被授予"甲等战斗模范"称号;开封战役,他带领一个班一天之内打退敌人十几次反扑,荣立特等功;抗美援朝时……望着那一张张发了黄的奖状证书,捧起那一枚枚沉默了四十载的军功章,党员们的眼泪簌簌掉了下来……

沂蒙山人,这才是沂蒙山人!山岩一样古朴,松柏一样坚忍,庄稼一样诚实,白云一样纯洁!虽然这古朴中带有混沌,坚忍中缺乏抗争,诚实中少点儿秀慧,纯洁中匮乏生活的彩霞,但我们在没有鲜花和镁光灯的装

饰里，仍窥到了真实中的伟大，看到了一个民族坚韧的灵魂！

1985年，一位白发苍苍的老将军来到沂南县，在探望了他当年的几户老房东，回到县招待所的小会议室后，对着县委、县政府的头头诉说着老房东生活的艰难，越说越动感情，竟号啕大哭起来："……房子，你们为啥还让他们住那样的破房子！唉！你们这书记、县长是咋当的……"

小会议室的空气似乎凝固了。许久许久，县委书记才心平气和地开了口。

他对将军说："据县民政统计，除了烈士家属和残废军人由国家照顾外，全县在战争年代做出突出贡献的老红嫂、红妹和红哥，还足足有九千，每人每月补助二十元不算多，可一年也需二十多万元，我们实在拿不出这些钱啊！每到月头发工资，我们是先退休干部，后在职人员，即使这样，到了月头也犯愁啊……"

他对将军说："别说让当年的红嫂红妹和红哥住上几间好点儿的房子，就是送给他们座金山银山也不为过，可我们哪里有哪！王换于大娘年近百岁献出那本书，按说顶少也得奖她一万元，可文史办才给了她四十元哪！我们对得起谁？我们这些当书记做县长的脸上有光吗？没有，没有，无地自容啊……"

他对将军说："历史的欠账太多太多，我们不光欠着红嫂红妹和红哥的账，还欠着全县九十万百姓的账，要还，要还，都得还！可还账需要时间，老首长啊，我们这班人刚刚接任，您得给我们时间去干，去闯，去拼啊！"

县委书记越说越激动，他腾地从座上站起来，眼泪唰唰往下流："老首长，请您老捎个话儿到中南海，只要改革开放的政策不变化，十年后，您老再来看俺沂蒙山，要是你的房东住不上大瓦房，请将军扇我的耳刮子！"……

老将军受到极大的感染，一抹泪站起来，重重地在县委书记肩上拍了一把："有你的，好伢子……"

（原载《人民文学》1991年第11期）

★ **作者简介**

　　李存葆，男，1946年2月生，山东五莲人，曾任济南军区政治部创作室主任、解放军艺术学院副院长、中国报告文学学会副会长，享受政府特殊津贴。中篇小说《高山下的花环》《山中，那十九座坟茔》分别获全国第二、三届优秀中篇小说奖，报告文学《大王魂》（合作）、《沂蒙九章》（合作）分别获"中国潮报告文学"征文奖和全国优秀报告文学奖，散文《大河遗梦》获第三届鲁迅文学奖。

　　王光明，男，1946年生，山东乐陵市人，1970—1990年曾任山东省作家协会副主席兼文学讲习所所长。报告文学《古老的东方有一条龙》获1983—1984年度全国优秀报告文学奖；长篇报告文学《大王魂》（合作）获"中国潮报告文学"征文奖。《沂蒙九章》（合作）荣获全国优秀报告文学奖。

◎ **作品赏析**

　　中篇报告文学《沂蒙九章》浓墨重彩地描绘了沂蒙山区人民在改革开放时期艰苦卓绝的创业精神。文章将沂蒙人民所经历过的"残酷的洗礼，庄严的涅槃"与刚毅的奋斗、伟大的觉醒、神奇的再生一并书写，展现了沂蒙山人自强不息、战斗创业的真实写照，充分弘扬了新的时代和历史条件下的光辉夺目的民族精神。作者将传统民族精神和革命思想结合，把我们的民族精神推向了一个新的境界和新的高度。

　　李存葆的小说素以阳刚之美享誉文坛，在这部报告文学中，他与王光明合作，发挥了小说创作的艺术优势：娴熟驾驭题材的能力，颇具气魄的艺术构思，真实人物的细节描写，磅礴的语言气势。他们以满腔激情将一部卷帙浩繁的历史长卷纵横贯穿，以一个个真实的故事和遍布华彩乐章的语言为材料，构筑起一座巍峨的大厦。

　　《沂蒙九章》作为报告文学，极为重视语言的文学性，整篇作品虽以叙事为主，却充满浓郁的抒情气息。作品中激情诗化和富有哲理性的语言、警句不仅大放异彩，而且大大加强了作品的文学气息和思想深度。《沂蒙九章》中的每一章都将战争时期的史料记载或村民传统与现时的事件相对应，这种跨时空的材料组合不仅使人们对沂蒙山往昔的巨大贡献肃然起敬，而且更对今日沂蒙人民在消除贫困路上新的崛起发出由衷的赞美。

《沂蒙九章》并不以一时、一事或一人为表现对象，而是在广阔的时空中展开了对于英雄的塑造，为我们书写了新中国建立后沂蒙山人的英雄群像，着力描写了改革开放时期沂蒙山人的英雄创业精神。作者对沂蒙山英雄群体的刻意塑造，将沂蒙山人的历史与现实、破坏和建设、失望和希望、爱与憎、悲与喜和盘托出，将这一切进行了淋漓尽致而又富有典型意义的细致描绘。

历史的抉择

——邓小平视察南方

| 张胜友 |

序

每一波潮汐,都孕育着一场生命的大躁动……

每一轮日出,都完成了一次历史的大跨越……

一

(字幕:1992年1月19日)

这是一个普通的日子。

太阳东升,潮涨潮落。江河东流,万木争荣。岁首春风催动南国荡漾的春意。

勃兴于20世纪80年代的中国改革开放伟业已推进到第13个年头。13年高蹈宏阔,雄健宛曲,其情其势非同凡响。

今天,在列车车轮与铁轨撞击的轰鸣声中,一个新的思路在孕育——一场更加威武雄壮的时代大戏即将拉开帷幕……

深圳在翘首企盼，已经企盼得太久太久——因为，作为中国改革开放的试验场，她的昨天、今天和明天，她的整个命运都与中国改革开放总设计师邓小平的每一个思绪、每一步决策休戚相关……

深圳是中国改革的新生儿——她崛起于中国南海边的荒凉小镇，又以"一夜之城"的现代都市雄姿撼动了太平洋的滚滚风涛，引来当今世界议论蜂起，毁誉参半，莫衷一是。

这是一座地球上最年轻的城市——她充满风险，充满竞争，充满活力，充满神奇……简直令世人不可思议！

时间上溯16年。

人民共和国的列车刚刚穿越过一段黑暗的历史隧道。

经历了狂热、痴迷、磨难、困惑、希望、抗争，直至灵魂睁开了眼睛，一个巨大的问号却摆在面前：中国向何处去？

历史的积淀与现实的思考都在叩问这片古老而贫瘠的黄土地。

历史不容等待。

历史赋予他们开创一个新时代的使命。

中国共产党第十一届三中全会的召开，无论其哲学内涵或思想命题，都闪耀出里程碑式的光芒。

中国的政治家们犹如拨动一个地球仪，就这样异常艰难而又异常果敢地将偌大的中国推上了现代化进程。

这个曾经拥有雄汉盛唐、威加四海的东方文明古国，在饱尝了近代百年凌辱、战祸离乱、闭关锁国的深重苦难之后，今天，终于以其睿智的目光和坚定的信念，再度推开了尘封网结的窗门，去延揽八面来风……

任何社会变革都需要选择突破口。

中国的改革开放同样需要一个排头兵。

1979年，当中国政局刚刚廓清雾幛，完成了一次指导思想方面的战略大转移，深谋远虑的邓小平就提出了试办沿海经济特区的总体构想。他不无悲壮地说："可以划出一块地方，叫作特区。陕甘宁就是特区嘛。中央没有钱，要你们自己搞，杀出一条血路来。"

后人评述历史时，也许会发出惊叹：一个伟大的社会事件就这样诞生了！

正是这一年春,深圳卷起了一股黑色狂潮:数以万计的人群争先恐后地涌出管理线,逃往香港。

"逃港",并非始于这一年。

由于世界东、西方冷战的对峙格局,中华人民共和国成立以来,深圳一直被视作"政治边防"和"阶级斗争前哨阵地","反崇洋""反向洋""反慕洋"等口号喊得震天价响。其结果,一道高高的铁丝网竟形同虚设、无济于事,30年来香港共接纳了30多万宝安县的逃港者。

地处著名中央街的沙头角镇,如果以人口计算,逃港者等于先后"搬走"了两个沙头角镇……

如果时间再上溯94年。

1898年,甲午海战惨败之后,西方列强纷纷趁火打劫,大清国朝臣被迫同英联邦远征军首领一道登上了深圳山头。回荡在崇山峻岭也永远回荡在中国人心头的是一个民族被宰割的声音:"以深圳河为界,凡河水漫到的地方,皆为我大英帝国的疆土……"

深圳河以南陆地,连同香港岛以及毗邻的23个岛屿,共计1060平方公里的领土就这样"租"给了英国人,一"租"就"租"出去99年。

其实,近百年来这场没有硝烟的战争一直在延续着——隔河相望,河南岸繁华的高楼与河北岸破旧的村落,不正在无声地诉说着一个令国人扼腕痛切的故事吗?!

迎接挑战,抓住机会,就预示着成功的希望。

特区办在深圳,对于深圳来说是一种偶然——然而,一切偶然的社会动因又包容在历史规律的必然之中!

从另一个层面上说,这无异于关乎中国命运的一场大决战!

1980年8月26日,以五届全国人大常委会第十五次会议审议和批准《广东省经济特区条例》最后完成创办特区立法程序为标志,深圳经济特区正式起步了……

二

创业的艰辛,唯有创业者的体尝最为深刻。

没有资金——国家只能贷款3000万元做启动费用，可谓杯水车薪；

没有设备——点一支香烟不等燃完便可以兜遍全镇的弹丸之地，仅有的一幢五层楼房已是鹤立鸡群的"摩天大厦"；

没有技术——几十家小工厂敲敲打打只能倒腾出一些小农具、小五金，形同作坊；

没有人才——仅有农业、林业、农机、水产四家县属科研单位，科技人员27人中除两名工程师外，其余均属初级科技水平……

真正是一张白纸——一切只能靠开拓者大胆去闯，凭本事去起家！

"杀出一条血路来"——绝对不是一句轻松的口号。

必须破除传统经济模式，必须破除陈旧思想观念——敢于"特事特办，新事新办"，经受一切新、旧体制胶着、摩擦、碰撞的阵痛！

利用国际资本发展区域经济，俗话叫作"借鸡生蛋"。

这是落后地区摆脱贫困的必由之路——香港是靠借钱"飞"起来的，亚洲"四小龙"都是走的这条路子。

深圳也确立了一个目标："建设资金以引进外资为主"，把香港、外国的资本源源不断地吸引到深圳来。

"面包会有的，牛奶会有的，钞票会有的。"然而，谈何容易——

要吸引外商、港商前来投资办厂，首先必须提供良好的投资环境。

明摆着的现实是：通水、通电、通车、通讯、平地……每开发一平方公里可供投资办企业的地皮，需耗资1亿元人民币。

"金钱不是万能的，没有钱却是万万不能的。"——此话千真万确。

"出租工地"——在12年前，这是绝大多数中国人连想也不敢想的念头。

深圳市领导人却大胆地想了——他们看到深圳河边沉寂的旷野上铺着厚厚的黄金——果然，12年后，有经济学家测算0.8平方公里的罗湖商业区，其土地上的财富足可铺一层一厘米厚的十元面钞。

仅开发罗湖小区的头两年，订租出土地4.54万平方米，收取租金2.136亿港元，吸引外商投资40亿港元。

"预售商品房"——在开发上步工业区时，大胆利用资本滚动增值原理，使建筑产品成为商品直接进入流通领域。边盖房，边预售，两年之间，一幢幢高楼拔地而起；资金却如同"滚雪球"一般越滚越大。借贷的1800万元转眼间变成了1.44亿元。

深圳的"拓荒牛"们，在创办经济特区之初，就敢于到商品经济的大海中去搏风击浪。"中流击水，浪遏飞舟"，开始领略商品世界的无限风光。

商品，无疑是支撑经济杠杆的一个坚实的支点！

历史，每推进一步都伴生阵痛。

鲁迅先生曾说过一句极生动极深刻的话：中国，是一个搬动一张桌子都得流血的地方。

从长期习惯了的产品经济模式到开始探索商品经济模式，社会心理失去了平衡。

很快，在推土机欢快的轰鸣声中，深圳经济特区遭受到了第一次舆论风浪的冲击——

有的同志怀疑："这还算是社会主义吗？"

有的同志评说："当年，帝国主义夹着尾巴逃跑了；今天，资本家又夹着皮包回来了……"

有的人甚至担心："特区办成租界，国将不国……"

一时间，山雨欲来风满楼啊！

探索建设有中国特色社会主义的新路子——试办经济特区，本来就是一种前无古人的试验，前辈大师们的经典著作中没有现成答案，现实的社会实践也没有既成模式——成功了，借以推进全国的改革开放；失败了，烂也仅仅烂在那么一小块地方。

深圳人的心头压上了沉甸甸的铅块……

全国人的心头升起了一个大大的问号……

三

往事历历如在目前——

深圳人对八年前邓小平的第一次视察南方是永远不会忘怀的。

深圳人关注特区的命运，邓小平同样关注特区的命运。正如同他老人家所说的："办特区是我首先提议、经中央批准的，办得怎么样了，我当然要来看看嘛。"

显而易见,一种紧迫感,一种焦虑感,时时萦绕在邓小平的心头。

邓小平果敢地发动中国这场波澜壮阔、举世瞩目的社会变革运动,是基于对中国社会现状清醒而深刻的认识的。他坦率地指出:"中国社会实际上从1958年开始到1978年20年的时间内,长期处于停滞和徘徊的状态,国家的经济和人民的生活没有得到多大的发展和提高。这种情况不改革行吗?"

又岂止是中国,这是20世纪全球社会主义运动共同面临的重大课题。

如果我们把目光投向世界,就会发现——

从东欧大陆到苏维埃联盟,从布达佩斯到莫斯科,经济衰败所潜伏的巨大危机,如同一块乌云正在悄悄地遮蔽蓝天。

毫无疑问,生产发展、经济繁荣、人民富足永远是支撑国家大厦的坚不可摧的基石。

全球的社会主义者都面临一场生死存亡的挑战!

可喜的是,深圳特区在最初四年的改革实践中,已充分地印证了邓小平关于"贫穷不是社会主义"的精辟论述。他边看边高兴地说:"深圳已经搞起来了嘛!"

人们记忆犹新。在深圳渔村,邓小平看到老百姓确实富裕起来了,扳着指头说道:"看来,中国要赶上中等发达国家水平,不需要一百年,到下一个世纪中叶恐怕就差不多了。"

八年后的今天,当人们提及曾给予深圳人巨大鼓舞、具有历史性意义的题词一事时,邓小平即刻将题词一字一句地背出来,一个字没有漏,一个字没有错:深圳的发展和经验证明,我们建立经济特区的政策是正确的。

邓小平对深圳特区的关切,其实质是对中国改革前途的关切!

继视察深圳之后,邓小平随即又视察了珠海经济特区和厦门经济特区,并接连为两个经济特区挥毫题词:"珠海经济特区好","把经济特区办得更快些更好些"。

这些都预示着什么呢?

有胆识有气魄的政治领导集团,必定高瞻远瞩,具有远见卓识,善于把握局势和时机,不断推进社会的发展,不断拓展新的战果。

试办经济特区初战告捷,犹如一股春风扑面,全国为之振奋;更为中央高层决策进一步对外开放提供了无可辩驳的理论与实践的依据。

1984年3月26日至4月6日,中共中央书记处和国务院联合召开沿海部分城市座谈会,会议决定进一步开放大连、秦皇岛、天津、烟台、青岛、连云港、南通、上海、宁波、温州、福州、广州、湛江、北海由北至南的14个港口城市,从而形成了我国对外开放的沿海黄金地带。

1985年1月25日至31日,国务院召开长江三角洲、珠江三角洲和闽南三角地区座谈会。2月,中央正式决定把这三个地区开辟为内外交流、城乡渗透的开放式的文明富裕经济区,使沿海和内陆互为补充,以带动内陆经济的起飞。

1988年春,中央开始实施沿海经济发展战略,进一步扩大沿海经济开放区范围,开放市、县增加到288个,开放面积增加到32万平方公里,开放人口增加到1.6亿人。同时,正式确立海南建省办大特区。

邓小平一再告诫各级党政领导干部:沿海地区和周边地区的对外开放要"放胆地干,加快步伐,千万不可贻误时机"。

而后,规划350平方公里浦东新区的开发、开放,力图将大上海建设成太平洋西海岸最大的经济贸易中心,以龙头之势促进长江流域的经济腾跃;与此同时,积极参与东北亚经济圈,贯通连云港至鹿特丹的世界第二条欧亚大陆桥,大力拓展对东欧各国乃至整个欧洲大陆的经贸活动;至此,由沿海开放,进一步推进到沿江开放和沿边开放。

中国一个全方位、多层面对外开放大格局已然形成……

无疑,这些重大决策及改革措施的出台与实施,有力地保证了从1984年至1988年,我国国民经济的加速发展(工业年平均增长速度达到21.7%,钢、原油、煤、电、水泥、硫酸、化肥、化纤、棉布、电视机、食糖等工业品产量进入世界前十名,国民生产总值首次突破亿万元大关,综合国力跃居世界第六位),五年实现了一种飞跃,使整个国民经济上了一个台阶。

中国,终于走出了贫困的沼泽地!

中国,终于撬开了通往新经济体制的大门!

四

今天，当我们站在深圳市委、市政府大院内这座著名的雕像前，唯有对开发特区、建设特区的"拓荒牛"们，表示深深的仰慕和崇敬之情。

革命是解放生产力，改革也是解放生产力——深圳人正是在大刀阔斧破除旧经济体制的改革中，深刻认识了这一颠扑不破的真理，同时创造出震惊中外的"深圳速度"的。

1981年，香港中发大同公司与深圳房地产公司联合在罗湖区兴建第一幢高层商业楼宇——国商大厦。深圳市政府敢于冒很大风险在全国第一个推出工程"招标投标"方案，并实施重奖重罚：工期提前一天奖励港币1万元，反之则罚款1万元。

中标的中国冶金建筑一公司面对巨大压力，别无选择，狠下决心破除铁板一块的传统"大锅饭"管理体制，在企业内部全面推行承包经营责任制，实行层层承包，责任直接落实到班、组、人。

奇迹出现了：承包前25天才盖一层楼，承包后仅用8天就盖一层楼。结果，国商大厦提前94天竣工，冶建一公司也如数领到了94万元港币的奖金。

深圳人用幽默的语言概括说："奖金不封顶，大楼快封顶；奖金一封顶，大楼封不了顶。"

一石激起千层浪——

发轫于建筑行业、革除现行僵化管理体制、运用经济规律支配建筑市场的改革一发而不可收。

几年后，高160米、总建筑面积10万平方米、号称神州第一楼的深圳国际贸易大厦，又如神话般地从这片土地上腾空跃起，直插蓝天。

历史永远会记住：深圳人兴建这座大厦创造出了世界建筑史上前所未有的"深圳速度"——三天盖一层楼。

外国人惊讶了，由衷地赞叹道："这种近乎天方夜谭的深圳速度，是独领风骚于青史的！"

深圳国贸大厦这座巍然耸立、直插云霄的现代化贸易大厦，既是深圳的象征，又为深圳人赢来了骄傲和荣光。

如今，大厦内喷水飞花、灯红酒绿、流光溢彩；海内外富商巨贾纷至沓来，洽谈经贸，流连忘返，惊叹不已，俨然一座综合性的商业小城市。

八年前，邓小平前来视察时，还只能登上22层的深圳国际商业大厦天台；今天，他老人家可以兴致勃勃地登上国贸中心大厦53层的旋转餐厅，尽情地俯瞰深圳市容了。

登高望远，心旷神怡。视线所及，仅一河之隔的香港摩天大楼影影绰绰，同深圳鳞次栉比的高层楼宇相映成趣，欲与天公试比高。

邓小平高兴地说："发展得这么快，我没有想到。看了以后，信心增加了。"

实践再一次证明：抓住时机，发展自己，关键是发展经济。经济发展，总要力争隔几年上一个新台阶。

历史对改革者情有独钟：当年承包建造这座大厦的十几个人，白手起家，与深圳同步，今天已发展成为拥有3000名职工的深圳市物业发展（集团）股份有限公司。公司资产总值达13.8亿元、年利润总额超过1亿元（自1989年以来实现利润每年翻一番），是一家主要从事房地产开发、经营和管理，同时兼营工业投资和进出口贸易，声名远播于海内外的多元化经营的大型企业集团。

尤为令人欣喜的是，今日的深圳，已有一批类似物业发展集团这样具有强大经济竞争实力、实施现代化管理的大型企业集团，挟改革之雄风脱颖而出……

震惊海内外的"深圳速度"，绝非仅仅表现在建筑业上。

深圳自创办经济特区以来，主要经济指标每两年至两年半即翻一番；12年来国民生产总值年平均递增45.36%；国民收入年平均递增44.03%；工业总产值年平均递增61.65%。这样的经济发展速度，与新加坡、韩国等亚洲"四小龙"起飞时期的经济发展速度相比，都是有过之而无不及的。

深圳人从改革开放、革故鼎新的实践中，率先提出了极富于哲理意味的口号："时间就是金钱，效率就是生命。"

这一口号很快又风靡神州大地。

"深圳速度"给予中国改革开放的启示，正如同一位外国元首所称道的："中国不能没有深圳——深圳有希望，才能推动中国的成功！"

五

改革的期望值是什么？

从商品生产观念的确立到社会主义市场新经济运行机制的形成——深圳特区的决策者们敢为天下先，实现了变政策优势为体制优势的跳跃。

每一步攀登都异常艰辛，每一次冲击都充满风险——而完成每一次拓展，又必然跃上一个新的高度，饱览无限风光，领略创造人生的辉煌壮美的情怀！

改革，是一项社会综合系统工程。

大胆地试，大胆地闯，改革就是开创前辈人所没有干过的事业。

深圳始终坚持以市场为取向的改革，得以逐步迈向社会主义市场经济新体制。

——大建设局面，国营、集体、个体、合资、独资企业如同雨后春笋似的冒出来，百万劳动大军有如一波波狂涛叠浪涌入深圳，逼出了一个"劳务市场"：用工制度的改革彻底砸碎了"铁饭碗"，合同工、季节工、临时工一齐上；实行双向选择，老板有权"炒"职工的"鱿鱼"，职工也可以"炒"老板的"鱿鱼"，一次分配定终身已成为明日黄花。

——建筑业的高速度和高效率，逼出了一个"原材料市场"。传统的天经地义的由国家调拨、建材部门经营的"一统江山"局面，理所当然地被打破了。在深圳，钢材、水泥、木材等原材料都可以在市场上公开出售、自由贸易、拍板成交。

——特区开发所必然出现的人口骤增，一度造成食品、副食品、日用品等供求关系失衡，逼出了一个"生活资料市场"：始于1984年11月的深圳物价改革，与劳动工资改革配套进行，稳步推进，逐一放开；迄至今日，市场调节价格比例已占到97.4%，没有引发人心浮动和社会动荡；在深圳，价格真正遵循价值规律，发挥着引导消费、启动市场、调节商品的杠杆作用。

这组镜头对于国人来说是陌生的。

1987年12月，深圳发展银行向社会公开发行了第一批股票。迄今，深圳建立股份制企业达136家，并有17家企业的股票正式上市。深圳不但把大量社会闲散资金聚集起来促使经济飞轮加速运转，而且勇敢地打破了"股票是资本主义的专利"的固有观念。

毋庸置疑，深圳的股票市场还很年轻，管理机制和运作程序都有待进一步完善；股份制改革既充满风险又备尝艰辛——然而，它毕竟在探索中迈出了可喜的一步。

还有"金融市场""科技市场""信息市场""人才市场""期货市场""房地产市场"……毫无疑问，深圳社会主义市场机制的全面发育与灵活运转，远远走在了全中国的前列。

在深圳，对一切有利于解放和发展生产力的改革尝试，都敢于大开绿灯。

实践是检验真理的唯一标准。

深圳人正是从改革开放的实践中充分认识这一真理的：计划经济不等于社会主义，资本主义也有计划；市场经济不等于资本主义，社会主义也有市场。

今天，当深圳在全国率先显示"小康"的雏形：人均国民收入达到8000元人民币；12年累计直接或间接上缴国家财政和税收达200亿元人民币；同时，安排内地劳动力就业100多万人、向内地汇回劳务费达55亿元人民币；人均生产总值、人均实现利税、人均收入和消费水平跃居全国首位，提前实现国民经济总体发展战略的第二步目标时，内地某些经营不善、长期亏损的大中型企业职工中间，却在流传着一首《新好了歌》："企业亏损好／什么摊派都不要了／企业亏损好／各种检查组不来了／企业亏损好／优惠政策上门了"。

"不坚持社会主义，不改革开放，不发展经济，不改善人民生活，只能是死路一条。"

邓小平的这一席话如黄钟大吕振聋发聩，不能不引起人们深长思之啊！

六

放眼世界，以"第三次浪潮"的勃兴为发端，科技革命席卷全球，先进科学技术有声有色地统领着全球经济舞台，成为当代经济发展和社会进步的最活跃和最强大的驱动力。

"科学技术是第一生产力"——邓小平这一科学论断的巨大现实意义在于：把振兴教育、发展科技、尊重知识、尊重人才等一系列关乎中华民族兴衰存亡的社会课题，摆到了我国现代化建设的首要的战略位置上。

这一论断无疑又是对几十年来在知识分子政策方面"左"的流毒的最坚决和最彻底的拨乱反正！

深圳能否搏击太平洋风涛，问鼎世界市场？关键要以科技进步为依托，大力发展自己的高精技术产业——这正是智者思虑目光之焦点。

深圳先科激光公司的创办，使我国继荷兰、日本、美国之后，一跃成为第四个能够生产这种被西方人称作"魔镜"的激光视盘、唱盘的国家。

12年风雨历程，深圳已发展成为拥有近百个科研机构、十余万名各类人才和数百家高科技企业、具有相当科技实力的现代化城市。

深圳创办特区的整个过程，也是延揽八方人才的过程。有胆识有才智的人，都可以来特区一试身手。

有一则传为笑谈的真实故事——

创办特区之初，一群年轻大学生满怀希冀来到深圳人才招聘中心，问："将分配我们干什么？"回答说："这恰恰是我要问你们的问题。你们到底能干什么，打工，当老板？深圳将给你们提供最宝贵的机遇，关键是看你们自己有多大的能耐了。"

这是一种全新的开放型的用人观念。

中国有句古话："英雄无用武之地。"

一个国家、一个民族，最大的浪费莫过于人才的浪费了。

"物尽其用，人尽其才""尊重知识，尊重人才"……口号的提出无疑表明了一种社会观念的进步。但至关重要的，还在于提供与之相配套的社会环境；否则，再美好的愿望也只能流于空谈。

深圳特区形成了一个充满竞争的激励人才成长的大环境。在这里，所有人的聪明才智，都能通过社会大舞台激烈的竞争与角逐，最终充分实现其自身的价值。

"海纳百川，有容乃大。"日前，深圳专门成立了"中国科技开发院"，旨在与密布于珠江三角洲乃至全国的新科技项目联网。

深圳经济特区正成为"技术的窗口，管理的窗口，知识的窗口，也是对外政策的窗口"——日益发挥着对内对外两个扇面的辐射作用。

七

纵观一部当代世界经济发展史，始自20世纪40年代爱尔兰人创办香农特区；而后，从欧洲到亚洲到大洋洲，出口加工区、自由贸易区、科技工业园区、自由港等名目繁多的各类经济特区已达600多个。然而，它们都与本国的经济几乎完全割断了联系，一般只是单一功能，仅限于区内贸易或加工，吸引外资开办实业激活区域经济而已。

中国创办深圳经济特区，旨在种一块试验田：对外，既可以走向世界；对内，又可以带动全国——而最终要让这颗种子在960万平方公里的大地上开花结果。

深圳——肩负着闯出一条具有中国特色又适合中国国情的经济发展之路的使命。

深圳几乎是在一夜之间完成了农业经济向工业经济转轨换型的。

客观而言，在一个相当封闭、落后的地区进行经济起飞前的积累，必然会首先选择"以贸为主"作为突破口。

然而，从"以贸为主"到"以工为主"，从开发劳动密集型产业到开发知识密集型产业，中间却要经历惊险的一跃。

值得庆幸的是：日本、香港等用了近百年时间才认识这一现代都市发展的规律；深圳人却只用了五年，便潇洒地走出了这片低谷。

1985年，深圳在全国最先提出了发展外向型经济的战略构想。确定发展"路向"是：资金来源以外资为主，工农业产品以外销为主。大胆地走向世界，与国际市场相衔接。

然而，产品要打出去，要去搏击世界市场风云，必须具备雄厚实力，必须有资金，有销售渠道。否则，一切都将变成纸上谈兵。

深圳人还是靠一个"闯"字。

——眼睛向内，"内联"：依托内地的技术、人才和资金，在深圳联合办厂。

——眼睛朝外，"外引"：引进国外的资金、技术和管理经验，吸引外商前来深圳合资或独资办厂。

——组建自己的"托拉斯"：大胆突破传统外贸管理体制的束缚，从"借船出海"到"买船出海"，直接实现国际产销见面。

中国，是自行车的王国。

深圳人自创办中华自行车有限公司的第一天起，就将目光瞄准了云谲波诡的国际市场。

引入一流的设备和技术，融汇中外企业管理之精华，全力推行国际质量标准，讲求信誉，尊顾客为"上帝"，很快使中华自行车有限公司被国际同行们称作"崛起的巨人"，产品远销至美国、英国、加拿大、日本、爱尔兰、丹麦、瑞典等10多个国家和地区，一跃成为自行车出口量居世界第二位的单一生产厂家。

随后，赛格电子集团、康佳电子集团、浮法玻璃厂、中冠印染公司……中国的一路路商品集团大军，终于有资格有能力遵循国际惯例，扬眉吐气地升帆远航了……

这组数字无疑是辉煌而夺目的——

深圳市出口总值由1980年的0.09亿美元发展到1991年的34.46亿美元，年递增71.72%；1992年1月到8月，出口总值又达到35.86亿美元；工业产品出口产值占到工业总产值的60%以上；利用外资占到全国的七分之一；三资企业密度居全国首位；出口创汇总量在全国各大中城市中仅次于上海，排名第二位；人均创汇额名列全国榜首。

深圳从起步之初的"三来一补"到及时转向以三资企业为主，从中外合作、合资到欢迎外商独资，从大力办工业到加快第三产业的发展直至跨国经营。特区发展外向型经济的成功经验，为党中央最高决策层及时制定深化改革、扩大开放的经济发展战略方针，提供了理论与实践的参照系。

邓小平以时不我待的口吻指出："有条件的地方要尽可能搞快点，只要是讲效益，讲质量，搞外向型经济，就没有什么可以担心的。"

八

深圳留给了世人一个巨大的"谜"——值得政治学家们、经济学家们、金融学家们、建筑学家们、社会学家们和历史学家们穷其毕生去探求,去争辩,去论证。

的确,深圳——作为中国改革开放的试验场和基地,12年卧薪尝胆,12年栉风沐雨,创造过多少惊世骇俗的壮举啊!

——1984年5月,刚刚富裕起来的深圳万丰农民集资参股办工业村,构建了一种以共有制为基点的全新的农村经济体系"万丰模式",成为中国第一个实行股份制的农村。

——1985年11月,中国第一家外汇调剂中心(外汇市场)诞生在深圳,外汇兑换由黑市交易变为公开、公平、公正、合法的买卖,对现行外贸、金融管理体制的改革,无疑是一次大胆的尝试。

——1986年2月,深圳市政府在全国率先实行向社会公开招聘局级领导干部,使"主人"在实际意义上真正享有了自荐、举荐、监督"公仆"的民主权利(市规划国土局局长卢胜海就是其中的一位)。

——1987年12月,中国首次土地使用权公开拍卖活动在深圳会堂举行。深圳市政府以公开拍卖的方式做成第一笔土地交易,对国有土地传统管理方式是一次大冲击。

——1987年12月,深圳在全国率先创办全封闭式的沙头角保税区,海关对0.2平方公里保税区域内的进出口货物简便手续,实行优惠政策,被人们誉为"特区中的特区",为我国的进一步开放和拓展外向型经济探索新路子。

——1988年9月,深圳市政府以竞投方式,在全国首次公开拍卖小汽车营运牌照,尝试城市公共交通运输管理体制的改革;这一拍卖活动标志着传统的由市政府无偿分配营运"的士"牌照制度的终结。

——1990年4月,深圳市政府宣布首次向国内外公开出售四家国有企业,允许国内外企业和个人购买。

——1992年8月,中国第一批高科技成果在深圳进行拍卖,拍卖会推出电子、微电子、精细化工、生物工程、机电仪一体化等35项高科技成果，成交额达92.2万元。深圳率先将科技成果推向市场并转化为生产力，对进一步深化科技体制改革具有重大启迪意义。

——深圳市设立了全国第一家市长专线办公电话，与社会相沟通，密切联系群众，及时、广泛地听取各界意见，转变政府管理职能；随后，为适应特区建设的新情况和经济发展的新形势，深圳市又创办了全国第一个经济罪案举报中心，始终坚持两手抓、两手硬，大力推进廉政建设，努力端正党风，净化特区社会风气，卓有成效地保证改革开放事业的健康发展……

12年间，深圳人在奋发有为的改革开放实践中共创造了多少"全国第一"，已很难数得清了；然而，一个明白无误的事实是：深圳发展速度最快，深圳改革步子最大，深圳开放程度最高，深圳的"开拓、创新、团结、奉献"精神最可嘉。

显而易见，深圳人发起的每一次冲击，都将改革之剑直指旧体制的防护墙，都为催发新体制的萌生和解放生产力挺进了一大步！

今天，当你漫步在深圳街头，也许你会感到既陌生又神秘。

——的确，在深圳，你已很难找到从东欧到前苏联到中国改革前的传统"社会主义"的痕迹。一切先进的行之有效的西方发达国家的经营手段和管理方式，都被大胆地拿过来为我所用，而且创造出了比资本主义更高的发展速度和更祥和的社会氛围。

今天，当你漫步在深圳街头，也许你还会心存疑虑而有所疑问。

——然而，深圳又确确实实不同于资本主义。因为，在深圳，公有制依然占据着主体地位，中国共产党人牢牢执掌着政权，而且以其改革开放的宽阔襟怀，赢得了人民群众的欢迎和拥戴。社会主义精神文明正在不断地发扬光大，竞争意识、风险意识、时间意识、效率意识、民主意识、平等意识已成为社会生活的主调。

那么，深圳到底给予人们什么启示呢？

1984年1月26日，邓小平为深圳经济特区题词："深圳的发展和经验证明，我们建立经济特区的政策是正确的。"

1987年6月12日，邓小平又说："我们建立经济特区的决定不仅是正确的，而且是成功的。"

1992年1月19日,邓小平进一步坚定地说:"深圳的建设成就,明确回答了那些有这样那样担心的人。特区姓'社'不姓'资'!"

邓小平一再告诫人们:"改革开放迈不开步子,不敢闯,说来说去就是怕资本主义的东西多了,走了资本主义道路。"并且一针见血地指出:"中国要警惕右,但主要是防止'左'……把改革开放说成是引进和发展资本主义,认为和平演变的主要危险来自经济领域,这些就是'左'。"

九

历史永远是一部教科书。

在这幅源远流长的中华五千年文明史长卷面前,我们感悟到了什么呢?

昨天已经逝去,辉煌已成陈迹,民族要振兴,中华要腾飞——每一个中国人的肩上都会感受到沉甸甸的压力啊!

深圳人民,全国人民也许永远记住了这个细节:邓小平缓缓地朝码头走了几步,突然又踅转身,意味深长地对深圳市委书记李灏说:"你们要搞快一点!"

是啊,我们一定要搞快一点——告别过去,开辟未来;中华民族在近代被欺辱了一百年,是彻底改变她贫穷落后面貌的时候了。

唯有生机勃勃、开拓奋进、敢于撞响命运晨钟的民族,才具有这样的大气魄和大胆略——上下几千年,纵横八万里,凡人类文明发展史上的一切先进成果,皆可任我取舍为我所用。

卡尔·马克思曾有过一段著名论述:"任何一种解放都是把人的世界和人的关系还给人自己。"中国人民奋起于忧患,经历了成功与挫折的考验,必将紧紧扭住经济建设这个中心不放,坚持党的基本路线一百年不动摇,在推进祖国现代化建设的伟业中,以高山一般的毅力和大海一般的情怀,展示无与伦比的雄健身姿……

大海无垠,水也滔滔,浪也滔滔。

人类社会的进步与发展,永远是迎着风浪前进的。

一个国家、一个民族的思想和情感张力,在于追求。

一位大师说过:历史不是发动的,而是到来的。

一位哲人说过：机会，永远钟情于有着特殊准备的民族。

每一次历史的抉择，都将拓展一片新天地。

中国，正拥抱着一个明天的太阳。

人民共和国这艘艨艟巨舰，正继续沿着改革开放的航道，劈波斩浪驶向新世纪的黎明……

（原载1992年10月25日—26日《光明日报》）

★ **作者简介**

张胜友，男，出生于1948年9月，福建永定人。1982年毕业于复旦大学中文系，曾任光明日报记者、专刊主编，光明日报出版社总编辑，作家出版社社长兼总编辑，中国作家出版集团党委书记兼管委会主任，中国作家协会党组成员、书记处书记，中国作家协会报告文学委员会主任，中国报告文学学会副会长。第十一届全国政协委员。代表作有《闽西石榴红》《破冰之旅》《穿越历史隧道的中国》《世纪回声》《张胜友语文教材作品集》等散文、报告文学集多部。撰写《十年潮》《历史的抉择——小平南巡》《海南：中国大特区》《让浦东告诉世界》《百年潮·中国梦》等电影、电视政论片多部。荣获1985—1986年全国优秀报告文学奖、徐迟报告文学奖等多项国家级大奖。被授予"新中国60年百名优秀出版人物"称号。

作品赏析

这是一篇别具一格的政论体报告文学。

本文发表于1992年，后拍成电视政论片，由中央电视台播映，并作为中国共产党第十四次全国代表大会献礼片。

在这部作品中，作者以自身独特的眼光，抓住了改革开放的主线，盯准了深圳特区作为改革排头兵、试验田的示范和榜样效用，充分展现了邓小平同志两次视察南方所具备的石破天惊的思想力量，吹响了中国新一轮改革开放的进军号！

作者的创作思路细致缜密，采用三条线紧密结合的方式：第一条线书写了贯彻小平改革思想的两次视察南方。第一次视察南方是在1984年，在深圳特区改革最困难的时候，小平同志出现在深圳街头，给深圳巨大的鼓励，写下题词：深圳的发展和经验证明，我们建立经济特区的政策是正确的；第二次视察南方是在1992年，邓小平当时是88岁高龄的老人了，此时在中国掀起了第二轮改革开放的高潮。深圳的改革开放取得非常多的成就、创造了众多的全国第一。第二条线没有写深圳改革开放的大事记，而是理出了一条深圳在探索国家由计划经济体制到市场经济体制转轨过程中，为全国做出了表率，提供了成功经验的主线；深圳是中国改革开放的试验田，是共和国改革的长子，是中国改革的排头兵。它承担着辐射全国，推进全国改革开放进程的重任。同时，在国家、在全世界第三次经济浪潮、在产业结构调整的大背景下，深圳的改革开放闯出了一条属于自己的辉煌前途。第三条线围绕着这些内容，书写了宏大的历史背景下深圳的辉煌成就。

　　势不可当的改革大潮，给社会带来的巨大变化，这一切都让作者感同身受。他用手中的如椽巨笔，写下锦绣篇章，真心实意地为改革呐喊助威。

中国863

| 李鸣生 |

◎ **内容梗概**

《中国863》是第一部反映我国20世纪80年代以来高科技领域发展历程的长篇纪实作品。作者站在历史和时代的高度，对长达11年之久的"863计划"做了客观的反映，对中国高科技走向市场、挑战世界尖端的悲壮历程做了精彩的描述，塑造了一群代表中国最高科技水平和真正科学精神的鲜为人知的中国科学家的形象。作品抓住了全球生存与发展竞争的焦点和核心——科学技术，将这一主题突出呈现，凸显了我国走科教兴国之路，振兴高科技事业的必要性。全书30万字，1997年12月由山西教育出版社出版。

★ **作者简介**

李鸣生，男，1956年生，四川简阳人，1973年底入伍，供职于军委政治工作部某部，现任中国报告文学学会副会长。曾获三届鲁迅文学奖等20余项全国、全军文学奖。主要作品有长篇报告文学《飞向太空港》《走出地球村》《全球寻找"北京人"》《中国863》《国家大事》《千古一梦》《发射将军》《震中在人心》；中篇小说《火箭今夜起飞》《花太阳》；电影纪录片《飞越人间》；电视剧《长征号今夜起飞》；电视专题片《血印》《撼天记》《祖国不会忘记》（合作）等。

作品赏析

作者在文学表达上极具特色,诗意的抒情与深刻的议论在作品中展现得淋漓尽致。作品充满激情的抒情是基希所说的那种"强烈的社会感情",这种抒情与生动朴实的描绘相结合,形成了强烈的艺术感染力;它的议论充满了理性精神和思辨色彩,又常常是揭示作品深刻内蕴的画龙点睛之笔,让人强烈地感受到思想的冲击力。正是抒情与议论的融合,使得这部作品极富审美价值。

这部作品思维新颖,故事鲜活。作者用生动的文笔和奇特的构思将科学与文学成功结合,把科学家的工作用普通人能理解的语言表达了出来,将这部作品变成了一部思想深刻、发人深省、真正反映我们这个大时代和民族精神的警世之作。

王选的选择

| 王宏甲 |

远大的前程从哪里起步

"我一生中第一次大的抉择,是选择专业。"王选说。

那是大学二年级下学期,要选专业了。同届有200多名同学,都是来自全国各地的数学尖子,大家最热门的是选择纯数学。

纯数学,真的很迷人。

老师说,西方有人讲:"上帝是按照数学语言来创世的。"恩格斯则写道:"数学在一门科学中应用的程度,标志着这门科学的成熟程度。"总之,纯数学的光芒可以照耀到一切科技领域。计算数学,是一个分支学科,北大刚有这门专业,连教材都还缺乏,可称冷清而荒凉。王选却选了这个"冷门"。

为什么这样选呢?

多年后,王选看到一位美国心理学家写的一个公式:

I+we=fully

眼前忽然一亮,他觉得这个美国人把他多年来抉择前程的一种方式"抽象"出来了。在这个式子里,I代表我,we代表我们,相加之和就等于"完整的我"。

他说他选择计算数学是看了我国1956年1月刚刚制定的十二年科学发展远景规划，看到规划中把原子能、自动控制、计算技术列为重点发展学科。周恩来总理也说，计算技术是我国迫切需要的重点科研……19岁的抉择就这样选定，看起来没有多少他的"个人意志"，只是听从了"国家需要"。

其实，这次选择真正的收获是，知道把"我"与时代、与国家的迫切需要相结合，这将使他在"天时""地利"上都得到更多的好处。此外还可以注意到，在社会的公众的需要中，永远蕴藏着人生的大好前程。

多年后，王选还深切地体会到："市场的需求"，以及现有技术的"不足"，这都是科技创新的源泉。至于"冷清与荒凉"，那才是更容易出彩的地方，没有那么多高大建筑，阳光会更直接地照耀到你的身上。

没有什么比跨领域研究更能为前途开辟道路

就在他选择"计算数学"的第二年，苏联于1957年把人类第一颗人造卫星送入太空，北大校园的歌声也飞翔着自豪……然而也在这一年，王选的父亲在上海戴上了"右派"帽子。

1958年王选大学毕业，时值我国掀起研制计算机热潮，由于计算机人才奇缺，王选当初选择的正是这个专业，学校正需要用人，这使王选未受"父亲问题"株连而被留校当助教，并成为设计硬件的主力之一。这大约是王选首次从自己的人生选择中收获到好处。

为研制中型电子计算机"红旗机"，北大成立了"红旗营"。曾担任王选计算机课老师的张世龙还不到30岁，已算得上是我国研制计算机的先驱之一，他被任命为红旗营营长。1959年夏，王选刚刚完成红旗机的逻辑设计，张世龙老师却被定为"右倾分子"，下放农村。

老师要走了。老师把一只手放在他的肩上，说不出什么。王选感到一个重担已经压在肩上。这个秋天，秋风吹动未名湖畔的树叶，吹起王选的白衬衫，他比任何时候都更加感到自己的渺小，非常渺小。

这使他拼命地想把"我"融化到"我们"中去。他似乎成功地钻进"红旗机"里去了。1961年他做出了成年后的第二次抉择："从硬件转向

软件,但不放弃硬件,而是从事软硬件相结合的研究。"

24岁的王选很快看到了这次抉择所带来的好处。"我已经搞了三年计算机,如果谁说我不懂计算机,我能同意吗?可是现在,我忽然发现,只有了解了软件,才真正懂得计算机。"

这其实是选择了"跨领域"研究。

广义地说,如同阴阳结合分娩出生命,没有"跨领域"就没有创新。电子计算机就是数学和电子技术相结合的产物。当200多年的工业经济使世界朝能源危机、资源耗竭的方向发展,本世纪后半期一批低耗高效的高技术,都是从跨领域的研究中诞生,从而为人类的前途开辟道路。没有"跨领域"研究,王选就不会是今天的王选,所以他把这次抉择看作:"这是我一生中最重要的抉择。"

他还说自己当时有种"茅塞顿开"之感,这时他还做出了人生中的第三次重要选择:每天花半小时收听英国BBC广播的英语。王选上大学时学的是俄语,现在隐约感到,计算机是在美国最先问世的,自己搞的这项研究恐怕还是要从美国学东西,因此有必要学英语。

这是王选如饥似渴、如琢如磨地吸收新知和深入研究的时期,人生处在这样的时刻,就是将要萌生发明创造的前夜了,没想到就在这年夏天,连续的劳累把他击倒。

虽为"右派"子弟,为了证明自己爱祖国爱人民,他算得上把青春和生命都投入了"红旗机"的研究,不管身体有怎样的不舒服,他都挺着、熬着,没想到生命比想象的脆弱……他的病辗转首都几家医院久治不愈,生命一天天微弱,他不断地想起母亲……1962年王选才25岁,6月,同事和朋友把他从医院护送上列车。列车长鸣着笛把王选带走了,不少人感到好像经历了一场诀别。

在生命最微弱的日子里

母亲在上海站见到儿子,泪水掉下来。

但母亲马上说:"没事,会好的!"

母亲姓周名邈清,生于1901年。外祖父曾留学日本,归国后在晚清的学堂里教过化学。外祖父在清政府尚存时就为她取的"邈清"这名,似乎真赋予她某种东西,母亲一生都坚强而凛然。现在母亲开始竭尽全力拯救儿子。

王选在上海治疗,仍然未见寸功。

母亲从未失去半寸信心。

母亲从小没有裹脚,62岁的母亲脚步匆匆,出门请医、寻药、回来煎药,一碗碗送到儿子唇边……王选躺在床上,体验着母亲夏去秋来的努力,感到生命力在很深很深的地方被一丝一毫地召唤回来。每个人都有母亲,世上还有什么比母亲更无私更让人感动的呢!在母亲的身上,实际上还有留洋归来的外祖父的理想,白发皤然的母亲,把顽强、把坚韧不拔的毅力和爱,一点一点地喂给儿子……在王选生命最微弱的日子里,母亲不啻是他真正的保护神,这样的哺育,是会造就出伟大的生命的!

隆冬过后是春天,王选的生命出现转机,他可以下床走动了。在母亲身边10个月,王选犹如再次体验了诞生。

未名湖畔的绿树,现在又生机盎然地回到记忆,生命如同一只重新长出羽毛的鸟,渴望飞翔……一个念头冒出来:他想搞一个计算机高级语言编辑系统。这是一个近乎妄想的念头。可供研究的资料在国内少得有如晨星。纵然想飞,一只病中的孤雁……可思议吗?但是,他还是坚定地朝他选定的"跨领域研究"挺进!

他开始四处托人收集资料。有人理解他这个近乎"飞天"之想吗?一天,有人给他带来了一本《ALGOL60修改报告》。王选翻进去,"像看天书",但是,他已经知道,这是当时极其珍贵、极其难得的国外计算机高级语言。

"谁托你带来的?"

"陈堃銶老师。"

陈堃銶是北大计算数学专业的青年女教师。王选不是一只孤雁。此后几年,他就在上海家中,以惊人的毅力、卓越的总体设计,与北大许卓群、陈堃銶、朱万森等人一起向这个难题进军。

1965年夏,母亲为王选整理行装的情景,让我再一次想起保尔·柯察金要归队时母亲为他整理行装那一幕……孩子长大,一个个都飞走了,只有负伤或生病时才会回到母亲身边，刚好点儿，又要走了……"妈妈，学校把我们搞的'系统'列入了北大的科研计划，我该回校了。"

65岁的母亲再一次把他送上火车，母亲怎么也不会想到，儿子这一去，还将经历另一次劫难……

王选回来了。就像一条鱼回到大海，有了更多同人的合作和帮助，这个项目终于开花结果，为我国推广计算机高级语言做出了宝贵的贡献。这一贡献被载入了中国电子计算机发展史。

知识像理想的那样增长，前途像抉择的那样光明，突然，一夜之间……王选看到自己的名字被涂写到墙上，踩到地下。他不是因言获罪，而是因"听"获罪。他曾每天收听英国BBC的英语广播。他的罪名是"收听敌台"，他在下乡劳动的途中病倒，1961年的病症全部卷土重来。

北大变得令他不认识了。再回上海养病？上海的家被抄了，父亲又多了一顶"反革命"帽子，他甚至不敢把自己旧病复发的消息告诉母亲……而且，列车上，连行李架上都挤满了大串联的红卫兵，他的病躯哪里经得起折腾？

回家的路断了。

他搬到京郊十三陵分校。这儿根本没有医疗条件，失去医疗，王选就如同被抛到岸上的一条鱼。病情日趋恶化……此时，北大还会来看他的人只有陈堃銶。

"王选，你不能在这里等死。"陈堃銶说。

王选不知道有什么办法。

陈堃銶说："回北京，我照顾你。"

王选想了想说，说："不行。"

陈堃銶说："我和你结婚，谁还能说什么！"

阳光洒落肩头，有一支歌向前途轻轻飞去

"文革"十年，是王选在病中顽强地活下来的10年。

1975年，他38岁了，仍病休在家。人生还能做些什么？就在这年，他

做出了一生中第四次重要抉择。

中国是印刷术的故乡。印刷,在我国出现的时间比西方许多人以为的都要早。印章,在春秋战国已广泛使用。秦始皇焚书388年后,东汉灵帝于公元175年下令把儒家经典刻在46块石碑上,供世代抄录,后人为了免除抄写的辛劳和错漏,就发明了从碑石上拓字的办法。这拓字与盖印相结合,便诞生出雕版印刷术。世界上现存最早的印刷品是公元868年我国印刷的《金刚经》。毕昇约在11世纪40年代发明了活字印刷术,第一代产品是用细胶泥刻烧成的泥字,后人又搞了木字、铜字、铅字,活字印刷已有近千年的历史。

如今,随着电子计算机和光学技术的发展,西方结束了活字印刷术,采用了"照排技术"。当代印刷技术发生的革命性变化,将比过去1000年里产生过的作用更加显著,我国仍停留在铅印阶段,怎能跟上世界步伐?

1974年8月,经周恩来总理批准,我国开始了一项"748工程"科研。王选听到这个消息已是1975年,他最感兴趣的"汉字精密照排",国内已经有五家在研制。王选正病休在家,能做什么?

他动员起自己还很虚弱的身体,日复一日地挤公共汽车去中国科技情报所查阅外文杂志。从北大到地处和平街的情报所车费3毛钱,少坐一站可节省5分,王选总是选择少坐一站。病休,连续10年只拿每月40多元的劳保工资。现在的奔波不是组织派的,是他"自选"的,没有任何经费……此时,王选生活贫困已经到了节省5分钱就非常有意义的田地。

但是,没有关系。

1975年的春天在首都街头的树枝上发芽,王选在和平西街就下车。阳光洒落肩头,你可听见,有一支歌正穿过街市,向前途轻轻飞去……走到情报所,王选就该使劲喘气了,但资料上的海外消息,像氧气那样可供他呼吸……"我常常发现,我是那些杂志的第一个借阅者。"

他看到,世界上第一台照排机是"手动式"的,1946年在美国问世。50年代,美国发展了"光学机械式"二代机。1965年德国推出"阴极射线管"三代机。1975年英国正在研制的"激光照排"四代机即将问世。

再看我国,正在研制照排系统的五家,分别选择了二代机和三代机。"我怎么选择?"王选选择了越过二代机和三代机,直接研制西方还没有产品的第四代激光照排系统。

他的选择似有凌云气概。

可是，这有可能做成吗？

多年后，王选得知这样一个故事：钱学森回国时，苏联和美国的洲际导弹都还没有过关，钱学森建议，我国应该先搞导弹，"搞导弹容易，搞飞机难"。因为飞机上天要保证安全，材料的难题非常尖锐，中国的基础工业不过关，我们需要一个很长的周期来解决。而搞导弹，材料上是一次性的损耗。国外感到搞导弹最难的是制导技术。"制导"主要靠计算通过"电子"来实现，在钱学森看来，这些从大脑里产生的计算的办法，中国人有办法……结果证明钱学森是对的。王选听了这故事，立刻领会其中奥妙，因为当年自己选择"激光精密照排"，也是基于相似的原因。

由于我国基础工业落后，搞二代机，将有一系列的精密机械动作严重限制我们。三代机的模拟存储方式也很难过关。西方搞照排，英文只有26个字母，汉字多达数万，常用字也有三千，汉字字形存储量就是一个尖锐问题。如果不另选道路，即使搞出二代机、三代机也是落后的。

新的道路在哪儿？

王选，其实是以别无选择的方式向自己的大脑要出路。

难，非常难。如果走四代机激光照排的道路，"汉字存储问题"将更尖锐，因为三代机的阴极射线管可以瞬间改变光点直径和焦距，激光却不能。如果把印刷所需的汉字全部变成能适应激光照排的点阵信息，则需要几百亿字节的存储量，简直不可想象……怎么办？

直接搞四代机，不是你气魄大就能实现的，有一系列的数学问题需要解决，需要通过计算来求解。王选以数月苦算，总算提出了一套方案，这套"数学方案"可以使机械部分变得简单，并能肯定，性能将是最优越的。这已经是个璀璨的"阶段性成果"。只是，有没有人能识别呢？

王选毕竟是在北大。数学系首先辨认出了"王选方案"的价值，把当时隶属无线电系的"王选方案"打印上报。

不久，该方案被列为北大的科研项目。王选随后参加了当年11月在北京"北纬旅馆"召开的汉字照排系统论证会。

这是一次群英会,国内那五家和北大,都将在会上介绍各自的方案。轮到王选,他身体虚弱得连说话的气力都不够,只好由陈堃銶介绍。

北大方案因新颖曾让大家为之一振,但最后被认为是"数学游戏","梦想一步登天",被淘汰了。

被淘汰,就不可能得到国家的科研经费。像这样的高科技项目,北大本身没有经费来支撑,连节省"5分钱"就很有意义的王选,还能搞下去吗?这个冬天,王选怎么过来的呢?

王选依然每天趴在冰凉的桌面上算啊算……此时的王选,除了尚可绞尽脑汁,没有别的办法。就在1975年12月,王选终于开创性地以"轮廓加参数"的描述方法和一系列新算法,研究出一整套高倍率汉字信息压缩、还原、变倍技术,从而使进取"激光精密照排"成为可能。

西方在80年代中期才开始采用"轮廓加参数"的描述法,王选是世界上用这种办法的第一人。此项发明的先进性使王选于1982年在欧洲取得了这项发明的专利,成为中国大陆第一个获得欧洲专利的人。但是,1976年,王选的方案仍处在被淘汰的境遇。曲高和寡。他依然在期待知音,期待扶助。

所幸是,"748工程"办公室的张淞芝没有轻易放过王选的"数学游戏",主持"748工程"的电子工业部计算机局局长郭平欣是个电脑专家,他听了张淞芝的报告后,立刻决定对王选方案进行深入考察。这个项目终于在1976年9月8日被正式认可。

由于王选的选择曾被认为"梦想一步登天",这使他想起"顶天立地"一词,后来的实践则使他越来越看到,当代科研开发,就应该尽可能选择"顶天"的技术。欲顶天,就得选择技术上的跨越。因此,王选人生中"第四次选择"最宝贵的地方,不在于选择了"第四代激光照排系统",而是选择了"技术上的跨越"。

然而,当时绝大多数人要理解"选择技术上的跨越"对中国发展具有多么大的意义,还要再过十年、二十年。即使今天,许多人要真正看见这"选择跨越"对今日中国发展仍然存在的巨大意义,也很可能还要继续读下去,才会看见。

1976年唐山大地震后,王选在抗震棚里继续把他的研究推向前进。接

踵而至的难题是,要把"顶天"的技术变成产品,尤其是到世界上去占有一席之地,就难乎其难了。多年后钱学森曾说:"使中国高科技产业在世界上有一席之地,其难度不亚于当年搞两弹一星。"

九死一生的历程

国门初开,西方人来了。最早到来的就是世界上最先发明了第四代激光照排机的英国蒙纳公司,他们定于1979年夏天在北京、上海展示英国制造的"汉字激光照排系统"。不久,日本人、美国人搞的汉字照排系统也接踵而至。

早先,王选一心只想努力研制出好设备,就能为祖国做贡献……现在看到,国门一开,世界突然就顶到你的鼻子前面来了。就像一觉醒来,发现英国人、日本人都端着先进武器堵在你的房门口了。如果你的技术不能尽快变成产品,就会变成废物,根本无法进入应用。

"1979年,我一下子被打晕了。"王选说。

他渴望有更多的才华卓越者来相助。可是,出国潮开始了……没走的当然是多数,但是,此时国内热门的是著书、写论文。1978年底开始恢复职称评定,评职称主要看论文。王选说:"我们搞的实际上是科研和开发一体的项目,需要耗费很多精力解决十分具体和烦琐的技术问题,没有时间写论文。"

在北大,人说评上教授不算啥,但评不上,就啥都不算。职称关系着晋升、调资、住房……王选努力多年争取来这个项目,似乎只是争取来一个干活的资格。没时间去写论文,评职称排不上号,这个项目组就变得没有吸引力了。王选怎么也没有想到,在"科学的春天"到来之日,他要维持住一支攻关队伍竟遇到未曾料到的困难。

但是,还是有一批业务能力很强的中年教师留下来与王选并肩战斗。也在这时,王选做出了他一生中第五次重要抉择:与有关厂家、公司及用户密切合作,走与西方进口产品决战市场的道路。

此时王选尚存的优势,就是他发明的高倍率汉字信息压缩技术。王选的"数学方法"可以使浩浩荡荡的汉字大军自由地进入电脑,自由地变倍。英国人用他们的办法可以灵巧地对付26个英文字母，但要驾驭浩大的汉字方阵，还很难做到快捷轻便。祖先发明的汉字，在这时似乎成为我们抵挡英国人、美国人的最后一道天然屏障，一道汉字组成的万里长城。

但是，我们可以利用这道屏障的时间已经不多了。

春天在未名湖畔茂盛地生长，夏天就要追着脚后跟来了。我们似乎一分钟都没法歇息了。留下来的人每天都是上午、下午、晚上三段满负荷上班。英国"蒙纳系统"用的是大规模集成电路……王选攻关组还在搞的是小规模集成电路，软、硬件开发条件都非常差，由于所用的国产集成电路质量很差，每次关机、开机都会损坏一些芯片，严重影响进度，这使他们不得不采取不关机通宵值班的办法……这样的现实条件，即使日夜不停地干下去，能赢吗？

1979年8月11日，《光明日报》头版头条以通栏大标题赫然登出《汉字信息处理技术的研究和应用获重大突破》，并加副题：我国自行设计的计算机——激光汉字编辑排版系统主体工程研制成功。同时发表评论员文章，还配发了一幅该系统排出的"报纸样张"照片。

这张"样报"是7月27日在北大输出来的，第二天上午，方毅副总理亲自到北大来参观。但这张样报，是出了几十次，才得到一次可供参观的。由于整个系统尚未完成，原理性样机硬件刚调出，还很不稳定，当时新闻界认为这一成果还很不成熟，不宜报道。只有《光明日报》在总编辑的支持下，由记者朱军写了上述热情洋溢的文章。这篇文章对研制者起了很大的鼓舞作用，也在一定程度上为我国的照排系统与外国"系统"争夺中国市场争取了一些宝贵时间。

这时，王选的心里很清醒："我们决定见好就收，不再致力于这种样机的试制和生产，而只是对付鉴定会。"

这不啻是惊世骇俗的决定。"从1979年9月起，我把主要精力放在Ⅱ型机上。"这是他迈向市场的一大步，他把这称作"内外交困中启动的Ⅱ型机"，把通往市场的道路称为"九死一生的历程"。

1979年秋天的阳光，正从窗外照进来，照在那张《光明日报》和王选决定放弃的样机上，宛如一种仪式、一种告别，王选对大家说："我们要对得起这篇报道，要用今后的事实，证明这确实是重大突破，证明这报道是及时和完全如实的。"

正当梨花开遍了天涯

英国蒙纳公司延至10月，到底在京沪两地召开了展示会。我国政府有关部门把是否引进"蒙纳系统"的问题摆上议事日程，有关会议一个接一个召开。

1980年9月，北大748攻关组用自己研制的招牌设备排出了第一本书。1981年7月，他们研制的样机通过了部级鉴定，大家都很高兴，但王选对大家说："我们的成果是零。"

这年初夏，陈堃銶发现自己便血，以为是痔疮，继续忙于软件调试没去医院。鉴定会后是暑假，她本该有时间休息的，可是……至少六年来，她都放弃了节假日休息，这个暑假她又忙于Ⅱ型机整个软件的换代工作，直到10月5日才抽空去医院看病。6日，陈堃銶被确诊：直肠癌！

手术前夕大家去看她，还没走进病房，听到她与同室病友一起在唱五十年代的苏联歌曲：

> 正当梨花开遍了天涯
> 河上飘着柔漫的轻纱
> 喀秋莎站在峻峭的岸上
> 歌声好像明媚的春光

为自己的优秀下泪

这似乎注定是一项悲壮的事业。中国人与西方人争夺中国市场的故事，其实已有100多年。

1984年，松下电器，奔驰汽车，IBM电脑等大量舶来品潮水般涌来中国。美、英、日等国研制的汉字照排系统，形成"联军"似的战斗力，向中国的报社、出版社、印刷厂发起进攻。

此时"748工程"10年了，该是到了与多国公司决战的时日，王选研制组却几乎没有招架之力。最前沿的实践在帮他开阔眼界……他看见那些"集团"了，他面对的是一个个外国集团，自己这一方算什么呢？

虽然协作单位有潍坊计算机厂、杭州通讯设备厂、长春光机研究所等，这是科研部门和生产厂家组成的松散的研制组。一个松散的研制组，要同多国企业集团鏖战市场，这仗怎么打，能不败吗？

时间分秒前进的声音已有如大军开进的脚步……转眼间，我国有几十家出版社、报社、印刷厂购进了五种不同品牌的美、英、日照排系统。其中，人民日报社引进了美国HTS公司的产品……国内照排系统似乎大势已去，参加北大"748工程"的协作单位，也有提出撤走协作人员的，王选的硬件组从最初热热闹闹的九人，走得只剩下王选和吕之敏两人……

华光，华光，在最艰难的日子里，他们为自己的产品命名"华光"，意为中华之光。

1985年，随着春节的爆竹燃响，华光系统经千淘万漉，终于在新华社正常运行。5月，通过国家级技术鉴定。此后，华光系统被评为1985年中国十大科技成就之一，1986年获日内瓦国际发明展览金牌，1987年获国家科技进步一等奖。但是，王选心中仍不踏实，他说自己有一种"负债心理"，感觉不到有什么成就。

"我经常反问自己，我们到底对国家是有功还是有过？我们得了这么多奖，如果将来市场都被外国产品占领了，那么你的功劳在哪儿呢？国家投资到哪儿去了呢？"

1987年华光Ⅲ型机问世，《经济日报》因首先采用而成为全国最漂亮、出版速度最快的报纸。第二年，经济日报社印刷厂卖掉了全部铅字，并因装备了华光系统，厂房面积减少三分之二，耗电量减少三分之二强，成本下降四分之一以上。

增加知识含量，减少能源消耗，提高效益，这就是人类正在努力的知识经济的典型特征。1987年我国首次设立印刷业个人最高荣誉奖——毕昇奖，王选获得了这一最高荣誉奖。此时可以松一口气了吗？

没有。他们在此之前就向研制Ⅳ型机出发了。

再说人民日报社买的两套美国HTS照排系统，到1989年，经该公司长期调试仍故障频频，效率太低，无法使用，最终成为"死机"。

美国HTS系统的价格是当时华光系统的15倍，如此昂贵的设备竟是这样一个结果，谁也没料到。王选带领若干技术骨干到人民日报社，对美国HTS系统进行改造，将"死机"救活。此后，美国HTS公司不仅退出中国市场，而且破产。

从1988年开始，北大新技术公司经营"748工程"研制的照排系统迅速发展为北大方正集团。1989年，华光Ⅳ型机开始在国内新闻、出版、印刷业波澜壮阔地前进。这年底，所有来华的研制照排系统的外国公司，全部退出中国大陆市场。

胜利的到来，仿佛是一夜之间，体验胜利，欣赏胜利，是不是很愉快呢？一天，吕之敏告诉王选："我要走了。"

"去哪儿？"

"澳大利亚。"

吕之敏是在1978年——王选组织队伍最困难的时候——来到这个项目组的，她在这儿笑声朗朗地奋斗了12年，在看到华光系统进入香港市场的1990年，才说要随丈夫去澳大利亚。

临走之前，吕之敏突然泪不能禁，大哭一场……因为这项工程太难太难，因为过去的十多年太珍贵。那就哭吧，为我们曾经义无反顾地为祖国效力下泪，为我们自己的优秀下泪，这是深深地被自己感动、被互相感动的眼泪，这是高贵的眼泪！

让年轻人的思想开出鲜花

此时，西方电子彩色印刷技术仍占领着中国香港和台湾的市场，技术和市场的竞争仍然非常激烈。

1993年春节前夕，像往年一样，王选闭门搞设计。年后，他的一位硕士研究生回来，王选把设计给他看。

"王老师，你设计的这些都没用。"学生刘志红25岁，看过后对导师说，"IBM的PC机主线上有一条线，你可以检测这个信号。"

王选愣住。因为他明白了，自己苦苦钻研了两个星期的设计，被学生一句话否定了。这是王选一生中极其重要的一个事件。

"本来，我以为自己做一线的工作可以做到60岁。"现在，犹如看见一个海边的黄昏，往事潮水般在夕照中涌来……从投身这项科研至今，18年了，他奉献了所有的寒暑假、所有的节假日，"18年来可以说一口气都没有歇过。"他为自己始终能站在这个领域的最前沿感到自豪。可是，"今天，我看到，在我自己最熟悉的领域，我已经不如年轻人了。在我不那么熟悉的领域，岂不是更差！"

这似乎是一件残酷的事情，"我已经是黄昏的太阳了。"但是，就在这年，56岁的王选获得了一个"觉悟"，他做出了一生中第六次重要抉择：让年轻人来挑重担！

他表扬了刘志红："你这个主意非常好。"接着也批评他，"你这好主意，为什么自己出不来，非要我花两个星期，用一个馊主意才把你的好主意逼出来呢？"

这是非常有力的一问，这更像是一句对自己的追问。这是由于你还没有把他放到一个担负重任的位置上去，你自己还在扛着，他的大脑中就不容易产生出新思想新方案。

王选的抉择在这一问之后发生了裂变！一个特别宝贵的亮光出现，这亮光——不在于发现自己做一线的工作已不如年轻人，今后可以由自己出思想，年轻人出干劲……不，不是这样，而是应该创造一种氛围、一种气候，这种气候要能让年轻人自己的思想里不断开出鲜花来，才会硕果累累。

是的，恐怕没有什么比这更重要了。一个人，只有当他的主体意识、他的心愿与心情、他的精神与体力都活跃起来时，他才是一个完整的人，一个生机勃勃的富有创造力的人，一个主人。能这样让学生去实现自己，这就是教授所应该做的。

就在这一年，王选把几位不同年龄段的年轻人同时推上研究室主任的位子。比如36岁任彩色系统研究室主任的肖建国、27岁任栅格图像研究室主任的阳振坤……培养学生是王选教授的又一项大工程。

肖建国28岁就读于北大计算机系研究生班，王选发现了他的创造力，留下了他，并竭力扶持他，使他先后主持完成了大屏幕中文报纸组版系统和彩色照排系统的软件设计。被任命为彩色系统研究室主任后，肖建国又主持完成了彩色调频挂网算法并实现高保真彩色印刷，从而实现了彩色技术的又一

重大突破。再后来，肖建国成为博士生导师，方正技术研究院院长。

阳振坤生于湖北一个被称为雷场的农村，18岁考入北大数学系，24岁成为王选的博士生，王选把一个研制新一代栅格图像处理器的博士论文题目交给了他。这使阳振坤很惊讶，栅格图像处理器的英文缩写是RIP，前五代RIP都是王选老师亲自主持研制的，作为照排系统的"心脏"，那是我国照排系统取得辉煌成功的关键，现在，阳振坤是个刚刚进门的博士生，王选为他选择的课题是要他来超越王选……这可能吗？

阳振坤成功了。

1994年，阳振坤的大脑里突然萌生出一个新的奇想：能不能开发纯软件RIP呢？他忍不住去对导师说："王老师，我还没有足够的理由来说服您同意，但我有一个直觉，纯软件RIP将会成为未来的主流。"

彻底抛弃RIP里的硬件，完全由软件来支撑，这不啻是个非常大胆的奇想，如果成功，就是对王选"欧洲专利"的彻底超越。

是惊，是喜？王选曾期望年轻人思想开花，现在他终于看到了奇景，听到了花开的声音，自己所该做的就是：支持。

王选曾在《如何使研究生作出一流成果》的文章中写道："研究生大多希望自己的研究工作有好的结果：从事基础理论或应用基础研究的，追求文章发表在权威刊物上，并得到别人引用；从事应用方向的则渴望最终得到广泛推广，真正在国民经济中发挥作用。达不到上述目标，被称为'不上不下'。"

这种"不上不下"，正是科教同企业相脱节在我国高校内的一种反映，结果常常是培育出"盆景"似的成果，无法真正"成材"。为了避免这种"不上不下"，王选身体力行，做出的努力和取得的成就都是十分显著的。

1997年7月18日，在北京中国大饭店，王选向新闻界、学术界报告了他的学生阳振坤主持完成的这一重大发明："23年来我们研制了七代RIP，每一代差不多全部重新设计。前五代是在我主持下研制的，后两代是在年轻的阳振坤博士主持下完成的。其中第七代是纯软件RIP，代码几乎没有任何继承。"又说，"今天，我们可以宣布，新一代RIP的高技术水平，已经进入世界最先进行列，所以我们郑重地把它命名为：方正世纪RIP。"

全场报以热烈的掌声。

1995年6月,一个叫邹维的年轻人来投奔王选。他曾获国家科技进步二等奖,因无法转化为社会化的产品,他从中国科学院辞职去到"外企",从事美国产品的汉化工作。换句话说,是替美国产品搞"转化",由此将美国产品打入中国市场,并将中国的同类产品打垮。不久,他感到这样的工作虽然工资很高,但心里不舒服。王选收下了他。

王选交给他一个开发"卡通动画制作系统"的选题,还交给他一个小组由他领导。历时一年半,邹维小组开发成功了,中央电视台、上海东方台、北京电影学院等影视部门率先使用这套系统,并开始为西班牙的动画片制作所用。这是邹维第一次看到自己主持的科研直接变成了中国自主品牌的社会产品,中间没有"转化"一说。

此后,邹维担任过方正技术研究院副院长,负责数字视频的科研开发。这是一个有如革新传统印刷业那样,将对传统广电业进行革命性改造的重大领域。1997年香港回归祖国,邹维领导的科研队伍开始首先在香港亚洲电视台承担"数字视频"项目。

王选说:"一般电视台都是从模拟代到数字代,从数字代再到视频服务器、电脑系统……我们走跨越式的发展道路,跳过了初级阶段,一下子就跨越到了第三代。"

作为教授,王选已是中国科学院院士(1991年),第三世界科学院院士(1993年),中国工程院院士(1994年)。他说:"我忽然成为计算机界的权威。一年戴一顶院士桂冠,一下子成了三院士。这时我57岁了。可惜,在我年轻最需要的时候,没有得到承认。在高新技术领域,年轻人有明显的优势,55岁以上的专家,创造的高峰期绝对已经过去了,哪里有57岁的权威呢?"

我们能感觉到,王选是在用心地为年轻人的成长制造舆论,创造条件。他还说:"要找60岁左右,像我这种年龄犯错误的可以找出一批来。"然后举了计算机领域"三位赫赫有名的伟大的发明家"为例,第一位是美籍华裔电脑巨匠王安,另两位是被誉为"巨型计算机之父"的克雷和创办了"小型机王国"的奥尔森,他们都在60岁左右因自己曾有巨大的成就而犯了同样大的错误,使公司从辉煌跌入困境。

他也想到了曹操50多岁作《龟虽寿》，那"烈士暮年，壮心不已"的诗句曾激励不少老骥，使人总想在晚年继续做出重要贡献。他说这种心态是好的，是可以理解的，但是，"我以为，伏枥老骥最好用'扶植新秀，甘为人梯'实现自己志在千里的雄心壮志"。

王选与年轻人的共同语言越来越多，生命就在自己的身心依然绿油油地生长，而不是变成那种人称的"泰斗"。从前苏东坡说："谁道人生无再少，门前流水尚能西。"我发现56岁以后的王选在往年轻的方向活，这是一种让时光倒流的活法，非常高妙。

王选的学生们陆续开发出的产品，为方正系统进取香港、台湾，乃至日本市场做出重要贡献。一系列创新成就，均得益于年轻人在第一线能随时随地积极地思想。王选在感到自己不如年轻人的时候做出的第六次抉择，是他人生中最智慧的抉择。

不要忽略这知识资本

1994年是"748工程"20周年。4月22日，《西藏日报》由方正系统印出，至此，所有省级报纸均"告别铅与火"，北大开创的这项高技术产品拥有了全国内地99%的报业市场。

这样我们看到，我国内地的报业、印刷厂，没有经历过第二代、第三代照排机的历程，从当今最落后的铅排，一下子跳到具世界先进水平的激光照排，真的实现了"一步登天"。

现在，我们可以来看看，王选20年前选择"技术上的跨越"，意义究竟有多大。王选曾说，从科研走向市场的过程堪称"九死一生"，我看这"九死一生"还可以读作，我国大部分科技成果没有成活。比如，过去20年，我国彩色出版领域一直是由外国彩色电子分色机垄断，我国花了近20年时间仿制，仿制出一代，马上被国外的新一代所淘汰，始终未能进入市场。再比如，比王选更早开始研制照排系统的5个单位，哪一家都不是技术力量差，也不是不努力，只是由于选择了重复研究国外已有的技术，最后不得不全军覆没。

类似的情况发生在科研各领域。许多科技成果，尽管鉴定会上可以得到诸如"国内首创""填补了国内空白"之类的好评价,可是,中国的市场已经国际化了,在我国的柜台里分明陈列着国外先进的同类产品——柜台内不空白,成果鉴定书上写着"填补了国内空白"有什么意义呢?所以,有人把成果鉴定书称为成果的"死亡判决书"。看到这些也就能够理解,为什么我国多年来有90%以上的科技成果未能转化。这确然是严酷的"九死一生"。

其实,有着数千年报国传统的中国知识分子谁不希望为国家做出大贡献呢?遗憾的是,我们许许多多的科研,并非研究多年之后终于失败,而是败于兵马未动之先。是一开始就注定了永无转化之日。

我国原本不富裕,许多科研投入大量经费而没有丝毫回报,所谓"交学费"。更大的浪费是科研人才的浪费。但如果不被浪费,则中国的潜力巨大。我们能怎样挖潜呢?

至此,我们已能看到,王选及其同人艰苦卓绝的创业历程,对我国千千万万的科研人员、几亿学生,乃至许多领导者来说,已不仅仅是一笔"精神财富",而是一种"知识资源",去读解,去认识,你就在拥有一种极宝贵的知识资本。

我国的优秀人才是很多的,以王选的学生为例,在搞彩色出版系统时,王选指导学生再次选择了"跨越"——跨过国外彩色电子分色机的技术路线,直接研制开放的彩色系统——他的学生同样获得成功,从而把垄断我国彩印市场20多年的外国电子分色机全部淘汰。

这样,我国出版系统不但"一步登天"跨入激光照排;也以相同的方式,直接过渡到先进的图文合一编排彩报;电子"远程传版"技术,则使我国各大报在没有广泛采用传真机远传"报版"的情况下,得以直接使用"照排系统"及时远传到各大城市的印刷点同时出报……所有这些,都因为选择了"顶天的技术",或说"技术上的跨越",从而使整个民族的新闻出版业、印刷业全面实现了划时代的跨越。

请想想,印刷厂是我国最多的工厂之一,课本、文件、广告、佛经、钞票、发票……人们生活的一切领域每天都离不开对印刷品的使用。当告别了"铅与火",印刷厂所需的能源消耗均可下降三分之二以上;远程传版,可极大地减少各大报每天远程运载报纸的能耗物耗。

何谓知识经济？由于以物质资源的高消耗为代价的传统工业经济正在导致全球能源等短缺资源枯竭，是不可持续发展的经济，人们才寻找可持续发展经济。

以"低耗高效"为特征的高技术，是在传统工业模式把世界推向穷途末路的时代，人类在悬崖上开始拯救自己。

这种"低耗高效"，是以智力资源为主要资本的，开发技术不是开掘矿山，是开发人脑的智力，建立在知识密集的高技术基础之上的经济就是知识经济。

"可持续发展"是联合国教科文组织最早提出来的。1995年11月6日18时30分，联合国教科文组织在巴黎把本年度"科学奖"授予中国王选，以表彰他在中文出版印刷领域做出的具人类意义的卓越贡献。

王选在信息技术领域，为我国从传统工业经济向知识经济迈进做出的"初步贡献"，在中国恐怕还没有第二人比他更典型。人类为拯救自己，在21世纪，知识经济必蔚为大观。到那时蓦然回首，人们会发现，王选是中国20世纪知识经济伟大的先驱者之一。

伟大的会师

当香港、澳门、台湾都用上方正彩色系统，可以说，在汉字照排印刷领域收复失地的奋斗，实现了"全国山河一片红"。

在这同时，方正系统还挺进到了马来西亚、新加坡，以及美国的华文出版业。王选的声誉正使他走到哪儿都像一个著名的广告。这期间北大计算机研究所和方正集团仍处在分立状态。许多人劝王选："我们研究所为什么不自办公司呢？"

王选经慎重考虑，做出了人生第七次重大抉择：率北大计算机研究所全员汇入北大方正集团。方正技术研究院是在这时——1995年7月1日，正式成立，王选任首任院长。至此，研究所与公司两支队伍胜利会师。

王选曾这样写道："美国华人中流传着一种比喻，用下围棋形容日本人的做事方式，用打桥牌形容美国人的风格，用打麻将形容某些中国人的作风。"进而论及，"下围棋是从全局出发，为了最后的胜利可以牺牲局部的棋子；打桥牌是与对家紧密合作去夺取胜利；打麻将则是孤军作战，看住上家，防住下家，盯住对家，自己和不了，也不让别人和。"

王选还有一个说法，叫"顶天立地模式和一条龙体制"。如果说王选搞"748工程"一开始就选择了在技术上要追求"顶天"，他渴求"立地"的愿望并不仅仅是泛指走向市场。如果把市场比作海，你得为自己的技术找到一艘船，才能远航。这艘船，就是企业。否则，你虽有先进的技术和远大的抱负，也会无立锥之地。

再看王选领导的北大计算机科学技术研究所是国家重点实验室，硕士点与博士点、博士后流动站，以及国家工程研究中心，堪称"四星级"单位，这"四星"均属"顶天"范畴，加上"集团公司"才真正做到"顶天立地"。

前述的"四星"汇入方正集团，北大方正就成了所谓"五星级企业"，建成这种从尖端科研到售后服务都浑然一体的一条龙体制，就有了飞腾之势。他们随后推出的一个排版软件就叫"飞腾"。

怎样来认识王选这项选择的意义？

我想可以这样说，一个国家科研水平高，国家不一定富强。一个国家的企业发达，则表明对科技的研究开发和使用能力已达到无可置疑的高水平。由于王选已是"三院士"，是杰出的科学家，他的成功非常容易被看成是科技方面的成功。其实，我们只有看到王选对企业的重视和贡献，才算真正看见王选。

很久以来，人们都很熟悉这句话："搞原子弹的不如卖茶叶蛋的。"然而，我们或许需要从另一个方面来接受这句话的真理性，即这符合市场法则，卖茶叶蛋的直接面对市场。如果能拿出造原子弹的知识含量去开发走向企业、走向民用的市场化产品，那就是卖茶叶蛋望尘莫及的。

1995年12月21日上午9时50分，方正在香港上市这天，王选教授站在交易所大厅中央的红地毯上，手举酒杯，从容宣布："再过一年，我们就要打开日本市场。"

全场掌声雷动。

如果说拿破仑讲，他跺一下脚能让阿尔卑斯山震动，那是因为鹫旗下列队站好了他的士兵。今天，王选站在这红地毯上能这样说，是由于他身后拥有一大批年轻人，还拥有一个方正集团。

一年后，方正集团果然成功地打开了日本市场。

中共十五大的报告里写入了"走产学研相结合的道路"。王选是从20世纪七八十年代开始，走产学研相结合道路的一个开拓者。我国当代知识经济的曙光，是在产学研相结合的地方，首先向我们报道一个新世纪的黎明。

20年前陈景润的故事出在中科院。那以后，王选的故事出在北大。陈景润是数学家，王选也是数学家。从陈景润到王选，我们能清清楚楚地看到一种继往开来的进步！陈景润的故事20年来鼓舞、激励了许许多多中国青年。王选的故事能不能由我国的媒体真正深入地传播到家喻户晓，不仅知其名，而且知其智慧，从而变成中国几亿学子创造前程的知识资本！这是我耿耿于心的。

王选的故事是如此密切地联系着教育与社会应用，联系着科研与企业发展。只要想想我国绝大多数企业迄今还很缺乏科技创新能力，我国高校、科研院所则有大部分的科研成果没有转化为现实的生产力，王选以"顶天"的技术去寻求"立地"的故事，北大科研力量与企业力量会师的故事，对我国高校、科研院所和企业，都有巨大的示范意义。

他们的故事告诉我们：我国的科研力量与企业力量，只有实现伟大的会师，中华民族才能真正走出困境，顶天立地站起来！

（原载1998年11月3日《北京日报》）

★ 作者简介

王宏甲，男，1953年生，福建建阳人，中国作家协会报告文学委员会副主任、中国报告文学学会副会长，曾获"五个一工程"奖、鲁迅文学奖、徐迟报告文学奖、冰心散文奖、中国图书奖等。所著《智慧风暴》《新教育风暴》对中国新世纪教育转型产生重要影响。近年重要著作有《人民观》《让自己诞生》《塘约道路》《世界需要良知》等。

作品赏析

本文是第一篇报告中国知识经济在中关村萌生和兴起的文学作品。

作者充分运用了短篇报告文学凝练的特征，通过描写王选人生中的七次选择，写出他的一生。文中所写王选的每一次选择都凝聚着他的智慧，更体现了他与病魔搏斗终生，为祖国做出贡献，实现人生价值的精神情志。

作者不仅生动地刻画了王选这个人物，更写出了一个以知识经济为代表的信息时代风暴般改变世界的进程。长期以来，我国的科研重论文而轻忽开发应用，90%以上的科研成果没有转化为现实的生产力，这是我国在高新技术时代又一次落后的重要原因。作者准确把握了这一点，在文中第一次明确描写了"跨越式发展"的重大意义。作品指出，科研跟在西方后面追赶是没有出路的，要像王选那样勇于挺进到数字化芯片技术的最前沿去与西方博弈"顶天"技术，才有成功的可能。

王选无疑是杰出的科学家，但作者却没有止步于此，而是更着力追述了王选"攀登"产业和市场的历程。作者指出，即使握有"顶天"技术也是不够的，还要"立地"，就是把高技术转化为产品和商品。王选团队在汉字激光照排的核心技术和走向市场的开发运用，打败了已经占领中国市场的美国、英国、日本集团公司，成功地在整个中国的印刷出版业"收复失地"，使中国的印刷出版业从铅与火的时代跨越到光与电的时代。这一切不仅是中国印刷出版业从工业时代向信息时代的大转型，更是整个世界正在从工业时代向信息时代转型的缩影。信息时代的到来，正在逐渐打破学科封闭、专业樊篱的桎梏，具有资源共享的显著特征。作者在这个题材的创作中，将文学、历史、政治、科技、经济、教育等多学科融为一体，情感与思想并臻，叙事与论述交融，从而拓展了报告文学的表现空间，逐渐形成信息时代纪实文学的一种独特风格。

本文同样对读者认识知识经济时代的到来和特征产生重要影响。2000年，作者将这一题材写成的长篇报告文学《智慧风暴》出版，对促进我国经济向信息时代转型进一步产生广泛影响。

生死一线
——嫩江98抗洪万名囚犯千里生死大营救追记

| 杨黎光 |

◎ 内容梗概

1998年，东北平原嫩江发生了400年不遇的特大洪水，吉林省监狱管理局镇赉分局成为洪水肆虐的领地。连日的大雨导致嫩江决堤，突如其来的洪水将坚守在大堤上抗洪的1万多名犯人团团包围。不仅如此，大堤上还有几千名公安干警及其家属。如何转移1万余名犯人，如何保证公安干警及其家属的生命安全，成为生死攸关的问题。《生死一线》的作者牢牢抓住1万多名囚犯在这场洪灾中如何转移的艰难过程，将这一重大社会题材精彩地传递给了读者。

全文28万字，由群众出版社于1999年8月出版。

★ 作者简介

杨黎光，男，1954年6月生，安徽安庆人，一级作家，享受国务院特殊津贴专家，现为中国报告文学学会副会长、广东省作协副主席，出版有《杨黎光文集》（十三卷）。曾获第一、二、三届鲁迅文学奖，第一、二、三届中国报告文学"正泰杯"大奖，第一、四届徐迟报告文学奖，新中国六十年优秀中短篇报告文学奖，中国改革开放优秀报告文学奖，首届冰心散文奖，荣获深圳市

"国家级领军人才"称号。

作品赏析

这部作品中的主人公十分奇特,他们并不是常规意义中的抗洪英雄和受难群众,而是曾经危害社会的囚犯。作者在书中表现出灾难突然来临时,人与自然的矛盾,人物内心的矛盾,抓住了面对灾难时人物之间各异的心态,对这些处在社会边缘的人物从不同层面展开描写,展现了作者敏锐的人文关怀视角和表现深度的重大意义。

《生死一线》的结构巧妙,是包孕式结构的代表作之一。作者以一个主要事件为轴,运用倒叙、插叙、补叙等手法,扩张性派生出其他具体环节。全文开篇运用插叙手法写到犯人逃狱,进而引出万名囚犯千里转移这一大事件的背景,奠定事件发展走向。随后,作者采用八个分标题,运用娴熟的叙事技法,把这一事件的方方面面全部展现出来,让这一中篇报告文学颇具艺术魅力。

此外,本文聚焦狱警转移犯人的故事,凸显了国家对犯人生命权的平等尊重,凸显了危难中人性和尊严的张扬。洪水虽然带来了致命灾害,但同样也在另一方面成为生命和意志的磨砺之石。

作品通过深度挖掘洪水这一死亡威胁背后的独特生命内涵,彰显出了作者对于人性与生命的独特尊重与关怀。

点击未来战争

|陈歆耕|

◎ 内容梗概

《点击未来战争》是改革开放40年中值得关注的一部优秀的军事题材长篇报告文学，也是一部推动中国军队变革图强的重要作品。全书数十万言，融入了作者在20世纪末期对军队建设、变革问题的长期思考和积累。本书是一部中国军队如何迎接新军事革命挑战的重要参考书，融理论、新闻、文学为一体，汇集了众多军事理论专家在围绕中国军队和国防建设如何适应新军事革命这一领域最前沿的思考与探索，披露了他们鲜为人知的学术成就和生活经历，描绘了他们多姿多彩的精神世界。全书22万字，由解放军文艺出版社于2000年7月出版。

★ 作者简介

陈歆耕，男，汉族，1955年生，江苏海安人，中国作家协会会员、中国报告文学学会理事、上海大学客座教授，曾任《解放军报》记者部副主任、文学报社长、总编。著有小说、报告文学、传记、随笔评论集《孤岛》《青春驿站》《海水下的冰山》《点击未来战争》《赤色悲剧》《废墟上的觉醒》《龚自珍传》《美人如玉剑如虹》等十余种，作品收入新中国以来军事文学大系，曾获《解放军文艺》优秀作品奖、全军文艺新作品奖等多种新闻文学奖。

作品赏析

作者将军事科学的学术性、前沿性与新闻、文学进行了一次成功的嫁接,给沉闷已久的军事报告文学领地带来一道闪电,产生了振聋发聩的冲击力和震撼力。

信息密集是这部书的一个重要特色:从海湾战争到科索沃战争,战争形态发生了根本性变化。一场以机械化战争向信息化战争转变为特征的新军事革命,正在全球以不可阻挡之势迅猛向前发展。新军事革命的标志是:武器装备系统出现了断代性的飞跃;作战方式和作战理论发生根本性变化;军事组织结构正走向全新的架构。在这场革命中,发达国家和发展中国家存在着巨大的差距,如果我们不能尽快缩短差距,势必将重演19世纪至20世纪初因装备落后而被动挨打的局面。

独特的文本结构是这部作品的又一个特色:作者在报道军事专家们对中国军队变革的思考、建言时,同时以"专家档案"的方式,呈现了数十位军事专家血肉丰满的形象。作品带领我们结识了一个又一个学富五车的军事理论学者。

正如有关媒体所介绍的,新世纪的每一位军人和每一位关心国家安全、国家未来的人,都应该重视这部厚重、大气的作品。从这里,我们可以感受到东方智慧的闪光,可以漫游在现代孙子的精神世界,感受他们的学识、品格,心系国家安危的强烈的忧患意识……

永远的红树林

|何建明|

《光明日报》编者按：

　　今天，本报以较大的篇幅刊登报告文学《永远的红树林》，介绍青年学者梁言顺和他的"低代价经济增长理论"探索。

　　科学发展观，是党中央从新世纪新阶段党和国家事业发展全局出发提出的重大战略思想。牢固树立和全面落实科学发展观，迫切需要广大哲学社会科学工作者以高度的历史使命感，理论联系实际，积极探索，勇于创新，快出成果，多出成果。如何在全面建设小康社会的伟大进程中繁荣和发展哲学社会科学，《永远的红树林》将带给我们启示。

一

　　那是什么？远处的一条江河入海处，生长着一片茂密的小树林，郁郁葱葱，生机盎然。

　　"这是红树林。你折一根看看它们的心，红的吧！它因此得名红树林。别的地方不会有的，红树林只能生长在海陆交界处、海岸低潮线和高潮线之间，大多集中在淡水和海水交汇的地方。可别小看这其貌不扬的红树林,它对保持大陆岸架免受海水侵袭的作用可不一般哪!"

原来,汹涌的大海与郁葱的大陆之间能够保持如此的和谐与平衡,竟然是红树林的功劳啊!"边缘地带"的学科为什么总能推动我们这个星球往前?奥妙也许就在于此。青年学者梁言顺激动了,他为这观海中不经意的发现而激动。

1993年,一位青年学者走到我国著名经济学家苏星教授的身边,成为苏教授的博士生。苏星教授在中国的理论界无人不晓,他在20世纪60年代初与另一位著名经济学家于光远一起主编了《政治经济学》(资本主义部分),影响和教育过几代中国学者。苏教授这一年收录的博士生姓梁名言顺,山东泰安人,刚从辽宁大学毕业一年的世界经济专业硕士。

"苏老师,你说我该选择什么样的研究方向呀?我查阅了自己所能接触到的全部经济理论,几乎所有的课题都有人研究了,经济学已没有空白地带。"学生有些疲惫和迷茫地问导师。

苏教授举起右手,摸了摸他那颗"列宁头",一副笑眯眯的样子看着自己的学生:"经济学是致用之学,研究经济学要从现实出发,关注现实,而不要从概念出发。"应该关注什么现实呢?梁言顺的思维在飞旋!

"好兄弟,求你救救我的孩子,救救我的村庄吧!"这是梁言顺的一位挚友在临终前发出的最后呼救。挚友是一位在当地颇有名气的青年实业家,为了改变家乡落后面貌,他竭尽全力引资建起了一座颇具规模的现代化化工企业,父老乡亲很快因此而富裕起来。但很快问题也来了,村上的人接二连三不明不白地得上一种怪病,甚至连吃奶没几个月的孩子也没能逃脱噩运。后来发现,使人们富起来的化工厂导致了周围水和环境的严重污染,人们在点钞票的同时也在吮吸着毒汁。乡亲们开始把存款提出来改造湖泊与河江,但存款用光了,疾病仍然如魔地袭击着他们的生命。乡亲们愤怒了,终于有一天举起锄头,将家园边的那座化工厂一扫而平。当他们再拾起锄头回到地头种植活命的稻粮时,却发现那地、那河早已飘不出原有的稻谷香了。他们转身找到铁门高楼里的厂主,谁知厂主的家里正在为13岁的独生子举行葬礼,厂主自己也得了与儿子同样的不治之症,他在床头痛心疾首地喊着:"你们杀了我吧!别让我受折磨了,快杀了我吧!杀了我吧……"乡亲们看着这一景,不由得都恸哭起来。

挚友的绝望呼救和乞求，如铁钩般扎在梁言顺的心头。他感到彻骨入髓的痛。

海陆之间，梁言顺的思绪如潮汛般起伏激荡。"啊喔，啊喔——"一群海鸥在头顶飞翔而过。

"代价代价——"一个名词在梁言顺的脑海里蹦出。挚友无可挽回的惨痛例证和眼前红树林的生长现象，让梁言顺迷乱的心空豁然晴朗，代价，这不正是我要研究的课题吗？

"苏老师，我有题目了！"梁言顺飞步来到导师身边。苏星教授仍然笑眯眯："噢？你想研究……"

"发展经济是中国的国策，也是中华民族走向富强的必然选择。不发展就是死路。但我们不能因为高速发展而忽视所付出的代价。"学生激动而急切地说。

"你的意思是……"

"中国必须走低代价的经济增长道路。我想就研究这个，您看行吗？"

"有什么不行？好题目！"苏教授的眼睛发亮。

这是10年前的事。

10年后的2004年。春节刚过，中国共产党的最高学府——中共中央党校来了一批高级干部，他们是来参加一个重要的专题研究班的。近180位学员全是各省区市和部委的主要领导，其中包括4位兼任省区市一把手的中共中央政治局委员。如此规格，在中央党校的历史上近几年才有。此次专题研究班的主题是：树立和落实科学发展观。温家宝、曾庆红和曾培炎等亲自来专题研究班做报告。科学发展观，是以胡锦涛同志为总书记的新一届中央领导集体在十六届三中全会上提出的一个具有划时代意义的科学理论。中央下决心将几乎所有省区市和部委的主要领导集中起来学习研究，足见"科学发展观"的重要性。研究班上，有件事很意外，中央党校的领导向这些高级官员介绍了一本学术著作，说是中央党校原副校长苏星教授的一位博士生写的，名为《低代价经济增长论》，此书很有价值。

"《低代价经济增长论》，几年前就有人写这样的书了？""是谁写的？快找来看看。"

几乎都是中共中央委员、中共中央候补委员的学员们流露出几分好奇。

"梁言顺。梁言顺是谁?"

"树立和落实科学发展观,十分重要的一环就是正确处理经济增长的数量和质量、速度和效益的关系。否则即使一时搞上去了最终也要付出沉重的代价。低代价经济增长论符合科学发展观的要求。"

"是啊,这么重要的经济发展的理论和实践问题,人家已经在10年前开始研究了,不简单,有机会真想跟他聊聊。"

"哪儿找去呀?"

担任要职的学员们万不曾想到这梁言顺就在他们的眼皮子底下。作为中央主办的省部级主要领导干部专题研究班领导小组办公室的"快报组"副组长,梁言顺也算是位"老资格"的笔杆子了。今天,人们对他刮目相看。

二

"梁,你好!

你能否用几句比较简单的语言定义'低代价经济增长'?对我来说,这是个新概念……感谢你的帮助。"

这是麦克尔·思朋斯于2002年2月26日发给梁言顺的电子邮件。

麦克尔·思朋斯是谁?

2001年度诺贝尔经济学奖获得者、美国斯坦福大学教授、世界著名经济学家麦克尔·思朋斯的名字和简历可以从联合国的网站中找到。

2002年4月12日,这位世界级经济学大师又一次来信:"我现在理解了你的观点。这是个好观点,已经引起了广泛的兴趣。""我很高兴地期待着有机会在中国和你当面讨论你的观点。"

一个月以后,思朋斯再次来信:"我现在在伦敦,将于5月27日飞赴北京。我的手机号是美国××××××。我现在还不能确定行程安排是否合适,我们将住在五洲大酒店。"

两天以后,梁言顺又接到思朋斯的电子邮件:"我将于明天到达,但不了解我们的行程安排。如果合适的话,我很高兴和你座谈。"

27日早上,思朋斯的电子邮件再次出现在梁言顺的电脑显示屏上:

"虽然飞机晚点,还是终于到达了。最好能今天一起座谈,明天演讲。"

由于种种原因他们未能相见,思朋斯抱憾而归。

一个在学术界如此重量级的人物,无人介绍,却想与一位中国的年轻学者"见面",这是为什么?

这也是我在认识梁言顺的"低代价经济增长论"之前感到迷惑的。有人约请我为梁言顺的低代价经济增长论写一篇报告文学时,介绍说这比陈景润的"哥德巴赫猜想"研究成果"更富有现实意义和长远意义"。初始我有怀疑,但很快便证实这并非耸人听闻。

恩格斯说过这样的话:"在马克思看来,科学是一种在历史上起推动作用的、革命的力量。任何一门理论科学中的每一个新发现——它的实际应用也许还根本无法预见——都使马克思感到衷心喜悦。"马克思如此重视科学理论的贡献,是因为科学理论是"时代精神的精髓,人类发展的圣火"。它的每一个重大发现和发展,都给人类进步和历史前进带来革命性的作用。

低代价经济增长理论应属此列。但是,任何一种理论的产生都要经过从不被理解到理解的过程。梁言顺深知这一点,以勇敢者的无畏精神踏上了探索之路。他哼着郭小川的诗句,"在青春的世界里,沙粒要变成珍珠,石头要化作黄金……青春的魅力,应当叫枯枝展出鲜果,沙漠布满森林……这才是青春的美,青春的快乐,青春的本分",开始了一场追求真理的长跑。而这样的长跑是与飞速奔驰的GDP快速列车比赛,比方向,也比时速。有人几度嘲笑这场比赛是新一出"龟兔比赛",但梁言顺以勇气和毅力将"比赛"进行下去,并取得成功。

在中央党校工作,喜欢交朋友的梁言顺有着得天独厚的"人力资源"。他的那些学员朋友,个个都是意气风发的中国社会栋梁之材,是GDP快速列车的"司机"。梁言顺完全可以轻松地与这些"司机"顺势而行,或者搭上一程去共同高唱"胜利凯歌"。但梁言顺没有,他在深入地思考着、探索着。

一位市长学员正在讲台上介绍他的城市GDP如何连续十几年以两位数的速度向前发展,梁言顺正巧从一份国外资料上看到了这个市长所在的城市已经被列为从卫星照片上确认的中国几大"雾都"之一。

"好啊，人家将我的城市与英国伦敦相比，我高兴还来不及呢！"当梁言顺将这一消息相告时，那位市长居然这样说道。

"你以为这个'雾都'称号给了你真的很光荣啊？错，大错特错！"性格斯文的梁言顺难得发火。他说："你知道'雾都伦敦'的景象吗？"

"我到那儿考察过。伦敦的雾确实很浓，像披上了一层神秘的面纱似的，很美，也很壮观。"市长说。

"那不是美，更不是什么壮观，而是一场抹不去的灾难！"梁言顺动情地给这位市长讲起"雾都劫难"的故事。伦敦每当春秋两季，经常被浓雾所笼罩。据统计，伦敦的雾天，每年可高达七八十次，平均五天之中就有一个"雾日"。英国著名的日记体作家约翰·伊夫林曾写道："绝大部分伦敦人所呼吸的别无他物，老是一些又浓又浊的烟雾，外加一种又脏又臭的气体直入肺腑，使得全伦敦患黏膜炎、哮喘、肺结核的人比世界其他城市患这些病的总人数还要多。"1952年12月4日，连续的浓雾将近一周不散，工厂和住户排放出的烟尘和气体大量在低空聚积，整个城市为浓雾所笼罩，陷入一片灰暗之中。其间，有4700多人因呼吸道疾病而死亡；雾散以后又有8000多人死于非命。这就是震惊世界的"雾都劫难"。

"天哪，我的城市本来就是个'煤城'，这么说来弄不好也有一天会惨遭伦敦式的大劫难啊！"市长惊恐起来。

"你以为呢？千万记住！经济建设要快速，可得注意全面协调地发展，光讲发展，不计代价，那样的GDP再高也是虚的！"梁言顺直言。

市长开始有些焦虑不安，但很快又说："梁兄，你可不知，我们是干具体工作的，现在是啥时候？一个城市跟一个城市、一个地区跟一个地区在较着劲比GDP呢！你GDP硬了，啥也都硬了！明白吗？"

"这样的局面早晚要改变。"梁言顺坚信自己的观点。

市长拍拍梁言顺的肩膀："好吧，理论问题就留给你们这些笔杆子吧！"

梁言顺的内心一阵痛楚：中国发展社会主义市场经济，是一项前无古人的伟大实践，不重视科学理论的指导难免会付出惨重的代价。

代价？要发展自然要付出代价，干什么都要代价。有人这样说，似乎还很有道理。

但这样的认识是浅层的。经济科学的作用在于指导实践，使经济发展不走或少走弯路。然而在实际生活中，人们常常被一些其实是错误的理论支配着、引领着。

梁言顺在研究西方经济学理论中发现从亚当·斯密、李嘉图及后来的丹尼森、库兹涅茨等人主张的"多因素决定论"，到法国重农学派鼻祖弗朗斯瓦·魁奈及后来的凯恩斯、哈罗德、多马等人的"资本决定论"，到新剑桥学派琼·罗宾逊、卡多尔及帕森奈蒂的"收入分配决定论"，到索洛和阿布拉莫维茨的"技术进步决定论"，到德国历史学派先驱弗里德里希·李斯特及后来的舒尔茨、卢卡斯、罗默等人的"知识和人力资本决定论"，这些西方经济学家的经典之作，在剖析经济增长理论时都有意无意地遵循了这样两个假定：（1）凡是产出的都是有益的，即都计入收益；（2）生产除了消耗成本外，不付出任何代价。这就是说，要素投入效果都是正向的。

这些理论影响着19世纪的大半时间并几乎占据了整个20世纪。在改革开放后的中国经济发展中，这些理论同样影响着理论界尤其是经济运行中的实际工作。

"事实上，影响经济增长的诸要素如劳动、土地、资本、技术进步、人力资本以及寓意宽泛的知识因素，对经济增长的作用都不是单向的。它们既能增加物质财富，促进经济增长，又会产生负面效应，如浪费资源，破坏生态环境，造成大量的不良品、人为事故以及诸多社会问题，等等。"梁言顺说。

任何理论的前提假定的片面，必然导致理论本身的片面。梁言顺研究的结果是：如果把要素投入效果的二重性引进增长理论中，那么几乎所有西方经济增长理论的结论"都需要重新推敲和修正"。

"只求增长不顾代价，只计眼前利益不为未来着想的经济政策，必定会造成经济增长与沉重代价并存的局面，这已为近现代经济增长的历史事实所证实。"梁言顺在证实西方经济理论的缺陷时，也在证实自己的观点的正确性。

"资源、生态、环境等问题，是发展经济学的研究对象，经济增长理论不应该涉及这些问题。"权威人士反驳梁言顺。

梁言顺用自己的研究成果回击:"这种观点是站不住脚的。因为一方面经济增长的本义就是国民生产总值或国民收入或说是国民财富的增加,而经济增长的代价仅就代价的经济意义看,表现为国民生产总值或国民收入或说国民财富的浪费与减少。人类追求的应该是扣除了代价以后的纯净的经济增长,这种经济增长与减少代价具有同等重要的经济学含义。因此,把一个问题的两个方面人为地割裂开来是没有道理的,是违反经济学规律的。另一方面,西方经济学界长期以来形成的一种认识极其有害,似乎只有不发达国家或者发展中国家才存在着资源浪费、环境污染、生态破坏等一系列问题。于是这些代价问题自然而然地成为发展经济学的研究对象了。其实,造成全球资源浪费和环境污染及生态破坏严重的国家首先是那些发达国家。"

世界第一经济强国美国,从20世纪20年代到70年代,发展速度超过任何一个国家。它的工业化程度和信息化程度够可以的吧,但美国无法摆脱目前世界上"环境污染大户"这顶黑帽子。联合国环境计划署提供的数据表明,美国仅占全球5%的人口所排放的二氧化碳却占了全世界的24%。很多人会记得一份限制二氧化碳排放的《京都议定书》,在这个文件上,别的国家都签了字,唯独美国不干。为什么?因为它做不到。

日本的教训不在其下。日本最大的化工厂"千素公司",因为把甲汞释放到了水俣湾中,致使2248人被证明患上了"水俣病",其中1004人已经死亡。这个厂排放的甲汞如果不加控制,厂方每年要向居民支付的损失费高达9700万美元,等于每年要从利润中拿出近三成的钱来作赔偿,而这仍然不能扑灭周围居民想"砸烂工厂"的愤怒之火。

经济增长的代价问题是一个世界性难题。大量确凿的数据和事实表明,西方发达国家都已为此付出了沉重代价,并且到现在还没有从根本上解决。中国的情况也并不乐观。

物质文明正在颠覆已有规则,但想拉住人类发展的列车往后退,那是不可能的。前进的时代列车在永不停歇地奔驰着,我们所能做的事情就是为其选择最佳的速度和最节约的能量。

"苏老师,我的理论分析部分出来了。"一天早上,梁言顺兴冲冲地抱着一叠稿子来到苏星教授的办公室。

在数万字的草稿里，有对西方经济增长理论的流派及其片面性的分析，有对低代价增长模型建立过程的论述。运用数学进行经济分析是这个初稿的一大特点。请看下面的推导——

$$Y(t) = AK(t)^\alpha L^\beta(t) P(-1)^{-\gamma}(t) e^{\lambda t} \quad (1)$$

式中，A仍为常数，λ为余值。将（1）式两边取对数，得$(dY/dt)/Y = \alpha(dK/dt)/K + \beta(dL/dt)/L - \gamma[dP(-1)/dt]/P(-1) + \lambda$

上式中，$(dY/dt)/Y$即是经济增长率GY；$(dK/dt)/K$是资本投入增长率GK；$(dL/dt)/L$是劳动投入增长率GL；$[dP(-1)/dt]/P(-1)$是代价增长率GP。

于是，得

$$GY = \alpha GK + \beta GL - \gamma GP + \lambda \quad (2)$$

这就是低代价经济增长模型。建立这个模型需要相当厚实的数学基础，这正是梁言顺的特长所在。

1979年，年仅16岁的他，以全省突出的考分进了山东理工大学。据说那年的数学考题特难，能考到四五十分的便能进入高校，而梁言顺考了85分，这个成绩在全省属凤毛麟角，为此山东理工大学负责招生的一位女教师骄傲了好一阵子。大学本科时的梁言顺轻松自如，精力过剩，为此他在当时的"哥德巴赫猜想"热下，也研攻过这道"世界级难题"。大学毕业后，作为全系应届毕业生中唯一的留校生，梁言顺干起了政治辅导员和共青团工作。1989年，他得到学校同意考上了辽宁大学日本研究所硕士研究生。梁言顺曾对日本经济的研究入迷，但很快他发现这种研究与自己的抱负有距离。日本的经济已近成熟，中国的现代化建设才刚刚起步，有那么多问题需要有人去研究，何必舍近求远？梁言顺毅然放弃留学日本的机会，只身来到北京，报考到著名经济学家苏星门下。

诺贝尔经济学奖获得者思朋斯，几经周折后，于2004年5月的最后一天，在北京与中国青年学者梁言顺相见了。

在北京西郊的友谊宾馆贵宾楼里，思朋斯与梁言顺一见面就说："梁，也许连你自己都不知道，你的'低代价经济增长'理论对世界经济学界有多么大的影响，是你以自己的勇气和胆识，第一个指出了包括许多诺贝尔经济学奖得主创立或尊崇的西方经济增长理论所共同存在的缺陷、忽视影响经济增长的要素投入效果的二重性，以及由此引起的经济增长的代价。"

未等梁言顺开口，这位经济学理论中的信息不对称理论奠基人又提高语调说："梁，你提出的低代价经济增长理论，其意义不仅对中国，对世界经济学界也是个重大贡献。"

梁言顺听后不能不激动，因为他的"代价理论"发现本身就充满了代价的真实含义……

三

《现代汉语词典》中"代价"的条目这样说代价，泛指为达到某种目的所耗费的物质或精力。梁言顺研究经济增长的"代价问题"所耗费的又何止是物质与精力。

自改革开放以来，中国的经济用"蒸蒸日上、一日千里"来形容毫不夸张。可是梁言顺现在要做的是"会诊"中国经济发展所付出的代价，难免有"不合时宜"之忧。

"压力自然很大。我一直遵循着苏老师的话，他说要想做好经济理论的文章，就必须从实际出发，而不要从原理到原理。正如毛泽东说过的，调查研究就像'十月怀胎'。不怀胎，何来分娩？而分娩的过程总是充满阵痛。苏教授是过来人，经历过几十年的政治风云，他经常教导我，追求真理确实不容易。有些搞马克思主义的人为什么也会动摇，原因有二，一是信念不坚定，二是有私心，明知不对，或者明知是对的，却由于经受不起各种压力而改变航向。我选择低代价经济理论研究，目的非常清楚，是想让我们快速发展着的时代列车在奔驰向前时，要十分注意计算你是不是该用那么多油，是不是该开得平稳些，是不是注意到了列车行进时的安全性。一句话，研究代价是为了减少和降低代价。所以顶再大的风险和压力我也要把自己的理论研究做下去。"梁言顺说，"让我特别感到振奋的是，就在那段时间，江泽民同志在谈到经济建设与人口、资源、环境的关系时，告诫人们，不仅要安排好当前的发展，还要为子孙后代着想，决不能吃祖宗饭，断子孙路，走浪费资源和先污染后治理的路子。这段话确实解除了我的担忧!"

这一年,梁言顺到南国春城昆明开会,顺便对滇池进行了小范围的考察。伴着泰山长大的梁言顺很早就期待到昆明、滇池看一看,因为他在小时候就被一段赞美滇池的优美文字所吸引:"……站在滇池旁的西山顶上,眺望滇池,波光浩渺,苍苍茫茫,俨如高原上镶嵌的一颗璀璨晶莹的明珠,以其卓绝的风姿著称于世。"到滇池一饱眼福,是梁言顺少时留存的梦。

说来也巧,梁言顺住的房间就在滇池湖畔。他一进房间就推开窗户,想赶紧领略滇池这颗"明珠"的风采。哪知扑面而来的不是湖风惬意,而是难闻至极的奇臭。再下楼近看,水里杂草丛生,水面上漂满了各种污垢……这就是滇池?这就是南国的"明珠"?梁言顺站在湖边,叩问苍天。

苍天明白无误地告诉他明珠当年确实风姿婀娜,可如今早已黯然无光。

梁言顺的心很痛,几天开会他都寡言少语。

后来会议组织者特意带他们到与滇池一箭之遥的翠湖一游,梁言顺听到一则动人的传奇,更是思绪万千。

自上世纪80年代初以来,每年冬天的早晨,车水马龙的翠湖边,总有一个老人在徘徊。原来,这个老人在10年时间里,节衣缩食,用他微薄的退休金,喂养在湖面上飞来飞去的海鸥。1995年,当这群西伯利亚的白色小精灵再次飞临翠湖时,守护它们的老人不幸病逝了。邻居说,在老人家里,没有一样值钱的东西,几个鸡蛋是老人生前的全部"财产",而这也是老人准备蒸鸡蛋馍喂海鸥的。

老人的故事感动了春城。山茶杂志社和云南"人与自然"基金会为此在老人常去喂海鸥的翠湖边发了个讣告,告知人,也告知鸟:"海鸥老人于1995年12月20日病逝,终年71岁,为昆明化工厂退休工人……老人虽逝,却望海鸥常飞,愿老人与海鸥同在。"讣告和老人最后一次喂海鸥的那张照片就放在湖边,许多行人见后都在照片上签字,他们中有母亲,也有与"海鸥老人"同样年龄的老者和背着书包的儿童。人们把签满名的老人遗照放在草坪上,准备撒食,以代表老人再一次喂海鸥。意想不到的事发生了——一群海鸥突然飞至,围着老人的遗照一次次盘旋飞翔,连连鸣叫,那叫声和飞翔的姿势与平时完全不一样。

再细看这群鸟儿，它们时而急速地扇动着翅膀，轮流定格在老人遗像上空鸣叫，时而俯身掠过老人的遗照，轻轻用翅膀抚摸着照片，又在空中盘旋鸣啼……在场的人无不落泪，人们感慨万千鸟儿有灵性，好人得好报啊！

这个故事令梁言顺感动，他特意到老人常去喂海鸥的地方凭吊。

站在斯人已去的地方，梁言顺想到了污垢的滇池，也想到了断流的黄河和泛滥成灾的长江……他的心在阵痛。

"我要数据，必须是准确无误的。"

"对，最好是实例，一丝不差的实例。"

"不行，简单的数据不能说明问题，你们最好给我提供年度统计表。"

"对，对，我要的就是经过精确计算后的资料。政府正式公布的当然好嘛！"

……

梁言顺开始了繁杂而庞大的收集与统计相关资料的工作。在那些日子里，同事们看到办公室里的梁言顺，只要一停手头的工作，就抓起电话，四方联系。有时为了一个数据，他要打几十遍电话才能得到。

打电话毕竟简单些，而上门索取资料、核实数据可就困难多了。梁言顺虽然在中央党校工作这块"金牌子"，但毕竟向人索要资料，或者核对数据，是件烦琐的活儿。有几次梁言顺抽出中午时间赶到一个部委，说好的是几点几分上那儿等人，可一到那儿，根本找不着人。满头大汗的他只好待在传达室一小时一小时地等啊等。有一回他等了近三小时，刚要折身回走，有人突然拉住他的胳膊，大呼小惊地说："哎呀梁博士，实在对不住，一喝酒把你这事给忘了！快快上楼吧，资料在我办公室呢！"求人的事，能怎么着？最后还得向人家好言道谢。

以1995年《中国统计年鉴》为例，在其所列的19类546个指标中，负向指标不足10个，而反映经济损失和代价的指标仅有3个。

这是传统的思维模式和对经济学认识上的缺陷造成的。梁言顺以一个学者的身份，想为国家和民族弥补这种缺陷。

当他把吃尽千辛万苦收集来的资料和数据进行综合评估和论述时，那种艰辛与焦虑更是常人难以想象的。

一个新理论的诞生过程，就像一次火山爆发、一次冰川活动、一次岩层形成。裂变和挣扎，毁灭后再获新生，否定之后又否定，几经轮回，无数颠覆，最后才能定型立质，抛光亮颜。

真正的理论不是空洞无物之文，它是实实在在的。只有在铁铸的事实面前，新的理论才会被普遍地接受和认识。

梁言顺的低代价增长论，最先获得的资料和第一手"铁证"来自那个非常配合的环境保护部门。数据统计分析是个"系统工程"，仅环境污染和自然资源浪费所形成的代价，就需要从废水排污、大气污染、固体废物排放、噪声污染、环境污染以及森林破坏、草地破坏、人为造成的自然灾害、物种丧失、土地沙化与减少、水资源的浪费、矿产资源的浪费和不良品损失等方面来计量，一个项目都不能落，一个指标都不能漏，尤其对那些介于是与非、非与是之间的中性指标更要精心剥离。

其中的艰难与困苦可想而知。走进他的书斋，我看到的各种电话记录、学习笔记和收集来的资料，可以毫不夸张地用"山"来形容——而且是连绵叠起的崇山！

就说"废水排放造成的直接经济损失"一个单支吧。仅这里面就包括了四大组成部分，分别是水污染危及人体健康而造成的经济损失、水污染造成的工业经济损失、水污染造成的农作物损失、水污染对畜牧业和渔业造成的损失。再看看数据，一个是24.1亿元，一个是192.8亿元，一个是137亿元，一个是13.8亿元。这仅仅是1992年一年废水排放造成的直接经济损失中的水污染危及人体健康而造成的一个支项的损失数字：367.7亿元！

还有对经济增长不当带来的社会代价的分析，包括黄赌毒的代价分析、艾滋病的代价分析、假冒伪劣产品的代价分析、违法犯罪的代价分析，等等。

如此统计，如此计算，如此结论。

一项项，一块块，一个个相关分支，然后是横面的统计，再进行立体的整合……

梁言顺的额上汗淋如雨。那汗珠既是累出来的，也是被数据震骇出来的。梁言顺的额上能不汗雨淋淋？怕出差错，又不能有错。

再算！将这些年来中国所有年份的经济增长代价全部算出来！只有这

样才有说服力！国家需要这样的数据，国人需要知道自己干了那么多事后到底付出了多少代价，即使不可避免的代价也应该心里有数。一个只算收入，没有代价意识的商人，不是好商人；一个国家的经济发展史上如果没有一本可知的代价簿，怎么可能是完整的经济发展史呢？中国的社会主义市场经济需要这样的账目。这既是对今人付出劳动的回应，更是对后人的交代。

梁言顺继续潜入数据和资料的海洋中……

他的$GY=\alpha GK+\beta GL-\gamma GP+\lambda$（低代价经济增长模型计算公式）就像一台不知疲惫的兆兆次/秒转的巨型计算机，日夜不停地飞旋着……

星光在轮复，日月在交替；沉静与寂寞伴随，激情和焦虑厮守；点点滴滴，滴滴点点；惊涛骇浪，骇浪惊涛；如雨扑洒，草木变青；如云散落，岩崖露廓；如虹纷飞，彩霞四射……

海潮，正以其汹涌拥抱红树林。

欣喜的、激动的、悲愤的、痛苦的……梁言顺思绪万千。每一个数据都在考验着他的理性，论证着他的观点，撞击着他的心弦。

他知道，要发展，必要的代价无法避免。但有人把化工厂建在老百姓的家门前，任意排放有毒的污水，致使人畜患病，草木不长，这难道是该有的代价吗？

他知道，要发展，必须建的楼需要水泥和钢筋。但有人把好端端的国有富矿乱采乱挖，一个百年富矿仅几年之内便丧失殆尽，矿老板因为不愿多花几百块钱购置安全设施，一声瓦斯爆炸，几十条生命顷刻间告别人世，这难道不该谴责吗？

还有新筑的马路一年几回"剖膛开肚"，还有闲置的楼堂馆所，还有重复建设占用大量土地的工矿企业。

还有黄赌毒的泛滥，制假贩假，湖南会泽县一次假酒事件致死36条人命。"八五"期间，全国光破获毒品案件就达23万多件，涉案人数32万多，国家投入的公安和治安经费就是几十亿。花去几十亿的还有为了捣毁非法光盘和"打非扫黄"的专项经费，更有人为造成的泥石流、滑坡、耕地沙化、江湖污染……那可是几百亿、几千亿的代价啊！

根据梁言顺所掌握的资料和他的模型推得由于代价的存在，经济增长

率实际上要减少四分之一。

代价，沉重的代价它以铁的事实告诉我们，江泽民同志为什么一再强调"在现代化建设中，必须把实现可持续发展作为一个重大战略。要把控制人口、节约资源、保护环境放在重要位置，使人口增长与社会生产力的发展相适应，使经济建设与资源、环境相协调，实现良性循环"；同样也告诉我们，以胡锦涛同志为总书记的新一届中央领导集体提出"树立和落实科学发展观"的意义有多么重大而深远！

梁言顺对我说，按照他的模型推导，美国等西方发达国家的经济增长代价其实远远高于中国。可见，经济增长代价问题已经是个全球性的问题，而且，越发达的国家其代价问题越显现。

该到人类彻底警示自己的时候了：一个不计成本和代价的经济模式肯定是个不完善的经济模式。一个不懂得计算成本和代价的经济理论肯定是个存在缺陷的理论。一个民族和国家如果不明晰自己在发展中曾经或正在付出的代价，那就不是一个成熟的民族和国家。

"兮兮兮，强本而节用，则天不能贫兮！"远远的历史长河边，一个叫荀子的人在朗读他的《天论》。

梁言顺接过先哲的话，回应道：天苍苍，地茫茫，现代化文明古国的发展车轮势不可当。强本自有节用之论。天不能贫也不会贫，重要的是要觅出不贫之道。

梁言顺在完成中国经济增长中的代价损失寻访后，目光转向了如何实现"低代价经济增长"的研究课题上。

"照你的理论，我们在创造100元的财富时付出了几十元的巨大代价，这种发展还有多少意义呢？GDP还有什么价值呢？"有人这样对梁言顺说。

梁言顺不同意这种观点："中国如果没有必要的GDP快速增长，社会主义现代化和全面建设小康社会的目标就会落空。提出代价问题，并不等于GDP就不重要了，更不是要刻意制造人为因素去拖国民经济快速列车的前进步伐。其根本点是我们在追求GDP的指标同时，必须考虑经济增长的代价因素，实现一种以人为本的低代价经济增长模式。"

"这样就可以实现可持续发展了吗？"

"低代价经济增长之于可持续发展,非常必要,但是还不够。这就是数学上讲的必要而不充分。"

梁言顺的后续研究就是针对这个问题的。

他在进一步深入研究的基础上,于1999年又提出了可持续发展的"两循环三增长"理论。梁言顺认为,可持续发展作为一种新的理念,已经深入人心,但至今并未形成系统的科学的理论,在可持续发展的标准和实现途径方面的研究更不够。因而他提出在发展的前提下,不论整个地球,还是哪个国家、哪个民族,或者哪个地区,既要满足当代人的需要,又不对后代构成危害的基本条件只有两个:一是自然资源的循环使用和循环替代,二是生态环境的循环净化。至于可持续发展的实现途径,梁言顺概括为"三增长模式":经济低代价增长,自然资源总量和环境容量扩大增长,人口适度的零增长。

理论有时显得异常枯燥,但理论的价值常常能产生无可比拟的能量。

在不少人片面追求GDP时,梁言顺勇敢地提出了"必须重视经济增长中的代价",而当人们嘴里说着"可持续发展"其实又不很明白如何实现这种"可持续发展"时,他的"两循环三增长"理论,使学术界和广大实践者眼前为之一亮。中国工程院院士、中国生态学会理事长李文华每当谈起此事,都会喜形于色:"'两循环'思想,这种在复杂的事物和多种矛盾中,突出主要矛盾的做法,反映了发明者抓纲带目的哲学思想在分析可持续发展问题中的具体应用。"另一位中国工程院院士、东北林业大学的马建章教授认为,梁言顺的"三增长"理论"不仅具有重要的学术价值,而且具有重要的实践价值"。

1997年,梁言顺的《低代价经济增长论》作为博士论文获得专家一片好评,并在日后荣获中共中央党校1995—1999年优秀学术成果一等奖(经济学类第一名)。1999年,他的这部学术著作被人民出版社出版。中国社会科学院经济研究所所长张卓元教授作序并如此评价:"这是一本具有开创性的学术专著,对推动经济学界认真研究经济增长所付出的代价问题,有重要的意义。"苏星教授从来不轻易对自己学生的研究成果做评价,但这回破例应邀为《光明日报》和《博览群书》杂志撰写书评,指出:"《低代价经济增长论》一书的优点,是从理论上探讨可持续发展问题。

作者考察了18世纪以来工业化过程中经济增长付出的沉重代价，认为理论误导是经济增长付出沉重代价的重要原因。为了从理论上弄清楚问题，作者研究了从斯密、李嘉图到凯恩斯，一直到当代西方经济学家们的经济增长理论，指出了他们的成就和片面性，也吸取了其中的合理成分（如索洛模式），从而形成了作者独创的低代价经济增长理论"，并且"具有开创性"。

党的十六届三中全会上，一个洪亮的声音在回荡：树立和落实全面发展、协调发展和可持续发展的科学发展观，对于我们更好地坚持发展才是硬道理的战略思想具有重大意义。树立和落实科学发展观，这是20多年改革开放实践的经验总结，是战胜非典疫情给我们的重要启示，也是推进全面建设小康社会的迫切要求！

那一天，我正在海南，正在海边，正在一片红树林旁。

汹涌激荡的大海波涛，挂满瓜果、飘扬稻香的海岸，在它们中间是一片我早已渴望观赏的红树林——它真的太美了！葱绿挺拔，尽管奔腾而来的海潮会将它淹没，但海水退去，它依然生机勃勃，绽放着独特的异彩，因为它的根，深深地扎在生养它的土地之中，它以自己独有的质地和能力，使大海和陆地和谐共存，亘古永生。

我终于明白，梁言顺为什么总把自己的低代价增长理论与红树林连在一起，并如此倾情。

（原载2004年7月9日《光明日报》）

★ **作者简介**

何建明，男，1956年生，江苏苏州人，中国作家协会副主席、中华文学基金会理事长、中国报告文学学会会长，全国劳动模范，中宣部"四个一批"人才，国务院特殊津贴专家，全国新闻出版行业领军人物，博士生导师。代表作有《时代大决战》《那山，那水》《死亡征战》《爆炸现场》《南京大屠杀全纪实》《国家》《忠诚与背叛》《部长与国家》《生命第一》《我的天堂》《根本利益》《落泪是金》《中国高考报告》等。30余年来出版40余部文学著作，改编成电影电视十余部，作品被翻译到十几个国家。曾三次获得鲁迅文学奖、五次获得中宣部"五个一工程"奖、四次获得徐迟报告文学奖。

作品赏析

《永远的红树林》是著名作家何建明短篇报告文学代表作之一。

何建明是中国当代报告文学的领军人物，30余年先后创作了40余部作品，频频引起社会巨大反响。

《永远的红树林》主要介绍了青年经济学者梁言顺博士对"低代价经济增长理论"的探索。文章深入浅出地介绍了低代价经济增长理论，用翔实的事件和饱满的感情道出了梁言顺在该理论上"十年磨一剑"的探索历程。如何思考和衡量GDP的快速增长与增长中的代价问题，经济增长模式怎样才合乎经济规律，这几个问题关乎国家的发展命运。梁言顺深谙这些问题的重要性，他在西方经济学理论的基础上，引入了代价理论，建立了低代价经济增长理论的模型，提出了我国实现低代价经济增长的基本思路和具体建议。

海陆交界处的红树林，以其独有的质地和能力，保持着大海和陆地的和谐平衡。在全面建设小康社会的伟大进程中，如何繁荣和发展社会科学，梁言顺的故事给我们以深刻的启示：作为一名社会科学工作者，要耐得住寂寞，抵得住诱惑，要以高度的历史使命感，本着对人民、对国家负责的精神，贴近实际，独立思考，深入研究，准确把握当今世界的发展趋势，勇于创新，善于创新。

"代价"是一个沉重的话题，关系到中国的发展，也关系到我们时下的生活质量和我们的子孙后代。为了让更多人了解、理解"代价"的深刻内涵，为了祖国能够实现可持续发展，作者背负着神圣的使命感、责任感，深入一个他并不熟悉的研究领域，仅用1万多字的文学语言便将"可持续发展"这个专业理论生动形象地展示出来。

相信每一个用心看下去的读者，都会为之感动和震动。

木棉花开

| 李春雷 |

到广东上任的时候，他已经66岁了。面皱如核桃，发白如霜草，牙齿全部脱落了，满嘴尽是赝品。心脏早搏，时时伴有杂音，胆囊也隐隐作痛。但他显然还没有服老，一米七一的个头，80公斤的体重，敦敦实实，走起路来，风风火火，踩得地球"咚咚"直响。

省委门口有一个副食店，每天凌晨三点钟，黑黝黝的寒风中，市民们揣着鱼票、油票、糖票等花花绿绿的票证，开始在这里排队抢购。什么物资都缺，广东产鱼，广东人更喜欢吃鱼，可市民们每人每月只有五角钱的鱼票，而且还不能保证供应。副食店7点30分才开门营业，买鱼人的队伍长长的，比鱼还多。排在前面的阿公阿婆实在困倦了，要回家再睡一觉，于是就放下一个个替身：一把凳子，一顶帽子，或者一只菜篮子……

几天后的一个傍晚，他又来到了深圳的文锦渡口。放眼望去，河对岸就是被英国政府租管的香港，高楼大厦，灯火璀璨。而自己这边呢，黑灯瞎火，四野无声。

就在一年前，这里曾经发生了一起震惊全国的大逃港事件。7万多饥民身背行囊，扶老携幼，面对着荷枪实弹的边防军，冒死闯关，出逃香港。一位村党支部书记向着黑压压的人群哭喊："跟我回去！跟我回去！"因为在跑过界河的人群中，还有他患难多年的妻子。但隔着界河抛过来的却是一句比石头还要生硬冰冷的诅咒："死了以后骨灰都不要吹回这边来！"……

黑格尔称中国历来就是一个"灾荒之国"，亚当·斯密则认为中国下层农民的生活状况，比欧洲的乞丐还要凄惨。

枯黄的秋风吹乱了他的满头白发和满心愁雾。

这一顶白发，这一腔愁雾，就是1980年11月的中共广东省委第一书记任仲夷！

疯狂的年代过去了，苦难的中国终于找到了自己的轨道，而濒临香港、澳门和台湾的广东省还是一片低地。由于长期以来的战争思维，国家在这里基本上没有工业项目投资；交通更是落后，京广铁路在广东境内竟然全是单行线。从广州到珠海、深圳，中间都要转乘四五次轮渡，需要花费一天的时间；农业也不行啊，是全国最大的缺粮省份，虽然国家每年都要调进5亿公斤，但仍是饥肠辘辘，路人相闻。1979年全省工农业生产总值人均只有520元，远远低于全国平均数字636元。还有一个数字更让粤人汗颜，偌大的广东省，面积是香港的200倍，而每年的创汇总量却不足人家的十分之一。与台湾相比，更是无法同日而语。

也许正是这样的差距，中央政府才下决心在广东试办经济特区，先行一步。于是，在前任书记习仲勋上调中央后，就选派了他。

应该说，在共产党的高级干部里，任仲夷是一位少有的既懂政治又懂经济的通才。青年时代，他在中国大学攻读的专业就是政治经济学；抗战时期，他曾担任八路军某军政干部学校校长，并主编了党内第一本《政治经济学》教材；新中国成立后，长期担任黑龙江省委书记，他的政绩至今仍然传颂在松花江畔；主政辽宁三年，这个"文化大革命"的重灾区，不仅政局平稳，经济发展更跃至全国三甲之列。

可他毕竟已经年近古稀，又是第一次来广东，这一片土地，能接受他吗？

省委大院里植满了榕树，这南国的公民，站在温润的海风中，悬挂着毛毛茸茸、长长短短的胡须，苍老却又年轻，很像此时的他。

但他似乎更喜欢木棉树，高大挺拔，苍劲有力。2月料峭，忽地一夜

春风,千树万树骤然迸发。那硕大丰腴的花瓣红彤彤的,恰似一团团灼灼燃烧的火焰,又如英姿勃发的丈夫,用刚健的臂膀傲然挽起娇美的新娘,虽然来去匆匆,却也轰轰烈烈……

他的血液像珠江一样奔腾起来。

他摸了摸满头霜草,似乎那是蓬蓬勃勃的南国春芽……

查阅《中国统计年鉴》:1978年广东省的经济总量为185亿元,列全国第23位。可仅仅到任仲夷离任的1985年,广东已经赫然位居榜首。短短的几年时间,这是一个怎样超常规的跨越啊!

20多年后的今天,回味那一场硝烟散尽的"战争",好多故事仍然令人瞠目结舌,不可思议。

放开物价、市场经济、私营企业、出让土地、政企分离、股份制、外资银行……在那个严格的计划经济体制年代里,这一切都无异于玩火弄险,又无异于雾中疾行,而路途中又是一个个隐蔽的雷区,随时都有可能被炸得人仰马翻……

2007年8月,我应邀到广州采访丰田汽车公司,晚上和广东作家吴东峰、鲍十诸位喝茶。谈到广东经济已超越中国香港、新加坡和中国台湾时,话题自然而然地触及已故的中共广东省委原第一书记任仲夷先生。吴东峰兄喟然长叹,任仲夷是广东的恩公,着实应该写一笔。

此时,窗外桂兰氤氲,室内茶香袅袅。我心内猛然一顿,似乎感应到了一个神圣使命的深情呼唤。

在哈尔滨,我曾听到关于他亲手研制和推广冰灯的传说,那里的人们尊称他为"冰灯之父";我也去过辽宁,他冒险为烈女张志新平反的故事更是妇孺皆知。其实,在座各位并不知晓,我与任仲夷本是同乡,相距不过百里,他的传奇在我们冀南一带也早已广为流传。

于是,年底的时候,我再一次赶到羊城,开始了有关任仲夷的采访。

很多广东人现在依然清晰地记着当年的"鱼骨天线"风波。

经济状况稍稍好转,广东沿海地区的不少家庭开始有了黑白电视。可有了电视却没有可看的节目。大陆电视台节目频道少,信号不稳,且播出时间太短。很快，不知谁发现了一个好看处，那就是香港电视节目，只需要一根带有放大器的鱼骨架形天线，用竹竿伸进天空，指向东南方向，就可以直接收看。于是，美味的食品、漂亮的服饰、欢快的主持人、批评总督的辩论、自卖自夸的广告，还有邓丽君的情歌、恋人的拥抱和接吻……哇，香港人竟然是这样生活的！资本主义社会原来就是这般模样？

一时间，家家户户效仿，很快就普及整个珠江三角洲，连广州市中心高高矮矮的楼顶上也发豆芽般地长出了密密麻麻的"鱼骨天线"，像葵花一样，仰望东南。

当时正值全国舆论开始猛烈围攻广东之际，"鱼骨天线"事件犹如火上浇油，再次引爆了海潮般的谴责声，又赶上中央主抓意识形态工作的负责人正在酝酿发动"排除精神污染"活动，广东更成了众矢之的。

"香港电视每分每秒都在放毒！"

"广州已经香港化了！"

高层某领导公开批评："广东变修了，变烂了！"有关部门更将此定性为"反动宣传"，必须"坚决打击，依法严惩"。不少内地城市甚至打出了"反对广州的精神污染"的标语。

"资本主义道路"属于意识形态的高压线，是当时最敏感的政治问题。迫于压力，广东省委、省政府紧急制订措施，严禁收看香港电视，对违反的党员干部进行严厉处分，并严令各地派出工作组，动用消防车逐村逐户地强行拆除。特别是每每有中央领导人莅临广州，位于东莞某地的一个大功率干扰电台就会施放出强烈的干扰信号，使得整个珠三角地区的电视屏幕里飘满茫茫大雪。

老百姓竟然想出了一个当年对付日本鬼子的办法：空舍清野。工作组未进村，消防车刚出动，家家户户的"鱼骨天线"就快速地撤下来。夜幕降临之后，再悄悄地送上屋顶，当地人称之为"晚上升旗，早晨降旗"。有的党员干部家庭被查住了，也有解释："孩子老婆不是党员，他们觉悟低，是他们看的。"无法处分，只能收缴。但仅仅是在当天晚上，另一架"鱼骨头"就伴随着恶毒的咒骂声再一次升上了天空。

群众骂声如蝉鸣蛙鼓，鱼骨天线似春树满山。于是，全省各地的数百辆红色消防车，像热锅上的蚂蚁，四处出击，疲于奔命，焦头烂额。各地收缴的"鱼骨天线"堆积起来，像柴垛，而后又成吨成吨地卖给了冶炼厂。

外商们意见更大。此时，佛山、南海、江门、中山、顺德、东莞和惠州一带的"三资企业"正在渐成气候，无数的港、澳、台客商及东南亚华侨资本，如过江之鲫，纷纷来粤试水。他们都在驻足观望：连香港电视也不让看，还算什么经济特区？我们的生意怎么做？我们的信息哪里来？我们的娱乐何处寻？

"鱼骨天线"，恰如鱼骨在喉，顿时成为任仲夷最为棘手的火辣辣的难题。

广东省委宣传部原副部长张作斌告诉我，当时的省委真是左右为难，中央三令五申，严禁收看，坚决拆除，而城乡群众怨声载道，情绪激烈。长期下去，不仅进一步激化干群矛盾，而且将严重影响外资的引进。任仲夷苦思许久，终于下定了决心。一天，他打电话把张作斌找去，给他布置了一个特殊的任务。

1983年5月上旬的一天，张作斌带着两名干事，悄悄赶到深圳，住进了临近香港的一家旅馆里，专门找了一台信号清晰的电视机，三天三夜没有合眼，把香港电视所有的节目一一记录下来，并写出了一份详细的调查报告，交给了任仲夷。报告中分析，香港两家电视台的电视剧和综艺节目，是为了迎合一般香港市民的口味而设计的，相对还处于起步阶段的大陆电视剧和文艺节目，自然具有较大的吸引力。而知识分子喜欢的是香港电视台快捷的新闻，尤其是那些转自CNN、BBC的快讯，中央电视台要么没有，要么隔天才能看到。低俗无聊的节目时有所见，而黄色和反动的宣传几乎没有。

几天之后的一个上午，任仲夷来到省委宣传部，召集宣传文化系统负责人开会，正式表明了自己的看法和意见。

采访时，我想方设法找到了这份当年记录的讲话稿。

在这份约5000字的讲话里，任仲夷主要谈了两个问题。一是不提倡看香港电视，要与中央保持一致。第二就是要千方百计办好自己的广播电视节目，丰富群众的文娱生活。

正是在这个讲话里，他第一次提出了那个著名的观点："排污不排外。"自觉排污是必要的、明智的，但决不能因噎废食，笼统地反对一切外来思想文化，盲目排外是错误的、愚蠢的。排污要分清界限，要排真正的污，对资本主义国家先进的科学技术和优秀的文化成果，我们不仅不能排斥，还应当积极地吸收借鉴。

在整篇讲话里，对于拆除"鱼骨天线"和干扰香港频道，他只字未提。

就在此后的不长时间，中共中央总书记胡耀邦来到广州，住进了珠岛宾馆。按照惯例，服务员把他房间电视的香港频道全部锁闭了。任仲夷发现后，吩咐马上解除，并把所有的电视节目全部打印出清单来，放在电视机旁边，方便客人选择收看。

连续几天，胡耀邦始终没有提出什么意见。

从此之后，香港电视在任仲夷的任期内再也没有受到强行干扰，"鱼骨天线"也成了南粤大地一道独特的风景，在悄悄地却是猛烈地唤醒着传统的岭南意识……

正是这个时候，发酵的珠江三角洲像一个硕大无朋的香喷喷的蛋糕，依靠毗邻港澳的独特地理优势和侨乡众多的人文优势，以较低的土地价格和充足的廉价劳动力吸引了大量外资的直接进入，尤其吸引了港澳台制造业的大规模转移，以"三来一补"（来料加工、来样制作、来件装配、补偿贸易）为主要贸易形式的外向型企业迅速遍布城乡，如春风野火，熊熊燎原，形成了星河般繁密的群落，掀起了中国改革开放之后的第一轮经济大潮……

搬掉罗湖山，填平罗湖洼地，是深圳特区建设的第一项大工程。可刚刚开工，就遇到了种种人为的难题，任仲夷不得不亲临现场疏通。

正是从这个问题中，他又觉察到了一个更大的问题：特区的领导班子不够协调团结，靠这个班子打不开局面，更别说"杀出一条血路"了。经与省委刘田夫、梁灵光、吴南生等人协商后，决定马上动手调整。

经过多方考察后，他认定省委常委、广州市委第二书记梁湘是最佳人选。

身材魁梧的梁湘是军人出身，新中国成立之初跟随叶剑英南下接管广州，他不仅是一位具有开拓精神的实干家，还十分熟悉城市管理和经济工作，更重要的是，他身上充溢着一种饱满的理想主义激情。

但62岁的梁湘毕竟是一位老资格的省级干部了，而且性情刚烈如火。他明确表示不去深圳，愿意继续留任广州。

反复谈话，梁湘仍然不情愿。不少资料在叙述这一段历史时，都记载了一个相同的情节：梁湘曾为此事与习仲勋大吵一架。这应是笔误或者是以讹传讹，因为习仲勋此时早已离开广东到中央工作。如果实有此事，吵架的对象应是任仲夷。这的确是一个颇具戏剧性且无比珍贵的文学细节，只是缺少鲜活文字的详细描述。采访时，我曾多方刻意搜寻，但因为两位当事人俱已作古，当时无人在场，笔者又不能妄自虚构，所以只好无奈地望风而叹了。

不过，任仲夷并没有轻易放弃，他再一次地约见了梁湘。

这一次谈话时，他的秘书琚立铭正好值班。那是1981年1月的一天晚上，心事重重的梁湘步履蹒跚地走进了任仲夷的办公室，这可以从他的满脸愁云里看出来，也可以从他上楼时拖沓迟缓的脚步声中听出来。任仲夷微笑着从座位上走出来，与梁湘握手后，又亲自为他沏了一杯热茶，而后就随意地坐在了旁边的一把竹制藤椅上。

琚立铭回忆，直至凌晨时分，任仲夷办公室的门才缓缓打开。他进去的时候，两人的正式谈话已经结束，原本诙谐幽默的梁湘又回复了本性，他似乎刚刚讲了一个广州时下流行的笑话，任仲夷猛然"哈哈"大笑起来。他仰躺在竹椅里，一前一后地晃悠着。雪亮的灯光下，浑圆的银白色的笑声在四壁间清脆地撞击着、回响着，他头上的丝丝白发也仿佛是一绺绺导电的钨丝，在闪烁着明晃晃的辉光。

1981年2月，梁湘慷慨赴任。

随后，任仲夷又从各地选调一批专业对口、德才兼备的精锐干部，为深圳特区打造了一个特别能战斗的领导班子。

从此之后，深圳特区建设驶入快车道，开始上演一幕幕惊天大剧！

但是，一切都在试验摸索，樊篱重重，荆棘遍野，跨越常规，冲破体制，特事特办，很多创举连最高决策层也无法明确表态，这就使得深圳的道路显得格外血腥和惊险。

要加快发展，必须面向世界招商引资；要招商引资，必须提供诱人的优惠政策，这是一个简简单单的道理。对此，梁湘的"蚂蚁理论"很是明确：只有让第一批蚂蚁尝到甜头，才会引来更多的蚂蚁。于是，深圳特区政府经过相关立法程序，制定了特区土地管理法规，允许外商参与开发特区土地和缴纳土地使用费使用特区土地兴办企业，并于1982年1月1日起正式颁布施行。

这项法规刚刚出台，便引起国内震惊，传统封闭的国民意识如何能承受这种"卖国行径"呢？一时间，舆论如鞭似刀，黑云压城："深圳除了九龙关门口仍挂着五星红旗，一切都已经资本主义化了。""姓梁的把国土主权卖给了外国人，是卖国贼！"……正在这时，中央针对广东开展了大规模的反走私斗争，而深圳又深陷其中。更让人惊骇的是，中央有关部门还专门下发了一个白头文件：《旧中国租界的由来》，矛头直指深圳！政治气氛骤然紧张。在高层会议上，某领导人甚至声言"要收回失地"，"要杀一批头"。果然，不久之后，广东海丰县委书记和一名副书记就被枪毙了……

向来敢说敢干、敢冒风险的硬汉梁湘，此时也胆怯了，常常紧锁双眉，沉默不语，缓缓踱步，狠狠抽烟。

梁湘当年的秘书邹旭东清清楚楚地记得，就在这气氛最为肃杀的一个多月里，平时很少亲临的任仲夷竟然连续三次来到深圳，时间分别是2月2日、2月18日和3月6日。每次到来后，他都要与市委领导班子全体成员见面谈话。针对北京方面和理论界的质疑，他旗帜鲜明地对大家说："有的同志怀疑办特区是否有损主权，会不会变成殖民地？我们要肯定地回答：不会！恰恰相反，只有掌握主权才能办特区，办特区是对主权的运用，是行使主权的表现！"

集体见面之后，重点就是与梁湘谈心，释消他心底的顾虑。最后一次是在任仲夷下榻的宾馆房间里，关着门，吩咐谁也不许打扰，一直持续三个小时。两人具体讨论了什么内容，谁也不知道，但送别任仲夷时的场面大家都印象深刻：两人紧紧握手，相视无言，一个笑靥如菊，一个满面春风。

从此之后，梁湘如释重负，依然故我。

地球人都知道，正是在这短短的几年时间内，深圳以她特有的"深圳速度"，从一片偏僻的小渔港蜕变成为一座繁茂的大都市，成为面向世界的最靓丽的东方传奇……

几年后，67岁的梁湘悄然卸任。站在市府大楼门口，面对着近千名依依不舍的深圳人，他满眼泪花，哽咽着说："如果我必须生一千次，我愿意生在这个地方；如果我必须死一千次，我也愿意死在这个地方！"那一天阴云密布，电闪雷鸣，但所有的人都黯然不动，任凭冷雨浇淋。梁湘汪然出涕，猛地扔掉雨伞，双手抱拳，大声鸣誓："我在此先立下遗嘱：死后骨灰安葬在梧桐山上！"说到这里，整个深圳泪流滂沱，号啕失声。

历史已经证明，梁湘是这座城市的英雄！而成就梁湘的正是任仲夷！

他们之间肯定有着太多的故事和秘密，只是可惜无法探知了。但有一个细节让我感慨不已：多年以后，梁湘病重，80多岁的任仲夷不顾年老体衰，多次亲趋探望。病危通知书下达之时，任仲夷正在医院输液。听到消息后，他马上拔掉针头，执意让家人搀扶着，赶到病房，紧紧握住梁湘的手，无语凝噎，老泪纵横……

在采访中，我还听到一个任仲夷和袁庚的故事。

深圳腾飞的同时，位于其西部一隅的蛇口工业区也以惊世骇俗之举引起社会瞩目。蛇口工业区隶属于国家交通部，管委会主任袁庚也是一位老干部，曾任中国驻印尼雅加达总领事馆领事、交通部招商局常务副总经理。此人有胆有识，敢作敢为。任仲夷经过多方考察后，深知袁庚是一个不可多得的干才，考虑到特区工作过于繁重，而梁湘又身兼两职，便以省委的名义向中央推荐袁庚拟任副省长兼深圳市市长。中央组织部经过相关程序后，同意省委意见，并颁布了任命。

可是，出乎所有人意料的是，袁庚竟然拒不赴任。他表示蛇口的改革试验刚刚全面启动，自己不愿离开。另一个原因是自己与梁湘性格相近，一山二虎，恐生矛盾。更主要的是本人无意为官，决心为中国的经济改革和政治改革做一些实质性的探索。

任仲夷经过慎重考虑后，理解并同意了袁庚的请求。后来又反复向中组部解释，最终收回成命。

不久之后，任仲夷主持省委常委会，专门为蛇口工业区制定了一个"31号文件"，赋予四大特权，使之成为中国大陆上第一个真正实现政企分离的企业，为袁庚的改革扫平了道路。果然，蛇口很快便成为中国最先锋也是最鲜亮的"改革试管"。

如果说深圳是中国改革开放的皇冠，那么蛇口就是这顶皇冠上的明珠。

深圳和蛇口，梁湘和袁庚，相互避让，相得益彰，成为一段历史佳话。

那一年，青涩男孩郑炎潮还是华南师范大学的一位在读研究生，专修经济学。

这时候，他用自己的眼睛惊奇地发现了一个天大的秘密：马克思经典著作与广东现实之间竟然存在着尖锐的矛盾！

按照马克思《资本论》中的界定，个体经济的雇工不能超过8人，超过这个数目就不是普通的个体经济，而是资本主义经济，其性质是资本家剥削。根据这个论断，1980年出台的中央75号文件，对个体经济的帮工和学徒数目进行了明确限定，不允许超过雇工8人的个体经济存在和发展。但是，广州的现实情况却是大相径庭，几百年通商口岸的历史在这里积淀了丰厚的经商传统，政治气候稍稍回暖，以手工业者和小商贩等为代表的中国第一代个体户已在街头巷尾星火重燃。特别是近年来，随着与港、澳地区联系的增多和外资企业的逐渐进入，以服装、皮具、电器、餐饮等行业为主的大量家庭作坊和私营工厂的规模越来越大，雇工数目何止8人，有的已经突破80人，甚至800人。这是一种什么性质的经济呢？他们都是新兴的资本家吗？

此时，"私"字在中国还是一个让人谈虎色变的名词，官方理论界仍然坚持马克思的说法，言辞很是霸道，甚至杀气腾腾。他们说，个体企业的再扩大就是私营化，而私营化就是私有制，私有制就是地地道道的资本主义经济，允许私有制经济发展，中国就是走资本主义道路。正在这时，1981年12月30日，国务院又出台了严格控制农村劳动力进城务工的规定，舆论界更蔑称其为"盲流"。

面对这种现状，郑炎潮很是担心，但这个课题却又强烈地吸引着他。于是，这个初生牛犊不怕虎的研究生在毕业论文里悄悄地列出一章，进行专门探讨。他走街串巷，对广州市超过8个雇工的个体企业进行了大量调查，为这种新兴的经济形式定义了一个名字："社会主义初级阶段的私营经济"。无疑，这个概念太敏感、太越轨了。论文答辩前夕，导师明确告诉他，这一章必须放弃，如不放弃，答辩肯定不能过关，他也不能毕业，更分配不了工作。

郑炎潮很迷茫、很痛苦,也很不甘心。这时候,他偶然听到一则消息:省委第一书记任仲夷很重视个体经济的发展,最近曾要求广东学术界专门研究这个问题。于是,1982年5月的一天,他突发奇想,把这一敏感的章节单独抽出来,买了一张8分钱邮票,用平信寄了出去。

让他做梦也没有想到的是,仅仅几天之后,任仲夷的电话就来了。

任仲夷的电话是亲自打给学校研究生院办公室的,说要找小郑。办公室人员根本没想到对方就是省委第一书记,说小郑不在,有什么事我们转告吧。任仲夷说这个事可没法转告,我要和小郑本人见面谈谈。于是就留下了一个电话号码,让郑炎潮晚上与他联系。

那一天晚上,这个平时羞与人言的农家小伙子忐忐忑忑地拨通了省委第一书记办公室的电话。

"您是任书记吧?"

"是啊。"

"我是郑炎潮,您打电话找我吗?"

"是啊,我打电话找不到你呀。"

"您有什么事吗?"

"你的论文,我收到了,感觉非常好,我想约你谈谈这个事,你有没有时间来?"

"好啊,我也想请教您啊。"

"明天来吧,怎么样?我接你过来。"

"不用接,不用接,我自己坐车就行了,我知道您在省委。"

"你不用自己来,我派车接你。是我请你的嘛,怎么能让你自己来?"

郑炎潮的心激动得"嗵嗵"狂跳,他不敢想象省委第一书记的专车到学校接他会引起什么后果,他只是不想让别人知道他的秘密。于是就在电话里结结巴巴地解释着,坚持要自己去。最后,任仲夷只好同意了,并约定明天下午3时在省委办公楼三楼办公室等他。

谈起那一天,郑炎潮永远记得。

第一次走进省委大院,而且是面见省委第一书记,对于这个乡下出身的孩子来说，实在是太离奇了，太紧张了。当走进那栋神秘的办公楼时，他越发地双手颤抖，心如撞兔。他被领进了一间宽大且简朴的办公室，一位满头白发满脸皱褶的老者微笑着迎了出来，拿住了他的手，用力地握着。当郑炎潮明白这一掌温暖，这一泓微笑就是任仲夷时，心底那一只惊慌的兔子竟然倏忽不见了，他猛地感到面前这位慈善的老者像极自己乡下的父亲。这位慈善的父亲告诉他，自己46年前上大学时，专业也是经济学，自己也曾对理论感兴趣，后来在战争间隙还写过一本书叫《政治经济学》……话题就这样徐徐展开了。

原来，以任仲夷为首的广东省委，对新兴的个体经济和雇工经营不仅没有任何"制止"和"纠正"，而且一直在努力为其争取着合法地位。上一年底，广东省工商局就出台了全国第一个鼓励支持个体经济发展的具体措施，就在十多天前，佛山市还成立了全国第一家个体劳动者协会。

郑炎潮不知道，此时的任仲夷正在被"陈志雄事件"困扰着。

陈志雄是广东省高要县沙浦公社社员，1980年承包鱼塘141亩，夫妻俩参加劳动，雇请固定工1人，临时工400个工日；1981年承包497亩，雇请固定工5人，临时工1000个工日。广东省委认为"集体增加了收入，承包者也有所得益"，应大力推广。但在1982年初召开的全国农业生产责任制问题讨论会上，认为陈志雄已经不是以个人劳动为基础，而是以雇佣劳动为基础的大规模经营，其资本主义性质显而易见。于是，新华社某记者以《广东沙浦公社出现一批以雇佣劳动为基础的承包大户》为题写了一份内参，引起高层重视。几天后，主管意识形态的中央领导的批示送到了任仲夷的手上："附上材料一份，不知确实性如何。如果属实，不知省委怎样看法？我个人认为，按这个材料所说，就偏离了社会主义制度，需要做出明确规定予以制止和纠正，并在全省通报。事关农村社会制度的大局，故提请省委考虑。"

这个批示，无疑是下了一道讨伐"雇工"令。

恰逢此时，任仲夷收到了郑炎潮的来信。

郑炎潮结合调研资料和一些具体案例，对自己的观点进行了阐述。

任仲夷说："现在对于个体经济，只能扶持不能压制，但要扶持，首先就要正名，如果头上始终悬着一把'资本主义'的达摩克利斯之剑，那还怎么发展？马克思关于个体经济有一个'8人规定'，但是到底超过雇工8人的个体经济应该叫什么？我们也没有想好，刚好看到你的论文，这在理论上是一个重大突破和创新，为我们的决策提供了依据，我支持你！我们还要围绕你的这些观点，制定一个政策，给它取一个正式的名字，就叫作'私营经济'怎么样？让它发展，让它壮大。"

从此，中国改革开放史上正式诞生了一个全新的名词：私营经济。

接着，任仲夷深深地叹了一声："在中国搞学问不容易啊，有风险。"

"是啊，导师提醒我有麻烦，答辩可能过不了关。"

"你已经超出了马克思的书本，人家说你怎么样你就怎么样，说你反马克思你就成了反马克思。"

"我没有反啊，马克思也主张解放生产力，列宁还有'新经济政策'呢，为什么我们不能借鉴呢？"

"不过你不要怕，时代在进步，你要根据自己掌握的材料，选准自己的研究方向。选准了方向就要坚持下去，坚持自己的学术品格，不要为任何非学术的评价所动。"

……

窗外的木棉树在静静地谛听着，思考着。

谈话时，任仲夷的眼睛一直在慈祥地抚摸着郑炎潮。据不少见过他的人说，任仲夷相貌清奇，最奇迥的就是那一双凸出的大眼：愤怒时猎猎如火，静思时深邃如渊，兴奋时明亮如灯。"文革"的时候，造反派画漫画，就抓准他这个特点，三笔五画，就是一幅肖像。多少年后，郑炎潮依然铭记着那一双慈祥的眼睛，热热的，亮亮的，像一盏灯，在他心底温暖了几十年。

这次见面之后，郑炎潮的论文答辩顺利过关。毕业后，他也走上了经济研究之路，直至成为广东一名优秀的经济学家。

这一年，广东有关部门专门召开了一次关于雇工问题的大型研讨会。由于是国内理论界第一次公开讨论这个敏感话题，立时引起社会关注，中央有关部委也派负责人前来参加。经过激烈争论后，会议认为：在我国现阶段里，雇工经营有利有弊，利大于弊，对雇工经营应因势利导，兴利除弊。会议还进一步认为，对改革开放中出现的一些新情况、新矛盾，要多做调查研究，对一时看不清楚的问题，要多看一看，不要操之过急，更不应动辄指责和取缔。

这一年，广东省进一步出台了一系列支持个体私营经济的措施，并组建广东省和广州市个体私营协会，同时划分皮具、服装、美容、饮食、眼镜等行业分会，西湖路灯光夜市、一德路咸杂干果市场、文园电器城、番禺易发商场等专业市场纷纷成立。

"东南西北中，发财到广东。"一时间，广州成了个体私营者的天堂，成了试水者、冒险家最早的乐园，大街上挤满了操着南腔北调、提着大包小包的外地批发商……

喇叭裤、牛仔装、运动鞋、电子表、计算器、烫发头、迪斯科、邓丽君……"广式潮流"引发的蝴蝶效应，像春风一样吹绿了全国城乡的角角落落，为正在从动乱和贫穷中走出的10亿国民送上了第一束五彩缤纷的时尚之花。

据不完全统计，截至1985年底，珠江三角洲地区的个体私营从业人员已经超过500万人。

这500多万名个体私营企业雇工，连同"三资企业"里的数百万打工仔一起，共同掀起了声势浩大的第一轮中国民工潮，汹涌澎湃，直至今天。

他们为传统的中国带来了时尚，带来了财富，带来了活力，也带来了方向……

那是一个乍暖还寒的时节。一棵初试天地冷暖的幼苗刚刚出土，或冻死荒郊，或傲霜凌寒，只要挺过惊蛰前的冰雪肃杀，她就是天之骄子，她就占领了整个春天。

那是一个意识形态过分敏感的年代，"公"和"私"，"资"和"社"，"左"和"右"，这几个金属般生硬的字块常常在天空中碰撞着，碰撞得火光四溅，铮铮作响，浓雾弥漫，空气中的每一丝颤动，都有可能引爆一场惊雷和闪电……

1981年，广东旅游部门开始组织内地公民香港游，这是中国大陆第一批惊艳的眼睛。

也是在这一年，香港歌星第一次来广州演出。按照多年的模式，歌者只能端庄地站在舞台上，对着固定的麦克风，像做报告一样表演。但是这一次却出了大乱子，唱到兴奋处，这位名叫罗文的著名歌星，一把抓过麦克风，拉起电线，在舞台上边跳边唱，指手画脚，摇头摆尾，煞是陶醉。这一下引起舆论大哗，各地报刊纷纷开炮，痛批"资产阶级腐朽台风"。

炮声越来越响，硝烟越来越浓，任仲夷不得不出面表态，马克思怎么说的？难道站着唱就是社会主义，走着唱就是资本主义？我们共产党的省委应该只管唱什么，不应该管怎么唱。

东方宾馆最早开设了一家营业性音乐茶座，很是火爆。笙歌悠悠中，霓虹明暗里，青年男女在这里唱歌，跳舞，喝咖啡，广州人开始享受一个个温馨浪漫的彩色之夜。

时尚渐起渐盛，街头巷尾处处飘起了港台流行的抒情歌曲，浓浓的情歌情调中，款款而行的是烫发头、喇叭裤、迷彩服、高跟鞋、超短裙……内地传言成虎：广州街头到处是"美军"（因男青年的迷彩服上襻多、兜多，类似美国军服）！到处是妓女！内地一位副省长来广州出差，看到种种场面，气愤得在旅馆里擂墙大哭："没想到我们社会主义国家竟然变成这个样子了！"还有一位老将军，更是顿足捶胸，仰天长叹："靠这一代年轻人当兵上战场，我们部队如何能打胜仗？"于是向中央写信控诉，痛骂广东，坚决要求"收复失地"。

1981年4月，国务院副总理万里来广州督导疏港（因广东进出口量剧增，港口吞吐量太小，致使不少外国货轮无法报关，在公海等候，形成国际纠纷），看到大街上的花花世界，这位中国农村改革的先行者也颇为担心，便以一个老朋友的口吻好言相劝："仲夷，还是管一管吧，北京议论很大啊。"

任仲夷半开玩笑地说："万里同志啊，我们要管大事，这些生活小事还是顺其自然吧。留胡子，我们共产党的祖师爷马克思就是大胡子。穿喇叭裤有什么不好，我们老祖先在唐朝就开始穿了。至于迪斯科，不就是蹦蹦跳跳扭扭屁股吗？男女并不贴身。我们过去跳交谊舞，可都是男男女女搂在一起的。在延安时，我们党的领袖们不是每个周末都举办交谊舞会吗？"

白天鹅是第一个来粤试水的海外来客。

这是中国大陆出现的第一家五星级宾馆，由香港霍英东先生投资，设计楼高40多层，是当时广州的最高建筑。可想而知，白天鹅从开工的第一天起，就引起国内舆论热议："共产党怎么能和资本家签约呢"，"五星级宾馆里允许开妓院"……

白天鹅本来是涉外宾馆，服务对象是港澳台境外客商，可是为了汇聚人气财气，1982年试营业时，霍英东决定向全社会开放。于是，门童的斑马裤、礼仪小姐的旗袍、银制的餐匙、精致的牙签、室内的瀑布等都惊爆了广州人的眼球。

可好景不长，尴尬事接踵而至。原来不少广州人此时还没有见过牙签、餐巾等一次性用具，顺手就牵走了。当时卫生纸在普通市民中尚未普及，因此酒店卫生间的厕纸也成了抢手货，一天就要补上几百卷。更让店方痛惜的是，一些男青年穿着时髦的带有铁掌钉的皮鞋，在大理石地面上随意踢踏，留下了难以修补的斑斑点点。

宾馆不得不有所规定：衣冠不整者禁止入内，皮鞋掌钉者禁止入内，并在门口专设了拔除铁掌钉的工具和工作人员。

这一来，引起举国诉讼，羊城内外，南北媒体，口诛笔伐，气势汹汹地围攻这一只刚刚出巢的白天鹅：根本不合中国国情，倡导资产阶级生活方式，歧视国人，是旧中国"华人与狗不得入内"的翻版。

霍英东忧心如焚，悔恨自己投资大陆过于冒险了。

苦恼中的霍英东决定在白天鹅宴请任仲夷，于是便试探着发出了一份请柬。

身边人员劝说任仲夷，这种场合还是不要去了吧，一旦出席，明天的香港报纸就登出来了，北京也都知道了。你吃一顿饭，人家就会说你与资本家穿连裆裤，是"把兄弟"。

他一边打领带，一边哈哈大笑："广州和香港不是'把兄弟'，而是亲兄弟，不仅合穿连裆裤，还同吃一个奶（指同饮珠江水）。今天亲兄弟请客，又是一个出名的好机会，我为什么不去？况且，谁规定共产党的省委书记不能去五星级酒店呢？"

席间，面对着境内外的新闻记者，西装革履的任仲夷与港澳各界商人谈笑如故友，满堂生春风。

霍英东喜出望外，唤来纸笔，请他题词。

任仲夷环视大家："题什么好呢？"稍稍构思，援笔立就，是李白的浪漫诗句："两岸猿声啼不住，轻舟已过万重山。"

白天鹅起飞之后，李嘉诚、胡应湘、郑裕彤、利铭泽、李兆基等港商投资的中国大酒店、花园酒店也先后落户羊城。接着，连官方的东方宾馆也扩建成了五星级。

1985年，中国公布了大陆第一批五星级酒店，共五家，前四家全在广州。

一场突如其来的风暴，几乎击碎了广东的春天。

那是1982年的早春二月。

广东率先放开物价等几项大胆的经济改革引起了各地恐慌，在价值规律的作用下，国内流通渠道里原本十分匮乏的商品物资纷纷流向广东，周边几省惊呼"广东是特区，我们变灾区"，于是在省界各路口设立岗哨，严查过往物品和商贩。财政部、经委、计委、税务总局、工商总局、外贸部、物资部等国家机关也叫苦不迭，因为当时实行严格的计划经济，而广东的市场经济是对全国一盘棋的巨大冲击。还有意识形态的开化和自由，也让内地省份视若洪水猛兽、瘴氛瘟疫。这一切，都使得中央高层屡屡震怒，甚至曾严厉斥责："任仲夷还是共产党员吗？"

风暴在云层里剧烈地酝酿着。

伴随着经济的突飞猛进，广东沿海也出现了较为严重的走私现象。于是，走私事件便成了这场风暴的导火索。

1982年1月11日，中央以2号文件形式下达了一个《中共中央紧急通知》，矛头直指广东，言辞之烈，令人心惊肉跳："对于这个严重毁坏党的威信，关系我党生死存亡的重大问题，全党一定要抓住不放，雷厉风行地加以解决。对那些情节严重的犯罪干部，首先是占据重要职位的犯罪干部，必须依法逮捕，加以最严厉的法律制裁。"

文件下达后，中纪委主要领导立即带队进驻广东，调查办案。

不难想象，此时的南粤大地已是山水战栗，群鸟惊飞。

事态还在继续恶化。2月上旬，中央书记处紧急电令广东（还有福建）所有的省委常委立即进京开会，集中整顿。接到通知，任仲夷大惊失色！本党针对某一个省委班子采取如此特殊的严厉措施，在"文革"之后还从未有过。

　　会议气氛极为紧张。中央大员纷纷发言，认为这是"资产阶级又一次向我们发动的猖狂进攻"，"宁可让业务上受损失，也要把这场斗争进行到底！"因为"文化大革命"后已经宣布不再搞政治运动，所以就讲这场斗争是"不叫运动的运动"，"决不能手软！"由于过去对走私罪没有规定死刑，会上就有人提出要修改刑法，要准备枪毙一批人。某领导人在讲话中明确表示，广东已经变了颜色，过去的租界就是糊里糊涂送给外国人的，经济特区就像当年的租界。还有人说，广东这样的地方，曾是资本主义的熟门熟路，不应当用思想解放的人，必须用金刚钻。广东出了那么多事，任仲夷为什么见怪不怪？甚至提议免去他省委第一书记的职务。

　　同时参加会议的福建省委书记项南附在他耳边，善意地提醒："开了两天会我才明白，原来福建是来'陪绑'的，（这次会议）实际就是针对你们广东。"

　　会议结束后，他扛着一颗覆满白发的沉重的脑壳，踉踉跄跄地回到了广州。刚刚坐下，胡耀邦的电话又急急火火地追了过来，说书记处将会议情况向中央政治局常委做了汇报，政治局常委认为广东省委主要负责人的思想还是不通，有些问题还没讲清楚，明确指令任仲夷一个人马上再次回京。

　　这就是社会上传说的所谓"二进宫"。

　　见面后，胡耀邦代表政治局常委再次对广东进行严肃批评，并希望他站稳立场，明确表态。最后，责成他给中央政治局写出一份书面检查。

　　任仲夷呆若木鸡。

　　胡耀邦摊开双手，同情却又无可奈何地说："我都（口头）检查了啊。"

　　当天晚上，任仲夷回到宾馆后，枯坐无言，感慨如海。参加工作近50年，他还从来没有写过检查。"文化大革命"中，他曾受到过2600多次大大小小的残酷揪斗，鞭鞭见血，唾液满脸。一年冬天，红卫兵把一桶臭臭的墨汁兜头浇下，棉袄棉裤全湿透了，他彻底被涂成了黑人。虽然皮肉受苦，脸面受辱，可他的心底是坦然的、清白的。但这一次写检查，他是违心的、扭曲的。作为一个历经政治运动的省委第一书记，他清楚这份检查意味着什么。但是，如果不承担这一份责任，不仅自己过不了关，整个广东的干部都难逃一劫啊。

夜色如铁，冷月似冰。昏黄的灯光，映照着任仲夷乱草般的白发和乱草般的愁绪。47年前，就是在这里，就是在北京，自己还是中国大学的一名学生，秘密加入了共产党，从此舍生忘死，投身战火。新中国成立后，从最北端的黑龙江，又到最南端的广东，兢兢业业为党工作了一辈子，总还算是一个合格的党员吧，难道中央真的要开除自己的党籍吗？他的心在颤抖，在泣血，他哆哆嗦嗦地拿起了笔……

在以后的日子里，他一直在挂念着这一份沉痛的检查。退休后，他曾多次向有关部门申请，想复印一份，留作永远的纪念，但至死也未能如愿。

书面检查交上去了，所幸邓小平、胡耀邦等领导人并没有表态处分任仲夷。

但另一道难关却在广州等待着他。

如何向全省传达会议精神呢？广东的各项改革刚刚开始，正是如火如荼的时候。现在不少地方墙壁上"千万不要忘记阶级斗争""阶级斗争一抓就灵"的"文革"标语还没有洗刷干净，人们对那一场刚刚过去的大灾难仍是心有余悸。如果把会议实况全部传达下去，势必会浇灭大家的热情。还有，会议明确提出要查处一批，杀掉一批，但他坚信，广东的干部除极个别害群之马外，绝大多数是清白的。面对这些披荆斩棘、冲锋陷阵的亲爱的可敬的勇士，他如何能下手呢？

几天之后，全省三级干部大会庄严肃穆地召开了。

风声鹤唳，草木皆兵。各路诸侯早就闻知了中央会议的内幕，不少人战战兢兢，如临大难，有的人干脆带来了行李，准备接受随时可能到来的审查和询问。

但出乎所有人预料的是，在会上，任仲夷仍然镇静自若，谈笑风生。他在检讨自己对"走私犯罪"重视不够并申明将加大打击力度的同时，反复重点强调的仍然是"改革开放坚定不移"，并正式提出了"对外更加开放，对内更加放宽，对下更加放权"的"三放"政策，希望大家进一步放开手脚，加快发展。

省委班子里一位年龄稍长的老干部闻听此言,心内暗暗吃惊,在会议休息时间悄悄地拉住他,担心地说:"现在都是什么时候啦,你怎么还讲这些话?最近北京的报刊都不讲了。"

任仲夷盯着这位好心的老友,看了一会儿,又故作轻松地反问道:"中央文件并没有不让讲啊。"

讲到大家最为关心的干部处理问题时,任仲夷霍地站了起来,深深地注视着在座的各位,双目炯炯似火,然后,慢慢地却是庄严地、斩钉截铁地承诺:"只要没有往私人腰包里装钱,而是按照省委部署抓工作的,即使出些问题,也由省委负责,主要由我负责!"

这时候,整个会场鸦雀无声。旋即掌声雷动,泪飞如雨。

广东的那一批干部至今都在感谢任仲夷。他们说,如果任仲夷是一个明哲保身的官僚,或者是一个胸怀野心的政客,他完全可以顺着高层的旨意,严厉清查干部队伍,进行人人过关,撤职一批,判刑一批,甚至杀掉一批。他自己不仅可以金蝉脱壳,顺利过关,而且可以博取上悦,邀功讨宠。如果那样,广东肯定会是另外一种样子,广东就没有今天!

这一场风暴总算过去了。但是,有谁知道任仲夷为此付出的是一个怎样沉重的代价?

那一年的秋后,中共十二大即将召开,以他的资历、能力、政绩和威望,本来已经被列入中央领导班子的考察人选,并很有可能出任十分重要的职务。但他到广东后的所作所为,在社会上引起了太多的是是非非,更惹恼了一个庞大的官僚群体,他的名字最终被删除了,并且永远地被删除了。

历史上的改革者大抵如此。他们在冒险革除社会痈疽的同时,往往也革除了自己的前程。

香一年,臭一年,香香臭臭又一年。

在这香香臭臭、坎坎坷坷的雾途中,是任仲夷和岭南人倔强的背影。

走私事件之后,中央政府及有关部门把下放给广东的外贸进出口权收了回去,在很多有关经济政策的文件中也特别注明"经济特区也不例外"或"经济特区也要执行"的字样。内地一些省市也采取措施,把广东运往各地的许多物资当作走私物品扣压、冻结。广东的供销人员到外省市进行正常的业务活动，也受到冷落，有的还被当作走私分子看待，轻者搜去证件，重者无理扣押，有些省市甚至明确表示不准供销人员去广东做生意……

全国各地的邮政部门对来自广东境内的邮品也格外虐待，随意拆封检查。在他们的意识里，广东就是全国黄货毒品的老巢，精神污染的源头。

这种现象也渗透到了意识形态领域。在那些年拍摄的电视和电影中，几乎形成了一个固定模式，大凡经济领域的反面人物都被刻画成了广东人，讲一口半生不熟的粤语。这种现象甚至一直贻误到今天。

一段时间，北京曾纷纷传言，要将任仲夷撤职，开除党籍。

经济特区的思路是邓小平提出的，但是几年来，他一直在观察，在思考，不否定，也没有肯定，他只是说："深圳经济特区是个试验，路子走得是否对，还要看一看，搞成功是我们的愿望，不成功是一个经验嘛。"

境外不少媒体就此大肆渲染，夸大中共高层的分歧，说深圳只是一个试验品，很可能是牺牲品，最后肯定还要斩马谡。

那些年，中国的经济改革正是全面探索时期，连国务院的官方文件中也表示"要摸着石头过河"。的确，在那个复杂的年代里，在那个特殊的环境中，处在那个敏感的位置上，任仲夷需要摸的石头太多了，不仅有经济的，还有政治的、文化的，稍不留神，这些石头就会突然飞起来，无情地砸破他的头颅。

他的秘书琚立铭告诉我，年岁的逐渐增大、工作的极度繁忙、心理的重重压力，再加上生活习惯上的巨大差异，使得任仲夷的健康状况频频亮起红灯。他的牙齿们很快地全部下岗了，满口假货，吃东西很不方便，且极易损坏，常常要去看牙医。

1983年春天，任仲夷明显感到心律不齐，去医院检查，连医生的脸都白了：他的心跳竟然每天早搏3万次。劝他马上动手术。他笑一笑，说自己身体好，能扛得住，拒绝了。又劝他半天工作半天休息，可这无异于与虎谋皮，怎么可能呢？

任仲夷的工作量之大让人难以想象。有一个细节可窥一斑，他在任期间极少乘坐轿车，他的专车就是一部12座的丰田面包。为什么？就是为了利用路途时间便于听取汇报和讨论开会。面包车就是一个流动的办公室，而他就是一台永远不知疲倦的机器，每时每刻都在高速地、高效地运转着……

驾驶着羸弱的身躯，背负着繁重的压力，任仲夷像一个无所畏惧的孤胆英雄，高擎着自己的灵魂之火，透支着全部的生命能量，义无反顾地行走在广袤的岭南大地上。他在探求着一条道路，他在追寻着一个梦想。

那是百姓的福祉，那是文明的微笑，那是人类的大道！

……

他的胆囊又开始隐隐作痛了，愈加剧烈，发展到腹胀、厌食，疼痛难忍。

1984年元旦过后，他被送进了医院。胆囊结石，严重发炎，必须马上切除，否则，腹背受敌，危及生命。

手术开始后，所有的医生惊呆了，做了这么多例手术，还从来没有见过如此畸大的胆囊。畸大的胆囊被撑得鼓胀胀，像一枚熟透的桃子，随时可能爆裂。打开"桃子"，医生们更是目瞪口呆：里面塞满了16枚圆圆滚滚的结石，大的像鹌鹑蛋，小的似花生豆、黄豆、豇豆……

哦，怪不得老家伙如此生猛，原来他的胆囊里揣满了石头！

哈维尔说：政治是求得有意义的生活的一种途径，是保护和服务人的一种途径。

但在中国，政治是一个复杂、危险而又甜蜜、高贵的特殊职业，大大小小的官员们大都只是在使用和享受着政治的特权和舒适，而很少去理解和履行真正的政治责任。"实事求是"和"不惟上，不惟书，只惟实"等这些崇高的信条在官场重复学习了几十年，但真正执行到位的又有几人呢？当群众的根本利益与上司的私家利益发生冲突的时候，他们往往不敢坚持前者，而是乖乖地选择了后者。这种传统、落后而又根深蒂固的"官本位"思想，不能不说是我们中华民族政治文明的一个大大的悲哀。

其实，真正的政治家，并不仅仅是那些手握国柄、经略风云的股肱巨擘，而是每一个公务员，他们是不是在各自所处的岗位上尽到了应尽的社会责任。从这个意义上说，绝大多数的人都有所欠缺，而任仲夷则是一位伟大的政治家。他在广东省委第一书记任上，竭尽全力，敢踩逆流，不避斧钺，为天地立心，为生民立命，为岭南开太平，尽到了当时的历史条件下所能尽到的几乎全部天职。

但他又是一个清醒的现实主义者，他阅尽沧桑，大彻大悟，洞察世事，知其能所为，亦知其不能所为。这就注定了他的一生是一位奋勇的开拓者、冒险者，同时又是一位清醒的孤独者、失落者。

任仲夷离休的1985年，广东的经济总量已经跃居全国第一位。

岭南大地已经全面发酵，物阜民丰，山河肥美，而只有他在日渐萎缩。他的体重比上任时减少了近30公斤，身材也矮小了5厘米。他，瘦弱成了一个干巴巴、颤巍巍的岭南阿公……

卸任前，他又一次去了深圳。站在文锦渡口，眺望着两岸星河般灿烂的灯光，他笑了，笑容一如这星河般灿烂。

挥挥手，他要告别这一片灿烂的星河了。

这是一次平静而隆重的谢幕……

任仲夷离休时，中央本已安排他到北京定居。但是，他的感情已经在这里深深扎根，他决心把自己的余生交给这片土地了。

生为岭南人，死亦岭南土！

他的身体在一天天地衰老下去，像一株粗皴枯朽的木棉树，但他思维的枝叶依然滴青流翠，激情的火焰仍旧时时喷薄迸溅。而且愈到晚年，其情愈殷，其心愈烈，烈烈如火，殷殷似血。他用颤抖的双手高捧着自己滴血的心脏，向他的后人、向这个民族奉献着最后的真诚……

他惋惜邓小平的人生憾事主要是没有利用自己的崇高威望，在经济改革基本成功之际适时地进行政治改革。

他大胆建议，中国可以借鉴经济特区的成功经验，进行政治体制改革试验，然后再逐步推广。

对于"和谐社会"建设，他也有着自己独特的慧解："从字面上看，'和'左边一个'禾'，右边一个'口'，表示老百姓张开口要吃饭，首先要解决的是温饱问题，也就是民生问题。'谐'字左边一个'言'，右边一个'皆'，表示人人皆言，言无不尽，也就是实行民主。一个民生，一个民主，这两个问题解决好了，社会和谐就不难了。所以，和谐社会的基础应该是经济发达，生活富裕，社会民主，言论自由。"

……

哦，人之将死，其言亦善。让我们理解这位可敬的老人的一颗大爱之心吧！

任仲夷晚年交往的多是思想界人士。

2004年3月的一天，他突然吩咐儿子把家院的门槛锯掉，家人大惊。原来是北京的好朋友于光远要来了。于氏小他一岁，已经瘫痪，出行需乘坐轮椅。

于光远终于来了。90岁的任仲夷颤巍巍地推着轮椅上的老友，慢慢地在东湖边散步、聊天。哦，两个历尽沧桑的思想者，他们的躯体已经垂垂老矣，但他们的心理依然青春，他们思想的羽翼像两只轻灵的鸟儿，在高远的天空中自由地飞翔着，鸣啭着……走不动了，就坐下来，静静地看着湖畔晚霞般漫衍的猩红的木棉花，那是生命的火焰，那是岁月的叹息，那也是他们永远的遗憾和隐痛啊……

2005年4月5日，在广东省中医院住院的任仲夷，再次约见郑炎潮。他仰躺在危重症病人监护床上，浑身插满了导管，喘着粗气，竟然交谈了三个多小时。临别时，他语重心长地说："大胆地想问题，讲的时候要谨慎。我们过去批评胡适的'大胆假设，小心求证'，但他是对的。鲁迅和胡适都是伟大的，鲁迅是揭露黑暗的人，胡适是在黑暗中点亮蜡烛的人，在黑暗中点亮蜡烛的人更重要。"

郑炎潮没有想到，这竟是任仲夷留给他的学术"遗嘱"。

2007年11月，我去广东采访的时候，任仲夷已经去世两周年了。

我穿过繁华的广州街市，去银河公墓凭吊。浩瀚的碑群中，静静地矗立着一块普通的石碑，碑面上只是嵌刻着他的名字。如果不注意的话，来往的人们根本不会联想到他。可他的碑石似乎是一块奇异的磁铁，吸引了几乎所有人的目光和脚步。人们站在他的面前，垂首躬身，默默地致敬，或上前抚摸一下石碑，似乎在与主人对话，似乎在与主人握手。而那块幸运的碑石，早已被抚摸得光光亮亮的了，像老人慈祥的笑脸。

他的儿子告诉我,临终时,任仲夷早已不能言语,但意识里仍然半明半昧,交代完遗言后,似乎仍有牵挂,便用手指为笔,在儿子的手掌上哆哆嗦嗦地写字,让把生前所用的老花镜、放大镜、收音机、钢笔与他的骨灰放在一起。

哦,可爱的老人,即使在天国里,也在惦念着这片土地,凝视着这个民族……

我相信,一千年之后,当广东的后人们在数念起20世纪时,仍然会敬重他的名字。

岭南的疆土上肃立着数不清的木棉树,像一把把硕大的火炬,在默默地燃烧着……

(原载《广州文艺》2008年第4期)

★ **作者简介**

李春雷,男,1968年生,河北成安人,国家一级作家,毕业于邯郸学院英语系和河北大学中文系。主要作品有散文集《那一年,我十八岁》,长篇报告文学《钢铁是这样炼成的》《宝山》《摇着轮椅上北大》等19部,中短篇报告文学《木棉花开》《夜宿棚花村》《朋友——习近平与贾大山交往纪事》等。曾获鲁迅文学奖、全国"五个一工程"奖、徐迟报告文学奖(蝉联三届)等。系中宣部确定的全国文化名家暨"四个一批"人才,享受国务院特殊津贴。2007年当选河北省作家协会副主席,2012年当选中国报告文学学会副会长。

作品赏析

2008年初,作家应广东方面的邀请赴粤采访,而后满怀激情地创作了这篇18 000字的报告文学。

作品主人公是已经去世的中共广东省委原第一书记任仲夷。1980年10月,66岁的任仲夷奉中央之命,到广东任职。五年时间内,他冒着重重政治风险,冲破道道体制阻碍,终于"杀出一条血路",把广东引上了经济发展的快车道,进而影响了中国改革开放的进程。

作品在《广州文艺》2008年第4期发表后，立即引起社会的强烈关注，《人民日报》《光明日报》《新民晚报》《南方日报》《深圳晚报》《晶报》《文学报》等报刊纷纷转载和选载。接着，《新华文摘》重点推出，连从未转载过报告文学的《读者》杂志也慨然破例。2008年7月，中共吉林省委以省委办公厅参阅件第3期的形式向全省干部推荐阅读。这之后，国内多家报刊更是开辟版面进行转载、选载、专访和评论，一些地方的党政部门还开展了各式各样的学习、研讨和征文活动。2008年10月，来自大陆、台湾和香港的专家学者会聚广州，就《木棉花开》现象进行专题研讨，认为《木棉花开》的成功将对中国中短篇报告文学创作产生重大影响。这种久违的现象，在文学史上是极其罕见的。

中国报告文学学会常务副会长、著名文学评论家李炳银说："你会在感动中理解什么是智慧、高尚、坚毅、深情和伟大，在真实中很好地感受到文学的力量。自上世纪90年代后，报告文学创作在整体上趋向平淡。多年来，中国报告文学已经很少有像《木棉花开》这样使人感到震撼和动情的作品了。"

《木棉花开》已被全国300多家报刊转载和选载，并入选20多个权威读本，荣获各项大奖，如改革开放三十年优秀报告文学、新中国六十年优秀中短篇报告文学、第五届徐迟报告文学奖，等等。

《木棉花开》在文学表达上极富特色。文章叙述精致简短，语言优美，人物刻画细致丰富。作者散文化的语言极富质感和表现力，任仲夷如秋草一般的白发、脱齿等沧桑形象，与生猛的改革行为相映成辉，字里行间氤氲着一股悲壮之气，将人物奋勇开拓、冒险的同时又清醒、孤独和失落的处境非常精准地表现出来。

《木棉花开》具有一种特殊的思想穿透力和感染力。它让人看到改革启动时期人民期求改革的热望，看到改革浪潮中潜存的凶险，看到改革英雄坚定的意志和广博的胸怀，感受到改革开放势在必行、势不可当的历史趋势，从而坚定人们改革开放的信念和中国必将富强的信心。

守望天山

| 党益民 |

◎ **内容梗概**

《守望天山》书写了一个平凡却又令人震撼的故事。

30多年前,一场突如其来的大雪导致道路封锁,部队派班长郑林书、战士陈俊贵等四人前去送信求援,恶劣的气候条件使本来一天的行程行走了三天三夜,准备的20个馒头已经只剩下一个。在生命遭受威胁的最后时刻,班长将这个"救命馒头"给了陈俊贵,陈俊贵因此活了下来,班长和副班长却牺牲在冰天雪地里。陈俊贵复员回家后不忘旧恩,出于对牺牲战友的怀念,他毅然放弃安逸的生活,带着妻子和刚出生不久的孩子,从东北老家远赴新疆天山,几十年来坚持为168位牺牲的战友守墓。

全文11万字,原载于《北京文学》2009年6期,2014年由解放军文艺出版社出版单行本。

★ **作者简介**

党益民,男,1963年生,陕西富平人,诉讼法学研究生,武警西藏总队副政委,少将军衔。中国作家协会会员,中国报告文学学会理事。报告文学代表作《用胸膛行走西藏》和长篇小说《雪祭》分别荣获第四届鲁迅文学奖和中宣部第十四届"五个一工程"奖。

作品赏析

党益民是中国报告文学界一位具有代表性的军旅作家。他的作品以发掘普通士兵的革命英雄主义为主要特征，关注普通人的大境界，小人物的大传奇，善于从普通人的角度发掘出其身上蕴藏的精神光芒。

《守望天山》负载了厚重的社会精神和文学内容。这部作品的文学性突出，在人物刻画、细节描写、文学语言技巧等方面都有成功的表现。党益民写出了退伍老兵陈俊贵的性格发展历程，同时毫不隐瞒其对现实生活的反省，他对陈俊贵、孙丽琴夫妇两个人内心世界的精微之处把握准确，人性描写入木三分，写出了人性的矛盾，成功塑造了一个中国传统优秀女性，歌颂了一个纯朴善良的普通妇女的高贵品德。

这部作品对感恩文化与孝道文化的反思具有重要意义。陈俊贵用自己的一生践行着一个诺言，那就是感恩。在喧嚣与浮躁之中，作者让我们看到还有这样一种人生的抉择：放弃一切，舍弃所有，去追求内心的安宁、和谐和平静。内心的和谐是人自身和谐、自我完善的重要标志。感恩是对一个人的自我教育和自我救赎的过程，也是一个人不断净化自己灵魂的过程。党益民在这部作品中完成了这样的一个过程，把生活中这样一个精神的高峰奉献给读者，完成了文艺的担当和文艺的使命。

致以共和国的敬礼
——新疆生产建设兵团的昨天与今天

|蒋 巍|

> 1952年2月1日,毛泽东主席向驻疆10万将士发布命令:"你们现在可以把战斗的武器保存起来,拿起生产建设的武器,当祖国有事需要召唤你们的时候,我将命令你们重新拿起战斗的武器,捍卫祖国。"世界军事史上,大概没有谁会把一道军事命令写得这样富有激情和诗意。
>
> ——题记

戈壁之夜,那位年轻战士的眼睛如此明亮

大漠落日像烧红的钢铁渐渐黯淡。

六个近乎赤裸的身体弯成牛的形状,血染的肩膀拉紧绳子,一人倾身推着犁杖,把炮弹片打造的犁铧深深插进板结的石砾浅土。更多的战士没有犁杖,只能挥动砍土镘步步前移。一道道黑土溅着汗花向地平线延伸。整整十几个小时的拼命,疲惫的大兵们不再亢奋,天地间只有吭哧吭哧的喘息声和铁器碰撞戈壁的沉响。新疆日落晚,夜色渐浓时,一支飘着红绸的老军号吹响了,汉子们甩着大把汗水欢叫起来。

他们扛起砍土镘准备踏上归"家"的路。大戈壁的夜空一尘不染星光灿烂,脚下的石砾闪着银光。但很多人发现自己看不清路,看不清周围的一切,眼前只有朦胧和无边的黑暗。开荒一个多月了,官兵们啃咸菜蘸盐水就辣椒面,很少见到青菜,愈来愈多的人患了夜盲症。老八路出身的连长瞪着不管用的眼睛大叫:"谁能看清路?"几个年轻战士挺身而出:"我!我!我!"

"好,你们带路!"拉犁的绳子连接起来,三个排的大兵紧紧抓着绳子,一路跟跟跄跄向数里外的地窝子营地走去。开饭了,战士们欢呼起来——因为他们发现饭盒里的热汤漂着一些青菜叶!连长却一脸凝重站起来叫大家安静。他说,后方送来的青菜不多,缓解不了全连的夜盲症问题,为保证我们下工能找到回家的路,我建议把青菜集中给眼睛最好的年轻同志吃,大家同意不同意?

"同意!"天地间雷鸣般的一声大吼。

连长带头,战友们排着队,把汤里的青菜叶默默挑到一个年轻士兵的饭盒里,那位稚气未脱的战士捧着满满的饭盒哭出了声。

大漠月夜,一条绳子穿起来的盲人般的军队在大漠上行进。他们衣衫破烂,肩头染红,手脚上全是伤痕和血疱;他们脸色漆黑,肤色漆黑,眼前更是一片漆黑;他们却扯着嘶哑的嗓子齐声高吼:"向前向前向前,我们的队伍向太阳,走在祖国的大地上……"

队列最前面的那双眼睛此刻充满泪水又无比明亮。

大漠雄师——世界上独一无二的"兵团"

春秋六十载,风吹雨打去,如今那双最明亮的眼睛已经浑浊。

记住我们从哪里来,才知道我们向何处去。对于一个伟大的民族来说,历史永远近在眼前。今天,行走在新疆生产建设兵团的大地上,红星闪闪的历史陈列馆、造型各异的军垦纪念碑星罗棋布,八九十岁老兵的白发和身影随处可见。这里的人们珍视历史的光荣甚于今天的光荣,这里的精神世界像天山之巅的银冠一样闪闪发光。

那是历史大转折的1949年,三大战役奏凯,中国大局已定,"将

革命进行到底"的口号响彻大江南北。此时，在中国革命的"最高统帅部"——西柏坡那个宁静的小村庄，在红蓝毛线标识的作战地图上，毛泽东左手夹着纸烟，右手的铅笔犹如一把利剑直指新疆。他加重语气说，看来，解放新疆的事情要提前办了——有情报称，西方某些国家和境外分裂势力正在密谋鼓动马步芳、马鸿逵等五个国民党败军之将，逃往迪化（现乌鲁木齐市）宣布"独立"，企图把占中国版图1/6的新疆从筹建中的新中国分裂出去。

事态紧急，必须立即采取行动！

统帅部的电令传到彭德怀手上，第一野战军随即倾巢而出。为抢得先机，王震兵团（前身为三五九旅）没来得及准备棉衣就踏上征途，一路翻越祁连山，直叩玉门关。时值年首深冬，祁连山上狂风怒号雪深过膝，身穿单衣的战士只要停下来就会凝为站立的冰雕，仅5师就冻死163人。大军压境，新疆解放已成弯弓射月之势。9月25日，深明大义的抗日名将陶峙岳和新疆省国民政府主席包尔汉率国民党驻疆官兵通电起义，但部分顽军不听指挥，蠢蠢欲动。我大军受命兵分两路，二军直插南疆，六军直插北疆，以铁臂合围之势迅速挺进。王震率先头部队乘坐从苏联租用的45架飞机（租金28万银圆）和数百辆装甲车、汽车，向迪化全速进发。意气风发的"土八路"动员大兵时说："坐飞机不许把脑袋伸到窗外，不许把腿挂到门外！"上了飞机，大兵们一片哗笑："门窗关得死死的，伸个球！"

1949年10月20日，胡鉴率领的装甲车营长驱1000多公里最先抵达迪化，与当地的民族革命军和国民党起义部队胜利会师，各民族群众倾城而出，欢迎解放军的到来。三军10万将士振臂欢呼的大手，共同掀开新疆历史最新的一页。不过，最初起义兵和解放军战士说不到一起，解放军讲红军二万五千里长征多么苦，起义兵鼻子一哼不以为然："我们在后面还追了二万五千里呢！"解放军讲"劳动创造世界"，起义兵指指天山问："我不信，你能把天山创造出来吗？"一下把解放军大兵问蒙了。

1950年初，新疆人民第一次见识了人民军队的本色。当年国民党地方政府计划修筑一条流经迪化的引水渠，全长54公里，工程拖拖拉拉搞了几年还是个半拉子，王震率部入驻之后决定立即复工扩建。工程人员为难地说，为解决水渠渗漏，要从20多公里之外的山上拉回7000立方米片石，需

100辆汽车拉运一个月,可上哪里搞那么多汽车啊?王震哈哈大笑:"咱没汽车有拖拉机啊!"5天后即2月21日,大雪纷飞,数千官兵涌上迪化大街,人人肩上拉着一个爬犁,在绵延20多公里的冰雪大地上排成一条运石的浩荡长龙,拉回的成吨片石沿水渠一字排开,像一条微缩长城与时俱增。迪化老百姓奔走相告跑出来看热闹,听了道旁文艺兵动员士气的快板书,他们更惊讶了:"快看,那个棉裤上打着补丁的大胡子是司令王震!那两个并排拉爬犁的是军长罗元发和政委张贤约,那个瘦瘦的是新任迪化警备区司令程悦长……"各民族群众从未见过这样的军队,他们深深感动了,"解放军,亚克西"的赞叹响遍全城,沿途送热水送烤馕的络绎不绝,很多人跑回家牵驴车、做爬犁,汇入运石大军。20天后,7000立方米片石全部运抵施工现场。从那以后,天山雪水年年流经这条花树成荫的和平渠,灌溉着两岸万顷绿洲,滋润着各民族的多彩家园。

新疆和平解放,国民党顽军和民族分裂分子仍在各地不断策动叛乱,各民族群众饱受兵匪之患,有的村镇被抢掠烧毁,妇女惨遭强暴,老人和孩子死于枪下,许多青壮年被刺刀逼着入了伙。为维护祖国统一、保障社会安宁,大军驻守是唯一的选择。但这里地广人稀,交通艰难,物资极度匮乏,筹措部队给养十分困难。雄才大略的毛泽东把深沉的目光和思绪转向历史,他注意到,自西汉以来中国历朝历代都把屯垦戍边作为巩固边防的重要国策,延安时期我军又在南泥湾创造过"自己动手,丰衣足食"的成功经验。一个具有宏大历史意义的战略构想在领袖胸中霍然升起。他对爱将王震说,王胡子,为避免大军长期驻守给新疆人民带来沉重负担,你们既要当战斗队,也要当生产队和工作队,走自给自足的道路,坚决不与民争利。

中国屯垦戍边史上一个前所未有的雄阔布局轰然展开!

"不占群众一分田,戈壁滩上建花园!"10万大军把青山碧水、耕地沃野让给人民,他们汇成一条条绿色洪流,沿荒芜的千里边境线一字排开,并团团包围了南疆塔克拉玛干和北疆古尔班通古特两大沙漠。西方探险家曾惊呼:"除了上帝,谁都无法在这里生存!"但中国军人就是不信邪。军垦第一犁插进茫茫戈壁,成千上万的地窝子升起缕缕炊烟,在"大漠孤烟直,长河落日圆"的背景下,在官兵血染的肩膀上,新疆大开发的第一次浪潮以排山倒海之势，开始了铸剑为犁的壮阔进军。

那时的新疆一穷二白，无一寸铁路，铁钉铁皮都不能造，人称"重工业"是钉马掌，"轻工业"是弹棉花，"第三产业"是烤羊肉串，1盒火柴能换2斤羊毛。1950年，10万官兵自制砍土镘、犁杖等农具6万余件，开荒84万亩，造林1065亩，当年6月吃上了自种的蔬菜，7月吃上了自种的粮食和瓜果，第二年驻疆部队主副食全部实现自给，此后年年向国家交售大量富余的农副产品。

誓师大会上，王胡子大声问战士们："咱们要建设新疆，办工厂农场没钱怎么办？向毛主席要吗？"战士们齐吼："不！""向新疆人民要吗？"战士们齐吼："不！""那钱从哪儿来呀？"战士们傻眼了。

王胡子激情澎湃地说："只有一个办法，那就是从咱自己身上出！咱们都是穷光蛋，过惯了穷日子，一年一套军装改两年发一套行不行？咱都没钱，军装要那么多口袋有个屁用，改两个口袋行不行？在戈壁滩上开荒种地不用讲什么军人风度，把衣领去掉行不行？"

10万大军山呼海啸："同意！"

> 于是新疆出现了世界上最奇特的、没有衣领的一支光脖子军队。省下来的军装、衣领变成了拔地而起的十月拖拉机厂、八一钢铁厂、七一棉纺厂以及发电厂、水泥厂等一批大型工厂，新疆沉寂千年的历史第一次响起大工业时代的激情轰鸣。后来这些企业大部无偿移交地方，为新疆工业发展奠定了坚实基础。坐落在石河子市的军垦博物馆陈列着一件已变成铁灰色的破旧军棉衣，是老兵王德明捐赠的，数十年戈壁风尘渗进每根纤维，上面补丁摞补丁共计146块，无数参观者面对这件"百衲衣"都驻足良久泪光盈盈。

历史如此的悲壮与凝重，因为所有拓荒者都在重复同一个主题：奉献与牺牲。兵团原副政委、90岁的老红军赵予征身经百战，日本鬼子打伤了他的腿，国民党军队打伤了他的胳膊。离休至今，老人仍在不断撰写有关军垦史的文章。忆起住地窝子、啃草根咸菜、喝黑泥汤水的垦荒岁月，他沉重地说:"其实,当时许多困难不是克服的,而是忍受过来的……"

——生于广西的壮族老兵陆振欧1954年在新疆成了家,有了孩子后,母亲执意要把祖传的背孩子的背囊送过来。老人不懂汉语也不识汉字,陆振欧只好先寄回一个白布片,上面注明母亲的名字和目的地,请沿途的人帮助她。母亲把白布片缝在胸前,背着包袱从广西百色出发,只身横穿大半个中国,28天后找到新疆。看到战士开荒种地那样辛苦,母亲流着泪说,我不走了,你们都是我的儿子,我要守着你们,哪怕帮你们烧烧水做做饭也行啊。母亲就这样跟着大兵把一生献给了新疆,直至93岁溘然长逝。

——150团一个班的战士为了种活10棵小白杨,自己喝了一个星期含有芒硝的苦水,却把百里之外运来的食用水全部给了小树苗。

——29团官兵为了让上千株树苗在盐碱滩上活下来,硬是用铁锹大镐挖出1200公里长的排碱渠。碱地变了沃土,许多战士倒在工地上再也没能站起来。

——47团官兵开荒时,人人掌上的血疱一排排,砍土镘木柄被染得血红,每天早晨只好到河边去清洗,否则会粘手,数百上千的木柄插进小河里,河水被染红了。

——为实现畜牧业良种化,农六师104团派出吴德寿等4名战士到青海购买了300头牦牛。他们带着牛群一路翻山越岭,风餐露宿,战豺狼斗风雪,途经3省12县,行程8000多公里,野外生活400多天。抵达场部那天,战友们见他们衣衫破烂乱发如草满脸胡须,以为冒出4个雪山野人。出发时他们带上的100发子弹只剩了1颗,而一路生崽的牦牛已增至420头……

1954年10月,党中央决定成立新疆生产建设兵团,10万官兵就地转业,编为十余个农业建设师和工程建设师。这是关系他们一生的决定。官兵们愿意吗?很多人不愿意!多少年来出生入死征战沙场,他们舍不得离开部队,更思念故乡的明月和温暖的家园,渴望回老家过上"二十亩地一头牛,老婆孩子热炕头"的小日子。驻守在这天苍苍野茫茫的大戈壁,哪年哪月是个头啊?摘下领章帽徽的那一天,他们跳脚喊过骂过哭过,但揩干眼泪之后,他们还是义无反顾地留下了,一留就是一辈子、几辈子!

英雄都有来处。秋收起义、南昌起义、黄麻起义、百色起义、三五九旅……新疆兵团14个师各有各的源头和血脉。1994年10月,兵团成立40周年前夕，来自农十四师47团的17位白发老兵从南疆的和田出发，有生以来第一次登火车乘飞机，向北疆的石河子、乌鲁木齐进发。他们穿着新军装，胸前佩戴着一排排勋章，努力挺起布满弹痕的老弱身躯。老人们话不多，眺望着车窗外闪过的一座座新城新村、一片片田陌相连的戈壁绿洲、一条条宽阔平坦的白杨树大道和呼啸而过的车流，他们时而发出惊喜的感叹，时而陷入沉思。啊，铁流滚滚、黄沙滚滚的那场千里大突袭仿佛又在眼前涌过。1949年12月，我军获悉国民党顽军正在南疆和田阴谋策动叛乱，刚刚抵达阿克苏的二军15团奉命前往平叛。阿克苏与和田之间隔着被称为"死亡之海"的塔克拉玛干大沙漠，为抢时间出奇兵，1800名官兵每人负重几十公斤，在政委黄诚率领下，一头闯进茫茫沙海，渴极了就喝马尿、嚼植物根，脚板打了血疱就用布裹上，寒风凛冽狂沙弥天，战士们踏着流沙日行近百里，18天行程800公里。当他们横穿世界第二大沙漠——塔克拉玛干大沙漠，奇迹般出现在和田时，当地群众惊呼"天兵天将到了"，闻风丧胆的叛乱分子不得不放下武器举手投降。一野司令员彭德怀、政委习仲勋闻讯大为感奋，特发贺电称15团"创造了史无前例的进军纪录"。

和田和平解放，15团奉命调往别处。两个营登上汽车已经出发了，一道紧急命令忽然传下来：和田局势复杂，部队万不能调！军令如山倒——15团官兵就此一生长留在昆仑山下。排长张友林当了水管员，机枪班长汪传德当了兽医，李炳清当了水库大坝的看守员，士兵杨世福当了放牧员，董银娃当了拖拉机手，团长蒋玉和拉上妻子宋爱珍开始上街拾粪……

他们不再有呐喊冲锋的英雄故事了：开荒时，神枪手孙春茂被毒蜂子蜇死在大田里；副连长吴永兴夜里巡查时牺牲在水渠里；饲养员宋常生累死在牛圈里；文化学发高烧死在卫生队里；王毛孩负责给学校挑水，天天挑年年挑，一直默默挑到离休。几十年后，炊事员郭学成患了老年痴呆症，家人说什么他都呆呆的没反应，但只要问他是哪个部队的，老人立即站起来挺胸高喊："15团二营三连战士郭学成！"

30多岁的甘肃老兵刘来宝娶了17岁的维族姑娘努尔莎汗，地窝子就是他们的住房。努尔莎汗能吃苦，怀孕10个月了还跟着丈夫在地里干活，结果婴儿落生在沙棘丛中，半小时后夭折了。那天在绿树成荫的47团团部，我问她和刘老汉过得好吗？努尔莎汗故作生气地说："他不听话，离休后我不让他去连队干活了，可他像老鼠一样总是偷偷溜出去。"全场哄堂大笑，白发苍苍的老兵们个个脸上洋溢着骄傲而幸福的笑容——而此刻我眼中已充满泪水。

大漠老兵，哪个不是擎天一柱！

上世纪90年代，兵团首长到47团慰问这些老兵，问他们有什么要求。老兵们说，我们从进驻和田那天起，50多年了没出过大沙漠，没坐过火车没见过城市，甚至没到过60公里之外的和田市，绝大多数战友就死在这儿了，趁我们还活着，能不能拉我们出去坐坐火车看看新风光？首长的眼泪顿时下来了。经兵团安排，1994年10月，尚能行动的17位老兵终于坐上火车，到达他们早就听闻的"戈壁明珠"——石河子新城。面对广场上矗立的王震将军雕像，没有任何人组织，没有任何人命令，步履蹒跚的老军人自动列队，颤抖着老手向将军行了庄严的军礼，肃立在最前列的李炳清大声说："报告司令员，我们是原五师15团的战士，你交给我们的任务已经完成！"接着，老兵们扯开苍老而嘶哑的歌喉，唱起一支老军歌《走，跟着毛泽东走》，歌声中，老人们泪水纵横，围观者无不动容……

一排流泪的英雄雕像！

后来这些老兵到了北京，上了天安门城楼。

蚕吐丝的时候，没想到它会吐出一条丝绸之路。

军垦第一犁开出的是一片惊天伟业。如今，拥有14个师、176个团场的新疆生产建设兵团昂然屹立于天山南北和千里边境线上。"新疆多大，兵团就有多大；哪里有人，哪里就有兵团人"，这是对兵团战略布局的生动概括。茫茫大漠曾湮灭了西域古三十六国，历朝历代的屯垦戍边大都一代而终，楼兰、高昌残墟和白卡子的汉代"猫耳洞"留给今人的只是思古之幽情。而三代兵团人薪火相传，一手拿枪一手拿镐，钢浇铁铸般坚守在那里，发展经济和镇守边关两大使命一肩挑，成为"不穿军装、不拿军饷、永不转业"的特殊部队。他们在两大沙漠边缘地带造林近百万亩，兴修大中小型水库上百个，建起一个个良田万顷、渠系纵横、林带成网、风景如画的农牧团场和戈壁绿洲。在他们粗粝的大手上，石河子、五家渠、阿拉尔、图木舒克、北屯等一座座新城昂然崛起，六所大专院校、近千所中小学、数十所医院和文化场馆分布于各个师团，上千个大中型企业遍地开花，一片片经济开发区和高新技术园区群英争雄，修筑的水渠总长度可绕地球两圈多。兵团还是全国最为广阔的棉花产区，每年入夏，内地数十万农民工乘坐火车汽车，潮水般涌入新疆摘棉花，成为天山脚下一道独特的风景线……

兵团创造的一切都是新疆历史上前所未有的！

新疆生产建设兵团是中国共产党人伟大而独特的历史性创举，是世界上独一无二的以"屯垦戍边，造福人民"为己任的特殊社会组织。兵团党委书记、政委车俊青年时代做过几年知青，2010年6月，他从河北省入疆赴任第三天就赶到和田的农14师调研考察，挨家挨户看望了这里的老兵，并在团部、连队住了三天。他动情地说，老兵是我们的"国宝"，是全体兵团人的动力之源和精神之源，他们为兵团事业付出了一生，我们要给老兵最好的待遇，让他们住最好的房子。

今年，所有老兵都可以搬进漂亮的新楼房了。

"戈壁母亲"——爱情驰援新疆

那是只有太阳的开始。十万雄兵铸剑为犁，开始了钢铁身躯与千里荒漠的大决战。放眼一望，大地上清一色的纯爷们儿，骨头撞得大戈壁叮当作响，粗犷的劳动号子震天动地。天哪！雄性的生活里好像缺了点什么？对呀，缺老婆！可10万光棍集中在人迹罕至的不毛之地，上哪里找咱们的七仙女啊？那时官兵一致，会上有话就说有屁就放。一次大会，王震刚讲完话，台下一位老兵沈玉富突然站起来大声说："报告首长，现在新疆解放了，天下也打下来了，你让我们留在新疆开荒种地守边防，没说的！不过等我们老了，你能不能在天山上修个大庙，让我们当和尚去？"

王胡子深深震撼了。是啊，没有老婆安不下心，没有孩子扎不下根。他大手一挥爽朗地说："你们放心，老婆问题会解决的！"全场大笑，接着是暴风雨般的掌声。据说王震回京后郑重请示了毛泽东，说必须尽快吸收一批大姑娘入伍进疆。毛泽东回答，那就从你我的家乡开始吧。

1950年，湖南最先开始了声势浩大的社会动员，广告、标语、招兵启事贴满各城镇大街小巷。今年77岁的谢树仁笑着对我说,那年她从乡下赶到长沙报名,在旅社第一次看到电灯,晚上睡觉时踮起脚尖使劲吹那个灯泡,怎么也没吹灭。3月8日,第一批1300名湘妹子登上西去列车,由此引出"八千湘女上天山"的巾帼传奇。初入新疆,姑娘们见茫茫戈壁满目荒凉和那些老鼠洞似的地窝子,和她们想象中的军营完全不搭界,吓得呜呜哭,缩在车上不肯下来。后来兵团人编了个段子,说有位连长见湘妹子死活不下车,于是端出一盆红辣椒,姑娘们顿时破涕为笑,争先恐后跳下来。再后来,她们中间涌现出第一位上了共和国邮票的女拖拉机手张迪源,第一代女康拜因手梁淑媛姐妹,第一个维吾尔文女翻译家戴庆媛,第一个唱响《我们新疆好地方》的女歌手陶思梦……

此后,近2万冀鲁豫蜀等地的青年女性应征入伍,成车皮、成卡车地前往新疆,仅山东就来了6000多个大姑娘,还有在战争中失去丈夫的2650名单身女性,她们领着281个孩子,抱着344个襁褓中的婴儿。自此,荒野大漠有了太阳也有了月亮。

那时,青年女兵们不知道这是王胡子策划的"爱情援疆"。最初的惊吓之后,她们带着甜美的微笑,骄傲而平等地和男子汉们站到一起。战争,中国女性没有走开;开发边疆,中国女性同样没有走开。她们以柔弱的肩膀和火热的青春,掀起新疆开发建设史上的第二次浪潮。那无疑是最美丽动人的浪潮,女人们如同一江春水,源源不断注入千里戈壁,光棍们龙腾虎跃干劲倍增,大漠上花红柳绿生机盎然。大兵们很坏,私下把壮实的山东姑娘称为"山东大葱",把娇小的湘妹子称为"小辣椒",把苗条的上海姑娘称为"豆芽菜",把脸蛋圆圆的称为"哈密瓜"。很快,姑娘们和大兵们走到一起,有自由恋爱的,更多的是经组织"牵线动员",先结婚后恋爱的。而且上级严格规定,入疆新兵不许谈恋爱,找老婆先可着征战多年的老红军老八路,人家是开国功臣嘛!

无疑,这样的爱情与婚姻当初带有许多委屈和眼泪,今天的年轻人也许难以理解,但在那些激情燃烧的岁月,祖国、革命、责任、使命……所有这些字眼儿都是至高无上,应当无条件服从的!

下工回来,听说老八路三排长王长喜要结婚,吃罢饭,一群青年男女嘻嘻哈哈拥到连队的"公共洞房"———一个有木床的地窝子。那时男女分

住在"集体宿舍",最大的地窝子曾住过47人,只有新婚才能在"公共洞房"里享受一夜。闹洞房开始了,大家唱啊笑啊逗啊,热闹了半天,却只见新郎王排长穿了一件半新军装坐在床头傻笑,不见新娘子踪影。大家问新娘子是谁,老八路摇头笑不吭声。末了,连长站起来宣布:"明天还要上工,大家早点回去休息,新娘子留下!"

"新娘子是谁呀?"大家纳闷地问。

连长笑笑,把扣在床下的新脸盆翻过来高举给大家看,马灯之下,只见盆底赫然写着"恭贺王长喜、刘春花新婚之喜"。天哪!完全不知情的刘春花正是来闹洞房的一个河南妞啊!大家欢笑着一哄而散。大漠静夜,18岁的刘春花坐在床头默默垂泪。尽管她对这位身上有三个枪眼儿、干活又能吃苦的老八路十分敬重,但她完全没有思想准备,当然更谈不上爱情。王长喜一直呆呆坐在地窝子门口,他拙嘴笨舌不会安慰姑娘,更不会说好听的。夜深了,他说:"你睡床上吧,我睡地上。"第二天清早,王长喜去炊事班打来杂豆饭,把一多半分给春花,自己捧着一小碗默默蹲在门外吃了。两人就这样分睡了三个月。秋天,干活不要命的王长喜在水利工地上累倒了,发起高烧昏迷不醒,有人告诉了刘春花,春花疯了一样跑到卫生队,抱住王长喜大哭不止。她不知道自己为什么哭得那样伤心,她只知道自己这辈子离不开王长喜了,后来两口子一连生了三个儿子一个姑娘。

乘车奔驰在大戈壁的柏油路上,年轻司机笑着告诉我:"上级就像发子弹,把我奶奶分给了我爷爷。"令人惊叹的是,这些"革命姻缘"都出奇地稳定,风风雨雨相依为命过了一辈子都说"不后悔"。大兵们找个老婆不容易,能不视若掌上明珠吗?47团一位老兵遗孀说:"到了阴间,我和老头子还一起过,手拉手开荒种地守边关去。"

47团老兵马鹤亭娶的是"山东大葱"李春萍。姑娘虎虎实实,不怕苦不怕累,来了例假也不休,17岁就当了女班班长。1954年11月给田里浇冬水时,渠坝子突然垮了,李春萍猛地跳下去用身体堵住垮口,其他女兵看到渠水一下红了,才知道她来例假了。在冰冷的渠水里泡了一个多小时,当夜春萍发起高烧,送到医院治疗了两个月,医生告诉她,这场大病落下后患,她不能生育了。那时她和马鹤亭已经有了点意思,劳动和生活中互帮互助，他帮她完成开荒任务，她帮他洗汗湿的衣服，两人不时送个含情脉脉的秋波。上级洞若观火明察秋毫，8月1日不由分说给两人办了婚礼。新婚之夜，李春萍突然哭着跑了，这以后一直躲着马鹤亭。四个月后的一天夜里，马鹤亭找到春萍，一把抱住她问："我喜欢你你也喜欢我，为什么这样？"春萍放声大哭说："我不能生育了，我不能对不起你……"马鹤亭一边流泪一边替爱妻揩拭着眼泪："这我都知道，你住院时我就知道了。不能生育算什么事，只要你能跟我，我就知足了！"春萍感动地搂住马鹤亭喃喃说："回家吧，我愿意跟你过一辈子……"后来，两口子从马鹤亭甘肃老家的哥哥家抱养了一个4岁男孩，又从山东的春萍弟弟家抱养了一个3岁女孩，还在本地收养了一个男孩，一家人过得和和美美。

不要以为戈壁母亲仅仅是爱情和家庭的半边天，她们也是屯垦戍边伟大事业的半边天。18岁的江桂英抱着一捆麦子在墙上的大照片里灿然微笑。如今她77岁，一头齐耳霜发，开朗的笑容依然可见当年的风采。江桂英出生于山东崂山县，童年时候成了孤儿，寄养在叔叔家，整天埋头干活，不听话就挨打。1952年，16岁的她像飞出囚笼的小鸟，和村里9个女孩一起入伍进疆，分在石河子24团6连。不久，同来的姑娘纷纷谈起了恋爱，很多大兵悄悄给俊俏的江桂英写求爱信，说"我夜夜都梦见你，一见你魂儿都飞了……"江桂英不识字，让女伴帮着读，地窝子里笑得前仰后合。可江桂英是个争强好胜的姑娘，不甘心年纪轻轻就围着锅台转。连队里热火朝天的一波波大会战让她忽发奇想："不见到毛主席我决不结婚！"天哪，默默无闻、大字不识的一个边塞姑娘，见师长团长都难，想见远在北京的毛主席那不是天方夜谭吗！从此江桂英拼了命，有人塞信来，看也不看就扔掉。她管理的160亩玉米地创出亩产千斤的高产；一年麦收，她又创造了一天捆麦1.4万捆的全兵团最高纪录。江桂英成了声名远播的全国三八红旗手。23岁那年，江桂英进京参加全国劳模大会，果然梦想成真见到了毛主席。三年后，她和湖北来的支边青年任永金结了婚，生了四个"兵二代"。忆起当年创纪录，她依然豪情满怀："创造纪录时，实际上我在麦地里36个小时没休息，炊事班把饭送到地里，一边吃就睡着了。你想广播上天天播着我的名字，我能不热血沸腾吗！"

王效英，石河子市植树造林的"祖奶奶"，一个袖珍型小女人，身

高只有1.48米，不过能看得出她一生相当自信和自傲，如今年过八旬，出门迎接我们的时候，腰肢依然挺拔，还化着雅致的淡妆，一副大家闺秀的模样。一问果然是，其父当年是成都的大商人，有两条商业街。抗美援朝热潮在全国兴起，正在读高三的王效英报名要上前线，招兵人一看她的小个子，说你还没枪高呢，甭想了，你有文化，干脆去新疆吧。家里人听说了，天天围着她哭哭啼啼不让走。但一腔热血的效英去意已决，出发那天早晨假装去上学，偷偷跑出家，什么都没带，上了大卡车才看到妈妈和姐姐急冲冲赶来。妈妈塞给她4块银圆，姐姐脱下一件毛衣给她，一家人从此天各一方。

大戈壁的干旱与荒凉让来自"天府之国"的王效英深感震惊。她坚决拒绝留在机关，再三要求去上大学读园艺，用知识改变恶劣的生态环境。兵团政委王恩茂对她的雄心壮志深为嘉许，特别予以批准。1957年从八一农垦学院毕业归来，王效英开始大声疾呼植树造林。为选择合适的树种，她从大西北跑到大东北，踏遍大小兴安岭。为了背回心爱的大叶柏、小叶柏和樟子松树苗，这位爱美的巨商小千金把自己的所有随身用品连牙膏都托运了。根部裹泥的大捆树苗足有五六十公斤，比她的个头高，比她的身子重，上火车下汽车一路背着走。听说她要把树苗背到新疆，行人们大为吃惊并深为感动，纷纷出手相助。顶着八千里路云和月回到石河子，她的小蛮腰痛得伸不直了。可节气不能耽误，她只好咬牙忍着，双腿跪在地上挖坑栽树，边干边指导他人。一排排树苗迎着春风吐绿芽了，她的腰疼也不知不觉好了。退休以后她到医院检查身体，医生惊讶地问，你30岁以前腰椎是不是断过？王效英吓了一跳："我那时真不知道自己的腰断了，觉得能挺就挺过去吧。"

王效英为植树造林忙碌和张罗了一辈子，石河子的一草一木都饱含她的心血与挚爱。退休以后，成都亲人约她回去定居，她婉谢了，说住在石河子很有尊严也很幸福。老了，她的个子愈来愈小了，而石河子满城苍郁青葱的林带却惊人地铺展开来和高大起来，绿化率达45%，人称"戈壁明珠"，被联合国评为"改善人类居住环境的良好范例城市"。几十年来，兵团人都敬着王效英，尊称她为石河子绿化事业的"祖奶奶"。她的生命无疑是新疆大地一座最小的又分外高大的绿色丰碑。如今每到植树日，她依然愿意出来走走，帮着培培土浇浇水。谈起已故的老公，王效英还是不改她的自信与自傲："别看我个子小小的，团长政委我都不要，偏找个大个子做老公，他是篮球队员出身，个子足有我一个半高，我俩手拉手走在街上，就像姚明领着一个小女孩！"说到这儿，祖奶奶开心地笑了，笑得那样自得、那样明亮……

女人成就了兵团宏伟大业的一半。因为有了女人，铁打的营盘里不再是流水的兵；因为有了女人，屯垦戍边的国策才能代代相传。

支边青年——共和国史上的独特一代

上世纪60年代初，中国刚刚经历过三年的天灾人祸，但全国上下团结一心众志成城，大江南北响彻青年一代激昂的呐喊："到农村去，到边疆去，到祖国最需要的地方去！"从那时开始，波澜壮阔的知青上山下乡运动，入疆谋生的十数万青年农民（时称"盲流"）和大批新来的复转军人，掀起新疆开发建设史上的第三次浪潮。这一代支边青年有知识有文化，目光开阔又充满激情。历经千锤百炼，他们和地窝子里成长起来的"兵团二代"，很快成为屯垦戍边的中坚力量。

李梦桃，上海知青，白衣灰裤，文质彬彬，黝黑的脸膛印证着他在新疆大地经历的数十年风霜。1964年，他和数百名知青战友坐了六天六夜火车，从大上海到了新疆兵团农六师的北塔山牧场，那年他16岁。出发前，曾为抗战中援华美军当过翻译的父亲赠他一幅字："问舍求田，原无大志。经天纬地，方为奇才。"到了连队，梦桃立即投入开荒劳动，三个月后衣服全烂了，人也瘦成一个黑猴。北塔山地处中蒙边境，海拔3200多米，群山壁立，气候干冷，人称"有山无树、有沟无水、有地无草"，全场90%以上是以放羊为生的哈萨克族牧民。上级见李梦桃做事踏实肯干，送他去学了"赤脚医生"。牧场绵延2700多平方公里，牧民的毡房和毡房相距多在10公里以上，孕妇生孩子，最远的地方骑骆驼走7天才能送到场部医院。没办法，孕妇难产时，家里人就放枪或猛敲脸盆、马皮，好把婴儿吓出来。场领导嘱咐李梦桃说："山上的民族乡亲们缺医少药，你去了好好干，过几年再调你下来。"李梦桃点点头，背上药箱，骑马挎枪上了山。

没几天，半夜里一位哈萨克族汉子举着火把疯了一样来找他，呜里哇啦讲了半天，梦桃一句没听懂，只好上马跟着风驰电掣跑到数十里之外的毡房。牧民的妻子难产且有癫痫症，痛得满地打滚儿震天号。还是个处男的梦桃没学过接生，哪见过这阵势，小脸吓得煞白，只能本能地紧紧抱住孕妇的头，替她擦拭嘴边不断涌出的白沫。不多时胎儿活着掉下来了，母亲大流血死了。牧民还是很感激他，求他给孩子起个名字，那时天已大亮，梦桃说就叫"向阳"吧——如今"向阳"已是近40岁的汉子了。回归的山路上，想着那位死去的孕妇，李梦桃哭了又哭，他因自己没本事而深感痛苦和歉疚。那以后，他一头扎进成堆的医书，并利用所有的机会四处求教，还学会一口流利的哈萨克语。梦桃很快成了北塔山的名医，成了哈萨克族群众最亲的兄弟。年复一年，没节没假没黑没白，他背着药箱骑在马背上四处奔波，有求必应有叫必到，手术时只要血型符合，病人缺血他就献了血再继续治疗。如今走在北塔山，不时会有人叫他一声"大恩人"。1975年他和支边来的陈立玲结了婚，家安在场部，可他成年累月在山里奔忙，几个月才回一次家。风吹日晒，肤色黝黑，胡须头发老长，进门常把女儿吓得缩在墙角喊妈妈，晚上不让父亲上床睡，哭着拿小腿儿使劲蹬他撵他走。李梦桃只好躲到门外默默流泪，等女儿睡了再回屋。

上级几次调他下山，他拒绝了。知青返城大潮开始了，他留下了。他想，回到上海一切要从头开始，而且自己学得的那点医术在人才济济的上海完全派不上用场。但缺医少药的北塔山需要他。他走了，就意味着不知有多少幼小或脆弱的生命会在病痛中和路途上死去。

李梦桃22岁上山，如今他年逾六旬，当了北塔山牧场医院的院长。这所医院从院长、各科骨干到护士，多半都是哈萨克族。一个上海娃，变成了一座高原医院。

中苏交恶的年代，国土归属、边境划定的争执冲突不断，可边境线一带多是荒漠戈壁，人烟稀少人迹罕至。国际上界定领土、划定边境有一条不成文的规则：谁存在就是谁的。正是出于这样的理念和信念，兵团在2019公里国境线上的山口要地、风头水尾，建起58个团场，成千上万的兵团人扛起锄头、赶着牛羊走到边境地区，搭起一座座孤独清冷的土屋："我家住在路尽头，界碑就在房后头，界河边上种庄稼，边境线上牧羊牛。"这里的生态条件太差了,种地没多少收成,他们自称种的是"爱国田";放羊没有多少草,他们自称放的是"主权牧"。他们用自己的生命和足迹、土墙和炊烟,勇敢并永远证明着:这里是中国的领土!

农九师161团的孙龙珍,江苏支边青年。1969年5月10日,听说苏军在不远的边境线上掠走我几个老百姓,怀孕6个月的孙龙珍立马操起铁锹,带头向冲突地点冲去,很多群众抄起家伙跟在后面。不想苏军悍然开枪,孙龙珍不幸中弹,牺牲时年仅29岁。自此,"孙龙珍女民兵班"成为兵团永远的光荣称号并延续至今,许多优秀的女干部都是从这个班走出的。

长风萧萧,雪山连绵,大地刚刚透出新绿,远近一些羊群珍珠般散落在草原上。站在著名的小白杨哨所高地上,161团政委陈毅民讲起了"扛膀子"的故事。"扛膀子",我在内地闻所未闻,在新疆兵团却人人皆知——那是兵团人捍卫祖国领土的一种特殊斗争方式。1969年珍宝岛事件之后,中苏双方在边境陈兵百万,关系十分紧张,稍有不慎擦枪走火,就可能引爆一场血战。因此双方边防军人十分谨慎,谁都不敢开第一枪。但那时苏联是个超级大国,横行霸道惯了,西北两国接壤之处少有人烟,苏方趁机不断蚕食我国领土,动辄把铁丝网、边界标志物移进中国界内几公里甚至十几公里的地方。兵团人当然不答应,他们采取"以民对军"的人海战术,男女老少一拥而上,一夜之间把苏军的铁丝网、标志物搬回原处,甚至搬进苏方控制的境内。苏军气急败坏,不时开来武装直升机、装甲车进行恫吓阻拦。兵团人知道他们不敢开枪,毫不在乎,喊着号子排成一堵墙,横身同苏军士兵撞肩膀,俗称"扛膀子",一直把他们挤到边境线以外。陈毅民笑着说:"也怪了,吃黑面包的苏联兵就是扛不过啃窝窝头的兵团人!"

谁存在就是谁的!几十年"扛膀子"扛下来,兵团人把国土保住了,中外划定边境的时候,仅161团"扛膀子"就扛回55.5平方公里国土,全兵团总计扛回300多平方公里!

农十师185团的沈桂寿,江苏支边青年。1979年,他见国境线对面的苏军哨所飘扬着国旗,心想这里本是有争议的地区,我们这边也应该升国旗啊!老远跑到县城没买到国旗,他就和妻子动手做了一面,然后在庄稼地头砌了一个石座,把一根高高的白杨木杆竖起来。以后每天清晨,他都跑到地头升国旗，然后肃立敬礼，雷打不动风雪不误，整整升了15年，直到1994年退休。后来团部派来新人，继续坚持每天升国旗。如今对面已经是哈萨克斯坦了，两国在划定边境时，对方一位将军充满敬意地对中方人员说："你们那边总有个人天天升旗，开始我们以为是军队派下来的呢，没想到是个孤老头。我们愿意承认，这片地方是中国的领土！"

马军武，个子不高黑红粗壮，妻子性情爽朗，快人快语。24年了，马军武夫妇和他们那幢孤零零的土屋一直守在界河边、哨所旁，守着清苦孤寂的岁月。那里气候严寒又是有名的蚊区，冬天白毛大雪能顶住房门；入夏铺天盖地的蚊虫叮死过树上的乌鸦，咬死过马军武养的家犬，但夫妇两个一直坚守在那里，穿烂了几十套军便服，磨破了上百双鞋，天天升国旗搞巡逻，像永不换岗的边防哨兵，像永不移动的生命界碑。

永远的坚守——向幸福出发

新疆自汉代以来就是我国多民族共同栖居的家园。

已走过50年光辉历程的新疆生产建设兵团，从成立那天起，就把"屯垦戍边"四个大字写在了兵团旗帜上。开发建设50年来，兵团在世界最干旱的地区修建了113座水库和10万多公里的灌溉渠道，建成了3200多项灌溉工程，从荒漠中夺取了106万公顷耕地，形成了中国内陆干旱地区别具一格的机械化、集约化、大规模现代化农业体系。今天，新疆每三亩耕地中就有一亩是兵团开垦的；兵团棉花单产多年保持全国纪录，棉花出口总量占全国的50%，是全国最大的商品棉生产基地；新疆粮食产量的19.9%、油料产量的30%、甜菜产量的44.5%来自兵团。兵团人始终同新疆各族人民同呼吸、共命运、心连心，共同维护着祖国统一和边疆的稳定。历史与现实证明，兵团的屯垦戍边、劳武结合之策保证了"养兵千日，用兵一时"的战时需要和机动灵活性；军队的体制制度保证了集中指挥和强大的动员力；分处新疆各地的战略布局保证了就近出动和快速反应；各师团的现代化武器装备库、战略物资储备库和大而全的生产力提供了充足的自我保障能力。兵团的应急机制和强大的民兵力量，配合公安、武警和部队，在警戒、控守、恢复社会稳定等多项任务中发挥了重要作用。

农十三师公安局柳树泉派出所指导员、维吾尔族汉子依布拉英·艾买提是一位恪尽职守、忘我工作的优秀共产党员，在他和同事们的努力下，柳树泉农场20年未发生一起重大刑事案件，积案率更不可思议地为"0"，该农场成为哈密地区的首善之区。"7·5事件"发生后，依布拉英·艾买提在巡逻、排查的维稳一线连续奋战了八天八夜，因极度劳累突发脑溢血倒在工作岗位上，经抢救无效于7月15日以身殉职，享年45岁，而7天之后就是他小儿子8岁的生日。出发那天他答应给儿子买一双新鞋回来，可这个承诺成为家人永远的伤痛……

进入兵团军事部作战指挥中心，迎面墙上是巨大的电子屏幕，新疆各地、各师团所在地凡有异动，现场的信息、动态、视频会即刻传输到指挥中心并直达北京，高端决策和作战命令会在同一时间传递到现场指挥员。祖国统一不容分裂，一处闹事雷霆万击，暴乱冒头顷刻毁灭，谁敢拿脑袋往长城上撞，那就是自取灭亡！

从飞机上俯瞰辽阔的新疆大地，它就像一部以天山山脉为书脊的打开的大书。60余年，来自五湖四海的兵团人和新疆各族人民团结奋斗，"献了青春献终身，献了终身献子孙"，把这部大书写成惊天地、泣鬼神的爱国史诗和英雄史诗。进入新时期、新世纪，改革开放的强劲动能，西部大开发的战略决策，中央和全国人民的全面支援，特别是2010年中央新疆工作座谈会召开以来全国范围的"全方位对口援疆"，在新疆开发建设史上掀起最为波澜壮阔、最为激动人心的第四次浪潮，这是新疆实现跨越式发展和长治久安的历史性机遇，是2200万新疆人民向全面小康出发、向幸福出发的壮丽进军。

对口支援兵团的国家各部委、各省市和各大央企急切地问，你们需要什么？希望我们做什么？怎么做？兵团党委的回答是："向民生倾斜，向基层倾斜，向困难地区倾斜！"

还有众多实力雄厚的内地企业，争先恐后涌入兵团落地开花；大批科技、医疗、教育、文化等各领域的专家远离故土亲人，入疆挂职长期工作，他们带来了改革开放的新观念，带来了成熟的经验、先进的技术和设备、广阔的市场和广泛的交流合作。内地数十所名牌大学、中学办起了新疆学生班；大批新疆青年人才被送往内地各大城市培训；新疆特色农副产

品与沿海企业连接成深加工的产业链；兵团大地那些灰色的土房子被迅速抹去，代之而起的是一片片楼房林立的小城镇和现代化的牧民定居点，一座座崭新的医院和学校……

阿拉尔市坐落在塔里木垦区，是农一师最大的一块绿洲。2011年8月11日，和田河历史罕见的特大洪水突然决堤而出，一夜之间，南口农场的大面积良田和12团的5万亩棉花、枣园成了波翻浪涌的一片泽国，上千户职工的住房坍塌。"几十年不遇啊！水流轰轰作响，像打雷一样，有两米多高，我们刚抱起孩子跑出门，水就进去了，现在想起来都后怕……"南口农场职工祝力民和郭建生对我说。

灾区群众没想到，对口援助农一师的浙江省台州市的领导来得这样快。他们足蹬大水靴，走在泥泞中，看到烈日下临时支起的一顶顶帐篷和泡在洪水中的庄稼，当即决定："要把灾民安居作为援建工作的急中之急、重中之重。"

今天漫步在这片花红柳绿的土地上，走进别具江南风情的"台州新村"，观赏着吊脚楼似的色彩鲜艳的68幢楼房，点缀其间的溪泉、清池、假山、甬道、绿林，造型优美的公共会客室、文化活动室，还有通向家家户户的冬天可供热、夏天可纳凉的地源热输送管道……我深深感受到台州人民的殷切爱心和援疆事业的崇高与伟大——追求共同的安宁和幸福，是人类心灵最美丽的花朵啊！

兵团人家家都有一部悲壮的创业史，他们的故事深深打动和震撼着内地人的心。很多援疆干部说，"我们是带着感恩的心来工作的"。江苏省镇江市副主任医师仇立春放弃了去英国与妻女团聚的计划，第一个报名参加援疆；广东省惠州市高级教师谢振中出任农3师图木舒克市高级中学副校长仅一年，2011年该校高考本科上线率就跃升至50%以上，比前一年翻了近一倍。来自辽宁省的农9师医院妇产科主任李兆奎，53岁时主动报名入疆，他的精湛医术和良好医风受到当地群众的广泛赞誉，闻名而来的患者越来越多，他也更加劳累。今年春，李兆奎被发现患有肺癌，身体极度虚弱，在返回沈阳治疗之前，他仍然坚持坐在轮椅上为多位患者做了手术……

今天，从天空到陆地，从道路到网络，新疆与内地之间构成一条更加宏大壮丽的"丝绸之路",这里奔腾着大爱的热流,激荡着合力的巨浪,汇集着未来的憧憬。与此同时,在兵团党委的领导下,260万兵团人奋发蹈厉,以实现跨越式发展和长治久安为目标,以推进城镇化、新型工业化和农业现代化为中心,进行了艰苦卓绝的奋斗。从地窝子—干打垒—砖瓦房到新城区,"屯垦戍边"变成了"建城戍边",这就是兵团建设发展实现历史性跨越的生动景象!

许多月朗风清的夜晚,徜徉于天山南北那些城市的滚滚车流、亮丽橱窗和万家灯火,漫步于乌鲁木齐、和田人潮涌动、紫万红千的大巴扎(巨型集贸市场),走进绚丽多彩、独具特色的牧民定居新村,伴着都达尔的琴声在"农家乐"舞会上翩翩起舞,我被历史也被今天深深激动和感染着。和谐是美丽的,安宁是美丽的,幸福是美丽的,生活于其中的人们更是美丽的。新疆各族人民和广大兵团人正在向幸福出发。幸福在哪里?回首漫长的人类文明发展史,总结人生的历程和经验,唯一的结论是:幸福在家里!中国是13亿各族人民共有的家,美好安宁的家是我们共有的幸福。

兵团心语:"一切为了神圣国土!"

新疆有一种别样的壮阔的美。走进蓝天高远、雪山巍峨的新疆,我们经历过的所有天空都显得低矮。西域的万种风情,神秘的戈壁沙漠,圣洁的昆仑天山都是挥之不去的诱惑。行进在那片神奇的土地上,我们仿佛仍看到古楼兰姑娘丝衣轻舞飞扬,玉佩锵然作响,纵马奔驰在鲜花盛开的草原。我们虽看不到她花样的容颜,历史已在她湛蓝的眼眸里沉醉;旅行者虽听不懂她的语言,心灵已在她迷人的歌声中飘远……

站在风景之外,看到的是诗意和美丽;走进风景之内,才会深深体味到兵团人的奉献与艰辛。

农六师北塔山牧场与蒙古国接壤,海拔3280米,地处一个大风口。放眼一望,远处是乱石裸露的荒山秃岭,脚下是贫瘠的荒滩戈壁。大雪封山时,道路被两米厚的雪被掩埋起来,汽车开进去犹如驶于深谷,因此两侧电线杆上端都挂着红色箭头指示牌以指明方向。

这里的牧民不能养绵羊只能养山羊,因为山羊能爬山。这里的水很硬，烧开了壶底留有一层白色残渣。这里的平均寿命53岁，60多岁以上的老人很少。这里一年四季只有白菜、土豆和很少的胡萝卜可吃，而且要到210公里以外的奇台县城去买，眼下白菜没有了，只剩土豆了。这里靠太阳能发电，天气不好，晚上就没电了，所有的家用电器都成了摆设。这里的羊也是为了"保家卫国"，长年吃不饱，瘦成一把骨头……

这里其实不适合人类生存。但全场3600多名干部职工坚守着，场部学校党支书、优秀的哈萨克族女干部努尔·古丽率领她的教师团队坚守着。几位大学生曾来过这里，可先后都走了——条件确实太艰苦了，一位男青年流着泪说，在这里我连对象都找不到，不走怎么办啊？全校13个班只有一个汉族学生，但一直坚持双语教学。古丽的父亲过去是场部的牧马人，老人节衣缩食把三个女儿都培养成大学生，因此古丽深知少数民族家长们的渴望：外面的世界很精彩，孩子只有学会汉语才能走出大山。"为了孩子，一切都值了！"话语间，古丽眼里有了泪光。一次大暴雨，洪水淹了学校，鸽蛋大的冰雹砸下来，古丽和老师们在这边往半山腰上救孩子，家长们站在对面的山头上哭喊不止。那天，援教老师切了半根胡萝卜给一个学生吃，转眼间涌进几十个孩子伸手要，胡萝卜很快发没了，好些没得到的孩子哭了，那位老师也哭了……

一位外来民工目睹这里的严酷环境和艰苦条件，感慨地说："你们这儿就像老革命的根据地！"

途经漫漫黄沙中一片寂静而荒凉的墓地，所有的墓碑都背靠边境，面向内地，面向逝者的故土家乡，上面刻写的籍贯来自祖国各地。他们都是军垦老兵。啊，岁月悠悠，英雄已逝，10万忠骨葬天山，活着的时候他们把军装的颜色给了戈壁大漠，死后也不占一块绿地！

伟大而神圣的军垦事业不应也不会因为他们的逝去而沉寂。此刻我想起驻扎在小白杨哨所旁的著名的"孙龙珍女民兵班"。那些美丽的女孩子，清一色的大学生，在巡逻、训练中晒得黝黑，其中几个姑娘在内地都市做过几年职业白领，后来先后返回新疆。我问她们为什么。一身迷彩服的班长孙雪动情地说："这是我们爷爷奶奶创业的地方，他们不希望我们离开。我爷爷说，国土总得有人守啊。我一直记着这句话，这就是我们对新疆的承诺！"

站在军垦老兵广阔的墓地前,我深深弯下腰,向共和国的英雄们,向伟大的拓荒者们致礼默哀,那一刻我的泪水夺眶而出。

(原载《人民日报》2012年5月28日)

★ **作者简介**

蒋巍,男,满族,1947年生,黑龙江哈尔滨人,曾任哈尔滨市文联主席、中国作协文艺报社副社长、创作研究部副主任,先后当选中国作协、中国文联全委会委员,中国书法家协会会员。先后出版长篇小说、纪实文学、散文等各类文学作品20余部,曾获中宣部"五个一工程"奖,第二、三、四届全国优秀报告文学奖,两届金盾文学奖等。

◎ **作品赏析**

众所周知,新疆生产建设兵团的历史横跨60年,按《人民日报》的要求以两整版的篇幅来展示它的发展历程,显然有很大难度。但作者克服重重困难,不辞辛苦,走遍南疆、北疆和一些边境团场,深入连队、农户、哨所,做了大量访谈和笔记,并以其精练的剪裁功夫,在广泛采访、大量阅读的基础上,用20多个平凡人的故事,辅以诗化的语言和激情的笔墨,慷慨地书写了兵团近60年的历程。

这部作品高举爱国主义旗帜,气势宏大,激情澎湃。作者以细致入微、感人肺腑的笔法深情描述了兵团人"献了青春献终身、献了终身献子孙"的伟大历程和奋斗精神。许多年来,有许多描写兵团的文学作品,但其反映的大都是一个断面、一段历史时期,蒋巍这部作品虽然只有2万余字,却通过"四次浪潮"的生动描述,宏阔而精准地概括了兵团的创业史和发展史。

这部作品思想性与艺术性俱佳,作者用充满感情的笔触,贯穿了对兵团事业、兵团精神、兵团文化和兵团人的讴歌和赞颂,写出了兵团人可贵的精神、高尚的灵魂和情操,全景式地再现了兵团维稳戍边、垦荒造田、营造绿洲的壮阔场面,细腻地展示了军垦战士独特丰富的爱情生活,传神地表现了兵团人的革命理想主义、乐观主义、浪漫主义的博大情怀和性格特征。

近些年来，报告文学的文学性愈来愈受到评论界及广大读者的关注，许多专业人士认为，"只有报告，缺少文学"成为许多新近作品的通病。许多作者更重视作品的新闻性而忽视文学性，文采不足，枯燥乏味，严重影响了读者的阅读兴趣。在这方面，蒋巍则显示出他优长的特色。蒋巍写作任何人与事，绝非面面俱到，交代流水账，而是选取最感人、最具典型性的侧面或片段，浓墨重彩地加以描写；写作不同的对象，使用了不同的语言风格，营造了最本色、最真实的气氛，使读者如临其境，如闻其声。

雪域飞虹
——青藏联网工程全景实录

|徐 剑|

◎ 内容梗概

《雪域飞虹——青藏联网工程全景实录》以被誉为"电力天路"的青藏联网工程为背景，历经八个月，在采访了包括工程建设总指挥在内的全部参建人员150人后创作而成。作者用酣畅淋漓的笔墨诠释了工程建设的作用、意义和影响，反映了建设者直面艰险、勇于挑战、甘于奉献的时代精神，以及忠于祖国、服务人民的承诺与实践，用大气恢宏又柔美灵动的叙述，见证了电网建设者的英雄史诗。

全文20万字，原载《中国作家》纪实版2012年第7期，2012年由中国电力出版社出版单行本。

★ 作者简介

徐剑，男，1958生，云南昆明人，火箭军政治工作部文艺创作室主任，中国作协全委会委员，中国报告文学学会副会长，一级作家，享受国务院特殊津贴，中宣部全国宣传文化系统文化名家暨"四个一批"人才。著有小说、散文、报告文学、电视剧剧本共计600万字，先后创作出版"导弹系列"的文学作品《大国长剑》《鸟瞰地球》《砺剑灞上》《原子弹日记》《逐鹿天疆》《大国重器》和电视连续剧《导弹旅长》，报告文学《水患中国》《麦克马洪线》《东方哈达》《冰冷血热》《遍地英雄》《国家负荷》《雪域飞虹》等，长卷散文《岁月之河》《灵山》《玛吉米》《经幡》《祁连如梦》等25部。曾三次获得中宣部"五个一工程"奖、两次获得中国人民解放军文艺奖，并荣获首届鲁迅文学奖、中国图书奖、中华优秀出版物奖、全军新作品一等奖、飞天奖、金鹰奖等30多项全国、全军文学奖，被中国文联评为"德艺双馨"文艺家。

作品赏析

《雪域飞虹》的写作结构采用正极和负极的方式，正极叙述施工者的故事，负极叙述作家在这条线路上的所思所想。徐剑善于讲故事，他通过一个个施工者故事串联全书。人物皆在故事之中，故事之间严榫合铆，完美地呈现人物，不同的人物因不同的经历和情感构成其独特的人生。此外，作者独具匠心地在叙述和写作中，穿插描绘了青藏高原独特的风光景色，使全篇文章的叙述既大气恢宏又柔美灵动。

一部书写得好不好，关键要看是否有非常生动、鲜活的细节。在作者的叙述下，书中的每一个故事、每一个人物全都染上了西藏的神秘色彩，沾上了青藏高原的冷峻之色。书中叙述的每一个人的故事都是非常特别的。每一个在青藏高原上施工过的人，每一个在电力天路上战斗过的人，都会把西藏岁月看作自己人生中最珍贵的部分，视为自己生命中最应该被珍藏的一段历史，一段难忘的岁月。岁月无情，时间会让人们的许多记忆褪色，但是那些在青藏高原上的经历永远会刻骨铭心地留存在人们的心灵深处。

徐剑长于叙事，最简单的情节，他也能翻云覆雨，写出不一样的精彩。这无疑得益于徐剑高超的叙事技巧和纯熟的文字功力，他笔风浩荡，探幽掠野，或豪放或细腻，皆因人而发，因文而生。疏的地方一笔带过，密的地方精细雕琢。他沉入他们的心灵，观察，记录，抒写。入境之深，每每为其或流泪，或欢喜。性情之人作性情之文，所以，其文在散发文气的同时，我们也可深深感受到尘世的皱褶与暖意。灵魂的多样性和其氤氲的精神被徐剑鲜活地揭示出来，与读者产生了碰撞、共鸣。作品丰富的细节连缀成故事的筋络，整部作品因之有了人文的厚度与广度，流淌着汩汩的生命气息。

这部作品让读者认识了充满斗志的施工人，透过这些人物，我们看到徐剑为电力建设者铸造了一座日炙风吹永不褪色的群雕,看到了隐藏在这一切之后的家国情怀。这部作品无疑是一部名副其实的精神史、灵魂史,也是一部传奇史。

中国新生代农民工

| 黄传会 |

◎ **内容梗概**

新生代农民工指的是在1980年及之后出生的、外出从业六个月及以上的农村劳动力。他们早早进入社会，游离于城市和乡村之间，生活在别处，他们基本没种过地，不像父辈那般依恋农村。他们努力想变得和城市里的同龄人一样，但受到经济收入、文化程度等种种因素制约，城市对于他们来说依然没有归属感。

《中国新生代农民工》以宏观和微观的视角，对这一批新生代农民工的生存现状进行了全方位的记述，对在这个数以亿计的群体中存在的教育、就业、生存等诸多问题进行深入探索，提出了解决问题的对策与建议。

全书20万字，2011年7月由人民文学出版社出版。

★ **作者简介**

黄传会，男，1949年生，浙江苍南人，中国报告文学学会常务副会长，中国作家协会第七届全委会委员，海军政治部创作室原主任，享受国务院政府特殊津贴。著有长篇报告文学《托起明天的太阳——希望工程纪实》《中国山村教师》《中国贫困警示录》《中国海军三部曲》《中国婚姻调查》《我的课桌在哪里——农民工子女教育调查》《中国新生代农民工》《国家的儿子》

《中国海军：1949—1955》等；中短篇报告文学集《站在辽宁舰的甲板上》。曾获庄重文文学奖，第十三届中国图书奖，第一、三届徐迟报告文学奖，第六、九、十三届中宣部"五个一工程"奖，第六届鲁迅文学奖等。

作品赏析

《中国新生代农民工》是著名报告文学作家黄传会的代表作之一。

黄传会的报告文学作品，大多以普通劳动者为主人公。他从不自命清高，而是向来以平视的目光审视自己笔下的人物，追求与主人公的精神沟通、情感交流；他的作品信息量大、涉及人物多、场景丰富，语言素朴、直白，不兜圈子、不故作高深；他从来不搞考据、不引经据典，但要求自己笔下所写有来历、有内涵。因此，他的作品往往受到群众欢迎，有很好的社会反响。

我国仍然处于社会主义初级阶段，总数达2.44亿之巨的农民工，其中1亿左右的新生代农民工，就是我们文化工作面对的巨大现实。目前对这样庞大的劳动者群体，应该说，我们的文化阐述、文学表达和艺术表现是明显不足的，我们主流的文学艺术创作，对农民工特别是对新生代农民工的反映，不仅数量少、社会影响小，而且往往存在概念化、脸谱化、简单化的弊病，面对这种状况，作家艺术家应该怎么办？我们是每年蜻蜓点水地到处走一走、游一游，大多数时间浮在大城市里，满足于写身边的琐事，从故纸堆里找灵感，还是换个活法，换个思路，深入基层走近劳动者们，真正走进普通百姓中间去，想群众所想，忧百姓所忧，分享他们的欢乐与痛苦，反映他们的现实与憧憬？黄传会的创作实践无疑提供了诸多极具意义的启示。

"懒汉"治村

| 徐锦庚 |

懒汉非懒汉,为小名,大名徐樟顺。懒汉与我同村。村在浙西开化,一听村名,便知是深山冷岙:东坑口。

前些天,弟弟来电,语带喜气。哥,懒汉连任村主任了。

我纳闷,上个月,他刚选上村支书,咋一人占俩窝?

镇里动员他的,要他"双肩挑"呢。

其他候选人服气吗?我有点担心。

怎么不服气?其他人选票差了一大截呢。

我是外来户,懒汉是土著,虽然同姓氏,并非亲戚,远房都攀不上。他当选,弟弟何以兴奋?

他当家,村里有盼头。弟弟说。

我涌起一阵冲动,要为这个小人物立个传。

一

我这个村,人多有小名,为保孩子平安,特意取个贱名。我两个外甥,大的叫狗憎,小的叫癫痢。狗憎的意思,像狗一样傻,狗那么通人性,咋会傻呢?狗憎自然鬼灵精怪。至于癫痢,一头茂密黑发,还带自然卷。

懒汉兄妹五个，皆有小名，然而除了懒汉，个个命运多舛。两个哥哥，一个阿福，一个阿伴，阿伴也叫两斤半，奇怪不？哥俩差一岁，三十刚冒头，接连暴病归西。二姐小妮姑，幼患癫痫，婚后加重，孩子半岁夭折，精神彻底崩溃，廿三岁就没了。大姐小名不雅，也叫癫痫，因是女孩，多个后缀，MAO（音猫），类似语气助词。癫痫MAO患过小儿麻痹症，一腿瘫，两耳聋。村妇背后嚼舌，啧啧，幸亏又瘫又聋，不然……言者虽没恶意，听者头皮发麻。看来，取小名保平安，纯属扯淡。

懒汉可不懒。人没锄把高就砍木头、抬石头，尽干苦力。廿三岁，任村火腿厂厂长，两年后自己承包。三十岁，揽交通工程，再办融资担保公司。栉风沐雨，苦没少吃，钱没少赚，是村里首富。

当老板后，懒汉多了新名：徐总。不过，村里人叫顺了，张口闭口，懒汉长，懒汉短。县干部下乡，也会远远吆喝：懒汉！若问他大名，人多挠后脑勺。

如果不是那个偶然，他只不过是个小土豪，犯不着劳我费墨。

懒汉人生之彩，出在那个偶然。

2011年初，懒汉喷着酒气，打镇政府门前趔趄而过。忽然，门里蹦出一个小个子。懒汉，想和你商量件事。

懒汉膀大腰圆，血管里淌着彪悍，往那一站，不怒自威。可是，看到小个子，却自觉矬了矬身。哦，是方书记，找我？

小个子方明，一张奶油脸，地位不容小觑：杨林镇党委书记。

村委会要换届，我们拨拉半天，主任人选难产，刚才在楼上看到你，我忽然冒出念头，何不请你试试？

不行，不行。懒汉打了个饱嗝，摇起拨浪鼓。我搞工程还行，当干部不是料。

怎么不行？你工程做得好，说明脑子好使；在外面闯荡多年，社会阅历丰富；手下队伍棒，说明善于管理；为人豪爽办事泼辣，肯定有开拓精神。

都说嘴皮薄、口才好，方明果然会忽悠。

一个空壳村，欠债几十万，人心散了架，这副烂摊子，谁愿挑？你另请高明吧。懒汉酒醉心清，边说边退，准备开溜。

方明一把拽住。看你血气方刚，有能力有思路，指望你重振雄风，不料是个懦夫。东坑口人丢尽脸，被叶兰坞人嫌弃！

成功男人有弱点，十有八九怕激将。懒汉一蹦三尺：方书记，你狗眼看人低，尽揭疮疤！

叶兰坞是畲族村，人口全镇最少，以前属东坑口，"文革"时，被东坑口当包袱甩了。东坑口人说起叶兰坞，那口吻，像上海人说乡下人。

然而，风水轮流转，这十多年，东坑口顺坡溜，叶兰坞逆坡上。这不，镇里欲合并两村，儿子竟嫌老子穷，投奔了富村川南。东坑口人羞啊，差点脑袋掖裤裆。

懒汉一跺脚，腾起一缕烟。方书记，树要皮，人要脸，我干！

你若愿干，赶紧报名，村民选不选你，不好说呢！方明拿捏着火候，不动声色，再将一军。

一个月后，村民投票。懒汉七百一十二票，第二名五十三票。

二

我离开家乡时，懒汉尚穿开裆裤，鼻下两条黄虫。一晃三十年，再没相遇过，只知他大发了。如果不是那个偶然，这辈子，我俩八竿子打不着。

忽然有一天，接到陌生电话。哥，我是懒汉，东坑口的懒汉。

懒汉？哪个懒汉？村子不大，懒汉不少。在浙西乡下，懒汉、癞痢，是高频词，街上吼一嗓子，回头率不低。

住您大姐隔壁的。

噢，原来是黄虫孩子。

我刚选上村主任，您见识广，路子多，多帮衬啊。

好说，好说，只管吩咐。我声音提高八度。

放下电话，念头一闪。这个懒汉，不愧老板，甫当村官，急于公关。

不过，能被乡邻认可，是件高兴事。有的人，在外面人五人六，却被乡邻嗤鼻，做人很失败。

打那以后，这个号码成了热线，隔三岔五就响，有时天蒙蒙亮，有时天麻麻黑。

懒汉爱晨跑晚遛，听说我习惯早起，便瞅准空当。他说，尽是鸡毛蒜皮小事，知道您忙，怕耽误您上班。瞧瞧，虽然五大三粗，心像女人般细。

电话里，懒汉絮絮叨叨：想安装路灯啦，想建垃圾箱啦，想拓宽村道啦，想道旁搞绿化啦，想户户通水泥路啦，想给水库清淤啦，想在村头建公园啦，想在大樟树下建戏台啦……

每次絮叨完，懒汉会说，哥，您看行不？帮我出出点子。久了，我发现，他做事很少拍脑袋，自己先有谱，再向人请教，并且是出选择题。比如建戏台，他传我两套效果图，让我选一套。

这个农民不简单，懂得科学决策呢。我暗想。

光有想法不够，还得有钱办事。仗着脸厚嘴甜，懒汉到处化缘。开化财政底子薄，我纳闷，蚊子腿上三两肉，他是怎么割下的？

我是急性子，不爱电话唠叨，三言两语就挂机，可是奇怪，懒汉的话句句勾魂，放下电话，魂魄出窍，飘飘荡荡，飞越万水千山。那个小乡村，生我，养我，让我魂牵梦萦，泪湿枕巾。天下游子，倦鸟思归呀。

他的设想，多成新景。每次回村，皆有惊喜。三年来，他对我敬重未减，我对他叹服渐深。

哦，我美丽而贫穷的家乡哟，如果多几个懒汉，多几个充满创业激情的农民，还有什么不能改变！

三

镇政府设在东坑口。一条小溪，穿村而过。桥那头是镇政府，桥这头是我大姐家。

大姐两层楼房，二十年了，旧了点，模样还过得去。门前有个场院，平时堆柴搁物，秋时摊晒稻谷。这些年，因村道拓宽，场院被蚕食，剩下巴掌大，矮墙半截，顽强守护。楼旁菜园，渐次萎缩。园里茅厕，露了出来，兀立在路边，与镇政府隔溪相对，颇煞风景。

去年清明，我回乡扫墓，眼睛一亮：茅厕无影，矮墙无踪，村道变宽了，车辆畅通无阻。不过，也有遗憾，场院没了，村道连着台阶。

大姐哼了一声，语气倒算平静。懒汉说了，你家是门面，要光鲜点。拆茅厕，拆矮墙，我同意。但这么点场院，我舍不得。他说，要不我同你弟讲,让他做工作?哼哼,我怎能让你为难?

这小子,竟用我来压大姐!心里嘀咕,嘴上却说,好看多了。

为我哥的事,他又搬出了我。那天晚上,他先诉了半天苦:会上议修路,人人都说好,真占谁家地,祖宗也挨骂,气得我要抡拳头。

我开导他:多磨嘴皮,别动粗,乡里乡亲的,抬头不见低头见,伤了和气不好相处。

懒汉话头一转:刚才,你哥好凶,骂得我七窍生烟。

我哥在宁波打工,嫂子去了温州,帮女儿带孩子,家里铁将军把门。

我一惊,出啥事了?他道出原委。

路修到哥门前,须推倒围墙,征用菜园。我哥提条件,征用菜园行,围墙应砌好。懒汉说,征地只赔钱,不代建,他不能破例。

我哥脾气像炮仗,一语不合,嚷嚷起来:不砌围墙,不让征地!摔了电话。

我连忙道歉:他不明事理,别和他一般见识。你看这样行不?他不在家,缺人手,路修好后,你安排把围墙砌好,费用我来出。

懒汉说,不是钱的事,一两千元钱,我垫也行,只是村民要误会,以为搞特殊,会闹着攀比。

我二话不说。行,就按你说的办,我哥工作我做。

拨通电话,我哥还喘着粗气呢。我耐着性子,听他发泄完后,才慢声细语说:懒汉当主任,钱没多挣,气没少受,图什么?还不是为大家好?他回村三年,村里变化多大?你为村出过啥力?你让一步,就当是帮他,行不?

我这老哥,除了脾气暴,还是头犟驴。这回,听我这一说,他居然不喘粗气了。

我指了条路:你请人砌围墙,费用我来出。

咋能让你出钱呢?哥瓮声瓮气,让步了。

我趁热打铁:懒汉被你气坏了,你打个电话道声歉吧。

围墙我修就是了,还道歉?让我老脸往哪儿搁?老哥嗫嚅着。

你不打?我替你打。

我打,我打。

一会儿，懒汉电话里笑成了串：哈哈，今晚我可以睡个好觉了，哥放心，我不会让咱大哥吃亏的！

呸！得了便宜还卖乖。

不过，这家伙借力使力，我不仅未反感，反而欣慰，为他的办事公道。在农村基层，干群关系紧张，最大病因就是：干部办事不公。

四

数一数，我已被这家伙算计了三回。

去年元旦前，他热切问：哥，元旦回家不？

才三天假，路上要花两天，不回了。有事？

声音轻下去，又扬起来：您回来一趟行不？我有事想求您。

你只管说，我尽力而为。我这人，就是好面子，怕人求，惜弱。

村里新建两栋楼，大的出租，小的办公，想把村里的能人请回来，搞个启用仪式，座谈一下，出出点子，再聘几个顾问，您是第一个。

别看咱村小，千把人，还真出了几个人才，恢复高考后，全镇首个大学生，全县首个清华大学生，都出自咱村。现在，有电力专家、留美博士、政府官员、团职军官、新闻记者、企业老总。

人家都盯着您呢，您来，他们来；您不来，他们不来。这样行不？您飞到杭州，我派车接。懒汉继续缠着。

接倒不必，不过，元旦当天赶不上。

那我改到二号。

我没的选择，只有答应。

懒汉如数家珍：办公楼是多功能的，有便民中心，有农家书屋，有乒乓球室，有老年活动中心，有办公室，有会议室……

我连连称好。

好是好，只是里面空荡荡的。懒汉吞吞吐吐。

我明白了，忙表态：你直接讲，需要我送什么？

送实物吧，您太远，不方便。要不，干脆送个红包？

没问题，多少合适呢？

两三千就行。其实呢，我不是图您的钱，是想请您领个头，带动其他人。您捐，和别人捐，大不一样呢！

瞧瞧这张嘴，抹了蜜似的。我忽然想，这个狡黠农民，对别人也这么说吧？

两三千拿不出手，我捐一个月工资吧。

您工资多少？

一万多点。

电话那头笑出声来：哎哟，太多了，太多了，您出个整数，一万就行！

元月二日上午，我如约而至。嗬，满屋子的人，八旬老支书来了，历届村干部来了，乡贤们也从京城、省城、外省赶来了，只剩国外的没来，并且都没空着手，捐款捐物，折合廿五万元。

座谈会上，七嘴八舌。不愧是乡贤，点子不一般。有的说，开化是钱江源头，该搞生态旅游。有的说，方志敏在这儿打过仗，搞红色旅游好。有的说，搞生态农业，规模经营。有的说，多种阔叶树，保持水土，美化山林。有的说，河道筑几道坝，保持水体，便利灌溉，还添景观。

我领到一本聘书，红彤彤的。论级别，这是中国最低的顾问吧？可我捧在手里，沉甸甸的。

这时，有人嚷起来，怎么才聘三个顾问？我大老远赶来，咋没我的份？

懒汉眼睛乐成一条缝：你们要当顾问，欢迎啊，只要多做贡献，我们一定聘，一定聘！嘿嘿！

我有感而发，写了篇千字通讯，《乡贤热议"生态村"》，发在2013年元月四日《人民日报》上。

五

九月底的一天，手机响起，里面劈头一句：国庆回家吗？

这回不是懒汉，是县教育局长齐忠伟。此君笔头了得，当过县委报道组长，把开化吹得天花乱坠。

手头事情多，不回了。我说。

你最好回来一趟，有件事你得出面。他一不寒暄，二不客套，口气很严肃。

什么事？我心头一紧。

都是懒汉惹的事。齐忠伟气急败坏。

我们搞教育改革，撤了东坑口村小学，并到镇中心小学。县里费了好大劲，与深圳企业家达成协议，打算投资几个亿，把村小学改造成特色学校。

这不是好事吗？我不解。

浙江母亲河钱塘江，源头就在开化。2000年，开化确立生态立县思路。去年又提出，打造国家东部公园。建特色学校，既能促进开化招商，又可带动村里三产。

懒汉要把好事搅黄哩！他想收回校舍，借口修路，推倒了传达室。校舍是国有资产，他这是犯法呀！我派人去交涉，他横竖不买账。听说他敬重你，你回来一趟，帮我劝劝他。

我立马拨通懒汉。

哥，有事啊？电话那头，声音很愉悦。

你个大老粗，好歹不分，还犯法！我没好气。

我良民大大的，犯啥法？

我把事一说，他嘿嘿一笑：我就是要把事情闹大。

闹大对你有好处？

校舍虽然是县里的，可地是村集体的，没有办过手续。他们只与镇里谈，没把村放眼里。村民意见很大，以为我得了啥好处呢。你说，我能这么便宜他们吗？

我语塞。他说得在理。征地纠纷，已成为攸关稳定的火药桶，政府漠视群众利益，难辞其咎。

你虽然占理，也不能蛮干，好好说呗。

你树底下讲风凉话。好好说？压根没人找我们，我们对谁好好说？会有人听吗？一个破传达室，值几个钱？谈得拢，赔就是了。

我无语。可不是嘛，懒汉不来这一手，齐忠伟也不会绕着圈找我。

看来，这个农民不只狡黠，而且智慧。

你看这样行吗？你把村民意见理出几条，双方坐下来，心平气和谈，别漫天要价。

哥，您放心，我们虽是粗人，讲道理的。去年四月，高速公路征地，全村一百三十一亩水田、二十七座坟，涉及一百一十户，一个星期就搞定，全县最快。有的村，征四五十亩地，三个月还征不下呢。

我把懒汉态度一说，齐忠伟沉吟起来。是我们工作没到位，就按你意见办。

过了几天，齐忠伟报喜：谈妥了，多亏了你，我和懒汉约定了，国庆你必须来，好好喝几杯！

六

这次回乡，听到几件喜事。村里欠债已还清，固定资产原先空壳，现在有七百多万；楼出租后，村集体一年进项二十万；新办两家来料加工厂，一个制衣，一个制鞋，一百三十八名妇女就业，最大的六十五岁，去年人均收入两万。

还有，叶兰坞人后悔了，想回到老东家；看到懒汉干得欢，其他村的老板动心了。

高兴劲还没过，严颂华找到我，一脸焦灼：村两委将换届，懒汉要辞职，他若走，村里会走下坡路，你做做工作吧。严原先是镇长，两年前接的方明。

我急忙找到懒汉。村里刚上路，你怎么撂挑子？

不当村主任前，村里人见了我，客客气气。现在呢，自己的业务耽搁，往村里贴钱不说，还时不时挨骂，想想不值。懒汉说。

不值？当村主任前，村民有这么认可你吗？县里、镇里有这么看重你吗？我会认识你吗？

懒汉低着头，不吭声。

我灵光一闪。你是不是想当支书？

他迅速抬头，瞥我一眼，眸里闪过一道光。我怎么好意思和东方争？

东方姓余，厚道本分，人缘不错，是个老好人，支书当了十多年，可就是缺乏闯劲，不温不火。

我顾不了得罪人，向严颂华直陈：懒汉当支书更合适，选村干部，要选敢于担当、有创业激情的人，老好人成不了事，这十几年就是证明。

严颂华一拍大腿：咱俩想到一起了，我也猜出他心思，不过，东方已干四届，没功劳有苦劳，有点不忍心。

我出了个主意：要不，让他俩一起竞选，票高者上？

严颂华略一思忖。行，我来协调，既让懒汉参选，又让东方留下。

过了几天，严颂华打来电话。我同他俩谈过了，懒汉愿意参选，东方有点低落，想去儿子公司，我做工作后，他答应扶上马送一程。

十一月上旬，村支部换届。票选之后，镇党委宣布，懒汉为村支书，东方和另一名党员为村支委。

前些天，我问严颂华，他俩配合得好吗？

好，很好！严颂华说。东方脾气好，懒汉性子急，东方打前站，懒汉收摊子，一个唱红脸，一个唱白脸，回旋余地大多了。

我释然了。有的村，新班子清算老班子，老班子暗地使绊子，水火不容。

刚放下弟弟电话，懒汉电话就响了，滔滔不绝描绘蓝图：想建座饮用水池，解决夏天饮水难；想把村口那座桥改造成廊桥，方便村民歇息聊天……

我的喉咙忽然有点紧。村里底子薄，你干点事不容易，真难为你了。不过，要提醒你两点："双肩挑"后，一别做村霸，二别糟蹋集体钱。

哥，您放心，我不会让您失望的。懒汉的鼻音也有点重。

他的话，我信。

这个懒汉啊，人糙心不糙，治村有一套。

（原载2014年3月19日《人民日报》）

★ 作者简介

徐锦庚，男，1963年生，浙江江山人，人民日报社山东分社社长，高级记者，中国作家协会会员，中国报告文学学会理事。长篇报告文学《中国民办教育调查》（合作）获第六届鲁迅文学奖，长篇报告文学《国家记忆》获第十三届全国精神文明建设"五个一工程"奖。

作品赏析

"看似寻常最奇崛，成如容易却艰辛。"这是王安石对张籍作品的评价。张籍的乐府诗，多用口语，语言自然精警，风格通俗明快，看似平常，但仔细品味，却于平淡中见奇特。

徐锦庚的《懒汉治村》，恰是这样风格的一部短篇报告文学。

这部作品语言独特，半文半白，作者娴熟运用白描手法，通篇短句，精心熔炼；清新明快，富有弹性；活泼隽永，意境深邃；方言俗语，娓娓道来；人物生动，呼之欲出。全文读来似逢故人，如拉家常，熟悉亲切，舒畅痛快。小人物大情怀，方寸间见乾坤。

主题深刻，把脉准确是作品的又一特色。作者来自农村，了解农村，知道农村缺什么、农民盼什么，能一针见血道出问题症结。作者在塑造人物形象过程中，每小节揭示一个问题，全文所揭示的六个问题，在当前农村都具有典型意义。

"在农村基层，干群关系紧张，最大的病因就是：干部办事不公。"干部要想让群众信服，办事必须公开、公正、公平。现在是人情社会，农村干部光埋头拉车还不够，还要善于借力使力，充分调动社会资源，而用好在外创业的家乡能人就是一条捷径。懒汉头脑活络，先是鼓动作者带头捐款，再号召其他人，还让其出面做兄姐工作，这就是借力使力。所以作者说他是个"狡黠农民"。

"有的村，新班子清算老班子，老班子暗地使绊子，水火不容。"这是普遍现象，已成农村顽疾，令人头疼。然而，懒汉与前任书记却关系融洽，一个打前站，一个收摊子；一个唱红脸，一个唱白脸。新老支书配合如此默契，殊为难得。

在这个物欲横流的时代，作为《人民日报》记者，作者铁肩担道义，妙手著文章，眼睛向下，热情讴歌一个小小村官，这种正义、良心、爱心、使命，值得称赞。中国作协原党组副书记王巨才评价说，"别看《'懒汉'治村》篇幅不长，在中国文学史上，必将留下一席之地"。

大河上下

| 陈启文 |

◎ 内容梗概

《大河上下》真实记述了黄河自然呈现状貌和人为塑造的历史,既书写了黄河上的大工程,也展现了黄河沿岸普通人的命运:长久艰难地在青藏高原玛多县的黄河第一水文站检测水情的谢会贵,为龙羊峡水电枢纽工程修建而无私奉献的孟朝云一家,还有将自己的生命几乎全部投入黄河治理的水利专家李仪祉、王化云、林秀山等人物。作者笔下的人物命运与国家、民族的命运纠葛在一起,同时兼有自然、政治、科学、管理、人生等丰富的人文历史内容。

全书26万字,2016年11月由安徽文艺出版社出版。

★ 作者简介

陈启文,男,1962年生,湖南临湘人,现任中国作家协会全国委员会委员,中国作协报告文学委员会委员,一级作家。主要著作有长篇小说《河床》《梦城》《江州义门》,散文随笔集《漂泊与岸》《孤独的行者》,长篇报告文学《共和国粮食报告》《命脉》《大河上下》《袁隆平的世界》等20余部,曾获中国出版政府奖图书奖提名奖、徐迟报告文学奖、中国新闻奖、全国纪录片一等奖、老舍散文奖、广东省鲁迅文艺奖等,2017年获"第三届广东省中青年德艺双馨作家"称号。

作品赏析

黄河像一条纽带，把我们的昨天、今天甚至未来紧紧联系在一起。

陈启文的《大河上下》从新中国治理黄河的历史节点切入，尤其是突出了改革开放以来治理黄河的经验，并将中国经验在世界背景下展开，为人们提供了一个视野宽阔的、非常有价值的文本。

陈启文是一个擅长把握大题材、大叙事的报告文学作家。作者以黄河的流径为线索，将历史和现实的丰富内容贯穿到一起。在充分的事实把握和信息收集的基础上，作者的理性思辨表达显示出震撼的力量。黄土、黄河、黄种人，是一种自然和种族的命运交集，也是一种大自然与中华民族相遇共进的历史表现。黄河的历史复杂又曲折，表现了中国文化历史和精神情感克服艰难不断走向新生的过程。正是在这个坚实的基础上，《大河上下》有种宏大厚重、丰富灵动的命运感，具有引人入胜的诱惑力。

黄河是一个用再多浩繁的书写都难以穷尽的对象，此前曾经有过从不同的角度接近黄河的作品，但大多都因为专业或局部等原因，难以在整体上给黄河全面的关注，而《大河上下》努力从整体到具体、从历史到现实，给黄河以自然发展和人文更新的全面调查与描绘。这是迄今为止书写黄河、认识黄河、理解黄河最全面深入、最深刻坚实的一部报告文学作品，书中不仅有精彩故事，更有独到的见解。它既是一部历史之书、文化之书，又是一部不可多得的、具有浓郁精神情感的文学作品。

失独，中国家庭之痛

| 杨晓升 |

◎ **内容梗概**

20世纪80年代初，"提倡一对夫妇只生一个孩子"政策实施，对中国有效控制人口起到重要作用。但独生意味着唯一，唯一也隐含着巨大生命风险。一旦独生子女失去生命，对其父母而言无疑意味着灭顶之灾。在他们年龄不断增大的过程中，他们又当如何消解自己的孤苦，又该如何度过自己的无助残生？《失独，中国家庭之痛》通过对一系列遭受意外伤害的独生子女家庭艰难而伤心的寻访，将一个早已潜存却尚未被普遍认识和重视的重大人生问题、重大社会问题血淋淋地展示在我们面前。全书通过六个催人泪下的故事，展现出了关乎命运，关乎人生，关乎家庭，关乎你和我，关乎中华民族人口结构、人口生态以及国家前途命运的深切忧思。

全书22万字，2014年10月由太白文艺出版社出版。

★ **作者简介**

杨晓升，男，1961年生，广东揭阳人，现任北京文学月刊社社长兼执行主编、编审，曾获国家新闻出版总署评选的"全国新闻出版行业领军人才"称号，中国作家协会会员、中国报告文学学会副会长。著有长篇报告文学《失独，中国家庭之痛》等各类作品250余万字。长篇报告文学《只有一个孩子》

曾获2004年"正泰杯"中国报告文学奖和第三届（2004—2008）徐迟报告文学奖，《中国科技忧思录》获新中国六十年优秀中短篇报告文学奖，《失独，中国家庭之痛》获首届浩然文学奖。

作品赏析

20世纪80年代初，计划生育政策的实施，对中国控制人口膨胀做出了不可磨灭的贡献。但毋庸讳言，无论从家庭和生育个体的角度讲，还是从人类生态学和教育学的角度讲，在长达30年的时间里，一对夫妇只生一个孩子也带来了另外一些问题，比如独生子女的独立人格、智力与心理的均衡发展等，这些问题都早已经被社会所广泛认识和关注。

然而时至今日，还有一个更重大的问题未被更多的人所重视，那就是独生子女的意外伤害：疾病、车祸、火灾、水害、自杀、他杀……所有这些潜伏在日常生活当中、随时都可能降临的横祸一旦夺走独生子女的生命，独生子女的父母将如何面对如此的灭顶之灾和精神打击？他们在日渐年老且孤苦无助时该如何度过自己的残生？而独生子女意外伤害的这种危机感一旦普遍存在于独生子女的家庭之中，将会对独生子女的教育乃至未来社会的职业结构和国防力量带来怎样的影响？

杨晓升是职业办刊人，多年来，他主编的《北京文学》开设的《现实中国》栏目所刊发的报告文学，以直面社会、直面人生，讴歌真善美、抨击假丑恶广受文坛关注和各界读者欢迎。而他长期以来对纷纭变幻的社会生活的敏锐洞察、及时捕捉和深度思考，使得他无论是策划推出的作品还是自己身体力行的创作，都时常出手不凡，赢得关注与喝彩。《失独，中国家庭之痛》就是这样一部沉甸甸的啼血之作、警世之作。

以文学来思考社会问题，也许没有社会学家那种理性探讨来得深邃，但文学是形象的，因而它鲜活、生动，乃至震撼人心。《失独，中国家庭之痛》动笔前，作者已完成了从感性到理性的认识过程，所以，一旦笔触走动，即有了力透纸背的说服力。理性被深融在字里行间，形象的飞扬闪现，则把理性的力量注入作品之中。杨晓升这部报告文学，涉及人的生命情感、国家政策及民族命运等重大问题。但是，他的作品中，我们不太能看见有些同样涉及了重大问题的作品所表现出的那种高亢呐喊和主观宣泄成分。他更多的是诉之于可以触摸感受，甚至参与具体事件的真实展示和思考，用人们真实的不幸、痛苦、无奈、缺憾等状态唤醒情感理性活动的生成，唤起人们寻找更加完善理想的方法和途径。

快递中国

|朱晓军　杨丽萍|

桐庐群山叠嶂，溪流纵横，始建于公元225年，历史悠久，素有"潇洒文明之邦"之美誉。桐庐位于浙江西北部，北纬30°。北纬30°是一个神奇的区域，蕴藏着无数不解之谜，如埃及的金字塔、百慕大三角、马里亚纳海沟，以及喜马拉雅山、雅鲁藏布大峡谷、神农架、三星堆。

北纬30°还创造了中国乃至世界快递业的奇迹。2014年，中国快递"快马加鞭未下鞍"，业务量突破130亿件，实现139.6亿件，猛超美国，成为世界第一快递大国。"三通一达"——申通、中通、圆通、韵达是中国快递第一集团军的四支劲旅，他们的业务量在2014年高达100亿件，占中国快递业务的71.43%。

"三通一达"不仅均来自同一个县——浙江桐庐，还出自同一个乡——歌舞乡。20世纪90年代初，距离县城近40公里的歌舞还是穷乡僻壤，公路不通，农民进城要步行七八个小时。聂腾飞、陈德军、赖梅松等70后走出了深山，创办申通、韵达和中通。圆通的创始人喻渭蛟不是歌舞的，不过圆通也拥有歌舞血统，他的夫人张小娟不仅是歌舞人，是陈德军、赖梅松的初中同学，还是圆通的副总裁。没有张小娟的点拨，喻渭蛟也许还在装修业苦苦挣扎。

歌舞乡的快递人或初中毕业，或初中没毕业，学历最高的是中专；

在城市，他们近乎赤手空拳，既没有资本，又没有人脉，却打下自己的江山，成为快递巨头。他们的员工70%以上来自农村。这些农民走出了深山，走出了贫困，寻找到自身的价值和尊严。

2009年之前，他们既没有合法身份，也没有合法空间，却在邮政的漫长而严酷的"围剿"下，不仅顽强地存活下来，得以发展壮大，还成功地阻挡了外国快递巨头在中国版图的扩张。当得知中国单票快件均价仅15.6元时，那些国际快递巨头不禁摇晃着黄头发的脑袋，眨动着像湖水似的蓝汪汪的眼睛，不可思议地说："NO，NO，这怎么可能呢？"

快递改变中国，"三通一达"不仅给亿万国人带来便捷服务，还为电子商务的飞船提供了现实的跑道，让中国网购成为世界一大奇观。

快递业受到党和国家领导人的关注，李克强总理将快递业称之为中国经济的"黑马"，多次为之点赞。

这些"没有文化"的农民是如何在缝隙中生存，在艰难中发展，在机遇中腾飞的？他们是如何行走快递江湖，如何创造奇迹的？他们的成功对中国的8亿农民有哪些启示，对芸芸创业者有哪些点悟与教益？我们顺着他们留下的足迹去寻觅。

一、没鞋穿的"赫耳墨斯"

2002年5月8日，上海，外滩海关的大钟敲响9下，普善路290号的鞭炮就"噼里啪啦"响起来。硝烟散去，一块牌子——"中通快递"，还有留着寸头，皮肤微黑，穿着一双现已少见的布鞋，年仅32岁的赖梅松出现在众人面前。

陈德军和喻渭蛟都做过木匠，搞过装修，也都债台高筑，最后无路可走，像《水浒传》中的林冲，被逼上"黑快递"的梁山。

1993年，邓小平发表南方谈话的次年，改革开放加大了油门，北京的营业执照告急，不得不从天津紧急调1万张进京；深圳国际贸易中心大厦一层楼25个房间，竟挤进20多家公司，甚至一张写字台就是一家公司；浙江的民营公司突破150万家，外贸公司占相当比例。杭州的外贸出口要到上海办理出关手续。按理说，报关单可通过快递寄达，而当时中国快递的独生子——EMS需要三天。报关单要次日送达，外贸公司没办法，只得派专人送。

聂腾飞和詹际盛从中发现了商机。聂腾飞是桐庐县钟山乡夏塘村（现并入歌舞村）人，跟赖梅松是同乡，他们还在同一所学校读过书。聂腾飞初中毕业后，怀着"走出大山，过上好日子"的梦想到杭州的一家印染厂打工。

21岁的聂腾飞算了一下，杭州往返上海的火车票是30元，送一单收100元，可赚70元；收两单就可净赚170元，要是三单、四单，或更多呢？他决定成立一家代人出差的公司！

聂腾飞筹了3万元，詹际盛筹了5000元，创办了一家叫"盛彤"的公司，聂腾飞任经理。

这一年，在广东顺德某印染厂打工的王卫也发现了快递的商机，印染行业在批量生产前要先给客户看样品，客户中有部分港商需要报关，一来一往至少要一个星期。厂家为节省时间就找人挟带。如恩格斯所说，有利润的地方就有资本介入。专业"挟带人"出现了，这些人拽着拉杆箱往返于香港与大陆。24岁的王卫拿着从父亲那儿借的10万元，成立了顺丰速运公司。

这三位年轻人不仅是70后，还都从事过印染行业，这是巧合，还是隐含着某种必然联系呢？

1997年，聂腾飞车祸身亡，公司由陈德军接管。聂腾飞的弟弟聂腾云在1999年创办了韵达货运有限公司。

2000年，喻渭蛟怀揣着借来的5万元，领着17条好汉来到上海滩，创办了圆通公司。

这在国外快递巨头的眼里，绝对是不可思议的。31年前，弗雷德里克·W.史密斯——耶鲁大学的毕业生、美国海军陆战队的退役中尉，创办联邦快递时斥资9600万美元，正式持续营运动用了14架达索尔特鹰式飞机。

弗雷德里克·W.史密斯自豪地说："我们就是电脑时代的赫耳墨斯！"赫耳墨斯是希腊神话中的宙斯与阿特拉斯之女迈亚的儿子，是奥林匹斯十二主神之一。他身着长衣和披衫，手持盘蛇的短杖，穿着有翅膀的凉鞋，行走如飞，是诸神传送信息的信使。据说，他还是商贾和贸易之神,他的雕像往往是手里拎着钱口袋。可以说,他是希腊神话里"唯一合法"的、任何神也颠覆不了的快递。

在中国神话中,似乎还找不到像赫耳墨斯这样的信使。也许在中国人眼里,神是不需要信使的,即使需要的话,也绝对不会像赫耳墨斯那样穿双带有翅膀的鞋子。《西游记》中的孙悟空一个跟头翻出十万八千里,既没有西方天使的翅膀,也没有赫耳墨斯那样的鞋子。东西方的神有着巨大差异,赫耳墨斯穿上那双鞋才是神,中国的神是可以光脚的。这既是文化的差异,也是经济的差异。在西方,做快递要有强大的经济实力,要买得起数十架飞机;在中国,只有贫穷而又有使不完力气的农民才会去做快递。

中通开业鞭炮的硝烟甫散后,第一票快件翩然而至,那是一票信件。有人想寄快件,蓦然发现家门口有快递开业,就送了过来。董事长赖梅松亲手接过这票快件和15元快递费。他面带微笑,内心既欣慰又失落。作为杭州丽水路木材市场的老板,15元钱掉在地上要不要弯腰捡,恐怕都要思忖一下。

三个世纪前,英国诗人库伯说:"上帝创造了乡村,人类创造了城市。"世界上每周有100万人口离开"上帝创造",迁入"人类创造"。上帝的产业在萎缩,留守在那儿的除了老人和孩子,就是没能力外出打工的女人。1992年,赖梅松他们16个村民跟着村主任去了杭州丽水路木材市场。农民进城最好的选择就是像赖梅松那样做生意。

做生意一要本钱,二要脑筋好使,三要有经验,四要有人脉。陈德军、喻渭蛟不具备,他们拥有木匠手艺,可以像胡传魁那样拉起一支"十儿个人,七八条枪"的装修队伍。聂腾飞连木匠手艺也没有,只得去印染厂打工。连打工的机会都找不到的农民就去摆地摊,或者像"骆驼祥子"似的蹬三轮车。《北京人在纽约》有句经典台词:"如果你爱他,就把她送到纽约去,因为那里是天堂;如果你恨她,也把她送到纽约去,因为那里是地狱。"岂止纽约,哪一座城市不是天堂,不是地狱?有多少人向往着天堂,跌进了地狱;又有多少人从地狱爬上了天堂!

没想到,这几年,快递像20世纪90年代初的股票、21世纪初的楼盘,陡然就火起来,而且火得不可收拾,不时有歌舞村民丢下锄头,像吴琼花投奔红色娘子军似的顺着弯弯山道走来,加入快递队伍。消息像解放军占领南京似的捷报频传，谁谁谁赚到钱了，谁谁谁买了车，谁谁谁买了楼。接着，一拨又一拨村民从歌舞乡出发了。快递让歌舞的农民热血沸腾……

2002年4月17日，国家邮政管理局下文禁止民营快递经营轻于500克的邮件，同时要求民营快递的收费标准要高于EMS。哪票信件让邮政查到就要罚款，少则5000元，多则5万元。可是，在21世纪初，电子商务像一窝刚孵出蛋壳的雏鸟儿，闭着眼睛，张着嘴巴等着喂。民营快递若不经营信件就等于绝食。

这时，民营快递险象环生，前有堵截，后有追兵。1984年，美国联邦快递作为航空快递公司进入中国。两年后，德国敦豪通过与中国对外贸易运输集团总公司合资的方式进入中国。20世纪80年代，中国像专门生产低档消费品的大车间，出口极其有限。到了世纪末，"大车间"流水线的廉价消费品几乎不见，高新科技产品一浪接一浪地涌出。中国加入世贸组织后，外商像一群群的鸟儿飞越大西洋、太平洋落在这片神奇的土地上。2002年，在中国从事各种业务的外资企业已达数万家，对快递的需求像烧开的水，吱吱作响，冒着腾腾热气。

20世纪90年代，随着申通、顺丰、宅急送等民营快递的崛起，EMS独揽天下的局面被打破。民营快递像一群被困在深山的饿狼，野性十足，生猛而强悍，在EMS和国际快递巨头面前，他们就是山寨版的DVD，拥有超强的纠错能力，不论正版还是盗版的光盘可以通吃。扫荡过后近乎寸草不留。

信件是国家拨进EMS盘子里的菜，他人是动不得的。可是，对农民来说，没有什么规矩好讲的，不管谁的菜，也不管在谁的篮子或盘子里，只要能吃，绝不客气。

中国农民经历过战争，经历过土改，经历过合作化，经历过"文革"和市场经济浪潮，已不再唯唯诺诺，不再愚昧无知，不再没见过世面，他们已变得机智勇敢，变得"可上九天揽月，可下五洋捉鳖"了。俗话说，光脚的不怕穿鞋的，他们怕什么？他们或不清楚邮政局的规定，或不接受城里人的规定，农村人若按着城里人的规则出牌，只有去扫大街，搬运煤气罐，或在建筑工地上卖苦力。

毛泽东说，没有贫农便没有革命。没有农民，改革开放就像一辆有转向轮，没驱动轮的跑车，开不起来。邓小平知道中国的改革必须从农村开始，从农民开始。中国拥有8亿农民，这是一片汪洋大海，承载得起改革的巨轮。

没有农民，也不会有民营快递。在20世纪末、21世纪初，城里人是绝对做不了快递的，他们挨不住那份辛苦。农民给中国的快递市场带来了勃勃生机和繁荣发展，也带来了惨烈的竞争，带来了兵荒马乱和狼烟四起。

"好虎架不住一群狼"，何况中国快递"御林军"——EMS还是只被娇宠得连老鼠都不抓的猫。EMS在竞争中屡战屡败，节节败退，惨失半壁江山，国内市场份额从97%跌至40%。EMS右手握着尚方宝剑——《邮政法》，1986年制定并实施的《邮政法》明文规定："信件和其他具有信件性质物品的寄递业务由邮政企业专营……"20世纪末、21世纪初，每百票快件有几票不是信件？他们左手握着办理"超常规邮件"的特权——他们的运输车可以跟邮政车一样在城市畅通无阻；他们的邮件可享受铁路、民航的优先装运权；另外，国家规定，党政司法机关的文件必须由EMS投递。

EMS败了，邮政拉开了执法检查的序幕，要把民营企业从快递行当赶出去。可是，民营快递就是游击队，神出鬼没，将"敌进我退，敌驻我扰"演绎得出神入化。邮政执法部门是8小时工作制，而民营快递拥有24小时的机动灵活。

中通成立的当天，全网仅收57票，还不如申通随便一个网点。

圆通起步时，每天也就50票左右。不同的是，喻渭蛟领着那17条好汉像游击队似的住在部队招待所，白天去"扫楼"收揽快件，喻渭蛟也不例外。

世界快递史上最惨的一幕还不在中国。1973年3月12日晚，7架达索尔特鹰式货机呼啸着飞离跑道，冲上云天，拉开了美国联邦快递试运行的序幕。可是，6架飞机仅运送7个包裹！

二、困在天井岭

老史，也就是联邦快递创始人弗雷德里克·W.史密斯是疯狂的冒险家，也是执着的追梦人。1965年，在耶鲁大学攻读经济学与政治学时，老史居然产生一个在常人看来不着调的想法——航空快递。

对常人来说，想想也就罢了，可是老史偏偏不是常人，他把这一想法写进了自己的经济学报告。荒诞，绝对的荒诞！导师在他这"不着调"的报告上打了一个"C"！在导师的眼里，所谓的快递也就只能送送比萨饼什么的。

1971年，年近而立的老史将快递的梦想付诸实践时，浙江省桐庐县钟山乡天井岭村的赖梅松刚刚1岁，在蹒跚学步。老史不知道有老赖，老赖也不知道有老史。

老史出生于美国田纳西州孟斐斯城的运输世家，祖父当过船长，父亲在美国南部地区经营过灰狗长途汽车公司，老史27岁创办联邦快递，老史家的祖孙三代把海陆空占全了。

老赖的祖父是农民，父亲是农民，他也是农民。老赖和老史两人的梦想就好比起步，老史上来就是23只"赫耳墨斯鞋子"（喷气式飞机），老赖只有5只带轮的"溜冰鞋"（网络班车），其中4只还是租的。

梦就像数学的射线，向一侧无限延伸。条条大路通罗马。古人将四周为山，中间低洼的地形称为天井。老赖就生在"井"里，这口井叫天井岭，"井"里住着十几户人家，守着一座祖墓。墓碑刻着："大清嘉庆拾玖年十一月日上浣吉旦，松阳郡、念三世先祖考秉信赖公、妣夏氏孺人之墓。"翻译过来就是这碑立于1814年12月12日，葬的是父亲赖秉信和母亲夏氏，他们是从浙江丽水市松阳县西那边过来的。

悠悠岁月，200来年的云从这口"井"、这座墓飘了过去。山还是那座山，岭还是那道岭，人家已从一户繁衍成十几户。几代人的梦想在岁月中变得柔软、悠长、坚毅，又具体、现实、简洁、相似。老赖的父亲10岁上学，还没读完小学一年级就辍学了。1976年，老赖上学了，学校在歌舞乡。

歌舞，多好听的名字。上山下乡的年代，知青放弃了离城市近的公社，纷纷选择歌舞。他们到这里就哭了，如此偏僻落后的穷山沟，凭什么叫歌舞，有什么资格叫歌舞，有什么值得歌舞的？

谁知这荒郊野岭竟有历史掌故。2500年前，伍子胥被楚平王的手下一路追杀，逃到这个渺无人烟的荒山野岭，甩掉了追兵。伍子胥喜出望外，亦歌亦舞，于是后人将此地称为"歌舞"。不知该为被人追杀便亦歌亦舞的伍子胥悲哀，还是该同情祖祖辈辈生存在这衰草寒烟之中的农民。

1985年，赖梅松以3.5分之差与县里的高中失之交臂。这对15岁的他来说，无异于毁灭性打击。他对着那月朗星疏、虫鸣蛙鼓和飒飒山林，走出大山的渴望在心里翻腾着。不读书还有什么出路？难道像父亲那样下地种番薯，上山背树？

他跟父母说要去复读。

"过几天家里就要造房子了，你复读，帮忙的人盖什么？"妈妈担忧地说。

复读要住校，妈妈担心他把被子带走了，帮忙的人没盖的。采访时提起这事儿，父母说，为一床被子，赖梅松没有复读。赖梅松说，不是为一床被子，而是200元的学杂费。他说，父亲只读过半年书，母亲没读过书。读书有什么好，他们看不到。他们只想把家门口的茶叶弄得好一点儿，番薯种得比别人大一点儿，猪养得比邻居家的肥一点儿也就好了。

家里造房子，赖梅松忙了起来，计算各种开销，材料费、赊欠款、每顿饭的伙食费，还有怎样省工省料……房子造好了，家里剩下一堆木头。赖梅松把木头卖掉，赚了1000多元钱。

当赖梅松去杭州做木材生意时，已赚到4万元钱。

"你也做快递吧，快递这玩意儿挺好。"一天，同学商学兵对他说。

商学兵瘦削身材、白净面容，细长眼睛眨动得很快。他在做申通的温州网点。

"做快递？快递有什么好？"赖梅松莫名其妙地问道。

这时，赖梅松已赚五六百万，在杭州买了房子，成了家，娶的是天井岭村支书的女儿赖玉凤。

几年后，商学兵开着一辆依维柯回到歌舞乡，那辆依维柯对赖梅松有所触动。

"开一家快递公司需要多少钱？"赖梅松深深地吸了口烟，对商学兵问道。这时，申通历经"八年抗战"已在华东确立了霸主地位，版图从长三角辐射到华南、华北等地，年营业额突破10亿元。

"我想怎么也得四五十万吧？"商学兵挠了挠脑袋说。

赖梅松眯缝着眼睛，将烟吐出："我的意见，要做就做自己的！"

赖梅松和赖建法、商学兵、邱飞翔四人成立了浙江中通快递服务有限公司，赖梅松任董事长。

三、"没文化农民"的文化

在中通成立的三个月前，韵达三个月仅做11票业务，亏了几百万元，眼看资金链就要断裂，撑不下去了。

圆通也没什么生意可做，有时一天仅83票，月亏损20多万元，喻渭蛟时常拎着米口袋去借米。

提起21世纪初，金任群先生说："可能也就申通过得滋润一点，其他的都特别苦，日子真不好过。"

金任群是位学者，下海后创办过闻达快递，据说在鼎盛时期不逊申通，后来被桐庐农民打败了，败得心服口服。他有点儿像那些"海归"的国军高级将领，在解放战争中被"土八路"打败后，进入军校给打败自己的对手讲授作战史。天生我才必有用，金任群在这方面渐渐有了名气，被称为中国快递界的"教父"。

聂腾飞、陈德军、赖梅松、喻渭蛟等农民不仅创造了中国快递的奇迹，也创造了世界快递的奇迹。这样一群从闭塞、落后、穷困的山沟里走出来的农民，在城市既没有根基，又没有背景，还没资本支撑，赤手空拳地打造出"中国快递第一集团军"的四支劲旅，这不是奇迹是什么？

金任群自愧不如地说："一群都没有受过很好教育，也没有什么经营和管理经验，没有任何政府背景和资金来源的年轻人，却各自建立了数十亿产值的庞大帝国，靠的是什么？答案只有一个：那就是文化。正是这种带有强烈地域特性的文化成就了'三通一达'，也正是这种文化使得浙江系快递企业被邮政管理局认同和尊重。"

《周礼·地官·遗人》云："凡国野之道，十里有庐，庐有饮食。""庐"即驿站。据甲骨文记载，商朝就有邮驿，桐庐是邮驿之乡，桐庐人做快递是否天经地义？

邮驿是官办的，桐庐农民创办快递却没有一丝邮驿血统。20世纪末、21世纪初，中国合法快递只有一家——EMS。桐庐农民快递与"庐"无缘，与邮驿的历史文化无缘，如想在他们身上寻觅一点儿历史文化渊源的话，也许镖局更贴切些。官办驿站，民办镖行。镖局业务有六种——信镖、票镖、银镖、粮镖、物镖和人身镖。现今大多民营快递除人身镖和

《邮政法》规定的现金和珠宝业务不做之外,其他都做。不过,个别的快递六镖皆做,不仅承揽现金和珠宝业务,连接人送人之类的业务也做。

二者在文化上有何渊源呢?镖局讲究的是义、情、礼,歌舞农民讲究的是仁、义、礼、智、信。这也许就是"三通一达"与镖局的历史文化渊源。

几十年来,一场接一场摧枯拉朽、铺天盖地、"触及灵魂深处"的暴力与非暴力的斗争,已将政治、文化、经济的中心地带传统文化扫荡无数遍,中华民族传统价值观——仁、义、礼、智、信,像古老的寺庙、近代的教堂被拆得七零八落荡然无存,歌舞这种穷乡僻壤却像伍子胥似的逃脱了厄运。

申通、中通、圆通、韵达的创始人均出身贫寒农家,可仁、义、礼、智、信让他们有了融资渠道,实现了诚信成本的最低化。

"天下第一难"的事情——借钱,在歌舞乡反而变得容易了。散落在山坳的村子犹如一个个充满温情的鸟巢,村民犹如一家人,不论谁家杀猪,全村都有肉吃;不管谁家熬糖,村里孩子嘴巴都是甜的;有一家建房子,全村人都拿着各种各样工具赶去帮工。在村里,一人的事就是一家的事,一家的事就是村里的事。有人想做生意,全村倾囊相助,哪怕再穷的村子也能筹到几千元钱。

"抱团扎堆发展"是浙江农民文化的一大特点,也是弱势群体想做大做强,快速发展的必要抉择。这一文化特点不仅导致浙江的"块状特色经济"发达,也带来了成本与价格的竞争力。穷人自有穷人的智慧,农民有着农民的韬略。申通创业初期,夏塘村和子胥村的父老乡亲借钱筹款,呼朋唤友,抱团走出深山。聂家父子采取了联产承包制和土地租赁制的手段,把一座座城市像山里的荒地似的承包租赁了出去,让父老乡亲在承包的地盘打桩、开荒、播种、收获,自负盈亏。

申通借助加盟制得以迅速扩张,短短几年的时间就在各省市铺设数百个一二级加盟点,成为华东地区网络最完整、规模最大的民营快递企业。当时,申通的加盟与承包费很低,农民只要象征性地交点钱,在城里租间房子,安部电话,买几辆自行车,这个网点也就OK了。他们像一棵棵榕树,根须在城市里延伸,一旦站稳脚跟就向区县发展,建起一个个网点……

1997年6月,商学兵在杭州申通总部对聂腾飞说:"我想到下边做网点,想自己干,行吗?"

"行啊!"聂腾飞眼睛闪烁着兴奋目光。

两个月前,商学兵去上海找初中的同学陈德军,说自己想改行学做快递。

聂腾飞把他和邓德庚叫过去,让他们挑选建点的城市。聂腾飞说了几座城市,商学兵茫然地摇了摇头,这些地方对他来说太陌生了,一个都没去过,邓德庚选择了金华。聂腾飞又点了几座城市,听到"温州"两个字时,商学兵一下就春风拂面了。

"温州。"

商学兵去过温州,在那儿买过人力三轮车。

签协议交加盟费时,商学兵却在路上把钱丢了,一脸沮丧,两手空空地站在聂腾飞的面前,不知说什么好。聂腾飞二话没说,让妻子取出2000元钱,替他垫上。临别时,聂腾飞还叮嘱他好好干。

商学兵的网点开张后,生意冷清,何止是门可罗雀,冷清得简直连雀的影子都没有。他着急上火地枯守在出租屋时,聂腾飞坐着大巴风尘仆仆地从杭州赶来,不仅耐心指导他如何开展业务,还鼓励他好好干,钱是一定能赚到的。

商学兵的生意犹如凌晨的东方渐然泛亮泛红时,却惊悉聂腾飞车祸身亡。他万箭穿心,悔之肠断:"聂腾飞来时,我怎么没好好招待一下?"世上最宝贵的不是钱,不是权,而是机会。现在就是摆下满汉全席也请不来他了,没机会感恩和报答了。商学兵能做到的,只有年年清明节去给聂腾飞扫墓。

中通起步时,歌舞的"优质资源"已被申通、韵达和圆通三位大哥所占,中通只得降低门槛,加盟费降到1000元,而且不论是桐庐的,还是其他什么地方的都欢迎。这样一来,网络就变得复杂,鱼龙混杂,给以后的扣件埋下了隐患。

四、中国式的"使命必达"

"不计代价,使命必达。"是联邦快递的核心理念。他们认为快递是一种服务,服务就是使命。使命必达就是,不怕牺牲,排除万难,将快件按时送到客户手里。

1998年,美国宾夕法尼亚发洪水,纳克小镇像座孤岛被困在滔滔洪水之中。镇外的医生每周的周五要通过联邦快递把药品寄给镇上一位病人。药品到快递员杰克的手里时,这"最后一公里"已过不去。怎么办?天灾是不可抗拒的因素,他可以等洪水退下再去。可是,那样联邦快递就违背了承诺——使命必达。于是,杰克找来一个铁盆,把药品放在盆里。他一手推盆,一手划水,泅渡了过去,按时把药品交到病人的手里。

联邦快递将那年的"金鹰奖"颁给了杰克。

"三通一达"的许多快递员绝不比杰克逊色,按联邦快递的评奖标准,均该获"金鹰奖"。

2004年的一天,洛阳158厂要将一票1.25公斤的快件发往江苏泰州。厂方对洛阳中通的经理苏团喜说,这是重要的配件,必须在三天之内送达。

"请放心,保证按时送达!"苏团喜信誓旦旦地说。

几个月前,苏团喜从别人手里兑下洛阳中通,当时日业务量仅十来票。他骑着一辆破旧的自行车满洛阳取件送件。苏团喜为拿下158厂这个大客户,攻了好几个月的关。那票快件发出后,苏团喜用电话一路"盯着"。他对寄往华南、华北、华东地区的件放心,网络中这三个地区做得最好。那票快件走得的确不慢,次日中午就到了泰州,可是却没派送。

苏团喜打电话一问,傻了。泰州网点把件扣了。

苏团喜急得直跺脚,一遍遍地给泰州加盟商打电话,恳请他派送,实在不行就把件原路退回,对方却不予理睬。他只得垂头丧气地对厂方如实相告:发往泰州的快件被扣,估计三天之内送不到了,该赔多少钱赔多少钱,我认了。

厂方一听就翻脸了:你认了,我们不认!这是重要军工产品的配件,不可复制,多少钱也买不到。苏团喜一听就傻了,急忙给泰州打电话,你扣的是军工产品,延误了是要被送上军事法庭的,无论如何都要按时送

达。他答应给对方500元"辛苦费"。

那边不作声了，态度没那么强硬了。苏团喜把"辛苦费"加到1000元，对方仍不作声。

一小时过去了，两小时过去了。晚上8点多钟，苏团喜又打电话：我用5000元买回这个件。

对方还是不作声。

他对扣件人说，你我都是做快递的，知道包裹对快递人是多么重要。我要不惜一切代价拿回这票件，按照承诺准时送达。

在这之前，苏团喜遇到过一件倒霉事：一家中德合资公司将两个重100公斤的发动机模型发往孟买，收件方只收到一件，另一件在搬运的过程中被航空公司弄丢了！根据相关规定，航空公司赔偿车模公司100美元，可是丢失的模型价值人民币1万多元，苏团喜先赔付一半，还有一半，通过免费寄送包裹来偿还。

谁知那件事刚处理完就遇到泰州扣件，真是雪上加霜。他表示不论多难，信誉不能丢，承诺客户的就必须做到，不论发生了什么。

对方听了苏团喜的话，明白碰到把件当成命的主儿了，也许敬重这是条汉子，也许相信了他的承诺，当即表态：你不用派人过来了，我明天上午一定把那票件送去。

第三天上午，收件方如期拿到那票快件，苏团喜如约将5000元打给了扣件人。

雒成刚是甘肃省白银市中通公司的经理。2012年春节前夕的深夜，他开着网络班车从兰州返白银。车灯快速扫在高速公路的路面上，光线之外漆黑一片，无论是白雪覆盖的黄土高坡，还是凄凉的荒漠都被黑暗淹没。

半夜零点多钟，雒成刚的车下了高速，快要到家了，他舒了一口气，速度也减了下来。突然，对面车道驶来一辆打着远光灯的卡车，雒成刚被晃得什么也看不见了。那车过后，一辆轿车和一辆货车遽然出现在眼前，而且排停在路上。他急忙踩刹车，可是已经来不及了，车撞在轿车的尾部后，强大的惯性又将车甩出去，重重地砸在大卡车上……

那两个驾驶员被惊得目瞪口呆，反应过来后赶紧冲过去，从已变形的面包车里拽出浑身是血的雒成刚。双脚一落地，雒成刚连喷几口鲜血。可是，他什么也不顾，蹒跚地向散落地上的快件走去，每走一步浑身都在战栗。他的脚使不上劲儿，胸像刀戳似的，呼吸一下就痛得不得了，他却硬撑着把快件一件一件捡起来。几个快件重了点儿，他搬不起来，就用力去拖、去推。

"你不要命啦？"那两个驾驶员冲他喊道。

他们见他不予理睬，急忙过来帮他捡件。

110接到报警赶过来，交警见那辆面包车已被撞烂，倒吸一口凉气，看来这车上的人是完了，肯定没命了。可是，他走过去，探头往驾驶室里看，却没见到人。再看看地上，有一摊鲜血。

交警对着正在公路上搬快件的两个驾驶员怒吼道："这车上的人呢？"

交警能不火吗，不赶快救人还捡什么东西，那东西再贵重还有人命值钱吗？

突然，身后边的卡车底下传来粗重的喘息与微弱的声音："我，我在这儿呢。"

原来，雒成刚发现有几票快件落在卡车底下，钻到车下，将快件一件一件往外推。寒冬腊月，白银气温零下十几度，路面冰冷，寒气穿透棉衣，冻得他一个劲儿哆嗦。

当雒成刚灰头土脸地从车下爬出来，交警一看就笑了，他认识雒成刚："嘿，算你命大。我以为今晚要给你收尸呢。"

雒成刚笑笑，胸部的剧痛将他的嘴角扯歪了："不用收尸，这不还活着呢。"

在两个驾驶员的帮助下，散落在地上的快件一件不少地捡了回来，堆放在路边。雒成刚拨通一位员工的电话，让他马上过来接件。挂断电话，他发现一个浴足盆的收件人离出事的地点很近，于是就拨通了他的电话："抱歉，路上出了一点儿事故，你要是方便就过来把浴足盆取回去。"

120救护车来了，雒成刚却说什么也不走："我得等公司的人过来，把快件交出去。"

救护人员只得把担架放在地下，让雒成刚躺在上面。过往的车辆轧得地面轰轰作响，卷起的寒风扫在脸上像刀刮似的痛。他清楚自己伤势不轻，肋骨也许断了，甚至有生命危险。可是，他必须把快件交出去，在这堆件中说不定有客户急需的快递。

一对夫妇赶过来取浴足盆，他们看了看被撞得稀烂的面包车，又看了看躺在担架上的雒成刚，这人都撞成这样了，还想着浴足盆？

雒成刚说："不知盆摔没摔坏，坏了，我们照价赔偿……"

"都这时候还想什么浴足盆哪，赶快去医院啊……"那对善良的夫妇焦急地说。

雒成刚公司的员工赶来了，他放心了。救护车闪烁着蓝灯，急促地叫着向医院驶去。

"你不要命啦？踝骨骨折，还能走动；三根肋骨骨折，还搬东西？断的肋骨要是戳穿了肺部，你就没命了……"医生训斥道。

第二天，雒成刚术后，打开电脑查看那几百票快件，见全都签收了，没一件丢失或损坏。

五、决战"双十一"

2014年11月10日，"双十一"即将拉开序幕。

2009年，从互联网掉下一个节日——"双十一"购物狂欢节。2012年"双十一"，天猫的销售额创下191亿元，2013年又创下350.19亿元的新纪录。这是一个既让人爱得发疯、又让人恨得发狂的日子，有人称之"剁手党"狂欢节，有人称之"败家娘儿们"狂欢节。

"狂欢"也好，"剁手""败家"也罢，都离不开快递。有调查显示，2013年，"三通一达"已占有淘宝80%的份额。"双十一"不单单是购物的狂欢、电商的盛宴，还是对中国物流快递业的大考。2010年的"双十一"快件为1000万件，2011年为2200万件，2012年为7800余万件，2013年达1.8亿件。

对快递业来说，"双十一"犹如鱼汛，鱼群将排山倒海而来，这又是一场恶战，会累得两腿绵软，眼睛红得像兔子，看到太阳就流泪；手指磨得碰到哪儿都火烧火燎地痛，装卸货、写大字、扫描、打包，不论干啥手指都要跟快件亲密接触……

时针，终于指向午夜零时，阿里巴巴总部的数字屏幕上，不断地跳出数字：75秒1亿元；3分钟10亿元；38分钟100亿元，24时，天猫销售额达571.12亿元，2.78亿件，南到智利，北到格陵兰岛，远至乌拉圭，全球217个国家和地区。京东、唯品会、苏宁易购等其他电商的交易额，也有大幅攀升。

境外媒体以"疯狂"来形容这个节日。美国《福布斯》说："忘掉黑色星期五和网购星期一吧，中国的光棍节才是全球最大的网购狂欢！"

法新社称，中国"双十一"的销售额已超过美国感恩节、"黑色星期五"和"网购星期一"三大网上购物活动的销售总和。

美国《环球邮报》称，超过2.7万个品牌和商家参加了"双十一"活动，大约200个国家和地区的消费者加入这一购物狂欢中，阿里将"双十一"变成了全球购物节。

可绕地球赤道四周半的5.86亿个包裹要送往中国及全世界200多个国家和地区，一场快递大决战就此拉开大幕。

24时，由国家邮政总局发布的各大快递公司的榜单随之产生——申通：3050万；圆通：2532.6万；中通：2420万；韵达：2058万；百世汇通：900万……

"'双十一'谁都怕亏损。人力工资高，货又多。"陈佐毅说。

大溪地"双十一"业务量比平时翻三番，收件与派件加在一起要3000票左右。陈佐毅提前20天就备足了面单，提前一天派人到网店摸底，送面单，了解情况。

在新都的"三通一达"中，李黎投入最大，仓库面积2000平方米，哪怕业务量翻个五番、六番也不会出现爆仓，其他快递的仓库面积顶多600平方米。李黎可以底气十足地在电视做滚动广告，在开发新区开了三个门面……

"总公司给我们开会，说'双十一''双十二'多么可怕。我说越是可怕，越是赚钱的机会。"徐明说。

这几年，他成了"双十一"的弄潮儿，2012年的"双十一"，他借机发力，两个月赚了20多万元，买了一辆轿车；2013年的"双十二"，他买下了武清中通。

2014年一过完春节，徐明就开始招人，要手快、腿快和嘴快的，这样的人才能确保送件快，取件快。徐明一下子就招了20多人，为"双十一"准备4个快递员，紧张时，他和老爸再冲上去，这就等于多出6个人了，这样一来，不论谁家缺人，他家都不会缺人了。

"双十一"必须要冲得上去，关键的时候是绝对不能掉链子的。前一年"双十一"，和平二部那片"三通一达"的其他三家，一家换老板，新老板人生地不熟；一家三个股东闹矛盾，有个股东带6个精明强干的员工"转移"了；还有一家人力严重不足，累趴下了，三四千票件堆在门口……

机会来了，徐明把他们来不及收的件统统都给扫了。

有一个淘宝客户，业务做得很大，是那一片的No.1。徐明做梦都想把他挖过来，可是人家用的是"三通一达"的另外一"通"，说什么也不肯换快递。徐明摸清了，那"通"每票收7元钱，他给那客户6元，少1元，这有多大的诱惑力？结果人家却说，那"通"好，你们不好。

徐明这人执着，盯上不放，没事就过去坐坐，聊聊天。"双十一"前，那客户主动上门，说过去"三通一达"总换快递员，现在那三家开始换老板了，还是你这儿好。他终于选择了徐明。

"双十一"的序幕一拉开，火药味就弥漫开来，越来越浓。徐明的武清公司一下子蹿到8000多票，他的和平二部蹿到6000多票，两边加一起就是1.4万票！徐明守在仓库那边，他的手机可以看公司的监控，发现情况及时处理：他的老爸和老妈坐镇和平二部，他的岳父岳母和小舅子盯在武清……

"你们怎么弄出这么多件？"管库的阿姨对徐明的印象不错，见面就说。

"武清那边是处女地，别人不敢开发，我开发出来了……"徐明得意地说。

"件太多了，累死人了。"那位阿姨说。

徐明何等精明啊，立马跑出去买回一大堆饮料，分发给大家。

"辛苦，辛苦，帮忙装一下车，我给加班费。"

徐明总是能把不可能的变成可能，把不现实的变成现实。你看，人都累得像一摊泥了，还得挣扎着帮他装车。

"有钱花在刀刃上",驾驶员往和平二部拉一趟货,徐明给补贴100元;往武清那边拉一趟,补贴150元。驾驶员一天下来,补贴费就有1000来元钱,能不玩命干吗?快递员和客服人员也不少,每天补贴100元,伙食费增加10元。这样一来,积极性上来了,仓库4点半上班,快递员6点半开工……

几天下来,驾驶员和码车工都脸黑黑的,要撑不住了。徐明让驾驶员去睡觉,租车拉件,拉一车给450元。码车工即装车工,件要码得严严实实,否则不仅装得少,还容易损坏。码车最累的是腰,几天下来腰都要累断了,徐明掏出一张按摩卡,让他们去按摩。

"你对我有意见吗?我全靠这几天赚钱呢。"驾驶员说。

徐明还能说什么?那就继续拉吧。

"这两天,我得干。"码车工也不开心了。

"你年轻,不要把腰给毁了。"徐明说。

码车工累腰,快递员累腿,那两条腿像没了似的,说什么也找不到了。三年前,申通的一个快递员跟徐明说,他一天送300票。徐明说,吹牛吧!他现在知道了,人家根本就没吹牛。他下边的快递员最多送800多票件。那得多少?几十个麻袋!派件费一票一元,那个快递员一天光送件就赚800多元。"双十一"是可怕又可爱。

快件的第一个洪峰抵达新都时,是"双十一"的第二天,20分钟一辆车,快件像山丘似的大浪涌来,又像山丘似的大浪涌去,平时收件2万多票,派件4000多票,这段期间收件蹿到了10万票,派件达到1.4万票!

建包工从上午9点钟就忙开了,要建到半夜11点多钟。所谓的建包就是把运往同一目的地的快件打成一个大包。库房堆放着十几件方便面、八宝粥和矿泉水,饿了就吃,渴了就喝,累了却不能歇。建包要不断地弯下直起,特别累腰,没干过的人不到一小时就直不起腰,或直起来弯不下去。这样起早贪黑地干,专业建包工也受不了,受不了也得咬紧牙关撑着,实在撑不住了,拽过一块纸板倒在上面,或躺在板凳上袋子上休息十几分钟。

李黎看不下去了,下令休息一小时。一小时,那是60分钟,3600秒,谁肯这么奢侈,休息那么久?他们小憩一下,爬起来接着干。

业务员像蚂蚁搬家似的不停地送件收件。人多难免手杂，手杂难免出错，有两个郫县的和温江的，分拣错了，分到别的地儿了。

"你们干吗的？我今天要坐飞机啦。"客户在电话里喊道。

李黎派人把分拣错的件取回，直接送过去。从新都到郫县三四十公里，到温江要50公里，为一票件就跑一辆车。

大溪地，前四天的重点是收件，后四天的重点是派件，快件像大海的波浪，一波接一波地上来，车一到就得卸货、分拣、派送……

17日，台州地区的两辆班车晚点，下午1点钟才到，库房一下堆满，下午没法取件，取回来没处放，只得跟客户商量，今天的件可不可以先不取，待把这批到件派送完。

客户都很谅解："你们辛苦了，累惨了。"

用陈佐毅的话说，我们跟客户的关系好得不得了。网点下边有6个牵头的大客户，还有16个小据点。小据点即路边小超市，分散在16个村落。快递员把大件送到家，小件送到超市；村民有件要发也送到超市，快递员也就不必挨家挨户取件送件。

关系在处，两好轧一好。陈佐毅总叮嘱快递员，每次去买一瓶水，或买包香烟。哪怕有水有烟也要买。你买了水，喝不掉带回来大家喝，钱我拿。买大米和油，今天这里买点儿，明天那里买点儿，没关系的，钱我拿。这样的话，小店店主见到你就像看到财神爷一样。不能一个月给超市多少钱，那成生意了，他甚至会觉得钱少，不会用心给你管。要有人情味。油盐酱醋茶，逮着就买。要谈感情的，不是金钱交易，完全是两回事。

迟到的那两个件，当晚八九点钟全部送完了。第二天一早，陈佐毅领着他们全力以赴收件。

陈佐毅说，做快递必须过得了"双十一"这道坎儿，吃不了苦不行，贪生怕死不行。平常没干过这个活的人，见这么多的件会形成心理压力。招快递员的时候，就跟人家讲清楚，一年有两个加班，"双十一"和"双十二"，同意，留下来；不同意，就不要做。"双十一"期间，一天每个人加100元薪水，挺过这两个节，每月加200元奖金。

白银这时已进入冬季，气温降到零下20度左右，白银中通却热火朝天。收件猛然暴涨，冲到1000多票。第四天，派件的洪峰涌来，蹿到5000

多票。他们有15个员工，又招12个临时工，仍紧张得拉不开栓，所有人员吃住在公司，起早贪黑地干，一天最多睡三四个小时。

经理雒成刚说："没想赚多少钱，想把任务完成，确保不压货。"

这像抗洪一样，是一场大决战，动员大会开了三次，严防死守，决不压货。雒成刚跟兰州中通保证，员工跟他保证。

洪峰一次次涌来，没见过这阵势的人别说干活，吓也吓得两腿像煮烂的面条似的发软，扛包什么也不拿都站立不住。可以说，凡是能在"双十一"坚持下来的人都称得上好汉。

27岁的强小龙是好汉中的好汉，一天送300票！人家还是读书人啊，在白银中通数他读书多——正儿八经的大学毕业生。最紧张时，他家男女老少齐上阵，"全民皆兵"，除刚刚三个月大的孩子之外，父母和老婆都过来帮忙。强小龙负责的片区既大又偏，其他快递都不肯去的地方，他却坚守在那里，而且所有件都送。白天送不完就晚上送。白银的冬季天很短，似乎过午没多大会儿就黑了，他深一脚浅一脚地送件。有时，他敲门，人家睡了，穿着睡衣来收件。他还乐于助人，有的小区桶装水送到楼下，不负责送上楼，见到老人或女人拿不上去，他就帮忙给扛上楼。给公司打电话表示感激他的人特别多。

"双十一"有急件怎么办？雒成刚考虑周到，专门抽出一个人来，骑着摩托送急件。有个外地客户要带一份重要文件坐上午9点多钟的飞机去北京，那个文件却不在手里。在哪儿？快递的路上，确切地说在网络班车上。7点钟，班车在翘盼中抵达，可是要在800多票快件中找到这票件绝不是件轻而易举的事。雒成刚对客户说，我们竭尽全力找，来得及就给你送去，来不及就给你转递至北京，保证不耽误你的事。

时间在一分一秒地向9点钟靠拢，网点上下十几号人快速地分拣着，查找着。

8点半钟，那票快件找到了，那位专递急件的快递员骑上摩托风驰电掣地向宾馆赶去。赶到时，那位客户已退完房，拎着行李走出来，正准备上车出发。

客户激动了，这是在"双十一"啊！快递员忙得连喝口水的时间都舍不得，却在那堆积如山的快件中，把他要的这票信件找到了，送来了。他带着这份大西北的温暖上路了。到了北京,他打来电话,千恩万谢。

晚上7点多钟,一位年逾不惑的女画家上门来,要发一个长度超限的"大件"。网络规定件的长度不能超过2米,她那个件偏偏超了10厘米,这么紧张的时候,她要寄这个,这不是添乱吗?她说,找过顺丰,找过申通,找过圆通,找过德邦,找过EMS,人家都不给发。你们是最后一家了。这幅画已画20多年,好不容易有参展机会。她说着说着眼泪就涌下来。

雒成刚是个性情中人,哪里受得了这个?

"你碰到这个机会不容易啊,我给你发,哪怕罚款我也认了。"

画家如释重负地笑了,瞬间她的事就变成他的事,他清楚违规是要罚款的。

雒成刚被罚200元钱,他被罚笑了,损失200元钱换来她20多年才有一次的机会,值得。

她给他发来短信,画入围了,说感谢他。他激动了,把短信一遍遍地读给员工。

"我们是要挣钱,遇到特殊情况还是要帮的,你说是不?"

谁说不是?做快递要讲情讲义。

远在新疆的罗云说:"洪峰"16日抵达新疆,寻常日子的业务量是2万多票,"双十一"高峰时达到11万票。其他快递都爆仓了,只有我没爆,为此,新疆邮管局表扬了我们。我们在年初就做好了充分的准备。我们每天干十七八个小时,直到30日"双十一"结束。

2014年"双十一",徐明不仅又捞了一笔钱,他的武清中通也升值了,15万元买的,现能卖几百万元了。

李黎的新都中通,业务量比新都申通与圆通之和还多,韵达也只有申通的一半。笔者问他,你的公司值多少钱?他毫不犹豫地回答:"无价。"

(原载《北京文学》2015年第10期)

★ 作者简介

朱晓军,男,1955年生,沈阳人,教授、一级作家,在报刊发表作品约300万字，先后荣获鲁迅文学奖、新中国六十年优秀中短篇报告文学奖等奖项。

杨丽萍，女，中国作家协会会员，家庭期刊集团总编辑，浙江工商大学兼职教授、硕士生导师。先后荣获徐迟报告文学奖、浙江省"五个一工程"奖、北京文学奖等奖项。

作品赏析

《快递中国》是朱晓军、杨丽萍合作的一部优秀作品。2015年10月发表于《北京文学》。

本书以中国民营快递公司"三通一达"（申通、圆通、中通、韵达）的发展为脉络，揭示了这几家快递公司从创办到崛起并创造传奇的故事。作品立足当下，敏锐而精准地捕捉到两个发展时段的背景：一个是1993年中国民营经济起步阶段，一个是21世纪新媒介语境下电子商务的迅猛发展期。中国当代史上这两个划时代的时间点决定了中国民间快递业的命运：前者催生了中国民间快递业的破土，后者使草根阶层释放出巨大的生命活力。朱晓军、杨丽萍凭借自己的历史敏感和现实敏感，对此做了精准的再现与剖析。

报告文学的"核心"究竟是"新闻性"还是"文学性"？事实上，文学性的要义不是具体的手法和手段，而是文学所蕴含的文学理性和对于"人"的关切。高尔基说"文学是人学"，报告文学也要把"人的命运"放在重要位置。朱晓军、杨丽萍这部作品之所以具有丰富的艺术魅力，一个重要原因就是对于人的命运的观照而洋溢的人文关怀。这些草根底层之所以能够成功，在于"草根文化"蓬勃葱郁的生命力，它既接续了传统文化中的"仁、义、礼、智、信"，体现了家族文化和宗族文化，也包含了底层天然形成的情义江湖、精诚互助等民间文化，书中的家庭伦理和孝心亲情读来令人动容，既彰显出传统美德的延续，又显示出新农村建设中的道德形塑。

朱晓军、杨丽萍的《快递中国》显示出报告文学的文体品格——鲜明的文学理性。《快递中国》从快递团队的日常生活出发，包括他们的喜怒哀乐、滚打摸爬，又深蕴着关于时代的宏大叙事，抵达时代高度。日常生活的真切与感动，时代理性的议论与思考，紧密结合。作品以赖梅松、陈德军、聂腾飞、喻渭蛟等创办的中通、申通、圆通、韵达四家公司，设计了四条相互交织的线索，网状艺术结构有条不紊，既有栩栩如生的存在感、跌宕起伏的人物命运感，又显示出历史腠理的发展走向。朱晓军、杨丽萍正是凭借强大的文学理性，对快递中国这一现象进行了透视。他们对于文学理性的追求，也是20世纪80年代全景式报告文学的理性精神在现时代的一次成功回归。

首草有约

|李青松|

深山无闲草，闲草也是药。

何谓药？与草有约，谓之药。

——采访札记

一

古代量器，从小到大，依次为：龠、合、升、斗、斛。

怎么计量呢？——二龠一合，十合一升，十升一斗，十斗一斛。斛，乃最大的量器了。

在古人看来，人的身体就是一个容器。身体羸弱即是容器空虚了，需要补之，填之，充之，使其满盈，继而强健。用什么补？用什么填？用什么充？还用问吗？当然是用规格最大的量器了。

石斛，不过是自然界的一种草，古人却用最大的量器来命名，可见，此草在古人心里的地位了。那意思是少于十斗米不换的草，一斛相当于十斗嘛！——相当于珍贵呢。事实上也确实珍贵。石斛这种东西往往生长在深山悬崖峭壁上，要得到它，可不那么简单。采药人攀爬过程中稍有不慎，就有跌入万丈深渊的危险。

黔西南山区，鬼魅般的喀斯特地貌，变幻莫测的气象，加之丰沛的雨水、弥漫的雾气，使得乔木、灌木、竹藤、草等植物在这里疯长。在这里，石斛是某些人的重要经济来源。

　　崖壁上晃动一个人的身影。他叫贡嘎，背着背篓正在那里采草药。他今天的运气不错，采到了一丛黑节草。贡嘎有些兴奋，心怦怦跳——因为一丛黑节草，就等于是一叠厚厚的钞票。

　　贡嘎的儿子高考刚刚结束，听老师的口风，儿子被民族师范学院录取应该不成问题。虽说学师范费用低，但总还是需要一些费用的。怎么说也得给儿子买件新衣服，还有脸盆、牙具之类的生活用品。他得迅速赚来儿子上大学的费用。攀爬崖壁采草药是很危险的，寨子里已有多人为此丧生。不过，在贡嘎看来，自己的这次冒险还是值得的。

　　下到崖底，贡嘎取下背篓，用一团苔藓小心翼翼地把那丛黑节草包好，轻轻按了按，重新放回背篓里。他不经意地觑了一眼崖壁，心里忽然又生出一种怅然的感觉——黑节草越来越少了。

　　贡嘎是个黑脸膛的布依族汉子，识字不多。贡嘎说，他从九岁就跟阿爸攀崖壁采黑节草，今年再有两个月就满五十岁了，采药采了四十多年，采到的黑节草汇集到一起，能堆成一座山了吧。他嘻嘻笑了。贡嘎说："小时候，阿爸就跟我讲，采黑节草不能挖绝，要挖一半留一半，留着过些年再来采。人不能把事做绝，弄绝了，下一代采什么呢？"

　　有人告诉贡嘎，黑节草是国家法律保护的珍稀植物，禁止挖采了。非法挖采要蹲局子的呢。

　　什么？蹲局子？——贡嘎的腿突地抖了一下，瞪大惊愕的眼睛。

二

　　黔地民间，把铁皮石斛称作黑节草。

　　尽管铁皮石斛属于稀有之物，身价不菲，但它从来都很低调，不张扬，无锋无芒，悄无声息地蛰伏在背阴的潮湿之地，守望着承诺和信念，与其相伴的是石砾、枯木、落叶、露珠和唧唧虫鸣，还有苔藓、杂草、薄雾和满天星星。

从生物学角度来说，石斛的生长具有附生性和气生性，也就是说，它不是独立存在的，而是附着在石头或者树体上，通过根系吸收空气中的养分及自身的光合作用，来维持生长。石斛的生命力极强，采回的鲜条，在自然条件下，至少三个月以上的时间才能脱水。次年，石斛干条只要喝饱了水，就会睁开眼睛，伸展经络，舒展筋骨，昂扬饱满地发芽开花，生长出新根。

石斛作为药用最早见之于秦汉时期的《神农本草经》。屈指算算，距今有几千年的历史了。《神农本草经》中对石斛是这么描述的："味甘，平，无毒。主伤中，除痹，下气，补五脏虚劳，羸瘦，强阴，久服厚肠胃。轻身，延年，长肌肉，逐皮肤邪热，痱气，定志除惊。"此书用词极讲究，"中"为何意？内脏也。能用一个字说清的，绝不用两个字，该用两个字才能表达准确的，绝不少一个字。寥寥数语，把石斛的功能和应用范围说得清清楚楚了。

再看看李时珍《本草纲目》是怎么说的。

《本草纲目》载道："石斛丛生石上，其根纠结甚繁，干则白软，其茎叶生皆青色，干则黄色，开白花。结上自生根须，将其折下，以砂石栽之，或以物盛挂屋下，频浇于水，经年不死，俗称'千年润'。气味：甘，平，无毒。"

李时珍不惜笔墨，连怎么栽植、挂在什么地方、怎么浇水都告诉后人了。尽管如此，李时珍还是没有写清楚，那石斛到底是什么石斛呢？能入药的石斛可有几十种哩。不过，依照他的描述可以判定，他笔下的石斛应当是铁皮石斛了。

据说，道家有一部典籍叫《道藏》，列出了"九大仙草"。排名为：

　　铁皮石斛
　　天山雪莲
　　三两重人参
　　百二十年首乌
　　花甲茯苓
　　肉苁蓉

深山灵芝

海底珍珠

冬虫夏草

铁皮石斛名列魁首，具有至尊的地位。铁皮石斛，因表皮呈铁青色而得名。茎丛生，圆柱形，肥壮饱满。长茎着花时略弯垂。叶三至五枚，常互生，呈两列，生于茎上部结节上，长圆披针形，先端钝而略钩转，边缘和中脉淡紫色。花序生于无叶的茎上部结节，有回折状弯曲，花瓣或淡黄色，或黄绿色，或白色。

石斛，兰科植物中的一个大家族。它的种类很多，全世界有一千五百多种，我国有七十六种。秦岭以南诸省区都有分布，尤以云南、贵州、四川、广西种类最多。生长在人迹罕至的悬崖峭壁上、崖缝间，常年饱受云雾雨露滋润，集天地之灵气，吸日月之精华。

资料显示，我国的石斛能够入药的有五十一种。《别医名录》曰："七月、八月采茎，阴干。"石斛以茎入药。"三月茵陈四月蒿，五月砍来当柴烧。"这句话的意思是，采药要按时节进行，不按时节采药，那药就跟柴火没什么两样了。采石斛的最佳时节是七月或者八月，入药的是茎，而且要阴干，不是晒干。中药材的哪个部位入药很有讲究，部位不同药效不同。就说当归吧——当归头止血，当归身补血，当归尾破血（催血）。一般来说，入药的石斛，是专指生于岩石及其缝隙间的石斛。石斛石斛，生于"石"的斛，才是石斛嘛。而附生于树木之上的石斛属植物，称之为木斛。石斛与木斛有什么区别呢？李时珍曰："石斛短而茎中实，木斛长而茎中虚。"一短，一长；一实，一虚。看来，二者还是很容易区别的。

木斛可不可以入药呢？还是翻翻药书典籍吧。

《本草图经》曰："惟生石上者胜。亦有生栎木上者，名木斛，不堪用。"而《本草经集注》则曰："生栎木上者名木斛，其茎形长大而色浅……今始安亦出木斛，至虚长，不入丸散。惟可为酒渍，煮汤用尔。俗方最以补虚，疗脚膝。"

一说不能入药；一说不能搓药丸子，但是泡酒喝，煮汤吃还是可以的。可是，用木斛泡的酒，用木斛煮的汤算不算药呢？严格说，还不能算，只能说是药酒和药膳，至多算是滋补品吧。

道家有"吃铁皮石斛成仙"的说法，按照此说，民间广泛流传的汉钟离、张果老、韩湘子、铁拐李、曹国舅、吕洞宾、蓝采和及何仙姑，莫非都是吃了铁皮石斛才得道成仙的吗？然而，这毕竟都是神话传说，不足为信的。但是，在民间，铁皮石斛的确又有"还魂草"一说。有谁奄奄一息快不行了，然后吃了铁皮石斛，就如何如何了，铁皮石斛似乎确有一种无法说清的神力。

在黔地民间，小儿发烧，目赤肿痛，虚火牙痛，用铁皮石斛退烧止痛倒是很常见。特别是退烧的效果明显，对各种原因引起的发热，只要将铁皮石斛捣碎，和水吞服，不消半个时辰就可起到退烧作用。

我没试过，姑妄言之，姑妄听之罢了。

三

"取茎舍花"——这是一个错误。

过去，受传统药典的影响，人们只盯着铁皮石斛的茎了，而花，一度被药学界忽略了。

花，正在归位。

近年来，铁皮石斛花的药用功能也被人们逐渐认识。据说，铁皮石斛花有解郁的功效。能使人心情开朗，缓解精神压力。某诗人和某杂文家，都是因抑郁症无法解脱而自杀。一卧轨，一自缢。他们生前没找些铁皮石斛吃吃吗？不得而知。若常吃吃，或许不至于是那样的结果吧？唉，可惜了！——他们坚实的文字和横溢的才华。

我在黔西南走动时，吃过的一道菜，印象深刻。

那是一顿会议（推进中药材产业发展会议）工作餐，当时，大家都吃得差不多了，服务员却又端上来一道菜。大家一看不以为然，无非什么东西炒鸡蛋嘛！便没有几个人动筷子。我用筷子夹起，尝了一口，又香又脆，口感和味道都很特别。我问服务员这是什么炒鸡蛋呀？服务员回答，铁皮石斛花炒鸡蛋。大家闻之，呼啦一下全都抄起筷子，一盘铁皮石斛花炒鸡蛋瞬间只剩下盘底的油珠珠了。

事实上，品尝这道菜也是那次会议的内容之一。只不过，事先没有告诉大家而已。

在场的一位药学专家说，患有抑郁症的人，长期食用铁皮石斛花能够减轻或消除抑郁症状。大家听后都笑了，说为了不得抑郁症，能不能再来一盘铁皮石斛花炒鸡蛋啊！服务员闪到身后只是笑，不语。

当然不语。有人说："好家伙，说得轻巧，你们吃得起，人家还做不起呢！知道一斤铁皮石斛花几多价格吗？"

"几多？"

"……"

"啊！"

四

每个女人都爱美。每个女人都有一个梦想。

武则天是最把颜值当回事的女人，到处求秘方，求长生不老药。当朝御医叶法善精心研制出了一个由三味药材配制的秘药，武则天照方子日日服用，从不间断，时间长达五十年之久。虽每日朝政千头万绪，但武则天依然精气神十足，光彩不减。

秘密何在？

当然与那秘方不无关系。秘方后来解密，那三味药分别为：其一，藏红花；其二，灵芝；其三，就是铁皮石斛了。

"药王药王，身如星亮，穿山越谷，行走如常，食果饮露，寻找药方。"——这个药王就是孙思邈。

孙思邈尝百草，著作亦甚丰，以《急备千金要方》《千金翼方》最为著名。他还注重养生，对铁皮石斛偏爱有加，并以此作为自己的养生之本。据说，孙思邈还专门为武则天炼过仙丹。那仙丹里的成分有没有铁皮石斛呢？"药王"一生历经多个朝代，一说活了一百零二岁，一说活了一百四十一岁。不知哪个说法准确，反正超过百岁是可以肯定的了。或许，孙思邈长寿的秘诀就是长期食用铁皮石斛吧。生嚼，鲜的——吧唧吧唧吧唧。

史料记载，乾隆爱吃铁皮石斛炖的汤，主要是铁皮石斛炖的排骨汤。不说天天吃吧，但三天两头吃是言不为过的。朝廷为他八十岁的寿辰举行庆祝活动，邀请两千名超过百岁的长者出席国宴。乾隆高度重视此事，亲自审定菜单，见菜单上没有铁皮石斛炖排骨汤时，断然提笔加了上去——如此盛大的筵席，怎么可以没有铁皮石斛炖排骨汤呢？

光绪二十二年，李鸿章出使英国，时年已经七十四岁。当时的大清国处在内忧外患中，临行前的李鸿章患有严重的哮喘病，咳喘连连，头晕眼花。这怎么行呢？怎么说也是代表着大清国形象啊！慈禧把自己日日服用的秘方赐给李鸿章，说爱卿啊，你照方子把这六样东西泡水煲汤，一路服用，到英国之前一准会好的。李鸿章照方子做了，果然有效果——咳喘止住不说，睡眠也好些了。李鸿章大赞其妙。

那方子上的六样东西都是什么呀？——铁皮石斛、阿胶、灵芝、燕窝、龙眼肉、茯苓。瞧瞧吧，又是铁皮石斛列首位。

到英国后，李鸿章将随身带来的铁皮石斛作为国礼送给伊丽莎白女王（当然，自己服用的得留够）。女王服用后感觉也非常好，请李鸿章带话对慈禧表达谢意！从此，铁皮石斛成了英国王室的养生奢侈品。

随后，英国的一些传教士、植物学家、医生来到中国，在西南山区以传教或行医为名，寻找采集铁皮石斛，蓝眼睛贼溜溜地可劲儿往那悬崖峭壁上瞄。"植物大盗"威尔逊在中国西南从事盗采活动长达十二年时间，盗采植物四千多种，漂洋过海，分批运回伦敦。其中不乏铁皮石斛、珙桐、绿绒蒿等珍贵稀有植物。当然，盗采也是要付出代价的。在岷江河谷，威尔逊遭遇山体塌方，右脚被石块砸断。一个月后等他到上海医治时，伤口严重感染，右脚落下终生残疾。大自然总要给盗贼点颜色看看的。

还有头发卷曲、鼻孔挺阔的药剂师出身的福雷斯特，长年行走于怒江流域，一边假意为山里人接种天花疫苗，一边收集盗采珍稀植物。据说，光是杜鹃科植物就有上百种。自然，女王喜欢的宝贝东西——铁皮石斛是万万不会漏掉的。只不过，说出来的都是无关紧要的，要紧的，从来都是说出来的很少或者压根就不说了。

也许，与李鸿章那次带铁皮石斛出使英国不无关系，欧洲人比中国人自己似乎更能认识到铁皮石斛的价值了。上世纪六七十年代，一公斤铁皮石斛可以从欧洲换回十二吨小麦。

十二吨小麦能养活多少人呢？算算就知道了。

五

为了寻访铁皮石斛，也为了探求铁皮石斛与那片山林的特殊关系。猴年六月，我走进了大山深处那个童话般的山寨。

这是一个依山傍水的布依族村寨。全寨九十三户四百一十二口人。房子是干栏式吊脚楼，稀稀落落，散布在山坡翠竹丛中。吊脚楼全系木质结构，木料多为杉木或者枫香木。底层中空，上立屋架，两头搭偏厦，顶上盖青瓦或陈年杉皮，三间五间不等。

"人须栖其上，牛羊犬畜栖其下。"——也就是说，楼上住人，底层养牲畜、家禽，置农具，设舂碓、碾坊等。这种原生态的建筑，既可防蛇防虫防猛兽之害，又可避免潮湿，采光、通风也不错。实用淳朴的格调中，透着布依族人生存的智慧。

寨口，有几棵高大的古青冈树撑起一片天，翁翁郁郁，气象万千。树枝上间或挂着红布条，随风摇曳。

近年，这个寨子因种植铁皮石斛而日渐闻名遐迩了。

山寨位于滇黔交界处的南盘江右岸，海拔在七百至一千米之间，森林资源丰富。独特的地理位置，使得这里每年有六个月时间大雾弥漫，空气湿漉漉的，特别适合铁皮石斛生长。

偏巧，我来的那天却是晴天。站在山顶放眼望去，大片大片的森林覆盖了山岭，起起伏伏，郁郁葱葱。到林中仔细观察发现，很多青冈树上似乎缠着一圈一圈的东西。询问之，答曰：那是种植的铁皮石斛。原来这是铁皮石斛一种仿野生的种植方式。

说话间，林中闪出一位背着背篓的布依族大眼睛女子，正往背篓里采着什么。只见她上穿着蓝色对襟长衫，下穿百褶长裙，头上包着青色头巾，银耳环叮当作响。细看看，对襟长衫的领口、盘肩、袖口、衣角皆有织锦图案。大眼睛女子叫蒙阿妹，往背篓里采的东西就是铁皮石斛。蒙阿妹原在深圳打工,两年前的春节,回家过年,就再也不去深圳了。因为一家石斛种植公司就在她的家门口,在家门口打工一个月也能赚三千多块,不比去外面打工赚得少,何必还要去深圳呢。

于是,蒙阿妹就给深圳那边的姐妹打了个电话,把深圳宿舍里自己的被褥、衣物打成一个包,快递回来了。

"还是在家门口打工好,花费少,还能照顾家里老人和孩子。"蒙阿妹一边采着石斛鲜条,一边抬头对我说。

我问:"这鲜条采回去怎么处理呀?"

蒙阿妹:"要先晒干,然后炮制加工成枫斗。"

"什么是枫斗啊?"

"就是螺旋形的小球球。"蒙阿妹用手指比画着,咯咯笑了。

这时,石斛专家罗晓青闻讯赶来。罗晓青从事石斛研究已有很多年的历史,发表过一些石斛生境及种植技术方面的论文。

我问罗晓青:"石斛为什么要种在青冈树上呢?"

罗晓青:"并不是只有青冈树上才生长石斛,杉木、枫香树、黄角树、油桐、槲栎、樟树、乌桕上都可以长,只不过在喀斯特地貌的山区青冈树更适合罢了。"罗晓青取下挎着的相机,啪啪啪连拍了几张石斛丛生的照片,接着说,"铁皮石斛与青冈树有一种天然的依存关系。"

"何解?"

罗晓青拍了拍身边的一株老青冈树说:"这种树树皮厚,营养丰富,含水多,裂纹深,透气好,无杂菌,保湿。附生的铁皮石斛种上去,发根旺。"罗晓青顺手掰下一小块儿树皮说,"更主要的是青冈树喜欢生长于微碱性或中性的石灰岩土壤上。"

"这跟铁皮石斛有什么关系?"我问。

"青冈树吸收的营养成分,正好也是铁皮石斛喜欢吸收的营养成分。不过,石斛不是从石灰岩土壤里直接吸收,而是通过自己的根系从空气、雾气和水分中吸收。"

我听得瞪大眼睛,差点忘记掏出小本子记下罗晓青说的话。罗晓青兴致颇浓。他说:"青冈树还能预报天气情况呢!"

"怎么预报啊?"我很好奇地问。

"正常天气，青冈树的树叶呈绿色，但一旦突然变红，就意味着此地一两天内必要下一场大雨了。"罗晓青说。

"这是什么原理呢？"

"青冈树的树叶叶片中所含的叶绿素和花青素是有一定比值的。长期干旱，即将下大雨之前，强光闷热的天气，使得叶绿素的合成受阻。而叶绿色和花青素是一种此消彼长的关系，在叶绿素弱势的情况下，花青素就呈现出强势状态，体现在叶片上就是红色。"

"长见识，长见识。"我说，"那就可以根据青冈树的树叶变化情况，打理种在树上的铁皮石斛呀！"

"是的，既要保湿、透气、增加营养，也要防虫防病、防止烂根。"罗晓青用盖子盖上了长焦相机镜头说。

其实，在自然界里，植物与植物之间，植物与动物之间，植物与微生物之间，甚至与细菌及空气之间，都存在一种微妙的联系。

听了罗晓青的讲解，我隐隐约约有点明白，当地布依族人为何要给寨口的古青冈树挂上红布条，每年六月六都要祭拜敬奉了。

罗晓青还告诉我，他在一个叫冷洞的悬崖峭壁上种植铁皮石斛也取得了成功。我说，好啊，石斛石斛，石斛不能离开石呢！冷洞是黔西南一个村寨的名字，那里是罗晓青的原生态铁皮石斛回归保育基地，光是悬崖峭壁上种植的铁皮石斛就有一千多亩呢。

六

不能不提黄草坝。

因为黄草坝是地球上唯一以石斛命名的地名。此地，后来设县。提出设县建议的那个人，名气很大。纵观他的一生，他从未提出别处设县的建议。仅此一次，仅此一处。

那个人叫徐霞客。

那个地方就是现在黔西南的兴义。兴义之前叫黄草坝，其名始于明代天启年间，因此地盛产黄草而得名。黄草是什么呢？——就是石斛呀。兴义出产石斛十六种以上。黄草是布依族人的叫法。

兴义是当之无愧的石斛之乡。就野生石斛的产量和品质而言，当年，全国没有哪个县能超过兴义的。早年间，兴义每年收购的黄草都在三十五担（每担五十公斤）左右。一九五一年二十担。一九六四年是最高的年份——五十担。之后，一直是每年二十担，到上世纪九十年代初期，黄草越来越少，黑节草（铁皮石斛）和金钗（金钗石斛）几乎绝迹。

黄草坝的山以陡峭、高耸见奇。因之奇，徐霞客来了。

"透峡出，始见东小山南悬坞中，其上室庐累累，是为黄草坝。"显然，徐霞客是乘木船渡过滇黔襟带相接的界河——黄泥河，而来到青山环抱、碧水穿流的黄草坝的。在这里，徐霞客写下了字数不菲的《黄草坝札记》。

明代，黄草坝还是土司管辖下的一个小镇。

徐霞客到此时正遇大雨，宿农家，"虽食无盐，卧无草，甚乐也"。他在札记中写道："其地田畴中辟，道路四达，人民颇集，可建一县。"徐霞客为什么提出建县的建议？理由是什么呢？——在普安十二营中"钱赋之数则推黄草坝"。那意思是，黄草坝这地方很富，应该归入朝廷体制内管理。可是，此地可以建县，却没有建县，长期属于布雄土司势力所辖是何原因？徐霞客写道："土司恐夺其权，州官恐分其利，莫为举者。"老徐一语道破，两个东西在作祟，其一为权，其二为利。可惜的是，徐霞客的建议并没有引起当朝的重视，直到一百五十九年之后，也就是清代嘉庆二年，才在黄草坝设兴义县。

然而，兴义并没有取代黄草坝。布依族长者还是习惯把兴义称作黄草坝。是的，记忆中扎根了的东西，是无法抹掉的。

黄草坝的地名至今还在沿用。——兴义县城所在地就是黄草坝。

朋友说，赶圩的日子，黄草坝一条街上的中药材市场相当兴隆，蜿蜒数里。草药都是新鲜的草药，是采药人起早从山上采回来的，还带着露珠呢。

我问："有野生铁皮石斛吗？"

答："有还是有的，但很难遇到了，而且价格巨高。"

七

《千金要方》记述："安身之本，必资于食；救疾之速，必凭于药。"这段话的意思是告诉人怎样治病，但更重要的是它提醒人怎样不得病。现代养生理念提出，防病重于治病。提高人体免疫力，增强肌体抵御病毒侵袭的能力，从而使身体健康才是养生追求的目标。

在一定意义上，与其说铁皮石斛是治病的，倒不如说是防病的。明代《本草乘雅半偈》载，服铁皮石斛"补虚羸，暖五脏，填精髓，强筋骨，平胃气"。

什么样的铁皮石斛才是上品呢？

看似一根草，嚼时一粒糖。古代药学家张寿颐说："石斛必以皮色深绿，质地坚实，生嚼之脂膏黏舌，味道微甘者为上品，名铁皮石斛。"

近代名医张锡纯说："铁皮石斛最耐久煎，应劈开先煎，得真味。"

但是，也有专家主张，由于铁皮石斛最主要的成分是石斛多糖和石斛碱，水煎并不能保证石斛多糖和石斛碱全部溶于水，因此，服用时应该把石斛也嚼细吞下。真正的铁皮石斛嚼后没有粗渣，也没有杂七杂八的怪味，只有微甘的黏稠感。甚好。

当然，用鲜铁皮石斛煲汤更是鲜美无比了（史料记载，这是乾隆的最爱）。这也没什么秘密，就是将铁皮石斛切成段，放在汤里，或者与鸡，或者与鸭，或者与鹅，或者与排骨，或者与腔骨等同时炖上一两个时辰即可。吃肉喝汤，美。不过，可别忘了锅里的铁皮石斛，要把它吃了，好东西才算没有浪费。

问题来了。

——在我们毫无心理准备、毫无应对准备的情况下扑面而来。

就在华盛顿时间二〇一六年六月三十日，一百一十名诺贝尔奖获得者联合签名，在网上发表公开信，力挺转基因农业的时候，转基因中药已经悄悄进入了我们的肠胃。中科院某专家报告显示，枸杞、板蓝根、鱼腥草、人参、杜仲、甘草、桔梗、麻黄等几十种中药材已经实现转基因或正在进行转基因研究。

当然，那些专家是一定要在石斛身上露一手的。二〇〇五年，某课题组应用农杆菌介导法,克隆了某植物的基因,再如此这般地载入石斛兰体内,得到六十九个转基因株系,其中,有两个生根转基因苗。

这意味着什么?

意味着已经有了另一种石斛兰——转基因石斛兰。

此乃幸耶?悲耶?好在石斛兰还仅仅是观赏花卉。

人类无时无刻不处在探索中,或许,转基因技术本身并没有错,但若把这一技术应用到中药材领域,那无疑是一场灾难。因为,它严重违背了自然法则,严重违背了生态学规律。

一些老中医开具药方时忧心忡忡,自己开出的药是道地的药还是转基因的药呢?

中药材的药效与其道地性有很大关系,越是原产地越是原生态的中药材效果越好。而转基因彻底颠覆了中药材的"道地"二字,改变了中药材中各种成分的平衡关系,或者将有毒有害的基因转入中药材中,或者将抗虫抗病抗毒的抗生素基因转入中药材中,从而,导致中药的本质发生了改变,已经不是原来意义上的中药了。这样的中药还能治病吗?

——能。——是致,而不是治。

"中医将亡于药"并非危言耸听。

随着资本市场的疯狂入侵,转基因诡秘的影子正一步一步向中药材逼近,中药材所固守的道地性和传统正在面临着崩溃,"中药"正在发生着变异,其流弊和乱象令人发指。

中药的本质是治病救人,而不是逐利,因此中药材的种植和发展只能遵道而行,切不可背道而驰。可是,对于任性的资本来说,这样的话是听不进去的。

首草——铁皮石斛是不是已经有了转基因?抱歉,我回答不了这个问题。这个问题也不该由我回答。我只能说,逐利的资本不会放过任何逐利的机会。哪怕它藏匿深山,哪怕它居于悬崖峭壁,哪怕采它有跌入万丈深渊的危险。

这世界变化得实在太快——古代量器中的龠、合、升、斗、斛,先是淘汰了龠和合,后又以石代替了斛。直到今天,连斛的实物也没几个人认识了。我们总是喜欢改变，而坚守的太少。这是不是一种病呢？

病，乃潜伏的问题，人的问题，社会的问题，自然的问题。这世界，人的问题比人还多，社会的问题比堵车还堵，自然的问题比雾霾还糟糕。然而，这都不是问题，问题是药本身出了问题。——纲目乱了，本草难找，那药无论怎么服用都不对。

问药，问李时珍，铁皮石斛还是首草吗？

然而，无论怎样，我都固执并且坚定地认为，最伟大的药不是在医生开具的处方上，它一定是深藏在大自然中。

一味药，可以改变一个人的状态。

一味药，也可以改变一个民族的命运。

（原载2016年8月11日《文艺报》）

★ 作者简介

李青松，男，1963年生，辽宁彰武人，生态文学作家，1987年毕业于中国政法大学法律系，中国作家协会报告文学委员会委员、中国报告文学学会理事、中国散文学会理事，第六届鲁迅文学奖评委。主要作品有《万物笔记》《遥远的虎啸》《粒粒饱满》《一种精神》《茶油时代》《大兴安岭时间》《开国林垦部长》等。曾获新中国六十年优秀中短篇报告文学奖、徐迟报告文学奖、呀诺达生态文学奖。

◎ 作品赏析

李青松供职于国家林业部门。多年来，他立足本职，主要从事生态文学研究与创作，至今已发表300余万字，出版专著十余部。在这个领域内，他取得了卓越成就，是中国生态文学的代表作家。

石斛作为一种具有较高药用价值的植物，很早就被中华药圣孙思邈、李时珍等中医先贤认识并采用。短篇报告文学《首草有约》全文集中呈现和描绘了石斛的个性与功用，在如同摄影技术式的追光显示手段下，作者将石斛之所以为"首草"的个性与生长习性、独特价值、生命历程、实现过程、文化影响等情景非常绚烂地描绘出来，其中既包含了丰富的植物医药知识信息，也蕴含了丰富的文化历史信息。

在李青松的笔下，动植物不是孤立的物质，而是各有其生命世界和性格的对象。他在描述这些动植物时，并非纯粹科学性地解剖和记录，将作品写成纯自然的植物志史，而是充盈着神奇柔韧的个性文化品性。"首草"石斛，属于相当珍贵的草药，它往往生长在深山悬崖峭壁上。李青松似乎就像一位鹰眼锐敏的猎人，从不同的动植物身上发现了丰富的内容，让读者从其中感受到神秘衍化和丰富的哲理知识。同时，李青松又以其广博的动植物知识及与之相关的社会文化内容为基础，用看似质朴随意的文字笔墨，写出了内涵丰富、文笔卓著的作品。

大地万物，是一种神奇的生命存在，它们有声或无声，有形或无形地表现和蕴含着非常独特深刻的天理道法。人与自然相处的根本问题在于，人类是否能够真诚地匍匐于大自然的面前，有一种善于感受理解和学习的态度。李青松的作品，在这一方面为我们提供了非常具体生动的例证。在文学创作的题材领域开拓方面，李青松有个性突出的贡献。他的报告文学篇幅都不很大，可每次都能够从一个具体的对象或小孔洞进入，而将读者导入一个较大的内部空间和多姿多彩的世界，在提供丰富新颖信息知识的同时，也提供了更多独特的感受与理解，这不能不说是李青松创作的一大特色。